Einladung nach Shanghai
Innenansichten eines entschwundenen Landes

Vom selben Autor
Die Jahre meiner Kindheit, Rückblicke 1939 – 1955
372 Seiten, 2019, ISBN 978-3-00-064164-0

https://linuskuick.hpage.com/

Map of China

- **Beijing** 北京
- Beidaihe 北戴河
- Bohai-Bucht 渤海灣
- Qingdao 青島
- Yanan 延安
- Xian 西安
- Nanjing 南京
- Shanghai 上海
- Hangzhou 杭州
- Huangshan 黃山
- **CHINA** 中國
- Gelbes Meer 黃海
- Guilin 桂林
- Xiamen 廈門
- Taiwanstraße 台灣海峽
- Taiw
- Guangzhou 廣州
- Hongkong 香港

0 200km

© L. K.

Einladung nach Shanghai

*Innenansichten eines
entschwundenen Landes*

Linus Kuik

Bibliografische Information der Deutschen Nationalbibliothek: Die Deutsche Nationalbibliothek verzeichnet diese Publikation in der Deutschen Nationalbibliografie; detaillierte bibliografische Daten sind im Internet über *dnb.dnb.de* abrufbar.

© 2019 Linus Kuik
Gestaltung und Satz: Linus Kuik
Schriften CormorantGaramont, Gothic Initials, Chinesisch etc. mit pdfLaTeX gesetzt
Cover Design mit Inkscape
Herstellung: BoD – Books on Demand, Norderstedt

ISBN: 978-3-00-064435-1

Für Sophie und Cai

ie Sitzung der Projektgruppe war zu Ende, ich wünschte allen Teilnehmern eine gute Heimfahrt, packte meine Unterlagen zusammen und ging vom Konferenzraum des Hotels zum Restaurant, um vor der Rückfahrt noch schnell eine Tasse Kaffee zu trinken.

Eckler kam mit mir, er hatte als Vertreter der Industrieseite an der Sitzung der Arbeitsgruppe teilgenommen, die mehrheitlich aus Universitätsleuten bestand. Wir sprachen kurz über den Verlauf der Sitzung und die Umsetzung der Beschlüsse. »Hätten Sie Interesse, im nächsten Sommer mit nach China zu kommen?«, fragte er ganz unvermittelt, »in der Hauptstadt Beijing[1] wird eine deutsch-chinesische Gemeinschaftsveranstaltung stattfinden, das Forschungsministerium und mehrere Industrieunternehmen sind schon mit den Vorbereitungen beschäftigt.« Er nannte Gründe, weshalb meine Teilnahme erwünscht sei und ermunterte mich, zuzusagen, was ich nach kurzem Überlegen tat. Eckler würde mir die bisher verfügbaren Unterlagen zuschicken.

Zufrieden mit dem Ergebnis des Tages machte ich mich auf den Nachhauseweg, fünf, sechs Stunden Fahrt lagen vor mir, zum Glück war die Autobahn leer, einen Stau musste ich zu dieser späten Stunde nicht mehr befürchten. Nach wenigen Minuten schaltete ich das Radio aus, meine Gedanken waren vollauf mit der unerwarteten Reise im kommenden Jahr beschäftigt. Als Eckler während unseres Gesprächs »China« sagte, hatte ich unwillkürlich ein bekanntes Foto aus den 1950er Jahren vor Augen gehabt, auf dem Abertausende chinesischer Frauen und Männer mit Schaufeln und schalenförmigen Körben wie in vorindustriellen Jahrhunderten mit der Befestigung eines Flussufers beschäftigt waren. Wahrscheinlich handelte es sich um den Hoang Ho — oder hieß er Hwang-ho, vielleicht Huangho[2]? In jedem Atlas stand ein anderer Name. Jetzt sollte ein Mikroelektronik-Kongress stattfinden, China schickte sich an, Zugang zu modernster Technologie zu finden. Gespannte Erwartung fühlte ich aufkommen, was vor den üblichen Konferenzreisen seit langem nicht mehr geschah, anders als zu Beginn meines Berufslebens, als ich solche Reisen ge-

---

[1] Peking
[2] Huang He – Gelber Fluss

nossen und wie Auszeichnungen empfunden hatte. Der erste Flug in die USA zu Anfang der 1970er Jahre, mein Gott! Die Begeisterung schwand im Laufe der Jahre, Nüchternheit und Sachlichkeit blieben übrig, Vorträge und Zusammentreffen mit ausländischen Kollegen standen im Mittelpunkt, Ortsnamen waren zweitrangig geworden. Doch die Aussicht, in ein paar Monaten das lange Zeit selbstisolierte sozialistische Land besuchen zu können, beflügelte meine Fantasie, denn in diesem Spätherbst 1986 befand sich China nach der erst wenige Jahre zurückliegenden »Öffnung« gerade mal am Anfang der Entwicklung zu einem Touristenland.

Was wusste ich über das Reich der Mitte? Fetzen aus dem Geschichtsunterricht beim Thema Wilhelm II hafteten im Gedächtnis, neben »Gelbe Gefahr« und »Boxeraufstand« gehörte vor allem die Weisung des Kaisers »Pardon wird nicht gegeben, Gefangene werden nicht gemacht« zu den Erinnerungsbrocken, markige politische Parolen nisten sich getreu der Absicht ihrer Urheber bisweilen tief ein. Mao Zedongs[3] Ideen zur Stahlerzeugung nach Heimwerkerart hatten mich zur Zeit meines Abiturs beeindruckt. »Mao-Bibel«, Kulturrevolution, Wandzeitungen, ich erinnerte mich gut an die Schlagworte aus meiner Assistentenzeit an der Universität. Eine Handvoll Namen kannte ich: Sun Zhongshan[4], Jiang Jieshi[5], Zhou Enlai[6], Liu Shaoqi (was hatte dieser Mann gemacht, was hatte mein Gehirn bewogen, seinen Namen zu speichern?), Deng Xiaoping. In meiner Studentenzeit hatte ich »Die gute Erde« von Pearl S. Buck gelesen. Der »Friede von Shimonoseki« kam mir in Erinnerung, jahrzehntelang hatte ich nicht an dieses Ereignis gedacht. Ich wusste, wir hatten im Geschichtsunterricht über ihn gesprochen, auf die Vertragspartner der Japaner konnte ich mich nicht mehr besinnen. Chinesen? Russen? Eventuell lagen noch verschüttete Erinnerungsreste zum Thema China in meinem Gedächtnis herum, Namen, Fakten, auf die ich möglicherweise im Laufe der Zeit wieder Zugriff bekäme.

---

[3] Für chinesische Namen wird die offizielle Transkription Pinyin verwendet, bekannte Namen werden als Fußnoten nach dem früher üblichen Wade-Giles-System — hier: Mao Tse Tung — angegeben

[4] Bei uns besser als Dr. Sun Yat-sen bekannt

[5] Tschiangkaishek

[6] Tschou Enlai

Nahm ich alles großzügig zusammen, musste ich mir trotzdem eingestehen, jämmerlich wenig über China zu wissen.

Neben Begegnungen mit Amerikanern chinesischer Herkunft und Indonesiern aus chinesischstämmigen Familien fiel mir eine einzige mit einem »waschechten« Chinesen ein, mit einem Rotchinesen, wie wir früher sagten. Vor mehreren Jahren hatte ich ihn bei einer Hochzeitsfeier in Deutschland kennengelernt, ein zweites Mal liefen wir uns anlässlich einer wissenschaftlichen Tagung in Prag über den Weg. Ich nahm mir vor, Namen und Adresse dieses Chinesen in Erfahrung zu bringen, um während meines Aufenthalts in China eventuell Kontakt mit ihm aufzunehmen.

Über China und Chinesen hätte ich weitaus mehr wissen können, wie ich Jahre später feststellte, als mir zufällig »Peking und Moskau« von Klaus Mehnert wieder in die Hände fiel, das ich als Student gekauft und nach der Lektüre weniger Seiten weggelegt hatte. Im Gegensatz zu Mehnerts Buch »Der Sowjetmensch« war mir »Peking und Moskau« trocken vorgekommen. Chinesen interessierten mich in jenen Jahren nicht, mir fehlte jegliche innere Beziehung zu ihnen. Nicht allein Chinesen betraf die emotionale Distanz, alle Menschen in Fernost waren mir fremd und in der Bezeichnung »Fernost« lag möglicherweise einer der Gründe für meine reservierte innere Einstellung, dieser Teil der Erde war für mich unendlich weit entfernt, damals.

Später, als ich Mehnerts Buch mit großem Abstand zu seinem Erscheinungsjahr erneut in die Hände nahm und las — nun erschien es mir spannend wie ein Kriminalroman —, weckte seine teilweise anstrengende und gedrechselte Sprache Erinnerungen an sein Politikseminar für Hörer aller Fakultäten an der Technischen Hochschule Aachen in mir, das ich zwei Semester lang besucht hatte. Nicht ohne Schmunzeln fiel mir dabei eine jener blöden Fragen ein, die mit »Was ist der Unterschied zwischen ...« beginnen. Seinerzeit fragten wir, welcher Unterschied zwischen einem Optimisten und einem Pessimisten bestehe und die »richtige« Antwort lautete: »Ein Optimist lernt Russisch, ein Pessimist Chinesisch.«

In meiner täglichen Arbeit spielte China keine Rolle. Auch

deutsche Medien behandelten das Land eher randständig, in der Vergangenheit war mir das nicht aufgefallen, jetzt, da China für mich einen anderen Stellenwert erhalten hatte, nahm ich verwundert wahr, dass diesem großen Land nur geringe Aufmerksamkeit zuteil wurde. Wenige Monate vor dem Reisetermin rückte China stärker ins Zentrum meines Interesses, weil einiges bedacht und erledigt werden musste, insgesamt verliefen die organisatorischen Vorbereitungen überraschend reibungslos und unspektakulär. Überraschend wegen meiner bisherigen Erfahrungen mit Reisen in europäische sozialistische Länder.

Die Ausgabe meines Visums, es war kein Touristenvisum, verzögerte sich beängstigend, wegen Unruhen in Tibet, die zu Demonstrationen vor der Botschaft Chinas in Bonn geführt hatten. Der freundliche Leiter der Erziehungsabteilung, sie lag isoliert im Bad Godesberger Villenviertel, entschuldigte sich für die späte Aushändigung des Sichtvermerks, die Botschaftsangehörigen hätten in den beiden zurückliegenden Wochen wenig Zeit für das operative Tagesgeschäft gefunden.

Einen Versuch, mich über Land und Leute zu informieren, hatte ich nicht unternommen, das Interesse, mich eingehender mit einem Land zu beschäftigen, kommt bei mir selten vor der ersten Reise auf, bisweilen gar nicht. Also machte ich mich naiv und ziemlich unvoreingenommen daran, das für mich exotische Reich der Mitte kennenzulernen, zumindest Ausschnitte davon.

Der Tag des Abflugs kam, in Frankfurt stieß ich zu den übrigen Mitgliedern unserer Gruppe. Direktflüge von Deutschland nach China gab es im Jahr 1987 nicht, die Lufthansa besaß keine Überflugrechte für das Gebiet der Sowjetunion. Unsere Route verlief über den Persischen Golf zunächst weit nach Süden, später ging es in einem großen Bogen nach Norden auf Beijing zu. Die lange Strecke machte eine Zwischenlandung zum Auftanken der Boeing 747 erforderlich, was in Abu Dhabi geschah. Für eine Stunde mussten wir das Flugzeug verlassen, ich schlenderte in aller Ruhe an den kleinen, feinen Geschäften innerhalb des Flughafengebäudes vorbei, fühlte mich durch die exotische Umgebung an »Tausendundeine Nacht« erinnert.

In gehobener Stimmung setzten wir den Flug fort. Das Nachtessen wurde serviert, Reis, Spinat, Rührei. Am Alunäpfchen mit der Eierspeise klebte ein mehrsprachiger Zettel, der mich informierte, das Rührei enthalte kein Schweinefleisch. Beruhigend. Ich sah nochmals meine Vortragsfolien durch, machte ein paar Notizen für die Präsentation und schlief darüber ein.

Am späten Vormittag des folgenden Tages näherten wir uns Beijing, Formulare für die Einreise, den Zoll und zum Zustand der eigenen Gesundheit mussten ausgefüllt werden. Wie würde die Abfertigung bei der Passkontrolle sein? Ich stellte mir einen ähnlich ungemütlichen Vorgang wie in »unseren« sozialistischen Ländern vor.

Des öfteren war ich mit dem Auto in die Tschechoslowakei gefahren und jedes Mal froh gewesen, wenn ich die Grenzprozedur überstanden hatte. An dem Grenzübergang, den ich gewöhnlich benutzte, kam ich zuerst an eine geschlossene Schranke. Nach einigen Minuten Wartezeit wurde sie, anders als eine Bahnschranke, durch eine Vierteldrehung geöffnet und zwar derart, dass ein aus der Tschechoslowakei flüchtender Autofahrer die eventuell teilweise offene Schranke mit seinem Fahrzeug zugeschoben hätte. Ein bis zwei Kilometer fuhr ich im Zehn-Kilometer-Tempo, bis ich an den eigentlichen Grenzposten kam. Dort musste ich parken, ein mit einem Gewehr Bewaffneter nahm mir den Pass ab und verschwand damit. Nun hieß es warten, in der Regel eine Stunde, auch wenn außer mir kein weiterer Ausländer seiner Abfertigung harrte. Anschließend bekam ich wortlos meinen Pass zurück, konnte erleichtert weiterfahren. Nur bei meiner ersten Einreise im Sommer 1968 hatte ich nach zwei Kilometern nochmals einen gehörigen Schrecken bekommen, weil ich auf einer Beobachtungsbrücke über der Straße zwei Soldaten mit einem Maschinengewehr im Anschlag gewahrte: Kasernen kenne ich ausschließlich von außen und ich hatte Angst, die auf mich gerichtete unheimliche Waffe könne von selbst losgehen.

Die Grenzerlebnisse bei Autofahrten in die DDR und noch mehr beim Verlassen derselben hatten mich ebenso genervt. Gepäck auf die Straße stellen, Rückbank ausbauen. Lächerliches Stochern mit langen Stahlbändern im Tank, Absuchen der Unterseite des Autos nach Verdächtigem und mürrische Gesichter der

Bewacher der Friedensgrenze, weil sie keinen Republikflüchtling oder sonstigen Feind der Klasse der Werktätigen aufspüren konnten.

Wegen solcher Erfahrungen war ich gespannt, welche Schikanen mich in Beijing erwarteten, auch aufgrund der negativen Untertöne in Medienberichten über China hatte ich mich auf Unangenehmes eingestellt.

Das Flugzeug landete sanft, draußen herrschte ruhiges Sommerwetter. Während die Maschine langsam zu ihrem endgültigen Halteplatz fuhr, sah ich aus dem Fenster und traute meinen Augen nicht. Nichts bewegte sich, keine Menschen, keine Fahrzeuge, nicht ein Hauch der üblichen Flughafengeschäftigkeit. Weit und breit sah ich auf dem großen Gelände nichts außer einem einzigen einsam abgestellten Flugzeug. Das sollte der Hauptstadtflughafen eines Landes mit einer Milliardenbevölkerung sein?

An der Gepäckausgabe brauchten wir nicht lange zu warten, strebten nach wenigen Minuten der Passkontrolle zu. Als der kritische Augenblick kam, war ich enttäuscht: Mein Visum wurde nach sekundenschneller Prüfung problemlos mit einem Einreisestempel versehen, ich gab das im Flugzeug ausgefüllte Gesundheitsformular zusammen mit meiner Zollerklärung ab und konnte, wie etwa in Schweden oder Frankreich, zwischen »Green Channel« und »Red Channel« wählen. Ich überlegte kurz, nahm den grünen Ausgang und befand mich im sozialistischen China.

Ein klimatisierter Bus brachte uns zum Hotel, die Fahrt dauerte eine gute halbe Stunde. Sie ging zunächst durch nahezu unbebautes Gebiet, die Vegetation sah wegen der großen Hitze und der seit langem andauernden Trockenheit armselig und wenig gesund aus. Dann näherten wir uns dem Stadtgebiet und es wurde für mich interessanter. Laden reihte sich an Laden, lauter kleine, ebenerdige Backsteingebäude, die viele Jahrzehnte auf dem Buckel hatten und denen in dieser Zeit wenig Pflege zuteil geworden war.

Ich fühlte mich in meine Kindheit zurückversetzt, in die Zeit um das Jahr 1950. Meine zerbombte Geburtsstadt lag noch größenteils in Trümmern, da die größeren Straßen geräumt waren, konnten Menschen zumindest ihren täglichen Besorgungen nachgehen, wobei »gehen« wörtlich zu nehmen ist, die wenigen Autos auf den Straßen lohnten kaum eine Erwähnung. Die zwei Jahre zurückliegende Währungsreform hatte Kaufen und Verkaufen in Schwung gebracht, Hamstern, Horten und Kompensieren[7] begannen in Vergessenheit zu geraten. Wo aber wurden die Waren verkauft, wenn doch die Ladenlokale in Schutt und Asche lagen? Häufig in kleinen, ebenerdigen Backsteinhütten, kunstlos aus von altem Mörtel befreiten Ziegelsteinen zerstörter Häuser hochgemauert, ähnlich den kleinen Läden, die hier die Straße säumten. Aus den Lautsprechern des Busradios tönte die chinesische Variante von »You are my Lucky Star«, wer mochte das derart passend zu meinen Kindheitserinnerungen arrangiert haben? Der Gedanke, die mich etwas wehmütig stimmende Analogie könnte Fortsetzungen finden, kam mir in diesem Moment nicht.

Mein Blick fiel auf große Schilder über den Eingängen der kleinen Läden, sie trugen in der Regel rote chinesische Schriftzeichen auf hellem Untergrund. Oftmals sah ich auf den »Firmenschildern« zusätzlich lateinische Buchstaben zur Umschreibung der chinesischen Schriftzeichen, alle Zeichen aus dem uns geläufigen Alphabet ohne Zwischenräume nebeneinander. Die auf diese Weise entstandenen Bandwurmwörter mit zwanzig und mehr Buchstaben nahm ich belustigt wahr. Lernten »normale« Chinesen in der Schule das lateinische Alphabet und falls ja, wie extrahierten sie den Sinn aus diesen Wortungetümen? Und für wen sollten diese Buchstabengirlanden überhaupt von Nutzen sein?

Bei der Ankunft im Xi Yuan Hotel erlebte ich eine angenehme Überraschung. In der Informationsbroschüre hatte die Reiseleitung darauf hingewiesen, Industrieleute und Universitätsleute würden in zwei verschiedenen Hotels untergebracht. Erstere in einem Hotel unter schweizerischer Leitung, die anderen in einem von Chinesen geleiteten. Wir, das Universitätsvolk, sollten darauf vorbereitet sein, nicht alle Ansprüche erfüllt zu bekommen. Wegen des warnenden Hinweises hatte ich ein ähnlich heruntergekommenes Hotel von der Sorte erwartet, wie ich sie aus Prag oder Warschau kannte. Weit gefehlt, der Standard des Hotels lag beträchtlich über dem vieler amerikanischer Hotelketten. Hin-

---

[7] Tauschen, besonders auf dem Schwarzmarkt

ter vorgehaltener Hand munkelte man, in unserem Hotel würden sich möglicherweise Prostituierte, die es nach offizieller Lesart in China gar nicht geben konnte, auf dem Gebiet der Industriespionage betätigen, weshalb man die Industrieleute in dem anderen Hotel untergebracht habe.

Und noch einen Unterschied fand ich bemerkenswert. Von Reisen in europäische sozialistische Länder, namentlich in die Tschechoslowakei, war ich es es gewohnt, dass mir mein Pass bei der Anmeldung vom Hotelpersonal abgenommen wurde, in der Regel hatte ich ihn nach zwei Tagen zurückbekommen, bisweilen noch später. Was machte man in der Zwischenzeit mit meinem Ausweisdokument? Blieb es im Hotel? Beschäftigte sich der Geheimdienst mit ihm? Niemand hatte mir eine Antwort geben können oder wollen, vermutlich war es unter rechtsstaatlichen Gesichtspunkten Zweifelhaftes gewesen. Hier verglich man den von mir ausgefüllten Zettel mit den Eintragungen im Pass, anschließend wurde er mir sofort zurückgegeben.

Unter der Dusche befreite ich mich vom »Reisestaub«, gönnte mir ein kleines Nickerchen und wagte hernach meine ersten selbständigen Schritte auf chinesischem Boden. Das Hotel lag an einer kleineren Straße, einer von der Xizhimenwai Dajie abgehenden Nebenstraße, im Nordwesten Beijings.

Trotz der späten Nachmittagsstunde schlug mir beim Verlassen der klimatisierten Hotelhalle die Sommerhitze noch mit großer Wucht entgegen. Munteres Leben herrschte ringsum, die Menschen schienen ihren aufgeheizten Wohnungen entflohen zu sein und auf Abkühlung zu warten, Wassermelonenhändler und Eisverkäufer mit einfachen, klapprigen Verkaufswagen hatten gut zu tun. Omas beaufsichtigten kleine Enkelkinder, Opas schenkten ihren Vogelkäfigen besondere Aufmerksamkeit, suchten gute Hängeplätze für ihre kleinen Lieblinge in den niedrigen Platanen an den Straßenrändern. Je weiter ich mich vom Hotel entfernte, desto größere Aufmerksamkeit zog ich auf mich. Im Hotel gehörten Ausländer mittlerweile zum Alltag, außerhalb schienen sie noch exotisch zu wirken. Die meisten Menschen beobachteten mich verstohlen, bisweilen zogen Frauen heftig an den Armen ihrer kleinen Sprösslinge, um deren Augen auf den Ausländer zu lenken. Ausgesprochen kecke Jungen rannten auf mich zu, sagten schnell »hello« oder »how do you do«, um nach ihren mutigen Aktionen eiligst das Weite zu suchen.

Männer und Frauen konnte ich unterscheiden, auch alt und jung, innerhalb dieser Kategorien sahen die Menschen merkwürdig gleich für mich aus. Doch aus einer früheren Erfahrung heraus wusste ich, das würde sich ändern. Vor Jahren hatte ich einen Mitarbeiter, dessen Zwillingsbruder am Lehrstuhl eines Kollegen arbeitete. Anfangs konnte ich die beiden nicht auseinanderhalten, später wunderte ich mich, jemals eine Ähnlichkeit zwischen den Brüdern gesehen zu haben.

Abends trank ich an der Hotelbar ein Qingdao-Bier[8], der Geschmack ähnelte dem des bayerischen Biers.

Nach dem Frühstück begann anderntags die Pflicht. Dem wissenschaftlichen Teil der Konferenz kam primär die Aufgabe zu, vorhandene Kontakte zu intensivieren und neue zwischen Teilnehmern aus beiden Nationen herzustellen. Die Veranstaltungen fanden nicht im Hotel statt, wir wurden nach dem Frühstück zu einer staatlichen Einrichtung gefahren, in deren kleinen, spartanisch ausgestatteten Tagungsräumen die Vorträge gehalten wurden. Da wir kein Chinesisch und die Chinesen mehrheitlich weder Englisch noch Deutsch verstanden, wurden die Vorträge übersetzt, nicht — wie gewohnt — unter Verwendung drahtloser Empfänger, hier standen sprachgewandte junge Chinesinnen neben den Vortragenden und übertrugen die gesprochenen Sätze in die jeweils andere Sprache. Infolge der Verständigungsschwierigkeiten kamen in den Vortragspausen kaum Gespräche auf, so dass der Vortragsbetrieb reichlich steifleinen ablief. Anfänge sind schwer.

Angenehm ließ sich der andere Teil der deutsch-chinesischen Gemeinschaftsveranstaltung für mich an, die von deutschen Firmen und Forschungseinrichtungen getragene Ausstellung in der Beijinger Messehalle in der Nähe des Zoos an der Xizhimenwai Dajie. Auf den ersten Blick erkannte ich an dem Zuckerbäckerstil die Baumeister des Gebäudes, er verriet augenblicklich und ohne jeden Zweifel die sowjetische Baukunst der frühen 1950er Jahre, mit der die Sowjets neben anderen auch Tschechoslowaken und

---
[8]Tsingtau

Polen beglückt hatten.

Die Ausstellung war einem ausgesuchten Publikum vorbehalten, nach welchen Kriterien Eintrittskarten von der chinesischen Seite vergeben wurden, wusste ich nicht, doch die Ausstellungsbesucher ließen sich in zwei Gruppen unterteilen. Die erste bestand aus berufstätigen Frauen und Männern, die besonderes Interesse an Exponaten sowie Informationen der Industrieunternehmen zeigten. Meine eigenen Kontakte ergaben sich hauptsächlich zur zweiten Gruppe, die durch Studentinnen und Studenten gebildet wurde.

Sie gaben sich freundlich und offen. die meisten mochten nach dem Höhepunkt der Kulturrevolution geboren sein, allenfalls Kindergarten und Grundschulzeit waren in diese finstere Periode der chinesischen Geschichte gefallen. Als sie in die Mittelschule, unserem Gymnasium vergleichbar, überwechselten, saß Maos Witwe Jiang Qing, die Anführerin der berüchtigten »Viererbande«, im Gefängnis, das Leben begann sich zu normalisieren, an Schulen und Universitäten arbeitete man nach langer Unterbrechung wieder ordentlich. Mit Studentinnen und Studenten führte ich in China meine ersten ernsthaften Gespräche, nennenswerte sprachliche Probleme traten nicht auf, alle hatten in der Mittelschule Englisch gelernt, den Sprachunterricht in der Universität weitergeführt, manche sogar mit »native speakers« als Lehrern. In unseren Gesprächen konnten sie nebenbei ihr gelerntes Englisch praktizieren, nicht unwichtig für sie, die bisher keine Gelegenheit zu einer Reise in ein anderes Land gehabt hatten. Ihre ersten Fragen betrafen in den meisten Fällen Studium und Leben von Studenten in Deutschland, die jungen Chinesinnen und Chinesen wollten gern ihre eigene Lebenssituation mit derjenigen einer vergleichbaren Gruppe in einem wirtschaftlich hoch entwickelten Land einzuschätzen lernen. Nach Abarbeitung dieses Fragenkomplexes stellten sie in der Regel die Frage, ob ich zum ersten Mal in China sei, wie mir China gefalle und dergleichen mehr. Die Gespräche schienen den jungen Leuten Spaß zu machen, im Gegenzug bekam ich durch sie erste authentische Eindrücke. Studentinnen fragten eifriger als ihre männlichen Kommilitonen, sie kamen mir mutiger vor und verfügten meistens über bessere englische Sprachkenntnisse.

Eines Nachmittags brachte mich eine Studentin in Verlegenheit, als sie mich ohne Umschweife fragte, ob mir Chinesen arm vorkämen. Die ernsthaft gestellte Frage wollte ich angemessen beantworten, meine erste Schwierigkeit für eine Antwort lag im Begriff Armut begründet. Als kleiner Junge hatte ich oft mitgelitten, wenn meine Mutter nicht wusste, was sie am nächsten Tag zum Essen auf den Tisch stellen konnte. Im Laufe der Jahre hatte sich das Verständnis von Armut dahingehend gewandelt, dass man sie über eine Prozentzahl definierte. Was meinte die Studentin mit Armut, lag ihr in China eine amtlich angeordnete Zahl zugrunde wie bei uns? Und wenn schon, was könnte mir das ohne Vergleichszahlen nützen? Notgedrungen nahm ich an, sie habe Armut absolut gemeint, was eine seriöse Antwort nicht leichter machte, welche Hinweise sollte ich nach den paar Tagen in China für meine Begründung heranziehen? Die Kleidung der Menschen auf den Straßen bot einen gewissen Anhaltspunkt. Ältere Männer trugen bisweilen noch Zhongshananzüge[9], deren Jacken auf mich wie blaue Arbeitskittel wirkten. Je jünger die Menschen, desto größeren Wert schienen sie auf Mode zu legen. Bei Frauen standen moosgrüne oder bordeauxrote Samtröcke in hoher Gunst, zusammen mit den überwiegend weißen Blusen sah die Kleidung für mich geschmackvoll und gepflegt aus. Daneben glaubte ich Zufriedenheit auf den Gesichtern der meisten Menschen zu erkennen, aber konnte ich richtig in chinesischen Gesichtern lesen? Trotz meiner Unsicherheit sagte ich der Studentin, Chinesen kämen mir nicht arm vor, was ihr Gesicht vor Freude und Stolz strahlen ließ.

Namen und Adresse des Chinesen, den ich seit unserer Begegnung auf der bereits erwähnten Hochzeitsfeier flüchtig kannte, hatte ich ausfindig machen können. Er hieß Zhu Dawei, war Professor an einer Hochschule in Shanghai. Rund eineinhalbtausend Kilometer lagen zwischen uns, trotz der großen Entfernung würde sich ein Treffen ohne größeren Aufwand arrangieren lassen. Ich hatte von dem Angebot der Konferenzorganisation Gebrauch

---

[9] Die nach dem Republikgründer Sun Zhongshan benannten blauen oder grauen Anzüge, in Deutschland oft als »Maolook« apostrophiert

gemacht, im Anschluss an die Tagung auf eigene Kosten eine touristische Reise durch China zu buchen, in der irrigen Annahme, dies würde wohl die einzige Chinareise in meinem Leben sein. Auf der Anschlussreise war eine Übernachtung in Shanghai vorgesehen, somit musste sich leicht eine Gelegenheit für die Begegnung mit Zhu finden lassen. Für mich gab es die bequeme Möglichkeit, Professor Zhu von unserem Ausstellungsstand aus anzurufen, dort stand mir ein chinesischer Student mit guten Deutschkenntnissen als Dolmetscher zur Verfügung, der mir helfen konnte, meinen Gesprächspartner in seiner Universität in Shanghai zu erreichen, ich kannte nur die Nummer der Telefonzentrale. Der nette Student erledigte die notwendigen Präliminarien, sagte mir, Zhu sei nicht anwesend, eine Kollegin warte am anderen Ende der Leitung. Ich nahm den Telefonhörer, sagte *hello*, hörte, wie jemand mit *wèi*, dem chinesischen Hallo, antwortete und erklärte auf Englisch, wer ich sei und was ich wolle. Eine Weile erfolgte keine Reaktion, mehr als eine halbe Minute verstrich und ich befürchtete, das Telefon sei nicht in Ordnung. Dann tönte es schüchtern aus dem Hörer: »Können sie zufällig etwas Deutsch, ich kann kein Englisch?« Dieses Problem ließ sich leicht lösen, ich übermittelte ihr mein Ankunftsdatum in Shanghai und den Namen des Hotels, in dem wir übernachten würden.

Neben dem Pflichtprogramm blieb uns nicht viel Zeit für touristische Aktivitäten, abends verließen wir in kleineren Gruppen unser Hotel, fuhren mit dem Bus ins Stadtzentrum um uns umzusehen, um Souvenirs zu kaufen, um uns unter die fremden Menschen zu mischen. Beijings Hauptgeschäftsstraße, die Wangfujing Dajie, war von bescheidenem Zuschnitt. Das galt für die Warenangebote in den wenig attraktiven Geschäften wie für die Straße selbst, die sich in jämmerlichem Zustand befand. Allerdings wurde emsig gebaut, sogar abends um zehn Uhr sah man noch ständig das Aufblitzen der Lichtbögen elektrischer Schweißgeräte. Von den Geschäften interessierten mich ein größerer Buchladen und ein Kaufhaus mit einem breitgefächerten Angebot an landestypischen Gebrauchsartikeln und folkloristischen Produkten. Neben einer großen Auswahl an englischsprachigen Büchern, mehrheitlich Lehrbüchern, bot die Buchhandlung ein im Vergleich dazu bescheidenes Sortiment in deutscher Sprache an. Ich erstand eine »Geschichte Chinas«, ein wenig ergiebiges Buch, wie ich später feststellte, es enthielt wenige nachprüfbare Fakten, dafür viel Meinung.

Im Kaufhaus ließ ich einen Specksteinstempel mit meinem ins Chinesische übertragenen Namen anfertigen. Freilich verstand ich nicht mal ansatzweise, nach welchen Regeln die Übertragung vorgenommen wurde, zu diesem Zeitpunkt hatte ich mich noch nicht mit chinesischer Sprache und Schrift beschäftigt. Wie mich die freundliche Verkäuferin geheißen, brachte ich meinen deutschen Namen auf Englisch — in China werden die lateinischen Buchstaben als englische bezeichnet — zu Papier und als Ergebnis eines geheimnisvollen Transkriptionsverfahrens erhielt ich zwei Tage später einen Stempel mit der dekorativen chinesischen Version meines Namens. Dazu erwarb ich eine mit einem Deckel versehene Schale aus weißem Porzellan mit blauem Muster, die rote Stempelfarbe enthielt. Die Verkäuferin wies mich darauf hin, eingetrocknete Farbe lasse sich mit Öl erneut gebrauchsfertig machen. Welche Art Öl man nehmen müsse, wollte ich wissen, die Antwort lautete: »Eat oil.«

Abgesehen von solchen kurzen »Dialogen« mit Verkäuferinnen gab es bei den abendlichen Unternehmungen keine Gespräche mit Chinesen. Nur einmal, auf der Rückfahrt zum Hotel, fand ich mich im Bus unversehens in einer Unterhaltung mit einer Studentin, hatte sie den Anfang gemacht oder ich? Nach den ersten Sätzen bat sie mich, langsamer zu sprechen, damit sie und ihre stumm zuhörende Freundin mich leichter verstehen könnten, anschließend plauderten wir locker miteinander. In dem vollen Bus standen wir dicht gedrängt zwischen den anderen Fahrgästen. Während unserer Unterhaltung beugte sie sich nach einer Weile noch näher zu mir herüber und flüsterte, ein neben mir stehender junger Mann interessiere sich auffällig für meine Umhängetasche, leise riet sie mir, die Tasche besser nach vorn zu ziehen und gut achtzugeben. Bevor sie den Bus verließ, schenkte sie mir ein Ansteckabzeichen mit dem Zuckerbäcker-Ausstellungsgebäude drauf und als wir uns zum Abschied die Hand gaben, sah sie mich mit traurigen Augen an.

An einem der Abende klinkte ich mich aus, der Entwicklungschef eines deutschen Unternehmens hatte mehrere Kongressteilnehmer zum Abendessen eingeladen. Genauer gesagt, zu einem Bankett, einer in China beliebten Art, sich besonderen Gästen gegenüber erkenntlich zu zeigen und sich gleichzeitig selbst eine kleine Freude zu bereiten. Unsere Abendgesellschaft bestand aus einem Dutzend Männern, ein Kleinbus brachte uns zu einem nahegelegenen Edelrestaurant, wo wir um einen großen ovalen Tisch platziert wurden. Jedem von uns war eine persönliche Bedienung zugeordnet, eine gutaussehende Chinesin im Qipao, dem traditionellen chinesischen Etuikleid aus Brokatseide mit Stehbördchen, schräg geknöpft und unten seitlich geschlitzt.

Schwalbennestsuppe, Bärentatzen und weitere exotische Speisen, an deren Namen ich mich nicht mehr erinnere, wurden aufgetragen. Gut entsinne ich mich dagegen meiner Einschätzung, diese sündhaft teuren Gerichte würden höchstwahrscheinlich nicht wegen ihres Geschmacks gegessen, den empfand ich bei nahezu allen Speisen als flach.

Essen und trinken durften wir allein, alles Weitere wurde für uns getan, jedes leere Glas wurde augenblicklich nachgefüllt. Eins der Gläser war für Moutai vorgesehen, den bekanntesten chinesischen Schnaps aus Sorghumhirse, der original in Guizhou[10] hergestellt wird. Für diesen Schnaps musste man einen hohen Preis zahlen, weshalb er kaum für den eigenen Konsum gekauft wurde, man verschenkte ihn vornehmlich im Zusammenhang mit *hòumén*. Das Wort *hòumén* bedeutet Hintertür und ist hier die Umschreibung für das freundliche Bemühen, wichtigen Personen bei schwierigen Entscheidungen durch Überreichung von Geschenken behilflich zu sein. An einem der ersten Abende in Beijing hatte ich nach dem Essen ein Gläschen des 53prozentigen Schnapses probiert, mich anschließend geschüttelt und beschlossen, kein zweites Glas dieses »Pinselreinigers« anzurühren. Gegen meinen Entschluss musste ich an diesem Abend verstoßen, es wäre zu unhöflich gewesen, beim *gānbēi*[11] das Glas nicht zu leeren. Und da umge-

---
[10] Kweichow
[11] austrinken, Prost

hend nachgeschenkt wurde, blieb es nicht bei einem Glas. Irgendwie kam ich nach dem Bankett zu meinem Hotelzimmer zurück, meine Aversion gegen Moutai ist inzwischen verschwunden.

Wegen der geringen Entfernung zwischen Hotel und Ausstellungsgebäude ging ich zu Fuß dorthin, trotz der hohen Temperatur von bisweilen über 38°C empfand ich das wegen der trockenen Luft nicht als unangenehm. Mein Weg führte mich an langen Ketten von Verkaufsständen vorbei. »Flea malket« schienen Chinesen diese Stände auf den Gehwegen zu nennen und wir übersetzten das zunächst mit »Flohmarkt« ins Deutsche, merkten jedoch alsbald, dass wir dem »r – l – Problem« ostasiatischer Sprachen aufgesessen waren. In Wirklichkeit handelte es sich um einen freien Markt, der von privaten Händlern beschickt wurde. Neben Textilien, ausschließlich aus Kunststofffasern, und Haushaltsgeräten wurden vorwiegend andere Dinge des täglichen Bedarfs angeboten, zum Beispiel Kohle, die zum Kochen gebraucht wurde, das gleichzeitige Heizen stellte zu dieser Jahreszeit einen eher unerwünschten Nebeneffekt dar. Manche Händler verkauften zu Zylindern gepresste Kohle, etwa fünfzehn Zentimeter lang und zehn Zentimeter im Durchmesser, mit mehreren axialen Bohrungen für die Sauerstoffzufuhr. Eine primitivere Art von Kohlestücken wurde gleich an Ort und Stelle produziert. Man strich Kohlematsch mit einem Schieber auf eine größere Fläche, wie wenn man Kuchenteig auf einem Backblech glatt streicht, ließ den Matsch in der Sonne trocknen und zerschnitt die gesamte Kohleplatte in kleine Stücke, bevor das Ganze hart wurde. In meiner Kindheit hatte ich des öfteren den Begriff »Schlammkohle« gehört, hier sah ich zum ersten Mal, was seinerzeit wohl damit gemeint gewesen war.

An einem Nachmittag unterbrach ich kurz meinen Rückweg zum Hotel, zahlte ein paar Fen Eintritt und ging in den Zoo. Ich mag keine Zoos, da kann man sich noch so schöne Konzepte ausdenken, die Gefangenschaft von Tieren weniger deutlich sichtbar werden zu lassen. Hier in Beijing wollte ich aber doch die Gelegenheit wahrnehmen, Pandabären aus der Nähe zu sehen. Weit brauchte ich nicht zu gehen, bis ich zu einem unansehnlichen, schmalen und kurzen Graben kam, in dem zwei kleine Bären ziellos hin und her liefen, ihre melancholischen Augen passten zu ihrem freudlosen Dasein.

Wenige Tage vor Beendigung der Konferenz fuhren Eckler und ich an einem Samstagmorgen zur Chongnei Dajie. Wir hatten in Erfahrung gebracht, dass es dort einen der wenigen Fahrradläden in Beijing gab, in denen man Räder mieten konnte. Wir wollten den freien Samstag nutzen, um auf eigene Faust mehr von Beijing kennenzulernen, vor allem wollten wir Stadtteile sehen, die nicht in übliche Besichtigungsprogramme für Touristen eingebunden waren.

Wir stiegen in eins der ständig vor dem Hotel wartenden Taxis, zeigten dem Fahrer einen Zettel mit der Adresse, der ließ uns durch freundliches Kopfnicken wissen, dass er den Weg zu unserem Ziel kenne. Auf der Fahrt lauschte ich gebannt der Stimme, die aus dem Autoradio kam, eine Frau sprach über längere Zeit, es war der erste Wortbeitrag, den ich von einer chinesischen Radiosprecherin hörte. Ich war fasziniert, eine wunderbar sanfte Stimme klang aus dem Lautsprecher, mit wenig Dynamik in einer herrlich melodischen Sprache. Der Taxifahrer fand den versteckt liegenden Fahrradladen ohne Schwierigkeiten.

Die Fahrradmiete betrug zwei Yuan pro Tag, zusätzlich mussten wir ein Pfand hinterlegen. Zuerst verlangte der Ladenbesitzer unsere Pässe als Sicherheit, da wir die wichtigen Dokumente auf keinen Fall aus den Händen geben mochten, einigten wir uns auf eine Kaution von hundert Yuan je Fahrrad, für sechzig bekam man in China ein neues. Die gemieteten Räder waren schwer, glichen den alten englischen Raleigh-Fahrrädern aus der Zeit vor dem Zweiten Weltkrieg. Sie hatten weder Naben- noch Kettenschaltungen, erfreulicherweise gab es keine nennenswerten Steigungen in Beijing, somit wog der Mangel nicht schwer. Bei meinem Rad fehlte die Vorderradbremse, was durch eine wunderbar schrille und unglaublich laute Klingel am Lenker wettgemacht wurde, ein derart nützliches Zubehör musste ich unbedingt bei unserem Radverleiher erstehen, um es mit nach Deutschland zu nehmen.

Meine anfänglichen Bedenken gegen eine Radtour durch Beijing verflogen nach wenigen hundert Metern, das Radfahren in dieser Stadt stellte sich als unproblematisch heraus. Wir nahmen die Chongwenmenwai Dajie in Richtung Himmelstempel, eine breite, vierspurige Straße, auf beiden Seiten von Platanen gesäumt. Die äußeren Spuren hätte man Radstraßen nennen können, Radwege in dem uns geläufigen Sinn waren sie nicht, die Spuren für Radfahrer schienen noch breiter als diejenigen für den Autoverkehr zu sein. Da die Zahl der Fahrräder die der Autos um ein Vielfaches überstieg, kam mir die Verteilung des Straßenraums nicht unvernünftig vor.

Bis zum Himmelstempel betrug die Fahrzeit wenige Minuten, unsere Räder stellten wir vor dem Eingang ab. Zu meiner Verwunderung ging das nicht »einfach so«, wir mussten einen bewachten und kostenpflichtigen Fahrradparkplatz benutzen, die Gebühr betrug zehn Fen, was fünf Pfennigen entsprach.

Als wir für fünfzig Fen Eintrittskarten kauften, gehörten wir zu den ersten Besuchern an diesem Morgen. Wir betraten das Gelände durch den nördlichen Zugang — zu jeder Himmelsrichtung gehört ein Eingangstor — und befanden uns direkt vor der Halle des Gebets für Gute Ernte, dem de-facto-Wahrzeichen Beijings.

Das ursprüngliche Bauwerk war durch einen Großbrand im Jahr 1889 zerstört worden, wir standen vor der originalgetreuen Wiedererrichtung. Im Gebäude durften wir herumgehen, bewunderten die auf drei konzentrischen Kreisen angeordneten hölzernen Säulen, deren Hauptaufgabe in der Unterstützung der wunderbaren Dachkonstruktion besteht und die gleichzeitig die vier Jahreszeiten, die zwölf Monate sowie die zwölf Stunden der beiden Tageshälften symbolisieren. Den Massentourismus heutiger Prägung mit seinen zerstörerischen Nebenwirkungen konnte man im Beijing jener Jahre nicht einmal erahnen.

In einem der überdachten Gänge trafen wir auf eine größere Ansammlung von Frauen und Männern um die siebzig, die den Eindruck vermittelten, sich hier regelmäßig zu treffen. Einer der Männer spielte auf der Erhu, der zweisaitigen chinesischen Kniegeige — oder sollte man besser Fiedel sagen? —, einige Frauen und Männer sangen, andere tanzten und der Rest geizte nicht mit Beifall, ein Bild großen Friedens und ungebrochener Lebensfreude.

Wir hatten einen Stadtplan von Beijing, in dem die Namen der größeren Straßen mit chinesischen Schriftzeichen und in Pinyin vermerkt waren. Im gesamten Zentrum trugen die Straßenschilder »Untertitel« mit lateinischen Buchstaben, Orientierungsprobleme traten nicht auf. Schlechter fanden wir uns indes in denjenigen Bezirken zurecht, die ausschließlich mit chinesischen Zeichen ausgeschildert waren. Die Hu Tong Viertel, in die wir zufällig gerieten, übten einen besonderen Reiz auf uns aus. Hu Tong bedeutet enge Gasse und kennzeichnet das Wohnen in dichter Nachbarschaft, niedrige Häuschen reihten sich aneinander, der Zugang erfolgte über Innenhöfe, zu denen man von den Gassen durch große verschließbare Tore gelangte. Die Häuser schienen nach einfachen Plänen gebaut zu sein, die in Jahrzehnten fällig gewordenen Reparaturen hatte man auf einfachste Art und Weise durchgeführt, auf den Dächern lagen allenthalben durch Steine beschwerte Wellblechstücke. Anheimelnd sah das für mich nicht aus, die graue Staubschicht, die alles bedeckte, ließ die Wohnbezirke noch trister aussehen. Die Menschen, die uns innerhalb der Hu Tongs entgegenkamen, wirkten aber nicht im Geringsten unzufrieden oder gar bedrückt. Sie sahen ihre Umgebung mit anderen Augen als ich, vermutlich wohnten ihre Familien seit Generationen in den kleinen Häusern, hier befanden sie sich in dem ihnen vertrauten Milieu, ein großer Teil ihres Lebens, vielleicht der größte, spielte sich in den engen Gassen ab. Zu gern hätte ich einen Blick in das Innere eines Hauses geworfen — diese aufdringliche Neugier musste unbefriedigt bleiben.

Als nächstes Ziel stand das Mao-Mausoleum am südlichen Ende des Tiananmenplatzes auf unserer Agenda. Vor dem Besuch des Mausoleums wollten wir unseren Hunger stillen, einigten uns schnell auf »Pekingente« und suchten ein für diese Spezialität bekanntes Restaurant. Unsere Wahl fiel auf eins, das außerordentlich gut besucht war, erst nach längerem Warten wies man uns einen freien Tisch zu. Einen Beijingbesuch ohne »Pekingente« hatte ich mir schlecht vorstellen können, meinen Erwartungen konnte der kulinarische Genuss jedoch nicht gerecht werden.

Die Eintrittskarten für das Mausoleum kaufte man an kleinen Holzhütten mit aufklappbaren Vorderfronten, ähnlich den Verkaufsständen der Bouquinistes am Seineufer in Paris. Hier konnte man auch Kameras, Umhängetaschen, Bauchtaschen und alle weiteren Gegenstände abgeben, die man nicht in das Mausoleum mitnehmen durfte. Wegen unseres Misstrauens, ob wir alles in unversehrtem Zustand wiederbekommen würden, kamen wir überein, den einbalsamierten Mao Zedong getrennt anzusehen. Eckler ging zuerst, ich setzte mich währenddessen auf die Stufen des Volksheldendenkmals, das seitlich auf dem Tiananmenplatz steht, und begann Ansichtskarten zu schreiben. Im Nu sah ich mich von einer Schar Neugieriger umringt. Die meisten von ihnen hatten dunkle, wettergegerbte Gesichter, bestimmt Menschen vom Lande, die einen Ausflug in die Hauptstadt machten und für die ich mit hoher Wahrscheinlichkeit der erste Ausländer war, den sie aus der Nähe zu Gesicht bekamen. Zwei setzten sich dicht neben mich, sahen interessiert zu, wie ich mit großer Geschwindigkeit seltsame Schriftzeichen schrieb.

Eine alte Frau näherte sich, die kleine, mit chinesischen Zeichen beschriftete Innenstadtpläne billig anbot. Ich kaufte ihr fünf Exemplare ab, um sie als Souvenirs mitzunehmen. Bei der Bezahlung kam es zu einer unerwarteten Schwierigkeit. Die Alte wies mein Geld brüsk zurück und — dem Tonfall nach — beschimpfte mich wütend. Verdutzt sah ich sie an, konnte mir anfangs keinen Reim auf ihr zorniges Gebaren machen, bis mir endlich ein Licht aufging: Ihr zunächst unverständliches Verhalten kam nicht durch ein kulturelles oder sprachliches Missverständnis zustande, es hatte mit hoher Politik zu tun.

Wie in den anderen sozialistischen Ländern, die ich kennengelernt hatte, gab es auch in China spezielle Geschäfte für Ausländer, in denen Waren des gehobenen Bedarfs bis hin zu teuren Luxusgütern verkauft wurden. Diese Läden bezeichnete man in China als Friendship Stores. Die entsprechenden Geschäfte trugen in der Tschechoslowakei den Namen Tuzex, in der DDR hießen sie Intershops und so weiter. In einem Punkt hatten die chinesischen Kommunisten die Sache mit den exklusiven Kaufhäusern klüger als ihre Marx–Brüder eingefädelt.

Mitte der 1970er Jahre saß ich in Prag abends beim Bier mit einigen »Bürgern der DDR« zusammen, die an derselben Tagung teilnahmen, der Delegationsleiter und seine Ehefrau befanden sich unter ihnen. Sie berichtete von einem demütigenden Erlebnis am

Vormittag. In einem Spezialgeschäft für böhmisches Kristall, Moser am Graben (Na Příkopě), hatte sie eine wunderschöne Vase ausgesucht. Der Preis betrug soundsoviele Tschechische Kronen, nicht gerade wenig, aber man kam ja nicht jeden Tag nach Prag. An der Kasse blätterte sie die entsprechende Anzahl von Kronenscheinen hin — und erntete von den Umstehenden ein schallendes Gelächter. Die Arme hatte nicht gewusst, dass sie sich in einem Tuzex-Laden befand und in Dollar oder D-Mark bezahlen musste, die sie natürlich nicht hatte. Die Vase wanderte zurück ins Regal.

Um die Peinlichkeit, bestimmte Waren im eigenen Lande nur gegen fremde Währung zu verkaufen, weniger deutlich in Erscheinung treten zu lassen, hatte sich die chinesische Regierung einen anderen Weg als die Bezahlung mit ausländischen Banknoten einfallen lassen. Ausländer bekamen beim Einwechseln von Bargeld oder Reiseschecks grundsätzlich Geldscheine, die sich von denen für das eigene Volk unterschieden. In beiden Fällen lautete der Betrag in Yuan für die größeren Scheine und in Fen für das Kleingeld, die Währungen waren unterschiedlich. Im Gegensatz zur chinesischen Währung Renminbi (Volksgeld) bekamen wir Ausländer FECs (Foreign Exchange Certificates), von den Chinesen auch Waihui (Devisen, Ausländergeld) genannt. Einem Faltblatt hatte ich entnommen, die Ausgabe von FECs sei eine Freundlichkeit, um »unseren Freunden aus dem Ausland« mühsame Währungsumrechnungen zu ersparen, eine interessante Logik.

Mit meinen FECs konnte ich überall bezahlen, Chinesen zeigten gleichfalls Interesse am Besitz von FECs, um Waren kaufen zu können, die es für Renminbi nicht gab. Die wütende Straßenplanverkäuferin hatte bislang wohl nichts von diesen Super-Renminbi gehört, sie hielt meine FECs für Falschgeld. Erst durch ihre neugierig zusehenden Landsleute konnte sie überredet werden, das »wertvollere« Geld anzunehmen.

Eckler kam mit leicht unzufriedenem Gesichtsausdruck zurück, um mich abzulösen. Ich stellte mich an das Ende der mäanderförmigen Schlange vor dem Mausoleum, passte mich dem kontinuierlichen Fluss an, der dadurch zustande kam, dass wir wie ein langes Band an dem »Schneewittchensarg« vorbeigezogen wurden. Kein noch so kurzes Verweilen war erlaubt, ein Übertreten der amtlichen Direktive schlechterdings unmöglich, da sich alle an das Verbot hielten. Also, die Augen links und schnell vorbei, ich bezweifelte, den einbalsamierten Mao gesehen zu haben, ich glaubte eher an eine Puppe.

Wir holten unsere Fahrräder vom Parkplatz ab, reihten uns in den Strom der Radfahrer ein und bewegten uns in Richtung des Friendship Stores an der Janguomenwai Dajie. Mittlerweile fühlte ich mich so sicher im Straßenverkehr, als wäre ich zeitlebens durch Beijing geradelt. Die oberste von allen befolgte Regel bestand in zügigem Fahren ohne viel zu bremsen, jeder wusste, in einer kritischen Situation würden die anderen im eigenen Interesse rechtzeitig anhalten.

Das Radfahrervölkchen bot ein bunt gemischtes Bild. Gut aussehende, adrett gekleidete Damen mit weißen Spitzenhandschuhen in kerzengerader Haltung, Männer in blauer Arbeitskleidung, die große Kartons, zu hohen Türmen zusammengeschnürt, auf ihren Gepäckträgern transportierten und die ganze dazwischen liegende Skala von Möglichkeiten. Ich sah sogar einen Mann, der ein dickes Bündel von mehr als drei Meter langen Moniereisen auf seinem Rad transportierte, an die zwei- bis dreihundert Kilogramm schwer. Dieser Mann schob allerdings sein Fahrrad.

Im Friendship Store, einem großen Kasten mit mehreren Stockwerken, schlenderten wir durch verschiedene Abteilungen, blätterten in Stapeln seidener Teppiche, bestaunten Schnitzereien aus Elfenbein, kunstvoll geschliffenen Jade, probierten schöne, aber unbequeme Rosenholzsitzmöbel aus. Vorbei an nicht enden wollenden Verkaufstheken mit Touristenkrimskrams strebten wir der Abteilung für Musikinstrumente zu. Eckler hatte vor, eine Geige für seine Tochter zu kaufen, es gab ein einziges Modell für umgerechnet fünfzehn Mark, Bogen und Geigenkasten inbegriffen. Wir hatten beide keine Ahnung von Geigen, welches Exemplar also nehmen? Hilfe nahte in Gestalt einer jungen Chinesin, die uns aufgrund der Sprache als Deutsche erkannt hatte. Sie werde in zwei Tagen nach Deutschland fliegen, ließ sie uns wissen, um an der Musikhochschule in Köln zu studieren, ihr in Beijing abgeschlossenes Violinstudium wolle sie dort weiterführen. In den letzten Tagen seien neue Fragen aufgekommen, ob wir sie ihr beantworten könnten? Das taten wir gern und sie suchte als Gegenleistung das ihrer Meinung nach beste Geigenexemplar aus.

Der Tag neigte sich dem Ende zu, viel Zeit bis zur Rückgabe der Fahrräder blieb uns nicht. Eckler schlug vor, für das Abendessen ein ausgesprochen einfaches Restaurant zu suchen, ein richtig urchinesisches, wie er sich ausdrückte. Beim Mittagessen hatte er mir erzählt, schon mit zehn Jahren chinabegeistert gewesen zu sein und alles erreichbare Gedruckte über China verschlungen zu haben. Er nahm das Land anders wahr als ich und versuchte, nah an die Graswurzeln heranzukommen. Nach längerem Suchen fanden wir ein Restaurant, das seinen Vorstellungen entsprach. Es sah beängstigend schlicht aus und nicht gerade sauber, vornehm, nein, sehr vornehm ausgedrückt. Wäre Eckler nicht bei mir gewesen, hätte ich mich auf dem Absatz umgedreht.

Das Radfahren, die Hitze, die staubige Luft hatten uns durstig gemacht, wir bemühten uns zuallererst, an ein großes Bier zu kommen. Das stellte sich als unerwartet kompliziert heraus, hier verstand man ausschließlich Chinesisch und die Art, Bier auszuschenken, erschien uns höchst merkwürdig. Man gab uns durch Gesten zu verstehen, wir müssten zuerst zwei Plastiknäpfe in der Größe mittlerer Salatschüsseln gegen Pfand holen, um sie anschließend mit lauwarmem Bier füllen zu lassen. Das Spülen der Näpfe war wohl mehr eine symbolische Handlung gewesen, das Abwischen des Mundes vor dem Trinken erübrigte sich. Unser Essen holten wir an einer Ausgabetheke, wo wir auf das, was wir essen wollten, zeigen konnten. Die hölzernen Ess–Stäbchen wurden gottlob nach Gebrauch weggeworfen.

Mit gemischten Gefühlen begann ich zu essen. Alle Tische standen dicht beieinander, ich musste mich nicht anstrengen, die hier üblichen Essgewohnheiten wahrzunehmen. Großer Beliebtheit erfreuten sich Geflügel und Fisch. Knochen und Gräten warf man achtlos auf die Tische, da sie nur eine begrenzte Aufnahmekapazität hatten, quollen sie rasch über und weil der Fußboden nur sporadisch gereinigt wurde, war er rund um alle Tische herum mit den nicht essbaren Teilen von Hühnern und Fischen übersät. Das beim Kauen für ungenießbar Erachtete wurde ohne Umschweife gleich auf die Abfallberge gespuckt. Zugegeben, bezüglich des Essens bin ich eher der empfindliche Typ, ich gab mir große Mühe, das nicht zu deutlich sichtbar werden zu lassen. Als aber ein Mann am Nebentisch seinen Daumen bedeutungsvoll an einen Nasenflügel legte und kurz darauf aus vollem Rohr auf den Fußboden rotzte, mochte ich Essen und Bier nicht mehr anrühren.

Am folgenden Tag wurde uns eine große Ehre zuteil, der stellvertretende Minister für Technologie gab für die deutsche Delegation und die an der Konferenz beteiligten Chinesen einen Empfang in der Großen Halle des Volkes. Obwohl nicht gerade wenige Gäste geladen waren, es mochten an die vierhundert Menschen gewesen sein, kam ich mir in dem riesigen Saal verloren vor. Bedeutende Personen hielten die obligaten Reden bevor das Buffet eröffnet wurde. Amüsiert nahm ich zur Kenntnis, dass alle Chinesen mit Messer und Gabel zu essen versuchten, wohingegen alle Deutschen Stäbchen in den Händen hielten.

Gegen Abend des letzten Tages, kurz vor Beendigung der Ausstellung — wir hatten den Rücktransport der Exponate vorbereitet und wollten zum Essen gehen — , gesellte sich eine etwa zwanzigjährige Chinesin zu uns, sprach uns auf Deutsch an und sagte, sie würde gern ihre deutschen Sprachkenntnisse praktizieren. Wir hatten alle keine Lust, ihretwegen länger zu bleiben, wollten sie aber nicht vor den Kopf stoßen und luden sie ein, mit uns zum Essen zu kommen. An diesem Abend fuhren wir zum Ritan Park in der Nähe des Frienship Stores, wo wir vor einigen Tagen ein angenehmes Gartenrestaurant entdeckt hatten, das sich unserer Meinung nach durch eine bemerkenswert gute Küche auszeichnete.

Während wir aufs Essen warteten, erfuhren wir von der Chinesin, sie studiere seit zwei Jahren Deutsch am Fremdspracheninstitut in Beijing. Für das kommende Jahr plante sie einen Studienaufenthalt in Deutschland und hatte eine Reihe damit zusammenhängender Fragen, die wir ihr gern beantworteten. Zusätzlich schrieben wir noch einen Standardtext für Bewerbungen auf, fügten nützliche Adressen hinzu und gaben ihr unsere Visitenkarten.

Auf der Rückfahrt zu unserem Hotel, die Chinesin, ein junger Wissenschaftler und ich saßen im selben Taxi, unterhielten wir beiden Deutschen uns über die Merkwürdigkeit, dass Autofahrer in China bei Dunkelheit ohne Beleuchtung fuhren. Sobald sich vor ihnen etwas zu ereignen schien, was sie ohne Licht nicht deutlich genug erkennen konnten, schalteten sie die Scheinwerfer kurz ein, hernach ging es ohne Licht weiter. Eine schlüssige Erklärung für diese Eigentümlichkeit vermochten wir nicht zu finden.

Unvermittelt fing die Chinesin an zu drängen, sie wolle mit uns in eine Disco gehen, im fünfundzwanzigsten Stock unseres Hotels gebe es eine, bisher habe sie keine Gelegenheit zum Besuch einer solchen Disco gehabt, da nur Hotelgäste eingelassen würden und Chinesen mit Beziehungen. Ich verspürte nicht die geringste Lust, noch länger etwas mit ihr zu tun zu haben, obendrein sollte am nächsten Morgen in der Frühe unser touristischer Anschlusstrip losgehen und ich musste noch meinen Koffer packen. Also sagte ich ihr, es ginge nicht. Da versuchte sie es auf die Tour, mit der sie wahrscheinlich als kleines Kind ihre Eltern herumgekriegt hatte, wurde richtig quengelig und ging uns mit ihrem ewigen »ein Mal, bitte« auf die Nerven. Meinen jungen Kollegen hatte sie bald weich geklopft, er erklärte sich bereit, mit ihr in die Disco zu gehen — falls ich mitkäme. Sie hatte ihren Kopf durchgesetzt.

Während die Chinesin in der Hotelhalle wartete, brachten wir schnell die Taschen mit Ausstellungsunterlagen auf unsere Zimmer und trafen uns wenig später in der Lounge vor dem Aufzug. In der Zwischenzeit hatten sich die übrigen Kollegen ebenfalls eingefunden und feixten nicht schlecht, als sie uns drei im Lift entschwinden sahen. Die Disco befand sich in einem verglasten Rundbau, trotz der spärlichen Beleuchtung Beijings hatten wir einen wunderschönen Ausblick auf die Stadt mit ihrer flachen Bebauung, aus der einige wenige Hochhäuser aufragten. Mich interessierte vor allem, ob ich Prostituierte erkennen würde, wo sonst, wenn nicht hier, sollten Kontakte in unserem Hotel hergestellt werden?

Um halb zehn ließ uns unsere Begleiterin wissen, jetzt sei gerade der letzte Bus in Richtung ihres Studentenwohnheims abgefahren, fragte, ob sie bei uns im Hotel bleiben könne. Wir versuchten erst gar nicht herauszufinden, in wessen Bett sie zu nächtigen gedachte, komplimentierten sie mit sanfter Gewalt zum Hoteleingang, setzten sie in eins der dort ständig wartenden Taxis und zahlten dem Fahrer den Betrag, den er für die Fahrt zu ihrem Wohnheim haben wollte.

Der Rest unserer Gruppe erwartete uns in der Bar gegenüber dem Eingang, von wo aus wir genüsslich beobachtet worden waren. Man hatte in der Zwischenzeit kräftig dem Qingdao-Bier zugesprochen und dementsprechend klangen die Bemerkungen unserer freundlichen Mitmenschen ob unseres Beinaheabenteuers.

Andrentags versammelte sich die Reisegruppe frühmorgens in der Hotelhalle, ein Bus stand abfahrbereit, um uns zum Flughafen zu bringen. Die chinesische Freundin vom Vorabend hatte es sich nicht nehmen lassen, rechtzeitig zu erscheinen, um uns Lebewohl zu sagen.

Die kleine Episode kam damit noch nicht zu ihrem endgültigen Abschluss. Rund ein Jahr später fand ich in meiner Post den Brief einer Chinesin aus Beijing, in dem sie mir schrieb, sie würde gern nach Deutschland kommen, alles sei geregelt, sie benötige lediglich eine Bürgschaft, um ihr Visum zu erhalten. Geld für das Studium in Deutschland habe sie genug, es bestehe somit kein Risiko, für sie zu bürgen. Um mir die Entscheidung weiter zu erleichtern, hatte sie ein Polaroidfoto beigelegt, das sie kokett auf einem Tisch sitzend zeigte mit übereinandergeschlagenen Beinen, den Rock über die Knie hochgezogen. Vielleicht sollte man zurückhaltender mit seinen Visitenkarten umgehen.

Xian, das erste Ziel unserer touristischen Reise, erreichten wir nach einem Flug von knapp zwei Stunden. Bei der Landung konnte ich kein einziges Flugzeug am Boden entdecken, die gleiche Leere wie in der Hauptstadt. Noch während wir im Flugzeug saßen, wurde unser Gepäck ausgeladen, allerdings musste ich zweimal hinsehen, um zu glauben, was ich sah: Die Koffer warf man unbekümmert aus dem Flugzeug auf die Ladefläche eines Lastwagens. Wie sich später herausstellte, wurde Ecklers Koffer durch die robuste Behandlung stark beschädigt und unser Kollege musste viel Zeit aufwenden, um den Schaden ersetzt zu bekommen.

Nach einem mehr als enttäuschenden Mittagessen stand »Stadtrundfahrt« auf dem Programm. Unsere lokale Reiseleiterin sprach hervorragend deutsch, selbst das »r« bereitete ihr kaum Schwierigkeiten. Nur wenn »l« und »r« in einem Wort dicht aufeinanderfolgten, gab es Aussetzer im Unterscheidungsmechanismus, etwa bei »Malelei« oder »Weinkellelei«. Im Grunde kannte ich das Problem aus eigener Erfahrung, in Kindertagen hatten wir unseren Spaß an dem Zungenbrecher »Blaukraut bleibt Blaukraut und Brautkleid bleibt Brautkleid« gehabt, bei der Chinesin lag die Stolperschwelle eben um einiges niedriger. Leider regnete es in Strömen und wir sahen wenig von dem, was uns die wortgewandte Reiseleiterin nahezubringen versuchte, zumindest ich war froh, als die touristische Pflichtübung zu Ende ging.

Abends änderte sich das Wetter, ich verließ das Hotel, machte mich auf zu einem kleinen Bummel entlang der Straße, die zum Stadtkern führte. Hier reihte sich auf beiden Seiten Garküche an Garküche, es duftete verführerisch. Mit skeptischem Blick nahm ich die hygienischen Verhältnisse bei der Zubereitung des Essens zur Kenntnis, was mich davor bewahrte, allen Warnungen zum Trotz schwach zu werden und Jiaozi[12], mit unglaublicher Geschicklichkeit hergestellte Nudeln, Fleischspieße sowie andere Leckerbissen zu kosten.

Am nächsten Tag stand der Xianhöhepunkt auf dem Programm, die Besichtigung der Terrakotta-Armee. Diese unglaublich aufwendige Grabbeigabe für den Kaiser Qin Shi Huang war erst vor dreizehn Jahren von Bauern zufällig entdeckt worden, man hatte schnell ein Museumsgebäude über dem Grabungsfeld errichtet und einen Teil der lebensgroßen Krieger in der vor rund zweitausend Jahren vorgenommenen Aufstellung für Besucher zugänglich gemacht. Der erste Eindruck war überwältigend, was musste das für ein mächtiger Kaiser gewesen sein, der noch nach seinem Tod von dieser wie für einen bevorstehenden Kampf aufgestellten Armee beschützt wurde. Wir durften dicht an die Figuren herangehen, konnten alle Einzelheiten gut erkennen, manche Krieger trugen ihre bronzenen Waffen, sie wurden noch nicht in einer getrennten Sammlung aufbewahrt.

Auf dem Rückweg machten wir an der Großen Wildganspagode Halt, abends beschloss der Besuch einer »Pekingoper für Tou-

---

[12]gekochte gefüllte Teigtaschen

risten« das Programm in dieser Stadt.

In Hangzhou, unserem nächsten Etappenziel, stellten der Westsee und seine landschaftlich reizvolle Umgebung die besondere touristische Attraktion dar. Dass die Stadt zu recht als einer der vier Feueröfen Chinas bezeichnet wird, bekamen wir gleich beim Verlassen des Flughafengebäudes zu spüren. Die Hitze setzte allen stark zu, die Hälfte der Reisegruppe wagte das Hotel erst am Spätnachmittag zu verlassen.

Nachhaltigen Eindruck hinterließ bei mir die Besichtigung einer großen Seidenfabrik. Nicht die Geschichten um Seidenraupen, Maulbeerbäume und Kokons beeindruckten mich, das hatte ich alles vor Jahrzehnten im Biologieunterricht gelernt. Nein, es waren die Produktionsmethoden, die für unangenehme Eindrücke sorgten. In den Fabrikhallen herrschte entsetzliche Hitze, die Luftfeuchtigkeit lag in der Nähe von hundert Prozent, hinzu kam der von den Webstühlen erzeugte infernalische Lärm. Ähnlich mussten die mechanischen Webereien im Jahre 1844 zur Zeit des schlesischen Weberaufstands ausgesehen haben, der den Stoff für eins der bekanntesten Dramen Gerhart Hauptmanns geliefert hatte. Zwei Jahre nach meinem Besuch der Seidenfabrik las ich in Egon Erwin Kischs »China geheim« seine Beschreibung einer Weberei in Hangzhou, die mir verblüffend bekannt vorkam, als hätte ich fünfzig Jahre nach ihm dieselbe Fabrik besichtigt. Einen wichtigen Unterschied konnte ich ausmachen: Bei meiner Werksbesichtigung trugen die Frauen ihre kleinen Kinder nicht mehr bei der Arbeit auf dem Rücken.

Mit der Eisenbahn ging es in einer vierstündigen Fahrt weiter nach Shanghai. Der Blick aus dem Fenster bot wenig Interessantes, die Provinz Zhejiang sah außerordentlich fruchtbar aus, nicht zuletzt wegen des Wasserreichtums. Elektrische Energie schien nur in beschränktem Umfang zur Verfügung zu stehen, die niedrigen Hochspannungsmasten und die wenigen Leitungen waren nicht für hohe Leistung ausgelegt.

Am frühen Nachmittag erreichten wir Shanghai. In unserem Hotel, dem Shanghai Mansions — lost glory, so mein erster Eindruck — , erwartete mich bereits mein Kollege Zhu, zusammen mit seiner netten Frau. Wir tauschten ein paar freundliche Worte aus, auf Deutsch mit Zhu, auf Französisch mit seiner Frau und wir verabredeten, Zhu solle mich am nächsten Morgen um halb acht abholen.

In meinem Hotelzimmer roch es unangenehm alt, nachts schlief ich schlecht, das zeitige Aufstehen fiel mir schwer. Ich öffnete das Fenster in der Hoffnung, durch die kühle Außenluft schneller munter zu werden und mit dem zusätzlichen Ziel, eine Verdünnung des scheußlichen Zimmergeruchs zu erreichen. In der Morgendämmerung bevölkerte eine beachtliche Anzahl Menschen die Straße vor dem Hotel, überwiegend ältere Leute, die still und konzentriert ihre morgendlichen Taijiübungen ausführten.

Kurz darauf klopfte Zhu an meine Zimmertür, ohne Frühstück fuhr ich mit ihm zum Gebäude einer wissenschaftlichen Vereinigung im Zentrum Shanghais, wo ich über eins meiner aktuellen Forschungsthemen reden sollte. Zhu, ein Mitglied des Vorstands dieser Vereinigung, hatte die Veranstaltung offensichtlich groß angekündigt, während meines einstündigen Vortrags blickte ich auf erstaunlich viele Zuhörer. Im Anschluss fuhren wir zu seiner Hochschule, weit vom Stadtkern entfernt, in einem Hochschulauto der Marke »Shanghai«, das mich stark an den Mercedes 220S erinnerte, ein Luxusauto in Kindertagen. Das Auto wurde von einem baumlangen Chauffeur gesteuert. In der Uni machte mich Zhu mit einigen wichtigen Leuten bekannt, viele von ihnen trugen die blauen baumwollenen Einheitsanzüge, hatte das mit Partei und Ideologie zu tun oder geschah es aus Kostengründen?

Zum Mittagessen gingen wir in einen ungemütlich großen, kalten Raum, der einen wenig benutzten Eindruck machte. Der Vizepräsident der Hochschule hatte mich eingeladen, außer Zhu und mir nahm noch die Leiterin des Auslandsamts, Frau Liu, an dem Essen teil. Das Drumherum wirkte schrecklich abstoßend auf mich, nachdem die Gerichte aufgetragen waren, vergaß ich schnell die wenig anheimelnde Atmosphäre. Das Essen schmeckte vorzüglich, anders als das in den Hotels, viel chinesischer, wie mir schien. Frau Liu bediente mich, indem sie mich unter Zuhilfenahme besonderer Ess–Stäbchen mit Leckerbissen versorgte. Meine Art, die hervorragend zubereiteten kleinen Garnelen zu essen, belustigte die drei, weil ich sie mühsam puhlte, wie Nordseekrabben. Sie steckten die delikaten Meeresfrüchte geradewegs in den Mund, nachdem sie ihnen vorher mit ihren Stäbchen die Köpfe abgeknipst hatten, kauten eine Weile und legten dann die Schalen unter kunstvoller Verwendung ihres »Bestecks« beiseite.

Am Nachmittag wollte ich früh zu meiner Gruppe zurückkehren, Zhu und mir blieb wenig Zeit für Gespräche. So kam er ohne Umschweife auf den Punkt zu sprechen, der ihm vor allem am Herzen zu liegen schien. Er fragte, ob ich mir vorstellen könne, einige Zeit als Gastprofessor in seiner Hochschule zu verbringen. Ihm, der zur Generation derer gehörte, die bitter unter den Auswüchsen der Kulturrevolution gelitten hatten, sei daran gelegen, die Studenten mit ausländischen Professoren in Kontakt zu bringen. Das Ministerium, dem seine Hochschule unterstehe, würde meine Gastprofessur finanzieren, fuhr er fort, sein Anliegen passe somit in die Vorstellungen von Partei und Regierung und es würde Zhu sicherlich nicht zum Schaden gereichen, wenn er derartige Kontakte aufbauen könnte. Obwohl das Angebot aus heiterem Himmel kam, willigte ich sofort ein. China besser kennenzulernen, mehr und intensivere Kontakte zu den Menschen zu bekommen, das klang verlockend. Wir kamen überein, mein Besuch solle nach Möglichkeit im darauffolgenden Frühjahr stattfinden. Zhu meinte, die Zeit bis dahin reiche aus, um die erforderlichen Schritte mit seinem Ministerium abzuklären und im Übrigen verabredeten wir, uns gegenseitig auf dem Laufenden zu halten.

Shanghai, vor rund hundertfünfzig Jahren noch ein unbedeutendes Fischerdorf, blickte nicht auf eine großartige kulturelle Vergangenheit zurück, den Aufstieg zur heimlichen Metropole verdankte die Stadt dem Geldverdienen im großen Stil, das im ausgehenden neunzehnten Jahrhundert seinen Anfang nahm. Das Nachmittagsprogramm unserer Gruppe bestand in einem Besuch des Yuyuangartens, einer ausgesprochen bescheidenen Attraktion für Touristen. Auf der Zickzackbrücke neben dem alten Teehaus ereignete sich eine kleine erwähnenswerte Episode. Einer aus unserer Gruppe warf achtlos seine Zigarettenkippe auf den Boden, wie er es gewohnt war. Augenblicklich stand, wie aus dem Boden geschossen, eine alte, dicke Chinesin mit grauen Stulpen über den Ärmeln ihrer blauen Jacke neben ihm und begann händefuchtelnd mit hoher Stimme auf ihn einzureden. Seine Sprachlosigkeit deutete sie möglicherweise als Verstocktheit, was sie regelrecht in Zorn geraten ließ. Jemand aus der gaffenden Menge, die sich um uns gebildet hatte, kam und übersetzte ins Englische, unser Freund habe wegen seines Sauberkeitsfrevels zehn Fen zu zahlen und zusätzlich müsse er seine Kippe aufheben und in einen Abfallbehälter werfen. Sichtlich verlegen ergänzte er, die Frau sei auf der Brücke für die Überwachung der Sauberkeit zuständig und verpflichtet, jedem Sünder eine pädagogische Lektion zu erteilen und ein Ordnungsgeld zu erheben. Die Zahlung der Strafe in Höhe von fünf Pfennigen bereitete unserem Freund keine Schwierigkeit, doch das Erleiden der erzieherischen Maßnahme schmeckte ihm wie eine bittere Pille, über hundert Augenpaare waren auf ihn gerichtet.

Guilin, im Süden in dem autonomen Gebiet Guangxi gelegen, war unser letztes Ziel in der Volksrepublik China. Die Fahrt mit einem kleinen Boot auf dem Li Jiang von Guilin nach Yangshuo durch eine fantastische Landschaft ließ Wehmut in mir aufkommen, dass die Zeit in China zu Ende ging, ich tröstete mich mit der Aussicht auf die Gastprofessur im kommenden Jahr. In Yangshuo erstand ich bei einem Trödler eine Junghans-Tischuhr, wie man sie um die Wende vom neunzehnten zum zwanzigsten Jahrhundert hergestellt hatte, Massenware. Das Uhrwerk schien aus Deutschland importiert worden zu sein, auf dem Uhrengehäuse las ich »Wm MEYERINK & Co«, die chinesischen Schriftzeichen auf dem rückwärtigen metallenen Türchen deuteten auf eine Herstellung des Gehäuses in China. Vielleicht eine Reminiszenz an die Zeit zwischen 1898 und 1914, als die Provinz Shandong zu einem großen Teil unter deutscher kolonialer Verwaltung stand, schönfärbend sprach man von Schutzgebiet. Beim Bezahlen Uhr wurde die Höhe des Rückgeldes mit einem Taschenrechner ermittelt, um ganz sicher zu gehen, kontrollierte der Verkäufer das Ergebnis der elektronischen Rechenhilfe noch blitzschnell mit einem Abakus.

Von Hongkong flog ich nach Deutschland zurück.

In der Folgezeit erhielt ich nur spärliche und unklare Informationen von Zhu, was mich, je näher der Zeitpunkt für meine zweite Chinareise rückte, mit wachsender Unruhe erfüllte. Am Ende kam alles anders, der Ausbruch einer Hepatitisepidemie in Shanghai — man sprach von zwei Millionen Erkrankten, private Händler hätten verdorbene Muscheln verkauft — machte den ursprünglichen Plan zunichte. Notgedrungen verschoben wir das Vorhaben um ein Jahr mit dem positiven Nebeneffekt, dass mir mehr Zeit zur Verfügung stand, um mich mit Informationen über China zu beschäftigen. Beim zweiten Anlauf traten zum Glück keine unvorhergesehenen Hindernisse auf, die für mein Visum erforderliche offizielle Einladung durch das zuständige chinesische Ministerium kam spät, aber noch rechtzeitig.

Erneut befand ich mich nun auf dem Weg zum Flughafen Frankfurt. In Köln war ich in den Airport Express gestiegen, eine praktische Einrichtung in jenen Jahren, das Flugticket berechtigte auch zur Bahnfahrt 1. Klasse, ich konnte den Checkin bequem im Zug erledigen und brauchte mich von da ab um nichts mehr zu kümmern. Im Abteil saß außer mir niemand, was meiner Stimmung entgegenkam, ungestört konnte ich meinen Gedanken nachhängen.

Wir verließen gerade den Bonner Bahnhof. Wie bei früheren Gelegenheiten erschien er mir unangemessen für eine Hauptstadt, der Repräsentationsaspekt bei Bahnhöfen schien nicht mehr wichtig zu sein. Trotzdem, ein bisschen mehr als dieser einfallslose Provinzbahnhof hätte es schon sein können. Die Abteiltür wurde geöffnet, eine junge Frau mit zwei Reisetaschen quetschte sich herein und setzte sich auf den Platz mir gegenüber. Ihr Gesicht deutete auf ostasiatische Herkunft, vielleicht stammte sie aus Indonesien, Malaysia oder von den Philippinen? Wie eine Chinesin sah sie nicht aus, gleichwohl lenkte sie meine Gedanken auf mein Reiseziel China, genauer sollte ich sagen, die Volksrepublik China.

Der Zugkellner kam, fragte nach unseren Wünschen für das

Mittagessen und wenig später kehrte er mit vollen Tabletts zurück. Ich wünschte der Dame gegenüber guten Appetit, schweigend begannen wir zu essen. Aus Höflichkeit hätte ich den Versuch zu einer Unterhaltung unternehmen sollen, fühlte mich aber nicht in der rechten Stimmung, daneben irritierte mich das viele Gold, mit dem sich die Dame behängt hatte. Nach dem Essen döste ich vor mich hin, musste später für eine Weile eingenickt sein, beim Aufwachen stellte ich verwundert fest, dass wir in Kürze den Flughafenbahnhof Frankfurt erreichen würden.

Bis zum Abflug blieb mir viel Zeit, ich musste mich in Geduld üben und versuchte, die Wartezeit durch Lesen erträglicher vergehen zu lassen, schlenderte später gemächlich zu meinem Abfluggate und saß die restliche Zeit in einer der unbequemen Sitzschalen der Lounge ab.

Unter den Wartenden war auch die Dame aus meinem Abteil. Wie sie sah die Mehrzahl der Menschen ringsum ostasiatisch aus, nur eine Handvoll Europäer wartete in dem Raum. Manila war das Ziel des Lufthansaflugs, beim Zwischenstopp in Hongkong würde ich das Flugzeug wechseln. Die letzte Stunde zog sich endlos hin, schließlich begann das grüne Signallämpchen zu blinken, eine Stimme aus dem Lautsprecher forderte zum Einsteigen auf, die Lounge leerte sich langsam.

Ich nahm meinen Fensterplatz ein, dass ich im Flugzeug dort am liebsten sitze, ist ein Überbleibsel aus meiner Schülerzeit, als wir um Fensterplätze im Eisenbahnabteil — dritter Klasse, Holzbänke — regelrecht kämpften, wenn wir in den Sommerferien aufs Land fuhren. Zwei Reihen vor mir entdeckte ich den Notausstieg. Vor Jahren belächelte mich eine junge Amerikanerin auf einem Flug von Boston nach Frankfurt, weil mir »the next exit« wichtig zu sein schien: Wir seien alle in Gottes Hand und sein Wille würde in jedem Fall geschehen.

Nach dem Verstauen des Handgepäcks kramte ich zögernd eine kleinformatige chinesische Kladde mit schwarzrotem Einband aus meiner ledernen Umhängetasche hervor. Das dicke Notizheft hatte ich mit dem Ziel gekauft, auf dieser Reise Tagebuch zu führen, mein erster Anlauf, eigene Erlebnisse und Gedanken täglich aufzuschreiben. Die Idee war mir ohne besonderen Anlass gekommen und zuerst wollte ich den plötzlichen Einfall genauso schnell verwerfen wie er aufgetaucht war. Nach und nach gelang es mir, mich mit dem Gedanken anzufreunden und nun schlug ich beherzt die erste Seite auf, trug Wochentag und Datum ein, legte das Tagebuch danach unsicher beiseite.

Alle Vorbereitungen durch Bodenpersonal und Flugzeugbesatzung waren abgeschlossen, die Boeing 747 rollte gegen halb zehn zur Startbahn, spurtete kurz darauf los, hob nach wenigen Sekunden ab und zog ihre erste Schleife. Frankfurt lag wie ein gewaltiges Lichtermeer unter mir, nicht ganz so beeindruckend wie Los Angeles bei Nacht, aber immerhin. Noch vor hundert Jahren herrschte nach Sonnenuntergang Dunkelheit auf der Erde, wer nachts unterwegs sein musste, hatte sich mit dem kümmerlichen Licht des Mondes begnügen müssen, falls es überhaupt zur Verfügung stand. Jetzt bestand die Möglichkeit, die Nacht fast zum Tag werden zu lassen — mit einem Riesenaufwand an Energie.

Frankfurt entschwand schnell, gleichzeitig verblassten die rückwärts gerichteten Gedanken. Der Kapitän meldete sich über Lautsprecher, nannte jovial seinen Namen, sagte, wir würden nonstop bis Hongkong fliegen, der Flug würde voraussichtlich elf Stunden und zehn Minuten dauern. Er nannte eine Reihe von Orientierungspunkten, die ich wegen der schlechten Lautsprecherqualität nur teilweise verstehen konnte, eine Zwischenlandung würde nicht erforderlich sein. Wir hätten Rückenwind, der mit neunzig Kilometern pro Stunde schiebe.

Ohne einen für mich erkennbaren Grund änderte sich meine Stimmung, schlug regelrecht um. Ich begann darüber nachzudenken, ob mir meine Zusage seinerzeit nicht zu schnell über die Lippen gegangen war. Was würde ich von der nicht unbeträchtlichen Arbeit haben, die in den Vorarbeiten steckte? Vor allem in das speziell für die chinesischen Studenten angefertigte schriftliche Material hatte ich viel Zeit investiert, davon manche Stunde nach Mitternacht. Über hundert Seiten umfasste das auf Englisch verfasste Skript, ein Exemplar hatte ich an Zhu zum Übersetzen geschickt um den Studenten neben der englischen zusätzlich eine chinesische Version verfügbar zu machen.

Meine momentane Gemütslage wurde vielleicht durch eine unterschwellige Sorge beeinflusst, wie es mir in Shanghai als isoliert lebendem Ausländer ohne Chinesischkenntnisse ergehen werde. Wie würde es um meine Bewegungsfreiheit bestellt sein? Gewiss, während meines Aufenthalts vor zwei Jahren konnte ich die positiven Veränderungen der Lebensumstände in China gegenüber denen in den ersten drei Jahrzehnten nach 1949 mit eigenen Augen sehen. Die durch Mao Zedongs Politik in hohem Maße verschuldeten Hungersnöte zu Beginn der 1960er Jahre, die viele Millionen Menschen das Leben gekostet hatten, lagen lange zurück. Anders die »Kulturrevolution«, in Wirklichkeit eine Zeit der Barbarei, in der Hunderttausende, womöglich Millionen umgebracht oder in den Tod getrieben wurden. Diese Periode spielte im Denken vieler Chinesen weiterhin eine wichtige Rolle, zumal nur die ganz Jungen nichts mit ihr zu tun gehabt hatten, aktiv oder passiv. Dem durch Deng Xiaoping maßgeblich geformten politischen Kurs nach Beendigung der Kulturrevolution verdankte das Land eine anerkennenswerte wirtschaftliche Aufwärtsentwicklung, die namentlich in den großen Städten zu spüren gewesen war. Gleichzeitig war mir China, abgesehen von den Touristenzentren, hauptsächlich grau und schmutzig erschienen. Was aus den Schloten der Industriebetriebe quoll, hatte bisweilen meine Vorstellungskraft überstiegen, obwohl ich die unschönen Seiten der Schwerindustrie aus eigenem Erleben während meiner Kindheit im Ruhrgebiet kannte. Nein, ein romantisches Folklore–China erwartete ich nicht, erwartete mich nicht.

Aus meiner damaligen Stimmung heraus hatte ich Zhus Einladung spontan angenommen, zusätzlich mochte ein verbliebener Rest jugendlicher Abenteuerlust eine Rolle gespielt haben, der latente Wunsch, mich in eine unbekannte und ungewohnte Situation zu bringen und zu beobachten, was sich daraus ergeben würde. Möglich, dass ich vor zwei Jahren ein unausgesprochenes Bedürfnis spürte, abseits von allem Gewohnten für eine begrenzte Zeit abzutauchen um über mich nachzudenken. Mein Entschluss war richtig gewesen, außerdem hatte ich die Angelegenheit angezettelt und musste sie zu Ende bringen.

Blau uniformierte Damen brachten das Abendessen, ich empfand es als angenehme Unterbrechung, zumal ich mir jetzt meines

Hungers bewusst wurde. Beim Essen besserte sich meine Gemütsverfassung fühlbar, der badische Grauburgunder tat ein Übriges. Ich blickte herum und nahm mit Zufriedenheit die schwache Auslastung des Flugzeugs zur Kenntnis, angenehm im Hinblick auf die Toiletten. Da mir eine ganze Sitzreihe zur Verfügung stand, würde ich in der Nacht obendrein reichlich Platz zum Schlafen haben.

Nach dem Essen fühlte ich mich richtig wohl, machte es mir bequem und begann die Süddeutsche Zeitung zu lesen. Die Ausgabe enthielt unter anderem einen längeren Artikel über die in China stattfinden Veränderungen. Der Autor schrieb kenntnisreich und sachlich, sein Bericht hob sich wohltuend von der damaligen Fernsehberichterstattung über China ab. Er bezeichnete die Intellektuellen als Verlierer der derzeitigen Entwicklungen, Lehrer und Professoren hätten sinkende Realeinkommen wegen ihrer festen Bezüge bei einer hohen Inflationsrate, die in diesem Jahr auf achtunddreißig Prozent geschätzt wurde. Die gesunkene Attraktivität des Lehrerberufs begann sich in einem ansteigenden Analphabetismus niederzuschlagen. Nach der Befreiung, wie in China der Sieg der Kommunisten über den Guomindang im Jahr 1949 zusammen mit der anschließenden Ausrufung der Volksrepublik bezeichnet wird, gehörte es zu den großen Erfolgen der neuen Regierung, Menschen aus bis dahin bildungsfernen Schichten die Möglichkeit zu eröffnen, lesen und schreiben zu lernen. Die Errungenschaft schien Risse zu bekommen. Der Zeitungsartikel ging auch mich an, betraf sein Inhalt in Teilen doch dasjenige Milieu, in dem ich in der kommenden Zeit leben würde.

Für den Film über Dominique und Eugène im Bordkino wollte keine rechte Begeisterung in mir aufkommen, auf Kanal neun gab es Musik von den Beatles, die ich gern gehört hätte, wäre der durch zwei blaue Plastikschläuche in meine Ohren transportierte Klang nicht so unerträglich scheppernd gewesen. Ich machte es mir für die Nacht bequem, sah noch eine Weile aus dem Fenster oder sollte man es beim Flugzeug nicht auch Bullauge nennen? Aus dem Sternenhaufen versuchte ich eins der wenigen mir bekannten Sternbilder herauszufiltern, entdeckte nach längerem Suchen Kassiopeia und wurde von meiner Müdigkeit übermannt.

Als ich wach wurde und den Fensterschieber hochdrückte, meine Uhrzeiger zeigten dreiviertel vier morgens an, schlug mir eine gleißende Helligkeit entgegen: Die Nacht wird kurz, wenn man nach Osten fliegt. Eine Flugbegleiterin — was für ein Bürokratenwort, allerdings nicht so schrecklich wie Kindertagesstätte — brachte die erste Runde Saft, ich holte mein Resochin zur Malariaprophylaxe heraus. Musste es sein, half das Mittel wirklich?

Wegen des guten Wetters kam beim Landen auf der schmalen, kurzen Landzunge in Hongkong kein beunruhigendes Gefühl in mir auf, obwohl wir derart dicht über die Häuser hinwegflogen, dass ich Einzelheiten in den Wohnungen erkennen konnte. Ein neuer Flughafen musste rasch gebaut werden.

Mein Hotel in Kowloon, abseits der Glitzerwelt gelegen — der günstige Zimmerpreis hatte den Ausschlag gegeben —, musste noch nicht schäbig genannt werden, zumindest von außen wirkte es sauber. Das Bad hingegen machte einen schmuddeligen Eindruck, die Wanne wies zahlreiche bräunliche Stellen auf, an denen der Rost infolge des abgeplatzten Emails mächtig nagte. Widerwillig stieg ich in die wenig einladende Wanne, um mich unter der pladdernden Dusche vom Gefühl der Verschwitztheit und Klebrigkeit zu befreien, das eine im Flugzeug verbrachte Nacht hinterlässt. Der starke Chlorgeruch des Wassers störte mich gewaltig, das anschließende Zähneputzen kostete mich beträchtliche Überwindung.

Ich verließ mein Hotel, erreichte nach wenigen Schritten die Nathan Road und ging weiter in Richtung Kai. Aß etwas in einem heruntergekommenen Fast-Food-Schuppen.

Neben dem »Restaurant« wurde ein neues, zehnstöckiges Gebäude errichtet. Das riesige Baugerüst vor der gesamten Vorderfront zog meine Aufmerksamkeit auf sich, da es aus unzähligen Bambusstangen bestand, eine solche Konstruktion sah ich zum ersten Mal. Hier wurde mit Hilfsmitteln einer vergehenden Epoche ein Bauwerk für eine neue Ära hochgezogen.

Die Erledigung einer Aufgabe stand noch an: Ich musste ein paar Geschenke für diesen oder jenen Anlass in China kaufen. Nach Möglichkeit Produkte mit bekannten Markennamen, die Öffnung Chinas hatte einen Heißhunger für derlei Gebrauchsgüter geweckt, vor allem bei den Jüngeren.

Nach den nasskalten Monaten in Deutschland genoss ich den warmen Frühlingstag, zufrieden und gutgelaunt ging ich weiter in südliche Richtung. Die Skyline von Hongkong erschien mir nicht mehr so aufregend wie beim ersten Anblick, aber nach wie vor beeindruckend. Hongkong, magisches Zauberwort für viele Festlandchinesen seit 1949. Zuerst nicht nur wohlriechender, sondern wohl auch sicherer Hafen[13] für manche, die ihre Millionen vor dem Zugriff der neuen Herrscher in Sicherheit bringen wollten, später Option auf ein Eldorado für mutige Habenichtse. Wenige fanden es, wie man leicht sehen konnte, wenn man sich ein paar Meter von den glänzenden Geschäftsstraßen entfernte. Sie mochten sich mit dem Gefühl trösten, in einem freiheitlichen System zu leben. Wie sah die Wirklichkeit aus? Keiner von ihnen hatte bisher wählen können, von Demokratie hielten die Engländer in ihrer Kronkolonie nichts. Ich erinnerte mich an die Bettler mit den blauen Beinen, die nachts auf den Abluftschächten lagen, um sich zu wärmen, an den alten, ausgemergelten Mann, der auf einer belebten Hauptstraße seinen archaischen zweirädrigen Karren wie ein angeschirrter Ochse zog, von hupenden Luxusautos zur Eile angetrieben. Ähnliches hatte ich in China nicht beobachtet, aber durfte ich mir ein vorschnelles Urteil anmaßen? Zwei Jahre zuvor sah ich in der Garage einer Villa zwei Autos der Marke Rolls Royce nebeneinander stehen. Tüchtige konnten es offensichtlich schaffen.

Es begann kühler zu werden, meine Müdigkeit verstärkte das Kältegefühl, die wenigen unerledigten Einkäufe verschob ich auf den nächsten Vormittag, mein Flieger nach Shanghai würde erst gegen Abend gehen. Kaufte Obst an einem Stand und ging langsam zu meinem Hotel, eigentlich war es zu früh zum Schlafen, doch mir fehlte der Antrieb, noch irgendetwas zu unternehmen, die Fünfundzwanzig-Watt-Lampe in meinem Hotelzimmer ließ kein Lesen zu und einen Fernseher gab es nicht.

Der nächste Vormittag verging schnell. Dutzende von Malen versuchte ich telefonischen Kontakt zur Bestätigung meines Flugs nach Shanghai mit der chinesischen Fluggesellschaft CAAC auf-

---

[13]Hongkong bedeutet, auf Kantonesisch, wohlriechender Hafen

zunehmen. Mit dem mageren Ergebnis, dass ich am Ende die Telefonnummer auswendig kannte. Zwar beruhigte mich der Mann an der Hotelrezeption, das tote Telefon sei bei CAAC normal, meine Skepsis vermochte er damit nicht zu beseitigen, ich verließ das Hotel zeitig.

Unter den Abfertigungen der internationalen Fluggesellschaften suchte ich vergebens nach CAAC, die Schalter der chinesischen Fluglinie lagen abseits in einem schlecht beleuchteten Bereich der Halle, ihre technischen Einrichtungen konnten nicht mit dem üblichen Standard konkurrieren. Mich störte es nicht, dass beim Einchecken mit Listen und Aufklebern gearbeitet wurde, da der Flug nicht über Shanghai hinaus ging, musste ich keine Sorge haben, mein Gepäck könnte fehlgeleitet werden.

Die Wartezeit nutzte ich zum Schreiben, es standen noch Tagebucheinträge aus. Las danach die FAZ vom Vortage. Langsam füllte sich die Wartehalle mit Festlandchinesen, gut an ihrer Kleidung zu erkennen und an ihren Schuhen, besonders deutlich an riesigen Kartons, die sie zu den Abfertigungsschaltern bugsierten. Japanische oder koreanische Fernseher und mannshohe Kühl-Gefrier-Kombinationen schienen die aktuellen Renner zu sein. Vor Jahren hatte ich in Deutschland eines Nachts auf einem Bahnsteig mitangesehen, wie die Abteile eines Zugs nach Warschau von polnischen Reisenden mit unzähligen Koffern, Taschen und Kartons vollgestopft wurden, als gälte es, eine ganze Woiwodschaft mit Luxusgütern aus dem Westen zu versorgen. Was hier von Chinesen angeschleppt wurde, übertraf die damalige Transferaktion beträchtlich. Anfangs sah ich dem Treiben belustigt zu, als das kleine Flugzeug andockte, das uns zusammen mit dem Warenlager nach Shanghai bringen sollte, ging meine anfängliche Erheiterung in Stirnrunzeln über.

Wenig später hob unser Flugzeug problemlos vom Boden ab. Auf dem zweistündigen Flug wurde ein kleiner Imbiss serviert, leider ohne Wein, stattdessen kredenzten junge Damen grünen Tee. Aus Wasserkesseln, wie sie in Kindertagen als blank gewienerte obligate Requisiten weiß emaillierte Küchenkohleherde zierten, die weißen, gestärkten Schürzen des Kabinenpersonals passten wunderbar zu der nostalgischen Erinnerung.

Ein unangenehmer Gedanke begann mich zu plagen: Was tun, wenn mich Zhu aus irgendeinem Grund nicht abholen würde? Nachts allein am Flughafen Hongqiao ohne die geringsten Chinesischkenntnisse?

Wir näherten uns Shanghai, anders als beim Start in Frankfurt herrschte tiefe Finsternis unter uns, wenig später landete die Maschine. Auf der kurzen Strecke von der Landebahn zum Abfertigungsgebäude konnte ich wegen der spärlichen Beleuchtung nicht viel sehen, vor dem Gebäude machte ich drei oder vier Flugzeuge in Parkposition aus, lächerlich für den Flughafen einer Zwölfmillionenstadt, aber das kannte ich ja von anderen chinesischen Riesenstädten.

Das Flugzeug leerte sich, ich schwamm als einziger Nichtchinese in dem Menschenstrom mit, zum Gepäckband. Auch als Einzelner hätte ich mein Ziel ohne Schwierigkeit gefunden, überall standen Uniformierte — Polizisten? Soldaten? —, die Sorge trugen, dass wir nicht vom rechten Wege abkamen. Die Gepäckausgabe befand sich in einem kleinen, unaufgeräumten Raum mit unebenem, von zahlreichen Rissen durchzogenen Zementfußboden. Ich zerrte meinen großen Koffer vom Band und folgte gelassen meinen chinesischen Mitpassagieren in Richtung Passkontrolle und Zoll.

Mein Visum wurde wie vor zwei Jahren sekundenschnell gestempelt, reine Formsache, danach wollte ich aber nicht »Green Channel« wählen, meine Mitbringsel machten mich unsicher, ob ich wirklich nichts anzumelden hätte. Bei der Zollabfertigung gab es zunächst Verständigungsprobleme, nach kurzer Zeit kam eine des Englischen mächtige Beamtin, mit pflichtbewusstem Gesicht begann sie, meine Zollerklärung zu studieren. Beim vorletzten Eintrag stutzte sie, zeigte mit dem Finger drauf, fragte, was das sei. »Eau de Cologne«, antwortete ich und versuchte, eine nähere Erläuterung abzugeben. Sei es, dass sie Verdächtiges witterte oder dass sie meinte, unbedingt eine Amtshandlung an meinem Gepäck vornehmen zu müssen: Sie bedeutete mir, den Koffer zu öffnen und den Flacon mit Kölnisch Wasser vorzuzeigen, ich folgte ihrer Anweisung. Eine weitere zu Rate gezogene Kollegin bestätigte schließlich die Unbedenklichkeit, danach durfte ich mich trollen.

Während ich dem Ausgang zustrebte, sah ich Zhu hinter der Absperrung stehen, mir fiel ein Stein vom Herzen. Er begrüßte mich herzlich und stellte mir einen jüngeren Mann als Yang Wen aus der Auslandsabteilung der Hochschule vor. Yang verstand kein Englisch, sprach aber ein bisschen Französisch, wir konnten uns zumindest mit freundlichen Worten begrüßen. Die beiden trugen meinen schweren Koffer zu dem wartenden »Shanghai«, demselben wie vor zwei Jahren. Der über einsneunzig große Chauffeur beeindruckte mich aufs Neue.

Wir fuhren ohne Licht — ich erinnerte mich an Taxifahrten in Beijing —, offenbar über Schleichwege, es gab nämlich keine Straßenbeleuchtung. Ab und an schaltete der Fahrer für Sekunden das Fernlicht ein, wenn Ungewöhnliches auf der Fahrbahn vorzugehen schien. Zhu und ich unterhielten uns, das heißt, er stellte mir Fragen, die allesamt Deutschland betrafen, und ich antwortete.

Sehr bald kam er auf ein Thema zu sprechen, das uns in der kommenden Zeit häufiger beschäftigen sollte, Zhu eröffnete mir, er habe einen mehrtägigen Ausflug für mich geplant. Ich nahm es amüsiert zur Kenntnis: Wir waren nicht einmal in seiner Hochschule angelangt und er beschrieb mir Einzelheiten seiner Freizeitplanung. Begeistert erzählte er von einem bestimmten Ort, dessen Namen ich nicht richtig verstand, doch der Klang des Ortsnamens prägte sich mir ein, so dass ich bei seiner Nennung wusste, was Zhu meinte. Er kam auf mannigfache Probleme zu sprechen, die eine Fahrt in die von ihm favorisierte Gegend mit sich bringen werde, wegen meiner Müdigkeit wollte ich die Diskussion über die kleine Reise schnellstens beenden, schlug vor, wir sollten zur Umgehung der Schwierigkeiten einen anderen Ausflugsort wählen. Mit dieser Bemerkung erreichte ich das genaue Gegenteil dessen, was ich bewirken wollte. Zhu geriet in immer größere Begeisterung und fand Argument über Argument, warum es gerade dieser Ort sein müsse.

Darüber erreichten wir den Haupteingang des Hochschulcampus, er sah anders als bei meinem ersten Besuch aus, ein gewaltiger Torbogen überspannte jetzt ein neues zweiflügeliges Eisentor. Inzwischen ging es auf halb zwölf zu, der Wächter musste erst aus seinem Häuschen kommen, um uns das große Tor aufzusperren. Wenige Minuten später hielten wir vor dem Gästehaus der Hochschule, in dem ich wohnen würde. Hier gab es ein ähnliches Ritual wie am Haupteingang, vor der Eingangstür des Gästehauses war eine zusätzliche Eisengittertür angebracht und durch eine imposante Eisenkette zusammen mit einem mächtigen Vorhängeschloss gesichert. Yang Wen pochte gegen die Tür und rüttelte vernehmlich am Eisengitter. Nach geraumer Zeit kündigte ein Schlurfen das Nahen des Schlüsselgewaltigen an. Mürrisch, da wir ihn in seinem Schlaf gestört hatten, öffnete er die Türen und händigte Yang den Schlüssel zu meinem Zimmer aus.

Wir stiegen in die erste Etage, Yang schloss die Tür am Ende eines kurzen Ganges auf, im spärlichen Schein der Fünfundzwanzig-Watt-Deckenlampe blickte ich auf zwei Betten, die mehr als die Hälfte des Raums ausfüllten, ein Sideboard diente als Standort für einen kleinen Farbfernseher mit eingebauter Zimmerantenne. Die Wand gegenüber den Fußenden der Betten wurde von einem Schülerschreibtisch und einem schmalen Bücherregal eingenommen. Das Zimmer verfügte über einen Erker, in dem ein rundes Tischchen und zwei schäbige Sessel standen. Ein metallener Garderobenständer vervollständigte das Mobiliar. Zhu wies auf eine Besonderheit gegenüber der Mehrzahl der Zimmer des Gästehauses hin, das eigene Bad. Eine Badewanne gehörte zur Einrichtung, ein Waschbecken und eine Toilette, merkwürdigerweise kein Spiegel. Dienstags und donnerstags käme abends für eine Stunde warmes Wasser aus der Leitung, fügte Zhu hinzu.

Das Gästehaus schien aus den 1950er Jahren zu stammen, damals sicher eine Errungenschaft, die einen Vergleich mit dem deutschen Nachkriegsstandard nicht hätte scheuen müssen. Mittlerweile hatte der Zahn der Zeit kräftig an der Bausubstanz genagt, der »pflegliche« Umgang vieler Gäste mit dem Raum und seiner Einrichtung besorgten in rund drei Jahrzehnten den Rest, während sich in Deutschland der allgemeine Standard beträchtlich nach oben entwickelte. Aber um ehrlich zu sein: Ich hatte mich innerlich auf Schlimmeres eingestellt.

Zhu und Yang blieben einen Augenblick, ich musste für mich unverständliche Papiere unterschreiben und bekam ein Honorar im Gegenwert von zweihundertundfünfzig Mark, ein Mehrfaches von Zhus Monatsgehalt. Bevor mich die beiden verließen, verabredeten Zhu und ich uns auf den kommenden Nachmittag zu einer Fahrt in die Innenstadt, anschließend würden wir zu seiner Wohnung fahren. An der Tür wies er auf den an einer Ecke vom Boden abgelösten dunkelroten Teppichboden und versicherte, in den nächsten Tagen werde der Schaden behoben. Ähnliche Zusagen kannte ich von entsprechenden Gelegenheiten in anderen Ländern und maß Zhus Worten daher keine Bedeutung bei.

Den Mut, mich mit kaltem Wasser zu duschen, brachte ich nicht auf, die Temperatur in meinem Zimmer betrug nur vierzehn Grad. Nach dem Zähneputzen und Rasieren kroch ich mit gemischten Gefühlen unter die klamme Bettdecke und versuchte, warm zu werden.

Am nächsten Morgen kostete mich das Aufstehen eine mindestens gleich große Überwindung, da sich die Zimmertemperatur in der Nacht nicht verändert hatte. Der Gedanke an die beiden Studenten, die Zhu beauftragt hatte, mich in einer halben Stunde zum Frühstück abzuholen, trieb mich aus dem Bett. Rasch schob ich die Vorhänge in meinem Erker beiseite, draußen goss es wie es aus Kübeln. Die Fensterrahmen bestanden aus einfachem Winkeleisen und durch die teilweise zentimeterbreiten Spalte zog es erbärmlich, ich flüchtete ins ebenso kalte Bad, wo es wenigstens nicht so schrecklich zog.

Hinsichtlich meiner Kleidung hatte ich mich zuhause auf höhere Temperaturen eingestellt, schließlich liegt Shanghai beträchtlich südlicher als Sizilien und den Frühling hatten wir vor zwei Wochen willkommen geheißen. Ich musste mir umgehend einen wollenen Pullover kaufen.

Die beiden Studenten stellten sich pünktlich ein, klopften an meine Tür, wagten aber nicht das Zimmer zu betreten. Schüchtern und verlegen brachten sie mich in das Restaurant im Erdgeschoss des Gästehauses. Es ging auf zehn Uhr zu, wir saßen allein in dem nicht sonderlich großen und bescheiden ausgestatteten Raum. Zuerst bekam ich eine Schüssel mit einer Art Maultaschen in furchtbar fettiger Brühe, die meinen Gaumen mit einem sich matt anfühlenden dünnen Film überzog. Als Nächstes wurde kaltes, in dünne Scheiben geschnittenes Rindfleisch serviert, in der Schale gekochte Garnelen kamen anschließend auf den Tisch. Dann brachte die Bedienung etwas Essbares, bei dem mir keine Zuordnung zu einer mir bekannten Speise einfallen wollte, was aber gut schmeckte. Zum Schluss bekam ich noch Kuchen. Die beiden Studenten saßen mir gegenüber und beobachteten sorgfältig meine Bewegungen. Einer traute sich, mir in holprigem Englisch ein Lob auszusprechen wegen meiner Fähigkeit, mit Stäbchen zu essen, was mich mit leichtem Stolz erfüllte. Derart unter Kontrolle aß ich mehr als gewöhnlich, sogar die ölige Maultaschenbrühe mit dem unangenehmen Beigeschmack. Mehrmals musste ich dem einen bestätigen, wie wunderbar mir alles schmecke.

Nach dem Frühstück verabschiedeten sich die Studenten artig, ich begab mich auf mein Zimmer, packte meinen Koffer aus, ordnete dies und jenes, schlief zwei Stunden, um die verkürzte Nacht teilweise auszugleichen.

Gegen Mittag suchte mich Zhu auf. Wir besprachen in groben Zügen den Ablauf der kommenden Tage, er ging erneut auf den von ihm ins Auge gefassten Ausflug und damit verbundene neue Schwierigkeiten ein. Beim Mittagessen gab es ein Gericht, von dem Zhu behauptete, es sei Bodenkäse, später wurde mir klar, er hatte Bohnenquark gemeint, also *dòufu*[14].

Vor dem Gästehaus wartete der lange Chauffeur, um uns mit dem cremefarbenen Shanghai ins Stadtzentrum zu fahren, sein vierjähriger Sohn, auf den er sehr stolz zu sein schien, saß auf dem Beifahrersitz. Nach Zhus Übersetzung meiner lobenden Worte für seinen kleinen Sohn hatte ich einen neuen Freund gewonnen. Wie bei chinesischen Hochschulen üblich, lag der Campus weit vom Stadtzentrum entfernt, mein Touristenstadtplan enthielt diese Gegend gar nicht. Auf schlechten Straßen mussten wir lange durch eintönige Stadtviertel fahren, bis wir endlich unser Ziel erreichten, einen Museumsneubau in der Innenstadt.

Zhu führte mich zuerst durch Räume mit chinesischer Malerei aus dem 13. bis 16. Jahrhundert. Chinesen denken bei historischen Rückblicken gewöhnlich nicht in Jahrhunderten, die sich auf einen in ihrer Kultur weniger wichtigen Christus beziehen,

---
[14] Tofu

sondern in kaiserlichen Dynastien. Wir betrachteten also Bilder aus der zweiten Hälfte der Südlichen Song-, der Yuan- und aus der Ming-Dynastie, letztere ist die mit dem berühmten Porzellan.

Chinesischen Bildern stand ich nicht gänzlich unvorbereitet gegenüber, in der Vergangenheit waren sie mir allerdings eher beiläufig untergekommen, in diesem Museum kam ich mit ihnen zum ersten Mal in intensiveren Kontakt. Lange, schmale Rollenbilder, die äußere Form ähnelte den Landkarten meines Erdkundeunterrichts, mit schwarzen Rundhölzern oben und unten sowie schwarzen Bändern, um die Bilder nach dem Zusammenrollen festbinden zu können. Hatte man sie ursprünglich nicht für ständiges Betrachten vorgesehen? Wurden sie zusammengebunden in Schränken oder Schubladen aufbewahrt, bei Bedarf herausgeholt und nach dem Ausrollen angesehen, oder hatte die technische Form des »Malgrunds« eine andere Ursache? Die Sammlung enthielt keine flächig gemalten Bilder, ich sah ausschließlich mit Pinsel und Tusche hergestellte Zeichnungen, in wenigen Fällen hatte neben der schwarzen auch farbige Tusche Verwendung gefunden.

Ein Kenner der europäischen Malerei bin ich nicht gerade, den Expressionismus kann ich vom Impressionismus unterscheiden, oftmals vermag ich Bilder auch ihren Schöpfern zuzuordnen, jedenfalls, wenn sie zu den bekannteren gehören. Alle Bilder erschienen mir auf den ersten Blick nahezu gleich, so, als stammten sie ohne Ausnahme von demselben Künstler. Das lag wohl nicht allein an der Ähnlichkeit der Motive, denn wie mir Zhu erläuterte, wurde schulmäßig nach festen Regeln gemalt, was den Eindruck der Gleichartigkeit verstärkte. Das künstlerische Niveau, so verstand ich Zhus Erklärungen, wurde wesentlich danach beurteilt, wie eng man sich an die von den anerkannten Meistern aufgestellten Regeln hielt. Wichtig war nach Zhus Worten auch der jeweils kunstvoll gestaltete rote Stempelabdruck, das Signet des Künstlers. Einen ähnlichen Stempel mit der Umsetzung meines Namens in chinesische Schriftzeichen hatte ich mir bei meinem ersten Chinabesuch aus Speckstein anfertigen lassen. Mir leuchtete nicht ein, dass die Stempelabdrücke auf den Bildern kunstvoller aussehen sollten als die meines Fünf-Mark-Stempels und mir schwante, es würde einer langen Schulung meiner Augen bedürfen, ihnen die Befähigung zur Beurteilung chinesischer Kunst zu vermitteln, falls überhaupt Aussicht bestand.

Die ausgestellten Bronzegefäße wusste ich besser zu würdigen. Neben der Form und den Ornamenten beeindruckte mich vor allen Dingen das Handwerkliche. Das älteste Gefäß stammte aus der Zeit um 1800 vor Christi Geburt, ein Behälter in Form einer Halbkugel mit glatter, fehlerfreier Oberfläche, der Durchmesser betrug rund einen Meter. Soweit ich erkennen konnte, wies das Material keine Lunker auf. Dieser vor bald viertausend Jahren fabrizierte Kessel zeugte von bewundernswerter handwerklicher Könnerschaft, zahllose hoch begabte Menschen mussten an der langen Entwicklung solchen Könnens mitgewirkt haben.

Mit dem Argument, wir hätten wenig Zeit, drängte mich mein chinesischer Kollege ständig, weiterzugehen, in Wahrheit schien ihn die Kunst seines Landes wenig zu interessieren. Lange blieben wir daher nicht im Museum, stiegen in das vor dem Gebäude wartende Auto und fuhren ohne Umwege zu Zhus Wohnung. Sie liege in einem Neubaugebiet, ließ er mich wissen, erst vor einem halben Jahr habe er sie bezogen, noch sei nicht alles fertig, mit besonderer Ungeduld warte er auf den Anschluss der Häuser an das Gasnetz. Bis zu diesem Zeitpunkt hatte ich keine Gelegenheit gehabt, eine chinesische Wohnung zu betreten, entsprechend groß war meine Neugier. Der Fahrer bog in eine schmale Straße ein, stellte den Shanghai zwischen zwei fünf- oder sechsgeschossigen Häusern ab, der Platz reichte gerade für ein Auto.

Zhu wohnte in der zweiten Etage, nach unserer Zählweise, Chinesen addieren das Erdgeschoss bei der Stockwerksangabe hinzu. Er trieb mich mit großer Eile durchs Treppenhaus, da es, vorsichtig ausgedrückt, wenig einladend aussah. Treppen und schmale Gänge vor den Wohnungen wechselten einander ab, die Bewohner hatten auf den meiner Meinung nach ohnehin zu schmalen Gängen noch alles Mögliche gestapelt, weshalb uns teilweise gerade noch Platz für den Durchgang blieb. Wegen der einsetzenden Dunkelheit und infolge unserer Eile konnte ich Einzelheiten schwer erkennen. Fahrräder machte ich aus und zahlreiche Stapel zylindrisch gepresster Kohleblöcke, wie ich sie aus Beijing kannte. Sie brannten hier in kleinen, runden Öfen, die axialen Durchführungen in den Kohlezylindern, die wie nachträglich vorgenommene Bohrungen aussahen, dienten der Zufuhr von Frischluft beim Brennen und sorgten gleichzeitig für den Abzug der Rauchgase. Mehrere solcher Öfchen standen neben Wohnungstüren, ihr Qualm wurde direkt ins Treppenhaus geleitet, beißender Geruch hüllte uns ein. Alte Frauen hockten als Aufpasserinnen neben den kleinen Öfen, sie starrten mich neugierig, teilweise ungläubig an.

Eine schwere Eisengittertür vor Zhus Wohnungstür sorgte für zusätzlichen Schutz gegen Einbrecher, beide Türen musste er aufsperren, bevor wir die Diele betreten konnten. Rechts lehnte Zhus Fahrrad an der Wand, ein Mitbringsel aus Deutschland, Marke Elite mit Torpedo Dreigangnabe.

Zuerst gingen wir in die kleine, sparsam ausgestattete Küche: Ein schmaler Hängeschrank und ein darunter stehender Schrank mit Arbeitsplatte bildeten das Mobiliar, dazu ein Tisch mit einem zweiflammigen Kocher drauf, den eine Gasflasche speiste. Zhus Frau steckte mitten in der Vorbereitung unseres Abendessens, wie vor zwei Jahren begrüßten wir uns auf Französisch. Ihren Nachnamen, Frauen behalten ihn in China nach der Heirat bei, wusste ich nicht mehr, peinlich für mich.

Wie alle Chinesinnen übte sie einen Beruf aus, arbeitete als Gynäkologin in einem Krankenhaus. Vor acht Jahren, während Zhus Aufenthalt in Deutschland, war sie auf Geheiß der chinesischen Regierung für zwei Jahre nach Marokko gegangen. Nach ihrer Darstellung duldeten moslemische Männer nicht, dass männliche Ärzte die Körper ihrer Frauen zu sehen bekamen, wegen des akuten Mangels an einheimischen Gynäkologinnen sprang die chinesische Regierung ein und gewährte dem nordafrikanischen Land Unterstützung. Mit dem Hinweis auf ihre beiden Kinder hatte Zhus Frau versucht, der Entsendung nach Marokko zu entgehen, erfolglos, die Großeltern wurden zur Versorgung und Beaufsichtigung der Kinder eingespannt. Zwei Jahre lang musste sie ihre Tätigkeit in der marokkanischen Geburtshilfe ausüben, ohne Urlaub und, gemäß ihrer Schilderung, ohne materiellen Vorteil. Dafür hatte sie Französisch gelernt, was uns jetzt zugutekam.

Ich übergab meine kleinen Geschenke, die zu meiner Verwunderung nicht ausgepackt, sondern sofort in einen anderen Raum gebracht wurden. Vielleicht, dachte ich, würde man sie nach dem Essen auspacken, doch nichts geschah.

Zhu zeigte mir das Bad, neben einem Waschbecken gehörte eine Wanne zur Ausstattung. Leider stehe bislang kein warmes Wasser zur Verfügung, bemerkte Zhu, konsequenterweise gab es keine Duscharmatur, der für sie vorgesehene Wandauslass war mit einem Blindstopfen verschlossen.

Wir gingen ins Wohnzimmer, einen Raum von etwa sechzehn Quadratmetern, möbliert mit einem Sofa (mit Schondeckchen), einem Tisch, vier Stühlen (mit Schondeckchen) und zwei kleinen Schränken mit Glastüren. Über einem Hifiturm thronte der Farbfernseher, zwei voluminöse Lautsprecherboxen standen daneben. Auf den Geräten aus japanischer Produktion las ich die auch bei uns üblichen Markennamen, samtene Hüllen schützten sie gegen Verstauben. An den Wänden hingen ein paar Souvenirs aus Deutschland und aus Marokko. Auch auf das Elternschlafzimmer und die Zimmer der beiden Kinder konnte ich einen Blick werfen.

Dass die Familie eine geräumige Vierzimmerwohnung bewohnte, beeindruckte mich. Zhu konnte seinen Stolz über meine anerkennenden Worte nicht verbergen, seine Familie habe bis vor Kurzem in engen Verhältnissen auf dem Hochschulcampus gewohnt, infolge glücklicher Umstände sei ihm diese Neubauwohnung zugewiesen worden, auf die glücklichen Umstände ging er nicht näher ein. Während unseres Gesprächs fiel mehrmals der Begriff *dānwèi* (Einheit), unter dem ich mir nichts vorstellen konnte. Eine Einheit, erläuterte mir Zhu, werde durch die Arbeitsumgebung gebildet, ein Stahlwerk, eine Universität oder eine andere abgegrenzte Institution könne als Einheit fungieren. Durch sie würden in hohem Maße Aufgaben der Daseinsvorsorge wahrgenommen, wie Wohnungsversorgung, medizinische Versorgung, Zahlungen an Rentner und Vieles mehr. Doch der Einfluss der *dānwèi* gehe weit über den Versorgungs- und Vorsorgebereich hinaus. Bei der Heirat habe die *dānwèi* ein Wörtchen mitzureden oder falls eine Frau, die bereits ein Kind habe, erneut schwanger würde, übe die Einheit großen Druck aus, eine Abtreibung vornehmen zu lassen. Ich zählte eins und eins zusammen und kam zum Ergebnis, die *dānwèi* wisse über jeden alles, aber diesen Aspekt diskutierten wir nicht.

Während Zhu und ich uns unterhielten, kam die zwanzigjährige Tochter nach Hause, sie studierte Modedesign an einem College. Nach der Begrüßung ging sie schnell in die Küche, um ihrer Mutter beim Herrichten des Abendessens zur Hand zu gehen. Wenig später betrat der vierzehnjährige Sohn das Wohnzimmer, als er meiner ansichtig wurde, machte er ein ernstes Gesicht und fragte: »How do you do?« Ob dieser bedeutsamen Fragestellung wurde auch ich ernst, schilderte ihm wortreich mein augenblickliches Befinden und erkundigte mich im Gegenzug artig nach seinem Wohlergehen. Er schien zufrieden mit mir zu sein, machte jedoch keine weiteren Konversationsversuche.

Das Abendessen wurde aufgetragen, Zhu hatte mir bereits während der Autofahrt verraten, es werde an diesem Abend ein besonderes Essen geben, die rund zehn Gänge verschlugen mir trotzdem den Atem. Allein der Gedanke an die Kosten bereitete mir Unbehagen, das ich aber nach dem ersten Bissen beiseite schob: Das Essen schmeckte vorzüglich. Es gab gebratene Ente, falsche Ente (aus Sojabohnen), Bohnenquark (Doufu), verschiedene Gemüse, Pilze, Pidan (»tausendjährige« Enteneier), süß–sauer zubereitetes Schweinefleisch.

Zhu wunderte sich, als ich die glubberigen, schwärzlichen Enteneier kommentar– und bedenkenlos aß, ich klärte ihn auf, ich habe sie vor zwei Jahren in Beijing öfter gegessen, sie schmeckten mir gut. Seinerzeit hatte er mehrere erdumhüllte Eier als besondere chinesische Delikatesse nach Deutschland mitgenommen und sie dort an ausgesuchte neue Freunde verschenkt. Einer der Beschenkten, so erfuhr ich, durfte das Ei nicht essen, denn seine Ehefrau, eine Juristin, fand nämlich schnell ein rechtliches Hindernis: Die Pidanherstellung erfolgte nicht im Einklang mit der Deutschen Enteneiverordnung, nach der die von den Schwimmvögeln gelegten Eier mindestens zehn Minuten lang gekocht werden müssen.

Zwei verschiedene Suppen wurden aufgetragen, in der Regel ein Zeichen für das nahe Ende eines chinesischen Essens, an diesem Abend gab es noch Apfelsinen, vielleicht mir zuliebe. Wir tranken Bier und Wein, für mich holte Zhu später einen Schnaps aus dem Schrank, der ähnlich wie Moutai schmeckte.

Nachher zeigte mir die Tochter Kohlezeichnungen, Aquarelle und mit Acrylfarben gemalte Bilder, keine große Kunst, aber sie ließen Talent erkennen und handwerkliches Können. Ein Bild, das ich länger als andere betrachtet hatte, schenkte sie mir. Am Ende rollte sie eine eineinhalb mal ein Meter große Bleistiftzeichnung aus und freute sich riesig, als ich sofort den David von Michelangelo erkannte.

Ich fragte die Tochter, ob sie auch Bilder im klassischen chinesischen Stil male oder zeichne. Sie könne es zwar, gab sie zur Antwort, und habe solche Bilder in größerer Zahl, gegenüber der traditionellen akademischen Malerei habe sie freilich Vorbehalte, sie erscheine ihr zu statisch, die »westliche« Art der bildlichen Darstellung eröffne breitere Ausdrucksmöglichkeiten.

Anschließend, Zhus Frau und Tochter besorgten in der Küche den Abwasch, saßen wir vor dem Fernseher, guckten uns eine Soap Opera aus Hongkong an, deren Inhalt ich, ohne ein Wort zu verstehen, leicht begriff.

Um halb zehn kam der Fahrer, um mich abzuholen. Im stockfinsteren Treppenhaus konnte man seine Hand nicht vor Augen sehen, es gab keine Beleuchtung und die in der Zwischenzeit erloschenen kleinen Kohleöfen spendeten kein Fünkchen Licht mehr. Zhu nahm mich bei der Hand und informierte mich, wie viele Stufen wir zwischen zwei Stockwerken abzählen mussten.

Am folgenden Tag, einem Sonntag, verzichtete ich aufs Frühstück, um länger schlafen zu können. Zum Mittagessen zog ich mich formeller an, als an einem freien Tag erforderlich, Zhu hatte den Vizedirektor der Erziehungsabteilung des für die Hochschule zuständigen Ministeriums angekündigt, mit dem wir zusammen essen würden. Ein kultivierter Herr mit feinen Gesichtszügen begrüßte mich freundlich, leider sprach er, wie bei Chinesen seines Alters üblich, ausschließlich chinesisch. Der Vizedirektor beauftragte die Bedienung, ein zusätzliches Tellerchen und ein weiteres Paar Ess–Stäbchen für mich zu bringen. Mit diesen Stäbchen nahm er die besten Stücke von den aufgetragenen Gerichten und legte sie vor mich auf den kleinen Teller. Vorsichtshalber fragte ich Zhu, ob das wirklich für mich gedacht sei. Ja, bestätigte er, dies sei ein Zeichen besonderer Höflichkeit mir gegenüber, schließlich genieße ich als ausländischer Experte hohes Ansehen.

Beim Essen beschrieb der Vizedirektor augenblickliche Aufgaben aus seinem Zuständigkeitsbereich innerhalb des Ministeriums, gespickt mit unzähligen statistischen Daten. Interesse für das Zahlenmaterial zu zeigen und mir meinerseits Fragen an ihn auszudenken, bedeuteten schon eine Anstrengung für mich, trotzdem genoss ich die angenehme Atmosphäre, in der wir das ausgezeichnete Mittagessen einnahmen. Als vorletzten Gang gab es einen Fisch, den der Vizedirektor kunstvoll mit den Stäbchen zerteilte. Natürlich ließ er es sich nicht nehmen, mir die besten Stücke auf meinen Teller zu legen. Das Auftragen der Suppenschüssel signalisierte die unmittelbar bevorstehende Beendigung unseres Mahls, schwarze Fäden durchzogen die Suppe, da ich sie kritisch betrachtete, versicherte mir der Vizedirektor, die Fäden, eine besondere Art Seetang, seien sehr gesund.

Am frühen Nachmittag fuhren Zhu, Yang und ich ins Stadtzentrum, es regnete nach wie vor ununterbrochen. Ich klagte den beiden mein Missgeschick hinsichtlich meiner nicht zur Witterung passenden Kleidung und wir beschlossen, zwei warme Pullover zu kaufen. Bei dieser Gelegenheit erfuhr ich, China sei in Bezug auf Heizungsmöglichkeiten ein zweigeteiltes Land: In Nordchina gab es Heizungen, in Südchina nicht, Shanghai liegt, mit Blick auf die Heizungsfrage bedauerlicherweise, in Südchina. Was mir Zhu dann eröffnete, wollte ich zunächst nicht glauben, doch er beteuerte, im Winter sitze man selbst bei Temperaturen unter dem Gefrierpunkt in Büros, Schulen und Universitäten mit mehreren Pullovern, Mänteln, warmen langen Unterhosen und mit Mützen bekleidet. Einzig in den Hotels für Ausländer sei man vom kollektiven winterlichen Frieren ausgenommen.

Wir fuhren gemeisam in dem cremefarbenen Shanghai zum Yuyuanmarkt, meine Begleiter meinten, dort seien Kleidungsstücke billiger zu haben als in einem Kaufhaus. Sie hatten recht, auf dem Markt fand ich schnell zwei schafwollene Pullover von guter Qualität zu niedrigen Preisen. Zusätzlich kaufte ich ein Paar Gummistiefel, wie sie von allen Chinesen bei dem augenblicklichen Sauwetter getragen wurden.

Nass und durchfroren betraten wir das alte Teehaus an der Zickzackbrücke, um uns innerlich aufzuwärmen. Drinnen herrschte dieselbe Kälte, darüber hinaus zog es wegen offener Türen und Fenster wie Hechtsuppe. Der Tee brachte mir auch nicht das erhoffte Gefühl von Wärme, das lauwarme Getränk schmeckte daneben schrecklich fad. Ich fühlte mich durch und durch unbehaglich. Anschließend schlenderten wir durch den Yuyuangarten, nichts Großartiges, wie ich wusste und schon gar nicht bei diesem Wetter. Außer uns wanderte eine Busladung französischer Touristen herum, die Mehrzahl von ihnen mit voluminösen Videokameras bewaffnet, Ehefrauen schleppten Taschen mit den Akkus für die Stromversorgung. Rasch hatten wir jeden Winkel des kleinen Gartens durchstreift und machten uns zum Waitan auf, dem »äußeren Ufer«, der vermutlich bekanntesten Ecke Shanghais, Ausländern eher unter dem kolonialzeitlichen Namen »The Bund« geläufig.

Unser Spaziergang, falls er diese Bezeichnung überhaupt verdiente, machte mir keine Freude. Der Regen wollte nicht aufhören, die Temperatur betrug wenig über zehn Grad, hinzu kam meine beginnende Müdigkeit infolge der noch nicht abgeschlossenen Zeitumstellung. Ringsherum als einzige Farbe schmutziggrau, wenngleich in tausend Schattierungen, für mich das untrügliche Kennzeichen einer Stadt in einem sozialistischen Land. Die holprigen Gehwege waren teilweise matschig und wenn wir auf die Straße ausweichen mussten, machten uns rücksichtslose Autofahrer zu schaffen. Auch der nicht abreißende Menschenstrom, in dem ich wie ein Molekül mitschwamm, ging mir mehr und mehr auf die Nerven.

Die Dämmerung setzte ein, als wir am Waitan ankamen. Junge Leute flanierten am Ufer des Huang Pu entlang, meinem Gefühl nach Liebespaare, doch sichtbare Zeichen dafür gab es nicht. In den Zeiten Mao Zedongs war die Liebe zwischen Frau und Mann zum feudalistischen Relikt erklärt und kurzerhand abgeschafft worden. Alle Liebe musste fortan auf den Vorsitzenden Mao und die Kommunistische Partei Chinas gerichtet werden. Aus, basta, Roma locuta, causa finita! Das gehörte der Vergangenheit an, die

Paare um uns herum hielten es gleichwohl nicht für ratsam, ihre Liebesbeziehungen für Außenstehende zu deutlich erkennbar werden zu lassen.

Ich machte eine neue Erfahrung. Da auch Chinesen in Friendship Stores oder Ausländerhotels nicht mit Renminbi bezahlen konnten, gab es einen florierenden Schwarztausch, den ich vor zwei Jahren nicht erlebt hatte. Ungeniert raunten mir zwielichtige Geldwechsler auf Shanghais bekanntester Geschäftsstraße Nanjing Lu »change money« ins Ohr. Mit mir konnten sie nicht ins Geschäft kommen, ich hatte mit Zhu ausgemacht, er werde meine FECs zum Wechselkurs eins zu eins erhalten.

Meine Begleiter führten mich zu einem nahe gelegenen Friendship Store und ich stellte schnell fest, die Preise hatten in den letzten zwei Jahren angezogen. Die Halbliterflasche Moutai kostete jetzt 85 Yuan, ein chinesisches Monatsgehalt und nicht einmal am unteren Ende der Einkommensskala. Schöne seidene Wandteppiche gab es für 6000 und kunstvoll aus Elfenbein geschnitzte Figurenensembles für 27000 Yuan. Dass Touristen bereitwillig 3000 Mark für einen Seidenteppich ausgaben, konnte ich mir gut vorstellen, wer aber stellte sich die sündhaft teure Elfenbeinschnitzerei ins Wohnzimmer? Zhu klärte mich auf, derlei Artikel würden von Auslandschinesen gekauft, den Huaqiao, natürlich von reichen.

Nebenbei erfuhr ich, dass die Huaqiao nicht allein im Denken der Chinesen eine besondere Rolle spielten, sie stellten darüber hinaus einen Wirtschaftsfaktor dar. Sie brachten Devisen ins Land, bei Besuchen oder durch Überweisungen. Sie investierten. Zhu wusste sogar von einer durch Auslandschinesen finanzierten Universität zu berichten, auf die sie ihre Kinder schickten, um ihnen eine im Ausland, von China aus gesehen, nicht angebotene chinesische Ausbildung zu ermöglichen. Es gebe in Shanghai, wie in vielen anderen chinesischen Städten, ein Huaqiao Fandian, ein Ausländerhotel mit typisch chinesischem Flair.

Vom Friendship Store gingen wir gemütlich zum nahegelegenen Peace Hotel, dem He Ping, wie Zhu es nannte. Als Cathay Hotel, die Bezeichnung Cathay für China ging auf Marco Polo zurück, war das bekannteste Hotel Shanghais, Ende der 1920er

Jahre erbaut und im Jahr 1956 unter seinem jetzigen Namen wiedereröffnet worden. An manchen Abenden spielte hier eine Jazzband wie in den 1940er Jahren, alle Musiker in reiferem Alter. Das Innere des Hotels schien seit der Zeit vor dem Zweiten Weltkrieg kaum verändert worden zu sein, mit dem altertümlichen Lift fuhren wir zum Restaurant im obersten Stockwerk. Zhu und ich warteten am Eingang, Yang wollte zunächst klären, ob wir auf Hochschulkosten essen konnten, ohne mit FECs bezahlen zu müssen. Wir hatten Glück, fanden zu unserer Freude einen freien Tisch am Fenster mit Blick auf den Huang Pu und auf das Treiben am Waitan. Das raffiniert zubereitete Essen schmeckte hervorragend, ich wusste es auch gebührend zu schätzen, noch mehr genoss ich die Wärme des gut beheizten Restaurants.

Beim Essen drehte sich unser Gespräch um Arbeits- und Verdienstmöglichkeiten in Deutschland. Bald merkte ich, dass die beiden Chinesen diesen Gesprächsstoff nicht aus einem allgemeinen Informationsbedürfnis heraus gewählt hatten, sie versuchten ernsthaft, Arbeitsmöglichkeiten in Deutschland auszuloten. Für sie musste es ein elektrisierender Gedanke sein, eventuell tausend Mark im Monat sparen zu können, mehr als den Gegenwert eines normalen chinesischen Jahresgehalts. Und wenn sie gar zweitausend Mark würden sparen können! Die vor knapp zehn Jahren vorsichtig eingeleitete Öffnungspolitik hatte die beiden Angehörigen der »Mittelschicht« zu Überlegungen geführt, wie sie die Gunst der Stunde zu persönlichen Vorteilen nutzen könnten. Dachten viele Chinesen in eine ähnliche Richtung?

Für den Rückweg zur Hochschule nahmen wir ein Taxi, Zhu stieg unterwegs aus, da er nicht auf dem Campus wohnte. In meinem Zimmer herrschte eine ähnliche Temperatur wie draußen, die Kälte und die spärliche Deckenbeleuchtung erzeugten eine trostlose Atmosphäre in dem anspruchslos ausgestatteten Raum. Ich zog einen der neu erstandenen Pullover an, setzte mich auf den Bettrand und sah mir im Fernsehen den »Mann im grauen Flanell« an, so lautete seinerzeit der deutsche Filmtitel dieses Hollywoodstreifens. Gregory Peck perfekt chinesisch sprechen zu hören verblüffte mich im ersten Augenblick.

Die eingestreute Fernsehwerbung irritierte mich. Gab es in China eine potentielle Käuferschicht für die angepriesenen Luxusartikel, mit welchen Gefühlen sahen Chinesen die mondäne Welt, die ihnen der Bildschirm anpries? Als Kontrast wurden minutenlang grau angestrichene Elektromotoren präsentiert, eine Hintergrundstimme schilderte ihr erregendes Innenleben. Lohnte sich eine solche Werbung? Kurz nach Mitternacht wachte ich auf und schaltete das rauschende Fernsehgerät aus.

Ohne mein Zutun hatte Zhu dem Personal des Gästehauses besondere Weisungen erteilt. Anstelle von Fleisch solle man mir mehr Fisch und Gemüse servieren, darüber hinaus möge man bitte auf genügend Abwechslung achten. Der jungen Frau mit dem riesigen Schlüsselbund — wie alle Bewohner des Gästehauses besaß ich keinen Zimmerschlüssel — hatte er aufgetragen, mir nach dem Abendessen ein Stück Kuchen und Obst zu bringen, damit ich einen eventuell aufkommenden Hunger zwischen dem frühen Abendessen um fünf Uhr und dem Zubettgehen stillen könne. Ferner solle sie mir Bier in Dosen ins Regal stellen, er hielt Dosenbier für wertvoller als den Gerstensaft in Flaschen. Vermutlich verfolgte er mit seinen Anweisungen eine doppelte Absicht. Zum einen wollte er mich freundlich und ihm gegenüber dankbar stimmen, gleichzeitig hob der ausländische Gast sein Prestige in der Hochschule und dies umso mehr, je wichtiger er ihn machte.

Während des Abendessens bemerkte ich, dass sich viele Studenten an einer der beiden Außentüren des Gästehausrestaurants ihr Essen abholten, was ich bisher nicht beobachtet hatte. Alle hielten kleine, weiß emaillierte Blechnäpfe mit roten Zahlen in ihren Händen, die aus einer großen Emailschüssel mit Maultaschensuppe gefüllt wurden. Ich hingegen bekam einen Teller mit gebratenem Schweinefleisch serviert, einen mit Spinat, einen mit Doufu und Pilzen, eine Schüssel Reis. Zum Abschluss brachte mir die Bedienung eine gut schmeckende süße Reissuppe mit Früchten.

Auf meinem Zimmer bereitete ich anschließend meine Unterlagen für den am kommenden Tag beginnenden Unterricht vor. Den Fernseher ließ ich nebenbei laufen, Tischtenniswettkämpfe in der Dortmunder Westfalenhalle. Nach den Sportübertragungen folgten Nachrichten in englischer Sprache.

Meine Vorlesungen waren auf die Zeit von zwei bis vier Uhr gelegt worden, unerfreulich für mich, weil mir durch diese Festlegung nachmittags kaum frei verfügbare Zeit blieb, wegen des Stundenplans hatte es nach Zhus Aussage keine andere Möglichkeit gegeben. Er holte mich eine Stunde nach dem Mittagessen ab, wir gingen ein Stück über den Campus in Richtung des Haupteingangs, bogen rechts zum Bibliotheksgebäude ab, im dritten Obergeschoss sollten die Vorlesungen stattfinden. Bereits am Eingang des Treppenhauses schlug mir der unangenehme Pissoirgestank entgegen, der in den Gebäuden allgegenwärtig zu sein schien, lediglich das Gästehaus bildete eine Ausnahme.

Auf jeder Etage gab es zwei türlose »Notdurftverrichtungsräume«, ich kannte natürlich nur diejenigen für Männer. Der Fußboden bestand aus Zementestrich, zu einer der Längsseiten hin ging er in einen erhöht gemauerten Sockel über, ebenfalls mit Estrich als Belag. Dahinter lag eine etwa zwanzig Zentimeter breite und zwanzig Zentimeter tiefe gemauerte Rinne, nein, nicht mit Fliesen ausgekleidet oder einem anderen Material mit glatter Oberfläche. In der Rinne floss Wasser. Beim ersten Besuch einer solchen Einrichtung hatte ich mich verstohlen umgesehen, außer der Rinne aber nichts entdecken können und beschlossen, vor jedem Verlassen des Gästehauses vorsichtshalber meine eigene Toilette zu benutzen.

Im Klassenraum wurden wir mit lang anhaltendem Händeklatschen begrüßt. Vierzig Studentinnen und Studenten zählte ich, der hohe Anteil junger Frauen überraschte mich, ging meine Vorlesung doch über ein technisch–mathematisches Thema. Alle saßen jeweils zu zweit an verhältnismäßig neuen, in vier Reihen angeordneten Lesetischen, das Design war altmodisch, aber zweckmäßig. Von einem erhöhten Podest aus konnte ich den Unterrichtsraum gut überblicken.

Zuerst nahm Zhu das Wort, ich setzte mich auf einen Stuhl, von vielen Augenpaaren gemustert. Wahrscheinlich übertrieb er jetzt maßlos bezüglich meiner Person, wenigstens machte er es kurz. Erneutes Händeklatschen, dann war ich an der Reihe. Jetzt wurde es ernst für sie, von nun an würde alles auf Englisch sein.

Vorlesungen in einer Fremdsprache ohne Dolmetscher waren in dieser Fakultät noch nicht gehalten worden. Mein ausdrücklicher Wunsch war es gewesen, allein zu reden, ich wollte mich nicht über längere Zeit dem quälenden Zwang aussetzen, in fein dosierten Häppchen sprechen zu müssen. Den Studenten würde es außerdem nützen, sich in der im wissenschaftlichen Bereich gebräuchlichen Sprache zu üben. Denjenigen, die weniger gut Englisch konnten, sollte die Übersetzung des Vorlesungsskripts ins Chinesische helfen, leider wurde sie nicht rechtzeitig fertig.

Zunächst stellte ich mich den Studenten vor, beschrieb ihnen meinen beruflichen Werdegang, erläuterte ihnen, welche Ziele ich mit der Durchführung dieses Kurses erreichen wolle, welchen Nutzen sie meiner Meinung nach aus der Vorlesung ziehen könnten. Sie sahen mich erwartungsvoll an, machten eifrig Notizen, nickten beifällig. In der ersten Reihe saß ein hübsches Mädchen mit einer großen Schleife im Haar, meiner Schätzung nach fünfzehn, höchstens sechzehn Jahre alt, doch Zhu versicherte mir später, alle hätten ein Studium von mindestens fünf Semestern hinter sich und seien somit über zwanzig Jahre alt.

Ein Mann mit Kamera betrat den Klassenraum, Zhu stellte ihn als den Redakteur der Hochschulzeitung vor. Studenten wurden um mich geschart, Blitzlicht aus verschiedenen Winkeln. Kurze Zeit später trat ein weiterer Mann ein, der noch wichtiger zu sein schien, denn Zhu ging ihm entgegen. Meine Vermutung bestätigte sich, dieser Mann, ein Reporter der größten Tageszeitung Shanghais, wollte einen kleinen Artikel über mich schreiben. Ein kurzes Interview, Zhu übersetzte, eine erneute Blitzlichtserie, das war's. Der Vorlesungsbeginn wurde auf den nächsten Tag verschoben.

Ich hatte den Wunsch, eine chinesische Schreibmaschine vorgeführt zu bekommen. Einer Informationsbroschüre hatte ich entnommen, dass es über fünfzigtausend chinesische Schriftzeichen gebe, daraus habe man eine Standardauswahl von sechstausendneunhundert getroffen, im täglichen Leben komme man »schon« mit rund zweitausend Zeichen zurecht. Auch bei Beschränkung auf die zuletzt genannte Zahl konnte ich mir keine Schreibmaschine mit einer Tastatur vorstellen, wie sie bei uns für lateinische Buchstaben verwendet wurde. Zhu erfüllte mir meinen Wunsch gern, ich ging davon aus, er würde mich zu einer Sekretärin in einem Vorzimmer führen, stattdessen gingen wir in die Hochschuldruckerei. Eine freundliche Dame begleitete uns zum Schreibsaal, in dem viele Frauen hinter ihren Schreibmaschinen saßen.

Natürlich wollte ich gern ein Foto von einer schreibenden Dame machen. Die erste, die Zhu ansprach, zierte sich, die nächste erklärte sich bereit, mir die Kunst des chinesischen Maschinenschreibens zu demonstrieren und sich dabei ablichten zu lassen. Die Schreibmaschine stellte sich mir als ein großer Setzkasten dar, in dem ungeheuer viele Aluminiumstempel mit quadratischem Querschnitt wohlgeordnet senkrecht nebeneinander standen, Zhu meinte, es seien um die zweitausend. Über einen Mechanismus bewegte die junge Dame geschickt und schnell eine Metallspitze, bis sie auf die gewünschte Type zeigte, weiß der Himmel, wie sie auf Anhieb die richtigen Stellen fand. Dann drückte sie auf einen Hebel, worauf die angewählte Type von einem Greifer aus dem Kasten geholt und auf die Schreibwalze gedrückt wurde, um anschließend wieder ihren Stammplatz im Stempelkollektiv einzunehmen. Zum Abschied bekamen Zhu und ich aus dem Ersatztypenregal Stempel mit den Zeichen für unsere Namen.

Den Abend verbrachte ich im Theater, eine in China außerordentlich populäre Sängerin feierte ihr fünfzigjähriges Bühnenjubiläum. Sie musste eine wahre Berühmtheit sein, im Zuschauerraum gab es nicht einen leeren Platz, Zhu hatte über Beziehungen zwei zurückgegebene Karten ergattern können. Ich lauschte als einziger Nichtchinese dem Gesang der Jubilarin.

Auf der schmucklosen Bühne begleitete ein kleines Orchester die Sängerin, der man das fünfzigjährige Jubiläum trotz dicker Schminke ansah. Die Musik empfand ich als weich und beruhigend, was für ein Unterschied etwa zu den Klavierliedern von Hugo Wolf! Doch das laute Gequassel und das ständige Herumrennen störten mich fürchterlich, es schien in chinesischen Theatern üblich zu sein. Konnte sich eine Sängerin daran gewöhnen? In meiner Studentenzeit hatte der AStA einen Klaus-Kinski-Rezitationsabend organisiert. Der Künstler betrat die Bühne, weißes Seidenhemd, schwarze Hose, grimmiges Gesicht mit furchteinflößenden Augen. Jemand im Auditorium sagte einen Satz zu seiner Nachbarin, leise, aber doch vernehmlich, auch für Kinski: »Vor den Arschlöchern trete ich nicht auf!« Sprach's und war verschwunden, wir konnten uns unser Eintrittsgeld zurückgeben lassen. Gehörte das zu den oft beschworenen kulturellen Unterschieden? Ein Student begleitete mich zu dem Konzert. Am nächsten Tag suchte er mich mit seinem Vater auf, um sich über Möglichkeiten für ein Stipendium in Deutschland zu informieren.

Ich brauchte neue Minen für meinen Druckbleistift, am Eingang des Campus, direkt neben dem großen Tor, gab es einen kleinen zur Hochschule gehörenden Schreibwarenladen. Auf dem Weg dahin fiel mir das Gerümpel, das allerorten herumlag, zum wiederholten Mal unangenehm auf. Winkeleisen, Reste abgeschlagenen Betons, wo jemand gearbeitet hatte, musste er eine Art Duftmarke hinterlassen. Konnte nicht die Parteileitung der Hochschule einen freiwilligen Arbeitsnachmittag aller Studenten anordnen, um den Unrat zu beseitigen? Sozialistische Länder waren wohl auch nicht mehr das, was sie früher waren. Für einen Augenblick ging mir der Gedanke durch den Kopf, das Thema beim Abendessen anzusprechen, zu dem mich der Vizepräsident eingeladen hatte.

Das Essen fand in einem kleinen Raum statt, an dessen Wänden Girlanden mit bunten Glühlampen hingen, wie man sie aus Biergärten kennt. Zum Glück wurden sie nicht eingeschaltet. Zhu und ich mussten nicht lange warten, kurz nach uns kam der Vizepräsident in Begleitung von Yang.

Unser Gespräch begannen wir mit einer Auffrischung der Erinnerung an unser erstes Zusammentreffen vor zwei Jahren, ein Bericht über die kurze Geschichte der Hochschule, deren Gründung erst dreißig Jahre zurück lag, schloss sich an. Die derzeitige Situation streifte der Vizepräsident oberflächlich, seine Schilderung der Zukunftspläne geriet umso wortreicher. Sie schienen mir von starkem Wunschdenken getragen zu sein, wenig überraschend, ich kannte das aus Deutschland. In die Tiefe gehende Themen wurden vermieden, was das Gespräch langweilig machte, ohnehin litt es darunter, dass Zhu hin und her übersetzen musste. Meine Künste im Umgang mit Ess-Stäbchen wurden gelobt, da ich ohne Schwierigkeiten glitschige Seegurken und wabbelige Wachteleier zum Mund führen konnte. Bei dieser Gelegenheit lernte ich die chinesische Notmaßnahme kennen, wenn etwas partout nicht zwischen den beiden Stäbchen bleiben will: Man benutzt ein Stäbchen wie eine Gabel mit einem Zinken. Als letzten Gang gab es nicht die übliche Suppe, sondern Kuchen, ein einfacher Rührteig zwar, aber gut schmeckend. Sobald deutlich wurde, dass alle das Essen als beendet ansahen, standen wir nach der chinesischen Sitte schlagartig auf, schüttelten die Hände zum Abschied und gingen auseinander.

Zwei Tage später traute ich meinen Augen nicht, als ich nach dem Aufstehen aus dem Fenster sah: Zum ersten Mal schien die Sonne. Ich beeilte mich mit dem Frühstück und verließ das Gästehaus, um am Rondell vor dem Hauptgebäude auf Zhu zu warten. An diesem Vormittag wollten wir mit Fahrrädern in die Innenstadt fahren, Zhu hatte meinem Wunsch zögernd stattgegeben, er misstraute meiner Fähigkeit, mit dem Fahrrad in Shanghai zurechtzukommen.

Lange saß ich noch nicht auf dem Mäuerchen, das die Blumen des Rondells umgab, da kam der kleine Dicke, der mich während der Vorlesungen mit Tee versorgte, zusammen mit einer Studentin als Dolmetscherin, die mir mitteilte, Zhu könne wegen einer wichtigen Besprechung nicht kommen. Sie schien gern die Gelegenheit wahrzunehmen, sich auf Englisch zu unterhalten und ging mit mir in Richtung Campuseingang, verabschiedete sich dort abrupt, um nicht von den vielen hereinströmenden Studenten zusammen mit dem Ausländer gesehen zu werden.

Ein Lastwagen fuhr durch das Eingangstor auf den Campus, ein Siebeneinhalbtonner, hoch beladen mit Reissäcken. Ich rechnete: Wenn von den rund fünftausend Bewohnern des Campus — Studenten, Lehrkräfte, Verwaltungspersonal, ich — jeder pro Tag ein Pfund Reis aß, brauchte man täglich zweieinhalb Tonnen.

Da sich der Plan, mit dem Fahrrad in die Innenstadt zu fahren, an diesem Tag nicht verwirklichen ließ, nutzte ich die Möglichkeit, den Campus näher in Augenschein zu nehmen. Eine hohe Mauer umgab das ganze Hochschulgelände einschließlich der Studentenwohnheime und der Wohnungen für die Beschäftigten. Alles in China, so schien es mir, musste von Mauern eingeschlossen werden. Wahrscheinlich war die Große Mauer, im Chinesischen heißt sie Lange Mauer, nicht ausschließlich ein Schutzwall gegen feindliche Eindringlinge gewesen, sondern zugleich eine Monumentalisierung der chinesischen Lust am Errichten von Einfriedungen.

Die Studentenwohnheime auf dem Campus unterschieden sich wenig von den Wohngebäuden in Shanghai, es waren fantasielose große Quader in Plattenbauweise, mit hässlichen Eisenrahmenfenstern aus grob zusammengeschweißten Winkeleisen. Den Platz unterhalb der Fenster nahmen Gestelle mit Wäscheleinen ein, an denen Studenten ihre von Hand gewaschenen Kleidungsstücke zum Trocknen aufhängten, zumeist auf Drahtbügeln, um den geringen verfügbaren Raum gut auszunutzen.

In den Zimmern der Studenten herrschte drangvolle Enge, wie ich später sah, vor allem bei den Undergraduates. Sechs von ihnen mussten sich einen Sechzehn-Quadratmeter-Raum teilen. Drei zweistöckige Eisengestellbetten füllten ein Studentenzimmer nahezu aus, die wenigen Habseligkeiten mussten, in Koffern verstaut, unter die Betten geschoben werden. Platz zum Arbeiten gab es nicht, zu diesem Zweck gingen die Studenten in die Arbeitsräume im Bibliotheksgebäude. Diejenigen, die nach dem »Bachelor« weiter studierten, um einen Mastergrad zu erwerben, erhielten das Privileg, zu dritt in einem der kleinen Zimmer zu wohnen. Warum benutzte man die Bezeichnungen Undergraduates und Graduates? In China wurde im Zuge der Reform des Erziehungswesens im Jahr 1923 das amerikanische Universitätssystem zum Vorbild genommen. Auch Chinas bekannteste Universität, Beijing Daxue, im Alltagsjargon »Beida« genannt, stand anfangs unter amerikanischer Leitung.

Abends sahen die Wohnheime fast noch schrecklicher aus. Unter jeder Zimmerdecke hing eine Leuchtstofflampe ohne jedwede Verkleidung. Stets der Typ mit dem bläulichen, kalten Licht, Warmtonlampen sah ich nie, vielleicht weil sie weniger Licht pro Watt elektrischer Leistung abgaben? Oder störte das Kaltlicht niemand außer mir?

Für eine Weile musste ich meinen Walkman ausschalten und die Stöpsel aus den Ohren nehmen, da einer der zahllosen Campuslautsprecher direkt über mir zu dröhnen anfing. Nicht nur an Holzmasten waren solche Lautsprecher befestigt, hinter einem der Gebäude gewahrte ich auf einem Wasserturm drei installierte Hochdrucksysteme. Als Kinder hatten wir gern die Brauseköpfe der Gießkannen aus verzinktem Eisenblech abgenommen und in die Gießkannenhälse hineingetrötet. Ähnlich hörten sich die Lautsprecher an. Mochten sie vor nicht allzu langer Zeit Propagandazwecken gedient haben, jetzt plärrten sie vorzugsweise amerikanische Schlager aus den Fünfzigern, Schuberts »Ave Maria« konnte ich auch einmal in scheppernder Wiedergabequalität vernehmen, Sprache hörte ich ausgesprochen selten.

Das Dröhnen verstummte, die Studenten verschwanden nach Beendigung der Pause in ihre Klassenräume. Die Klage des Vizepräsidenten fiel mir ein, im Vergleich zu früher sei ein Großteil der Studienanfänger neuerdings weniger lernbereit, viele dächten mehr ans Spielen. Das hatte man ihnen auf dem kleinen Stückchen Rasen vor dem Gästehaus durch Auslegen von Stacheldraht gründlich vermiest, seit zwei Tagen war es aus mit dem beliebten Badminton am Abend.

Vor dem Eingang zu einem Studentenwohnheim blieb ich stehen, um einem Schuster zuzusehen. Sein Anlagekapital hatte er in eine uralte Nähmaschine mit Handkurbel und in einen niedrigen dreibeinigen Hocker investiert sowie in ein Schränkchen für die Aufnahme der Eisen zum Beschlagen von Schuhen und zur Unterbringung des sonst noch erforderlichen Kleinkrams. Mit einer angerosteten Schere schnitt er gerade ein ovales Stück Gummi aus einem alten Lastwagenschlauch heraus, um damit einen Damenschuh zu besohlen. Ich hätte ihn gern bei seiner Arbeit fotografiert, doch ohne ihn um Erlaubnis zu bitten, mochte ich es nicht, fragen konnte ich ihn nicht.

Kurz nach elf Uhr liefen Studenten und Studentinnen mit ihren emaillierten Blechnäpfen zu den Essensausgaben. Der Reislaster fuhr leer zurück. Ich kostete das wunderbare Gefühl aus, von der zwischenzeitlich kräftig gewordenen Sonne durchwärmt zu werden. Als ich gemächlich zum Gästehaus zurückschlenderte, sah ich Zhu vom Campuseingang zu seinem Gebäude radeln. Aha, die wichtige Besprechung hatte zuhause stattgefunden, zum

Glück bemerkte er mich nicht, in Bezug auf die Wahrung seines Gesichts war er furchtbar ehrpusselig.

Meine Hemden, Unterwäsche und Socken baumelten auf Bügeln vor meinem Erkerfenster, am Abend zuvor war unplanmäßig warmes Wasser aus der Leitung gekommen.

Wie an jedem Vormittag ging ich meine Vorlesungsunterlagen ein letztes Mal durch, schrieb Bemerkungen an den Rand, um die Studenten am Nachmittag auf besondere Punkte hinzuweisen. Der winzige Schreibtisch stand in einer dunklen Ecke, deshalb saß ich lieber in einem der zerschlissenen Sessel und arbeitete an dem runden Tischchen im hellen Erker, auch wenn es hier bisweilen erbärmlich zog, wegen des herrlichen, sonnigen Wetters gab es das Problem an diesem Tag ausnahmsweise nicht.

Innerhalb kurzer Zeit hatte ich mich an den grünen Tee gewöhnt, dank Zhus Unterweisung kannte ich die richtige Menge an getrockneten Teeblättern, die man für einen guten Tee in eine Deckeltasse geben musste. Seine Anleitung enthielt die Empfehlung, für eine weitere Tasse Tee keine neuen Teeblätter zu nehmen, der zweite Aufguss sei der beste. Anfangs mochte ich das nicht glauben, es klang nach schöngefärbter Sparsamkeit, später musste ich ihm stille Abbitte leisten, er hatte recht gehabt.

Gegen Abend machten Zhu und ich doch noch eine kleine Radtour. Zu dem ersten Stück Autobahn, das in Shanghai gebaut wurde, die Länge betrug fünfundzwanzig Kilometer. Wir fuhren eingehüllt in Qualm und Gestank. Aus nächster Nähe versorgten uns die Auspuffrohre der Lastwagen, zahlreiche größere Fabriken lieferten ihre Beiträge aus wenigen hundert Metern Entfernung, unter ihnen mehrere Chemiefabriken. Zwischen Straße und Fabriken lagen ausgedehnte Gemüsefelder, sorgfältig angelegt, mit Gräben dazwischen, in denen eine schwärzliche Brühe floss. Sie wurde zum Berieseln der Felder mit Chemikalien benutzt, der Ausdruck Bewässerung wäre ein Euphemismus gewesen. Was passierte mit den Menschen, die dieses Gemüse regelmäßig aßen? Wie hoch konnte ihre durchschnittliche Lebenserwartung sein? Oder verhielten wir Deutschen uns wie ein Volk von Hysterikern?

Neben der Straße standen zahlreiche neu erbaute zweigeschossige Häuser mit Dächern ähnlich denen chinesischer Tempel. Diese geräumigen Häuser seien Eigentum der Bauern, die die Gemüsefelder ringsum bebauten, klärte mich Zhu auf. Die Bauern seien reich, hätten zwar wenige Möbel in ihren Häusern, dafür unglaublich viel Geld in den Taschen.

Bei meiner Rückkehr sah ich ein mir unbekanntes Zimmermädchen aus meinem Zimmer kommen. Unaufgefordert hatte ich neue Handtücher bekommen, das Bett sah frisch bezogen aus und sogar eine neue Rolle Klopapier bemerkte ich später.

Zum Abendessen wurde mir eine Riesengarnele serviert. Nach mehreren erfolglosen Versuchen, sie mit Stäbchen zu essen, verspeiste ich die Köstlichkeit einfach aus der Hand.

Meine Vorzugsbehandlung, namentlich beim Essen, verstand ich und wusste sie zu schätzen. Mitunter beschlich mich ein unangenehmes Gefühl: Sollte meine Leistung für die Menschen hier derart viel wert sein, dass sie, pathetisch ausgedrückt, kollektiven Verzicht leisteten, damit es mir besonders gut ging? Eine Veränderung hätte ich nicht herbeiführen können. Einmal nötigte ich Zhu, im Bus den einzigen freien Sitzplatz einzunehmen, da ich im vorher benutzten Bus sitzen konnte. Mich stehen sehen zu müssen bereitete ihm schreckliches Unbehagen.

Am nächsten Tag wurde ich zeitig zum Besuch einer anderen Universität in Shanghai abgeholt. Wenige Wochen vor meiner Abreise aus Deutschland war von der Erziehungsabteilung der chinesischen Botschaft in Bonn der Wunsch an meine Universität herangetragen worden, Kooperationen mit chinesischen Hochschulen einzugehen. Meine Universitätsleitung hatte dem Wunsch entsprochen und je eine Universität in Shanghai und in Beijing aus einer Liste ausgewählt, weil man die Namen der Städte kannte. Die Antwort der Universität in Shanghai auf ein Schreiben war kurz vor meiner Abreise eingetroffen, ich hatte den Auftrag, während meines Aufenthalts in China erste Gespräche in dieser Angelegenheit führen.

Zusammen mit einem quirligen, gut deutsch sprechenden jungen Mann holte mich ein Fahrer ab. Unterwegs gab mir der Dolmetscher einen kurzen Abriss über seine Uni. Die Fahrt ging am

Waitan vorbei, ich erkannte links das Shanghai Mansions, in dem ich vor zwei Jahren übernachtet hatte. Nach Überquerung des Suzhou He fuhren wir durch Bezirke, die ich noch nicht kannte und nach vierzig Minuten erreichten wir, ohne in das übliche morgendliche Verkehrschaos zu geraten, unser Ziel. Hinter dem Eingangstor tat sich ein schöner Campus auf, mit altem Baumbestand und gepflegten Wegen.

Der Dolmetscher führte mich in einen Besprechungsraum mit mehreren Sofas und Sesseln sowie kleinen Tischen davor. Alles so angeordnet, dass man sich gegenseitig nicht zu nahe kam. Auf Rücken– und Armlehnen der Sitzmöbel lagen Häkeldeckchen, akkurat, wie auf vergilbten Fotos meiner Großeltern. Später stellte ich fest, jede Universität verfügte über einen solchen Raum.

Ein Herr vom Akademischen Auslandsamt begrüßte mich, ein weiterer gesellte sich zu uns, der mir als Professor Gao vorgestellt wurde. Er sprach perfekt deutsch, vor fünfundzwanzig Jahren hatte er in Dresden Maschinenbau studiert und war eine Zeitlang Erster Sekretär an der Chinesischen Botschaft in Bonn gewesen, zuständig für Bildungsangelegenheiten. Von ihm war die Initiative zur Anfrage der Botschaft hinsichtlich eventueller Kooperationen ausgegangen. Der dritte im Bunde, Professor Feng, fand sich als Letzter ein. Das wichtige Zeremoniell des Austauschs von Visitenkarten brachten wir schnell hinter uns und nahmen Platz, dem Gast wurde selbstredend der beste zugewiesen. Eine junge Frau brachte Deckeltassen mit grünem Tee.

Wir stellten unsere Institutionen vor, gaben ergänzende Überblicke zu wichtigen Tätigkeitsbereichen und redeten dann drei Stunden lang über mögliche zukünftige Kooperationsfelder, gingen danach zum Essen in das Gästerestaurant. Mich platzierte man neben Professor Gao, er bediente mich und ließ mir keine Chance, ein Gericht nicht zu kosten. Überrascht zeigte er sich darüber, dass ich Jakobsmuscheln auf den ersten Blick erkannte, Deutsche verstanden nach seiner Erfahrung wenig von Meeresfrüchten. Ich lobte den trockenen Rotwein, bisher hatte ich in China ausschließlich süßen kennengelernt, untrinkbar für mich. Dieser Wein, so wurde mir erklärt, stamme aus Qingdao.

Kaum hatten wir zu essen begonnen, legte der erste die Ess–

Stäbchen beiseite und steckte sich eine Zigarette an. Unsicher sah ich zu meinen Nachbarn hinüber, niemand kümmerte sich darum, es schien in China normal zu sein, seine Mitmenschen beim Essen einzuqualmen. Die Vermutung stimmte, wie ich bei späteren Gelegenheiten feststellen konnte. An das vorzügliche Mittagessen schloss sich ein kleiner Rundgang »intra muros« an. Wegen der großen Rasenflächen und des alten Baumbestands sah der Campus schöner und großzügiger aus als meine gewohnte Umgebung, auch machte das gesamte Unigelände einen bedeutend gepflegteren Eindruck.

Wie viele ausländische Experten es in meiner Hochschule gebe, wurde ich vom Vertreter des Auslandsamts gefragt. Ich wusste es nicht, vermutete, ich sei der einzige. Der Dolmetscher bestätigte das, am Morgen hatte man ihm auf seine Frage nach dem ausländischen Experten sofort meine Zimmernummer genannt. Diese lächerlich geringe Zahl machte keinen guten Eindruck auf meine Gesprächspartner, das sah ich ihren Gesichtern an, sie sagten aber nichts.

Beim Versuch, ein Gruppenfoto zu machen, stellte ich fest, dass die Batterien in meiner Kamera ersetzt werden mussten, wohin mit den verbrauchten? Gao lachte: »Werfen Sie die getrost in den Papierkorb, wir sind ja nicht in Deutschland. Alle Chinesen entledigen sich verbrauchter Batterien bedenkenlos auf diese Weise, warum sollten Sie wegen Ihrer vier kleinen Monozellen Skrupel haben?« Sein Argument überzeuge mich nicht, ich widersprach ihm vorsichtig, was mir in Deutschland notwendig erscheine, könne ich in China nicht ignorieren.

Gao wechselte das Thema, kam auf Veränderungen in der chinesischen Wirtschaft zu sprechen. »Ich fürchte, Deutschland verschläft die Entwicklung«, sagte er und es schien ihm nicht zu gefallen, »die USA und Frankreich, zum Beispiel, stecken schon ihre Claims ab, Deutschland sollte sich beeilen.« Deutsche Medien behandelten Investitionen in China nach meiner Wahrnehmung zurückhaltend. Hin und wieder hatte ich eine Zeitungsnotiz zu dem Thema gelesen, gewöhnlich mit dem warnenden Unterton, nichts zu überstürzen. Seit längerem gab es zwar ein Engagement von Volkswagen in Shanghai, es schien mir eher eine Ausnahmeerscheinung zu sein und hatte das nicht zum Gutteil damit zu tun, dass man seinerzeit für den hausbackenen »Santana« kaum Käufer in Deutschland finden konnte?

Die zögerliche Haltung deutscher Unternehmen ging partiell auf das Konto des in Deutschland stark verbreiteten Bedenkenträgertums, das zuallererst Nachteile und Gefahren neuer Entwicklungen fein säuberlich auflistet. Andererseits konnten viele europäische Länder Jahrhunderte hindurch Erfahrungen auf wirtschaftlichem Gebiet in ihren Übersee-Kolonien sammeln. Solche Länder besaßen mehr und längere Übung im raschen Aufbau wirtschaftlicher Beziehungen mit außereuropäischen Staaten. Die Klage eines deutschen Völkerkundlers kam mir in Erinnerung, die Ethnologie werde in Deutschland vergleichsweise stiefmütterlich behandelt. Die ehemaligen großen Kolonialmächte hätten diese Wissenschaftsdisziplin auch deshalb hoch geschätzt, weil sich ihre Ergebnisse gut zur effizienteren Ausbeutung ihrer Kolonien verwenden ließen.

Unsere Gespräche hatten wir zu einem vorläufigen Abschluss gebracht, unser Höflichkeitsspaziergang konnte als beendet angesehen werden, man begleitete mich zum Auto. Der Fahrer sollte mich zu Zhus Wohnung bringen, ein Dolmetscher kam nicht mit. Von Zhu hatte ich tags zuvor einen eigenhändig gezeichneten Straßenplan bekommen mit zusätzlichen schriftlichen Erläuterungen, natürlich auf Chinesisch. Diesen Plan gab ich dem Fahrer, der ihn kurz studierte und zufrieden nickte.

Nach einer halben Stunde erreichten wir den Stadtbezirk, in dem Zhu wohnte, der Fahrer schien sich hier nicht auszukennen, denn er begann, die Straßenschilder sorgfältig zu lesen. Anders als im Stadtzentrum gab es hier keine zusätzliche Umschreibung der Straßennamen mit lateinischen Buchstaben und ich versuchte gar nicht erst, mich an der Suche nach der richtigen Straße zu beteiligen. Der Fahrer bog hier ein, bog da ein, setzte zurück. Bald war er das Spielchen leid, hielt an, stieg aus, öffnete meine Tür und bedeutete mir, das Auto zu verlassen. Drückte mir das Kunstwerk von Straßenplan in die Hand, zeigte auf eine schmale Straße, ich sollte also mein Glück auf eigene Faust versuchen. So beschwörend ich auf ihn einredete, er machte ein Pokerface, stieg in sein Auto und ich stand mutterseelenallein da, mit meinem Hieroglyphenzettel in der Hand.

Da mir nichts Besseres einfiel, nahm ich die Straße, die mir der Fahrer gewiesen hatte, nach etwa fünfhundert Metern mündete sie rechtwinklig in eine andere. Bis dahin hatte ich kein Haus entdecken können, das dem ähnelte, in dem Zhu wohnte. Gut erinnerte ich mich nicht an die Lage des Hauses, wenn man in einem Auto gefahren wird, prägen sich Einzelheiten in der Regel nicht tief ein. Allerdings half mir mein Wissen, dass Zhu in einem Neubau wohnte, auf beiden Seiten dieser Straße standen aber ausschließlich alte einstöckige Häuschen, jahrzehntelange Luftverschmutzung bestimmte ihre Farbe. Aus einer der schmutzigen Hütten sah ich eine gut gekleidete Chinesin heraustreten, mit blütenweißer Bluse, was für ein Gegensatz!

Wegen meiner Unsicherheit, ob ich nach links oder rechts gehen sollte, wandte ich mich Rat suchend an einen älteren Herrn und zeigte ihm meine Wegbeschreibung. Er studierte sie gründlich und wies mich mit einer Geste an, zurückzugehen. Ich sagte *xièxie* — das chinesische Dankeschön war mir mittlerweile geläufig — und ging erfolglos umherblickend zurück bis zu der Stelle, an der mich der Fahrer schnöde abgesetzt hatte. Dort zeigte ich meinen Zettel mit einem Hilfe heischenden Blick dem nächsten Passanten. Der deutete auf die Straße, aus der ich gerade kam. Wenn die beiden von mir angesprochenen Herren ortskundig waren, musste ich wohl in diese Straße zurück und irgendwann rechts oder links abbiegen. Bei meinem erneuten Versuch entdeckte ich mit Genugtuung eine schmale Gasse, die mir vorher entgangen war. Nach wenigen hundert Metern erreichte ich Häuser, die aussahen, als könnte das gesuchte darunter sein.

Eine ältere Frau in blauer Jacke und Hose kam auf mich zu. Sie trug gelbe Ärmelschoner, die sie, wie mir Zhu später erklärte, als Aufsichtsperson für den Häuserblock auswiesen. Der Frau übergab ich erwartungsvoll meinen Zettel und merkte sofort, sie hatte den richtigen Durchblick, führte mich auf direktem Weg zu einem der Häuser, stieg mit mir in die zweite Etage und hämmerte mit ihren Fäusten gegen eine Eisengittertür. Von innen fragte eine mir bekannte Stimme, die Frau antwortete, Wohnungstür und Gittertür wurden geöffnet, ich sagte *xièxie* zu der hilfreichen Wohnblockaufseherin.

Zhus Frau arbeitete noch in der Klinik, wir nutzten die Zeit zu einem kleinen Spaziergang zum nahegelegenen Postamt, ich wollte Ansichtskarten nach Deutschland abschicken. Zhu kaufte die notwendigen Briefmarken, half mir beim Einpinseln der Marken mit Kleber, chinesische Postwertzeichen waren nur in seltenen Fällen mit einer Gummierung auf der Rückseite versehen.

Anschließend gingen wir gemächlich zu seiner Wohnung zurück. Auf den Gehwegen hockten Straßenhändler und Handwerker, teils auf Kundschaft wartend, teils gut beschäftigt. Vor allem Schuster und Fahrradreparierer konnten sich nicht über mangelnde Nachfrage beklagen. Bei einem Mann, der eine wunderschöne Kamelie mit vielen Blüten zum Verkauf anbot, blieb ich stehen. Zwanzig Yuan nannte er als Anfangsforderung für die Teeblume, so die chinesische Bezeichnung einer Kamelie, ich bot ihm fünfzehn, er zeigte sich einverstanden. Zhu versuchte mich fortzuzerren. Über zehn Prozent seines Monatseinkommens für eine Teeblume? Nein, ich solle was Anderes für seine Frau kaufen, es sei im Übrigen in China nicht üblich, Blumen mitzubringen. Er bemühte sich, mir irgendetwas Unansehnliches schmackhaft zu reden, was aber nicht gelang, unter Zhus Protest kaufte ich die Teeblume.

Nach dem Abendessen, zu meiner Erleichterung war es dieses Mal im normalen Rahmen geblieben, fuhren wir zu Viert mit dem Bus in die Innenstadt, um ein Konzert zu besuchen. Mahlers Neunte in D–Dur stand auf dem Programm. »Oh Gott«, dachte ich, »die armen Chinesen!« In dem spärlich besetzten Konzertsaal saßen wir hoch in der letzten Reihe, alles ließ sich gut überblicken, die Akustik stellte sich als miserabel heraus. Der deutsche Dirigent, ein Mittsechziger namens Siegfried Köhler, dirigierte mit wildem Körpereinsatz. Bis zur Mitte des ersten Satzes hörte ich freudlos zu, es gab pausenlos Missverständnisse zwischen dem Dirigenten und seinem Orchester oder handelte es sich gar um Machtkämpfe? Mehr und mehr schienen sich die Kontrahenten aneinander zu gewöhnen und auf diese Weise geriet der Rest der Sinfonie erträglich. Als wir den Konzertsaal verließen, fragte mich Zhus Sohn ehrfurchtsvoll, ob ich das schön gefunden hätte, was ich pflichtschuldig bejahte.

Nach dem musikalischen Genuss lud ich die drei ins Restaurant des Huaqiao Fandian ein, des Auslandschinesenhotels an der Nanjing Lu. Zhu kam zunächst mit seinem üblichen Einwand, man müsse hier mit FECs zahlen, am Ende aßen alle in familiärer Eintracht Vanilleeis, ich trank ein Bier. Da es kein Qingdao-Bier gab, musste ich mit dem von mir wenig geschätzten Heinekens Vorlieb nehmen.

Es wurde Zeit für die Rückfahrt, auf der Straße ging zunächst die Suche nach einem »Friendship Taxi« los, das Zhu mit den gestempelten Zetteln bezahlen konnte, die ihm seine Hochschule anstelle von Bargeld gegeben hatte, um mit mir zusammenhängende Auslagen zu begleichen. Taxifahrer mochten diese Zettel im Allgemeinen nicht, an diesem Abend brauchten wir überraschend wenig Zeit für die Taxisuche und ich schaffte es, um viertel nach zehn vor dem Eisengitter des Gästehauses zu stehen, wo mich jedoch die große Kette trotz meiner zeitigen Rückkehr am Zutritt hinderte, wohl oder übel musste ich den mürrischen Alten bemühen.

Auf meinem Zimmer angekommen, fühlte ich mich verschwitzt und verdreckt, sah nach, ob zufällig warmes Wasser aus der Leitung kam. Ich hatte Glück, also stieg ich unverzüglich — der Zufluss warmen Wassers konnte jeden Moment versiegen — in die Wanne und schaffte es sogar noch, meine Haare zu waschen. Anschließend fiel ich ohne Fernsehreklame todmüde ins Bett.

Der nächste Tag war ein Sonntag, für Geschäfte galten die üblichen Öffnungszeiten. Doch in Behörden, Hochschulen und so weiter wurde sonntags nicht gearbeitet. Für mich stand eine Fahrt nach Suzhou auf dem Plan, einer Stadt, die in China wegen ihrer Gartenanlagen gerühmt wird. Unsere Gruppe bestand aus vier Personen, außer mir und Zhu fuhren Yang und seine Chefin, Frau Liu, mit. Ich begriff inzwischen, dass der ausländische Experte wunderbar als Begründung für Unternehmungen auf Staatskosten herhalten konnte. Wir fuhren mit dem Shanghai, der lange Fahrer wurde wieder von seinem kleinen Sohn begleitet. Für die knapp hundert Kilometer lange Strecke nach Suzhou würden wir zwei

Stunden brauchen, meinte Zhu.

Die Fahrt ging über holprige Landstraßen, das Auto ratterte und klapperte, der Fahrer konnte das zitternde Lenkrad nicht eine Sekunde loslassen. Wollte er auch nicht, alle zwanzig Sekunden musste er auf den Hupring drücken, um unsere Anwesenheit zu signalisieren. Das schien unbedingt erforderlich zu sein, das taten alle, Fahrerehre. Auf den Straßen herrschte reger Verkehr, Busse, Lastwagen, auch zahlreiche Personenwagen waren unterwegs. Der Santana von Volkswagen Shanghai dominierte in dieser Gruppe, in China sah die Limousine genauso hausbacken aus wie vorher in Deutschland.

Für mich stellten Fahrräder auch dieses Mal die interessantesten Fahrzeuge dar. Einfache Nur-Fahrräder, solche, bei denen an einer quer über dem Gepäckträger befestigten Bambusstange riesige Körbe auf beiden Seiten baumelten. Bemerkenswert viele dreirädrige Fahrräder darunter, mit einer Ladefläche hinten, auf der in den meisten Fällen eine Frau saß und sich fahren ließ.

Hin und wieder fuhren wir durch kleine Orte, alle Fußgänger auf den Straßen wurden erbarmungslos beiseitegehupt, selbst sein Blindenstock half einem alten Mann nichts. Rechts und links neben der Landstraße Ackerbau soweit das Auge reichte, ab und an ein qualmender Industriebetrieb. Riesige Rapsfelder in voller Blüte dominierten das Bild, ihre gelbe Sauberkeit bildete einen wunderbaren, erfrischenden Kontrast zum Grau Shanghais.

Wegen umfangreicher Straßenarbeiten gerieten wir inmitten einer kleinen Stadt in einen Verkehrsstau, die Straße wurde verbreitert. Vierzig, fünfzig Männer und Frauen waren bei der Arbeit, Maschinen sah ich nicht. Der steinige Boden wurde mit Spitzhacken aufgebrochen, Arbeiter schaufelten Erde und Geröll in schalenförmige Körbe. Jeweils zwei Körbe, mit Stricken an einer dicken Bambusstange befestigt, wurden von einer Frau und einem Mann auf den Schultern getragen, um zwanzig Meter weiter neben der Straße ausgekippt zu werden. Nach zehn Minuten Wartezeit kamen die ersten Autofahrer auf die Idee, ihre Motoren abzustellen, danach ließ es sich deutlich besser atmen. Aufgebrachte Fahrer schimpften laut und schrecklich mit dem Mann, der den Verkehr regelte und uns momentan am Weiterfahren hinderte. Chinesen derart wütend ihren Zorn äußern zu hören, fand ich herrlich unterhaltsam, auch wenn ich nicht verstand, was sie der Zielscheibe ihrer Wut entgegenschleuderten.

Jeder Stau hat ein Ende, nach knapp drei Stunden erreichten wir endlich Suzhou, fuhren zuerst zu einer Kühlschrankfabrik, einem Joint Venture mit einer italienischen Firma, in der Zhu mit einem Mann wegen irgendwelcher Testreihen in seiner Hochschule verhandeln wollte. Wir anderen nutzten die Gelegenheit, der Firmentoilette einen Besuch abzustatten, da man hier von einer sauberen Einrichtung ausgehen konnte.

Aber wir waren wegen der berühmten Gärten nach Suzhou gekommen. Im ersten, den wir aufsuchten, zogen Tempel die Aufmerksamkeit der Besucher auf sich. Rote Kerzen konnte man kaufen und sie auf eisernen Ständern entzünden, Bündel von Räucherstäbchen wurden in offene Öfen geworfen, die Luft war weihrauch- und qualmgeschwängert. Wir beteiligten uns nicht an den Verbrennungsaktionen, betraten den Haupttempel, der mehrere hundert Buddhastatuen beherbergte. Manche mit freundlichen Gesichtern, manche mit griesgrämigen, einige mit furchterregenden Antlitzen. Wenn man sein Lebensalter an den Buddhastandbildern abzählte, erfuhr man, ob das eigene Leben glücklich sein werde, um zu den Gewinnern zu gehören, musste man bei einem lächelnden Buddha auskommen. In dem Tempel gab es weitere besondere Buddhafiguren: Den Buddha mit tausend Händen, den mit zwei Gesichtshälften — die rechte lächelnd, die linke übellaunig. Schließlich führten mich meine Gefährten zu einem Buddhaberg, einem von vieren in China, hier hatte man unzählige Buddhas bis unter die Decke aufgetürmt. Ich stand der inflationären Anhäufung von Statuen des Religionsstifters ratlos gegenüber, denn zu meinem Bedauern vermochte mir niemand die Bedeutung der Figuren zu erklären.

Frau Liu empfahl, vor weiteren Besichtigungen ein Restaurant fürs Mittagessen zu suchen, was allgemeine Zustimmung fand. Im ersten Lokal, das den Vorstellungen meiner chinesischen Gastgeber zu genügen schien, gab es keine freien Tische, beim nächsten Restaurant hatten wir mehr Glück, allerdings komplimentierte man uns in einen Nebentrakt, an dessen Eingang nicht auf MasterCard, Visa und American Express hingewiesen wurde.

Vor der Bestellung des Essens gab es einen längeren Disput zwischen Frau Liu und der Bedienung, da die Speisekarte keine Preise enthielt und Frau Liu befürchtete, man könne uns hinterher eine überhöhte Rechnung präsentieren. Das Essen schmeckte keinem von uns, Zhu entschuldigte sich bei mir, man kenne sich hier eben nicht aus. Weit mehr als das schlechte Essen störte mich der Schmutz, ich trank viel Bier, auf die desinfizierende Wirkung des Alkohols hoffend. Nur dem kleinen Sohn des Fahrers war keine Unzufriedenheit anzumerken, er war vollauf damit beschäftigt, mit seinen Ess–Stäbchen wacker gegen die Tücken verschiedener Objekte anzukämpfen.

Nach dem missratenen Restaurantbesuch machten wir uns auf, weitere Gärten in Augenschein zu nehmen. An einer Straßenecke gewahrte ich zum ersten Mal eine Fahrradriksha und machte Zhu den Vorschlag, uns damit zum nächsten Garten fahren zu lassen. Yang wurde vorgeschickt, um den Preis zu erfragen, man wollte nicht, dass mir eventuell die doppelte Summe abverlangt würde, weil ich Ausländer war. Ein Mann, Mitte sechzig, trat für Zhu und mich in die Pedalen. Mit gemischten Gefühlen ließ ich mich von dem abgearbeiteten Mann fahren, dachte daran, wie Egon Erwin Kisch zu Anfang der 1930er Jahre die Rikschakulis in Shanghai beschrieb. Aber unser Mann machte kein unglückliches Gesicht, er scherzte mit Zhu und schien froh über die Einnahme von fünf Yuan zu sein. Zhu nahm an, der Mann habe die Riksha gemietet, von einer staatlichen Organisation oder einem Privatmann, und müsse froh sein, erst einmal die Tagesmiete hereinzubekommen.

Während uns der Rikschafahrer mittels Muskelkraft zum Ziel beförderte, wurde mir die Anziehungskraft des Ausflugsorts Suzhou erst richtig vor Augen geführt. Zahllose Busse standen auf überfüllten Parkplätzen und an den Straßenrändern, zudem konnte man einfach und billig mit der Eisenbahn von Shanghai hierher kommen, kein Wunder, dass an diesem Sonntag gewaltige Menschenmassen die Straßen verstopften, durch die sich unser Fahrer mühsam hindurch quälen musste. Ständig stieß er krächzende oder knarrende Laute aus, um sich seinen Weg durch das

Menschengewühl zu bahnen. Am Ziel machte Zhu rasch ein Erinnerungsfoto, wodurch sich der Rikschafahrer sichtlich geehrt fühlte, mein Extrayuan ließ ihn strahlen, Trinkgeld galt in China als verpönt.

Die Gärten boten für meinen Geschmack wenig Attraktives, vielleicht war Anfang April noch nicht die richtige Zeit, außerdem ließ mich das Bier, das ich beim Mittagessen »zur Durchfallprophylaxe« getrunken hatte, müde werden. Innerlich lustlos machte ich Fotos, um meiner Begleitung Interesse vorzutäuschen. Als ich nicht darauf bestand, den letzten vorgesehenen Garten aufzusuchen, glaubte ich, Erleichterung auf den Gesichtern meiner Begleiter zu erkennen.

Also machten wir uns auf den Rückweg, Zhus Miene verriet Enttäuschung über die misslungene Sonntagstour, er entschuldigte sich noch einmal wegen des schlechten Essens. Erwartungsgemäß kam er auf die geplante mehrtägige Reise zu dem anderen Ort zu sprechen, versicherte mir wortreich, unser Ausflug dorthin werde ungleich großartiger sein.

Unvermittelt schlug er ein neues Thema an, bat mich, über die Wirtschaftsentwicklung Deutschlands nach dem Zweiten Weltkrieg zu erzählen. Zunächst schilderte ich ihm, wie ich als kleiner Junge aus einem beschaulichen Dorf in eine stark zerstörte Großstadt kam — ohne den Ortswechsel hätte ich kein Gymnasium besuchen können — und wie ich dort den Wiederaufbau, später das »Wirtschaftswunder« aus meiner Kindperspektive heraus erlebte. Er hörte aufmerksam zu und versuchte, Entsprechungen für die chinesische Situation abzuleiten. Immer wieder stellte er Fragen der Art »Wie lange dauerte es damals in Deutschland, bis …?« Vor allem ging es ihm um einen Vergleich der deutschen Nachkriegszeit mit derjenigen Zeitspanne, die zwischen dem Ende der Kulturrevolution und der Gegenwart lag. In Deutschland war es die Zeit eines atemberaubenden wirtschaftlichen Aufschwungs gewesen, China hatte sich seiner Meinung nach seit dem Ende der Kulturrevolution wirtschaftlich viel zu langsam vorwärts bewegt. Was ich dazu meine, wollte er gern wissen.

Ich zögerte, fühlte mich nicht kompetent, Fundiertes beizusteuern, zu wenig wusste ich bisher über China. Doch er ließ nicht locker, und am Ende willigte ich ein, versuchte, ihm in knappen Worten meine Gedanken zu erläutern. Deutschland, begann ich nach kurzem Nachdenken, sei zu Beginn des Zweiten Weltkriegs im Jahr 1939 ein hoch entwickeltes Land gewesen mit modernen Industrieanlagen, mit leistungsfähiger Verkehrs- und Kommunikationsinfrastruktur, ferner mit gut qualifizierten Menschen, wie sie eine moderne Industrienation brauchte. China hingegen sei vor der Kulturrevolution ein größtenteils agrarisch geprägtes Entwicklungsland gewesen, in der Zeit des Wütens der Roten Garden habe meines Wissens keine positive Veränderung in Richtung auf ein wettbewerbsfähiges Industrieland stattgefunden, schlimmer noch, China sei in dieser Periode wirtschaftlich unter das Niveau des Ausgangspunkts abgesunken.

Der Zweite Weltkrieg habe aber doch ein weitgehend zerstörtes Deutschland hinterlassen, warf er ein, seine Wirtschaft weit hinter die Linien von 1939 zurückgeworfen, das Land habe also nach Kriegsende einen Neubeginn versuchen müssen. Ob ich unter diesem Gesichtspunkt nicht doch Parallelen zu dem China am Ende der Kulturrevolution erkennen könne? Zhu schaute mich erwartungsvoll an.

Natürlich erschien es auf den ersten Blick naheliegend, diesen Vergleich zu ziehen, denn durch die Bomben der Alliierten während des über fünfeinhalb Jahre dauernden Kriegs wurden viele für die Wirtschaft wichtige Einrichtungen unbrauchbar gemacht oder zumindest in ihrer Leistungsfähigkeit stark beeinträchtigt. »Allerdings«, erläuterte ich ihm, »die Schäden an Industrieanlagen und Infrastruktur seien trotz der immensen Zerstörungen geringer gewesen, als man hätte vermuten können. Das lag an der grundsätzlichen Schwierigkeit, die Industrieproduktion eines Landes aus der Luft lahm zu legen und hinzu kam, dass die Bombardements vielfach gar nicht diesem Ziel gedient hatten. Feuerstürme in Straßenschluchten etwa stellten ein raffiniert ausgeklügeltes technisches Verfahren dar, um Hunderttausende von Frauen, Kindern und alten Leuten — die zum Kriegsdienst tauglichen Männer befanden sich an den Fronten — auf einen Schlag schnell und kostengünstig zu töten (»moral bombing« hatte der feinsinnige Terminus technicus für diese Massentötungen gelautet), eine Eisenbahnlinie etwa konnte man mit dieser Methode nicht unbrauchbar machen.« Folglich, so meine Argumentation gegenüber Zhu, musste in Deutschland nach dem Krieg hinsichtlich der Produktion von Gütern nicht von Grund auf neu begonnen werden, vielmehr konnten das Zerstörte und das im Rahmen der Demontage Wegtransportierte verhältnismäßig schnell wieder aufgebaut oder ersetzt werden, was eine gute Ausgangsbasis für weitere Entwicklungen abgab. Ferner konnte das Know–how derjenigen, die überlebt hatten, nach wie vor wirksam eingesetzt werden. Technisches Wissen und Können wuchsen auf vielen Gebieten unter dem Kriegsdruck sogar beträchtlich, was bei Kriegsende zum Beispiel dadurch zum Ausdruck kam, dass sich Amerikaner und Sowjets ihnen wichtig erscheinende deutsche Experten sogleich beim Einmarsch griffen und in ihre jeweiligen Herrschaftsbereiche verbrachten, Wernher von Braun und Manfred von Ardenne waren die bekanntesten unter ihnen.

Trotz der verheerenden Zerstörungen war es unter der Administration der Siegermächte — Amerikaner, Briten, Franzosen in den Westzonen, Sowjets in der Ostzone — gelungen, die Existenz der Menschen zu sichern, obwohl der Zuzug von Millionen Vertriebenen die ohnehin schwierige Lage zusätzlich erschwerte. Für den enormen Wirtschaftsaufschwung in Deutschland, von jetzt ab musste man zwischen der Bundesrepublik Deutschland und der DDR unterscheiden, hätte ein einfaches »Weiter so« nicht ausgereicht, daran hatten die richtigen wirtschaftspolitischen Weichenstellungen entscheidenden Anteil. Die Kriegsplanwirtschaft und die Mangelplanwirtschaft der Nachkriegszeit wurden in der Bundesrepublik Deutschland durch die Währungsreform vom Juni 1948 und durch die Einführung einer Marktwirtschaft mit sozialen Komponenten abgelöst. Jeder musste zunächst selbst die Verantwortung für sich übernehmen und wer sich anstrengte, sah den Erfolg in seiner Lohntüte, Löhne und Gehälter wurden in diesen Jahren noch am Ende eines Monats bar in einem Umschlag ausgezahlt. Weitreichende Befreiung des Wirtschaftslebens von staatlicher Gängelung zusammen mit dem von den USA aufgelegten European Recovery Program (»Marshallplan«) als Starthilfe und ein ungeheurer Drang der Menschen, sich aus der Misere herauszuarbeiten, führten rasch zu dem bekannten Aufblühen der Wirtschaft und der Entwicklung eines breiten Wohlstands. »Ein Wunder war das Ganze übrigens nicht, alles beruhte auf natürlichen Ursachen«, bemerkte ich abschließend.

Zhu kam zuerst auf mein wirtschaftspolitisches Argument zu sprechen. Möglicherweise sei in China jetzt der Zeitpunkt gekommen, um Versäumnisse der Vergangenheit auszubügeln und den Anschluss an internationale Standards zu schaffen. Er verwies auf das neue Zauberwort »Öffnungspolitik«, das seiner Meinung nach eine geographische und eine wirtschaftlich–ideologische Komponente enthalte: Herstellung größerer Durchlässigkeit der nationalen Grenzen und Niederreißen überkommener ideologischer Barrieren. Zhu zitierte zwei Metaphern Deng Xiaopings: »Marx hatte keine Glühbirne gesehen, Engels war nie in China« und »Egal, ob eine Katze schwarz oder weiß ist, Hauptsache, sie fängt Mäuse«. Den zweiten Spruch hatte ich bereits gehört und sagte ihm, zur Beschreibung einer Richtung klinge er gut, wenn man ihn aber zu wörtlich nehme, im Sinne, dass der Zweck alle Mittel heilige, könne ich mich nicht recht mit Dengs Bild anfreunden. Zhu sah mich leicht irritiert an.

Die Errichtung von Joint Ventures, vormittags konnte ich einen Blick auf eine italienisch–chinesische Kühlschrankfabrik werfen, oder andere Formen ausländischer Direktinvestitionen seien Möglichkeiten, die Industrie im Hinblick auf Organisationsstrukturen und Produktionsmethoden drastisch umzukrempeln, die Qualität der Industrieprodukte schnell auf Weltmarktniveau zu bringen und Zugänge zu den internatonalen Märkten herzustellen. Gut ausgebildete Menschen, hauptsächlich in den großen Städten der Küstenregionen lebend, könnten in anspruchsvollen Jobs zum Aufstieg beitragen, für einfache Tätigkeiten stünde ein nahezu beliebig großes Potenzial an billigen Arbeitskräften zur Verfügung.

Zhu schien mit einem Mal sehr optimistisch zu sein. Vorsichtig machte ich ihn auf die rund vierzig Jahre zwischen dem Beginn des Aufschwungs in Deutschland und der Gegenwart aufmerksam, in denen sich »die Welt« verändert habe. »Vielleicht sind diese Veränderungen zumindest teilweise von Vorteil für einen

Aufstieg Chinas in die Liga der führenden Nationen«, gab Zhu zu bedenken und dem Argument wusste ich nichts entgegenzusetzen, im Gegenteil. »Vorhin habe ich gesagt, das sogenannte Wirtschaftswunder habe natürliche Ursachen gehabt. Aber es grenzte schon an ein Wunder, dass die Deutschen nach dem Krieg den Anfang der Herkulesaufgabe schafften. Die Menschen in den großen Städten waren ausgemergelt, ohne physische und psychische Reserven, die, wenn nicht durch die Bombennächte langer Jahre verbraucht, in den ersten Nachkriegsjahren im Kampf um die bloße Existenz aufgezehrt worden waren. Erschwerend kamen katastrophale äußere Lebensumstände hinzu. Nach meiner Übersiedelung vom Land in die Großstadt habe ich anfangs nicht glauben wollen, dass Menschen wirklich in den Trümmerhöhlen wohnten, aus denen ich sie kommen sah.« Zhu sagte nichts und ich fuhr fort: »Eure Geschichte kenne ich noch zu wenig, aber ich weiß, welch schlimme Zeiten China hinter sich hat, mit unglaublichen Entbehrungen und mit vielen Millionen Todesopfern. Soweit ich bisher erkennen konnte, scheinen auf jeden Fall die an der Oberfläche sichtbaren Folgen überwunden zu sein. Verglichen mit der Ausgangssituation, an deren Ende der wirtschaftliche Wiederaufstieg Deutschlands stand, sind die Rahmenbedingungen in deinem Land um einiges besser, es kann durchaus sein, dass ein günstiger Zeitpunkt für den Aufschwung in China gekommen ist.«

Inzwischen hatten wir das Stadtgebiet von Shanghai erreicht, beendeten unser Gespräch und beredeten noch ein paar Kleinigkeiten zum Ablauf der folgenden Woche. Im Gästehaus wurde uns allen ein hervorragendes Abendessen serviert, ich bedankte mich für den Tag, dann gingen wir auseinander.

Auf meinem Zimmer nutzte ich das außerplanmäßige Vorhandensein warmen Wassers und ging anschließend zeitig zu Bett, ließ mir vor dem Einschlafen noch einmal mein Gespräch mit Zhu über den Wiederaufbau Westdeutschlands und mögliche Analogien in China durch den Kopf gehen. Vielleicht war sein Optimismus nicht unbegründet, ich würde das Thema im Auge behalten.

Anderntags kamen Studenten nach der Vorlesung zu mir und baten mich, noch zu bleiben, sie würden gern Fragen außerhalb des Unterrichts an mich stellen. Den Wunsch erfüllte ich gern, alle setzten sich mit erwartungsvoll auf mich gerichteten Augen. Die erste Frage betraf die Höhe meines Einkommens in Deutschland, das interessierte sie brennend. Auswendig wusste ich mein Jahresgehalt, teilte es der Einfachheit halber durch zwölf, nahm eine Umrechnung in Yuan vor und nannte ihnen das Ergebnis. Ungläubiges Staunen auf den Gesichtern, das Vielfache eines chinesischen Jahresgehalts in einem Monat? Meine anschließende Auslassung über Steuern, Wohnungskosten, Gesundheits– sowie Altersvorsorge und dergleichen mehr schrumpfte mich halbwegs auf Normalmaß zurück. Was ich von der DDR hielte, wollten sie von mir hören. Woher ich meine Kenntnisse über den Kommunismus habe, ich käme doch aus einem kapitalistischen Land? Wie, ich hätte sogar »Das Kapital« von Karl Marx gelesen? Einzelheiten über das Universitätsstudium in Deutschland und über das Leben deutscher Studenten interessierten sie auch, wenngleich in geringerem Maße. Wäre Zhu nicht gekommen, hätten wir bis in den Abend hinein miteinander geredet, durch ihn fand die Diskussion ein schnelles Ende. Ich konnte mich nicht des Eindrucks erwehren, er sei dem Gespräch absichtlich fern geblieben, um nicht bei dem einen oder anderen ideologisch heiklen Thema Stellung beziehen zu müssen, als Dekan war er eine Amtsperson. Mehrere Studenten luden mich zu einem Besuch in ihr Wohnheim ein, ich versprach, an einem der nächsten Tage zu kommen und folgte Zhu zu seinem Büro.

Er eröffnete mir, eine endgültige Entscheidung wegen unseres Ausflugs nach Huang Shan treffen zu müssen. Diesmal verstand ich auch endlich den Namen unseres Ausflugsziels, Huang San sagte Zhu allerdings in seinem Shanghaidialekt. Huang Shan — die wörtliche Übersetzung lautet »gelbes Gebirge« oder »gelber Berg« — ist der Name für eine rund vierhundert Kilometer von Shanghai entfernt gelegene Gebirgsregion mit mehr als siebzig Gipfeln im Süden der Provinz Anhui, eine der landschaftlich reizvollsten Gegenden Chinas, viele Chinesen bekamen glänzende Augen, wenn sie den Namen hörten.

Von Shanghai aus gab es keine direkte Eisenbahnverbindung zu unserem Zielort, darin bestand der Kern des Problems. Seinen ersten Plan, mit dem »Shanghai« dorthin zu fahren, hatten seine

Oberen abgeschmettert, für das betagte Auto hätten die teilweise unglaublich schlechten Straßen das jähe Ende bedeuten können. Mit der Eisenbahn konnte man nach Nanjing fahren und von dort einen Zug in Richtung Huang Shan nehmen. Wegen der wenigen Zugverbindungen von Nanjing nach unserem Ausflugsort musste man entweder ungünstige Zeiten in Kauf nehmen oder eine Übernachtung in Nanjing vorsehen. Zhu und ich beabsichtigten, in Kürze gemeinsam nach Beijing zu fahren, deswegen plante er jetzt, auf dem Rückweg von Huang Shan in Nanjing zu übernachten und am Tag darauf die Weiterreise nach Beijing anzutreten. Keine schlechte Idee, ich fragte mich aber, wie lange diese »endgültige« Version Gültigkeit behalten würde.

Während wir über die bevorstehende Reise beratschlagten, betrat eine junge Chinesin sein Büro, eine Studentin, nahm ich an, der Irrtum klärte sich Jahre später auf. Sie sah zu mir herüber, lächelte, sagte schnell »hello« und fragte Zhu, ob sie eine Thermoskanne mit heißem Wasser vom Tisch nehmen dürfe.

Im Gästehaus legte ich mich aufs Bett, um eine Stunde zu schlafen, das schrille Klingeln des Telefons scheuchte mich nach wenigen Minuten auf. Zhu war am anderen Ende der Leitung, er machte den Vorschlag, mich nach dem Abendessen zu einem Besuch bei seiner Schwester abzuholen. Trotz wiederholter Ankündigung dieses aus seiner Sicht wichtigen Verwandtenbesuchs hatte ich nicht mehr an ein Zustandekommen geglaubt. Den bei seinen Ankündigungen stets verwendeten Satz kannte ich mittlerweile auswendig: »Nächste Mal, wenn in Sanghai, dann wir gehen zu mein Swester, die spielen Klavier und sein Mann sein chinesisse Malelei.«

An der Bushaltestelle, direkt gegenüber dem Campuseingang, warteten wir eine halbe Stunde vergeblich auf eine Fahrgelegenheit. Nicht etwa, dass kein Bus gekommen wäre, nein, alle Busse waren an den davor liegenden Haltestellen mit Menschen vollgestopft worden, niemand passte mehr hinein und die Busse fuhren ungerührt an uns vorbei. Das Vollstopfen hatte ich bei anderen Gelegenheiten mehrmals mit Interesse verfolgt, es lief nach einem simplen Verfahren ab. Sobald ein Bus hielt, drängte das Kollektiv der Wartenden die vor ihnen Stehenden in Richtung der geöffneten Türen. Auf diese Weise wurde der Bus durch Druck von außen gefüllt, bis es im Innern keinen Platz mehr gab. Das aber wollte niemand freiwillig einsehen, weshalb die Fahrscheinverkäuferin, Männer sah ich nie Bustickets verkaufen, auf den Knopf zum Schließen der Türen drückte und so mittels Druckluft die letzte Person zwischen beiden Türflügeln einklemmte. Kräftige Hände zerrten den eingeklemmten Menschen nach innen, die Türflügel machten »klack« und ab ging die Post.

Auf meinen Vorschlag, Fahrräder zu nehmen, ging Zhu ein, fand schnell einen Kollegen, der sein Rad an dem Abend entbehren konnte. Mir überließ er sein Elite-Fahrrad, damit der Deutsche auf einem deutschen Rad sitzen konnte. In der einsetzenden Dunkelheit gestaltete sich unsere Fahrt abenteuerlich: Wir fuhren auf spärlich beleuchteten Straßen mit unbeleuchteten Fahrrädern neben oder zwischen unbeleuchteten Autos, mussten gleichzeitig auf herumwuselnde und ebenfalls unbeleuchtete Fußgänger achten. Zhu bekam es meinetwegen mit der Angst zu tun, seiner Meinung nach fuhr ich viel zu schnell. Mir bereitete das Radfahren ein riesiges Vergnügen, vor allem an Kreuzungen mit Ampeln. Nach meiner Beobachtung dienten die Verkehrslichter in Shanghai hauptsächlich dem Zweck, Farbe in die graue Stadt zu bringen, für den Verkehrsfluss kam ihnen eher untergeordnete Bedeutung zu. Getreu dem Ratschlag »If you are at Rome, do as the Romans do« tat ich, als sei ich ein Chinese und kam bestens zurecht.

Wir verließen die verkehrsreiche Straße, fuhren durch verschiedene unbeleuchtete Gassen, bis wir an einen Kanal kamen, oder war es ein schmaler Fluss, vielleicht der Suzhou He? Kanal oder Fluss, es stank fürchterlich. Eine Weile fuhren wir nahezu im Dunkeln an dem bewegungslos aussehenden Gewässer entlang, bogen später ab und gelangten auf eine Straße, an der wenigstens jede fünfte Straßenlaterne Licht spendete, sie führte in ein Neubaugebiet mit dichter Hochhausbebauung. Vor dem Haus, in dem Zhus Schwester wohnte, schlossen wir die Fahrräder mit einer Eisenkette an einen Laternenpfahl und stiegen bis zum fünften oder sechsten Stockwerk hoch. Ein schweres Eisengitter vor der Wohnungstür sicherte — genauso wie bei Zhu — die Wohnung von Schwester und Schwager, offenbar gehörten solche Zusatztüren zum erforderlichen Sicherheitsstandard privater Wohnungen in Shanghai.

Der Empfang war herzlich, durch die Küche führte man mich ins Wohnzimmer, in dem auch ein Doppelbett stand. Das Mobiliar sah größtenteils alt aus, es stammte schätzungsweise aus der Zeit um die Jahrhundertwende, schöne Rosenholzmöbel befanden sich darunter, wir nahmen auf einem rosa Ecksofa Platz. Zhus Schwester war eine gut aussehende Frau um die Vierzig, sein Schwager schaute griesgrämig drein, erinnerte mich an eine Figur aus dem »Großen Wilhelm Busch Album«, meiner Lieblingslektüre in frühen Kindertagen. Der siebzehnjährige Sohn setzte sich nach kurzer Zeit zu uns, seinen Stolz, mich auf Englisch begrüßen zu können, verbarg er nur mit Mühe. Zhu erzählte seinen Verwandten von unserem Zusammentreffen vor zwei Jahren, woher ich kam, was ich in seiner Hochschule machte. Zwischendurch fragte mich seine Schwester, mehr aus Höflichkeit denn aus Neugier, was man üblicherweise bei Begrüßungen zu fragen pflegt.

Während der Übersetzungsphasen sah ich mich um. An den Wänden hingen zwei Bilder, den Schreibtisch bedeckten Malutensilien, der Schwager arbeitete als Maler in einem Kunstverlag, wie ein Künstler sah er freilich nicht aus, eher hätte ich auf Buchhalter getippt. Als Zhu ihn bat, mir seine Bilder zu zeigen, konnte er endlich zwei Schubladen öffnen und ihnen vorsorglich ausgesuchte Rollen entnehmen. Sein Sohn entrollte sie nacheinander, der Vater erläuterte seine Werke. Zhus Tochter schien mir begabter und kreativer zu sein.

Bei der Präsentation des letzten Bildes nahm das Gesicht des Schöpfers einen beinahe triumphierenden Ausdruck an: Ich bekam den autodidaktischen Aufbruch des Künstlers in die Moderne zu sehen. Das Bild war ein Hammer, eine Unsäglichkeit in Öl, ein Verschnitt aus Picasso, Klee, Kokoschka, Léger und wem sonst noch, das Ganze angereichert mit chinesischen Versatzstücken, um den Eindruck eines persönlichen Stils entstehen zu lassen. Zum Glück brachte die Frau des Künstlers Dampfnudeln sowie süßen Reiskuchen und nötigte uns, zuzugreifen.

Zhus Schwester setzte sich ans Klavier. Den Auftakt bildete Carl Maria von Webers »Aufforderung zum Tanz«, Jop Joplins

»Entertainer« folgte. Ihr Spiel gefiel mir, während des Zuhörens dachte ich über die sonderbare Situation nach, die für mich fast schon etwas Groteskes hatte: Ein Treppenhaus voller Unrat und eine enge Zweizimmerwohnung mit einem Klavier. Oder konstruierte ich da nur einen scheinbaren Gegensatz infolge einer voreingenommenen Denkweise? Den Abschluss bildete Beethovens »Für Elise«, womöglich hatte ich das Stück inzwischen in China so häufig gehört wie in meinem gesamten Leben davor.

Auf dem Klavier stand ein Bild der Muttergottes mit dem Jesuskind auf dem Arm, in einem versilberten Rahmen, die erste christliche Devotionalie, die ich in China sah. Brennend gern hätte ich gewusst, was dieses Bild für die Familie bedeutete, die Zähmung meiner Neugier fiel mir schwer, aber unhöflich oder plump wollte ich auf keinen Fall erscheinen.

Wir mussten uns auf den Rückweg machen, alle begleiteten uns nach unten. Auch dieses Treppenhaus verfügte über keinerlei Beleuchtung — was war der Grund? — und da von außen kein Lichtschein einfiel, tappte ich im wahrsten Sinne des Wortes im Dunkeln. Beim Abschied wurde ich gebeten, bei Gelegenheit wiederzukommen, Zhu und ich schwangen uns auf die Räder. In den leeren Straßen, wenige Busse fuhren um diese Zeit noch ihre Strecken ab, kamen wir gut voran. Trotz des hohen Tempos, das ich vorlegte, erreichten wir das Gästehaus erst, als die Eisenkette schon wie ein mahnendes Symbol um das Eisengitter am Eingang geschlungen war.

Bis zu diesem Zeitpunkt hatte sich mir keine Möglichkeit geboten, für ein paar Stunden ohne Begleitung ins Stadtzentrum zu fahren. Als ich Zhu von meiner Absicht erzählte, wollte er gleich den Hochschul-Shanghai für den nächsten Tag reservieren lassen. Das entsprach aber überhaupt nicht meiner Vorstellung, ich wollte ungebunden sein, unbeobachtet, nicht zu Rücksichten verpflichtet. Mit Mühe ließ er sich überzeugen, dass ich den Shanghai nicht brauchte.

Am nächsten Morgen sprang ich früh aus dem Bett, an diesem Vormittag stand die Besichtigung einer bekannten Firma, die Fernsehgeräte produzierte, auf dem Programm. Ein leitender Mitarbeiter dieses Unternehmens besuchte meine Vorlesung und auf das Angebot, seinem Betrieb einen Besuch abzustatten, war ich gern eingegangen.

Mein »Student«, ein Mann von etwa fünfzig Jahren, stellte mich führenden Leuten vor, nicht ohne Stolz, eine wichtige Persönlickeit wie mich zu kennen. Gemeinsam gingen wir in das Computercenter, das nicht ausschließlich Aufgaben für die Firma wahrnahm, sondern zusätzlich eine zentrale Funktion im Bereich des Computer Aided Design für mehrere Institutionen in Shanghai ausübte. Computer nahmen hier einen besonderen Platz ein, wir mussten weiße Kittel und spezielle Überschuhe tragen, eine Maßnahme, die ich bisher nur von Besichtigungen der Reinräume für die Chipfertigung kannte. Rote Veloursteppiche bedeckten den Fußboden, nicht eine Fluse sah ich. Was für ein Unterschied zu den üblichen Fußböden, die in der Regel aus einfachem Zementestrich bestanden, der nicht richtig sauber gehalten werden konnte. In das Wohlergehen der sieben teuren Computer wurde mehr investiert als in die Arbeitsumgebung der Menschen. Aber war das eine chinesische Besonderheit?

Die Produktion der Fernseher, Portables mit kleinen Bildschirmen, erfolgte in einer selbstgebauten Montage– und Bestückungsanlage ohne großen technischen Aufwand, dementsprechend erforderte der Zusammenbau der Geräte viele Arbeitskräfte. Bezüglich der technischen Konzeption mussten die Fernseher als Geräte von gestern bezeichnet werden, doch was machte das? Der Direktor, der mich durchs Werk führte, nannte die Namen zweier großer Handelsketten, die in Deutschland diesen Gerätetyp vertrieben.

Im Anschluss an die Besichtigung der Produktion fand eine halbstündige Diskussion statt, an der mehrere Ingenieure teilnahmen. Die Gespräche drehten sich um die zukünftige Technik. Was Wissen anbetraf, befand man sich auf der Höhe der Zeit, Schwierigkeiten lagen in der Beschaffung des Kapitals für die erforderlichen Investitionen und in der Verfügbarkeit moderner Bauelemente aus chinesischer Produktion, da die Chipherstellung in China zu diesem Zeitpunkt noch nicht richtig angelaufen war. Meinen Besuch beschlossen wir mit einem besonderen Essen im Restaurant eines nahegelegenen Hotels.

Am Nachmittag brachte ich nach der Vorlesung rasch die Unterlagen auf mein Zimmer im Gästehaus, zog mich um und ging zur Bushaltestelle, Waitan war mein Ziel. Eine direkte Busverbindung dorthin gab es nicht, drei verschiedene Buslinien musste ich benutzen, würde alles problemlos klappen?

Das erste Mal stieg ich am Jingling Hotel um, der nächste Bus brachte mich bis ins Zentrum von Nanjing Lu, der alten Hauptgeschäftsstraße Shanghais. Wegen ihrer beträchtlichen Länge besteht sie aus einem östlichen Abschnitt, Nanjing Donglu, und einem westlichen, Nanjing Xilu. Ich musste bis ans westliche Ende von Nanjing Xilu, wo sie auf die Zhongshan Lu stößt, die nach Sun Zhongshan, dem »Vater der Republik«, benannte Straße. Hier im Innenstadtbereich fuhren die Busse auf den Hauptlinien im Fünfminutentakt. In den mit Schaltgetrieben ausgestatteten Fahrzeugen sah ich ausnahmslos Frauen am Steuer, alle trugen weiße Handschuhe, bei jedem Halt stellten sie die Motoren ab.

Ohne Schwierigkeiten gelangte ich ans Ziel. An diesem schönen, sonnigen Nachmittag freute ich mich, keine warmen Kleidungsstücke mehr zu brauchen und ohne wohlmeinende Bevormundung zu sein, schlenderte gemütlich von der Bushaltestelle zur Ufermauer am Huang Pu, mischte mich unter die übrigen Menschen, die wie ich den schönen Nachmittag genossen, als einziger europäisch aussehender Mensch zog ich manchen Blick auf mich.

Reger Schiffsverkehr herrschte auf dem Fluss, dem Shanghai seine Bedeutung verdankt, von riesigen Containerschiffen über Passagierschiffe bis hin zu kleinen tuckernden Lastkähnen, in der Regel mit einem Mann und einer Frau als Schiffsbesatzung, gab es eine große Vielfalt an Schiffstypen. Das Leben auf dem Fluss sah nicht mehr romantisch wie auf alten Fotos aus, als der Huang Pu hauptsächlich von Segelschiffen befahren wurde, auf mich wirkte das Treiben trotzdem exotischer als beispielsweise der Schiffsverkehr auf dem Rhein.

Hafenanlagen mit großen Kränen bildeten die Kulisse auf der anderen Seite des Flusses, dazwischen überdimensionale Reklametafeln, deren Farben im Laufe der Jahre unansehnlich geworden waren. Dem Vernehmen nach wurde drüben in Pu Dong, dem östlich des Huang Pu gelegenen Stadtbezirk, am Aufbau eines neuen, modernen Industriegebiets gearbeitet, einer Wirtschaftssonderzone mit Vergünstigungen für ausländische Investoren. Sehen konnte ich nichts von den Aktivitäten. Pu Dong war ein von den Shanghaiern wenig geschätzter Stadtteil, weil es keine Brücke über den Huang Pu gab, geschweige denn eine Untertunnelung des Flusses.

Wegen des Gefühls, beobachtet zu werden, drehte ich mich um. Ein Mann saß nicht weit entfernt von mir auf einer Bank, sah interessiert zu mir herüber, merkte, dass ich seinen Blick wahrnahm. Er stand auf, kam auf mich zu und fragte in gebrochenem Englisch, ob ich Amerikaner sei. Meine Antwort, ich käme aus Deutschland, gefiel ihm, der Grund wurde rasch klar, denn er setzte das Gespräch in gutem Deutsch fort. Einleitend fragte er mich, ob ich Zeit und Lust habe, mich mit ihm zu unterhalten. Nichts kam mir gelegener als dieser Vorschlag, wir setzten uns auf eine niedrige Mauer, wo wir ohne ungebetene Zuhörer miteinander reden konnten. Er heiße mit Nachnamen Li, sagte mein Gesprächspartner, sein Vorname sei Anwen, Li Anwen sei also sein Name, am Jahresende werde er siebzig. Den größten Teil seines Lebens, er war Deutschlehrer an einem Fremdspracheninstitut gewesen, habe er nicht in seiner Geburtsstadt Shanghai verbracht.

Mit der deutschen Sprache kam er bereits als Kind in Berührung. Sein Vater konnte nämlich deutsch sprechen, er stammte aus Qingdao, der Stadt am Pazifischen Ozean auf der Halbinsel Shandong, in der das bekannte chinesische Bier gebraut wird. Im Jahre 1898, als die Deutschen einen großen Teil der Halbinsel zu ihrer Kolonie machten, zu ihrem »Schutzgebiet«, war sein Vater noch ein kleiner Junge gewesen, der zunächst, wie seine Eltern, die Kolonialherren nicht mochte. Eines Tages traf er einen gleichaltrigen deutschen Jungen, mit dem er in der Folgezeit spielte, später wurden die beiden Kinder Freunde, beide Familien wussten lange nichts von der Freundschaft ihrer Jungen. Nebenbei lernte Vater Li durch seinen Spielkameraden Deutsch, später fand er aufgrund seiner guten Sprachkenntnisse eine Tätigkeit in der Niederlassung eines Bremer Handelskontors.

Lange übte er diese berufliche Tätigkeit nicht aus, da die Japaner den Deutschen die Kolonie Shandong zu Beginn des Ersten Weltkriegs wegnahmen, das Handelskontor wurde geschlossen. Diejenigen Chinesen, die in näherem Kontakt zu Deutschen gestanden hatten, wurden von den Japanern als verdächtig angesehen und Vater Li zog es vor, Qingdao zu verlassen. »Wissen sie übrigens«, fragte mich Herr Li, »dass China dem für Deutschland so verhängnisvollen Vertrag von Versailles nicht beitrat, unter anderem, weil durch den Vertrag das Territorium der deutschen Kolonie Shandong nicht an China zurückfiel, sondern den Japanern übergeben wurde?« Natürlich wusste ich das nicht. »Sie müssen unbedingt nach Qingdao fahren«, fuhr Herr Li fort, »für Sie als Deutschen sind mit Sicherheit Gebäude interessant, die im Stil errichtet wurden, der um die Wende zum zwanzigsten Jahrhundert in Deutschland üblich war und die heute noch stehen.« Er ging auf weitere Einzelheiten ein, wie den Widerstand gegen den Bau der Eisenbahnlinie von Qingdao zur Provinzhauptstadt Jinan durch die Deutschen. Ohne damit den Kolonialismus rechtfertigen zu wollen, müsse er aus heutiger Sicht sagen, die Deutschen hätten ihre chinesische Kolonie nicht als Ausbeutungsobjekt verstanden.

Den Vater hatte es nach Shanghai gezogen, da er hoffte, seine guten Deutschkenntnisse in der kosmopolitischen Stadt beruflich nutzen zu können. Die Hoffnung erfüllte sich, bald darauf heiratete er und kurze Zeit später war Li Anwen zur Welt gekommen. »Haben Sie gesehen, dass in unmittelbarer Nähe, in der Nanjing Lu, schräg gegenüber dem He Ping, eine Bäckerei den Namen Kiessling trägt? Heute ist sie ein staatlicher Betrieb, das Firmenschild verweist aber nach wie vor auf die Gründung der Bäckerei durch Österreicher.« Die Bäckerei kannte ich und über den deutsch klingenden Namen hatte ich mich gewundert.

Herr Li fragte mich, ob ich längere Zeit in Shanghai bliebe und es freute ihn, dass mein Aufenthalt noch eine Weile dauern würde. Wenn ich Lust hätte, könnten wir uns bei passender Gelegenheit treffen und unsere Gespräche fortsetzen. Sein Vorschlag gefiel mir, Herr Li war sympathisch, gehörte einer Generation an, die China nach dem Ende der Monarchie bewusst erlebt hatte, er würde mir manches Authentische erzählen können. Wie sollten wir uns verabreden, Privatpersonen besaßen selten Telefone? Darin sah er kein Problem, er sei ein alter Mann ohne Verpflichtungen und käme jeden Nachmittag zur gleichen Zeit hierher, wir würden uns auch ohne vorherige Absprache über den Weg laufen. Nachdem wir uns verabschiedet hatten, nahm Herr Li die Zhongshan Lu in nördlicher Richtung, ich ging langsam den entgegengesetzten Abschnitt hinunter.

Die Fuzhou Lu war mein Ziel. Ich hatte mich entschlossen, mit geeigneten Büchern einen ersten Einstieg in die chinesische Sprache und Schrift zu wagen, meine Ziele waren nicht hochgesteckt. Den Gedanken, Zhu von meinem Vorhaben zu erzählen, hatte ich schnell verworfen, vermutlich hätte er mir umgehend eine Lehrerin oder einen Lehrer besorgt. Dagegen hatte ich eine Abneigung: Regelmäßige Lektionen, Hausaufgaben, Fremdbestimmung. Nein, diese Art des Lernens behagte mir nicht, ich wollte lernen, wie und wann es mir gefiel, darin hatte ich Erfahrung.

Fremde Sprachen reizten mich früh, das lag zu einem Gutteil an angeborener Neugier, vertieftes Interesse an Fremdsprachen hatte mein Lateinlehrer in mir geweckt. Er gehörte zu den an einer Hand abzählbaren Lehrern meines Gymnasiums, an die ich mich selbst nach Jahrzehnten gern erinnere, deren Einfluss ich nach wie vor zu spüren glaube, sie waren Könner in ihren Fächern, hatten nicht nur Angelerntes weitertransportiert. Durch den Lateinlehrer bekam ich eine neue Sicht auf Sprachen, er vermittelte mir einen einfachen Zugang zur Grammatik des Lateinischen und nachdem ich die verstanden und verinnerlicht hatte, besaß ich ein gutes Rüstzeug, um mich später mutig auf Neuland vorzuwagen.

Jetzt wollte ich ins Chinesische eindringen, autodidaktisch. Aus Gesprächen mit Studenten wusste ich, dass es in der Fuzhou Lu mehrere auf wissenschaftliche Literatur ausgerichtete Buchläden gab, deshalb war diese Straße mein augenblickliches Ziel. Gleich in der ersten Buchhandlung wurde ich fündig. Die Mehrzahl der Bücher war auf Englisch, ich kaufte das vor Kurzem herausgegebene »Introductory Chinese«, es erschien mir für meinen Zweck geeignet. Zusätzlich erstand ich »Das neue chinesisch–deutsche Wörterbuch«, einen Wälzer im Großformat mit über tausend Seiten. Beide Bücher kosteten zusammen umgerechnet ein paar Mark. Meinen ersten Alleingang in Shanghai konnte ich als Erfolg verbuchen, rundum zufrieden machte ich mich auf den Rückweg.

Nach der Vorlesung am folgenden Tag begannen mehrere Studenten erneut, mit mir über Politik zu diskutieren. Mich verblüffte zum wiederholten Mal die Unbekümmertheit, mit der sie sich äußerten, sie mussten offensichtlich keine Sorge haben, sich gegenseitig Schaden zuzufügen. Mir kam dazu eine kleine Episode aus der Mitte der 1970er Jahre in Erinnerung, die sich während einer Autofahrt von Ilmenau nach Ost-Berlin ereignete, nach »Berlin, Hauptstadt der DDR«, wie es in verquerem SED-Deutsch hieß. Zwei »DDR-Bürger«, einer aus Dresden, der andere aus Berlin, fuhren mit mir, aus Sicht der Obrigkeit todsicher eine frevelhafte Tat, sich im Auto des Klassenfeindes durch den Arbeiter- und Bauernstaat kutschieren zu lassen. Wir kannten uns seit Jahren. Auf der Fahrt verlief die Unterhaltung langweilig und steril, da sich meine Begleiter gegenseitig nicht trauten. Erst nach dem Mittagessen in einem Restaurant konnte ein »konspiratives« Gespräch zwischen dem Dresdner und mir stattfinden, auf der Toilette, der Dritte hatte keinen Bedarf gehabt.

Langsam schien es mir, als könne ich meine Ostblockerfahrungen hier in China vergessen.

Die Diskussion fand ein abruptes Ende, als Zhu den Klassenraum betrat, gemeinsam gingen wir zum Gästehaus, wo er mich in einen Plan einweihte, dessen Ausführung eine Reihe vorbereitender Arbeiten erforderte, an diesem Nachmittag ging es um die Ausfertigung einer Urkunde. Zur Festigung seiner Beziehung zu mir mit dem angenehmen Nebeneffekt der Erhöhung seines eigenen Ansehens in der Hochschule war ihm der Gedanke gekommen, meine Ernennung zum *gùwèn jiàoshòu* in Gang zu setzen, zum »Beratenden Professor«. Er wollte mit mir wegen der Übertragung meines Namens ins Chinesische sprechen, ich zeigte ihm einen Abdruck meines Specksteinstempels aus Beijing und schlug vor, diese Schriftzeichen zu verwenden. Zhu fand diese Form der Transkription abscheulich und entwickelte seine eigene Version der Namensübertragung. Erläuterte mir weitschweifig, warum er aus der Vielzahl der Möglichkeiten gerade diese ausgewählt habe.

Mir erschien seine Form ebenso geeignet wie jede andere, da ich keinen Zugang zur chinesischen Schriftgelehrtheit besaß, gleichwohl lobte ich seine kunstvolle Übertragung.

Er kam erneut auf den Huang-Shan-Ausflug am Ende der kommenden Woche zu sprechen, mittlerweile schien endgültig festzustehen, dass wir frühmorgens von Shanghai mit einem Überlandbus bis zu einem Ort, dessen Namen ich mir zunächst nicht merken konnte, in der Provinz Anhui fahren würden, um von da aus nach Huang Shan weiterzufahren. Die in naher Zukunft anstehenden Reisen nach Nanjing und nach Beijing hatte er aus dieser Unternehmung ausgeklammert.

Seine Entscheidungsfindung im Hinblick auf unseren Ausflug kam mir ungemein kompliziert vor. War daran in erster Linie die schlechte Verkehrsinfrastruktur schuld, lag das Hin und Her an einer allgemeinen chinesischen Art, solche Dinge zu entscheiden oder gab mangelnde persönliche Entscheidungsfreudigkeit den Ausschlag? Die Antwort ließ ich in der Schwebe, nicht frei von Voreingenommenheit hätte ich am liebsten »typisch chinesisch« gesagt, um auf diese Weise meine in der Zwischenzeit erworbene Urteilsfähigkeit vor mir selbst zu demonstrieren.

Wir aßen gemeinsam im Gästehaus zu Abend und fuhren anschließend in die Innenstadt. Zhu war es gelungen, Karten für die Aufführung einer Pekingoper zu bekommen. Das Theater kannte ich, unlängst hatte ich mir hier ein komisches chinesisches Popkonzert angehört. An diesem Abend gab es nicht einen leeren Platz. Außer uns beiden schien niemand unter sechzig zu sein, Zhu bemerkte dazu, die Pekingoper sei eine Domäne älterer Leute, jüngere Chinesen hielten diese traditionelle Kunstform für verstaubt. Während der Kulturrevolution hätten ausschließlich von Mao Zedongs Ehefrau Jiang Qing geschaffene Werke aufgeführt werden dürfen, ohne Ausnahme revolutionäre Heldenepen.

Teilweise durch den Vorhang verdeckt saß eine Gruppe von Musikern am Rand der Bühne, begleitete das Geschehen mit Holzklapper, Becken, Laute, Klarinette und Erhu. Zwei Stücke wurden aufgeführt, bei dem ersten handelte es sich um die Darstellung eines historischen Kampfes. Die Schauspieler trugen schöne, fantasievolle Kostüme, zugeschnitten auf die für diese Oper typische

Akrobatik, der Hauptdarsteller agierte über weite Strecken auf einem Bein stehend, das andere senkrecht nach oben gerichtet mit dem Fuß über dem Kopf. Im Publikum gab es zahlreiche Zuschauer, die jedes Detail auswendig kannten. Wurden ihre hohen Erwartungen gut erfüllt, stießen sie anerkennende Urlaute, wie »ha-o« (mit offenem o) oder »wu-a«, aus. Das Mitgehen des Publikums erlebte ich als Aufführung in der Aufführung, was mir zusätzliches Vergnügen bereitete.

Der Inhalt des zweiten Stücks blieb mir fremd, hier beschrieben Sprache und Gesang das Geschehen. Notgedrungen konzentrierte ich mich auf die farbenprächtige Ausstattung und die Musik, fühlte mich dadurch unbeteiligter und das andauernde Herumrennen sowie das laute Quasseln störten mich jetzt stärker als vorher. Warum machten Chinesen das?

Nach dem Aufwachen am nächsten Morgen galt mein erster Gedanke der Tablette zur Malariaprophylaxe, es war einer der Tage zur Einnahme von »Resochin«. Ich vermutete, dass sich die Malariaerreger seit langem eine Resistenz gegen dieses Mittel zugelegt hatten und sich halbtot über mich lachten, gehorchte aber weiterhin brav dem Onkel Doktor.

Der Besuch im Studentenwohnheim stand noch aus, nach der Vorlesung ging ich am Spätnachmittag zusammen mit einem Studenten zu dem Gebäude, das ich von meinem Zimmer aus sehen konnte. Er gehörte zu den privilegierten Graduates, musste sich ein kleines Zimmer mit »nur« zwei weiteren Kommilitonen teilen. Alles sah schmutzig und heruntergekommen aus. Ich fragte mich, warum sich die Gruppe von drei jungen Leuten den Raum nicht wohnlicher machte, sie verbrachten hier zwei Jahre. Fehlte der Wunsch, mangelte es an Ideen oder besaßen sie nicht die Kraft? Vielleicht machten die Zimmer der jungen Frauen einen besseren Eindruck, die Gelegenheit, eins in Augenschein zu nehmen, würde ich vermutlich nicht bekommen.

Sechs weitere Studenten gesellten sich nach und nach zu uns. Die meisten stammten nicht aus Shanghai, einer kam aus dem Südwesten Chinas und fiel durch seine dunkelbraune Hautfarbe auf, ein anderer nannte Harbin als seine Heimatstadt, die Hauptstadt der Provinz Heilongjiang, hoch im Norden.

Es wunderte mich, dass sie sofort das gleiche Thema anschnitten wie Zhu auf der Rückfahrt von Suzhou, der vierzig Jahre zurückliegende Beginn des Wiederaufbaus in Deutschlands stand im Zentrum ihres Interesses, sie wollten vor allem wissen, wie der Wirtschaftsaufschwung in derart kurzer Zeit geschafft werden konnte. Stellten sie diese Frage zufällig oder galt das deutsche »Wirtschaftswunder« in China als eine Leitvorstellung, eventuell von der Partei lanciert? Ich ging nicht auf so viele Details ein wie kürzlich im Gespräch mit Zhu, erläuterte ihnen im Wesentlichen den Übergang von der Kriegsplanwirtschaft zur Marktwirtschaft, von hoch motivierten vertriebenen Deutschen aus den östlichen Provinzen, von der Währungsreform, von der Marshallplanhilfe, von dem gemeinsamen Willen zum Wiederaufstieg und der insgesamt guten Organisation.

Ob ich Gitarre spielen könne, kam die für mich unerwartete Frage. Ich zögerte mit der Antwort, zu lange hatte ich nicht mehr geübt, mein Zögern verriet mich, einer holte kurzerhand ein Instrument aus dem Nachbarzimmer und drückte es mir in die Hand. Nach kurzem Nachdenken versuchte ich »Muscrat Ramble«, zu meiner eigenen Überraschung klappten die Akkordfolgen trotz fehlender Übung und ich konnte mich im Gegenzug über die Verblüffung der Studenten freuen.

Einer fragte nach der Marke meines Autos in Deutschland, meine Antwort »Mercedes« beeindruckte die Studenten nicht, nein, diese Marke kannte keiner und wahrscheinlich fiel mein Ansehen um mehrere Punkte. Wenn er, wie ich, in Deutschland leben würde, fuhr der Fragesteller fort, käme für ihn nur ein »Benzi« in Frage.

Auf dem Rückweg zum Gästehaus dachte ich über den unerfreulichen Zustand des Wohnheims nach. Hatten sich die Studenten an Schmutz und Unordnung gewöhnt, weil ihre Umgebung gleichfalls heruntergekommen aussah. Wie ich täglich feststellen konnte, lagen überall Steine, Schutt, Betonrohre, Eisenschrott und Vieles mehr herum, man konnte leicht in offene Versorgungsschächte fallen. Würden die Studenten im späteren Berufsleben in der Lage sein, für reibungslose und ordnungsgemäße

Arbeitsabläufe in ihren Verantwortungsbereichen zu sorgen?

Auf meinen Schreibtisch hatte das Zimmermädchen einen Notizzettel gelegt, Frau Liu vom Auslandsamt wolle beim Abendessen mit mir reden. Zwei Tage hatte ich mein Haar nicht waschen können, ich prüfte schnell, ob warmes Wasser aus der Leitung kam, ja, es kam. Beim ersten Spülen floss eine dunkelgraue Brühe von meinem Kopf, danach fühlte ich mich wohler.

Frau Liu wartete im Restaurant, wegen Zhus kurzfristiger Absage ergab sich für uns die Schwierigkeit, ohne Dolmetscher miteinander reden zu müssen. Das Alter meiner Gesprächspartnerin schätzte ich auf Anfang fünfzig, wie in dieser Altersgruppe üblich, hatte sie Russisch als Fremdsprache gelernt. Um herauszufinden, weshalb sie mit mir reden wollte, musste ich mein erbärmliches Rest-Volkshochschul-Russisch zusammenkratzen. Dass ihr Russisch in der Zwischenzeit auch gewaltig eingerostet war, machte die Sache nicht besser. In dem Gespräch ging es um meine Bereitschaft zu einem Treffen mit anderen Mitgliedern der Hochschule, die gern mit mir diskutieren wollten. Das ließ sich trotz der Sprachschwierigkeiten klären, anschließend konnten wir uns auf Smalltalk beschränken, was leidlich ging.

Das Regenwetter der letzten Tage war ich gründlich leid, in Erwartung einer Besserung schaltete ich später das Fernsehgerät in meinem Zimmer ein, um die Wetterprognose für den kommenden Tag anzusehen. Die Wetterkarte verhieß 23°C für Nordchina, 29°C für Hongkong, Shanghai in der Mitte musste sich weiterhin mit mageren 14°C begnügen.

Am Nachmittag des folgenden Tages fuhr ich zum Waitan in der Hoffnung, Herrn Li dort zu treffen. Ich entdeckte ihn schnell und ging auf ihn zu. Er sei im Begriff fortzugehen, sagte er bedauernd bei unserer Begrüßung, er müsse ein Medikament aus der Apotheke abholen, wenn es mir recht wäre, könnten wir uns am Abend gegen sieben Uhr an der Kreuzung Nanjing Lu und Xizang Lu treffen. Ich erklärte mich einverstanden, wusste aber nicht, welche Kreuzung er meinte. »Kennen Sie das Kaufhaus Nummer Eins«, fragte er »mit dem runden Übergang für Fußgänger davor?« Die Ecke kannte ich gut.

Zur verabredeten Zeit fanden wir uns fast gleichzeitig am verabredeten Treffpunkt ein, gingen die Xizang Lu wenige hundert Meter in südliche Richtung, bis mein Bekannter vor dem Eingang zu einem wenig einladenden Treppenaufgang stehen blieb. Die Gegend sah nicht gerade Vertrauen einflößend aus, ich fühlte mich unbehaglich. Wir stiegen in die erste Etage hinauf und gelangten über einen kurzen Gang zu einer Weinstube. In dem nicht sonderlich großen Raum standen gegen fünfzehn kleine, runde Tische, Wände und Decke waren mit künstlichem Weinlaub dekoriert. Eine Weinstube passte absolut nicht in mein bisheriges Chinabild, doch das Lokal erfreute sich großer Beliebtheit, hauptsächlich jüngere Leute saßen an den Tischen.

Wir nahmen an dem letzten freien Tisch Platz, ich war der einzige Nichtchinese, wie sollten sich Touristen hierher verirren? Herr Li genoss meine Verblüffung. »Ja«, sagte er, »China sucht eine neue Normalität und wird sie hoffentlich finden, die ›Normalitäten‹ der sozialistischen Nachkriegsjahre und der Zeit der Kulturrevolution haben sich glücklicherweise als nicht dauerhaft erwiesen.« Ich fragte ihn, ob er keine Angst habe, solche Sätze offen auszusprechen. Er schwieg einen Augenblick, bevor er erwiderte: »Wissen sie, die Zeiten haben sich geändert. Kritische Bemerkungen, die man vor wenigen Jahren, in der Kulturrevolution, nicht im engsten Familienkreise auszusprechen gewagt hätte, kann man heute täglich in der Zeitung lesen. Vielleicht ist es unvorsichtig von mir, mich ihnen gegenüber offen zu äußern, Ausländer werden noch argwöhnisch beäugt, ernsthafte Schwierigkeiten wegen solcher Äußerungen muss niemand mehr befürchten.«

Ich gestand Li, über die Kulturrevolution nur oberflächliche Kenntnisse zu besitzen, über die Anfänge dieses dunklen Kapitels der chinesischen Geschichte wisse ich gar nichts.

»Wenn sie den Beginn der Kulturrevolution verstehen wollen, müssen sie eine Vorstellung von den ständigen Machtkämpfen innerhalb der Partei haben, vornehmlich unter den Mitgliedern des Politbüros,«, sagte Li, »es handelte sich um Kämpfe, in denen Mao Zedong nicht davor zurückschreckte, die brutalsten Mittel einzusetzen, um seine Macht zu erhalten.« »Diese Macht gefährdeten hauptsächlich zwei offene Flanken, auf der einen Seite bedrohten ideologische Kämpfe ihren Bestand, zum anderen gaben Maos katastrophale Fehler in der Wirtschaftspolitik Anlass, seine Machtposition in Frage zu stellen. Und allein durch Kaltstellung oder gar Ermordung von Gegnern ließ sich die Gefahr, entmachtet zu werden, nicht aus der Welt schaffen.«

»Die ideologischen Kämpfe, die oft in blutigen ›Säuberungsaktionen‹ endenden Streitigkeiten um die Macht, waren schon in Yanan, dem Zufluchtsort und Hauptquartier nach dem Langen Marsch, an der Tagesordnung gewesen. Nach der Befreiung im Jahr 1949 fanden die Kämpfe innerhalb der Partei ihre Fortsetzung infolge unterschiedlicher Vorstellungen über den Weg zum Aufbau des Sozialismus.« »Ich will Sie nicht mit unzähligen Einzelheiten, Namen und Ereignissen vollstopfen, um die Linien möglichst genau nachzuziehen«, beruhigte mich Li, »es reicht für einen groben Überblick, wenn Sie Mao und seine engen Anhänger als Ideologen einordnen und seine Gegner als Pragmatiker. Also, ich versuche, das in meinen Augen Wichtigste kurz zusammenzufassen.«

Mao hielt an seiner These vom Fortbestand des Klassenkampfs in der Phase des Sozialismus fest und leitete daraus den Vorrang ideologischer Arbeit sowie politischer Bewusstseinsbildung vor pragmatischem Handeln ab. Im Mai 1963 eröffnete er die Kampagne »Sozialistische Erziehungsbewegung« und ebnete damit der Kulturrevolution den Weg.

Nach dem desaströsen Fiasko des »Großen Sprungs«, wenige Jahre zuvor, weitete Mao zur Stärkung seiner Machtposition im Jahr 1964 seine ideologische Kritik aus, forderte eine ideologische Radikalisierung der Kultur- und Erziehungsarbeit, richtete scharfe Angriffe gegen die Pragmatiker. Dieser Gruppe wurden Liu Shaoqi und Deng Xiaoping als prominente Mitglieder des Machtapparates zugerechnet. Liu trat 1959 Mao Zedongs Nachfolge im Amt des Staatspräsidenten an und wurde allgemein auch als dessen Nachfolger im Parteivorsitz gesehen, Deng Xiaoping bekleidete zu jener Zeit das Amt des Generalsekretärs der Kommunistischen Partei Chinas. Liu und Deng konnten das Land bemerkenswert schnell aus der durch Maos »Großen Sprung« verursachten Katastrophe herausführen und wurden nun als Anhänger eines

kapitalistischen Wegs gebrandmarkt. Zu Maos treuesten Gefolgsleuten gehörte Lin Biao, während des Langen Marsches Oberkommandierender der Truppen Maos und ab 1959 Verteidigungsminister. Lin war es auch gewesen, der eine Reihe von Maos Schriften in dem »kleinen roten Buch[15]« zusammengefasst hatte.
Die Armee übernahm Maos Kritik, kurz darauf schwenkte das Zentralkomitee der Kommunistischen Partei Chinas ebenfalls auf Maos Linie ein. Am 16. August 1965 rief es auf, die Reste feudaler und bourgeoiser Ideologie durch eine »Große Proletarische Kulturrevolution« endgültig zu beseitigen. In der Folgezeit bildeten sich unter den Studenten überall im Lande »Rote Garden«, die China mit blutigen Terrorkampagnen überzogen, sie ermordeten zwischen vierhunderttausend und einer Million Menschen oder trieben sie in den Tod, möglicherweise lag die Zahl der Getöteten noch viel höher. Unzählige Kulturgüter wurden unwiederbringlich zerstört.
Liu Shaoqi trat im Oktober 1968 vom Amt des Staatspräsidenten zurück, nach jahrelangen unmenschlichen Kampagnen gegen ihn. Er verlor alle Parteiämter und wurde für immer aus der Partei ausgeschlossen. Unter unwürdigen Begleitumständen starb er wenig später im Gefängnis an den Folgen der Verweigerung notwendiger medizinischer Versorgung. Deng Xiaoping wurde politisch entmachtet und ins Gefängnis geworfen, aber er überlebte.
Mao Zedong nutzte lange Zeit die Unterstützung der Roten Garden zum erneuten Ausbau seiner Macht im Parteiapparat bis das Wüten der roten Horden mehr und mehr außer Kontrolle geriet und bürgerkriegsähnliche Zustände aufkeimten. Zur Stabilisierung der Lage musste die Volksbefreiungsarmee eingesetzt werden, nach heftigen Kämpfen im ganzen Land wurden die Reste der Roten Garden Anfang 1969 endgültig zerschlagen. Millionen junger Chinesen wurden zur Umerziehung aufs Land geschickt.
Nach Verkündigung des offiziellen Endes der Kulturrevolution durch den IX. Parteitag der Kommunistischen Partei Chinas im April 1969 blieb die Konfrontation zwischen der ideologischen und der pragmatischen Linie in der Parteiführung weiterhin bestehen. Lin Biao folgte Liu Shaoqi im Amt des Staatspräsidenten,

---

[15]bei uns seinerzeit als *Mao-Bibel* bezeichnet

in der Parteiführung rückte er zur Nummer Zwei auf, hinter Mao. Als weitere Führungsfigur der Parteilinken konnte sich Mao Zedongs Ehefrau Jiang Qing in der Kulturrevolution etablieren.

In der Folgezeit traten große Spannungen zwischen Mao Zedong und Lin Biao zu Tage. Lin kam 1971 bei einem Flugzeugabsturz über der Mongolischen Volksrepublik ums Leben. Nach offizieller Lesart hatte er eine Verschwörung gegen Mao angezettelt und wollte sich nach deren Scheitern in die Sowjetunion absetzen. Ob diese Darstellung den Tatsachen entsprach, ist umstritten.

Der Tod Zhou Enlais am 8. Januar 1976 brachte für die Pragmatiker in der Parteiführung eine Schwächung ihrer Position. Deng Xiaoping wurde erneut entmachtet, Hua Guofeng wurde als Kompromisskandidat Maos neuer Ministerpräsident und neuer erster Stellvertreter des Parteivorsitzenden.

Mao Zedong starb am 9. September 1976, viele Chinesen brachten seinen Tod mit dem furchtbaren Erdbeben in Tangshan in Verbindung, das sechs Wochen vorher mindestens 250 000 Todesopfer gefordert hatte. In China wurde ein schweres Erdbeben von alters her als Zeichen des Himmels wegen seines Missfallens über den herrschenden Kaiser gedeutet und zugleich als Hinweis, dass die Zeit für einen neuen *tiānzǐ* (Sohn des Himmels – Kaiser von China) angebrochen sei. Nach Maos Tod wurde schnell deutlich, in welch schwacher Position sich die Machtbasis der Linken in Wirklichkeit befand. Hua Guofeng wurde im Oktober Maos Nachfolger im Parteivorsitz, ließ umgehend die Viererbande um Maos Witwe Jiang Qing verhaften, rehabilitierte Deng Xiaoping und im August 1977 wurde die Kulturrevolution von der Partei für definitiv beendet erklärt. Alle Linken verloren ihre Parteiämter, der Kampf zwischen Pragmatikern und Ideologen endete zu Gunsten der Pragmatiker.

Die Kulturrevolution hinterließ einen riesigen Scherbenhaufen. Die Roten Garden zeichneten für den Tod ungezählter Menschen verantwortlich, nach Gutdünken zerstörten sie bedeutende Teile des kulturellen Erbes für immer. Zwischenmenschliche Beziehungen hatten sie als bourgeoise Attribute gebrandmarkt, die ihrer Meinung nach zerstört werden mussten, sie zwangen sogar Kinder, ihre Eltern zu bespitzeln und zu denunzieren. So bestand das

Resultat nicht nur in einer »verlorenen Generation«, die für den Anschluss des Landes an den übrigen Teil der Welt ausfiel, zusätzlich waren die Seelen zahlloser Menschen verkrümmt, mit Narben besät, vertrocknet. Wie sollten die Jungen zu normalen Gefühlen geführt werden, zu Freundschaft, Liebe? Die Dichterin Shu Ting, zu Beginn der Kulturrevolution ein dreizehnjähriges Mädchen, traf die Stimmung der jungen Generation, spendete Trost. Ihr wahrscheinlich bekanntestes Gedicht »An die Eiche« drückte Sehnsucht nach Gemeinsamkeit, Liebe, Treue, Verlässlichkeit aus.

»Wie ist es Ihnen während der Kulturrevolution ergangen?«, wollte ich von meinem Gesprächspartner wissen. Nach kurzem Zögern gestand Li, zu Anfang Sympathie für die von Mao Zedong und Lin Biao ausgegebenen Losungen gehabt zu haben. Bei der Zerstörung buddhistischer Klöster und als auf breiter Front die erniedrigende Behandlung von Menschen einsetzte, seien ihm erste Zweifel gekommen. Von da an habe er in ständiger Angst gelebt und versucht, sich unauffällig zu verhalten. In erster Linie wegen seines »schmutzigen«, nichtproletarischen Familienhintergrunds, darüber hinaus habe er ständig befürchtet, wie viele andere Chinesen aufgrund erfundener Anschuldigungen verhaftet zu werden. Wegen des Prinzips der Sippenhaftung habe zusätzlich die Gefahr bestanden, durch tatsächliche oder fiktive Verfehlungen eines Verwandten in die Fänge der Roten Garden zu geraten. »Als ›Stinkende Nummer Neun‹ — die damalige Bezeichnung für einen Intellektuellen — musste man ständig der gefährlichen Willkür der Roten Garden gewärtig sein. Jeder versuchte seine Zugehörigkeit zur Gruppe der Intellektuellen zu verheimlichen, zeigte sich in der Öffentlichkeit nach Möglichkeit nie mit Brille oder mit einem Kugelschreiber in der Hemdentasche.«

Er wechselte das Thema: »Wie erleben Sie China?« Ich erwiderte, weit davon entfernt zu sein, die Welt um mich herum umfassend zu verstehen. Dafür befände ich mich zu kurz im Land und wegen fehlender Sprachkenntnisse bliebe mir der Zugang zu direkten Informationen versperrt. Im Wesentlichen sei ich auf Beobachtungen und eigenes Nachdenken angewiesen. »Ich versuche, unvoreingenommen zu sein, was mir nicht immer leicht fällt. Ich bin in der Zeit des ›Kalten Krieges‹ aufgewachsen, der Antikommunismus ist fest in mir verwurzelt« fuhr ich fort, »und der real existierende Sozialismus in der Sowjetunion sowie ihren europäischen Satellitenstaaten konnte mich nicht zu einem Freund sozialistischer Systeme wandeln. Trotzdem bin ich von dem, was ich sehe, beeindruckt. Ich weiß nicht, wie die Menschen auf dem Lande leben, aber in anderen Teilen der Welt bilden sich Slums vorzugsweise in den Megastädten, in Shanghai habe ich ähnliches nicht bemerkt. Die Wohnverhältnisse erscheinen mir bescheiden, bisweilen primitiv, doch die Menschen auf den Straßen sehen zufrieden aus, sind ordentlich gekleidet, besitzen Würde. Das beeindruckt mich, denn eine Gesellschaft von eineinviertel Milliarden Menschen zu organisieren, dahinter steckt eine anerkennenswerte Leistung.« »Würden Sie mich nach meinem persönlichen Befinden fragen, wäre meine Antwort, dass ich ausgesprochen gern in Ihrem Land bin, die Menschen um mich herum machen es mir leicht, mich hier wohlzufühlen.« Er lächelte: »Das klingt ja wie eine kleine Liebeserklärung?«

»Um ehrlich zu sein, vor meinem ersten Chinabesuch hatte ich neben meiner kritischen Einstellung gegenüber dem politischen System eine unbestimmte Voreingenommenheit gegenüber Chinesen. Unterschwellig mochte das mit dem von Wilhelm II geprägten Begriff der ›Gelben Gefahr‹ zu tun haben.« Li unterbrach mich: »Es ist richtig, dass der deutsche Kaiser die rassistische Bezeichnung zur Zeit des Boxeraufstands verwendete, doch er hatte den Ausdruck nicht geprägt. Ein Amerikaner mit dunkler Hautfarbe war Autor von Kurzgeschichten unter dem Titel ›The Yellow Danger‹ später umbenannt in ›The Yellow Peril‹, die ab 1898 wöchentlich erschienen und die der Autor als Plattform für seine Hetze gegen Chinesen verwendete. Übrigens sind heute noch starke antichinesische Ressentiments bei vielen Afroamerikanern vorhanden.«

Am nächsten Tag regnete es erneut in Strömen, meine Stimmung beim Aufstehen war entsprechend gedämpft, die niedrige Temperatur verschlechterte meine Gemütslage zusätzlich. Wenn es doch einen Drehknopf gäbe, dachte ich, nach dessen Linksdrehung das Zimmer angenehm warm würde. Mir blieb nur die Möglichkeit, mich von innen mit Tee aufzuwärmen. Gut, dass es die »Thermos« mit heißem Wasser gab, der Nachschub funktionierte ebenfalls ordentlich, eine leere Isolierkanne brauchte ich nur vor die Zimmertür zu stellen, innerhalb kurzer Zeit wurde sie gegen eine gefüllte ausgetauscht. Meine drei warmen Mahlzeiten am Tag wusste ich gleichfalls zu schätzen.

Das Zimmermädchen klopfte und trat ein, um mir meine zwei zusätzlichen Kleiderbügel wegzunehmen, in jedes Zimmer gehörten standardmäßig zwei.

Den Abend verbrachte ich mit Zhu und seinem Sohn im Akrobatiktheater an der Nanjing Lu. Was geboten wurde, musste man als akrobatisches Können auf höchstem Niveau bezeichnen, auch eine Nummer mit einem Pandabären fehlte nicht. Aber ich mache mir nichts aus Zirkusveranstaltungen, außerdem erschienen mir viele Mädchen für die schwere Arbeit zu jung, kurzum, der Besuch des Akrobatiktheaters vermochte meine Stimmung auch am Ende des Tages nicht zu verbessern.

Am Tag vor unserem Ausflug nach Huang Shan machten Zhu und ich vormittags Einkäufe, um uns mit Reiseproviant zu versorgen, auf meiner Liste standen zusätzlich zwei baumwollene Hemden. Das Einkaufen machte wenig Freude, nicht nur auf der Nanjing Lu, in den Geschäften herrschten ebenfalls Geschiebe und Gedränge, wer etwas haben wollte, musste sich durchsetzen. Daneben ärgerte mich, dass ich meine Hemden nicht bekommen konnte. Entweder gab es keine Hemden aus Baumwolle oder nicht in der von mir benötigten Größe. Dabei lernte ich einen neuen wichtigen Begriff. Nachdem ich mehr als zehnmal *méiyǒu* gehört hatte, fragte ich Zhu, welche Bedeutung hinter diesen beiden geheimnisvollen Silben stecke. Wörtlich übersetzt hieße es »nicht haben«, erklärte er mit einem Lächeln.

Wegen der Vorlesung musste ich schließlich meine weitere Suche in den Geschäften aufgeben, allein fuhr ich zum Campus zurück.

Nach der Vorlesung trafen Zhu und ich uns auf meinem Zimmer. In der Zwischenzeit hatte er seine Wohnung aufgesucht und einige Sachen mitgebracht, wegen des frühen Aufbruchs am nächsten Morgen wollte er im Gästehaus übernachten. Zum ersten

Mal erwähnte er, wir würden nicht zu dritt sein, unsere Reisegruppe habe sich vergrößert. Eine Engländerin, ein Professor aus der Fremdsprachenabteilung und eine chinesische Englischlehrerin kämen mit uns. Auf die Engländerin war ich neugierig, warum hatte ich sie bisher nicht getroffen?

Alle Vorbereitungen waren erledigt, wir setzten uns und tranken Tee. Eine günstige Gelegenheit, die Sprache auf das Muttergottesbild zu bringen, das bei Zhus Schwester auf dem Klavier stand. Verwundert fragte er mich, ob ich nicht wisse, dass er und seine Familie Christen seien. Die in seiner Frage enthaltene Aussage überraschte mich gewaltig, Zhu ein Christ? Hatte ich nicht ständig gehört oder gelesen, Christen müssten in China Unterdrückung und Verfolgung erleiden? Ich wollte wissen, ob er sein Bekenntnis zum christlichen Glauben in der Hochschule verheimlichen müsse. Nein, das sei kein Problem, auch der politische Leiter der Hochschule wisse um sein religiöses Bekenntnis. Allerdings seien seine beruflichen Möglichkeiten eingeengt. Seine jetzige Position als Dekan sei die höchste, die er erreichen könne, zum Vizepräsidenten oder gar Präsidenten könne er es nicht bringen. Außerdem könne er nicht Mitglied in der Kommunistischen Partei Chinas werden. Bei dieser Gelegenheit erklärte er mir, die Kommunistische Partei Chinas sei keine Volkspartei, in der Mitglied werden könne, wer wolle. Nein, die Mitgliedschaft musste man sich verdienen, es gab zahlreiche Ausschlussgründe. Nicht nur die Zugehörigkeit zu einer christlichen Religionsgemeinschaft stellte ein Hindernis dar, Verwandte in Taiwan versperrten gleichfalls den Weg in eine Parteimitgliedschaft.

Das Telefon klingelte, Zhu musste in sein Büro gehen, um vor unserer Abreise noch einige Schriftstücke zu stempeln und zu unterschreiben.

Aus der Leitung kam kein warmes Wasser, ich verschob Duschen und Haarwaschen auf den folgenden Abend in einem Hotel, legte mich nach dem Abendessen sofort schlafen, um frühmorgens gut aus den Federn zu kommen.

Kam es von der hohen Erwartung an den kommenden Tag oder lagen mir die Pilze vom Abendessen schwer im Magen? Die Nacht brachte weder Erholung noch Entspannung, wirre Träume wechselten mit ärgerlichem Wachsein. Bis mich der Wecker um vier Uhr aus dem Bett scheuchte. Wenig später klopfte Zhu an meine Zimmertür.

Wir gingen zum Eingang des Campus, ein Kleinbus stand dort, um uns zum Busbahnhof in der Innenstadt zu fahren, um viertel vor fünf wollten wir starten. Yang und die Engländerin hatten sich bereits eingefunden.

Die Engländerin war viel älter als ich angenommen hatte, fünfundsiebzig Jahre sei sie alt, verkündete sie sofort beim Händeschütteln. Die Direktheit, die aus der Preisgabe ihres Alters gleich bei der Begrüßung sprach, war charakteristisch für sie, das merkte ich bald. Sie hieß Rose Wyland, lebte seit acht Jahren in Shanghai, im letzten Jahr hatte sie eine Anstellung als Lehrerin in unserer Hochschule bekommen, als »native speaker«. Zu meiner Überraschung sprach sie auch ganz passabel deutsch. Offenbar hatte sie einigen Respekt vor mir, wollte mich mit Professor anreden, wir einigten uns rasch auf unsere Vornamen.

Der Busfahrer wurde nervös, die Zeit begann knapp zu werden, der chinesische Professor und die chinesische Englischlehrerin fehlten weiterhin. Nach einer kurzen Diskussion zwischen Zhu und dem Fahrer fuhren wir über den Campus zu den Wohnungen der Lehrkräfte, trafen dort den chinesischen Professor, als er gerade das Haus verließ. Ein entsprechender Versuch, die Lehrerin abzuholen, blieb erfolglos, also fuhren wir ohne sie zum Busbahnhof. Mich störte das wenig, wenn die vermutlich ältliche Dame verschlafen hatte, war das ihr Pech.

Wir verließen den Campus und fuhren in Richtung Volkspark, Rose und ich saßen selbstverständlich nebeneinander. Ich erfuhr, sie habe im Jahr 1938 an der London University ihre Examina in Rechtswissenschaft und in Französisch abgelegt. Über ihr anschließendes Berufsleben sagte sie nichts, obwohl es mich interessiert hätte, fragte ich mich doch, warum sie mit fünfundsiebzig Jahren noch einer beruflichen Tätigkeit nachging. Sie betonte mehrmals, wie froh sie darüber sei, durch mich diese Abwechslung zu bekommen, für sie würden die Chinesen einen solchen Ausflug nie und nimmer organisiert haben. Ich erfuhr ferner, sie wohne in einer der Lehrerwohnungen auf dem Campus, allerdings isoliert: »Die Chinesen wollen keinen Kontakt zu mir haben.«

Am Busbahnhof blieb uns eine halbe Stunde bis zur Abfahrt. Der chinesische Englischprofessor stellte sich mir vor, nannte nur seinen Nachnamen Chen, er war etwas älter als ich. Ursprünglich hatte er Russisch studiert, nach dem Bruch zwischen China und der Sowjetunion war er wie viele andere auf Englisch umgepolt worden. Im Schnellverfahren. Sein Englisch hörte sich entsprechend an und da ich selbst nach dreimaligem Nachfragen in der Regel nicht verstand, was er sagte, vermied ich nach Möglichkeit, mich mit ihm zu unterhalten. Damit ersparte ich uns manche Peinlichkeit.

Rose wollte vor der Busfahrt noch schnell zur Toilette gehen, unverrichteter Dinge kehrte sie zurück, sagte zur Erklärung lakonisch nur »Buckets.«

Der Bus fuhr vor, ein Uraltvehikel, zum Glück gab es weniger Passagiere als Sitzplätze, wir mussten nicht beengt sitzen. Mit schrecklichem Gerumpel und Gerappel setzte sich das betagte Gefährt in Bewegung, seine Klapprigkeit und die Beschaffenheit der Straßen passten zueinander.

Lange Zeit fuhren wir durch unansehnliche Industriegegenden, zahllose Schlote pusteten schwarzen Qualm in den Himmel, wie es aussah, ungefiltert. Rose, die jetzt hinter mir saß, machte ihrem Zorn Luft. Da kämen die Touristen nach China mit schwärmerischen Vorstellungen von Kultur und Folklore und die staatliche Touristikindustrie unterstütze ihre Vorstellungen eifrig. Wie China in Wirklichkeit sei, das bekämen sie nicht zu sehen, nämlich Dreck, Dreck und nochmal Dreck, man brauche nur den Boden unseres Busses anzusehen. Ich wunderte mich, warum sie alles in einem derart giftigen Ton sagte, in der Sache mochte sie durchaus recht haben. Wegen meiner Müdigkeit fühlte ich mich aber nicht in der Stimmung, auf das Thema einzugehen, machte ein paar belanglose Bemerkungen, das Schimpfen flaute ab.

Rose begann ein Gespräch mit Zhu, wahrscheinlich aus Freundlichkeit mir gegenüber sprach sie ihn auf Deutsch und nicht auf Chinesisch an. Wie sein Vorname laute, wollte sie wissen. Als er »Dawei« sagte, murmelte sie den Namen ein paarmal vor sich hin und fragte: »Dawei ist die chinesische Transkription für David, oder?« Er nickte und sie fuhr fort: »Sie sind Christ, nicht wahr?« Zhu wurde rot im Gesicht und nickte erneut.

Und da sie gerade so schön deutsch redete, trällerte sie »Sah ein Knab' ein Röslein stehn, Röslein auf der Heiden ... « Sie meinte, es sei ein Kinderlied, ich empfahl ihr, darüber nachzudenken, welch tieferen Sinn das Gedicht von Goethe haben könne. Rose machte ein verständnisloses Gesicht, nach meinem Hinweis, den Vers »Knabe sprach: Ich breche dich ... « unter die Lupe zu nehmen, huschte ein verstehendes Lächeln über ihr Gesicht. Nein, in ihrer Schulzeit sei über diese Bedeutung nicht gesprochen worden, das wäre in ihrer Jugend unschicklich gewesen.

Kurz darauf musste ich eingenickt sein, nach dem Aufwachen bemerkte ich, dass die Industrieregion hinter uns lag, seit zwei Stunden saßen wir jetzt im Bus. Nach einiger Zeit schien der Motor seltsame Geräusche von sich zu geben, so, als ob durch eine Undichtigkeit Luft entwich und ein Pfeifen verursachte. Mein Eindruck traf zu, nach einer Weile hielt der Bus an. Der zweite Fahrer, der bisher ohne sichtbare Aufgabe mit angezogenem rechten Bein neben dem Busfahrer auf der Motorabdeckung gesessen hatte, klappte sie auf, fuchtelte mit einem Schraubenschlüssel am Motor herum und verschloss den Motorraum wieder. Zunächst sah es aus, als habe er das Problem beheben können, nach kurzer Zeit hielt der Bus erneut. Der Ersatzfahrer ging durch den Mittelgang und redete mit den Passagieren, um was es ging, verstand ich natürlich nicht. Nach längerem Kramen fand eine ältere Frau eine Schere in ihrer Tasche, die sie ihm reichte. Damit schnitt er aus einem Stück einfacher Pappe eine Dichtung, die er in ein Aggregat einsetzte, die erhoffte Wirkung blieb aus.

Von Zhu erfuhr ich, die Drucklufterzeugung sei ausgefallen, unter anderem funktionierten Bremsen und Signalhorn nicht. Also setzten wir die Fahrt ohne Bremsen fort. Das wäre nicht weiter schlimm gewesen, da wir uns in der Ebene befanden, ein Problem stellten die zahlreichen Anhalter dar. Sie standen mitten auf der Straße und versuchten, den Bus durch Winken zu stoppen. Da sie nicht wissen konnten, in welch prekärer Situation sich der Busfahrer befand, überhörten sie das mickrige Quäken der elektrischen Hupe geflissentlich und blieben auf der Straße stehen, das wilde

Fuchteln des Ersatzfahrers mit seinen Armen nahmen sie eher belustigt zur Kenntnis. Der Fahrer versuchte jedes Mal sein Bestes, den Bus mit der Handbremse zum Stehen zu bringen, das funktioniert bekanntermaßen bei einem Personenwagen nicht gut, geschweige denn bei einem schweren Bus. Besonders tollkühne Anhalter brachten sich erst in letzter Sekunde in Sicherheit.

Eine kleine Werkstatt am Straßenrand ließ neue Hoffnung aufkeimen, sie trog. So fuhren wir ungebremst bis zur nächsten Stadt. Hier gab es eine größere Autowerkstatt, das erforderliche Ersatzteil war vorrätig, jetzt trat eine neue Schwierigkeit auf: Der Busfahrer besaß nicht genug Geld, um die Reparatur zu bezahlen. Bargeldlosen Zahlungsverkehr kannte man in China kaum, eine Reparatur gegen Rechnung und Bezahlung bei der nächsten planmäßigen Tour kamen nicht infrage. Dem Fahrer blieb nichts anderes übrig, als den fehlenden Betrag bei den Reisenden zu borgen. Nach zwei Stunden setzten wir die Fahrt fort.

Wenig später bogen wir von der Straße ab, weiter ging es auf einer holprigen Piste. Wir wurden aufs heftigste durcheinandergeschüttelt, an Gespräche war vorerst nicht mehr zu denken. Entschädigung brachte der Ausblick auf eine wunderschöne Landschaft, Rapsfelder in voller Blüte reihten sich in der weiten Ebene aneinander, in der Ferne, am Horizont, deuteten sich im bläulichen Dunst ausgedehnte Bergketten an. Die Sonne brach durch die Wolkendecke und augenblicklich begann es im Bus warm zu werden. Trotz des spärlichen Verkehrs auf der Piste hupte unser Fahrer unverdrossen bei jeder kleinen Gelegenheit, da er wohl seinen durch den Druckluftausfall entstandenen Huprückstand umgehend aufholen wollte.

Gegen ein Uhr hielt der Bus an einem Restaurant — so wurde uns ein baufälliger Schuppen angekündigt. Wir warfen einen kurzen Blick hinein: Alte Tische und Stühle standen unordentlich herum, alles sah unvorstellbar schmierig aus. Die anderen Mitreisenden ließen sich zum Essen nieder, wir zogen es vor, nach draußen zu gehen, aßen von den mitgenommenen Vorräten, getrocknetes Fleisch, eine Banane. Ein paar ältere Leute aus der näheren Umgebung hatten einfache Stände aufgebaut, um durch den Verkauf von Kleinigkeiten an Reisende Bargeld in die Hand zu bekommen. Wir warfen einen Blick auf die ausgelegten Waren, Rose und ich wurden neugierig–freundlich gemustert, hierher verirrten sich Ausländer nicht alle Tage.

Nach einer halben Stunde forderte uns der Busfahrer zum Einsteigen auf. Die Ebene, durch die wir seit dem Verlassen des Stadtgebiets von Shanghai fuhren, ging sanft in eine Hügellandschaft über, die ständig abwechslungsreicher wurde, hin und wieder gab es Bambuswäldchen in dem ansonsten offenen Gelände. Hier wurde intensiv Landwirtschaft betrieben. Angebaut wurde in erster Linie Reis, auf einigen Feldern sah ich eine Art Klee, der neben seiner Bestimmung als Viehfutter möglicherweise die Funktion eines Fruchtwechsels erfüllte. In geringerem Umfang wurde Gemüse angebaut. Wäre die Verkehrsinfrastruktur besser gewesen, hätten die Bauern gute Vermarktungschancen für ihr Gemüse in dem nach offiziellen Angaben zwölf Millionen Köpfe zählenden Shanghai gehabt. Unter den gegebenen Umständen mussten sie sich mit der Erzeugung von Frischgemüse für den eigenen Bedarf begnügen. An den kargen Hängen hatte man kissenförmig Teesträucher angepflanzt, soweit erkennbar, wurde jedes Stückchen Erde landwirtschaftlich genutzt.

Ich staunte nicht schlecht. Hier sah nichts verlottert oder vergammelt aus, nirgendwo, an keiner noch so kleinen Stelle sah ich Unordnung. Jedes Feld, gleich in welcher Bearbeitungsphase — gepflügt, unter Wasser, mit hohen Reispflanzen bestanden —, sah aus wie im Bilderbuch. Dazwischen verstreut einzelne Häuser, von schlichter Bauweise, aber ansehnlich, mehrheitlich weiß getüncht. Auf den Feldern ließen sich wenige Menschen ausmachen, die Phase der intensiven Feldbearbeitung war vorbei, bis zur Ernte würde es eine Weile dauern. Eins wurde mir deutlich: Die Bauern verstanden ihr Handwerk, sie arbeiteten zielbewusst und effizient, dass sie fleißig waren, konnte man ebenfalls leicht erkennen.

Fuhren wir durch eine kleine Stadt, bot sich stets ein Bild von Hässlichkeit, Unordnung und heruntergekommenem Zustand. Es lag nicht an der Region, die Unterschiede rührten von verschiedenen Menschengruppen her, Bauern auf der einen Seite, Stadtbewohner auf der anderen. Vielleicht lagen die Dinge so: Bauern sahen ihre Umgebung als ihre ureigenste Angelegenheit an, für die sie Verantwortung trugen. Die städtische Bevölkerung fühlte sich für nichts verantwortlich, wofür gab es das Staatswesen?

Ich genoss weiterhin die Landschaft. Was ich in Deutschland aus Vorgärten von Einfamilienhäusern kannte, wuchs hier an Berghängen wild und in üppiger Pracht, Azaleen über Azaleen, rot und lila. Nicht weit von der Straße entfernt sah ich Mädchen Blumen pflücken, Kindheitsjahre in einem ostwestfälischen Dorf tauchten vor meinen Augen auf.

Manchmal lagen Gräber neben der Staße, mit »Fähnchen«, an Bambusstöcke geheftete weiße Papierstreifen. Der fünfte April lag erst wenige Tage zurück, er schien für die Menschen eine ähnliche Bedeutung zu haben wie Allerheiligen für Katholiken. Neben einfachen Erdhügeln gab es Grabstätten mit Aufbauten aus Stein, nirgendwo sah ich Friedhöfe, die Menschen beerdigten ihre Toten in verstreut liegenden Einzelgräbern. Obwohl ich gern noch eine Weile leben wollte, dachte ich, wie schön es wäre, auf diese Weise nach dem Tod zu einem gewöhnlichen Teil der Erde zu werden.

Zum ersten Mal konnte ich sehen, auf welche Weise Reis angebaut wurde. Ich wusste, dass Reisfelder unter Wasser stehen, in meiner Kindheit hatte Silvana Mangano vollbusig, mit halb geöffneter Bluse und bis zu den Knien im Wasser stehend, von den Litfaßsäulen herab den Film »Bitterer Reis« angekündigt. Hier kamen wir an Reisfeldern in unterschiedlichen Bearbeitungsphasen vorbei und ich konnte mir einen guten Eindruck über den Ablauf des Anbaus verschaffen. Die Reisfelder mussten vor jeder Bestellung neu aufgebaut werden. Zuerst kam das Pflügen dran, wobei ein Zugtier vor den Pflug gespannt war, das einem Ochsen ähnlich sah, ich nahm an, dass es sich um einen Wasserbüffel handelte. In der nächsten Bearbeitungsphase wurde das Feld wie eine frisch gegossene Betondecke abgezogen, damit eine ebene und glatte Oberfläche entstand. Den arbeitsintensivsten Teil bildete das anschließende Einsetzen der Reisstecklinge, soweit ich es hier beobachten konnte, wurde es ausschließlich von Frauen ausgeführt. Sie standen barfuß in den schlammigen Feldern, dauernd in gebückter Haltung. Nein, das sah nicht nach einfacher und erst recht nicht nach gesunder Arbeit aus.

Vielleicht trog der äußere Schein, doch auf mich machte das Landleben einen idyllischen Eindruck: Menschen kamen mit zufriedenen Gesichtern von den Feldern, drei Gänse watschelten, wie es sich für anständige Gänse gehört, einträchtig in einer Reihe zu einem kleinen Tümpel.

Zhu hatte in Erfahrung gebracht, wir würden Tunxi, die Endstation unserer Busfahrt, wegen des Zeitverlusts infolge der Panne erst spät am Abend erreichen. Zu spät für eine Weiterfahrt nach Huang Shan, wir stellten uns auf eine Übernachtung in Tunxi ein.

Die Luft im Bus war unerträglich geworden, zur Hitze kamen allerlei Gerüche, die in ihrer Gesamtheit meine Nase arg beleidigten. Zum Glück saß ich an einem Schiebefenster, durch das frische Luft hereinkam, das sich aber durch das Rattern des Busses ständig zuzuschieben versuchte. Unvermittelt riss die Chinesin vor mir das Fenster neben ihrem Sitz auf und kotzte nach draußen, mir blieb zwar noch genügend Zeit zum Schließen meines Schiebefensters, doch von da an war der durch die Fensterritzen dringende Geruch schlimmer als die Ausdünstungen im Bus. Erst nach einer Stunde wagte ich mein Fenster erneut zu öffnen.

Wie mir Zhu erzählte, wurden während und nach der Kulturrevolution viele, vorwiegend junge, Menschen aus Shanghai in diese Gegend geschickt, zur Arbeit auf dem Land. Für nicht wenige von ihnen wurde es eine Reise ohne Rückkehr. Bitter für sie, in Shanghai leben zu können, galt als hohes Privileg, das die Behörden grundsätzlich nur denjenigen zugestanden, die dort geboren waren. Die Maßnahme verstand ich gut, sie verhinderte den ungeordneten Zuzug weiterer Millionen Menschen, die einen Kollaps der ohnehin überlasteten Infrastruktur heraufbeschworen hätten. In den ersten Nachkriegsjahren galten in Deutschland vergleichbare Bestimmungen: Wer in eine andere Stadt umziehen wollte, benötigte eine Zuzugsgenehmigung, die man in jenen Jahren schwer bekam, Umzugswillige mussten nicht selten zum umständlichen Instrument des Ringtausches greifen.

Bei den Shanghaiern genoss die Provinz Anhui, in der wir uns befanden, kein hohes Ansehen, das hörte ich aus Zhus Schilderungen heraus. Anhui gehörte zu den armen Provinzen, Landwirtschaft bildete den Haupterwerbszweig. Wer als »Verbannter« in

Anhui heiratete, durfte anschließend nicht zurückkehren, erst ihren Kindern gestand man nach Vollendung ihres fünfzehnten Lebensjahrs das Recht zu. Ob die in Shanghai gut Fuß fassen konnten, durfte man in Zweifel ziehen: Auf dem Land war es gang und gäbe, Kinder nicht pflichtgemäß zur Schule zu schicken, sie stattdessen als familiäre Arbeitskräfte in der Feldarbeit einzusetzen. Riesenzahlen von schlecht ausgebildeten Menschen auf dem Lande wurden genannt. Während der Bootsfahrt auf dem Li Jiang von Guilin nach Yangshuo vor zwei Jahren waren mir vielerorts Kinder aufgefallen, die offensichtlich arbeiteten. Meine berechtigte Frage an unseren chinesischen Reiseleiter, ob die Kinder eine ordentliche Schulausbildung bekämen, hatte er fast als Beleidigung empfunden.

Nach dreizehneinhalb Stunden erreichten wir Tunxi. Yang war die kluge Idee gekommen, sich von einem ortskundigen Mitreisenden ein Hotel empfehlen zu lassen, das wir nach kurzem Fußweg erreichten. Es machte einen hervorragenden Eindruck, ein solches Hotel hatte ich hier in der Provinz nicht erwartet.

Wir brachten umgehend das Gepäck auf unsere Zimmer, im Bad drehte ich gespannt den Warmwasserhahn nach links und wurde nicht enttäuscht. Ich wusch rasch Gesicht und Hände, begab mich dann zum Restaurant des Hotels. Während des Tages hatten wir uns mit dem Verzehr des mitgenommenen Reiseproviants begnügen müssen und freuten uns jetzt über das, was die Küche zu dieser späten Stunde noch anbieten konnte. Nur Rose machte verächtliche Bemerkungen über das Essen, über den in ihren Augen minderwertigen Süßwasserfisch zumal, in England würde man ausschließlich Fisch aus dem Meer essen.

Unser Abendspaziergang geriet kurz, meinen chinesischen Begleitern missfielen die Gestalten, die überall im Halbdunkel herumlungerten. Eine Möglichkeit, zusammen noch ein Bier zu trinken, gab es nicht, notgedrungen gingen wir auf unsere Zimmer. Ich kostete den Luxus aus, eine halbe Stunde in der Badewanne zu liegen und so viel warmes Wasser zur Verfügung zu haben, wie ich wollte.

Vor dem Einschlafen ließ ich mir Roses Bemerkungen über den Dreck in China durch den Kopf gehen, weit kam ich nicht mit meinen Gedanken, der Schlaf war stärker.

Zum Frühstück ging ich in bester Laune, erstens hatte ich gut geschlafen und ein Blick aus dem Fenster kündigte einen angenehmen Tag an, sowohl in Bezug auf das Wetter als auch auf die Umgebung. Roses Nörgeln über das scheußlich salzige chinesische Frühstück konnte meine Stimmung nicht im mindesten beeinträchtigen. Wir kamen überein, erst nach dem Mittagessen weiterzufahren und vorher einen Spaziergang durch Tunxi zu machen.

Das Hotel lag an einem breiten, seichten Fluss. Wegen der Dunkelheit hatten wir bei unserer Ankunft nicht bemerkt, dass der Ort, in dem wir eher zufällig gestrandet waren, einen teilweise malerischen Eindruck machte. Voller Begeisterung machten wir uns auf den Weg, selbst Rose hielt sich mit Mäkeleien zurück. Wenige Menschen auf den Straßen, kaum Autos, alles lief ruhig und ohne Hektik ab. Ein wunderbarer, sonniger Morgen, nur über den Niederungen lag ein leichter Dunst.

Eine Weile gingen wir auf einem schmalen Pfad am Ufer entlang, sprachen wenig und ließen die morgendliche Stimmung auf uns wirken. Ich sah einigen Frauen beim Waschen zu. Sie hielten die Wäschestücke zuerst zum Durchspülen in den Fluss, legten sie anschließend auf flache Steine und prügelten mit Holzknüppeln auf sie ein, um sie danach erneut zu spülen. Nebenan nahm ein Mann eine Ente aus, reinigte die Innereien sorgfältig im Fluss, unterhalb der fleißigen Wäscherinnen.

Wir bogen in eine Straße ein, die alte Straße mit größtenteils windschiefen Häusern, in dieser pittoresken Umgebung fühlte ich mich wohl. Die zur Straße hin offenen Läden luden ein, hineinzugehen und herumzugucken, mein besonderes Interesse war auf eine Apotheke mit »tausend« Schubladen gerichtet. Niemand versuchte mir etwas aufzuschwatzen, Zhu musste lediglich hin und wieder erklären, woher ich kam. Danach erntete ich gewöhnlich freundliches Lächeln und Kopfnicken. Wenn ich den Leuten im Gegenzug — ebenfalls mit freundlichem Lächeln — ein paar Worte auf Deutsch zurief, klatschten sie begeistert in die Hände.

Für sechzehn Yuan erstand ich bei einem Waagenbauer eine Handwaage, wie sie auf chinesischen Märkten Verwendung fand, alle Teile von ihm in Handarbeit hergestellt, ein Weilchen sah ich ihm bei der Arbeit zu. Der Handbohrer wurde durch einen »Flitzbogen« in Rotation versetzt, die Waagschale aus Messingblech auf einem Dorn in die gewünschte Form getrieben. Hier gab es keinen speziellen Kram für ausländische Touristen.

Yang und Chen machten sich auf, unsere Weiterfahrt zu organisieren, Rose, Zhu und ich wanderten langsam zu unserem Hotel zurück. Rose äußerte Zhu gegenüber, wie froh sie sei, durch mich erstmalig seit Oktober aus ihrer Isolation herauszukommen. Mit vorwurfsvoller Stimme fuhr sie fort, für sie wäre niemals eine derartige Reise durchgeführt worden, worüber sie sich tags zuvor schon bei mir beklagt hatte. Ich merkte Zhu sein Unbehagen an, er war nicht für die von Rose als Unrecht empfundene Behandlung verantwortlich. Ein kleiner Leiterwagen, von zwei Eseln gezogen, zuckelte vorbei. Schnell nahm ich meine Kamera und machte ein Foto mit Rose und Zhu im Vordergrund, wodurch es mir gelang, Rose von dem leidigen Thema abzubringen.

Im Hotel teilten uns Yang und Chen mit, sie hätten einen Kleinbus für unsere Weiterfahrt geordert, das sei die günstigste Lösung gewesen.

Die Fahrt ging wiederum durch eine wunderschöne Landschaft, wegen des guten Zustands der Straße ratterte der Bus nicht, wir konnten die herrliche Aussicht ungetrübt genießen. Nach einer halben Stunde verließen wir die Ebene und fuhren in höher gelegene Regionen, in denen ausschließlich Tee angebaut wurde, der karge Boden eignete sich wohl für keine andere landwirtschaftliche Nutzung. Kleine Bergdörfer, an denen wir vorbeikamen, sahen gepflegt aus, erinnerten mich an Dörfer in den Alpen. Bestens gelaunt erreichten wir unser Ziel.

Der Fahrer hielt zunächst vor einem unansehnlichen grauen Kasten, vielleicht gab es zwischen ihm und dem Hotel eine stille Vereinbarung. Meine chinesischen Begleiter hatten andere Vorstellungen, der Fahrer musste den Kleinbus aufs Neue starten, er tat es mit vorwurfsvoller, säuerlicher Miene. Eingedenk Zhus deutlicher Worte, er werde sich nicht mit Zweitklassigem zufrieden geben, hielt der Fahrer wenig später vor einem romantisch gelegenen Hotel, das einen tadellosen Eindruck machte. Zimmer konnten wir ohne Schwierigkeiten bekommen.

Fräulein Wen Xingshi an der Rezeption sagte freundlich »welcome« zu uns, in bemerkenswert gutem Englisch plauderte sie eine Weile mit Rose und mir, stellte neugierige Fragen. Derweilen verabredeten Zhu und Yang mit dem Fahrer den Termin, zu dem wir nach der Bergwanderung von ihm abgeholt werden wollten.

Auf unseren Zimmern verweilten wir kurz, um uns frisch zu machen, danach trafen wir uns vor dem Hotel zu einem kleinen Spaziergang. Die Menschen lebten hier hauptsächlich vom Tourismus, das wurde auf den ersten Blick deutlich, Ausländer schienen eine winzige Minderheit zu bilden, die beeindruckende Landschaft stellte sich als »Geheimtipp« für Chinesen heraus. Jetzt durchschaute ich, weshalb Zhu diese Gegend für den ausländischen Experten ausgesucht hatte.

Rose nutzte den Spaziergang zu einem ausgiebigen Gespräch mit mir, die Isolation, in der sie lebte, machte ihr zu schaffen. Sie tat mir leid, allerdings fragte ich mich, ob sie nicht selbst gehörig zu ihrem Einsiedlertum beitrug, Roses Verhältnis zu China und den Chinesen kam mir kompliziert vor. Einerseits schien sie das Land zu mögen, gleichzeitig gewann ich den Eindruck, sie verachte die Menschen. Erst viel später, bei einem Besuch in London, verstand ich unsere damaligen Gespräche und ihr Verhalten besser.

Da sprach Rose über ihre Mitgliedschaft in der Kommunistischen Partei Englands seit den 1930er Jahren, die »Enthüllung« erfolgte indes eher unfreiwillig. Bei meinem Besuch sprachen wir hauptsächlich über China, redeten über die politische und wirtschaftliche Lage, über den Lebensstandard der Menschen. Ich zog Vergleiche zu den Verhältnissen, die ich im Sommer 1980 in Warschau beobachten konnte. Vor allem erinnerte ich mich an einen Metzgerladen in der Innenstadt, einen weiß gekachelten Laden wie aus meiner Kindheit, Fleischerhaken baumelten an Schienen hinter der Theke. Alle Haken leer, der ganze Laden war leer gewesen, nur auf der Theke hatte eine Schüssel mit Fleischknochen gestanden. »Hast du das mit eigenen Augen gesehen?« Als ich ihre Frage bejahte, fuhr sie fort: »Dann sind wir all' die Jahre hindurch belogen worden.« Neugierig wollte ich wissen, von wem. Erst druckste sie herum, ehe sie mir anvertraute, der Vorwurf habe ihrer Partei gegolten. In Roses Augen war China wohl der letzte Hoffnungsträger für den Sieg des Kommunismus gewesen.

Hier kannte ich diesen Hintergrund nicht und auch wenn ich ihn gekannt hätte, ihre abfälligen Bemerkungen über Chinesen stießen mich ab. Sie machte sich darüber lustig, dass, wie sie meinte, ein Großteil der chinesischen Englischlehrer die englische Sprache kaum richtig beherrsche, bezeichnete deren Englisch mit den typisch chinesischen Fehlern als »Chinglish«. Zudem verhielten sich die Lehrer in ungehöriger Weise renitent gegenüber Roses wohlmeinenden Bemühungen, ihr Englisch zu verbessern, so sah sie es. Hier wurde den Lehrern mein volles Verständnis zuteil, stockten doch meine eigenen Gespräche mit Rose fortwährend, weil sie ständig damit beschäftigt war, meine Fehler zu korrigieren.

Ihrer Meinung nach ging Chinesen jegliche Fähigkeit ab, geordnete Verhältnisse zu schaffen, an die Stelle von Professionalität setzten sie allenthalben Improvisation. Nicht ihre Aussagen berührten mich in erster Linie unangenehm, ihre hochmütige, arrogante Einstellung gegenüber den Menschen stieß mich fast mehr ab. Dabei machte ich eine interessante Entdeckung an mir. Warum ließ es mich nicht kalt, wenn sich eine Engländerin in herablassender Weise über Chinesen äußerte, was ging das einen Deutschen an? Hier in China, weit weg von meiner gewohnten Lebensumgebung, verloren nationale Unterschiede ihre Konturen, ich fühlte mich stärker als Europäer denn als Deutscher, weshalb mich Roses abfällige Urteile betroffen machten, als sei ich mitverantwortlich.

Den kurzen Spaziergang beendeten wir an einem kleinen Laden, in dem ich Filme und Ansichtskarten kaufen konnte.

Nach dem Abendessen setzten Rose und ich unser Gespräch fort. Sie berichtete von einer gegen Ausländer gerichteten Kampagne im Jahr 1982, die sie in Shanghai miterlebt hatte. Ihrer Ansicht nach wollten stark konservative Kräfte die durch Deng Xiaoping eingeleitete Öffnung mit dem Slogan »Gegen geistige Verschmutzung« torpedieren. Unter dem Vorwand, das Land gegen unchinesisches Gedankengut schützen zu müssen, hätten sie die Pragmatiker diskreditieren und die alten Machtstrukturen wiederherstellen wollen. Rose durchlebte jene Tage in großer Angst, hatte sich kaum auf die Straße getraut. Mit Mühe gelang es ihr wegen der aufgeheizten Atmosphäre, eine Anstellung als Lehrerin finden, Schlimmeres war ihr zum Glück nicht widerfahren.

Mein Hinweis auf Besorgnisse in Deutschland, es könne zu einer Überfremdung kommen, veranlasste Rose zu der Bemerkung, sie sei Jüdin. Damit brachte sie mich für einen Augenblick aus der Fassung, selbst wurde sie durch ihre spontane Äußerung auch befangen. Zhu kam zu uns herüber, die für uns beide unbehagliche Situation entkrampfte sich. Wir verabredeten, am kommenden Morgen um sieben Uhr zu frühstücken und uns anschließend sofort zu unserer Gebirgstour aufzumachen. An diesem Abend begaben sich alle zeitig auf ihre Zimmer, um anderntags gut für den Aufstieg vorbereitet zu sein.

Ich fühlte mich noch nicht müde, ging in die Eingangshalle, bestellte mir ein Bier und nutzte die Gelegenheit zu ergänzenden Tagebucheinträgen. Wen Xinshi, die junge Dame von der Rezeption, kam zu mir und fragte neugierig, was ich da schriebe, da »diary« nicht zu ihrem Wortschatz gehörte, erklärte ich ihr, was es mit einem Tagebuch auf sich habe. Fräulein Wen fand es komisch, dass ein erwachsener Mann Tagebuch führte, in China seien es junge Mädchen, die ihm ihre Geheimnisse anvertrauten. Sie kicherte. Da zu dieser Stunde niemand mehr an die Rezeption kam, blieb sie, um sich mit mir zu unterhalten. Die üblichen Fragen, ob ich Amerikaner sei, was ich in China mache, ob ich zum ersten Mal hier sei. Meine Antworten interessierten sie nicht sonderlich, ihr lag mehr daran, herauszufinden, wie sie auf mich wirkte und da sie hübsch war, ließ ich mich gern auf dieses Spiel ein, die Eintragungen in mein Tagebuch blieben auf der Strecke. So kam ich unerwartet zu einem vergnüglichen Abschluss des Abends. Gegen elf verabschiedeten wir uns.

Bevor ich mich schlafen legte, sah ich noch eine Zeitlang aus dem Fenster in den sternenklaren Himmel, atmete bewusst die kalte und angenehm frische Gebirgsluft. Ein breiter Bach floss am Hotel vorbei, er vervollständigte durch sein Plätschern die romantische Stimmung. Ich dachte sentimental an lange zurückliegende Pfadfinderzeiten, wenn wir des Nachts im Wald vor dem Zelt gesessen und mit gedämpften Stimmen »Hohe Tannen weisen die

Sterne …« gesungen hatten. Tempi passati. Zwei Menschen gingen langsam über die Straße neben dem Bach, ich erkannte in der jungen Frau meine abendliche Gesprächspartnerin, die sich bei ihrem Ehemann oder Freund untergehakt hatte. Wen Xinshi winkte zu mir hinauf. Ein glückliches Paar, das keine Eile zu haben schien.

Zum ersten Mal schlief ich in China bei offenem Fenster, am nächsten Morgen fühlte ich mich wie neugeboren. Zum Frühstück gab es Reisbrei, Kuchen und Mantou, so heißen Dampfnudeln in China.

Dann begann die Bergwanderung. Zunächst ging es eine Stunde lang über unzählige Stufen sacht bergan. Roses wegen legten wir kleinere Pausen ein, obwohl sie jedes Mal zeterte, es sei überflüssig. Unser Ziel war die Spitze des Tian Du Feng (Gipfel der Himmelshauptstadt). Wir kamen an eine Weggabelung. Zhu erklärte, es gebe zwei Wege zum Gipfel, der kürzere sei gefährlicher, wir würden den anderen nehmen. Trotz seiner geringeren Gefährlichkeit fing dieser Weg nach kurzer Zeit an, für mich unangenehm zu werden, was meine schwindelfreien Gefährten nicht verstehen konnten. Zu diesem Zeitpunkt ahnte ich noch nicht, dass es sich hier erst um das Präludium handelte, largo und pianissimo.

Nach einer Viertelstunde hörte der durch natürliche Gegebenheiten gebildete Weg abrupt auf. Weiter ging es über Treppenstufen, in die schroffe Felswand gehauen, das Geländer zur abfallenden Seite hin hatte eine Höhe von fünfzig Zentimetern, nicht hoch genug für mich. Ich kroch mehr, als ich ging, wagte keinen Blick abwärts in die Tiefe, versuchte, meine Gedanken mit der Lösung eines vor ein paar Tagen aufgetauchten mathematischen Problems zu beschäftigen, was mir mehr schlecht als recht gelang. Natürlich befand ich mich in keiner lebensbedrohenden Situation, dessen war ich mir bewusst, den Aufstieg würde ich lebend überstehen, trotzdem fühlte ich mich hundeelend.

Mehrmals ging der Weg durch schmale Bergeinschnitte, Klammen ähnlich, so dass ich für kurze Zeit aufatmen konnte und wahrnahm, was um mich herum geschah. Ich bewunderte die fünfundsiebzigjährige Rose, wie sie die körperlichen Anstrengungen meisterte. Klapperdürr, aber zäh wie Leder. Die Beschwerlichkeiten schienen sie noch unleidlicher gemacht zu haben, bewundernde Worte von entgegenkommenden Chinesen für die »alte Dame« wurden — zum Glück auf Englisch — mit unflätigen Kommentaren erwidert. Wagte gar jemand, sie nach ihrem Alter zu fragen, entgegnete sie garstig: »A hundred!« Auch der arme Chen blieb nicht verschont. Mehrmals bot er an, Roses Umhängetasche zu tragen und wurde jedesmal umgehend mit der zornigen Reaktion »Don't help me!« abgewiesen.

Roses Verhalten befremdete mich immer mehr, kaum wunderte es mich noch, dass man auf dem Campus in Shanghai nichts mit ihr zu tun haben wollte. Gleichermaßen wunderte ich mich über unsere drei chinesischen Begleiter, dass sie ihr eine solche Strapaze zumuteten. Die Steigung der Treppen lag bei fünfzig, sechzig Grad und die Stufenhöhe betrug rund dreißig Zentimeter. Da mussten auch wir Jüngeren alle fünfzig Meter anhalten und verschnaufen.

Später hörten zu meinem Entsetzen die niedrigen Geländer zur schroff abfallenden Seite auf, Schwellen verblieben stattdessen, höchstens doppelt so hoch wie Bordsteine, der weitere Aufstieg wurde mir schier unerträglich. Zhus Angebot, seine Hand anzufassen, nahm ich dankbar an. Für die entgegenkommenden Chinesen muss es irritierend gewesen sein, zwei reifere Herren händchenhaltend den Berg hochklettern zu sehen.

Endlich befanden wir uns auf dem Tian Du Feng, eintausendachthundertzehn Meter hoch. Ich versuchte mich in die Mitte des Gipfels zu setzen, um nicht nach unten sehen zu müssen. Zhu nahm meine Kamera, um Erinnerungsfotos für mich zu machen.

Beim Aufstieg waren wir Händlern begegnet, die, wenn es der Platz zuließ, am Wegrand Huang Shan Tee, Kuchen, gekochte Eier, Getränke, getrocknete Pilze und alles Mögliche mehr feilboten, kaum der Erwähnung wert. Hier oben auf dem engen Gipfel wurden Vorhängeschlösser aus Messing mit silbrig glänzenden Bügeln verkauft, ich traute meinen Augen nicht, was um alles in der Welt, brachte Menschen dazu, auf dieser Bergspitze Vorhängeschlösser zu kaufen, was gab es hier gegen Diebstahl zu schützen? Die romantische Erklärung sah ich schnell: Paare kauften zwei Schlösser, hakten deren Bügel nebeneinander in die zur Sicherheit angebrachten Ketten, ließen die Schlösser zuschnappen und warfen die Schlüssel tief und unauffindbar ins Tal hinab, »*verloren ist daz slüzzelîn*« hatte Walther von der Vogelweide gesungen. Konnte es einen besseren Ort als den Gipfel der Himmelshauptstadt geben, um zwei Herzen auf ewig zusammenzuschließen?

Trotz meiner Höhenangst versuchte ich die Schönheit der Umgebung mit meinen Augen einzufangen, die dunstverhangenen Berge mit den trotzigen Pinien an den Steilhängen, die ich bis dahin lediglich von chinesischen Tuschebildern kannte. Jeden Gedanken an den Abstieg erstickte ich im Keim.

Aber wir konnten ja nicht auf dem Tian Du Feng bleiben. Zwar versicherte mir Zhu, wir würden einen für mich einfacheren Weg nehmen, auf den Anfang traf das noch nicht zu. Hier reichte es nicht, Zhus Hand festzuhalten, mit der anderen Hand musste ich mich an Yangs Umhängetasche festklammern. Das schlimmste Stück bildete der sogenannte Fischrücken, ein schmaler Felsen von etwa dreißig Metern Länge, mit schroffen Abhängen auf beiden Seiten. Zwei tief durchhängende Ketten dienten als Geländer. Dann folgte eine normal scheußliche Strecke, anschließend hatte ich das Schlimmste überstanden.

Am späten Nachmittag erreichten wir am Yu Ping Feng (Jadeparavent–Gipfel) ein aus Stein gebautes Haus, umgeben von mehreren Bambushütten. Wir kamen überein, in diesem »Hotel« zu übernachten, um hier am anderen Morgen den Sonnenaufgang zu erleben. Rose und ich bekamen Zimmer im Haus, die drei anderen mussten mit Bambushütten Vorlieb nehmen. Eigentlich hätte ich lieber eine der Hütten gehabt, fügte mich aber in meine privilegierte Behandlung.

Während wir vor dem Haus standen und uns über die beeindruckende Landschaft unterhielten, rannte plötzlich eine hübsche junge Frau auf uns zu und begrüßte Chen lachend. Sie war nicht eine seiner ehemaligen Studentinnen, wie ich im ersten Moment vermutete, sondern die chinesische Englischlehrerin, auf die wir bei unserer Abfahrt vergeblich gewartet hatten und die nun verspätet zu uns stieß. Was für eine Überraschung! Hatte ich mir die wenig über zwanzig Jahre alte Lehrerin doch als ältliche Jungfer vorgestellt!

Bis zum Abendessen blieben eineinhalb Stunden, die ich für Tagebucheinträge nutzen wollte, setzte mich mit gekreuzten Beinen auf eine Mauer und begann, die Erlebnisse des Tages aufzuschreiben. Nach kurzer Zeit gesellten sich Rose und die Englischlehrerin zu mir, zum Schreiben kam ich nicht mehr. Die beiden arbeiteten im Unterricht zusammen, erfuhr ich, gewann allerdings den Eindruck, dass Rose die Chinesin nicht mochte. Weil sie gut aussah, weil sie eine Chinesin war?

Das Essen schmeckte mir an diesem Abend ausnehmend gut, besser als in den Hotels der beiden letzten Tage. Obwohl nur einfache Gerichte auf dem Tisch standen, alles musste ja mühsam auf den Berg gebracht werden. Rose keifte unvermittelt: »I don't need a servant.« Die Chinesin wollte der Engländerin einen kleinen gebratenen Fisch auf den Teller legen, machte wegen der unangemessen harschen Abfuhr ein verständnisloses Gesicht, fragte mich nach einer Schrecksekunde mit verschmitztem Lächeln in den Augenwinkeln: »Professor, do you need a servant?«

Nach dem Abendessen ging ich mit Zhu zu dem kleinen Laden nebenan, in dem hauptsächlich der übliche Touristenkrimskrams verkauft wurde, um dort eine Flasche Moutai zu erstehen, doch dieses edle Getränk gab es hier oben nicht. Auf Zhus Empfehlung hin kaufte ich stattdessen eine Flasche Xi Feng Jiu, das sei ebenfalls eine bekannte Marke in China und beträchtlich billiger.

Wir vier Männer fanden uns kurz darauf in Zhus Bambushütte ein, wärmten uns zum Auftakt innerlich auf, trotz meiner anschließenden Bemühungen wollte eine Unterhaltung wegen des Fehlens einer lingua franca nicht in Gang kommen, Chen und Yang verabschiedeten sich bald mit der höflichen Bemerkung, sie hätten wichtige Vorbereitungen für den kommenden Tag zu treffen.

Zhu begann nach einer Weile über ein Thema zu reden, das ihn ernsthaft zu beschäftigen schien. Er äußerte sich besorgt, das Leben seiner Tochter könnte eine aus seiner Sicht ungünstige Entwicklung nehmen. Früher sei es undenkbar gewesen, dass sich ein Mädchen ihres Alters in Liebesdingen nicht den Wünschen der Eltern untergeordnet hätte. Jetzt würden junge Frauen ihre eigenen Entscheidungen treffen, ihre eigenen Wege gehen, nicht unbedingt zu ihrem Besten. Seine Tochter habe seit einiger Zeit einen Freund, den sie des öfteren mit nach Hause bringe, gegenüber dem jungen Mann schien er starke Vorbehalte zu haben und wünschte sich, seine Tochter werde in Zukunft mehr auf besorgten väterlichen Rat geben.

Ich konnte Zhu nicht überreden, mir beim Trinken Gesellschaft zu leisten, er fürchtete, ein rotes Gesicht zu bekommen, obwohl das in der Dunkelheit nicht aufgefallen wäre. Gelangweilt verabschiedete ich mich bald und ging in mein Zimmer. Trotz des Xi Feng Jiu hatte ich in der Bambushütte gefroren, zu der späten Stunde herrschte in sechzehnhundert Metern Höhe keine angenehme Temperatur. Mein Zimmer erschien mir noch ungemütlicher, die Kälte des Winters steckte nach wie vor in den Mauern, hinzu kam eine unangenehme Feuchtigkeit, ich fürchtete mich, in das wenig einladende Bett zu steigen. Am Kleiderhaken hingen eine Hose und eine Jacke aus blauem Baumwollstoff, sozusagen ein volkseigener Schlafanzug. Wurde er ein Mal im Jahr gewaschen, womöglich zwei Mal? Ich schauderte, zog Jacke und Hose aus, legte mich ins Bett und versuchte mich zu erinnern, wann ich zuletzt in ähnlicher Form genächtigt hatte. Darüber schlief ich ein, unangenehme Träume, die den besonderen Erlebnissen des Tages entsprangen, plagten mich in der Nacht. Mehrmals wurde ich vor Kälte wach, nahm einen Schluck Xi Feng Jiu aus der Flasche und schlief weiter.

Um sechs Uhr war die Nacht endgültig für mich zu Ende. Vor dem Frühstück wollten wir verabredungsgemäß gemeinsam den Sonnenaufgang erleben, viele Chinesen kamen eigens wegen dieser Attraktion hierher, doch als ich vor die Tür trat, war die gesamte Umgebung in dichten Nebel getaucht.

Ich spürte kein Bedürfnis, länger in meinem Zimmer zu verweilen, setzte mich in die Eingangshalle und beobachtete die Menschen, die zum Gemeinschaftswaschraum gingen, in den Zimmern gab es keine Waschbecken. Die chinesische Englischlehrerin sah ich ebenfalls vorbeihasten. Die Zeit verging quälend langsam.

Auf dem Rückweg würden wir eine bequemere Route einschlagen, hatte mich Zhu beruhigt, nach seiner Schätzung lägen noch drei Stunden Fußweg bis zu einer Seilbahnstation vor uns. Mir stand nichts Erschreckendes mehr bevor, ich empfand jetzt große Zufriedenheit über diese Bergwanderung, die ein unauslöschliches Erlebnis bleiben würde, das fühlte ich. Chinesische Bilder sah ich jetzt mit anderen Augen, ich nahm mir vor, eins zur Erinnerung an unsere Huang–Shan–Wanderung nach Deutschland mitzunehmen.

Warum gab es keinen Lastenaufzug zu dieser Hütte, wie man das »Hotel« in den deutschsprachigen Alpenländern genannt hätte? Über solch nützliche Einrichtungen verfügten viele Hütten bereits in den 1950er Jahren. Warum schleppte der chinesische Lastenträger am Vortage zwei Kästen mit Flaschenbier an seiner Tragestange? Grob gerechnet trug er an die dreißig Kilo auf jeder Seite, uns machte es Mühe, das eigene Körpergewicht die vielen Treppenstufen hinauf zu bewegen. Der Rücken dieses nicht mal zwanzigjährigen jungen Mannes schien stark verformt zu sein. Sein Anblick erinnerte mich an Kischs Beschreibung der elenden Schinderei, welche zu Anfang der 1930er Jahre die Rikschakulis zugrunde richtete, damals war Opium als zusätzlich ruinierendes Element hinzugekommen. Der junge Chinese musste die vollen Flaschen erst auf den Berg schleppen, anschließend schweres Leergut zurückbringen. Überall in China war Dosenbier erhältlich, die nahezu gewichtslosen Aluminiumdosen hätten dem jungen Mann die Arbeit gewaltig erleichtert. Vielleicht machte sich niemand Gedanken über Veränderungen eingewurzelter Gewohnheiten, weil es keinen Mangel an Menschen gab, die notgedrungen solche Knochenarbeit verrichteten. Wäre ein motorgetriebener Lastentransport für diesen Chinesen und seine Trägerkollegen von Vorteil gewesen, wie ich zuerst gedacht hatte? Welche andere Arbeit gab es für sie in dieser schönen, aber kargen Gegend? Sicherlich besaß die Mehrheit der Menschen dieser Region keine gute Schulbildung, was eine Arbeitssuche zusätzlich erschweren würde. Dass es sich hier überwiegend um Staatsbetriebe handelte, machte die Sache für sie nicht einfacher.

Das Nachdenken über den jungen Mann und seine Plackerei rief Gedanken in Erinnerung, die mich bei der ersten Chinareise beschäftigt hatten: Was würde geschehen, wenn man bislang von Menschen ausgeführte Tätigkeiten durch technische Apparaturen erledigen ließe. Beispielsweise wurden in China oftmals mehrere Menschen zur Erledigung einer Aufgabe eingesetzt, für die man in Deutschland einen einzigen Automaten aufstellte. Mit vorschnellen Urteilen über chinesische Arbeitsbedingungen sollte ich mich besser zurückhalten, aus zahlreichen Beobachtungen glaubte ich den Schluss ziehen zu müssen, die Ära der »eisernen Reisschüssel« nähere sich ihrem Ende und dem Problem der Arbeitslosigkeit werde in China wachsende Bedeutung zukommen.

Das Frühstück bestand im Wesentlichen aus Reisbrei, den ich nicht ungern aß. Den wenigen Europäern, mit denen ich in China zusammentraf, schmeckte das salzige chinesische Frühstück mit dem faden Reisbrei nicht. Was Wunder, dass sich Rose lautstark zu unhöflichen und stark überzogenen Bemerkungen hinreißen ließ.

Wir machten uns auf den Weg zur Bergstation der Seilbahn, Yang und die junge Chinesin trennten sich nach kurzer Zeit an einer Weggabelung von uns. Die Begründung hatte ich nicht verstanden, wahrscheinlich wollte Yang gern der hauptsächlich englisch sprechenden Gruppe entfliehen, in der er sich als Außenseiter nicht richtig wohlfühlen konnte.

Unser Rückweg verlief gewunden durch das »Gipfelmeer«, wir mussten Bergrücken ersteigen, um sie wenig später wieder hinunter zu wandern. Den größten Teil des Wegs legten wir eingehüllt in Wolken zurück, hin und wieder gaben sie einen kurzen Durchblick ins Tal frei.

Trotz der frühen Morgenstunde kamen uns erstaunlich viele Menschen entgegen. Sie gaben sich freundlich Rose und mir gegenüber, stellten neugierige Fragen und da uns Dolmetscher zur Verfügung standen, kam es manchmal zu kleinen Gesprächen. Alle gingen davon aus, ich sei Amerikaner, erstens kamen die meisten Ausländer aus den USA und zum anderen wollte man wohl gern, dass ich Amerikaner sei, bewunderte man doch das in den Augen vieler Chinesen großartige Volk auf der anderen Seite des Pazifik. Wenn sie hörten, ich sei Deutscher, sah ich in der Regel zuerst Erstaunen auf ihren Gesichtern, dann zufriedenes Wohlwollen. Einmal baute sich ein nicht mehr ganz junger Mann breitbeinig vor mir auf und sagte stolz: »Karl Marx!«

Rose wurde große Anerkennung zuteil, dass sie die beschwerliche Wanderung trotz ihres Alters scheinbar mühelos schaffte. Da sie genügend Chinesisch verstand und sprach, kriegten die Chinesen bisweilen direkte Antworten, ohne Möglichkeit der freundlichen Filterung durch einen Dolmetscher.

Wie es kam, wusste ich später nicht, unversehens hatte ich den Kontakt zu meiner Gruppe verloren, vermutlich an einer Weggabelung. Als allein wandernder Nichtchinese sah ich noch exotischer aus, das merkte ich an den Gesichtern der Entgegenkommenden. Eine Schulklasse aus Shanghai fiel über mich her. Für die etwa Fünfzehnjährigen war es zweifellos ein Erlebnis, mit einem Ausländer auf Englisch reden zu können und als ich »Shanghai« mit chinesischen Zeichen schrieb, klatschten sie Beifall. Zum Abschluss machte einer das unvermeidliche Gruppenfoto mit mir in der Mitte.

Ich kam an eine Stelle, an der sich eine Gruppe von Kunststudentinnen zum Zeichnen nach der Natur niedergelassen hatte. Sie standen mit ihrer Aufgabe, die Huang Shan Landschaft mit Pinsel und Tusche auf dem Papier festzuhalten in einer über tausendjährigen Künstlertradition, die charakteristische Gebirgswelt immer und immer wieder neu zu sehen.

Am Abend zuvor hatte ich Zhu gefragt, warum die Gegend, in der wir uns befanden, als Gelbes Gebirge bezeichnet werde, mir war nichts aufgefallen, worauf sich die Farbe gelb hätte beziehen können. Der mythische Herrscher Huang Di, der »Gelbe Kaiser« — nach chinesischer Überlieferung regierte er gegen Ende des dritten Jahrtausends vor Christi Geburt, Chinesen betrachten ihn als Ahnherrn ihrer Zivilisation — hatte im Jahre 747 n. Chr. indirekt das Gelb zur Namensgebung beigesteuert. Vorher war die Bezeichnung Yi Shan allgemein gebräuchlich gewesen, der Tang–Kaiser Xuan Zong, ein Anhänger des Daoismus[16], verfügte die neue Benennung aufgrund einer Legende.

Huang Di hatte nach seiner Abdankung wenig Lust verspürt, wie jeder gewöhnliche Mensch zu sterben und sich der frühdaoistischen Alchimie mit dem Ziel zugewandt, ein Unsterblichkeitselixier herzustellen. Für den Erfolg der alchimistischen Experimen-

---

[16] Taoismus

te galt die Umgebung als entscheidender Faktor, der Gelbe Kaiser machte sich mit zwei Lehrern auf die Suche nach dem idealen Ort für seine Hexereien und gelangte nach zahllosen Reisen kreuz und quer durch China schließlich zum Gebirge Yi Shan. Hier fanden sie eine Landschaft vor mit in den Himmel ragenden Gipfeln, zwischen denen Wolken wie Seide schwebten, wo die Berghänge steil und tief abfielen, als ob sie zum Meeresboden führten. Und an neun von zehn Tagen war alles in dichten Nebel gehüllt, die drei Alchimisten entschieden, dies sei der ideale Ort für ihr Unterfangen, kochten hinfort Kräuter zusammen mit Steinen und schon nach 480 Jahren gelang dem Gelben Kaiser die Herstellung von Pillen mit der erwünschten Wirkung. Er schluckte sieben, verwandelte sich in einen unsterblichen Gott und stieg gen Himmel auf. Ihm zu Ehren wurde in der Tang-Dynastie durch das Dekret des Kaisers Xuan Zong aus Yi Shan das Gebirge Huang Shan.

Bei unserem Gepräch in der Bambushütte hatte Zhu auch von einem alten chinesischen Spruch erzählt: »Nach der Besteigung des Huang Shan Gebirges ist es nicht mehr nötig, die Fünf Heiligen Berge — Tai Shan (Shandong), Heng Shan (Hunan), Song Shan (Henan), Hua Shan (Shaanxi), Heng Shan (Shanxi) — zu sehen.«

Einige Studentinnen saßen dicht an einem schroffen Abgrund und zeichneten die aufragenden Felsen mit den geduckten Pinien, die sich mit ihren Wurzeln in irgendwelchen Ritzen der Felswände festkrallten. Die tief in ihre Arbeit versunkenen jungen Frauen störte es nicht, dass ich ihnen zusah, Fotos wagte ich nicht zu machen.

Allmählich wurde mir ungemütlich zumute, da ich den Weg zur Seilbahnstation nicht finden konnte und ohne meine chinesischen Weggefährten fühlte ich mich hier oben hilflos, zum Glück kam ich bald an ein kleines Hotel, wo man mir den Weg erklärte.

Meine Begleiter sorgten sich schon um mich, Yang und die junge Chinesin waren vor mir eingetroffen, wir konnten zum Mittagessen gehen. Die Englischlehrerin hatte sich eine Bindehautentzündung zugezogen und da ich seit Pfadfinderzeiten auf Reisen ein »allzeit-bereit-Päckchen« mit mir herumtrug, bot ich ihr an, das Auge mit Verbandmull gegen Zugluft zu schützen, Rose murmelte »German thoroughness«.

Nahe beim Restaurant gab es zahlreiche Verkaufsstände, das Warensortiment reichte von Wanderkarten über Tee bis hin zu getrocknetem Fisch, alle für eine Wanderung wichtig erachteten Dinge gab es zu kaufen. Nach dem Essen machten wir einen kurzen Rundgang, wurden allerdings ständig von den Händlern an ihre Marktstände gezerrt, was schnell lästig wurde. Ich kaufte eine Huang Shan Wanderkarte, dann begaben wir uns zur Seilbahn und fuhren talwärts. Gedanken darüber, wie die Sicherheitsbestimmungen für Seilbahnen in China eingehalten würden, verdrängte ich kurzerhand. Wir kamen wohlbehalten unten an und quetschten uns in einen vollen Bus. Wie üblich sah er alt und klapprig aus und da sich neben der Straße tiefe Abgründe auftaten, versuchte ich, nicht über Bremsen nachzudenken.

Obwohl unsere Wanderung nur zwei Tage gedauert hatte, wusste ich die Annehmlichkeiten des Hotels zu schätzen, endlich wieder eine eigene Toilette!

In der Eingangshalle traf ich die Englischlehrerin, alle anderen waren auf ihren Zimmern geblieben, wir setzten uns und tranken eine Tasse Kaffee. Ich lächelte Fräulein Wen Xingshi an der Rezeption freundlich zu, sie aber machte ein gar nicht freundliches Gesicht, ihr missfiel offenkundig, mich mit einer hübschen Chinesin dort sitzen zu sehen, wo sie sich vor zwei Tagen mit mir unterhalten hatte.

Nach dem Abendessen blieb uns Zeit für einen ausgedehnten Rundgang durchs »Dorf«, alle gaben sich entspannt, ich lobte Zhu für die gute Organisation, die anderen stimmten ein. Kleinlaut gestand ich, ihn anfangs belächelt zu haben, dass es *unbedingt* — das Lieblingswort in Zhus deutschem Vokabular — Huang Shan sein musste, das Gelbe Gebirge, aber er habe recht gehabt, seinen Plan derart hartnäckig zu verfolgen.

Später trafen wir uns auf meinem Zimmer, eine halbe Flasche Xi Feng Jiu musste noch geleert werden. Rose fing ein weiteres Mal an, über die ihrer Meinung nach schlechte Behandlung zu klagen, die man ihr in der Hochschule zuteilwerden ließ. Alle saßen mit ratlosen Gesichtern da, ich ließ Rose eine Minute lang reden und bog dann das Thema höflich ab. Aus dem winzigen

Lautsprecher meines Diktiergeräts kam in mäßiger technischer Qualität Musik von den Beatles, die Alternative aus meinem bescheidenen Kassettenvorrat, das Brandenburgische Konzert Nr. 1, wollte ich chinesischen Ohren nicht zumuten. Wir redeten über Popmusik, was gute von schlechter unterschiede. Rose hielt Popmusik grundsätzlich für schlecht.

Kurz darauf lag ich im Bett und ließ mir verschiedene Bilder des Tages durch den Kopf gehen. Am frühen Morgen, beim Abstieg, war uns auf einem schmalen Pfad eine Kolonne von acht jungen Chinesen entgegengekommen, zu zweit trugen sie jeweils ein dickes Bambusrohr auf den Schultern und stützten sich mit einem Arm gegen die Schulter des jeweils anderen ab. An jedem Bambusrohr war ein schätzungsweise zwei Zentner schwerer Steinquader mit Seilen befestigt. Die jungen Männer nahmen keinerlei Notiz von ihrer Umgebung, sangen gemeinsam nach einer rhythmischen, archaischen Melodie. Mit dem Singen wollten sie sicherlich erreichen, trotz der Schaukelbewegungen der Steine im Takt zu bleiben, damit keine unnötige Energie aufgebracht werden musste. Zusätzlich half ihnen der rhythmische Gesang, ihre unglaublich schwere Arbeit überhaupt zu bewältigen.

Meine Gedanken wanderten zu der chinesischen Englischlehrerin, ich sah das Bild vor mir, wie sie am Nachmittag des Vortages unerwartet zu unserer Gruppe stieß. Sie hieß Lin Hong, später erklärte sie mir, alle würden sie Xiao Lin nennen, *xiăo* bedeute *klein* und in China sei es üblich, junge Menschen »Klein Hinz« oder »Klein Kunz« zu nennen. Sie kam mir sehr jung vor, ihr Studienabschluss an einer Schlüssel–Universität in Shanghai lag erst ein halbes Jahr zurück.

Um sieben Uhr fanden wir uns am nächsten Morgen zum Frühstück ein, es gab Mantou, gekochte Eier, Reisbrei, Kuchen sowie salzige Kleinigkeiten und Roses nervende Bemerkungen.

Eine Stunde später stiegen wir in den Minibus, der uns nach Hangzhou bringen sollte. Anfangs fuhren wir in Richtung Tunxi, auf derselben Straße, die wir auf dem Hinweg genommen hatten. Der Himmel präsentierte sich wolkenlos, keiner verbarg seine gute Laune, alle zeigten sich zufrieden über den gelungenen Ausflug. Xiao Lin und ich saßen nebeneinander, worüber ich froh war, da sie im Gegensatz zu Chen, dem Englischprof, hervorragend englisch sprach. Hier wurde die Veränderung in der chinesischen Ausbildung exemplarisch sichtbar, die innerhalb einer Generation stattgefunden hatte. Ihr schien es gleichfalls angenehm zu sein, neben mir zu sitzen und sich mit mir unterhalten zu können. Zuerst bat ich sie, mir die richtige Aussprache von »Xiao Lin« beizubringen. Nach einigen missglückten Versuchen meinerseits zeigte sie sich zufrieden, wenn ich »ßchiau lin« sagte, mit einem *ch* wie in *ich* und kurzem nachfolgenden *i*.

Geduldig gab sie Erklärungen und Erläuterungen zu Besonderheiten, die wir auf der Fahrt zu sehen bekamen, etwa zur Bedeutung der Fähnchen auf den Gräbern. Dass die Grabstätten der Ahnen am fünften April besucht wurden, wusste ich ja bereits. Man stelle Speisen auf die Gräber, erfuhr ich nun, damit die Geister der Verstorbenen nicht Hunger leiden müssten. Die Fähnchen sollten den Geistern die richtigen Stellen anzeigen.

In geringer Entfernung zur Straße sahen wir verschiedentlich Öfen zum Brennen von Ziegelsteinen, in den Boden eingelassene Brennräume, verhältnismäßig kleine Kegelstümpfe guckten aus der Erde. Der Lehm wurde in der näheren Umgebung abgestochen, das Rohmaterial anschließend mit einfachen Werkzeugen in Backsteinform gebracht und zunächst luftgetrocknet. Unter Bambusblättern, um ein Reißen durch zu starke Sonneneinstrahlung zu verhindern. Die Temperatur beim abschließenden Brennen schien hoch zu sein, die blaurote bis schwarze Farbe der gestapelten Ziegel deutete darauf hin.

Xiao Lin schälte Äpfel und Apfelsinen für sich und mich. Während dieses ersten Jahres sei sie als Assistenzlehrerin an der Hochschule beschäftigt, ließ sie mich wissen, Professor Chen sei ihr Chef. Sie unterstütze auch Miss Wyland — Rose wagte sie nicht zu sagen — beim Unterricht, zwar sei es nicht leicht, mit ihr auszukommen, trotzdem schätze sie die Zusammenarbeit. In sprachlicher Hinsicht und in Bezug auf Vorbereitung sowie Durchführung des Unterrichts profitiere sie von den Fähigkeiten der erfahrenen Engländerin. Nun erfuhr ich auch den Grund für ihre Teilnahme an unserem Ausflug: Rose litt zeitweilig an Herzproblemen und wegen der Befürchtung, sie könnten bei der Gebirgswanderung auftreten, hatte man die Anwesenheit einer weiteren Frau für angebracht gehalten, die Wahl war auf Xiao Lin gefallen.

Auf einem seichten, träge dahinfließenden Fluss beobachteten wir einen Mann, wie er sich auf seinem Bambusfloß langsam flussabwärts bewegte. Er stand am hinteren Ende, leicht erhöht auf einem kleinen Podest und dirigierte sein Floß gemächlich mit einem langen Ruder. Auf dem Floß wurde nichts transportiert, der Mann tauchte lediglich sein Ruder rhythmisch ins Wasser, mal nach dieser, mal nach der anderen Seite. Ich konnte mir nicht vorstellen, dass er hier einem Vergnügen nachging. Plötzlich flog ein größerer Vogel mit einem Ring um den Hals zum Floß und uns wurde klar, der Mann fischte mit der Unterstützung eines Kormorans.

Wie auf der Hinfahrt kamen wir auch jetzt an sanften Berghängen vorbei, auf denen Azaleen in voller Blüte standen. Zhu bat den Fahrer anzuhalten, damit wir Blütenzweige abbrechen konnten, um sie nach Hause mitzunehmen. Ich machte stattdessen Fotos und als Xiao Lin beim Einsteigen bemerkte, dass ich ohne Azaleenzweige da stand, schenkte sie mir ihren Strauß.

Die Landschaft wurde eintöniger, das Wetter verschlechterte sich, alles sah weniger farbenprächtig aus. Mir fielen die Augen zu, anfangs kämpfte ich erfolgreich gegen meine Müdigkeit an, dann siegte das Schlafbedürfnis und als ich wach wurde, war eine Stunde vergangen. Xiao Lin schlief fest neben mir.

Zhu hatte mit dem Fahrer ausgemacht, gegen Mittag eine Rast einzulegen, zur verabredeten Zeit hielt der Kleinbus vor einem Imbiss unter freiem Himmel. Zum Glück konnten wir sehen, wie das Geschirr und die Ess–Stäbchen gespült wurden: Alles kam in eine mit dunkelgrauem Schmutzwasser gefüllte Emailschüssel. Außer dem Fahrer wollte hier niemand essen, aber es traute sich keiner, ihn zur Fahrt zu einem ordentlichen Restaurant zu überreden, notgedrungen blieben wir hungrig.

In Hangzhou gab es Schwierigkeiten, wir besaßen keine Fahrkarten und der nächste Zug nach Shanghai war angeblich ausgebucht. Zhu und Yang kannten hier leitende Leute und versuchten, durch sie Tickets für uns zu bekommen. Wir anderen saßen währenddessen in der Wartehalle, etwas missmutig, wie das nach einer längeren Autofahrt nicht ungewöhnlich ist. Ich versuchte, den Rückstand in meinen Tagebucheinträgen aufzuholen und bemerkte, auch Xiao Lin führte ein Tagebuch.

Rose stellte eine gewagte Hypothese auf: Die Menschen in Asien seien schlank und in Europa dick, weil man in Asien Reis äße, in Europa hingegen vorzugsweise Kartoffeln. Ich wies auf die dicke Frau uns gegenüber, vermutlich eine Inderin, und erinnerte Rose an ihre eigene spindeldürre Figur, mit freundlicheren Worten natürlich. Rose sah ein, dass ihre Theorie zumindest keinen Anspruch auf Allgemeingültigkeit erheben konnte.

Atemlos kamen Zhu und Yang gelaufen, sie schienen erfolgreich gewesen zu sein, drängten uns, rasch aufzustehen und zum bereits eingefahrenen Zug zu gehen. Auf dem Bahnsteig stand eine Frau, die uns ein Abteil zuwies. Jeder von uns fand sogar einen Sitzplatz, allerdings konnten wir nicht alle beieinander sitzen.

Die Fahrt verlief eintönig und da ich die Strecke kannte, wusste ich, dass es sich nicht lohnte, aus dem Fenster zu sehen. Mir gegenüber saß ein Ehepaar mit seinem etwa vierjährigen Töchterchen. Das Kind versuchte, Reis zu essen, mit Stäbchen. Obgleich es sich für sein Alter geschickt anstellte, musste der Erfolg als mäßig bezeichnet werden, schließlich verlor das Mädchen die Geduld und aß mit seinen Händen weiter.

Yang brachte jedem von uns eine Dose Cola, ich leerte meine in einem Zug, seit dem Frühstück hatte ich nichts mehr getrunken. Zhu sah, wie ich anschließend nach einem Abfallbehälter für die leere Dose Ausschau hielt, er wusste sofort Rat, öffnete das Fenster und warf sie zu den tausend anderen Dosen, die bereits den Schienenweg säumten.

Was dachte sich Rose, als sie mir ihre halb leere Coladose gab mit dem Vorschlag, ich könne den Rest austrinken? Schon der Gedanke ließ mich schaudern. Gab es in ihrer Kindheit auch den Erziehungsgrundsatz, man dürfe nichts verkommen lassen oder gab es einen anderen Hintergrund für ihr generöses Angebot? Im Restaurant an der Seilbahnstation hatte ich Xiao Lins kaum angerührtes Bierglas ausgetrunken, wollte sie herausfinden, ob tiefer Gehendes dahinter steckte? Ich gab vor, im Augenblick nicht mehr durstig zu sein und stellte die Dose beiseite.

Der Platz neben Xiao Lin wurde frei, ich setzte mich zu ihr. Schräg gegenüber saßen drei seltsam aussehende Männer, es seien japanische Mönche, sagte sie, als sie meinen interessierten Blick bemerkte. Ich staunte, dass sie die Gespräche der Mönche verstand und erfuhr, Japanisch sei ihre zweite Fremdsprache an der Universität gewesen, sie verstehe zumindest in Umrissen, worüber die Männer sprächen. Sie hatten nichts mit denjenigen gemein, die bisher mein Bild von Klosterbrüdern geprägt hatten: Diese Mönche trugen T-Shirts mit aufgedruckten Köpfen von Comicfiguren, rauchten Zigarren und tranken Schnaps.

Auf meine Frage, ob Chinesisch und Japanisch verwandte Sprachen seien, erklärte sie mir, was die gesprochene Sprache anbetreffe, sei die Verwandtschaft ähnlich wie die zwischen Englisch und Mongolisch, bei der geschriebenen Sprache lägen die Dinge anders. In Ermangelung einer eigenen Schrift hätten die Japaner um das fünfte nachchristliche Jahrhundert herum die voll entwickelte chinesische Schrift eingeführt. Aber allein mit chinesischen Schriftzeichen, in Japan als Kanji bezeichnet, habe man das Japanische nicht angemessen darstellen können und später seien spezielle japanische Schriftzeichen hinzugekommen, die japanische Schrift sei zu einer Mischschrift aus chinesischen Wortzeichen und japanischen Silbenzeichen geworden.

Erst nach elf Uhr kamen wir abends in Shanghai an, Zhu schubste mich auf eine merkwürdige Weise durch die Fahrkartenkontrolle, durch die »Sperre«, wie wir in meiner Kindheit sagten, als es solche Einrichtungen auch in deutschen Bahnhöfen gab. Beim Verlassen des Bahnhofgebäudes ließ Zhu die Katze aus dem Sack: Wir seien schwarzgefahren, in Hangzhou habe es keine Möglichkeit zum Kauf von Fahrkarten gegeben.

Mit einem Linienbus fuhren wir zur Hochschule, verabschiedeten uns wegen unserer Müdigkeit schnell, Rose, Xiao Lin und ich hatten noch ein Stück gemeinsamen Weges. Bevor wir am Rondell vor dem Hauptgebäude auseinandergingen, fragte ich Xiao Lin, ob sie Lust habe, mich am nächsten Morgen zu besuchen. Einen Moment lang drückte ihr Gesicht Verunsicherung aus, dann sagte sie mit leiser Stimme, ihr Unterricht dauere bis zehn Uhr, anschließend werde sie kommen.

Im Gästehaus gab mir der Türsteher einen Zettel mit der Information, man habe mich von Zimmer 201 nach Zimmer 301 umquartiert, mein Koffer stand bereits neben dem Bett. Der übliche Griff zum Warmwasserhahn, die weiße Leinenjacke und das Hemd mussten kalt gewaschen werden.

Am nächsten Vormittag, dem vorletzten in Shanghai, erledigte ich rasch einige Kleinigkeiten, bedankte mich beim Küchenpersonal des Gästerestaurants mit deutschen Pralinen, der stets auf seinen nackten Füßen hockende Türwächter des Gästehauses bekam eine halbe Stange amerikanischer Zigaretten. Nach der Vorlesung sollte ein kurzer Akt zur Überreichung der Ernennungsurkunde zum *gùwén jiàoshòu* stattfinden, dazu musste ich mir Stichworte für die Dankesrede einfallen lassen.

Um zehn Uhr kam Xiao Lin, der Zerberus hatte zum Glück keine Schwierigkeiten gemacht, vielleicht wegen der Zigaretten. Auf unserer kurzen Reise hatte sie in ihren stonewashed Jeans und der gleichartigen Jacke eher wie eine Studentin ausgesehen, mit dem schwarzweiß gemusterten Blazer über einer weißen Hemdbluse, mit der engen schwarzen Hose und den Schuhen mit halbhohen Absätzen erschien sie mir jetzt wirklich wie eine junge Lehrerin. Was für ein Unterschied im Vergleich mit Bildern jugendlicher Chinesinnen aus der Zeit vor und während der Kulturrevolution!

Ich bat sie, in einem der durchgewetzten Sessel Platz zu nehmen, holte den zweiten Becher aus dem Regal, schüttete grünen Tee hinein und goss heißes Wasser aus der Thermoskanne dazu. Meinen eigenen Teebecher brauchte ich für den zweiten Aufguss nur nachzufüllen.

Wir fühlten uns beide befangen. Um ein Gespräch in Gang zu bringen, erkundigte ich mich, wie sie im Unterricht über die Runden gekommen sei, für eine gründliche Vorbereitung habe ihr ja die Zeit gefehlt. Sie meinte, es sei ganz gut gegangen. Auf der chinesisch beschrifteten Huang Shan Landkarte ließ ich mir die Stationen unserer Wanderung zeigen und natürlich den Ort, an dem wir uns begegnet waren. Aus der Karte ging hervor, dass neben der Seilbahn, die wir benutzt hatten, zwei weitere in der Planung oder im Bau waren, eine davon würde in das Gebiet des Yu Ping Feng, des Jadeparavent-Gipfels, führen. Man war offenbar dabei, die Huang Shan Region für einen wachsenden Tourismus zu entwickeln, zahlenmäßig würden Seilbahntouristen bald die Kraxler überholen. Neben zusätzlichen Arbeitsplätzen und Erleichterungen für die Lastenträger würden die Maßnahmen höhere Umweltbelastungen nach sich ziehen. Ob das in China ein Thema war?

Ihr Blick fiel auf mein vor Kurzem erschienenes Lehrbuch, sie stand auf und blätterte darin, versuchte, einige deutsche Sätze vorzulesen, was uns beide zum Lachen brachte. Eine Weile unterhielten wir uns über die Schwierigkeit, eigene Gedanken derart zu Papier zu bringen, dass man beim anschließenden Lesen das wiederfindet, was einem vorher als Idee im Kopf vorschwebte. Dann zeigte ich ihr das Titelblatt meines Vorlesungsskripts mit den handschriftlich hinzugefügten Namen aller Studentinnen und Studenten. Selbstverständlich beeindruckten sie die mit chinesischen Schriftzeichen geschriebenen Namen weit weniger als mich, auf ihre Frage, ob sie ihren Namen dazu setzen solle, schlug ich vor, sie könne einen Eintrag in mein Tagebuch schreiben.

Auf diesen Vorschlag ging sie ein, zeigte sich aber zunächst ratlos, was sie schreiben sollte. Ich empfahl ihr, mein Tagebuch wie ihr eigenes zu benutzen, sie könne schreiben, was und soviel sie wolle. Damit brachte ich sie in eine neue Verlegenheit. Also versprach ich ihr, keiner außer mir werde das Tagebuch zu Gesicht bekommen, ich würde es niemand zeigen und sollte es in falsche Hände geraten, sei das nicht schlimm, in Deutschland könne kaum jemand ihre chinesischen Sätze lesen. Xiao Lin begann mit ernstem und konzentriertem Gesicht zu schreiben, setzte schnell Schriftzeichen neben Schriftzeichen. Als sie aufhörte, bat ich sie, mir das Geschriebene mündlich zu übersetzen, nach kurzem Zögern begann sie stockend. Sie hatte nichts Oberflächliches, nichts Abstraktes geschrieben, einen Tagebucheintrag eben für diesen Morgen.

Schüchtern fragte ich sie, ob wir uns am Abend noch einmal sehen könnten, vielleicht zu einem Spaziergang außerhalb des Campus, ein Besuch zu später Stunde auf meinem Zimmer hätte im damaligen China diplomatische Verwicklungen heraufbeschwören können. Sehr chinesisch meinte sie, ich müsse wegen der Anstrengungen des kommenden Tages gewiss zeitig schlafen gehen. Auch wenn ich chinesische Verhaltensweisen noch nicht gut einschätzen konnte: Die Höflichkeitsformel musste ich nicht als ernsten Einwand werten. Wir verabredeten uns auf acht Uhr am Campuseingang. Ich bat sie, mich gegen halb acht vorsichtshalber anzurufen, da ich nicht sicher sein konnte, dass nichts dazwischen kommen würde.

Am frühen Nachmittag betrat ich ein letzten Mal den Klassenraum, das Gemurmel verstummte, andächtige Stille trat ein. Sechsunddreißig Studenten saßen auf ihren Plätzen, fast gleich viele wie zu Anfang. Zhu und Vizepräsident Li standen auf dem Podest, auch ein Fotograf, die Zeremonie konnte beginnen. Zwei Studenten entrollten ein rund vier Meter breites Transparent mit großen roten chinesischen Schriftzeichen auf weißem Untergrund. Beeindruckend.

Zhu sprach zu den Studenten, drehte sich dann halb zur Seite und las mit feierlicher Stimme vor, was auf dem Transparent stand, anschließend übersetzte er den Text für mich ins Deutsche. Ich hörte mit leichter Rührung zu und fühlte mich gleichzeitig geehrt.

Vizepräsident Li kam liebenswürdig lächelnd auf mich zu, heftete eine Anstecknadel mit dem Emblem der Hochschule an das Revers meiner Jacke, ergriff meine Hand, schüttelte sie und hielt sie fest, während er zu einer feierlichen Rede ansetzte. Den Studentinnen und Studenten schien der nicht alltägliche Akt zu gefallen. Li kam zum Schluss, begann meine Hand von Neuem zu schütteln, überreichte mir die dekorative Urkunde in einer noch dekorativeren Klappmappe aus roter Seide mit goldenen Schriftzeichen.

Nun war es an mir, meine kleine Rede zu halten. Ich zog ein Resumee, lobte die Studenten, bedankte mich artig für dies und das. Die Studenten standen auf, klatschten langanhaltend Beifall, ich versprach wiederzukommen. Li, Zhu und ich verließen den Raum durch das von den Studenten gebildete Spalier und gingen in Zhus Büro, um technische Details hinsichtlich meiner Abreise und wegen des beabsichtigten nächsten Besuchs zu bereden.

Am Abend trafen wir uns mit Vizepräsident Li zum Abschiedsessen. In seinem schwarzen Anzug und dem schwarzen Pullover, aus dem der weiße Hemdkragen abstach, sah er wie ein katholischer Geistlicher in meiner Kindheit aus. Das Essen schmeckte ausgezeichnet, doch in was für einem Raum aßen wir! Alles sah schmutzig aus, Kästen mit Bierflaschen standen aufgetürmt um uns herum, eine einzige Lampe funktionierte.

Auf meinem Zimmer packte ich den Koffer, legte mich für eine halbe Stunde aufs Bett. Mit knapper Not war ich Zhus fürsorglich geplanter Abendgestaltung entgangen, ob er mir meine schnell erfundene Notlüge abgenommen hatte? Ich fiel in einen kurzen Schlaf, fühlte mich nach dem Aufwachen herrlich frisch. Das Telefon klingelte. »It's me«, hörte ich Xiao Lin sagen und wunderte mich über die Selbstverständlichkeit, die aus ihrer Stimme klang.

In zehn Minuten würden wir uns am Campuseingang neben dem Tor zu treffen, ich musste nichts mehr vorbereiten und machte mich sofort auf den Weg. In der Nähe des Häuschens, in dem die Torwächter saßen, stellte ich mich an den Rand eines Blumenbeets, die einzige Stelle in dieser Umgebung, die durch zwei Leuchtstofflampen notdürftig erhellt wurde. Verhältnismäßig viele Menschen strebten noch dem Eingang zu und ich fürchtete, Xiao Lin wegen des trüben Lichts eventuell nicht zu erkennen.

Meine Sorge stellte sich als unbegründet heraus, nach wenigen Minuten des Wartens sah ich sie auf dem Fahrrad kommen, bekleidet mit einem hellgelben Mantel, wegen ihrer weißen baumwollenen Netzhandschuhe konnte ich mir ein Lächeln nicht verkneifen. Das Fahrrad ketteten wir an einen Laternenpfahl und verließen den Campus.

Für die vorbei hastenden Menschen waren wir ein auffälliges Paar, um nicht noch größere Aufmerksamkeit zu erregen, hielten wir gebührenden Abstand voneinander. Xiao Lin begann vom bevorstehenden Fest der Jugend am 4. Mai zu erzählen, bei dem sie mit einigen Studentinnen einen Tanz vorführen werde. Auf meine Frage, welche Bedeutung der 4. Mai habe, erklärte sie, es sei der Gedenktag für die Studentenunruhen in Beijing am 4. Mai 1919. Anlass für sie sei die aus chinesischer Sicht empörende Behandlung Chinas auf der Friedenskonferenz in Versailles nach dem Ersten Weltkrieg gewesen. Mit dem Ruf »China ist das China der Chinesen« seien revolutionäre Studentengruppen auf die Straßen gegangen und hätten am Ende die Abberufung der chinesischen Verhandlungsdelegation aus Paris erzwungen. Viele der eher liberalen Studenten seien später zu den Kommunisten übergeschwenkt.

Die Gegend, in der wir spazieren gingen, gab keine romantische Kulisse ab. Rechts von uns lag eine große chemische Fabrik, links befuhren ratternde und stinkende Lastwagen die mit Schlaglöchern übersäte Straße. Ich merkte, wie Xiao Lin unruhig wurde, sie ängstigte sich in der menschenleeren Gegend, wir gingen ein Stück zurück und schlugen einen anderen Weg ein.

Beiläufig erwähnte sie, vor wenigen Tagen, als wir uns im Gebirge befanden, sei Hu Yaobang gestorben. Mir sagte der Name nichts. Hu habe zu den Männern der ersten Stunde gehört, klärte sie mich auf, sei bis vor einigen Jahren Mitglied des obersten Führungskreises gewesen und bis zu seiner späteren Entmachtung habe er sieben Jahre lang das Amt des Generalsekretärs der Kommunistischen Partei Chinas bekleidet. Sein Eintreten für die Rehabilitierung von Menschen, die — wie er selbst — in der Kulturrevolution Verfolgung und Demütigungen erleiden mussten, trug ihm hohes Ansehen in der Studentenschaft ein, daneben vertraute man ihm, da er als nicht korrupt galt. Tagsüber habe es geheißen, auch Studenten unserer Hochschule würden am Abend eine Demonstration veranstalten, gesehen hatten wir nichts. Damit beendeten wir das Thema. Wie konnten wir in diesem Augenblick ahnen, dass Hus Tod Ereignisse von historischer Bedeutung bewirken würde?

Es begann zu regnen, ich spannte Xiao Lins Schirm auf, den sie vorsorglich mitgenommen hatte. Der Regen störte uns nicht, er kam wie gerufen: Nun konnte sich Xiao Lin bei mir einhaken, der Schirm schützte uns nicht nur gegen Regen, auch gegen die Neugier entgegenkommender Menschen waren wir abgeschirmt. Viel Zeit blieb uns nicht, vor dem Schließen des Eingangstors mussten wir zurück auf den Campus. Hatten wir an diesem Abend ohnehin wenig gesprochen, wurden wir noch schweigsamer, je näher der Abschied rückte.

Außer uns gingen noch viele Studenten durch das Tor am Eingang des Campus, wir gelangten unauffällig zu dem Laternenpfahl, an dem Xiao Lins Fahrrad lehnte. Ein neues Rad, das erste Damenfahrrad, das ich mit Bewusstsein in China sah, sie besaß es seit Kurzem, hatte es mit dem Geld gekauft, das sie von ihren ersten kargen Monatslöhnen sparen konnte.

Am Rondell blieben wir stehen, sollte das jetzt das Ende sein? Ich bekam einen gewaltigen Schrecken und fragte Xiao Lin, ob wir uns wiedersehen könnten, wenn ich, vielleicht im kommenden Jahr, die Möglichkeit zu einer erneuten Reise nach China haben würde. Sie gab mir keine klare Antwort, als habe sie Angst vor einem Wiedersehen. Uns blieb keine Zeit, weiter darüber zu sprechen, in wenigen Minuten würde der Alte das Tor mit der eisernen Kette verschließen. Während ich in Richtung des Gästehauses ging, blickte ich nochmals zurück, konnte aber Xiao Lin nicht mehr sehen, sie war in die Dunkelheit eingetaucht.

In meinem Zimmer trank ich die letzte verbliebene Dose Bier, legte mich aufs Bett, ließ den Tag und den Abend Revue passieren. Der Anfang eines verschütteten Gedichts aus Schulzeiten kam hoch: *When we two parted / In silence and tears, / Half brokenhearted / To sever for years, / Pale grew thy cheek and cold, / Colder thy kiss; / Truly that hour foretold / Sorrow to this.* Ich grübelte, von wem das Gedicht stammte. Lord Byron? Oder nicht? Kurz nach Mitternacht wachte ich auf, stellte den Wecker und kroch unter die klamme Bettdecke.

Nach dem Frühstück fuhr ich zeitig mit dem Bus in die Innenstadt, meine ursprüngliche Hoffnung, dies zusammen mit Xiao Lin tun zu können, ging nicht in Erfüllung, ihr Unterricht am Vormittag ließ es nicht zu. Im Kaufhaus Nummer Eins, Ecke Nanjing Lu und Xizang Lu, machte ich lustlos letzte Einkäufe, erstand an einem Zeitungskiosk zwei Exemplare des Jiefang Ribao, in dem ein kurzer Artikel über mich stand. Den Text konnte ich nicht lesen, doch der Mann auf dem Bild, umrahmt von einigen Studentinnen und Studenten, war zweifellos ich.

An diesem Vormittag goss es in Strömen, ich bekam nasse Füße, meine ohnehin trübe Gemütslage verschlechterte sich weiter. Zum Abschluss meiner Zeit in Shanghai wollte ich einen letzten Blick auf den Huang Pu werfen, davon konnte mich der Regen nicht abhalten. Das graue Wasser des Flusses bewegte sich träge, die Umgebung sah grau aus, auch der Himmel hatte keine andere Farbe. Melancholisch ging ich zum He Ping, um mich aufzuwärmen, trank dort schnell eine Tasse Kaffee. Am Bücherstand kaufte ich die »Short History of Shanghai«, von einem F. L. Hawks Pott geschrieben und 1928 in Shanghai erschienen. Das Buch sah wie ein Restexemplar der Originalausgabe aus, vermutlich war es aber ein Nachdruck. Die Zeit begann zu drängen, für die Rückfahrt zum Campus musste ich ein Taxi nehmen.

Kurz nach meiner Rückkehr drückte mir das Zimmermädchen ein Päckchen in die Hand. Aufgeregt kratzte die junge Frau ein paar Brocken Englisch zusammen und ich erfuhr, eine Lady habe das Päckchen für mich abgegeben. Begriffsstutzig zerriss ich das Einwickelpapier, erst als ich die Widmung auf dem Vorsatz des in Seide gebundenen Tagebuchs las, nahm die »Lady« Gestalt vor meinen Augen an und schlagartig wusste ich, wir würden uns wiedersehen.

Jemand klopfte an die Zimmertür, Zhu und Yang standen im Rahmen, bereit, mich zum Bahnhof zu bringen. Sie trugen mein Gepäck nach unten, wo der Shanghai mit geöffnetem Kofferraum stand. Ehe mir bewusst wurde, dass in diesem Augenblick ein für mich bedeutsamer Zeitabschnitt zu Ende ging, verließen wir bereits den Campus, für Sentimentalitäten blieb keine Zeit.

Vor dem Bahnhof hockten viele Menschen am Boden — à la Chinoise nannte ich die typische Haltung immer in Gedanken — und warteten. Viele hatten sonnengegerbte Gesichter mit roten Apfelbäckchen, sie sahen aus wie ins Chinesische übersetzte Bauerngesichter aus meiner Kindheit. Wir gingen in die große Bahnhofshalle. Von einer Frau in der blauen Uniform des Bahnpersonals wurden wir zum Warteraum für Passagiere mit Fahrkarten für »weiche Sitze« geführt. In der klassenlosen sozialistischen Gesellschaft konnte es selbstredend keine erste und zweite Klasse geben, stattdessen unterschied man Zugabteile mit »harten« und mit »weichen« Sitzen. Die harten Sitze hießen nur so, in Wirklichkeit wurde die Bezeichnung für gepolsterte Sitze mit einem zumeist schmutziggrünen Plastikbezug verwendet, wohingegen die weichen Sitze hinsichtlich der Oberfläche Plüschsesseln ähnelten. Die Ausdrücke mussten aus der Zeit stammen, als es in China noch eine »Holzklasse« gab, wie wir in Kindertagen die mit harten Holzbänken ausgestatteten Eisenbahnabteile dritter Klasse genannt hatten.

Eine gewisse Logik lag schon darin, die Reisenden mit den extraweich sitzenden Allerwertesten auch beim Warten Vorzüge genießen zu lassen, doch zu meinem Naivbild von einem sozialistischen Staat wollte diese privilegierte Behandlung partout nicht passen.

Zum ersten Mal begab ich mich ohne Begleitung auf eine Eisenbahnfahrt in China, Nanjing war mein Ziel, Zhu würde in wenigen Tagen folgen. Er hatte mir vorab Verhaltensmaßregeln eingeimpft, ich konnte ja weder die Angaben auf der Fahrkarte lesen noch die Stationsbezeichnungen, falls sie mit chinesischen Zeichen geschrieben waren. In Bezug darauf beruhigt mich Zhu, in einer Stadt wie Nanjing gebe es zusätzlich die Angabe des Stationsnamens in Pinyin. Das wesentliche Problem bestand eher darin, dass ich an meinem Zielort nicht die Person verfehlen durfte, die mich abholen sollte. Wahrscheinlich würde ich aber beim Aussteigen der einzige Ausländer sein, die Gefahr des Verfehlens existierte vermutlich auch nicht.

Im Eisenbahnabteil hatte ich einen bequemen Platz, mir gegenüber saß ein gut gekleideter Chinese Anfang vierzig, der für einen bekannten europäischen Elektronikkonzern arbeitete. Höflichkeitshalber redeten wir ein paar belanglose Sätze miteinander, tauschten Visitenkarten aus und gingen unseren Beschäftigungen nach. Ich begann eine Zusammenfassung über die Zeit meiner Gastprofessur zu schreiben, auf Englisch, damit Xiao Lin sie lesen konnte. Die Fahrt nach Nanjing dauerte rund vier Stunden, trotz meiner ausführlichen Darstellung wurde ich fertig.

Eine junge Dame erkannte mich in Nanjing sofort, ich entstieg tatsächlich als einziger Ausländer dem Zug, sie entschuldigte den Leiter des Auslandsbüros, der ursprünglich kommen wollte. In einem Volkswagen Santana fuhren wir zur Hochschule, vor dem Gästehaus hielt der Fahrer und trug mein Gepäck in ein Zimmer im Erdgeschoss, meine Begleiterin schlug vor, sofort zum Abendessen zu gehen. Sie führte mich zu einem besonderen Gästerestaurant neben der Mensa, in dem nicht das normale Studentenessen serviert wurde, gleichwohl hielt die Küche keinem Vergleich mit der Gästehausküche in Shanghai stand. Das mäßige Essen war nicht dazu angetan, meine gedrückte Stimmung aufzuhellen, nach der Rückkehr in mein Zimmer versuchte ich, meine Gemütsverfassung durchs Fernsehen ein bisschen aufzumöbeln, doch auf keinem der beiden Kanäle gab es ein dafür geeignetes Programm, also zog ich es vor, mich zeitig schlafen zu legen. Der Raum roch muffig, das Bett fühlte sich klamm an, trotzdem schlief ich schnell ein.

Während ich am nächsten Morgen unschlüssig überlegte, ob ich sofort zur Mensa gehen sollte, klopfte jemand an meine Zimmertür und nach dem Öffnen sah ich mich einer Dame von ungefähr siebzig Jahren gegenüber, die sich mit kräftiger, tiefer Stimme als Mrs Arba Herr vorstellte. Aus Nashville, Tennessee. Arba erbot sich mir zu zeigen, wie ich zu meinem Frühstück kommen könne, ich nahm dankend an und wir gingen gemeinsam zum Mensagebäude.

Der Campus war gepflegter als derjenige »meiner« Hochschule in Shanghai, hier konnte man sich wohlfühlen. Ich nahm mir vor, der Präsidentin, Zhus Cousine, ein Kompliment zu machen.

Ungefragt bekamen wir »westliches« Frühstück serviert, es gab Toast, Butter, Marmelade, Speck, Spiegeleier. Sie habe gleich zu Anfang um diese Art Frühstück gebeten, erklärte Arba, als sie mein überraschtes Gesicht sah, es fiele ihr schwer, den Tag mit Reisbrei, Mantou und Salzgemüse zu beginnen. Arba war sechsundsiebzig Jahre alt, klein, nicht gerade schlank und unterrichtete seit drei Jahren Englisch in China. Genau genommen läge das Höchstalter für »native speakers« bei achtundsechzig Jahren, mangels eines hinreichenden Angebots hätten die chinesischen Behörden ein Auge wegen ihres höheren Alters zugedrückt, im kommenden Jahr würde allerdings endgültig Schluss sein.

Was das äußere Erscheinungsbild betraf, ließen sich Arba und Rose schwerlich miteinander vergleichen. Arba machte einen gepflegten Eindruck, sie trug stets Kostüme, wahrscheinlich maßgeschneiderte. Anders als bei Rose, die mit der Lehrtätigkeit ihren Lebensunterhalt verdiente, bestand für sie keine Notwendigkeit, zu arbeiten. Anstatt in China zu unterrichten, hätte sie es sich in ihrem Haus in Nashville gemütlich machen und ihren Garten pflegen können. Doch das Alleinsein schien nicht Arbas Sache zu sein. Ihr Mann war vor wenigen Jahren gestorben, der Sohn lebte in Australien, ihre Tochter in Neuseeland. So hatte sie sich eines Tages an eine Stiftung gewandt, um gesellschaftlich Nützliches zu tun. Eher nebenbei erfuhr ich, dass sie denjenigen Teil ihres hiesigen Honorars, den sie nicht für ihren Lebensunterhalt benötigte, chinesischen Studenten für Auslandsaufenthalte zur Verfügung stellte.

Sonntags um elf, berichtete sie, treffe sich eine kleine europäisch-amerikanische Gemeinde von circa fünfzig Menschen in einer protestantischen Kirche in Nanjing. Um Neuigkeiten auszutauschen, um Kontakt zu halten.

Der Leiter der Abteilung für ausländische Angelegenheiten gesellte sich zu uns, ein sympathischer Mann Mitte dreißig. Er hatte ein Jahr lang in Essex studiert, sprach daher recht gut englisch. Da er mit mir praktische Details bezüglich des Ablaufs meines Besuches bereden wollte, ließ uns Arba allein.

Anschließend stellte er mir eine chinesische Kollegin vor, die mich zu einer kleinen Rundfahrt durch Nanjing abholte. Nichts Besonderes, sie zeigte mir einen nahe gelegenen Park, ein Abstecher zum Xuanwu See folgte, den Abschluss bildete die Fahrt zur sechseinhalb Kilometer langen Brücke über den Changjiang, den Langen Fluss, bei uns besser unter dem Namen Yangtze bekannt. Auf diese Brücke war meine Kollegin mächtig stolz, sie zählte eine Menge statistischer Daten auf, wusste genau, welchen Rang die Brücke im internationalen Vergleich einnahm.

Die Brücke sowie das ganze Drum und Dran interessierten mich wenig, doch der Stolz meiner Kollegin rührte mich. Nicht zum ersten Mal wurde mir deutlich, wie deprimierend es für viele Menschen dieses großen Landes mit der langen kulturellen Vergangenheit sein musste, dass die Volksrepublik technisch und wirtschaftlich weit hinter anderen Ländern zurücklag.

Die Chinesen hatten das Porzellan erfunden, das wissen wir alle. Der Druck mit beweglichen Lettern war bei ihnen bereits lange vor Gutenberg üblich, ein erstaunliches Faktum für viele. Das

Kardangelenk, man findet es nicht nur in fast jedem Auto, wurde von einem Italiener namens Cardano in China entdeckt und später in Europa mit seinem Namen verknüpft, das erscheint fast nicht glaubhaft.

Vielerorts hatte ich überdimensionale Spruchbänder gesehen — die Inhalte musste ich mir natürlich übersetzen lassen —, auf denen die ruhmreiche chinesische Vergangenheit beschworen wurde mit der Aufforderung, an die großen Zeiten anzuknüpfen. Zuerst schenkte ich den Spruchbändern kaum Beachtung, sie gehörten für mich zu totalitären Regimen. »Heil und Sieg, nie wieder Krieg, am Ende steht der deutsche Sieg« lag als ältester Slogan dieser Art in einer tiefen Schicht meines Gedächtnisses. »Durch Sozialismus zum Frieden« stand, auf Tschechisch, lange Jahre in riesigen Lettern auf einer Hauswand an der Obrancu Miru in Prag. Propagandaparolen müssen einfach sein und bis zum Überdruss immer wieder in die Köpfe der Massen eingehämmert werden. Mögen sich Intellektuelle ruhig darüber mokieren, auf die Meinung dieser einflusslosen Minderheit brauchen totalitäre Regime keine Rücksicht zu nehmen.

Trotz meiner Einstellung begann ich irgendwann über chinesische Spruchbandparolen nachzudenken, vielleicht weil ich Zeit hatte, vielleicht weil die Schriftzeichen zusammen mit den Farben rot, weiß und schwarz angenehm dekorativ aussahen. Beim Rückgriff auf die lange kulturelle Vergangenheit musste sich die Kommunistische Partei Chinas in meinen Augen in einem Dilemma befinden. Nach dem entscheidenden Sieg der Kommunisten über die Guomindangarmee bei Huaihai und der wenige Monate später folgenden Ausrufung der Volksrepublik durch Mao Zedong war es bestimmt notwendig gewesen, den »Feudalismus« in Bausch und Bogen zu verurteilen, mit klaren, markigen Parolen der Art: Alt gleich feudalistisch gleich schlecht, neu gleich sozialistisch gleich gut. Ich konnte mir nicht vorstellen, dass zu diesem Zeitpunkt eine differenzierte Darstellung der Vergangenheit möglich gewesen wäre. Dazu hätte es langatmiger Erörterungen bedurft, für die Massen suspekt und nicht überzeugend. Nun versuchte die Partei, verstärkt an chinesische Größe früherer Zeiten anzuknüpfen, nicht alles schien schlecht gewesen zu sein.

Ich fragte mich, ob einfache Spruchbandappelle an den Idealismus der Chinesen die beabsichtigte Wirkung haben konnten. Diejenigen, die nach der Befreiung voller Eifer die Ärmel hochgekrempelt hatten um ihren Beitrag zu einem besseren China zu leisten, standen inzwischen als die Dummen da. Die diesjährige Inflationsrate von achtunddreißig Prozent traf besonders sie, die sich jetzt im Rentenalter befanden, kaum in der Lage, ein Zubrot zu verdienen. Jeder konnte deutlich sehen, wohin einen der Idealismus brachte.

Wo sollte bei der Anknüpfung an die Vergangenheit angesetzt werden? Wahrscheinlich musste man bis vor das Jahr 1800 zurückgehen. Da begann sich der Niedergang der Qing-Dynastie abzuzeichnen, die Mandschu-Kaiser vermochten es nicht, China als starkes Land in die durch den Beginn der Industrialisierung gekennzeichnete neue Zeit zu führen. Der englische Gesandte Lord Amherst, der beim chinesischen Kaiser wegen zukünftiger Handelsbeziehungen und der Öffnung Chinas für englische Kaufleute vorsprach, war brüsk abgewiesen worden. China sei groß, verfüge über alles, was es brauche und sei nicht auf Importe aus England angewiesen.

England ließ nicht locker, es gab nämlich ein Problem bei der Bezahlung begehrter Luxusgüter aus China, in erster Linie Tee und Rohseide. Da es keinen nennenswerten Warenfluss von England nach China gab, mussten die bei Engländern beliebten chinesischen Waren mit Silber bezahlt werden, was in Europa zu Beginn des neunzehnten Jahrhunderts zu einer Verknappung des Edelmetalls führte, mit ernsten volkswirtschaftlichen Folgen.

Ein aus ihrer Sicht interessanter Ersatz des Zahlungsmittels Silber erschien den Briten der Erlös aus dem Verkauf von Opium, das sich in der Kolonie Indien zu niedrigen Kosten produzieren ließ, während China einen geradezu unendlich großen Absatzmarkt bildete, den man zur Umkehrung der Flussrichtung des Silbers mit Opium beliefern konnte.

Bei der Umsetzung dieser teuflischen Idee hatten die Engländer insofern Pech, als in China seit der ersten Hälfte des achtzehnten Jahrhunderts ein Verbot für den Verkauf von Opium bestand. Doch englischer Opiumhandel kam auch gegen den Willen des Kaisers schnell in Schwung, Kollaboration mit dem Feind und Korruption sind wahrscheinlich ähnlich alt wie das älteste Gewerbe. Die Briten kamen bei ihrem Bemühen, große Bevölkerungsteile Chinas opiumsüchtig zu machen, zügig voran. Zwischen 1820 und 1838 kam es zu einem enormen Anstieg englischer Opiumlieferungen, für den Kaiser aus zwei Gründen besorgniserregend. Einerseits dröhnten sich seine Untertanen die Schädel mit dem Rauschgift zu, was fatale Folgen für die Volksgesundheit mit sich brachte, zum Zweiten flossen gewaltige Silbermengen aus seinem Reich ab, mit entsprechenden negativen Konsequenzen für die Volkswirtschaft des Landes.

Da die englische Seite an einer gütlichen Einigung nicht interessiert war — wer lässt sich gern eine üppig sprudelnde Geldquelle verstopfen? —, leitete der chinesische Kaiser Maßnahmen ein, besonders spektakulär die Verbrennung von über tausend Tonnen englischen Opiums am Strand von Humen nahe Guangzhou im Jahr 1839. Es kam zu einer Eskalation und zu Kriegshandlungen.

Nun hatte in Europa, namentlich in England, die gegen Ende des 18. Jahrhunderts erfundene Dampfmaschine in den zurückliegenden Jahrzehnten einen industriellen Umbruch eingeleitet. Der ortsunabhängige Ersatz für menschliche oder tierische Muskelkraft ließ sich nicht nur zum Antrieb von Sägen oder Webstühlen verwenden, man konnte mit Dampfmaschinen auch schnellere Kriegsschiffe bauen und modernere Kanonen herstellen.

Die Chinesen versäumten es, sich an die in Europa einsetzende Industrielle Revolution anzukoppeln, besaßen kein modernes Kriegsgerät, das dem der Engländer ebenbürtig gewesen wäre, was ihnen zum Verhängnis wurde. Als der Kaiser des Reichs der Mitte keine Chance mehr sah, sich gegen die überlegenen Waffen der Engländer zur Wehr zu setzen, ging deren Kanonenbootpolitik auf. In den »Ungleichen Verträgen von Nanjing«, so lautet die chinesische Bezeichnung (waren Verträge zwischen Siegern und Besiegten nicht immer ungleich?), musste der Kaiser Hongkong für neunundneunzig Jahre an England abtreten und eine Reihe von Häfen für ausländische Mächte öffnen. Der aus heutiger Sicht wichtigste war zweifellos Shanghai, damals ein eher unbedeutendes Kaff.

England versuchte nicht, China zu seiner Kolonie zu machen. Doch spätestens seit den Verträgen von Nanjing befand sich China unter starker Fremdbestimmung, dem Kaiser stand nurmehr ein begrenzter Handlungsspielraum zur Verfügung. Die fremde Beeinflussung blieb nicht auf die Engländer beschränkt, Amerikaner und Franzosen mischten sich fortan ebenfalls in die Angelegenheiten der Chinesen, später auch Deutsche und Japaner, Chinas Geschicke wurden jetzt in hohem Maße durch ausländische Interessen bestimmt.

Der Sieg der Briten im Opiumkrieg stellte einen Wendepunkt in Chinas Geschichte dar. War das riesige Kaiserreich vor dem Krieg ein unabhängiger Feudalstaat gewesen, in dem ohne Einmischung von außen die uneingeschränkte Staatsgewalt ausgeübt wurde, verwandelte sich das Land nach der Unterwerfung der Qing-Herrscher durch die Engländer, die sich in dem »Ungleichen Vertrag von Nanjing des Jahres 1842« manifestierte, Schritt für Schritt in ein halb koloniales Land.

Eine große Hungersnot löste um die Mitte des neunzehnten Jahrhunderts eine Revolte aus, deren Ausgang die Qing-Dynastie weiter schwächte, der Taipingaufstand. Anführer der Aufständischen war der unter dem Einfluss von Missionaren christlich erzogene Hong Xiuquan, der sich als jüngeren Bruder von Jesus Christus bezeichnete. Die Bewegung gewann an Stärke, die kriegerischen Handlungen weiteten sich aus, es folgte ein dreizehn Jahre dauernder Bürgerkrieg. Der chinesische Kaiser musste um den Erhalt seiner Macht fürchten, sah sich aber außerstande, den Aufstand mit eigenen Kräften niederzuschlagen, er musste ausländische Hilfe zur Sicherung seiner Macht annehmen. Nach Beendigung des Taipingaufstands waren gegen dreißig Millionen tote Chinesen zu beklagen. Und das chinesische Kaiserhaus befand sich noch stärker in ausländischer Abhängigkeit.

Großbritannien und Frankreich nutzten den Aufstand für einen neuen Krieg gegen China — er wird als Zweiter Opiumkrieg bezeichnet — zur Durchsetzung weiterer Privilegien, in dessen Verlauf auch der alte Sommerpalast zerstört wurde.

Ein weiterer Tiefpunkt im Niedergang der chinesischen Selbstbestimmung und des chinesischen Selbstbewusstseins war die Niederlage im Ersten Japanisch–Chinesischen Krieg, die gemäß dem Friedensvertrag von Shimonoseki (1895) die Annexion Taiwans durch Japan zur Folge hatte, erst nach der japanischen Kapitulation im Zweiten Weltkrieg wurde Taiwan an China zurückgegeben. Die Überlegenheit des im Vergleich zu China kleinen Japan war wesentlich der »Meijirestauration« geschuldet, womit die in den späten 1860er Jahren begonnene Umstrukturierung des ehemals feudalen japanischen Herrschaftssystems in einen Staat moderner Prägung mit konstitutioneller Regierungsform gemeint ist. Tokio wurde Hauptstadt, das Land betrieb die Industrialisierung nach europäischem Muster, Deutschland wurde in mehreren Bereichen zum Vorbild genommen.

In der Reihe der Ereignisse, die zur wachsenden Schwächung Chinas beitrugen, darf der sogenannte Boxeraufstand von 1900 nicht unerwähnt bleiben.

Kurz vor der Wende zum 20. Jahrhundert bildete sich im Norden Chinas, vor allem in der Provinz Shandong, eine hauptsächlich gegen den westlichen und japanischen Imperialismus in China gerichtete Bewegung. Den »fremden Teufeln« wurden christliche Missionare und chinesische Christen zugerechnet, die es zu bekämpfen galt. Die Bezeichnung Boxer entstand aus der Verallgemeinerung des Namens einer der ersten Gruppen, die sich »in Rechtschaffenheit vereinigte Faustkämpfer« nannte.

Die Boxer sahen in Ausländern und chinesischen Christen die Verantwortlichen für die aus dem Gleichgewicht geratene Ordnung und forderten, diese Feinde Chinas mit Gewalt zu beseitigen, um die verlorengegangene Harmonie im Lande wiederherzustellen.

Im Mai 1900 erreichten Boxertruppen die Hauptstadt Beijing, begannen mit Attacken gegen Ausländer und mit Angriffen auf die zur Küste führenden Eisenbahnlinien. Die ausländischen Gesandtschaften beorderten Soldaten zu ihrem Schutz nach Beijing, die Boxer verschärften im Gegenzug ihre Angriffe, kappten Telegraphenleitungen und schnitten damit das verbarrikadierte und durch 450 Soldaten geschützte Gesandtenviertel von den Stützpunkten an der Küste ab.

Ein erstes internationales Expeditionskorps von über zweitausend Soldaten unter dem Befehl des britischen Admirals Seymour, von Tianjin aus nach Beijing in Bewegung gesetzt, scheiterte, da es von den Boxern aufgehalten wurde.

Mit der Erstürmung der Küstenforts von Dafu durch alliierte Truppen, als chinesische Soldaten vor Ablauf eines Ultimatums das Feuer eröffneten, eskalierten die Kampfhandlungen. Aufgrund eines kaiserlichen Edikts kämpften von nun an reguläre chinesische Truppen an der Seite der Boxer. In Beijing wurde der deutsche Gesandte Baron Klemens von Ketteler auf offener Straße von einem Soldaten erschossen, was in Deutschland die Wellen des Zorns hoch schlagen ließ.

Obwohl es keine formalen Kriegserklärungen gab, herrschte de facto Krieg. In Europa und in den USA wurde überdies die antichinesische Stimmung durch unwahre Propagandatraktate des britischen Agenten Sir Edmund Backhouse aufgeheizt, der Gräueltaten an ausländischen Zivilisten erfand.

Sechs europäische Länder, die Vereinigten Staaten und Japan stellten ein etwa zwanzigtausend Mann starkes Expeditionskorps für eine Intervention in China zusammen, den Oberbefehl erhielt zur Freude von Wilhelm II der Feldmarschall Alfred Graf von Waldersee. Bei der Verabschiedung eines Teils des insgesamt bescheidenen deutschen Truppenkontingents durch den Kaiser am 27. Juli 1900 in Bremerhaven, hielt Wilhelm II eine Rede, die als »Hunnenrede« fragwürdige Berühmtheit erlangte. Sie gipfelte in den Worten: »Kommt ihr vor den Feind, so wird er geschlagen. Pardon wird nicht gegeben, Gefangene nicht gemacht. Wer euch in die Hände fällt, sei in eurer Hand. Wie vor tausend Jahren die Hunnen unter ihrem König Etzel sich einen Namen gemacht ...« Noch in den 1970er Jahren erlebte ich in Dänemark, dass Deutsche als Hunnen tituliert wurden, in Gesprächen, hin und wieder auch in der Zeitung. Damals rätselte ich, warum die Dänen zur wenig schmeichelhaften Etikettierung von uns Deutschen auf die Hunnen verfallen waren.

Das Expeditionskorps erfüllte seine Aufgabe, der Krieg wurde beendet. Die Brutalität, mit der alliierte Soldaten gegen die Zivilbevölkerung vorgingen, rief nicht nur in China Empörung hervor.

Nach Ende der »regulären« Kampfhandlungen begannen alliierte Truppen mit Strafexpeditionen gegen verbliebene Widerstandsnester der Boxer. Die Russen nutzten die Gelegenheit und rückten mit zweihunderttausend Soldaten in die Mandschurei ein, selbstverständlich, um dort Reste der Boxer zu bekämpfen, der Zar musste seine eigenen Soldaten für so hundsmiserabel halten, dass er im Vergleich zum alliierten Expeditionskorps die zehnfache Anzahl für notwendig erachtete. Oder gab es einen anderen Grund? Nach dem Zweiten Opiumkrieg, als der Kaiser von China durch englische und französische Truppen unter Druck geriet, trotzte der russische Zar dem chinesischen Kaiser im »ungleichen« Vertrag von Beijing 1859 große Gebiete auf dem linken Amurufer ab. Der Stadt im südlichsten Zipfel der neuen kolonialen Erwerbung Russlands gab er den bezeichnenden Namen Wladiwostok (Beherrsche den Osten).

Zaristische Truppen stießen 1900 bis Mukden vor, dem heutigen Shenyang. Durch Verhandlungen konnte die chinesische Seite den Verbleib der Mandschurei bei China erreichen, sie musste aber die Präsenz russischer Truppen zum Schutz der mandschurischen Eisenbahnen in Kauf nehmen.

Die Friedensverhandlungen zwischen den Alliierten und dem chinesischen Kaiserhof fanden 1901 im sogenannten Boxerprotokoll ihr vertragliches Ergebnis. Es musste aus chinesischer Sicht als schmachvoll bezeichnet werden. Etwa die Forderung nach hohen Reparationszahlungen und Entschädigungen, Hongkong musste an Großbritannien abgetreten werden. Wegen der Ermordung des Gesandten von Ketteler wurde dem Vater des letzten chinesischen Kaisers Puyi auferlegt, zu einem Sühneakt im Neuen Palais des Parks von Sanssouci anzutreten, die chinesische Verhandlungsdelegation konnte lediglich erreichen, dass ihm die Demütigung des Niederkniens vor Wilhelm II erspart blieb.

Das einst mächtige Reich der Mitte war zum Spielball ausländischer Interessen geworden und blieb es bis 1945.

Jetzt sollte an eine stolze Vergangenheit angeknüpft werden, die lange, lange zurücklag und die keiner mehr aus eigenem Erleben kannte. Ging das? In meinen Augen taugte das Beschwören der chinesischen Geschichte nicht als Ansporn zu verstärkten Leistungen. Falls die Partei mit ihren Slogans das bescheidenere Ziel verfolgte, den ramponierten chinesischen Nationalstolz zu stärken, indem sie den Menschen Zeiten ins Gedächtnis zurückrief, als sich China »oben« befand, konnte ich mir Erfolge vorstellen. Die Menschen daran zu erinnern, dass auch Chinesen die Fähigkeiten besaßen, all das zu erreichen, was die derzeit bedeutenden Nationen konnten, war nicht unklug. Zusätzlich hätte man auf die wirtschaftlichen Erfolge der Huaqiao, der Auslandschinesen, verweisen können, in Singapur, Indonesien, Malaysia oder in den USA. Vielleicht tat man das, ich konnte ja nur beschränkten Einblick in das nehmen, was in China vor sich ging.

Dass der sozialistische Ansatz von 1949 trotz zahlreicher objektiv belegbarer Leistungen nicht als Erfolgsmodell für die Zukunft taugte, das mussten auch hohe Parteifunktionäre wissen, obwohl manche von ihnen weiterhin die alten ideologischen Sprüche herunterleierten. Dabei stellte ich mir oft die Frage, wer von ihnen als ewig gestriger linker Betonkopf angesehen werden musste und wer mit glasklarem Verstand seinen persönlichen Vorteil im Auge hatte.

Deng Xiaopings Ausspruch »Marx hat nie eine Glühbirne gesehen und Engels ist nie in China gewesen« verstand ich als Absage an sozialistische Dogmen. Deren Untauglichkeit hatte Deng nicht nur früh erkannt, er hatte aus seinen Erkenntnissen auch nie ein Hehl gemacht. Was dazu führte, dass er im Laufe seines Lebens mehrmals machtpolitische Höhen und Tiefen durchlebte, sogar im Gefängnis sitzen musste. Auch wenn er jetzt nicht an der Spitze des Staates stand, war er es, der die Fäden der Macht in seinen Händen hielt und klug versuchte, seinem Land pragmatisch zum Aufstieg in die Liga der wirtschaftlich und politisch Mächtigen zu verhelfen.

Ich glaubte schon den Stolz meiner chinesischen Kollegin auf die lange Yangtzebrücke zu verstehen. Am Ende ihrer nicht ohne Leidenschaft vorgetragenen Erläuterung technischer Einzelheiten, architektonischer Besonderheiten sowie der innerhalb der Bauphase aufgetretenen Probleme hob sie noch einen patriotischen Aspekt hervor: Beim Bau des Yangtzeübergangs unterstützten anfangs die Sowjets ihr sozialistisches Bruderland, stiegen aber aus, als der Brückenbau erst zur Hälfte abgeschlossen war, die Chinesen vollendeten das Bauwerk anschließend ohne fremde Hilfe.

Wir fuhren zum Campus zurück, aßen gemeinsam und verabschiedeten uns bis zum Nachmittag, wo wir in vergrößerter Runde zu einem akademischen Gedankenaustausch zusammentreffen wollten, wie die umständliche Formulierung meiner Gastgeber lautete.

Der Gedankenaustausch verlief zum Glück weniger langweilig als von mir befürchtet. Zufrieden ging ich zu meinem Zimmer und fand auf dem Schreibtisch die Nachricht, Zhu würde am späten Nachmittag eintreffen, bis dahin blieb mir Zeit, mein Tagebuch auf den neuesten Stand zu bringen.

Ich dachte darüber nach, wie normal mir mein Leben unter Chinesen mittlerweile vorkam, auch hier in der neuen Umgebung, ich hatte mich erstaunlich schnell an sie gewöhnt und fühlte mich unter ihnen wohl.

Bisweilen las ich, Chinesen verglichen sich gern mit Franzosen, ein Merkmal war mir bisher aufgefallen, das für den Vergleich sprach. In beiden Nationen legte man besonderen Wert auf gutes Essen, da gab es in der Tat eine Verwandtschaft, »Französische Küche« und »Chinesische Küche« stellten international akzeptierte Begriffe für raffiniert zubereitetes Essen dar.

Humor schien mir keine chinesische Stärke zu sein, ein endgültiges Urteil hatte ich mir aber noch nicht gebildet: Eventuell verhielt man sich gegenüber einem Ausländer in oftmals dienstlicher Funktion nicht ungezwungen, es konnte sein, dass mir Rollenspiele vorgeführt wurden. Im Übrigen kam ich ja aus einem Land, dessen Bewohner im Ruf standen, in Sachen Humor einigen Nachholbedarf zu haben.

Zhu traf gegen Abend ein, ließ sich kurz blicken, um über belanglose Kleinigkeiten mit mir zu reden, danach ging er zur Wohnung seiner Cousine.

Um halb neun machte ich einen Besuch bei Arba Herr, ihre Räume lagen direkt über meinen. An diesem Abend war außer mir ein Ehepaar aus Neuseeland eingeladen, das sich auf einer längeren Chinareise befand, auf eigene Faust, ohne chinesische Sprachkenntnisse.

In Arbas Wohnung gab es ein zusätzliches Wohnzimmer, ich

fand sie wesentlich gemütlicher als mein Apartment, wozu nicht zuletzt die Wärme beitrug, die ein elektrisches Heizgerät erzeugte, das nicht zur Standardausstattung gehörte. Kleine in China gekaufte Möbel sorgten für eine wohnliche Atmosphäre, außer einem Rosenholztisch gehörten niedrige Schränkchen dazu, Lack- und Intarsienarbeiten.

Wir tranken Kaffee. Die Neuseeländer wollten in den kommenden Tagen nach Huang Shan reisen, ich gab ihnen ein paar praktische Ratschläge, empfahl ihnen »unser« Hotel. Anfangs gab es wegen des Ortsnamens eine kleine Irritation, da ich seine Aussprache nur in Zhus Shanghaidialekt als Huang San — mit stimmlosem »S« — kannte.

Arba beschäftigte sich in ihrer freien Zeit intensiv mit chinesischer Aquarellmalerei und zeigte uns ihre bisher entstandenen Kunstwerke, Hobbymalerei, trotzdem beeindruckend für mich, erst in China hatte sie zu malen begonnen. Hintergrundmusik kam aus zwei kleinen Lautsprechern, die sie mit ihrem Walkman verbunden hatte, der zur Schonung der Batterien über ein eingestöpseltes Netzgerät mit elektrischem Strom versorgt wurde. Die Frau schien keine Furcht vor Neuem zu kennen.

Am nächsten Morgen herrschte in meinem Zimmer dieselbe niedrige Temperatur wie am Abend zuvor, mit Widerwillen stellte ich mich unter die kalte Dusche, wusch meine Haare mit kaltem Wasser, was mich besondere Überwindung kostete. Die beiden dünnen Handtücher in der Größe von Gästetüchern reichten bei Weitem nicht, um mich richtig abzutrocknen, mir blieb als einzige Maßnahme, so lange in der Kälte zu bibbern, bis ich mich fürs Ankleiden trocken genug fühlte.

Lustlos machte ich mich zum Mensagebäude auf, versuchte dort eine der Türen zu öffnen, vergebens, kein Mensch hielt sich in der Nähe auf. Sonntags blieb die Mensa offensichtlich geschlossen, man hatte versäumt, mich darauf hinzuweisen. Unzufrieden ging ich zum Gästehaus zurück, tröstete mich damit, dass mir das Frühstück hier ohnehin nicht schmeckte. Nach dem verkorksten Beginn sah ich dem Rest des Tages mit Skepsis entgegen, doch der geriet unerwartet angenehm.

Ein Englischlehrer war verdonnert worden, seinen Sonntag zu

opfern, um mich herumzuführen. Mit dem Universitäts-Santana brachte uns ein Fahrer zum Sun Zhongshan Mausoleum in einem großen, bewaldeten Naturschutzgebiet. Zu der in einen sanft ansteigenden Hang gebauten Gedenkstätte gelangte man über eine gewaltige Treppenanlage. Ein Hauptgebäude mit mehreren Nebengebäuden machte ich aus, alle mit blauglasierten Ziegeln gedeckt, der wolkenlose, blaue Himmel verstärkte ihre Leuchtkraft. Damit kontrastierend erstrahlte die lange, breit ausladende Treppe in Weiß. Höchstwahrscheinlich hatten sich die Erbauer des Denkmals von der Idee leiten lassen, Besuchern das Gefühl zu vermitteln, sich in lichte Höhen zur sterblichen Hülle des verehrten Vaters der Republik hinaufzubegeben. Anders als der tote Mao in dem fantasielosen Protzklotz, der einem die Sicht vom Tiananmenplatz auf das schöne Qianmen nahm, war Sun Zhongshan nicht zum allgemeinen Begucken aufgebahrt.

Wer war dieser Mann gewesen, woher kamen die unterschiedlichen Namen Sun Zhongshan und Sun Yat-sen? Die Antworten meines Begleiters auf meine Fragen stellten mich nicht zufrieden, erst später, nachdem ich Einiges über ihn gelesen hatte, konnte ich mir ein besseres Bild von diesem chinesischen Revolutionär und Politiker machen.

Er stammte aus einem kleinen Ort in der südchinesischen Provinz Guangdong, geboren wurde er im Jahr 1866, als Bauernsohn. Seine Eltern gaben ihm den Namen Deming, er hieß also Sun Deming. Das chinesische Zeichen für die Silbe *dé* in seinem Vornamen findet sich auch in *déguó*, dem chinesischen Wort für Deutschland, es bezeichnet den Begriff Tugend. Dieses *dé* stellte ein sogenanntes Generationszeichen dar, das gleichfalls sein Bruder und andere Verwandte derselben Generationsstufe in ihren Namen trugen.

Mit zehn Jahren kam Sun in die Dorfschule und erhielt den »Vornamen« Wen, unter dem Namen Sun Wen wurde er später allgemein bekannt. Die Schule seines Heimatdorfs hielt ihn nicht lange, erst dreizehnjährig folgte er seinem zwölf Jahre älteren Bruder, der sich in Honolulu zu einem vermögenden Kaufmann emporgearbeitet hatte. Der Bruder sorgte für Suns weitere Schulbildung, legte besonderen Wert auf Englisch, Mathematik und die

Naturwissenschaften. Als Sun Wen nach Ansicht des großen Bruders in zu enge Berührung mit der christlichen Religion geriet, schickte er ihn kurzerhand nach China zurück.

Das Leben in Honolulu und seine dortige Erziehung in christlichen Schulen hatten den jungen Sun verändert, seine Heimat kam ihm rückständig vor, die Ausbildung in chinesischen Schulen erschien ihm mit Blick auf die Erfordernisse der Gegenwart unzeitgemäß. Darüber hinaus empfand er es als ungerecht und für die Entwicklung einer modernen Gesellschaft schädlich, wie die Menschen durch hohe Steuern und Abgaben ausgepresst wurden. Infolge des Einflusses christlicher Missionare lehnte er die traditionelle Religion seiner Umgebung ab, was nicht ohne Folgen für seinen weiteren Lebensweg blieb. In einem Tempel brach er bei einer Zeremonie zur Verehrung des Gottes Beiji eine Hand von dessen Statue ab, was die Gemüter der Dorfbewohner derart in Wallung brachte, dass Sun Wen nur die Flucht blieb, nach Hongkong.

Im Exil ließ er sich im Alter von siebzehn Jahren christlich taufen und gab sich den Taufnamen Rixin (etwa: Tägliche Erneuerung), im kantonesischen Dialekt werden die zugehörigen Schriftzeichen »Yat–sen« ausgesprochen, fast gleich wie das von ihm später angenommene Pseudonym Yixian. Nach seinem Studium am Medizincollege für Chinesen wurde er 1893 zum Doktor der Medizin promoviert und als Dr. Sun Yat–sen ist er nach wie vor im Westen bekannt.

Seine ärztliche Tätigkeit in Hongkong gab er nach einem Jahr auf, um sich der Politik zu widmen. Sein Ziel bestand in der Errichtung eines modernen, hoch entwickelten und wohlhabenden China, für seine ersten Reformvorschläge in Richtung einer konstitutionellen Monarchie nach westlichem Muster fand er jedoch kein Gehör. Mehr noch, der Zugang zum chinesischen Establishment blieb ihm gänzlich versperrt, weil er keine traditionelle chinesische Erziehung vorweisen konnte.

Resigniert ging er ein zweites Mal nach Hawaii, gründete dort 1894 die Xingzhong Hui (Gesellschaft zur Wiederherstellung Chinas), unter anderem mit der Absicht, eine Plattform für zukünftige eigene revolutionäre Aktivitäten zu schaffen, die letztendlich auf die Abschaffung der Monarchie und die Errichtung einer Republik abzielten.

Der von ihm mitorganisierte Aufstand von Guangzhou im Jahr 1895 schlug fehl, der Kaiser setzte eine Belohnung für seine Ergreifung aus, Sun musste ins Ausland fliehen, sein Exil in Europa, Japan und Amerika dauerte sechzehn Jahre. Unter seiner Führung schlossen sich 1905 in Tokio mehrere chinesische Dissidentengruppen zusammen. Er erarbeitete ein politisches Konzept, in dessen Mittelpunkt die nationalen Interessen Chinas, Bürgerrechte und Volkswohlfahrt standen. Zur Durchsetzung dieser Ziele wurde auf den Sturz des Kaisertums und auf die Errichtung einer parlamentarischen Regierungsform hingearbeitet.

In Japan kam er auf seltsame Weise zu seinem späteren Vornamen Zhongshan. Um seine Identität zu verschleiern, nahm er einen japanischen Namen an und wählte, zufällig, Nakayama Sho. Schreibt man Nakayama mit Kanjizeichen, den von Japan entlehnten chinesischen Schriftzeichen, und liest den Namen nicht auf Japanisch, sondern auf Chinesisch, lautet er Zhongshan. Meine Vermutung bestätigte sich, als ich ein japanisches und ein chinesisches Wörterbuch zur Hilfe nahm: Nakayama und Zhongshan haben dieselbe deutsche Bedeutung »Mittelberg«.

Im Oktober 1911, Sun befand sich in den USA, wurde durch den Aufstand des Militärs in Wuchang, dem heutigen Wuhan, nicht nur das Ende der Qing-Dynastie eingeläutet, sondern das Ende der Monarchie überhaupt. Auf dieses Ereignis hin kehrte Sun nach China zurück und wurde auf einer Versammlung von Provinzrepräsentanten in Nanjing am 29. Dezember 1911 zum vorläufigen Präsidenten der neu gegründeten Republik China gewählt.

Aber den Kaiser gab es weiterhin und da sich zu diesem Zeitpunkt nur die südlichen Provinzen von ihm losgesagt hatten, die nördlichen jedoch wie bisher kaisertreu blieben, sah es für die Machtposition der frisch proklamierten Republik China nicht gut aus, zumal sie über keine angemessene militärische Stärke verfügte. Da, wie Mao Zedong später formulierte, die Macht aus den Gewehrläufen kommt, plante Sun Zhongshan, den Oberbefehlshaber der nördlichen Heere, Yuan Shikai, auf seine Seite zu ziehen.

Für den Sturz des letzten Kaisers, des dreijährigen Pu Yi (Xuantong), versprach er Yuan das Präsidentenamt. Der ging auf den Handel ein und zwang den Kaiser am 12. Februar 1912 zur Abdankung. Im gleichen Jahr gründete Sun Zhongshan am 12. August die Nationale Volkspartei, Guomindang[17], abgekürzt GMD.

Als Präsident legte Yuan Shikai alsbald diktatorische Allüren an den Tag mit dem Ziel, Kaiser zu werden. Suns Partei, der Guomindang, ging aus den Wahlen vom Januar 1913 siegreich hervor, woraufhin Yuan die Partei verbot.

»Herr, die Not ist groß! Die ich rief, die Geister, werd ich nun nicht los«, hieß es jetzt für Sun Zhongshan und noch im Jahr 1913 organisierte er eine Revolte gegen Yuan, die aber scheiterte, Sun sah sich abermals gezwungen, nach Japan zu fliehen, diesmal zusammen mit seinem militärischen Befehlshaber Jiang Jieshi. In Tokio wurde 1914 der GMD in die Revolutionäre Partei Chinas umorganisiert. Ein weiteres, wichtiges Ereignis fiel ebenfalls in diese Zeit.

1884 wurde Sun Wens Heirat mit der siebzehnjährigen Lu Muzhen von Suns Bruder und Lus Vater arrangiert. In seinem Exil heiratete Sun 1915 Song Qingling, eine Tochter des chinesischen Methodisten-Missionars Charlie Song, der vom Herrn für seine Verdienste bei der Verbreitung des Methodismus und beim Verkauf von Bibeln mit beträchtlichen Reichtum belohnt worden war.

Song Qingling, 1893 in der Provinz Jiangsu geboren, und ihre beiden Schwestern waren mit Männern verheiratet, die zu den wichtigsten Politikern Chinas im zwanzigsten Jahrhundert zählten. Ihre um drei Jahre ältere Schwester Song Ailing heiratete den reichsten Mann Chinas, Kong Xiangxi. Er gehörte zu den frühen Unterstützern Sun Zhongshans, nach Suns Tod setzte er auf Jiang Jieshi. Kongs Einmischung in die Politik erfolgte nicht nur indirekt über sein Geld, als Finanzminister von 1933 bis 1944 und als Premierminister der Republik China in den Jahren 1938–1939 nahm er direkten Einfluss, seit 1931 gehörte er dem Zentralen Exekutivkomitee des Guomindang an. Die jüngste der drei Schwestern, die 1897 geborene Song Meiling, heiratete 1927 Jiang Jies-

---

[17] Kuomintang (KMT)

hi. In jenen Jahren kursierte als Geflügeltes Wort in China: »Eine (Ailing) liebt das Geld, eine (Meiling) liebt die Macht, eine (Qingling) liebt ihr Land.«

Schon ein interessanter Clan, der in China die Geschicke der Menschen bis 1949 entscheidend beeinflusste!

Yuan Shikai scheiterte 1915 mit seinem Versuch, sich zum Kaiser zu proklamieren, 1916 trat er vom Präsidentenamt zurück. Im Jahr darauf beendete Sun Zhongshan sein japanisches Exil, fand aber bei seiner Rückkehr ein China ohne handlungsfähige Zentralregierung vor, die Macht lag in den Händen zahlreicher militärischer Führer, sogenannter Warlords.

Sun rief 1921 in Guangzhou eine Militärregierung aus, deren Präsident er wurde. Um seinen auf Südchina begrenzten Machtbereich auf den Norden ausdehnen zu können, benötigte er eine schlagkräftige Armee. Zur Heranbildung der erforderlichen Offiziere gründete er nahe Guangzhou eine Militärakademie und übertrug die Leitung seinem Protegé Jiang Jieshi, dem späteren Schwager seiner Frau.

In dieser Phase traten die Sowjets auf den Plan, schickten Michael Borodin mit mehreren Beratern nach Guangzhou. Nahm Sun in seinen frühen Jahren den Westen zum Vorbild für ein reformiertes China, ging sein Blick jetzt in Richtung Sowjetunion.

Auf ihrem dritten Nationalen Kongress im Jahr 1923 beschloss die 1921 in Shanghai gegründete Kommunistische Partei Chinas, Sun beim Umbau des Guomindang zu unterstützen und eine Kooperation zwischen den beiden Parteien herzustellen.

Im Januar 1924 wurde in Guangzhou der erste Nationale Kongress des reorganisierten Guomindang durch Sun einberufen, infolge der Allianz mit den Kommunisten ergab sich ein starker Linksruck in der Partei. Unter den Mitgliedern der Kommunistischen Partei Chinas, die dem Kongress beiwohnten, befand sich der dreißigjährige Mao Zedong.

Sun Zhongshan alias Dr. Sun Yat-sen starb am 12. März 1925 an Leberkrebs, eine ganz China umfassende Republik hatte er nicht errichten können.

Zwar stellte mich das, was mein Begleiter über Sun Zhongshan zu erzählen wusste, nicht zufrieden, doch merkte ich ihm deutlich an, wie stark ihn das Thema emotional berührte. Am Ende seiner Erläuterungen fügte er hinzu, in China sei man auf breiter Front der Meinung, die Kommunistische Partei sei mittlerweile so korrupt, wie der Guomindang am Ende der 1920er Jahre und die KPC müsse durch eine neue, unverbrauchte Kraft ersetzt werden. Ich wunderte mich, wie freimütig er sich mir gegenüber äußerte, allerdings ließ er offen, ob er auch so dachte.

Die Rückfahrt zum Campus führte uns durch den Stadtkern von Nanjing. Hier sah alles viel gepflegter aus als in Shanghai, es gab mehr Grün, weniger Menschen und weitaus geringere Probleme mit dem Autoverkehr. Mein Begleiter kommentierte lächelnd meine Beobachtungen, Shanghai sei eben eine südchinesische Stadt.

Den Nachmittag nutzte ich zur Vorbereitung meiner Abreise nach Beijing, verabschiedete mich später bei einer Tasse Kaffee von Arba Herr. Abends holte mich Zhu in Begleitung seines Neffen zum Essen ab, außer der Präsidentin, Zhu und mir nahmen vier weitere Personen an dem kleinen Bankett teil. Zhus Cousine war eine angenehme und gebildete Frau, zudem die erste, die ich in China in einer hohen Position kennenlernte.

Das Essen schmeckte erwartungsgemäß gut, nur die Suppe jagte mir einen gelinden Schrecken ein. Mir zu Ehren musste eine Schildkröte dran glauben, die nun inklusive Panzer in der Suppenschüssel schwamm. Die Frau Präsidentin ließ es sich nicht nehmen, die besten Stücke mit zwei Stäbchen herauszurupfen und sie dem Ehrengast mundgerecht vorzulegen. Irgendwie überstand ich diese für mich schreckliche Situation. Zhu, der meine Vorliebe, fleischlos zu essen, kannte, raunte mir auf Deutsch zu, dies sei eine besondere Ehre, nicht zuletzt wegen des hohen Preises, der für die Schildkröte bezahlt werden musste.

Nach einer Stunde gab es den letzten Gang. Wie immer bei offiziellen chinesischen Essen, standen wir in dem Augenblick auf, als feststand, dass ich kein weiteres Häppchen und keinen Löffel Suppe mehr essen würde. Deutsch formuliert, auf Chinesisch wird Suppe getrunken, nicht unlogisch.

Um neun Uhr verabschiedeten wir uns von Zhus Cousine, sie lud mich ein, die Universität bei nächster Gelegenheit erneut zu besuchen.

Der Nachtzug von Shanghai nach Beijing traf pünktlich ein. Wegen Zhus später Buchung hatten wir Plätze in unterschiedlichen Schlafwagenabteilen, für den geschäftstüchtigen Zhu reichten zwei Minuten zum Tausch mit einem anderen Reisenden. Der Schlafwagen kam mir überraschend deutsch vor, später entdeckte ich ein Schild, das die Herstellung des Wagens in der DDR dokumentierte.

Ich verspürte wenig Lust zu einem Gespräch, steckte mir die beiden Hörstöpsel des Walkman in die Ohren und legte die Kassette mit dem Brandenburgischen Konzert Nr. 1 ein. Zwar fühlte sich das mit Reiskörnern gefüllte Kopfkissen nicht weich wie ein Daunenkissen an, den ihm zugedachten Zweck erfüllte es eine Weile gut, nach längerer Zeit ohne Bewegung spürte ich allerdings in meiner Kopfhaut ein ähnliches Kribbeln wie bei eingeschlafenen Füßen.

Bevor mich der Schlaf übermannte, ließ ich meine Gedanken um die Erlebnisse der letzten Zeit kreisen. Erstaunlich, wie schnell ich mich an ein tägliches Leben in einer Gesellschaft gewöhnt hatte, die in vielerlei Hinsicht anders organisiert war als die, zu der ich in Deutschland gehörte. China erschien mir kaum mehr exotisch, Manches, was ich anfangs belächelt hatte, kam mir mittlerweile normal und selbstverständlich vor.

Als ich zum ersten Mal wach wurde, vor Kälte, hielt der Zug gerade. Lange standen wir, bis endlich der Gegenzug an uns vorbeidonnerte und die Strecke für die Weiterfahrt freimachte, der Schienenweg zwischen der Metropole Beijing und Shanghai verlief überwiegend eingleisig. In bestimmten Abständen gab es ein über Weichen angeschlossenes Parallelgleis, auf dem der jeweilige Gegenzug abgewartet werden musste. Die Wartephasen verlängerten zusätzlich die ohnehin lange Fahrtzeit.

In unserem Abteil mit »weichen Sitzen« gab es drei Betten, Zhu schlief im obersten, der Chinese über mir schnarchte entsetzlich, wie sollte ich unter diesen Umständen einschlafen? Eine Weile stellte ich mich im Gang ans Fenster, sah in die Dunkelheit hinaus. Neben mir saß ein Polizist — oder Soldat? — auf einem der Klappsitze mit seiner Waffe auf den Knien. »Typisch sozialistisches Land« dachte ich, doch Zhu klärte mich am nächsten Tag auf, in jüngster Zeit habe es Überfälle auf Reisende in Schlafwagenabteilen gegeben, zur Erhöhung der Sicherheit sei eine bewaffnete Zugbegleitung eingeführt worden. Kleinlaut erinnerte ich mich an die mit Maschinenpistolen bewaffneten Zweierstreifen, die auf deutschen Flughäfen patrouillierten.

Am Morgen wurde ich erst wach, als die Sonne bereits hoch stand. Ich wusch mich in einem Gemeinschaftswaschraum, der mich an Übernachtungen in deutschen Jugendherbergen vor langen Jahren erinnerte, allerdings bestimmte hier nicht rostiges Eisen sondern glänzender Edelstahl das Bild. Zum Frühstück besorgte Zhu Reis mit Salzgemüse in Styroporbehältern, dazu einfache Stäbchen aus notdürftig geglättetem Holz.

Gelangweilt sah ich aus dem Fenster, wir fuhren durch eine Landschaft ohne viel Abwechslung, gelbbraune Lehmböden bestimmten das Erscheinungsbild, ab und zu überquerten wir kleine Flüsse, die wenig oder kein Wasser führten. Der Zug fuhr langsam, auf einer längeren Strecke gab es eine parallel verlaufende Landstraße, auf der uns klapprige Lastwagen mühelos überholten. Mit gemischten Gefühlen vermutete ich, der schlechte Zustand des Schienenbetts könne für die Schleichfahrt des Zugs verantwortlich sein.

Das Gespräch mit einer Frau aus Yorkshire brachte kurze Abwechslung. Sie besuchte ihre Tochter, die in England für »Chinese Studies« eingeschrieben war und sich augenblicklich zu einem einjährigen Sprachenstudium in Beijing aufhielt. Die knapp zwanzigjährige Tochter hatte China vorerst gründlich satt und wollte so schnell wie möglich nach Hause zurück.

Am frühen Nachmittag erreichten wir Beijing, Zhu erspähte schnell seinen wartenden Kollegen, einen Mann Mitte vierzig mit angenehmen, offenen Gesichtszügen. Er hieß Wang mit Nachnamen. Sein freundlicher Mitarbeiter nahm sich meines großen Koffers an, trotz der schweren Last lief er dank seiner jugendlichen Kraft schneller als wir. Ich bat Zhu, dem Mitarbeiter zu sagen, er möge in unserer Nähe bleiben. »Welcher Mitarbeiter?«, fragte Zhu, und im selben Augenblick wurde uns beiden klar, der hilfsbereite junge Mann war geradewegs damit beschäftigt, meinen

Koffer zu klauen. Er besaß sogar die Dreistigkeit, sich über Zhus Vorwürfe zu beschweren. Erst durch die Drohung meiner chinesischen Begleiter, die Polizei zu holen, konnte er blitzschnell vertrieben werden — ohne meinen Koffer.

Die Universität lag in der Nähe des Zoos, Zhu erklärte mir, sie sei eine Art Schwesteruniversität seiner Hochschule, beide unterständen demselben Ministerium. Nach meinem bisherigen Verständnis gab es in China drei verschiedene Kategorien von Universitäten in Bezug auf ihre Trägerschaft. Die erste und oberste Gruppe bildeten diejenigen Unis, die direkt der Staatlichen Erziehungskommission unterstanden, es handelte sich bei ihnen um die bereits erwähnten Schlüssel-Universitäten, unterschiedliche Zahlen wurden genannt, auf jeden Fall lag die Anzahl dieser Elite-Universitäten deutlich unter zwanzig.

Eine weitere Gruppe von Universitäten wurde durch ihre Zugehörigkeit zu einem Ministerium gekennzeichnet, zur dritten Kategorie gehörten Universitäten, die sich in der Trägerschaft von Provinz- oder Stadtregierungen befanden. Bezüglich ihres Ranges gab es hier keine eindeutigen Zuordnungen.

Im Gästehaus wies man uns gegenüberliegende Zimmer zu, wir entledigten uns des Gepäcks und folgten Herrn Wang. Das Haus, in dem er wohnte, sah bedeutend ordentlicher aus als die Häuser, die ich bisher kennengelernt hatte. Zwar gab es auch hier angekettete Fahrräder auf den Gängen vor den Wohnungen, sonst war nichts abgestellt, der Fußboden ließ regelmäßige Pflege erkennen. Herrn Wangs Wohnung überraschte mich wegen der westlichen Art der Einrichtung, der spezielle Stil war bei uns freilich vor Jahren aus der Mode gekommen: Eine Schrankwand beherrschte das Wohnzimmer, vor einer dreisitzigen Couch stand ein rechteckiger Tisch mit verchromten Metallbeinen, zwei Sessel vervollständigten das Sitzmobiliar.

Zhu und sein Kollege entschuldigten sich, sie hätten miteinander Dienstliches zu besprechen, gingen dazu in ein anderes Zimmer. Mir kam das seltsam vor, warum unterhielten sie sich nicht ungeniert in meiner Gegenwart, ich konnte doch kein Wort ihrer Unterhaltung verstehen? Andererseits störte es mich nicht, dass sie ohne mich reden wollten, zumal die siebzehnjährige Tochter des Hausherrn die Gelegenheit wahrnahm, ihr Schulenglisch zu erproben. Kurz darauf setzte sich ihre um zwei Jahre ältere Schwester zu uns, sie studierte Mathematik und zeigte sich am deutschen Universitätsleben interessiert, Langeweile kam nicht auf.

Wenig später stand Zhu im Türrahmen, mit leicht verlegenem Gesicht machte er ein paar nichts sagende Bemerkungen. Im ersten Augenblick kam es mir vor, als hätten Zhu und sein Kollege ein konspiratives Gespräch geführt, verfolgte den Gedanken aber nicht weiter, welchen Grund sollte es gegeben haben? Gemeinsam machten wir uns auf den Weg zum Gästehaus.

Ein Mitarbeiter der Abteilung für ausländische Angelegenheiten erschien in meinem Zimmer. Sein Chef bedauere, mich nicht gebührend empfangen zu haben, alle leitenden Personen der Universität befänden sich seit Stunden ununterbrochen in einer Krisensitzung. Auf mein erstauntes Gesicht hin erläuterte der Mitarbeiter, aus Anlass des Todes von Hu Yaobang würden Studentenunruhen befürchtet, zwei Tage lang hätten die Studenten alle Lehrveranstaltungen bestreikt. In Nanjing hatte niemand dieses Thema für erwähnenswert gehalten, hier in Beijing schien eine ernst zu nehmende Entwicklung in Gang gekommen zu sein. Ich fragte den jungen Mann nach Einzelheiten, doch er versicherte mir glaubhaft, nichts Genaueres zu wissen. Er schrieb noch seine Telefonnummer auf einen Zettel, damit ich ihn im Bedarfsfall anrufen könne, sein englischer Name sei John. Ich fragte verwundert, was er mit »englischer Name« meine. Nun, sein amerikanischer Englischlehrer habe ihn und seine Mitstudenten seinerzeit aufgefordert, sich in England oder Amerika geläufige Vornamen zu geben, Amerikanern fiele es schwer, chinesische Namen auszusprechen. Wie das? Amerikaner konnten offensichtlich den Namen des Sicherheitsberaters von Präsident Jimmy Carter, Zbigniew Brzezinski, aussprechen, bei Li oder Ping sollten sie Schwierigkeiten haben? Ich wurde an die amerikanische Fernsehserie »Roots« nach dem Roman von Alex Haley erinnert, die vor rund zehn Jahren in Deutschland im Fernsehen lief. In der Serie ging es um Schicksale aus Afrika verschleppter Sklaven und an einer Stelle sagte die Hauptfigur sinngemäß: »Ihr Weißen gebt uns amerikanische Namen, glaubt ihr, wir hätten in Afrika keine

Namen gehabt? Ich heiße Kunta Kinte.«

Zhu bekam ich den ganzen Nachmittag über nicht zu Gesicht, erst beim Abendessen trafen wir uns. Auf meine Fragen nach den befürchteten Studentenunruhen ging er nicht ein, lenkte stattdessen das Thema geschickt auf unsere zukünftige Zusammenarbeit. Er bat mich, ein Papier auszuarbeiten, das er seiner Hochschulleitung vorlegen könne. Im Übrigen möge ich es ihm nicht übelnehmen, wenn er sich an diesem Abend wegen wichtiger Gespräche nicht um mich kümmern könne.

Nach Einbruch der Dunkelheit verließ ich mein Zimmer und ging auf dem Campus spazieren, die Luft war trotz der späten Stunde angenehm lau, so hätte es beim Abendspaziergang mit Xiao Lin in Shanghai sein sollen. Auf den spärlich beleuchteten Wegen begegnete mir niemand, Angst kam nicht bei mir auf, ich fühlte mich sicher.

Vor einem von Leuchtstoffröhren beleuchteten Schaukasten debattierten zehn, zwölf junge Chinesen über den Inhalt einer Wandzeitung, die ich sah, deren Inhalt mir natürlich verborgen blieb. In den Jahren der Kulturrevolution waren »Rote Garden« und »Wandzeitungen« zusammengehörende Begriffe für mich gewesen, jetzt drängten sich junge Leute vor meinen Augen aufgeregt um Wandzeitungen, ihr Verhalten, ihre erregten Stimmen ließen mich spüren, dass eine kritische Situation im Entstehen begriffen war.

Schlagartig kam mir Zhus Äußerung auf der Rückfahrt von Suzhou in Erinnerung, etwas der Kulturrevolution Vergleichbares könne sich in China nie wieder ereignen, an diesem Abend kamen mir Zweifel an der Gültigkeit seiner Aussage.

Meine Gedanken lösten sich von den spezifisch chinesischen Umständen. Wenn mir Kollegen aus Osteuropa in der Vergangenheit Freundliches sagen wollten, hatten sie oft ihre Ansicht geäußert, die Deutschen von heute seien anders — gemeint war: besser — als die Deutschen in der Zeit des Nationalsozialismus. Ich bezweifelte das im Stillen, so schnell ändern sich Menschen nicht, die Masse passt ihr Verhalten veränderten Lebensbedingungen vordergründig an, kein auf Deutschland begrenztes Phänomen. Nein, in die Heranbildung eines »besseren Menschen« fehlte mir das Vertrauen. Deutsche würden nie wieder Juden in Auschwitz mit Zyklon B vergasen, dessen war auch ich mir sicher, aber barbarische Unmenschlichkeit ist wandlungsfähig. Die Nürnberger Prozesse waren wichtig gewesen, nachhaltige Wirkungen waren in meinen Augen weltweit nicht von ihnen ausgegangen.

Was braute sich hier in China zusammen? Ein ehemals hoher, später abgehalfterter Politiker war gestorben, üblicherweise Anlass für letzte, verlogene Lobhudeleien. Aus, fertig, Friede seiner Asche! In diesem Fall schien es anders zu sein, vielleicht war Hu Yaobangs Tod der Funke, durch den angehäuftes Pulver entzündet werden konnte. Der Englischlehrer in Nanjing hatte mich vor dem Zhong Shan Mausoleum auf ein großes chinesisches Pulverfass hingewiesen, die Korruption.

Unerwartet sprach mich jemand von hinten an, fragte, ob ich der Professor aus Deutschland sei, der am nächsten Tag einen Vortrag halten werde. Ich bestätigte ihm, ich sei es und wir gingen gemeinsam weiter durch die Dunkelheit. Mein Begleiter sprach deutsch ohne Akzent und völlig fehlerfrei, was mich zu der Vermutung brachte, er habe mehrere Jahre in der DDR zugebracht. Lachend erklärte er, noch nie aus China herausgekommen zu sein. Das konnte ich schwerlich glauben, aber er versicherte, Deutsch ausschließlich im Fremdspracheninstitut in Beijing gelernt zu haben.

Ich kam auf die Erregung der vor dem Schaukasten diskutierenden Studenten zu sprechen, seine Erwiderung war vorsichtig formuliert. Der allgemeine Unmut richte sich seiner Meinung nach vor allen Dingen gegen die Korruption, die von der Partei nicht geleugnet werde. In spektakulären Fällen gebe es für korrupte Personen harte Urteile bis hin zur Todesstrafe, an der »normalen« Käuflichkeit, die den Menschen im täglichen Leben begegne, ändere sich so gut wie nichts. Bei den Studenten käme die Unzufriedenheit über verschlechterte Studienbedingungen hinzu, viele Professoren und Lehrer in den Universitäten, die in letzter Zeit erhebliche finanzielle Einbußen hinnehmen mussten, zeigten sich solidarisch mit den Studierenden.

Daneben werde der Ruf nach Demokratie laut, nur habe nach seinem Eindruck kaum jemand eine klare Vorstellung, was das in Wirklichkeit bedeute und wie man Demokratie in China herstellen könne. Selbst unter den Studenten, die intellektuell am ehesten in der Lage sein sollten, politische Konzepte zu begreifen, herrschten im Allgemeinen verworrene Vorstellungen. In China fehle es an jeglicher Erfahrung mit der Demokratie und den Kurzwellensender VoA (Voice of America) zu hören, was in China außerordentlich populär sei, reiche nicht aus. Seiner Meinung nach wolle die überwältigende Mehrheit keinen Umsturz, sondern eine Reform der Kommunistischen Partei Chinas.

Er stockte. Vielleicht hatte er mehr gesagt als ihm lieb war. Ich sei von dem langen Tag bestimmt müde, er wolle mich nicht länger aufhalten. Sprach's und verschwand in der Dunkelheit.

Im Gästehaus klopfte ich an Zhus Zimmertür, von innen kam keine Reaktion. Das Fernsehen brachte keine englischsprachige Meldung zu dem, was mittlerweile viele Menschen aufs heftigste bewegte und beunruhigte.

Zu meinem Vortrag am nächsten Tag kamen fünfzehn Zuhörer, ihr Interesse an dem Thema hielt sich in Grenzen, die Veranstaltung wurde von beiden Seiten als eine höfliche Pflicht betrachtet.

Auf dem Rückweg zu meinem Zimmer sah ich drei afrikanische Studenten neben dem Eingang des Gästehauses, die sich die Zeit mit Fußballkunststückchen vertrieben. Vor Kurzem hatte ich in der Zeitung von massiven Konflikten zwischen chinesischen und afrikanischen Studenten gelesen. Auf das Thema angesprochen, erläuterten mir chinesische Studenten die Probleme aus ihrer Sicht.

Chinesische Studenten müssten unter kargen Bedingungen leben, ständen unter starkem Erfolgsdruck und betrieben in der Regel ihre Studien intensiv. Soweit ich erkennen konnte, kam der Druck von den Eltern. Chinesische Kinder, zumindest die der »Mittelschicht«, wurden von ihren Eltern in einem frühen Stadium dahingehend erzogen, hohe Leistungen zu erbringen, beispielsweise in der Schule ständig zur Spitzengruppe zu gehören. Kinder litten oftmals darunter, doch die Eltern bestimmten. Um die Berechtigung zum Universitätsstudium zu erhalten, mussten bei Kindern hohe Leistungsbereitschaft und Leistungsfähigkeit vorhanden sein. Schon der Übergang von der Junior–Mittelschule zur Senior-Mittelschule, vergleichbar dem Übergang von der Mittelstufe zur Oberstufe des Gymnasiums, stellte keine Selbstverständlichkeit dar, es musste vielmehr eine Zulassungsprüfung abgelegt werden, die relativ wenige bestanden. Die Abschlussprüfung nach Beendigung der Senior-Mittelschule berechtigte noch nicht zum Universitätsstudium, zusätzlich musste eine dreitätige, landesweit gleich durchgeführte Aufnahmeprüfung bestanden werden, für den Zugang zu einer Schlüssel-Universität war obendrein eine hohe Punktzahl Voraussetzung.

Das Universitätsstudium der Kinder stellte für die Eltern eine nicht geringe finanzielle Belastung dar, woraus hohe Leistungserwartungen resultierten. Anders als in Deutschland enthielt das Studiensystem keine Option für die Studenten, ihr Studium nach eigenem Belieben kürzer oder länger zu gestalten, ein auf vier Jahre ausgelegtes Studium zum Erwerb des Bachelorgrades dauerte in China vier Jahre. Basta.

Aus ihrer eigenen Situation heraus beurteilten chinesische Studenten ihre afrikanischen Kommilitonen. Letztere, so wurde gesagt, entstammten ohnehin begüterten Familien und zwar aus solchen Ländern Afrikas, in die chinesische Entwicklungshilfe floss. Das erzeugte erheblichen Groll, man sah nicht ein, dass die chinesische Bevölkerung Entbehrungen hinnehmen sollte, damit sich ihre Politiker in Afrika für das Spenden von Entwicklungshilfe feiern lassen konnten. Im Vergleich mit chinesischen Studenten hätten die afrikanischen Studenten oft mehr als das Zehnfache an finanziellen Mitteln zur Verfügung, zeigten wenig Interesse an einem erfolgreichen Studium und setzten ihre finanzielle Überlegenheit ein, um chinesische Studentinnen für sich zu gewinnen.

Das letzte Argument konnte gut der Anlass für die handgreiflichen Auseinandersetzungen gewesen sein, von denen ich gelesen hatte. Neben persönlichen Emotionen, die in derlei Fällen am Ende den Ausschlag gaben, spielten zwei allgemeine Aspekte eine Rolle.

Ein Liebesverhältnis zwischen einer chinesischen Frau und einem ausländischen Mann wurde von den meisten Chinesen negativ beurteilt. Das kam mir bekannt vor. In den Jahren, da Italien Inbegriff romantischer deutscher Nachkriegssehnsucht war, konnten deutsche Männer, die italienische Frauen »eroberten«, einer breiten Bewunderung gewiss sein. Deutsche Frauen hingegen, die sich mit italienischen Männern »einließen«, redeten besser nicht darüber. Ähnlich schien es in China zu sein. In Bezug auf Studenten mit schwarzer Hautfarbe kam verschärfend hinzu, dass Chinesen auf Afrikaner hinabsahen, sie nicht als ebenbürtig betrachteten.

Was verschiedene Hautfarben anbetraf, hörte ich in abgewandelter Form mehrmals die folgende Entstehungslegende. In grauer Vorzeit erschuf eine Gottheit die Menschen in der Weise, dass sie Figuren aus Lehm formte und sie anschließend in einen Brennofen schob. Iirgendwie hatte die Gottheit nicht richtig aufgepasst und die Figuren zu lange im Ofen liegen lassen, die Oberflächen verbrannten und es entstanden die Schwarzen. Bei der nächsten Charge ging die Gottheit zu vorsichtig zu Werke, was die blassen Weißen als ebenfalls unbefriedigendes Ergebnis zeitigte. Nachdem die Gottheit wusste, wie die richtige Brenndauer gewählt werden musste, wurden die Chinesen erschaffen.

Die drei Afrikaner schienen des Ballspielens überdrüssig zu sein, saßen auf einer Bank direkt neben meinem Zimmerfenster und unterhielten sich. Ich gesellte mich zu ihnen und wir führten eine oberflächliche Unterhaltung. Natürlich wollten sie wissen, woher ich käme, was ich in China mache, die üblichen Einstiegsfragen. Ob ich Bochum kenne, fragte mich einer von ihnen unvermittelt, was mich amüsierte, da Bochum nicht gerade zu den deutschen Städten mit Weltgeltung zählte. Der Hintergrund der Frage stellte sich als banal heraus, ein Freund dieses Afrikaners studierte in der Ruhrgebietsstadt.

Nach unserer kleinen Plauderei wollte ich ins Zentrum meiner besonderen Neugier vordringen. Äußerst vorsichtig, wie ich meinte, kam ich auf das Zusammenleben mit chinesischen Studenten zu sprechen. Der Afrikaner mit dem Freund in Bochum roch sofort Lunte und beschimpfte mich, nannte mich einen üblen Rassisten. Das Verhältnis zwischen Chinesen und Afrikanern war offensichtlich noch komplizierter, als ich angenommen hatte. Er werde gleich zu seiner chinesischen Freundin gehen, fuhr der Student hochmütig fort und sie würden einen vergnügten Nachmittag miteinander verbringen. Worin denn das Problem bestehe?

Beim Mittagessen lernte ich einen Holländer kennen, einen gebürtigen Deutschen aus Wuppertal. Seit langem unterhielt ich mich zum ersten Mal mit jemand, der die gleiche Muttersprache hatte. Der Holländer, gleichfalls ein ausländischer Experte, beriet chinesische Kollegen auf dem Gebiet des »food processing«, er entschuldigte sich für die Verwendung des englischen Begriffs, der deutsche Fachausdruck sei ihm nicht geläufig. Den mir unbekannten Begriff »food processing« hörte ich mit gemischten Gefühlen. Konnte es am Ende sein, dass die Chinesen ihre berühmte Küche gegen eine zwischen zwei pappige Brötchenhälften geklemmte Bulette eintauschen würden?

Zhu kam am späten Nachmittag, um mir mitzuteilen, gegen Abend werde er zum Tiananmenplatz fahren, eine große Studentendemonstration sei angekündigt. Für mich könne es dort gefährlich werden, er hielte es für besser, wenn ich auf dem Unigelände bliebe. Seine Fürsorge verstand ich, jedoch wollte ich mir das bevorstehende Ereignis auf keinen Fall entgehen lassen, meinem Drängen, mich mitkommen zu lassen, gab er schließlich nach.

Um halb sechs nahmen wir die Buslinie 16 in Richtung Stadtzentrum. Die Fahrt rief Erinnerungen an meinen ersten Chinabesuch wach, da sie durch die Xizhimenwai Dajie ging, am Zoo vorbei und an dem im sowjetischen Zuckerbäckerstil errichteten Ausstellungsgebäude. Es gelang mir, einen kurzen Blick auf das Hotel zu werfen, in dem ich gewohnt hatte, die Erinnerung an die Discogeschichte kam wieder hoch. Ich erzählte Zhu die kleine Episode, er fand die Angelegenheit keineswegs lustig. Das Verhalten der jungen Chinesin vertrug sich nicht mit seinen Moralvorstellungen, es ärgerte ihn, dass Ausländer ein seiner Meinung nach negatives Bild von China bekommen hätten und er versicherte mir, solche Mädchen seien in China die Ausnahme.

Wir verließen den Bus und fuhren mit der erst vor Kurzem in Betrieb genommenen U-Bahn weiter, allerdings nicht direkt zum Tiananmenplatz, vielmehr gingen wir in ein Wohngebiet und besuchten dort jemand in seiner Wohnung, den mir Zhu als Mitarbeiter des Ministeriums vorstellte, dem seine Hochschule unterstand.

Ich wurde mit einer großen Tasse Milchkaffee, den ich nicht nur in China widerlich fand, aber hier aus Höflichkeit trinken musste, ruhig gestellt. Die beiden begannen aufgeregt und laut zu reden. Mehr und mehr konnte ich mich nicht des Eindrucks erwehren, Zhu habe mich wegen dieses Gesprächs ursprünglich nicht mitnehmen wollen, zumal er weder vorher noch nachher eine Bemerkung über den Besuch machte.

Zu dritt fuhren wir anschließend zum Platz am Tor des Himmlischen Friedens, wo unzählige Menschen dicht an dicht standen, ein derartiges Gedränge hatte ich auf diesem Platz vorher nicht gesehen. Wegen der besonderen Situation zog ich als Ausländer an diesem Abend noch mehr Blicke auf mich als sonst.

Am Heldendenkmal auf dem linken Teil des Platzes, vom Maokonterfei über dem Eingang zur Verbotenen Stadt aus gesehen, klebten wahre Menschentrauben. Ein Bild Hu Yaobangs war an dem säulenartigen Kern des Denkmals befestigt, Kränze und Blumen schmückten das Ehrenmal. Viele junge Chinesinnen und Chinesen lasen Wandzeitungen, manche standen gebeugt an der Umrandung des Sockels und beschrieben die Relieffiguren des steinernen Denkmals mit Stiften. Mich beeindruckte die ruhige Atmosphäre, die über dem Platz lag. Das Ganze erschien mir als eine außergewöhnliche Veranstaltung zu Ehren Hu Yaobangs, ob hier gleichzeitig gegen jemand oder gegen etwas demonstriert wurde, ließ sich für mich aus keiner Aktion oder Äußerung ableiten.

Zum ersten Mal hatte ich in China das unangenehme Gefühl, unter Beobachtung zu stehen, da es lediglich ein Gefühl war, sagte ich Zhu nichts davon.

Eine vergleichbare Demonstration, so unser Begleiter, habe es auf dem Tiananmenplatz allenfalls im Januar 1976 gegeben, anlässlich des Todes von Zhou Enlai. Zhou gehörte zu den Männern der ersten Stunde, Premierminister seit 1949, bekleidete er bis 1958 auch das Amt des Außenministers. Der schlanke, intellektuell wirkende Mann galt den Chinesen als Sympathiefigur in Parteiführung und Regierung, ihm traute man keine Intrigen zu. Viele sahen in Zhou einen Hoffnungsträger für den inneren Wiederaufbau des Landes nach Beendigung der Kulturrevolution. Sein plötzlicher Tod rief nicht nur ehrliche Trauer im Lande hervor, sein unerwartetes Ende brachte überdies eine nicht ungefährliche instabile politische Lage mit sich. Die chinesische Führung griff mit großer Härte durch, um die Situation unter Kontrolle zu halten.

Zu gern hätte ich die Atmosphäre auf dem Tiananmenplatz mit dem Fotoapparat festgehalten, Zhu winkte sofort ab, gab mir zu verstehen, es wimmele hier von Geheimpolizisten, möglicherweise sei schon ein Agent in Zivil auf mich angesetzt, der mir sofort die Kamera wegnehmen und mir gewaltige Schwierigkeiten machen würde, falls ich auf den Auslöseknopf drücke.

Mittlerweile war heftiger Wind aufgekommen, auf dem großen Platz, eingekeilt zwischen Menschen, spürten wir zunächst nicht viel davon. Später, auf dem Weg zur U-Bahn-Station, peitschte uns der zum Sturm angeschwollene Wind Sandkörner mit großer Wucht ins Gesicht. Von Stürmen, die Sand aus der Wüste Gobi nach Beijing trugen, wusste ich aus Berichten. Dass die Sandkörner derart schmerzhaft auf das Gesicht prallten, stellte für mich eine neue, unangenehme Erfahrung dar.

Am folgenden Morgen kam mein Betreuer aus der Abteilung für ausländische Angelegenheiten wegen eines Besichtigungsprogramms. Er zeigte sich enttäuscht, dass ich die meisten Standardsehenswürdigkeiten kannte. Meinen Wunsch, mir für den Vormittag ein Fahrrad zu leihen, damit ich die Vorgänge in der Innenstadt auf eigene Faust beobachten könnte, empfand er fast als Zumutung: Einen hochgestellten ausländischen Gast mit einem Fahrrad abspeisen? Dazu kam wohl die berechtigte Sorge, eine Fahrt mit dem Rad könnte unter den augenblicklichen Umständen zu gefährlich für mich sein.

Ohne große Begeisterung entschied ich mich für einen Besuch des Tiantan, des Himmelstempels, kurz vor neun kam mein Betreuer erneut und berichtete, die Durchfahrt zum Süden der Stadt sei durch demonstrierende Studenten abgeriegelt. Statt des Himmelstempels schlug er den Kaiserpalast vor. Was blieb mir anderes übrig als einzuwilligen?

Der Fahrer konnte nicht den üblichen Weg zur Innenstadt nehmen, unser Auto wurde von Verkehrspolizisten mehrfach umgeleitet. Wegen der zahlreichen im Norden der Stadt liegenden Universitäten gab es hier besonders viele demonstrierende Studenten, mehrere Fahrbahnen des vielspurigen Rings waren für den Verkehr gesperrt. Wir brauchten rund eine Stunde, um zum Kaiserpalast zu gelangen.

Ich ging nicht sofort zum Eingang der Verbotenen Stadt, sondern überquerte schnell die Changan Jie zum Tiananmenplatz, im Gegensatz zum Vorabend war er an diesem Morgen fast leer. Meine Absicht, das geschmückte Denkmal aus der Nähe zu fotografieren, konnte ich nicht in die Tat umsetzen, eine von zwei Soldaten bewachte Absperrung verhinderte den Zugang. Lustlos absolvierte ich mein touristisches Kaiserpalast–Pensum, versäumte beim Verlassen nicht, der großen Messingschildkröte an der Eingangstreppe über den Rücken zu streichen.

Unsere Rückfahrt zur Universität gestaltete sich noch schwieriger als die Hinfahrt. Gewaltige Menschenmengen, wie ich sie in China bislang nicht gesehen hatte, bevölkerten die Straßen. Man gab sich fröhlich, schwenkte rote Fahnen und trug Transparente, etwa mit der Aufschrift »Lang lebe die Kommunistische Partei Chinas«. Zum ersten Mal sah ich Militär in der Nähe der Demonstranten, einige hundert Soldaten. Dass es sich bei den im Gras herumsitzenden jungen Männern, das altmodische Wort Jünglinge hätte besser gepasst, um Angehörige der Volksbefreiungsarmee handelte, ging lediglich aus ihren grünen Uniformen hervor. Sie verfügten über keinerlei Waffen und ihr aus leichten Turnschuhen bestehendes Schuhwerk trug nicht zu einem martialischen Erscheinungsbild bei. Ich wagte es, verstohlen zwei Fotos von den Demonstranten zu machen.

Im Gästehaus nahm ich ein Exemplar von China Daily mit auf mein Zimmer. Auf der ersten Seite fand ich einen längeren Artikel über die Studentenunruhen, dessen relative Offenheit mich erstaunte. Die unterschiedlichen Meinungen der Führungsspitze wurden deutlich benannt. Deng Xiaoping trat für kompromissloses, hartes Durchgreifen ein, Staats– und Parteichef Zhao Ziyang, formal der mächtigste Mann im Staat, befürwortete als Exponent des eher kompromissbereiten Flügels Verhandlungen.

Nach dem Mittagessen fuhren Zhu und ich ins Stadtzentrum,

dieses Mal mit öffentlichen Verkehrsmitteln und mit nur geringfügigen Verzögerungen. In der Wangfujing Dajie kaufte ich letzte Geschenke, erstand unter anderem eine kleine, dünnwandige Porzellanschale, einem Original aus der Ming-Ära nachgebildet. Das zugehörige seidenbezogene Aufbewahrungskästchen wies eine schadhafte Stelle auf, Zhu bat die Verkäuferin, es auszutauschen. Unbeherrscht und mit wutverzerrtem Gesicht feuerte sie das beschädigte Kästchen in eine Ecke und knallte Zhu den Ersatz auf die Theke. Ihm war die Szene peinlich, er machte ein unglückliches Gesicht und zuckte hilflos mit den Schultern, Staatsbetrieb, unkündbare Angestellte.

Anschließend gingen wir zum Beijing Hotel, um eine Tasse Kaffee zu trinken, es gelang mir, unbemerkt einen langen Brief an Xiao Lin abzuschicken.

Am Abend fand ein Bankett mit dem Vizepräsidenten der Universität statt. Nach den üblichen Reden wurde ein gutes Essen serviert, diese Meinung äußerte sogar Zhu, der als Südchinese nicht all zu viel von der Beijinger Küche hielt. Zhu musste geplaudert haben, nach dem Essen kam ein älterer Chinese auf mich zu und schenkte mir eine Maoplakette, wie sie in der Kulturrevolution getragen werden musste. Die konnte ich nun an meine blaue Mütze heften.

Zurück auf meinem Zimmer begann ich meinen Koffer ordentlich zu packen, damit alles hineinpasste. Ein beklemmendes Gefühl beschlich mich, dies war also mein vorerst letzter Abend in China. Ich schaltete das Fernsehgerät ein. Die Hoffnung, mich durch einen Film ablenken zu lassen, erfüllte sich nicht. Zum Lesen im Schein der anscheinend obligaten Fünfundzwanzig-Watt-Lampe verspürte ich wenig Lust, mir blieb nichts anderes übrig, als mich zeitig schlafen zu legen.

Zhus Kollege Wang führte uns am nächsten Vormittag durch Labors seiner Fakultät. Mehrere engagierte junge Wissenschaftler, die an anspruchsvollen Themen arbeiteten, sprachen unbekümmert von ihrem Traum, in die USA zu gehen. Die Offenheit verblüffte mich von neuem, gab es den Begriff »Republikflucht« in China nicht?

Beim Mittagessen leistete uns eine hübsche Chinesin Gesellschaft. Sie arbeitete als Abteilungsleiterin in einem Verlag in Beijing. Dem cleveren Zhu war die Idee gekommen, mein vor Kurzem in Deutschland erschienenes Buch über digitale Signalverarbeitung zu übersetzen, um es in China erscheinen zu lassen. Ich fand es ebenfalls reizvoll, eventuell eine chinesische Version meines Buchs zu haben, doch für Zhus beruflichen Erfolg schien die Angelegenheit wichtiger zu sein. Der Verlagsmitarbeiterin gegenüber hatte er mein Interesse in den Vordergrund gestellt. Sie schilderte die Schwierigkeiten, mit denen sich ihr Verlag seit zwei Jahren konfrontiert sah. Bis zu diesem Zeitpunkt sei das Unternehmen von staatlicher Seite mitfinanziert worden und man habe Bücher herausbringen können, ohne auf Verkaufszahlen achten zu müssen. Nun sei der Verlag gezwungen, sich selbst tragen, was Probleme aufwerfe, Chinesen seien zwar bereit, Unterhaltungsliteratur zu kaufen, sie zeigten jedoch abnehmendes Interesse am Kauf wissenschaftlicher Literatur. Wenn ich geneigt sei, zweitausend Yuan in die Produktion meines Buchs zu stecken, sei es denkbar, eine chinesische Version auf den Markt zu bringen. Ich versprach, die Angelegenheit ernsthaft zu prüfen.

Am späten Nachmittag fuhr ein betagter »Wolga« — gut erkennbar an seinen großen Rädern — vor, um mich zum Flughafen zu bringen. Zhu und Wang begleiteten mich. Ich saß neben dem Fahrer, meine Begleiter unterhielten sich während der halbstündigen Fahrt auf Chinesisch, ich vermutete, es ging um die Studentendemonstrationen.

Der Abschied im Flughafengebäude geriet kurz. Ich versicherte Zhu, »China« sei für mich ein großes Erlebnis gewesen und zugleich ein Ereignis, das lange nachwirken werde, ganz wesentlich sei dies sein Verdienst. Zhu schenkte mir zum Abschied ein englisch–chinesisches Taschenwörterbuch. Meine Begleiter konnten nicht weiter mit mir gehen, sie mussten hinter einer Absperrung zurückbleiben. Ein letztes Winken.

Ich spürte einen Kloß im Hals, erledigte mechanisch den üblichen vor einem Abflug erforderlichen Kram. Ließ mich in der Lounge missgelaunt auf einem der Plastiksitze nieder, mit dem Rücken zur Glaswand, ich wollte nicht in meinen Gedanken gestört zu werden.

Eine Stunde später hob das Flugzeug von der Startbahn ab und ich merkte, dass ich nicht mehr derselbe war, der vor einigen Wochen seinen Fuß auf den Boden des Landes gesetzt hatte, das ich soeben verließ.

Nach meiner Rückkehr fielen mir zuerst die wenigen Menschen in den Straßen auf und deren hohes Alter. Nicht mehr die lebhaften Zwanzig– bis Dreißigjährigen prägten das Bild in der Öffentlichkeit, alles lief ruhig und bedächtig ab. Im Grunde gefiel mir das, ich bin ein ruhiger Mensch, an das Leben in Deutschland gewöhnt. Daneben beschlich mich ein neues, störendes Gefühl. Überspitzt ausgedrückt, hatte ich China als lebendig erlebt, in Deutschland erschien mir das Leben eingefroren, dort junge Menschen, die nach oben wollten, hier alternde Besitzstandswahrer. Würden die zu Leistungen fähig sein, wie sie die kaputten Deutschen nach dem Zweiten Weltkrieg vollbringen konnten? Zum Glück eine hypothetische Frage. Würden die Chinesen einen Aufschwung schaffen, wie Zhu ihn sich auf der Rückfahrt von Suzhou nach Shanghai ausgemalt hatte? In diesem Punkt war ich zuversichtlicher.

Die Demonstrationen in Beijing nahmen erschreckende Formen an, Berichte in deutschen Medien zeigten von Tag zu Tag schlimmere Bilder. Gut konnte das nicht ausgehen. Die chinesische Parteispitze befürwortete mehrheitlich scharfes Durchgreifen, Truppenverbände wurden aus anderen Landesteilen nach Beijing verlegt, die Gefahr wurde gesehen, die Autorität der Zentralregierung könne durch »Warlords« in einzelnen Provinzen in Frage gestellt werden. Falls es je eine koordinierende und anerkannte Führung auf Seiten der Demonstranten gegeben haben sollte, aus der (deutschen) Berichterstattung konnte ich nichts dergleichen erkennen, danach schien ein unkontrolliertes Chaos zu herrschen.

In diesen kritischen Tagen traf der sowjetische Staatschef Gorbatschow zu einem Staatsbesuch in Beijing ein, nach Jahrzehnten sowjetisch–chinesischer Eiszeit das erste Treffen auf höchster Ebene. Deng Xiaoping sah sich gezwungen, seinen hohen Gast auf Umwegen vom Flughafen in die Stadt bringen, die Große Halle des Volkes mussten beide über einen Hintereingang betreten. Obwohl meine Sympathie den Studenten gehörte, begriff ich nicht, warum sie Deng Xiaoping derart demütigten, ihn zum Verlust seines Gesichts zwangen, warum taten sie ihm das an?

Am 4. Juni 1989 wurden die Demonstrationen mit Panzern blutig niedergewalzt. Schreckliche Bilder gingen um die Welt.

Das harte Vorgehen der chinesischen Regierung erzeugte auch in Deutschland eine Protestwelle, namentlich in den Universitäten. In zahlreichen Städten fanden Demonstrationen statt, überregionale Zeitungen veröffentlichten lange Listen von Personen, die der chinesischen Regierung den Tod vieler tausend Menschen vorwarfen, verlässliche Zahlen gab es nicht. Ich schrieb einen Brief an den Vizepräsidenten »meiner« Hochschule in Shanghai, drückte ihm gegenüber deutlich, wenngleich vorsichtig in der Wortwahl, meinen Standpunkt aus. Gleichzeitig bat ich ihn, Sorge zu tragen, dass den Studenten unserer Hochschule, die sich im Rahmen der Studentendemonstrationen engagiert hatten, kein Unrecht geschehe. Als Beratender Professor nahm ich mir das Recht, dies zu schreiben.

Seit meiner Rückkehr aus China wartete ich vergebens auf Antwort von Xiao Lin. War mein Brief, den ich im Beijing Hotel in die Post gegeben hatte, nicht bei ihr angekommen? Gab es in der Hochschule eine Zensur bei der Postverteilung, die meinen zweiten Brief aus Deutschland konfisziert hatte? Er enthielt wohlweislich nichts, was als verfänglich gelten konnte, eventuell reichte in diesen politisch aufgeheizten Tagen die Tatsache, einen Brief aus dem Ausland zu erhalten, um in Schwierigkeiten zu geraten. Verschärfend kam hinzu, dass ihre beiden Brüder Dienst in der Volksbefreiungsarmee taten, was ihre *dānwèi* natürlich wusste. Wegen der weltweiten Demonstrationen gegen das Vorgehen der chinesischen Regierung wurde das Ausland sicherlich noch kritischer betrachtet. Meine Sorge wuchs von Tag zu Tag. Hätte ich mir doch die Telefonnummer des Sekretariats der Fremdsprachenabteilung geben lassen, um Xiao Lin in einem besonderen Fall direkt erreichen zu können!

Warum mir der rettende Einfall nicht früher kam, vermochte ich hinterher nicht zu begreifen. Ich konnte Zhu anrufen und ihn bitten, mit Xiao Lin Kontakt aufzunehmen. Wegen möglicher

Verständigungsschwierigkeiten bei der Gesprächsvermittlung in der Telefonzentrale bat ich Zhao Ming, die chinesische Doktorandin eines Kollegen, mir beim Telefonieren zu helfen. Meine Befürchtung, der Telefonverkehr chinesischer Institutionen mit dem Ausland könne ganz unterbunden sein, erwies sich als unbegründet, beim ersten Anlauf erreichten wir eine Kollegin Zhus, die uns mitteilte, er sei vor einer Stunde nach Hause gegangen, wir sollten am übernächsten Tag nochmal anrufen, am besten nachmittags gegen vier Uhr.

Ohne Schwierigkeiten kam das Gespräch zwei Tage später zustande. Nach dem Wechseln freundlicher Worte zur Begrüßung fragte ich Zhu in verklausulierter Form, wie die allgemeine Lage sei. Alles sei wie immer, gab er zur Antwort. Dann kam ich auf mein Anliegen zu sprechen, bat ihn, Xiao Lin anzurufen und ihr meinen Wunsch zu übermitteln, am kommenden Montag um vier Uhr mit ihr zu telefonieren, in seinem Büro. »Du meinst die Englischlehrerin, die mit uns in Huang San war?«, fragte er irritiert, »was willst du denn mit ihr besprechen?« Das ging ihn zwar nichts an, um ihn nicht zu verärgern, erfand ich ein englisches Buch, um das mich Xiao Lin gebeten habe und zu dem ich noch eine Frage hätte. Er versprach, sie wunschgemäß zu informieren.

Am Montagnachmittag stellte Zhao Ming den Kontakt her, ohne Schwierigkeit erreiche ich Xiao Lin. Mir fiel ein Stein vom Herzen. Mit schuldbewusster Stimme gestand sie, mir noch nicht geschrieben zu haben, meine beiden Briefe habe sie unbeschädigt bekommen. Auf jeden Fall solle ich ihr weiter schreiben, entgegnete sie auf meine besorgte Frage, ob ihr durch meine Briefe Schaden entstehen könne, nein, es gebe keinerlei Probleme. Unser Gespräch, das sie in Zhus Beisein führte, wollte ich auf das Nötigste beschränken, dazu gehörte die Verabredung zum nächsten Telefonat. Ich schlug vor, sie ein Mal im Monat anzurufen, häufigere Gespräche erschienen mir zu auffällig, über kurz oder lang würde man sich ohnehin fragen, von wem die Anrufe aus dem Ausland kämen. Sie könne das Telefon im Fakultätsbüro ihrer Abteilung benutzen, am besten solle ich sie abends um acht anrufen, zu dieser späten Stunde wären keine unerwünschten Zuhörer mehr im Büro. Wir verabredeten den nächsten Termin in der zweiten Julihälfte und legten auf.

Anfang Juli begann man in China landesweit damit, alle, die in irgendeiner Weise in die Studentendemonstrationen involviert waren, zur Rechenschaft zu ziehen. Xiao Lin hatte im Mai zusammen mit weiteren jungen Lehrern Wandzeitungen verfasst, in denen sie das Vorgehen der Regierung verurteilten. An chinesischen Universitäten gab es einen Präsidenten, zuständig für den akademischen Bereich, daneben einen politischen Leiter. Wie ich später von ihr erfuhr, verhörte der politische Boss ihrer Hochschule Xiao Lin wegen der regierungskritischen Wandzeitungen, die sie mit ihren Kollegen formuliert und unterschrieben hatte. In dem für sie äußerst unangenehmen Gespräch wurde sogar die Möglichkeit einer Gefängnisstrafe angedeutet. Am Ende kam sie glimpflich davon, vor einem größeren Gremium musste sie Selbstkritik üben, zusätzlich wurde sie mit einer kleinen Gehaltsrückstufung bestraft, schlimm genug, aber harmlos im Vergleich mit einem Gefängnisaufenthalt und entsprechenden Folgen für ihre berufliche Laufbahn. Begründet hatte man die verhältnismäßig milde Bestrafung mit ihrer Jugend, gleichzeitig wollte man den Ball wohl im eigenen Interesse flach halten, damit nicht höheren Orts unangenehme Fragen gestellt würden.

Rechtzeitig, um den zweihundertsten Jahrestag der Französischen Revolution mitzuerleben, fuhr ich in den Sommerurlaub, in diesem Jahr wollte ich ihn in der Bretagne verbringen. Ein französischer Bekannter hatte mir sein Ferienhaus in Pont–Croix zur Verfügung gestellt, ein typisch bretonisches Haus aus Bruchsteinen, das sich seit mehreren Generationen im Besitz seiner Familie befand. In dem kleinen Ort, fast am westlichsten Zipfel des Finistère gelegen, würde ich die Atmosphäre finden, die ich im Augenblick suchte.

Neben den üblichen beruflich bedingten unerledigten Arbeiten gehörten dieses Mal das Lehrbuch und das dicke Wörterbuch zu meinem Urlaubsgepäck, die beiden Bücher aus China. Mit ihrer Hilfe hoffte ich in die Anfangsgründe der chinesischen Sprache und Schrift einsteigen zu können.

Nach meiner Ankunft schrieb ich zuerst einen Brief an Xiao Lin. Selbstverständlich vermied ich weiterhin politische Anspielungen, trotzdem wollte ich es Dritten schwer machen, den Brief zu lesen. Bevor ich ihn in der üblichen Weise verschloss, legte ich ein mit einem wasserfesten und wärmebeständigen Kraftkleber bestrichenes Blatt Papier derart auf den gefalteten Brief, dass alle geklebten Teile des Umschlags von innen mit diesem Blatt verbunden wurden. Die zusätzliche Sicherung behielt ich später bei, Xiao Lin achtete darauf, ob man versucht hatte, meine Briefumschläge zu öffnen, stellte aber nie irgendwelche Spuren fest. Kein einziger Brief kam abhanden.

Um unnötige Verzögerungen bei der Beförderung des Briefs zu vermeiden, fuhr ich frühmorgens nach Audierne, der nahe gelegenen Kleinstadt. Auf dem Postamt des Provinzstädtchens erlebte ich eine Überraschung. Zuhause, in einer deutschen Großstadt, wurde ein Brief an Xiao Lin im Postamt auf eine Briefwaage gelegt, das Gewicht abgelesen, dann wurde ein abgegriffenes Länderverzeichnis aus einem Stapel von Broschüren gezogen, nach längerem Suchen fand man China und ermittelte das erforderliche Porto. Die Briefmarken wurden anschließend verschiedenen Seiten eines dicken Briefmarkenordners entnommen, ich durfte sie aufkleben und den Brief auf seine Reise schicken. Hier im kleinen Audierne warf man den Brief lässig auf eine Waage, tippte auf der Tastatur des mit der Waage gekoppelten Computers »Chine« ein, drückte die Eingabetaste und ein Ausgabeschlitz in der Waage spie die erforderliche Briefmarke aus.

Im Garten meines Urlaubsdomizils gab es ein schönes, schattiges Plätzchen unter einer alten Linde. Dorthin stellte ich die Gartenmöbel und bei gutem Wetter war hier mein bevorzugter Arbeitsplatz.

Ich brannte darauf, mit dem Chinesischunterricht zu beginnen und holte mein »Introductory Chinese« heraus. Das Buch begann mit einer Einführung in das phonetische Alphabet Pinyin, mit dessen Hilfe sich chinesische Schriftzeichen unter Verwendung lateinischer Buchstaben umschreiben lassen. Die nachfolgenden Seiten waren den Ausspracheregeln gewidmet, danach wurde die Markierung der sogenannten Töne durch vier verschiedene diakritische Zeichen eingehend besprochen.

Pinyin war Ende 1957 von der Volksrepublik China genehmigt

worden und seit 1979 wird es auch international als offizielle Transkription verwendet.

Erste Ansätze zur schriftlichen Fixierung gesprochener chinesischer Sprache mit lateinischen Buchstaben reichten bis in die Zeit vor der Renaissance, als Männer wie Marco Polo mit chinesischer Kultur in Berührung kamen. Zu Anfang des 17. Jahrhunderts setzte eine erste systematische Beschäftigung mit diesem Thema durch die Jesuitenpatres Matteo Ricci und Nicolas Trigault ein. Gegen Ende des 19. Jahrhunderts entstand das sogenannte Wade–Giles–System zur Umschreibung des Chinesischen mit lateinischen Buchstaben und blieb für mehrere Jahrzehnte die Standardtranskription. Thomas Wade arbeitete als Sekretär für Chinesisch in der englischen Botschaft und hatte ein Lehrbuch für das Selbststudium der chinesischen Sprache geschrieben, H. A. Giles verwendete später dessen System bei der Entwicklung eines englisch–chinesischen Wörterbuchs.

Zu Beginn des 20. Jahrhunderts kamen Ideen auf, lateinische Buchstaben nicht nur zur Umschreibung chinesischer Zeichen zu verwenden, sondern für deren Ersatz. Die schwer zu erlernenden chinesischen Schriftzeichen und ihre riesige Anzahl im Vergleich zum lateinischen Alphabet wurden von zahlreichen Intellektuellen als ein wesentliches Hemmnis für eine Schulbildung breiter Volksschichten betrachtet. Der Dichter Lu Xun ging gar so weit, den Untergang Chinas an die Wand zu malen, wenn nicht die traditionellen Schriftzeichen abgeschafft würden. Auch viele chinesische Kommunisten sympathisierten mit dem Gedanken, lateinische Buchstaben an die Stelle chinesischer Schriftzeichen treten zu lassen. Nach Gründung der Volksrepublik im Jahr 1949 wurde eine Kommission eingesetzt, die sich acht Jahre lang mit diesem Themenkomplex beschäftigte und als Ergebnis *Hanyu Pinyin Fang'an* (Plan für die Lautumschrift des Chinesischen) präsentierte, die chinesischen Schriftzeichen blieben also.

Die Sowjets entwickelten ein System, die chinesische Sprache mittels kyrillischer Buchstaben schriftlich zu fixieren, in China fand man keinen Gefallen an dieser Idee.

Neben der Umschreibung chinesischer Schriftzeichen mit lateinischen Buchstaben brauchte man zusätzlich eine Standardsprache, eine verbindliche Amtssprache. Wir erinnern uns bei dieser Gelegenheit an Martin Luthers Bibelübersetzung als Grundlage für die Entwicklung der deutschen Schriftsprache. In der Volksrepublik China wurde »Putonghua« in Anlehnung an das »Mandarin« als Hochsprache eingeführt.

Die Probleme hinsichtlich einer breit angelegten Volksbildung mit dem hochgesteckten Ziel, allen Menschen in China Lesen und Schreiben beizubringen, wurden durch die Einführung von Pinyin nicht kleiner, die chinesischen Schriftzeichen blieben ja weiterhin erhalten. Also wurde versucht, die traditionellen Schriftzeichen zu vereinfachen.

Auch mit dieser Idee hatte man sich seit Beginn des 20. Jahrhunderts auseinandergesetzt, erst nach Gründung der Volksrepublik wurde mit dem Vorhaben ernst gemacht, eine Schrift zu schaffen, die von den Volksmassen leichter erlernt werden konnte. Dieser Prozess dauerte auch lange, 1986 führte er zu einer endgültigen Liste von rund 2300 vereinfachten Schriftzeichen. Hongkong, Macao und Taiwan blieben bei der traditionellen Schreibweise und verwenden weiterhin die sogenannten Langzeichen.

Ich saß nun unter der Linde in Pont–Croix und begann, unter Verwendung von Pinyin, in die Geheimnisse der chinesischen Sprache einzudringen. Die Erläuterungen zu den Ausspracheregeln brachte ich schnell hinter mich, »y« wird zum Beispiel »j«, »zh« wie »dsch« gesprochen, nicht zuletzt wegen der Regelmäßigkeit zwischen Buchstaben und Aussprache ergaben sich keine Schwierigkeiten.

Doch dann kam es knüppeldick: Die Töne. Vergleichbares haben wir im Deutschen nicht und darum sind unsere Ohren nicht trainiert, die verschiedenen Töne auseinanderzuhalten. Zunächst versuchte ich zu verstehen, was die »Töne« bedeuteten und warum sie gebraucht wurden. Ich bin kein Linguist und für Fachleute klingen meine Erklärungen sicherlich selbstgestrickt, sei's drum.

Gleich zu Anfang begriff ich, gesprochene Sprache und Schrift sind im Chinesischen anders, viel enger, miteinander verbunden als bei europäischen Sprachen. Was Menschen in Europa sprechen, kann auf einfache Weise in Schrift umgesetzt werden. Mit lateinischen Buchstaben, mit kyrillischen oder unter Verwendung des griechischen Alphabets, eventuell müssen ein paar Sonderzeichen hinzugenommen werden. Die Zuordnung von Lauten und Buchstaben ist nicht in allen Sprachen dieselbe, dass zum Beispiel der im Deutschen mit *sch* umschriebene Laut im Englischen mit *sh*, im Französischen mit *ch* oder im Norwegischen mit *skj* (bzw. *sj*, *sk*) in der Schrift dargestellt wird, macht die Sache ein bisschen komplizierter, stellt aber kein grundsätzliches Problem dar. Unser System zur schriftlichen Fixierung von Sprache lässt sich leicht erlernen, weil um die dreißig Buchstaben ausreichen, mal ein paar mehr, mal einige weniger.

Mit gewissen Einschränkungen gilt auch das Umgekehrte: Kennen wir die Zuordnung von Lauten und Buchstaben in einer Sprache, können wir ein geschriebenes, uns unbekanntes Wort zumindest halbwegs richtig aussprechen, wobei man im Englischen wegen der fehlenden Regelmäßigkeit leicht daneben hauen kann.

Die chinesische Schrift, das lernte ich jetzt, ist prinzipiell anders aufgebaut, die Silbe bildet das Grundelement. Zum erste Mal beschäftigte ich mich mit einer Schrift, in der gesprochenen Silben feste Zeichen zugeordnet sind, welche wesentlichen Unterschiede bestanden zu einer Buchstabenschrift? Unter der Linde in Pont–Croix stand mir nicht einmal ein Lexikon zur Verfügung, in dem ich mich über Grundlagen hätte informieren können, ich war auf eigene Überlegungen angewiesen, das musste oberflächlich bleiben. Was mich wenig störte, ich wollte ja nicht in fremden Wissenschaftsrevieren jagen, mir reichte ein naives Verständnis.

Soll das, was ein Mensch in einer auf Silben basierenden Schrift geschrieben hat, für andere lesbar — verstehbar, aussprechbar — sein, müssen alle Schreiber und Leser die Zuordnungen zwischen gesprochenen Silben und den vereinbarten Zeichen kennen, was zur Folge hat, dass man sich auf eine begrenzte Anzahl »zugelassener« Silben einigen muss. Würde ich mir im Deutschen ein neues einsilbiges Wort ausdenken und es »dragd« nennen, könnte es die überwiegende Mehrheit der Deutschen lesen und richtig aussprechen. Würde ich der Silbe drei nebeneinander liegende Kreuze als neues Schriftzeichen zuordnen, könnte sie außer mir niemand lesen.

Ein Problem bei den chinesischen Schriftzeichen lag somit im beschränkten, vorgegebenen Kanon der »zugelassenen« Silben. Im Nachhinein verstand ich, wie man beim Schreiben deutscher Namen unter Verwendung chinesischer Schriftzeichen vorging, wenn zum Beispiel ein Specksteinstempel angefertigt werden sollte. Der Name wird zuerst in Silben zerlegt. Sind es welche aus dem Kanon, ist die Sache simpel. Der Name Anna beispielsweise besteht aus den Silben *an* und *na*, für beide gibt es chinesische Schriftzeichen, folglich ist die Transkription nicht schwierig. Anders ist es, falls man Paul heißt, da es diese Silbe im Chinesischen nicht gibt. Hier muss man zu einer »Notmaßnahme« greifen und so lange an *pau* und *l* herumschrauben, bis man zwei Silben hat, für die es Zeichen gibt, mit der Nebenbedingung, dass beim Sprechen etwas herauskommt, was noch Ähnlichkeit mit Paul aufweist. Aus *Paul* könnte *bao le* werden, ein Schelm, wer hier an Walter Ulbricht denkt.

Und nun kamen die Töne ins Spiel. Der vergleichsweise geringe Vorrat an verfügbaren Silben lässt sich ohne Hinzufügen neuer Silben durch verschiedene Betonungen vergrößern. So kann die Silbe *li* mit gleichbleibendem Ton *lī*, mit aufsteigendem Ton *lí*, mit abfallendem und wieder aufsteigendem Ton *lǐ* oder mit abfallendem Ton *lì* gesprochen werden und auf diese Weise lassen sich vier verschiedene Formen von *li* bilden, welche die Funktionen von vier unterschiedlichen Silben erfüllen. Zu jedem *li* gehört mindestens ein individuelles Schriftzeichen.

Die Theorie verstand ich, glaubte aber nicht, die unterschiedlichen Töne beim Hören oder Sprechen unterscheiden zu können. Wie wichtig kleine in der eigenen Muttersprache nicht vorhandene Aussprachenuancen sein können, wusste ich aus einer früheren Erfahrung: Norweger verstanden mich nicht, wenn ich *skye* (Wolke) mit meinem üblichen deutschen *ü* sprach. Sie erklärten mir geduldig den Unterschied zwischen *ü* und *ü*, doch ich verstand immer nur *ü*.

Welch ungeheure Bedeutung den Tönen im Chinesischen zukam, erkannte ich beispielsweise daran, dass die Zahl eins (mit dem ersten Ton) *yī* gesprochen wird, dass dieselbe Silbe mit dem vierten Ton gesprochen, also *yì*, hundert Millionen bedeuten kann. Wieso bedeuten *kann*? Ja, leider ist das gesprochene *yì* in seiner Bedeutung nicht eindeutig, es kann unter anderem auch Gerechtigkeit bedeuten, das Schriftzeichen ist dann ein anderes. Und wie erkennt man, ob es in einem konkreten Fall »hundert Millionen« oder »Gerechtigkeit« bedeutet? Aus dem Zusammenhang!

In meinem Wörterbuch gab es für li in den vier Ausprägungen insgesamt über fünfundsechzig verschiedene Schriftzeichen, somit über fünfundsechzig verschiedene Bedeutungen. Ohne zu wissen, worüber gesprochen wird, hat man keine Chance, in einem Gespräch auf die richtige Bedeutung der Silbe li zu kommen. Und selbstverständlich ist dieses Phänomen nicht auf *li* beschränkt.

Die ersten Lektionen meines Lehrbuchs waren leicht verständlich aufgebaut: Eine Handvoll Vokabeln, ergänzende Bemerkungen, Situationsdialoge zur Einübung des neu Gelernten. Alles in dreifacher Ausfertigung, auf Englisch, mit chinesischen Schriftzeichen und in Pinyin. Die chinesischen Schriftzeichen ignorierte ich zunächst, versuchte die Situationsdialoge auf der Basis der lateinischen Buchstaben nachzusprechen. In einer der ersten Lektionen ging es um das Wort *máng*, was »beschäftigt« bedeutet. Ein Mann wurde gefragt, ob er beschäftigt sei. Nein, nicht sehr, ein zweiter auch nicht, dafür zeigte sich ein dritter umso beschäftigter. Zuerst dachte ich, das seien Übungssätze von geringem praktischen Nutzen, wie seinerzeit in meinem Lateinbuch. Da begann die Einführung in die neue Sprachenwelt damit, dass ich lernte, Rosa sei eine Magd, Paula sei eine Magd und also seien Rosa und Paula Mägde. Das Wort Magd gab es in meinem kindlichen Wortschatz nicht und ich bin in meinem ganzen weiteren Leben nie Mägden begegnet. Bei späteren Besuchen in China lernte ich schnell den Nutzen von *máng* kennen, diesem Wort kam durchaus einige Bedeutung zu. Wenn jemand keine Lust hatte, etwas zu tun, irgendwohin zu gehen, oder wenn man nicht lange bleiben wollte, immer wurde das Wörtchen *máng* bemüht und man konnte sich ohne Gesichtsverlust lästigen Anwesenheiten entziehen.

Anfangs wunderte ich mich über den geringen Grammatikanteil in den Lektionen, wo blieben Deklination und Konjugation? Verben standen beispielsweise stets im Infinitiv (so nannte ich die Form in Gedanken), wo nötig, übernahm »Beiwerk« die Rolle von Flexionsendungen. Bei der ohnehin riesigen Zahl benötigter

Schriftzeichen für die Grundformen hätten zusätzliche Formen den erforderlichen Zeichenbedarf weiter erhöht. Zhu verwendete im Deutschen das Wort »schon« gern an Stellen, an denen es mir überflüssig oder gar fehl am Platze erschien. Unter Umständen wurde das Wort im Chinesischen zur Kennzeichnung einer Zeitform verwendet und er übertrug diese Vorgehensweise auf seine deutschen Satzbildungen.

Die Grammatik in den ersten Lektionen war einfach, die Personalpronomina *ich*, *du*, *er* lauten beispielsweise *wǒ* (我), *nǐ* (你), *tā* (他). Entsprechende Pluralformen *wir*, *ihr*, *sie* erhält man durch Anhängen von *men*, also *wǒmen* (我们), *nǐmen* (你们), *tāmen* (他们). In Pinyin wird *sie* — dritte Person Singular — gleichfalls *tā* geschrieben, somit haben *er* und *sie* dieselbe Aussprache, die chinesischen Schriftzeichen für *er* (他) bzw. *sie* (她) sind jedoch verschieden[18]. Aus einem Personalpronomen erhält man das entsprechende Possessivpronomen durch Anhängen von *de*, zum Beispiel *wǒ de* (我的) – *mein*, *wǒmen de* (我们的) – *unser*.

Nach zwei Tagen intensiven Lernens fühlte ich mich stark genug, die chinesischen Schriftzeichen in Angriff zu nehmen. Zu meiner großen Enttäuschung gab es im Lehrbuch keine Einführung, die komplizierten Schriftzeichen standen einfach da. Ich ärgerte mich, beim Untertitel »Listening and Speaking« nicht gestutzt und im Buchladen in der Fuzhou Lu nicht das Vorwort gelesen zu haben. Sonst hätte ich seinerzeit gemerkt, dass ich das zugehörige »Chinese Character Workbook« brauchte. Nach Quimper oder Brest zu fahren und in Buchläden nach einer Einführung in das Erlernen chinesischer Schriftzeichen zu suchen hielt ich für sinnlos. Sollte es dort überhaupt entsprechende Lehrbücher geben, würden sie auf Französisch sein und in dieser Sprache, die ich nur alle Jubeljahre benutzte, traute ich mir das Eindringen in eine weitere, komplizierte Fremdsprache nicht zu. In Paris würde ich finden, was ich brauchte, doch scheute ich die Fahrt von über tausend Kilometern, um mir ein Buch zu besorgen.

Mir blieb keine andere Wahl, als das chinesisch–deutsche Wörterbuch zu nehmen, um in der Schriftzeichenangelegenheit einen Einstieg zu finden, was bestenfalls eine Notmaßnahme sein konn-

---

[18]Das Schriftzeichen für *sie* enthält ein vorangestelltes 女 (*nü* – *Frau*)

te, Wörterbücher dienen nicht dem Zweck, Lesen und Schreiben zu lernen. Zu jedem Zeichen würde im Übrigen eine Vorschrift gehören, in welcher Reihenfolge man die Striche setzen musste, es konnte nicht der Laune des Einzelnen überlassen sein, dasselbe Schriftzeichen heute so und morgen so zu malen. Darüber würde ich gleichfalls nichts in meinem dicken Wälzer finden.

In dem Wörterbuch gab es nicht einmal eine für mich verständliche Einführung, es war ein chinesisch–deutsches, ein primär für Chinesen gedachtes Nachschlagewerk. Mir blieb nur die Wahl, aufzugeben oder mich durchzubeißen. Zeit hatte ich genug, also entschied ich mich fürs Durchbeißen.

Wenn ich die Aussprache eines chinesischen Wortes kannte, fand ich es nicht sonderlich schwer, das Schriftzeichen zu finden und dahinter seine deutsche Bedeutung. Zum Beispiel *xueyuan*, die Töne sind der Einfachheit halber weggelassen. Ich schlug das Wörterbuch auf, hangelte mich in den Kopfzeilen der Seiten buchstabenweise bis *x* durch, weiter bis *xu* und schließlich bis zum ersten *xue*, bis zum ersten, weil es wegen der verschiedenen Töne mehrere gibt, nämlich *xuē*, *xué*, *xuě* und *xuè*. Dann suchte ich unter den einzelnen Einträgen nach *xueyuan* und fand *xuéyuán* — Student, Seminarteilnehmer sowie *xuéyuàn* — Institut, Hochschule, jeweils mit anderen chinesischen Zeichen.

Mein ungleich höher gestecktes Ziel bestand im Auffinden der Aussprache und der deutschen Bedeutung eines mir unbekannten Schriftzeichens. Das musste möglich sein, dessen war ich mir sicher.

Auf den Anfangsseiten des Wörterbuchs gab es eine Tabelle mit 227 durchnummerierten Teilen chinesischer Schriftzeichen, sogenannten Radikalen. Auf den nachfolgenden Seiten gab es 227 Blöcke, die ihrerseits aus Schriftzeichen mit zugeordneten Zahlen bestanden. Zwischen der Zahl 227 hier und der Zahl 227 dort musste ein Zusammenhang bestehen, den es zuerst herauszufinden galt.

Als ich die chinesischen Zeichen für die Grundzahlen *yī* (1: 一), *èr* (2: 二), *sān* (3: 三), *sì* (4: 四), … bis zur Zahl 14 unter Zuhilfenahme meines »Introductory Chinese« gelernt hatte, erkannte ich, über den nach Blöcken geordneten Radikalen in der Tabelle stand jeweils eine dieser Zahlen. Alle Radikale unter 一 (yī) bestanden aus einem Strich, alle unter 二 (èr) aus zweien und so weiter, bis vierzehn.

Die aus drei Strichen bestehenden Radikale nahmen die Tabellenplätze 40 bis 79 ein, zuerst verwirrte es mich, dass sich mit drei Strichen 40 verschiedene Zeichen formen ließen, allerdings handelte es sich nicht nur um einfache gerade Striche. Nahm ich das Radikal Nummer 46 und suchte auf den folgenden Seiten den Block 46 auf, fand ich zunächst dasselbe Zeichen und weitere, die dieses Zeichen als Bestandteil enthielten und hinter allen Schriftzeichen standen die Seitenzahlen, auf denen ich endlich die jeweilige Aussprache und Bedeutung fand.

Mit dem Wissen um diese Zusammenhänge wurde ich richtig ehrgeizig. Das in China begonnene Tagebuch führte ich weiter, umgehend suchte ich die Seite mit Xiao Lins Tagebucheintrag, um ihn zu übersetzen. Nach zwei Tagen hatte ich tatsächlich eine deutsche Version vor mir, die freilich mehrere Lücken enthielt. Das lag daran, dass eine flüssige chinesische Handschrift starke Abweichungen gegenüber gedruckten Zeichen aufweist, ähnlich wie bei handgeschriebenen deutschen Texten. Beherrscht man eine Sprache, kann man sich Unleserliches zusammenreimen, in diesem Fall musste ich an solchen Stellen passen.

Beim Übersetzen sah ich mich einer weiteren Schwierigkeit gegenüber, die mir bei europäischen Sprachen nie begegnet war: Anfangs konnte ich mir das Bild eines chinesischen Schriftzeichens nicht merken, auch nicht für kurze Zeit. Sobald ich die Augen vom Tagebuch abwandte, um in der Tabelle einen passenden Zeichenteil zu suchen, verschwand in meinem Kopf augenblicklich das aus dem Tagebuch aufgenommene Zeichen, als wäre durch das Wenden des Kopfs der entsprechende Speicherplatz im Gedächtnis gelöscht worden.

Erschwerend kam bei der Suche hinzu, dass ich keine Regelmäßigkeit erkannte, nach der ich aus einem kompletten Zeichen denjenigen Teil, der die Basis für dieses Zeichen bildete, das Radikal, herausfiltern konnte.

Immerhin hatte ich im Laufe von zwei Tagen eine, wenngleich lückenhafte, deutsche Übersetzung zustande gebracht, die sogar einen Sinn ergab, zur Belohnung holte ich mir ein Glas Champagner aus dem Kühlschrank, trank es genüsslich unter der Linde und betrachtete zufrieden meine erste chinesisch-deutsche Übersetzungsarbeit.

Non scholae, sed vitae discimus — nicht für die Schule, sondern für das Leben lernen wir. Kinder glauben das häufig nicht, was man ihnen nicht übelnehmen kann, schon der Urheber des Spruchs, Seneca, vertauschte augenzwinkernd »scholae« und »vitae«. Bisweilen stimmt der Satz doch.

In zwei Tagen würden Xiao Lin und ich miteinander telefonieren, bei der Terminfestlegung hatte ich nicht an meinen Urlaub in Frankreich gedacht, an sich bedeutungslos, Telefone funktionieren in Frankreich genauso wie in Deutschland. Am Abend, kurz vor dem Einschlafen, durchzuckte mich ein höchst unbequemer Gedanke. Was sollte ich machen, wenn die Person in der Telefonzentrale in Xiao Lins Hochschule, die mich mit dem Fakultätsbüro der Fremdsprachenabteilung verbinden musste, kein Englisch verstand? Bei den bisherigen Anrufen nach China hatte mir meine chinesische Helferin zur Seite gestanden, hier musste ich alles allein schaffen.

Nach dem Aufstehen machte ich mich am nächsten Morgen sofort daran, den Satz »Bitte verbinden Sie mich mit der Nebenstelle 4399« ins Chinesische zu übersetzen. Hätte ich nicht zusätzlich das kleine englisch-chinesische Wörterbuch bei mir gehabt — Zhus Abschiedsgeschenk —, wäre ich gescheitert. So aber gelang es mir, einen chinesischen Satz zu basteln, mit dem ich notfalls mein Glück versuchen konnte. Ich schrieb ihn in Pinyin mit Akzenten für die Töne auf einen Zettel und übte eifrig die richtige Betonung, beziehungsweise diejenige, die ich dafür hielt.

Dann kam der wichtige Tag, ich fuhr zum Postamt nach Audierne, in Pont-Croix gab es keine Telefonzelle für Auslandsgespräche. Mit Herzklopfen wählte ich die Nummer der Zentrale. Das *wéi* am anderen Ende kam schnell, im ersten Anlauf äußerte ich meinen Verbindungswunsch auf Englisch, ein chinesischer Wortschwall ergoss sich daraufhin in mein Ohr. Der Ernstfall war, wie befürchtet, eingetreten. Meinen Spickzettel hielt ich vorsorglich in der Hand, ich versuchte mein Glück — ein erneuter Wortschwall war die Antwort. Was sollte ich machen, ich hatte nur den einen Satz, also las ich ihn zum zweiten Mal mit schöner Betonung ab. Zuerst passierte nichts, ich stellte mich innerlich auf einen erneuten Fehlschlag ein, dann hörte ich Xiao Lin am anderen Ende »It's me« sagen.

Nach unserem Gespräch ging ich leicht benommen aus dem Postamt, so viel Glück konnte ich kaum fassen.

Der Weg zum Parkplatz führte an einer Konditorei vorbei, ja, etwas Süßes, darauf hatte ich plötzlich Appetit. Im Laden ließ ich meinen Blick über das Angebot wandern, sagte: »Mademoiselle, un baiser s'il vous plaît.« Eigentlich esse ich das furchtbar süße Backwerk aus Eischnee und Puderzucker nicht gern, doch an diesem Tag war mir seltsamerweise danach. Die Verkäuferin sah mich entgeistert an, wofür ich keinen Grund erkennen konnte, wieso wollte sie mir keinen Baiser verkaufen? Unbewusst blickte ich auf das Preisschild und las über der Preisangabe »Méringue«. Jetzt machte ich ein entgeistertes Gesicht, peinlich, einer Verkäuferin zuzumuten, einen fremden Mann zu küssen. Sollte ich mit meinem holprigen Französisch versuchen, das sprachliche Missverständnis zu entwirren und alles noch peinlicher machen? Ich zeigte auf das, was ich haben wollte, bezahlte meinen méringue und verließ den Laden. Wieso mussten die Franzosen eine andere Bezeichnung für ihre Baisers verwenden? Wieso benutzten wir Deutschen ein anderes französisches Wort als die Franzosen für den gebackenen Zuckerschaum? Das schrie geradezu nach europäischer Harmonisierung. Viele Jahre später merkte ich, ein Österreicher wäre nicht in meine peinliche Lage gekommen.

Das Touristische kam in diesem Sommer zu kurz. Natürlich saß ich nicht ständig unter der Schatten spendenden Linde oder an dem alten, abgeschabten Tisch im Wohnzimmer, um zu arbeiten. Jeden Tag ging ich zu den Stränden »um die Ecke«, in Plouhinec oder Audierne, schwamm eine halbe Stunde trotz der niedrigen Wassertemperatur und ging dann zurück. Besuchte Kirchen und Friedhöfe in den umliegenden Orten, selbstverständlich auch die Calvaires, die Kalvarienberge, mit deren prunkvoller Errichtung sich die Kirchdörfer im 15. bis 17. Jahrhundert gegenseitig zu übertreffen suchten.

An manchen Abenden fuhr ich zur Baie des Trépassés zwischen der Pointe du Raz und der Pointe du Van, genoss die Abendstimmung, stellte mir vor, wie einst von hier aus die Boote mit den sterblichen Hüllen der Druiden zur Île de Sein gerudert wurden, um die toten keltischen Priester auf der Insel zu bestatten.

Die Hauptthemen dieser Ferien standen jedoch allesamt mit China in Zusammenhang. Zhu und ich hatten bei meinem Aufenthalt in Shanghai häufiger über Möglichkeiten gemeinsamer Projekte diskutiert. Ihn faszinierten die Erfolge der Inder, die in den zurückliegenden Jahren leistungsfähige Softwarefirmen aufgebaut hatten und mittlerweile Softwareentwicklung für hoch industrialisierte Länder betrieben. Das musste seiner Meinung nach auch in China möglich sein. Durch die Kulturrevolution war eine Generation von Universitätsabsolventen, die üblichen Qualitätsstandards entsprach, ausgefallen, doch seit Anfang der 1980er Jahre wurden wieder hoch qualifizierte Informatiker, Ingenieure und Naturwissenschaftler herangebildet, die in der Softwareentwicklung genauso erfolgreich wie ihre indischen Kollegen sein konnten. Und anders als eine Maschinenfabrik konnte man eine Softwarefirma mit vergleichsweise geringem Investitionsaufwand errichten. Ich verstand nicht viel von Softwareerstellung, doch konnte ich eventuell Beiträge bei der Algorithmenentwicklung zur Lösung konkreter Probleme beisteuern. Daher hatte ich Zhu versprochen, mir diese Dinge durch den Kopf gehen zu lassen und ein erstes Konzept zu Papier zu bringen, wofür mir jetzt hinreichend Zeit und Ruhe zur Verfügung standen. Anschließend widmete ich mich einem anderen Thema.

Nach meinen Kooperationsgesprächen in Shanghai hatte ich seinerzeit ein kurzes Protokoll geschrieben, das die wesentlichen Vorstellungen und Wünsche der chinesischen Seite enthielt. In meiner bretonischen Abgeschiedenheit begann ich den ersten Entwurf eines Kooperationsvertrags zu formulieren, auch wenn das vielleicht für die Katz' war. Nach der blutigen Niederschlagung der Studentendemonstrationen am vierten Juni gab es in meiner Universität unterschiedliche Meinungen, ob die gerade begonnenen Kooperationsgespräche fortgesetzt werden könnten oder ob sie erst nach einer gebührenden Frist aufgenommen werden sollten. Ich hoffte, nicht das hohe Pathos — »das Blut an den Panzern ist noch nicht trocken und da wollen wir schon wieder ...« — würde die Oberhand behalten, sondern die Meinungen derer, die rational und mit Weitsicht argumentierten. Die selbstgerechten Obermoralisten gaben vor, die chinesische Regierung mit einer Verweigerung von Kontakten treffen zu wollen, sie würden stattdessen diejenigen bestrafen, die seit langem auf persönliche Beziehungen zu ausländischen Wissenschaftlern warteten. Eventuell ließ sich eine Mehrheit für den Vorschlag gewinnen, Kontakte zunächst auf einer inoffiziellen, persönlichen Ebene weiter zu entwickeln und formale Beschlüsse sowie Vertragsunterzeichnungen auf einen späteren Zeitpunkt zu verschieben. Ich bereitete entsprechende Papiere vor.

Aufgrund meiner bisherigen Erfahrungen stand ich Kooperationsverträgen mit ausländischen Universitäten nicht euphorisch gegenüber, zu oft hatte ich erlebt, dass nach einer Vertragsunterzeichnung nicht mehr viel geschah, nicht besonders schlimm, die Kooperationen kosteten wenig und Kontakte zwischen Menschen aus verschiedenen Ländern haben einen Wert an sich. Ich stellte mir trotzdem die Frage, welche Vorteile sich die chinesische Seite von einer Kooperation versprach und worin ein Nutzen für uns bestehen könnte. Der Kooperationswunsch kam von der Chinesischen Botschaft. Stellte er ein winziges Mosaiksteinchen für das große Bild der Dengschen Öffnungspolitik dar oder handelte es sich in erster Linie um einen von Professor Gao an seine Botschaft herangetragenen Wunsch? Wegen seines Studiums in Dresden fühlte er sicherlich eine besondere Affinität zu Deutschland.

Über den Nutzen, den sich offizielle Stellen versprachen, konnte ich nur spekulieren, was eine Kooperation für viele Menschen in China bedeuten konnte, wusste ich aus eigenem Erleben. Während meines Aufenthalts hatte ich vier Universitäten in den Städten Shanghai, Nanjing und Beijing besucht und mit zahlreichen Menschen abseits des Austauschs höflicher Redewendungen gesprochen. Anfangs wunderte ich mich, wie schnell in den Gesprächen eine vertrauensvolle Atmosphäre herrschte, in der auch über Persönliches geredet wurde, später empfand ich es als normal. Professoren und Studenten äußerten stets den Wunsch nach eigenen Kontakten mit der »westlichen« Welt. Schon die Gespräche mit mir waren für sie aus diesem Grund wichtig, was weniger an meiner Person, vielmehr an meiner Eigenschaft lag, Vertreter einer westlichen Gesellschaft zu sein. Natürlich wurde jedes Mal der Wunsch nach einem Aufenthalt in Deutschland geäußert, man wollte eine eigene Vorstellung über das Universitätsleben dort gewinnen, wollte durch die Labors gehen, Gespräche führen, neue Impulse bekommen. Und man wollte das tägliche Leben in Deutschland aus der Nähe betrachten. Die hohen Kosten für einen Auslandsaufenthalt konnte kein Universitätsangehöriger aufbringen, Möglichkeiten für Stipendien hielten sich in engen Grenzen. Formale Kontakte zu deutschen Universitäten mit Siegel und Unterschrift konnten hier hilfreich sein.

Was könnten wir von einer Kooperationsvereinbarung haben? Kurzfristig würden einige wenige Chinesen oder Chinesinnen zu uns kommen, um zu promovieren. Das genügte mir schon für die Weiterverfolgung der Angelegenheit. Dazu kam der Gedanke an zukünftige Entwicklungen, durch die China für Deutsche attraktiver werden konnte, auch in beruflicher Hinsicht.

Meine Annahme, dies könne einmal so sein, beruhte auf Eindrücken aus Shanghai. Das Gespräch mit Zhu auf der Rückfahrt von Suzhou hatte einen nachhaltigen Eindruck bei mir hinterlassen und mich dazu gebracht, nebenbei nach Veränderungen im alltäglichen chinesischen Wirtschaftsleben Ausschau zu halten. Dort, wo bei meinem ersten Gang durch die Hauptgeschäftsstraße Nanjing Lu vor zwei Jahren kleine unscheinbare Läden seit Jahrzehnten in gleicher Weise existierten, gab es mittlerweile zahlreiche Geschäfte mit Waren für gehobene Ansprüche, zum Beispiel Juweliere. Die unübersehbar rege Bautätigkeit veränderte die Stadt in Richtung Moderne. Wenn es so weiterging, würde Shanghai in wenigen Jahren nicht wiederzuerkennen sein. Was diesen Punkt anbetraf, gab es für mich ein großes Fragezeichen. Ein chinesischer Kollege bezeichnete in einem Gespräch den politischen Zickzackkurs der Vergangenheit als einen wesentlichen Grund dafür, dass China bisher nicht richtig auf die Beine gekommen sei. Ideologisch basierte Planungsziele hätten immer wieder in neue Sackgassen geführt, anschließend habe man jedes Mal Jahre für die Reparatur des angerichteten Schadens gebraucht, um dann, ideologiegeprägt, den nächsten falschen Weg einzuschlagen. Durch das dauernde »Hin und Her« seien Bevölkerung und Wirtschaft verunsichert worden, was alles noch schlimmer gemacht hätte. Eine wesentliche Leitlinie der neuen Politik — »Einziges Wahrheitskriterium ist die Praxis« — könne in die richtige Richtung führen, vorausgesetzt, diese Linie würde durchgehalten. Und hier setzten die Zweifel meines Kollegen an: »Wenn ich morgen früh die Erlaubnis bekäme, in die USA auszuwandern, würde ich versuchen, morgen Abend abzufliegen, weil ich nicht sicher sein könnte, dass die Erlaubnis bis übermorgen ihre Gültigkeit behielte.«

Meine zwei Wochen in Pont-Croix gingen zu Ende. Ich verspürte wenig Lust, die lange Strecke in einem Rutsch hinter mich zu bringen und unterbrach die Heimreise in Paris. Nach der Zeit der Ruhe und Beschaulichkeit am »Ende der Erde« ließ ich mich ohne Ziel im Strom der Touristen treiben, genoss naiv den *spiritus loci*. In Notre-Dame zündete ich zwei Opferkerzen an.

Die Universität in Beijing hatte sich in der Zwischenzeit ebenfalls gemeldet und eigenes Interesse an einer Zusammenarbeit bekräftigt. Für eine Kooperationsvereinbarung konnte ich auf den in Pont-Croix ausgearbeiteten Vertragsentwurf zurückgreifen, er enthielt mehrere auf die Shanghaier Technische Fakultät zugeschnitte Passagen, die für Beijing nicht passten, das dortige Kooperationsinteresse kam aus dem Bereich der Geisteswissenschaften. Ich nahm entsprechende Modifikationen vor.

Mein Vorschlag, zunächst noch keine offiziellen Kooperationsverhandlungen zu führen, wohl aber durch informelle Kontakte in der Sache weiter zu kommen, fand Zustimmung. Den chinesischen Universitäten leitete ich die jeweiligen Vertragsentwürfe zu, in Begleitschreiben erläuterte ich mit vorsichtigen Worten unsere Haltung.

In meinem Brief an Zhu wegen eines gemeinsamen Projekts brauchte ich nicht diplomatisch vorzugehen, da wir uns gut kannten. Xiao Lin erzählte ich in unserem Telefongespräch von diesen Vorgängen und deutete an, ich werde vermutlich im folgenden

Frühjahr wieder in Shanghai sein.

Im Sommer und Herbst 1989 gingen in Europa, namentlich in Deutschland, unerhörte Veränderungen vor sich. Als am neunten November die Mauer fiel, schickte mir Xiao Lin eine Glückwunschkarte.

Wie erwartet, wurden im Frühjahr 1990 keine ernsthaften Einwände gegen Kooperationsverhandlungen erhoben. Die Vertragsentwürfe hatten Zustimmung gefunden, es mussten noch passende Termine festgelegt werden, wir einigten uns auf Anfang Mai, die Gespräche in Shanghai sollten zuerst stattfinden.

Bei meinem nächsten Telefongespräch mit Xiao Lin stand mir Zhao Ming wie gewohnt hilfreich zur Seite. Anschließend erzählte ich ihr von den bevorstehenden Kooperationsgesprächen und meiner damit zusammenhängenden Reise nach Shanghai, sie wurde ganz aufgeregt und fragte, ob sie mich begleiten könne, auf eigene Kosten. Vor Kurzem habe sie geheiratet und ihre Eltern hätten sie aus diesem Anlass gern in Deutschland besucht, doch ihr Vater sei früher in der Volksbefreiungsarmee tätig gewesen und habe keine Reiseerlaubnis bekommen. Nun würde sie stattdessen gern ihre Eltern besuchen. Da sie nach dem 4. Juni 1989 in Deutschland an mehreren Demonstrationen gegen die chinesische Regierung teilgenommen hatte, fürchtete sie, der chinesische Geheimdienst könne Kenntnis davon haben, eventuell Fotos besitzen und man würde ihr möglicherweise die Rückreise nach Deutschland verwehren, wenn sie jetzt eine Reise nach Shanghai unternähme. Falls sie gewissermaßen in einer offiziellen Funktion mitkäme, beispielsweise als meine Dolmetscherin und Sekretärin, wäre das Risiko beträchtlich geringer. Ihr Wunsch gefiel mir nicht, einmal wegen der Verantwortung, die mir zuwachsen würde, hauptsächlich aber Xiao Lins wegen. Mit ihren Aktionen während der Studentendemonstrationen hatte sie sich genug Unannehmlichkeiten eingehandelt, ihre Strafe war vielleicht »zur Bewährung« ausgesetzt. Daher wollte ich alles vermeiden, was sie eventuell erneut in eine unangenehme, vielleicht nicht ungefährliche Situation bringen konnte. Andererseits wollte ich Zhao Ming den Wunsch nicht rundheraus abschlagen, nicht zuletzt, weil sie mir beim Telefonieren half. Ich sagte zu, die Möglichkeiten zu prüfen.

Umgehend erkundigte ich mich an berufener Stelle, ob nach dem vierten Juni Studenten oder Doktoranden von chinesischer Seite die Rückreise in ihre jeweiligen Gastländer verwehrt worden sei. Ein einziger Fall einer Ausreiseverweigerung war dort bekannt, er stand aber nicht mit den Studentendemonstrationen in Zusammenhang, eine chinesische Studentin war beim Versuch, China mit dem Pass einer Südamerikanerin zu verlassen, aufgeflogen. Das verblüffte mich zunächst, doch wenn man nicht sorfältig hinguckte, konnte man eine Südamerikanerin indianischer Abstammung durchaus für eine Chinesin halten. Da die Universitätsleitung keine Einwände erhob, schwanden meine Bedenken, Zhao Ming den Wunsch zu erfüllen.

In der letzten Aprilwoche flog ich nach Shanghai, Zhao Ming würde eine Woche später nachkommen, bei der Einreise musste sie keine Schwierigkeiten befürchten. Zwischen Landung in Hongkong und Weiterflug nach Shanghai lagen zwei Stunden, ich rief Xiao Lin an, um meine planmäßige Ankunft zu bestätigen. Natürlich werde sie am Flughafen Hongqiao sein, kam sie meiner Frage zuvor, Zhu habe leider abgelehnt, sie im Hochschulauto mitzunehmen, angeblich reiche der Platz nicht, sie werde den Bus nehmen. Zhus Verhalten gefiel mir nicht, doch was konnte ich von Hongkong aus tun? Auch mein zweites Telefonat nach Shanghai war ohne fremde Hilfe geglückt, den Satz *wěi nǐhǎo qǐng jiē sì sān jiǔ jiǔ* (hallo, guten Tag, bitte mit 4399 verbinden) für die Dame in der Telefonzentrale hatte ich bei Zhao Ming »abgeguckt« und auswendig gelernt, mein selbstgebastelter Satz beim Telefonat aus Audierne hatte fast gleich gelautet.

Beim Verlassen des Flughafengebäudes in Shanghai entdeckte ich zuerst Zhu und Yang unter den Wartenden, dann sah ich Xiao Lin zusammen mit einer anderen jungen Chinesin. Zur Begrüßung umarmte ich einige kürzer, andere länger. Xiao Lin gab mir einen Blumenstrauß und flüsterte, sie habe eine Kollegin mitgebracht, allein habe sie sich nicht getraut. Zhu nötigte uns alle, in den »Shanghai« zu steigen, das Angebot der beiden jungen Frauen, mit dem Bus zurückzufahren, wischte er gönnerhaft mit einer Handbewegung beiseite, honi soit qui mal y pense. Unterwegs hätte es beinahe ein kleines Problem wegen der Überladung des Autos gegeben: Der Chauffeur durchfuhr eine Einbahnstraße in falscher Richtung, wurde von einem motorisierten Polizisten gestoppt und musste fünf Yuan Strafe zahlen. Glücklicherweise schaute der Polizist nicht ins Wageninnere, wo die Freundin ihren Kopf hinter Xiao Lins Rücken versteckt hielt. Während unser Fahrer das Knöllchen bezahlte, guckte ich mir das Motorrad des Polizisten an, es sah einer 750er Zündapp, dem von Kradmeldern im Zweiten Weltkrieg gefahrenen Typ, verteufelt ähnlich.

Im Gästehaus bewohnte ich das gleiche Zimmer wie im Jahr zuvor. Nach Klärung einiger organisatorischer Fragen gingen Zhu und Yang, die beiden jungen Frauen blieben eine Weile. Die Freundin saß schweigend auf dem Bettrand und beobachtete aufmerksam, wie Xiao Lin und ich miteinander sprachen. Sie war auch Englischlehrerin, konnte unserem Gespräch gut folgen, ihr Wissensdurst wurde aber nicht gestillt. Ich schlug Xiao Lin ein Treffen am nächsten Vormittag nach ihrem Unterricht vor, doch sie fragte hastig, ob wir uns nicht vorher um neun Uhr sehen könnten, ihr Unterricht beginne erst um zehn.

Als ich am nächsten Morgen zum Frühstück ins Gästehaus-Restaurant gehen wollte, wäre ich fast über das Tablett vor meiner Tür gestolpert, ich hätte früher aufstehen müssen. Kurz darauf kam Xiao Lin, der Türsteher hatte keine Schwierigkeiten gemacht — in hoffnungsfroher Erinnerung an die halbe Stange amerikanischer Zigaretten? —, das zurückliegende lange Jahr erschien mir in diesem Moment auf einen Augenblick geschrumpft. Aus Vorsichtsgründen beschränkten wir uns beim Sprechen auf Unverfängliches, bei nächster Gelegenheit würden wir ausführlich von reden, was uns auf dem Herzen lag, ohne auf eventuell lauschende Ohren Rücksicht nehmen zu müssen.

Nach dem Mittagessen suchte ich Zhu in seinem Büro auf, um ihm meine Projektskizze zu übergeben und um das weitere Vorgehen zu besprechen. Er zeigte wenig Neigung zu diesem Gespräch, meinte, er wolle meine Skizze erst in Ruhe studieren, die Zeit dränge nicht, da ich eine ganze Woche in seiner Hochschule bliebe. Wesentlich stärker interessierte ihn im Augenblick, wie ich die Kooperation mit der anderen Shanghaier Universität ausgestalten wolle. Für sein Interesse gab es einen handfesten Grund. Unsere zukünftige Kooperationspartnerin genoss in China und in Deutschland einen guten Ruf, wie ich inzwischen wusste. Ihm war der Gedanke gekommen, sich in die Kooperation einzuhängen und er bat mich, diese Möglichkeit bei meinen Gesprächen in der kommenden Woche auszuloten.

Die nächsten Tage hatte Zhu fest für mich verplant. An zwei Nachmittagen würde ich jeweils zweistündige Vorlesungen halten, an einem Abend sei ein Essen mit dem Vizepräsidenten vorgesehen. Nein, es sei nicht mehr der, den ich von früher kenne, der arbeite seit längerem in der Provinz Jiangxi in Südchina. Mich durchzuckte der Gedanke an den Brief, den ich ihm nach dem 4. Juni 1989 geschrieben hatte. Am Samstagabend würden wir, nachdem wir nachmittags den Stand unseres Projekts und das weitere Vorgehen diskutiert hätten, in eine Disco gehen und am Sonntag sei ich zu ihm nach Hause eingeladen. Für Montag gab es keine Festlegung und von Dienstag bis Donnerstag sei für mich eine Reise nach Hangzhou vorgesehen, zusammen mit ihm und Yang Wen vom Auslandsamt. Das Festlegen der Reise ohne meine vorherige Zustimmung gefiel mir nicht, doch aus Höflichkeit schwieg ich.

Am späten Nachmittag fuhren Xiao Lin und ich mit dem Bus zum Renmin Gongyuan, dem Volkspark an der Nanjing Lu in Höhe des Park Hotels. Dort hakte sie sich bei mir ein, im ersten Augenblick bekam ich einen Schrecken, wusste ich doch aus einem meiner neueren Reiseführer, die Polizei habe noch in jüngster Zeit am Waitan als Liebespaare Verdächtigte festgenommen. Xiao Lin beruhigte mich. Genügend Aufmerksamkeit zogen wir allemal auf uns, wie wir Arm in Arm die belebte Hauptgeschäftsstraße entlang gingen, eine junge Chinesin und ein Ausländer in reiferen Jahren. Eine alte, runzelige Frau blieb ostentativ vor uns stehen und gab ihrer Missbilligung durch energisches Kopfschütteln überdeutlichen Ausdruck.

In dem kleinen Park sahen wir nur wenige Menschen, vielleicht, weil man ein paar Fen Eintritt entrichten musste. Ich drängte Xiao Lin, mir von den unliebsamen Ereignissen nach der Niederschlagung der Studentenunruhen zu erzählen, da sie in ihren Briefen lediglich Andeutungen machen konnte, war ich neugierig auf Einzelheiten. Zögernd begann sie zu sprechen, an die von ihr als erniedrigend empfundene öffentliche Selbstkritik wollte sie nicht erinnert werden, auch nicht an die unangenehmen Gespräche mit der politischen Leitung der Universität. Sie schien eine generelle Scheu zu haben, sich die Geschehnisse erneut ins Gedächtnis zu rufen, was ich zunächst nicht verstand. Im Laufe der Zeit merkte ich, fast niemand in China wollte gern über das reden, was mit dem 4. Juni 1989 zusammenhing, die Erinnerung an die schlimmen Vorkommnisse wurde verdrängt.

Ich kam auf Zhao Ming zu sprechen, die mich in der kommenden Woche bei meinen Kooperationsgesprächen als Sekretärin begleiten würde, erläuterte die Hintergründe für ihre Beteiligung, die ihren Ursprung ja auch in der Niederschlagung der Studentendemonstrationen hatten. Ob sie hübsch sei, wollte Xiao Lin wissen, was ich mit Einschränkungen bejahte. »Bist du in sie verliebt?« Im ersten Moment verschlug es mir die Sprache angesichts dieser für mich überaus komischen Frage, dann ließ ich meinem Lachen freien Lauf, womit die Angelegenheit abschließend geklärt war.

Es begann zu dämmern, ein Mann mit einer Messingglocke kam uns laut bimmelnd entgegen, Xiao Lin sagte, dies sei das Zeichen für die baldige Schließung des Parks. Aus Erzählungen meiner Mutter wusste ich, dass es in ihrer Jugend in deutschen Parks auch solche Rausschmeißer mit Messingglocken gegeben hatte. Wir machten einen kurzen Abstecher zum Waitan, sahen in der Nähe von »Lovers' Corner« dem abendlichen Schiffsverkehr auf dem Huang Pu zu. Auf der anderen Seite des Flusses, in Pu Dong, würde eine Wirtschaftssonderzone entstehen, informierte mich Xiao Lin und wunderte sich, wie gut ich über dieses Vorhaben Bescheid wusste.

An den folgenden Tagen bummelten wir in unserer Freizeit gemeinsam durch die Innenstadt von Shanghai. Xiao Lins Monatsgehalt betrug umgerechnet weniger als vierzig Mark, da musste sie eisern sparen, um sich neue Kleidungsstücke kaufen zu können, was sie gern tat. Fünf Mark für eine Bluse oder zehn Mark für ein Kleid auszugeben, erforderte bei diesem Einkommen jedes Mal eine ernsthafte Entscheidung. Jemand, der an deutsche Verhältnisse gewöhnt war, sah die chinesischen Preise mit anderen Augen. Aber es gab nicht nur einen Unterschied zwischen uns bei der Bewertung von Preisen. Beim Kauf von Blusen sah mir Xiao Lin belustigt zu, wenn ich nach einem kleinen eingenähten Etikett suchte. Sie habe sich bislang nie dafür interessiert, ob auf dem Schildchen Polyester oder Baumwolle gestanden habe, ihr sei das Aussehen am wichtigsten gewesen.

Vor Kurzem hatte ich von einem Restaurant mit deutscher Küche gehört und fragte Xiao Lin, ob ihr die Lage des Lokals bekannt sei. Nicht, dass ich nach deutschem Essen gelechzt hätte, aber das Restaurant wollte ich gern kennenlernen. Xiao Lin sagte, es heiße »Deda« und liege in der Nähe. Beeindruckend fand ich das »deutsche Essen« nicht.

Am Freitagmittag kam Zhu wegen des Abendessens zu mir. Er tat geheimnisvoll, ließ mich raten, mit wem ich essen werde. Nicht mit dem Vizepräsidenten? Nein, höher. Also mit dem Präsidenten. Nein, noch höher. Mit dem politischen Leiter? Ja, mit Professor Jiang. Diese Ankündigung fand ich wenig angenehm, war er es doch gewesen, der im letzten Sommer das Untersuchungsverfahren gegen Xiao Lin und ihre Kollegen geleitet hatte. Zhu gegenüber brachte ich zum Ausdruck, wie geehrt ich mich fühlte.

Abends wurde an meine Zimmertür geklopft, ich nahm an, es sei Zhu, der mich zum Essen abholen wolle. Vor der Tür stand Zhu zusammen mit der Leiterin des Auslandsamtes und einem mir unbekannten Herrn, der mir als politischer Leiter der Hochschule vorgestellt wurde. Gemeinsam gingen wir zu einem kleinen Besprechungsraum, den ich nicht kannte, nahmen an einem runden Tisch Platz. Nach dem Austausch der üblichen Höflichkeiten gab mir Professor Jiang einen kurzen Abriss über die Entwicklung der Hochschule. Ursprünglich gehörte sie als eine Abteilung zu derjenigen Universität, mit deren Leitung ich in der kommenden Woche Kooperationsgespräche führen würde. Anfang der 1950er Jahre sei die Abteilung ausgegliedert und zu einer eigenständigen Hochschule ausgebaut worden, was eine örtliche Verlagerung mit sich brachte. Er ließ durchblicken, Zhus Wunsch zu teilen, in die zukünftige Kooperation eingebunden zu werden, ich sicherte ihm zu, diesen Gesichtspunkt in die Gespräche einzubringen. Um meinerseits Freundliches zu sagen, kam ich auf die allenthalben sichtbaren Veränderungen in Shanghai zu sprechen, fragte ihn, welche Entwicklungsstrategien er für seine Hochschule verfolge, ob beispielsweise ein weiterer Ausbau vorgesehen sei. Ungewollt brachte ich ihn mit diesen Fragen in Verlegenheit. Nach kurzem Schweigen kam seine ehrliche Antwort: Bevor Veränderungen in der von mir angesprochenen Art stattfinden könnten, habe das für seine Hochschule zuständige Ministerium in Beijing eine deutliche Anhebung des Ausbildungsniveaus gefordert. Er sei derselben Meinung, die dringend erforderlichen Verbesserungen seien in der augenblicklichen Situation jedoch schlecht zu erreichen. Hauptgrund sei die Überalterung des Lehrkörpers, der zudem unglaublich weiterbildungsresistent sei. Unter diesen Umständen sei eine Ausbildung der Studenten, die sich an internationalen Standards orientiere, schwerlich erreichbar.

Als sei er über seine Offenheit erschrocken, wechselte er schnell zu einem unverfänglicheren Thema über. Mir lag an einer baldigen Beendigung der Gesprächsrunde, Xiao Lin und ich wollten uns am späten Abend treffen. Ich bezog auch Frau Liu, die bisher schweigend zugehört hatte, in unser Gespräch ein, stellte höfliche Fragen zu den derzeitigen Kontakten mit ausländischen Universitäten, lobte meine gute Unterbringung im Gästehaus. Frau Liu bemerkte, ich sei im Vergleich zum Vorjahr schlanker geworden, was zu kleinen Witzeleien Anlass gab und die Atmosphäre zusätzlich auflockerte. In heiterer Stimmung beendeten wir das Abendessen, Jiang begleitete mich zu meinem Zimmer.

Anderntags erschien Zhu früh bei mir, um über unser Projekt zu reden. Mein Vorschlag, die von mir ausgearbeitete Skizze um die Entwicklung eines Weiterbildungsangebots für seine Hochschule zu ergänzen, gefiel ihm und er bat mich, ein Rahmenpapier zu schreiben, das er Professor Jiang vorlegen könne. Die Vorzugsbehandlung durch Jiang vergrößerte mein Ansehen in Zhus Augen, klug versuchte er, daraus für sich einen kleinen Vorteil zu schlagen. Mit dem gleichen Ziel wiederholte er seinen Vorschlag vom letzten Jahr, zusammen mit mir ein Lehrbuch in China zu veröffentlichen. Er werde mein letztes Buch übersetzen und zusätzlich zwei eigene Kapitel schreiben, das war immerhin eine neue Komponente.

Der für den Abend geplante Discobesuch müsse ausfallen, informierte er mich, stattdessen lade er mich nach Hause ein. Zusätzlich kämen zwei Gäste, die ich vom letzten Jahr aus Beijing kenne, die Verlagslektorin und der Kollege, mit dem wir abends über den Tiananmenplatz gegangen waren, also der, bei dem ich Milchkaffee trinken musste. Die Änderung gefiel mir nicht, den Gedanken, Zhu zu fragen, ob Xiao Lin mitkommen könne, verwarf ich sofort wieder.

Wegen der geänderten Planung konnten Xiao Lin und ich nur den Samstagnachmittag miteinander verbringen, anschließend begleitete sie mich zu Zhus Wohnung.

Nach dem Abendessen verkündete mir Zhu mit verlegenem Gesicht, ich könne die beiden kommenden Tage nicht, wie ursprünglich vearbredet, zur freien Verfügung haben. Er werde mich am nächsten Morgen um elf Uhr abholen, um mit mir mehrere Märkte in der Innenstadt zu besuchen. Ich zeigte meinen Ärger deutlicher, als es sich aus Gründen der Höflichkeit geziemt hätte und wollte eine Begründung für diese merkwürdige Bevormundung haben. Erst versuchte Zhu sich mit einem schalen Scherz aus der Affäre zu ziehen, aber ich insistierte weiter und er gab daraufhin den Grund preis. Kurz vor meiner Ankunft in seiner Wohnung habe Frau Liu angerufen und ihn kritisiert, es sei nicht gut, wenn er seinem deutschen Freund zu viel Freiheit ließe, er solle vielmehr ein Programm machen und sich intensiv um mich kümmern, solange ich im Gästehaus wohne.

Aha, der Informationsapparat der *dānwèi* war aktiviert, die Einheit ließ ihre Fürsorge walten. Ich versuchte, Zhu umzustimmen, doch er machte mir deutlich, keinen Spielraum zu haben, er müsse sich den Anordnungen der *dānwèi* fügen. Was blieb mir anderes übrig, als meine Gereiztheit für den Rest des Abends leidlich zu unterdrücken? Wir einigten uns, am folgenden Tag um zehn vom Jinjiang Hotel aus zu unserem Zwangsspaziergang aufzubrechen. Übel gelaunt fuhr ich zum Gästehaus zurück.

Um halb acht stand ich am nächsten Morgen an der Bushaltestelle gegenüber dem Eingang des Hochschulcampus und wartete auf Xiao Lin. Zuerst versperrte mir eine Hundertschaft rot behalstuchter Junger Pioniere die Sicht, dann sah ich sie kommen. Über die veränderte Lage wusste sie Bescheid, am Vorabend habe sie bei ihrer Rückkehr einen Zettel vorgefunden mit der Bitte ihrer Abteilungsleiterin um Rücksprache. Die hatte, ähnlich wie Zhu, einen Anruf von Frau Liu erhalten mit der Weisung, Xiao Lin dürfe auf keinen Fall nach Hangzhou mitfahren.

Von nun an würde man uns nicht aus den Augen lassen. Wohl oder übel mussten wir uns darauf einstellen, gleichzeitig unsererseits versuchen, das zu tun, was wir wollten. Auf der Fahrt zum Jinjiang Hotel machte ich einen Plan. Zuerst würde ich Zhu zu überreden trachten, mir ab ein Uhr meine Freiheit wiederzugeben. Wenn ich ihm half, seine Rolle glaubwürdig zu spielen und wenn ich dafür sorgte, dass er auf keinen Fall sein Gesicht verlor, würde er wahrscheinlich mit sich reden lassen. Wer hat Lust, einen ganzen Sonntag über den Wachhund zu spielen? Für den folgenden Tag erfand ich ein Vorgespräch zu den am Freitag beginnenden Kooperationsgesprächen. Ich würde Zhu die Kopie eines Schreibens meines Rektors geben, das konnte er Frau Liu aushändigen, um dem Ganzen einen offiziellen Anstrich zu verleihen, Chinesen erschienen mir autoritätsgläubig.

Bis zu meinem Treffen mit Zhu gingen wir in dem kleinen Park in der Nähe des Jinjiang Hotels spazieren. Xiao Lin fragte unvermittelt, wie groß der Ort sei, in dem ich wohne. Ich nannte die Einwohnerzahl von ungefähr vierhunderttausend, worauf sie mich verwundert ansah, so klein? In China würde man Orte dieser Größe gewissermaßen als Hintertupfingen ansehen, wo wegen der schlechten Lebensqualität niemand gern wohnen wolle. Sie käme auch aus einer Stadt dieser Größe, begann sie zu erzählen. Wegen ihrer guten Schulnoten und ihrer hohen Punktzahl bei der Universitätsaufnahmeprüfung bekam sie die Chance, an einer Elite-Universität in Shanghai zu studieren, ein Traum für viele, für sie war er in Erfüllung gegangen. Wäre es streng nach Vorschrift gegangen, hätte sie Shanghai nach dem Studium verlassen müssen, da sie nicht aus dieser Stadt stammte. Aufgrund ihrer Bereitschaft, die wenig geliebte Stelle einer Englischlehrerin anzunehmen, durfte sie in Shanghai bleiben. Es wurde Zeit zum Hotel zurückzugehen, wir machten aus, uns hier um eins erneut einzufinden.

Am Eingang des Westflügels, dem mit Zhu vereinbarten Treffpunkt, musste ich nicht lange auf ihn warten. Er kettete sein Fahrrad an ein Eisengitter, dann machten wir uns auf den Weg in Richtung Nanjing Lu.

Der Vormittag bereitete uns beiden kein Vergnügen. Wir besichtigten das neue Ausstellungszentrum, von einem Konsortium aus Hongkong gebaut, gingen zu einem neuen Hotel, das zu einer Kette mit Sitz in Singapur gehörte. Neben Büchern kaufte ich, von Zhu beraten, mehrere Teesorten und am Ende erstand ich auf einem Straßenmarkt zwei Qigong-Kugeln. Zhu begann Ermüdungserscheinungen zu zeigen, ich nutzte die Gelegenheit, meinen Plan umzusetzen, schlug ihm vor, im nahegelegenen Renmin Restaurant zu essen und anschließend nach Hause zu gehen. Er nahm den Vorschlag dankbar an, erhob auch keine Einwände gegen meine erfundenen Kooperationsvorgespräche am nächsten Tag.

Bis zu meinem Ausflug nach Hangzhou nutzten Xiao Lin und ich die Zeit, wie es uns gefiel, von niemand behelligt. Nach meiner Rückkehr aus Hangzhou würde ich sofort in das Gästehaus unserer zukünftigen Partneruniversität übersiedeln, von da ab mussten wir uns hoffentlich keine Gedanken mehr über lästige Aufpasser machen.

Obgleich mir der Ausflug nach Hangzhou ungelegen kam, wollte ich das Beste für mich daraus machen. Wir wohnten in einem schönen Hotel, hauptsächlich mit Touristen aus Taiwan belegt, westliche Ausländer sah ich nicht. Yang stellte ein gutes Abendessen für uns zusammen, lokale Spezialitäten.

Am nächsten Morgen regnete es, wir wanderten nach dem Frühstück am Ufer des Xihu entlang, ließen uns später zu einer Insel inmitten des Sees rudern. Lustlos machten wir uns zu einem Rundgang auf, meine beiden Begleiter hatten alles zigmal gesehen und bei mir wollte sich wegen meiner getrübten Grundstimmung keine Begeisterung einstellen. Die für Touristen — zum Glück auf chinesische Art — hergerichtete Insel bot nichts Spektakuläres.

An einem Pavillon, in dem klassische chinesische Musik auf traditionellen Zupfinstrumenten gespielt wurde, blieben wir stehen, als einziger Ausländer zog ich natürlich die Aufmerksamkeit der Musiker auf mich. Als Zhu ihnen auf ihre Frage antwortete, ich sei Deutscher, spielten sie ohne nachzudenken »Alle Vögel sind schon da«, ich war gerührt. Weiter ging's zu einer kleinen Tempelanlage, bei einem buddhistischen Mönch kaufte ich Räucherstäbchen und warf sie in ein Opferfeuer. Zhu sah es mit Unwillen: Für einen Christen sei das eine Sünde.

Als letzte Sehenswürdigkeit stand eine Tropfsteinhöhle auf dem Plan meiner chinesischen Begleiter. Drinnen kam mir zwar Vieles bekannt vor, aber erst nach und nach erinnerte ich mich, vor drei Jahren durch dieselbe geräumige Höhle gegangen zu sein, doch wollte ich die beiden nicht enttäuschen, verschwieg mein *déja vu*, versuchte vielmehr, einen interessierten Eindruck zu hinterlassen.

Den Nachmittag beendeten wir mit einem kurzen Besuch der Firma, in der Zhus Bruder arbeitete. Ein dicklicher, umständlicher Mann, der vor Jahren in der Tongji–Universität in Shanghai Deutsch gelernt, das meiste davon in der Zwischenzeit aber wieder vergessen hatte.

Im Hotel blieb mir reichlich Zeit zum Ausruhen, bevor ich mich zum Abendessen aufmachen musste. Zhu und Yang warteten am Eingang des Restaurants auf mich, zusammen mit zwei Damen. Die ältere, ich schätzte ihr Alter auf Anfang bis Mitte vierzig, stellte mir Zhu als Leiterin der Eisenbahndirektion Hangzhou vor, begleitet wurde sie von einer Kollegin, die etwa fünfundzwanzig Jahre alt sein mochte.

Wir folgten den beiden Damen in ein kleineres, vornehmeres Restaurant des Hotels, in dem wenige Gäste saßen. Die Eisenbahndirektorin übernahm das Kommando, sie ging die Speisekarte von oben nach unten durch, fragte mich bei jedem Gericht, ob ich es schon gegessen habe und am Ende wurde fast alles bestellt, was ich nicht kannte.

Das erstklassige Essen schmeckte mir vorzüglich, dazu tranken wir einen akzeptablen chinesischen Wein. Auch die Gespräche langweilten mich nicht, wenngleich sie wie stets unter der Notwendigkeit des ständigen Übersetzens litten. Insoweit erschien alles in bester Ordnung, als störend empfand ich, dass ohne vorherige Ankündigung zwei Frauen aufgetaucht waren. Anstößiges konnte ich mir im sittenstrengen Reich der Mitte nicht vorstellen, andererseits hatte ich bislang in China noch kein Restaurant kennengelernt, dessen Decke, wie in diesem, barbusige Nymphen zierten. Und da ich mich hier in der Verbannung fühlte, blieb ich wachsam.

Nach dem Essen wurde eine Halbliterflasche Lao Jiu serviert, ein nicht so hochprozentiger Schnaps wie Moutai, aber von ähnlichem Geschmack. Wir tranken einander zu, Zhu nahm wie gewöhnlich einen einzigen, winzigen Schluck, damit er kein rotes Gesicht bekam. Die beiden Damen waren von anderem Kaliber, dauernd hieß es, auf mich gerichtet, *gānbēi* und, schwupp, hatten wir die erste Flasche geleert, umgehend wurde die zweite auf den Tisch gestellt. Da Yang auch schnell aufgab, lief das Turnier bald ausschließlich zwischen den beiden Chinesinnen und mir ab. Einmal prostete mir die eine zu, dann die andere, da ich jedes Mal mein Glas leeren musste, entfiel auf mich doppelt so viel Schnaps wie auf jede von ihnen. Der Alkohol drängte meine Skepsis mehr und mehr zurück, als die dritte Flasche geöffnet wurde, flammte mein Argwohn erneut auf, mit dieser Sauferei werde vielleicht ein Ziel verfolgt, das nicht in meinem Interesse lag. Oder wollten sie nur testen, wer zuerst unter dem Tisch lag? Nach Leerung der dritten Flasche kam kein weiterer Nachschub, wir tranken zum Abschluss Kaffee an der Bar, bedankten uns bei den Damen und suchten unsere Zimmer auf.

Gleich nach dem Mittagessen begaben wir uns am nächsten Tag zum Bahnhof, um die Rückreise nach Shanghai anzutreten, die beiden Damen vom Vorabend erwarteten uns. Gemeinsam nahmen wir im Warteraum »für privilegierte Personen« Platz und unterhielten uns bis zur Einfahrt des Zuges. Von Zhu erfuhr ich, die Eisenbahndirektorin habe alles für uns arrangiert. »Du verstehst China noch nicht richtig, Gesicht ist wichtiger als Stempel«, bemerkte er vielsagend, »es bedeutet wenig, den Präsidenten einer Universität zu kennen, du musst einen guten Freund in der Uni haben, der dir hilft.« Übrigens habe dieselbe Direktorin im vergangenen Jahr unsere Bahnfahrt ermöglicht, als wir in Hangzhou keine Fahrkarten kaufen konnten. Nach kurzem Schweigen fuhr er fort: »Sei in der anderen Universität vorsichtig, vor zwei Jahren wollte ich eine deutsche Professorin auf dem dortigen Gästecampus besuchen, an der Eingangspforte kontrollierte man mich streng, ich musste mehrere Formulare ausfüllen.« Irgendwie würde ich Zhao Ming schon auf den Campus bekommen, warf ich zuversichtlich ein. »Zhao Ming meine ich nicht, sondern die andere.« Ich versprach ihm, vorsichtig zu sein, wir würden uns im Zentrum von Shanghai treffen und Shanghai sei groß. »Nein, Shanghai ist nicht groß, wenn man beobachtet wird«, lautete sein abschließender Kommentar. Wir standen auf und gingen zum soeben eingefahrenen Zug. Ich bedankte mich ein weiteres Mal bei den trinkfesten Eisenbahnerinnen für den angenehmen Abend, wir stiegen ein, der Zug setzte sich langsam in Bewegung.

Für Tagebucheinträge hatte ich in den letzten Tagen kaum Zeit gefunden, die langweilige Bahnfahrt bot mir Gelegenheit, Versäumtes nachzuholen. Zhu und Yang glichen derweil fehlenden Schlaf aus, beim Schreiben konnte ich ungestört meinen Gedanken nachhängen.

Der Zug näherte sich Shanghai, ich musste einen Weg finden, um mit Xiao Lin in Kontakt zu treten. Unsere ursprüngliche Annahme, ich würde spätestens um acht Uhr abends in dem neuen Gästehaus sein, stellte sich jetzt als obsolet heraus, erst nach acht Uhr konnten wir in Shanghai eintreffen. Xiao Lin würde zu diesem Zeitpunkt im Fakultätsbüro auf meinen Anruf warten, ich musste eine Möglichkeit finden, sie über die Verspätung zu unterrichten und bat Zhu um Hilfe. Er lehnte lächelnd ab, Frauen solle man ruhig warten lassen, das steigere die Spannung. Auch bei meinem zweiten Versuch biss ich auf Granit, seine Stimme sei in der Telefonzentrale zu gut bekannt, da ihm die Einrichtung unterstehe, er habe außerdem die Anweisung gegeben, nach neun Uhr keine Gespräche mehr aus der Hochschule heraus zu vermitteln.

Während des Gesprächs beobachtete Yang uns schweigend, außer »Xiao Lin« und »Telefon« konnte er vermutlich kein Wort verstehen, doch das reichte ihm, um sich einen Reim auf die Angelegenheit zu machen. Auf Französisch fragte er mich, ob er helfen könne. Da Zhu uns nicht verstand, sprach ich offen mit ihm, er sicherte mir zu, Xiao Lin anzurufen und ihr meine neue Telefonnummer mitzuteilen, sobald er in seinem Büro sein werde.

Am Bahnhof wurden wir von Frau Liu betont freundlich in Empfang genommen, der lange Chauffeur stand draußen neben dem Hochschul-Shanghai, mein Koffer lag schon im Auto. Wir fuhren auf direktem Weg zu meiner neuen Wirkungsstätte.

Die Universität verfügte über einen gesonderten Campus für Gäste, mit mehreren Häusern, natürlich alles von einer hohen Mauer umgeben, ein kleines Dorf. Am Eingangstor musste eine Reihe von Formalitäten erledigt werden, die dank meiner chinesischen Helfer wenige Minuten in Anspruch nahmen, gegen fünf Yuan Kaution bekam ich einen Schlüssel ausgehändigt. Meine Unterbringung sah recht komfortabel aus, für die nächsten Tage stand mir eine Zweizimmerwohnung mit Küche und Bad zur Verfügung. Yang schrieb sich schnell meine Telefonnummer auf, dann ließen mich die beiden Chinesen allein.

Auf gut Glück wählte ich die Telefonnummer, die ich mittlerweile auswendig kannte, in der Zentrale meldete sich eine Stimme, ich sagte mein Sprüchlein auf, Xiao Lin hob kurz darauf den Hörer ab. Am Ende des Gesprächs bat ich sie, auf Yangs Anruf zu warten, damit der hilfreiche *postillon d'amour* beruhigt sein konnte, die übernommene Aufgabe erfolgreich abgeschlossen zu haben.

Zhao Ming rief mich am nächsten Morgen vom Eingang des Gästecampus an, ich lief schnell hin, um sie abzuholen, allein wollte man sie nicht auf das Gelände lassen. Bei ihrer Einreise hatte es keinerlei Probleme gegeben, jetzt wartete sie auf das Resultat ihrer Untersuchung im Gesundheitsamt, ein Aidstest hatte dazugehört. Nur bei einem unbedenklichen Ergebnis würde sie die Ausreiseerlaubnis bekommen, Zhao Ming wirkte angespannt. Bevor uns eine junge Frau vom Auslandsamt zum Besprechungsraum führte, beredeten wir kurz, wie ich vorzugehen gedachte.

Meine Gesprächspartner trafen nach und nach ein, wir begrüßten uns in lockerer Atmosphäre, Zhao Ming stellte ich als meine Sekretärin vor. Bis auf den neuen Vizepräsidenten, meinen direkten Ansprechpartner, kannte ich alle Teilnehmer vom letzten

Jahr. Nach dem Austausch der üblichen höflichen Übertreibungen stellte ich in knappen Worten meinen Kooperationsentwurf vor und ging gesondert auf diejenigen Punkte ein, die im ersten Gespräch vor einem Jahr als wichtig erachtet wurden. An vorderster Stelle gehörten dazu der Austausch von Dozenten und Studenten sowie Finanzierungsmöglichkeiten für die Durchführung gemeinsamer Projekte.

Der ebenfalls anwesende Leiter des Rechenzentrums schlug sich seit längerem mit einem lästigen Problem herum, sein von einem deutschen Elektronikkonzern stammender und in die Jahre gekommener Hauptcomputer musste in letzter Zeit häufiger repariert werden. Das sei jedes Mal eine kostspielige Angelegenheit und er suche nach einem ausrangierten Computer gleichen Typs, dem man im Bedarfsfall Funktionseinheiten als Ersatzteile entnehmen könne. Zufall oder Fügung, ich benutzte in Deutschland seit mehreren Jahren denselben Computertyp, der Ersatz durch einen moderneren innerhalb des nächsten Vierteljahrs stand schon fest und somit konnte ich ihm den alten Computer anbieten.

Meine chinesischen Kollegen wollten sich am Nachmittag eingehender mit dem Vertragsentwurf beschäftigen, wir vertagten uns auf den kommenden Vormittag. Ich war froh, den Rest des Tages zur freien Verfügung zu haben, nahm ein Taxi zum Waitan, wo Xiao Lin und ich uns am Spätnachmittag treffen wollten.

Am nächsten Tag, einem Samstag, holte ich Zhao Ming morgens am Eingang des Gästecampus ab, in guter Stimmung kam sie auf mich zu, kurz zuvor habe sie ihr Gesundheitszeugnis abgeholt, alles sei in Ordnung. Unsere Kooperationsbesprechung dauerte wenig länger als eine Stunde, mein Entwurf fand mit zwei unwesentlichen Ergänzungen Zustimmung, wahrscheinlich wollte man schnell ins private Wochenende. Vorsichtig fühlte ich noch vor, ob die Möglichkeit bestehe, Zhus Hochschule in die Kooperation einzubinden, man winkte sofort ab.

Damit war meine offizielle Mission an diesem Ort erledigt, allerdings konnte ich bis zum darauffolgenden Dienstag in der Gästewohnung bleiben.

Meine Gastgeber hatten für mich eine Fahrt auf dem Huang Pu vorbereitet, ein Assistent mit guten Deutschkenntnissen sollte mich begleiten. Ich fragte Zhao Ming, ob sie Lust habe, mitzufahren, was sie verneinte, da sie als Shanghaierin alles zu Genüge kannte. Als ich sie gespielt beiläufig wissen ließ, anschließend würde ich Xiao Lin treffen, änderte sie schlagartig ihre Meinung, dem zum Dolmetschen verdonnerten Assistenten gefiel es, dass er nicht mehr gebraucht wurde.

Die Fahrt mit dem Ausflugschiff kam mir als Übergang zu den folgenden freien Tagen gelegen, die Sonne schien zwar nicht kräftig, sorgte aber für eine angenehme Temperatur, ich genoss es, auf dem Wasser zu sein. Der Fluss wurde breiter, wir näherten uns der gemeinsamen Mündung von Changjiang und Huang Pu. Auf der Höhe von Wusong wendete das Schiff.

Den Namen dieser Stadt las ich zum ersten Mal in dem erwähnten Buch des »rasenden Reporters« Egon Erwin Kisch, als er die Zerstörung des Orts durch Geschütze und Bomben der Japaner im Jahr 1932 beschrieb. Nach Kischs Darstellung wurden nur diejenigen Gebäude von den Japanern verschont, auf denen Flaggen ausländischer Mächte wehten. Der von Deutschen in Wusong gegründeten Tongji–Universität[19] bot die schwarzrotgoldene Flagge auf dem Dach keinen Schutz, sie war als Universität für Chinesen errichtet worden. Ob ein Jahr später die schwarzweißrote Hakenkreuzfahne größere Rücksicht der Angreifer bewirkt hätte? Kisch beschrieb die anschließende Untersuchung der japanischen Gräueltaten durch eine Völkerbundskommission, die aber erst nach den Aufräumungsarbeiten der Japaner eingetroffen war, denn »Es hätte wirklich nicht gut ausgesehen, Gruppen hingerichteter Chinesen und Chinesinnen, Leichen mit Knebeln im Mund, mit abgehackten Gliedmaßen. Solcher Anblick hätte den Herren vom Völkerbund, die mit Empfängen, Tees, Diners und Soupers belastet sind, den Appetit verderben können. Unmittelbar nach der Besichtigung von Tschapei und Wusong aßen sie im Cathay–Hotel, das Festmahl war von den Veranstaltern des Krieges veranstaltet, obwohl Shanghai eigentlich in China und nicht in Japan liegt«.

Als ich Zhao Ming auf diese Ereignisse ansprach, sagte sie mit zornigem Gesicht: »Ich hasse die Japaner.« Welchen Grund sie

---

[19] später erfolgte die Verlegung nach Shanghai

für ihren Hass habe, wollte ich wissen, die Kriegsverbrechen der Japaner zwischen 1932 und 1945 waren lange vor ihrer Geburt begangen worden. Sie begann von ihrer Großmutter zu erzählen, die nach zwei Töchtern noch einen Sohn geboren hatte. Drei Wochen nach der Geburt des Kindes marschierten im Jahr 1938 japanische Soldaten in das Dorf der Großmutter ein. Um den Vergewaltigungen durch die Japaner zu entgehen, versteckten sich ihre Großmutter und elf weitere Frauen inmitten eines Maisfeldes in einem mit Reisig und Blättern zugedeckten Erdloch. Dann seien japanische Soldaten in der Nähe vorbeigezogen und ihre Stimmen lauter und lauter geworden. Dadurch habe das drei Wochen alte Baby zu schreien angefangen, worauf ihre Großmutter schnell ein Kleidungsstück auf das Gesicht des Kindes drückte, damit das Schreien nicht ihr Versteck verriete. Die Soldaten seien fortgegangen, ohne die Frauen bemerkt zu haben, die Großmutter hatte ihren eigenen Sohn erstickt.

Wir wechselten das Thema, ein unbefangenes Gespräch wollte für den Rest der Fahrt aber nicht mehr in Gang kommen. Wieder an Land, zeigte ich Zhao Ming ein Foto von Xiao Lin, damit sie mir helfen konnte, Ausschau nach ihr zu halten. Es dauerte nicht lange, bis wir sie kommen sahen, ich machte die beiden Damen miteinander bekannt.

Zhao Ming lud uns zum Abendessen ins He Ping ein. Sie verfügte in Deutschland über ein ordentliches Monatseinkommen, Skrupel wegen der für chinesische Verhältnisse hohen Preise musste ich nicht haben. Unsere Gespräche während des Essens litten darunter, dass wir keine gemeinsame Sprache hatten: Xiao Lin sprach gut chinesisch und englisch, Zhao Ming beherrschte Chinesisch und Deutsch, Englisch kaum, ich konnte mich in meiner Muttersprache und im Englischen verständigen. So führten wir bilaterale Gespräche, in die die jeweils dritte Person per Übersetzung eingebunden werden musste. Darüber hinaus vermochten Xiao Lin und Zhao Ming nicht ohne Scheu miteinander zu sprechen. Xiao Lin und ich machten kein Hehl daraus, wie wir zueinander standen, wozu auch, Zhao Ming konnte sich ihr Teil denken, nicht zuletzt wegen meiner häufigen Telefonate. Als die Ältere — Xiao Lin war ein paar Jahre jünger — konnte Zhao Ming einen gewissen Respekt beanspruchen, andererseits färbte meine Stellung als Zhao Mings »Oberboss« auf Xiao Lin ab. Meine »Sekretärin« verabschiedete sich bald nach dem Essen, meine Frage, welchen Eindruck sie gemacht habe, beantwortete Xiao Lin lakonisch mit »sehr westlich«.

Nach Erledigung meiner berufsbedingten Tätigkeiten in Shanghai standen weitere Aufgaben in Nanjing und in Beijing an. Während es in Beijing um Konkretes, den Abschluss eines Kooperationsvertrags ging, folgte ich in Nanjing einer Einladung von Zhus Cousine. Sie hatte durchblicken lassen, an einer Zusammenarbeit interessiert zu sein. Für weitere Kooperationen auf Universitätsebene fehlte in meiner Hochschule die Bereitschaft, aber man konnte ja beispielsweise auf Fakultätsebene zusammenarbeiten, Nanjing, die Hauptstadt der Provinz Jiangsu, war eine gute Adresse. Das Land Baden-Württemberg ging bald nach der Öffnung Chinas eine Kooperation mit der Provinz Jiangsu ein, Nordrhein-Westfalen folgte später. Die Küstenprovinz gehörte zu den wirtschaftlich erfolgreichen Regionen Chinas mit guten Zukunftsaussichten. Ein Besuch in Nanjing, an der Eisenbahnlinie Shanghai–Beijing gelegen, erforderte nur geringen zusätzlichen Aufwand und so hatte ich die erneute Einladung der Präsidentin gern angenommen.

Jetzt standen mir erst einmal drei Tage zur freien Verfügung, die wir gut nutzen wollten. Abgesehen von dem Sonntag zu Beginn der drei Tage würden uns an den beiden restlichen Tagen freilich nur wenige Nachmittagsstunden für gemeinsame Unternehmungen bleiben.

Wir verließen das Restaurant, verweilten kurz am Waitan und machten anschließend einen gemütlichen Abendbummel durch Nanjing Lu. In einem kleinen Geschäft suchten wir ein Seidentuch für Xiao Lin aus, was geraume Zeit in Anspruch nahm. Am Ende entschied sie sich für ein modern gemustertes Halstuch mit klaren geometrischen Formen und kräftigen Farbtönen. Ich wollte gleichzeitig einen weißen Seidenschal für mich kaufen, von der Verkäuferin kam nur ein schulterzuckendes *méiyǒu* — nicht haben.

Gegen elf Uhr trafen wir uns am nächsten Vormittag vor dem Volkspark. Ich hatte einer chinesischen Bekannten in Deutschland versprochen, ihre Eltern zu besuchen, um ein Geschenk für sie abzuholen. Xiao Lin verspürte wenig Lust mitzukommen, doch eine Verständigung würde nur mit ihrer Hilfe möglich sein, widerwillig biss sie in der sauren Apfel.

Das schöne Wetter ermunterte uns, zu Fuß zu gehen, eine Weile folgten wir Xizang Lu in südlicher Richtung und bogen nach dem Überqueren der Huaihai Lu an der übernächsten Straßenkreuzung nach rechts ab. Wenige Minuten später erreichten wir die Gegend, in der die Familie wohnen musste, ein altes Wohngebiet, die kleinen, in der Mehrzahl zweigeschossigen Wohnhäuser, stammten vermutlich aus den 1920er Jahren. Die Suche nach der Wohnung gestaltete sich schwieriger als erwartet, Xiao Lin zeigte schließlich den Zettel mit der Adresse einem alten Mann, der auf einem Stuhl vor seiner Haustür saß und die Zeitung studierte. Wir hatten Glück, seine Beschreibung half uns, ohne weitere Umwege das Namensschild der gesuchten Familie zu finden, an der Wand eines Torbogendurchgangs. Als wir ratlos umherblickten, weil wir keinen Klingelknopf entdecken konnten, nicht einmal einen Eingang, kam eine alte, grauhaarige Frau auf uns zu. Xiao Lin sprach kurz mit ihr, die Frau zeigte auf eine hölzerne Treppe, die wir gesehen, nicht aber für den Zugang zu einer Wohnung gehalten hatten. Die schmale Treppe stieg steil an, wie die Ausziehtreppen in vielen Einfamilienhäusern, die hinter einer Luke versteckt in die Decke eingelassen sind und oft ein ganzes Jahr lang nicht benutzt werden. Hier stellte die Treppe mit den tief ausgetretenen Stufen die einzige Möglichkeit dar, eine Wohnung zu betreten und sie zu verlassen.

Xiao Lin machte ein ungläubiges Gesicht, das sollte der Zugang zur Wohnung sein? Ich bat sie, voranzugehen, wenn ihr Kopf oben auftauche, würde man weniger erschrocken sein und sie würde ihre unerwartete Anwesenheit schnell begründen können. In dem Raum, in den die Treppe mündete, hielt sich niemand auf, Xiao Lin musste zweimal vernehmlich *wèi* rufen, bis eine Frau herbeikam. Sie stellte sich als Frau Zhou vor und bat uns, in einem angrenzenden Zimmer Platz zu nehmen, einem kleinen Raum, unter dessen Fenster ein quadratisches Tischchen mit drei Stühlen stand. Ein nicht unwesentlicher Teil des Zimmers wurde von einem Bett eingenommen mit einer bunten Tagesdecke drauf, die den Schlafzimmereindruck ein wenig abmilderte.

Frau Zhou zog sich entschuldigend zurück, sie wolle sich andere Kleidung anziehen, verständlich, der hochherrschaftliche Besuch hatte sie unvorbereitet überfallen. Ringsum sah alles ordentlich und sauber aus, aber es roch alt, wie immer, wenn Holzbalken in alten Häusern offen liegen. Im Emmental schlief ich einmal in einem ehemaligen Stöckli, da hatte alles aus Holz bestanden und der wenig angenehme Geruch des Zimmers ließ sich selbst durch stundenlanges Lüften nicht vertreiben. In den alten bretonischen Bruchsteinhäusern, die ich kannte, rochen die Holzbalkendecken unangenehm stockig, eine muffige Komponente aus den feuchten Wänden ergänzte den wenig anheimelnden Geruch. Hier roch es chinesisch alt.

Frau Zhou brachte Tee und stellte chinesische Süßigkeiten auf den Tisch, die Aufregung hatte ihr Gesicht gerötet. Ich überreichte einen Brief ihrer Tochter, sie nahm ihn, öffnete den Umschlag, schwieg einen Moment mit verlegener Miene und bat dann Xiao Lin, den Brief vorzulesen, da sie nicht lesen könne. Anschließend unterhielten sich Frau Zhou und Xiao Lin, ich wurde hin und wieder in ihr Gespräch eingebunden, wenn es um Deutschland betreffende Fragen ging. Das Geschenk musste geholt werden, derweilen berichtete mir Xiao Lin, Frau Zhou habe sich beeindruckt gezeigt, wie problemlos wir miteinander umgingen, sie habe daraus den Schluss gezogen, auch ihre Tochter würde in Deutschland gut zurechtkommen. Ich erschrak, als Frau Zhou mit dem Geschenk zurückkam: Sie hatte eine Jacke bei einem Schneider anfertigen lassen — Friseure und Schneider waren in China unglaublich billig —, wie sollte ich dieses Kleidungsstück in meinem ohnehin prall gefüllten Koffer unterbringen? Die Einladung zum Mittagessen lehnten wir dankend ab und ergriffen gleichzeitig die Gelegenheit, uns zu verabschieden.

Auf dem Weg zu meinem Hotel gestand ich Xiao Lin, dass ich froh war, den Besuch hinter mir zu haben. Ich hatte das gleiche

Unbehagen gespürt, das mir aus meiner Kindheit in Erinnerung war, wenn ich, wahrlich nicht aus begüterten Verhältnissen stammend, einen Klassenkameraden besuchte, dessen Familie in erbärmlichen Nachkriegsverhältnissen lebte. Wie damals hatte ich mich als unerwünschter Zuschauer gefühlt, Xiao Lin war es ähnlich ergangen.

Am Mittwochmorgen nahm ich einen frühen Zug, um gegen Mittag in Nanjing zu sein. Auf diese Weise blieben mir dort mehr als zwei Tage für Gespräche sowie eventuelle Vorlesungen und ich konnte das Wochenende freihalten, Xiao Lin wollte dann ebenfalls nach Nanjing kommen.

Im Eisenbahnabteil saß ich einem Chinesen gegenüber, mit dem ich schnell ins Gespräch kam. Er stammte aus Chengdu, Hauptstadt der Provinz Sichuan, war mit seinen Eltern vor vierzig Jahren nach Singapur ausgewandert und arbeitete in leitender Stellung für einen amerikanischen Chemiekonzern. Augenblicklich befand er sich auf einer Geschäftsreise, die ihn zum zweiten Mal seit der Auswanderung in sein Geburtsland führte. Den harten Kurs Deng Xiaopings verteidigte er vehement, Chinesen müssten mit starker Hand geführt werden, sie brauchtes das. Das Leben in Singapur lobte er über den grünen Klee, der Stadtstaat habe die jeweils besten Elemente aus Kapitalismus und Sozialismus zu einer wunderbaren Symbiose vereint. Wie mir schien, stellten die Community Centers die wichtigsten sozialistischen Elemente in den Augen dieses glühenden Singapurpatrioten dar.

Später gesellte sich ein chinesischer Ingenieur zu uns und koppelte sich in das Gespräch ein. Er beklagte sich bitter über die Zustände in China und stellte Forderungen nach einem Systemwandel in Richtung Demokratie, seine Offenheit wunderte mich, der 4. Juni 1989 lag kaum ein Jahr zurück.

Ich dachte an Mao Zedongs »Hundert Blumen Rede« vor mehr als dreißig Jahren. Nach Gründung der Volksrepublik wurden die zu den Intellektuellen gezählten Chinesen im kommunistischen Sinn umerzogen, bei uns im Westen benutzte man dafür den plakativen Begriff »Gehirnwäsche«. Als Mao und seine Anhänger die gedankliche Umerziehung erfolgreich abgeschlossen wähnten, hielt der Große Vorsitzende eine Rede mit den aufmunternden

Sätzen: »Den Künstlern und Schriftstellern sagen wir ›Lasst hundert Blumen blühen‹. Den Wissenschaftlern sagen wir ›Lasst hundert Schulen miteinander wetteifern‹.« Nach neun Monaten wurde Mao noch deutlicher und forderte zu freimütiger öffentlicher Kritik an den Maßnahmen der Kommunistischen Partei Chinas auf. Ein paar Mutige wagten sich vor und da denen nichts passierte, schwoll die öffentliche Kritik lawinenartig an.

Ausmaß und Härte der Kritik begannen für die Partei unerträglich zu werden, da schnappte die Falle zu und alle Kritiker wurden Strafmaßnahmen unterworfen. Nach offizieller Sprachregelung handelte es sich bei der Ermunterung zur Kritik um eine bewusste Aktion zum Erkennen und anschließenden Ausjäten der noch vorhandenen giftigen Gewächse. Wollte sich der Ingenieur uns gegenüber wichtig machen ohne Rücksicht auf eventuelle Probleme oder hatten sich die Zeiten so stark geändert?

Mittags kam ich in Nanjing an, anders im letzten Jahr konnte ich jetzt mit einer gewissen Genugtuung die chinesischen Schriftzeichen auf den Stationstafeln lesen. Da ich auch dieses Mal als einziger Ausländer den Zug verließ, erkannte mich die junge Dame, die mich abholen sollte, sofort. Ich hatte den Leiter des Auslandsbüros erwartet, Yao Fang entschuldigte ihn, vor einer Woche sei er zu einem längeren Aufenthalt nach Essex abgereist. Die Gelegenheit habe sich kurzfristig geboten und es sei ihm nicht möglich gewesen, mich zu benachrichtigen.

Im Gästehaus bekam ich das gleiche dunkle und muffige Zimmer wie im Vorjahr zugewiesen. Über mir wohnte nicht mehr Arba Herr, sondern ein Englischlehrer aus Singapur. Yao Fang ging mit mir zur Mensa, die ich noch in schlechter Erinnerung hatte. Für mich unerwartet stießen wir dort auf ihren Mann und ihre Schwiegereltern, sympathische Leute, die wahrscheinlich einen Ausländer aus der Nähe sehen wollten.

Nach dem Essen fand ein kurzes Treffen mit chinesischen Kolleginnen und Kollegen statt, bei dem Zeitplan und Inhalte meiner »lectures« besprochen wurden. Mit Mühe gelang es mir, das Wochenende von Vorträgen und organisierten Ausflügen frei zu halten. Man zeigte sich neugierig, warum mir das so viel bedeutete, ich nahm Zuflucht zu einer Ausrede. Als ich den Wunsch äußerte, am nächsten Tag die Gedenkstätte für das Massaker von Nanjing zu besuchen, verhielt man sich zögerlich, zumindest war das mein Eindruck. Man müsse erst prüfen, ob ein Auto verfügbar sein werde.

Am anderen Morgen lief alles nach Wunsch, ein Auto stand bereit, Yao Fang holte mich ab. Die Fahrt kam mir lang vor, ich hatte das Mahnmal näher am Stadtkern erwartet, doch es lag in einem südlichen Vorort, vielleicht weil es auf einem weitläufigen Areal errichtet war, das näher am Stadtzentrum nicht zur Verfügung gestanden hatte, oder kam diesem Ort eine besondere Bedeutung im Zusammenhang mit den Verbrechen der Japaner zu? Die gut gesicherte Anlage schien noch nicht lange zu bestehen.

Bei den zahlreichen steinernen Gedenktafeln im Außenbereich verweilte ich nur kurz, da ich die langen, eingemeißelten Texte nicht lesen konnte. In dem gedrungenen, an einen Bunker erinnernden Museumsgebäude fielen mir als Erste große Vitrinen mit Schädeln und Knochen ins Auge, ein Anblick, wie man ihn aus Beinhäusern kennt. Aber hier wurden keine Gebeine von Verstorbenen aufbewahrt, die ein natürliches Ende gefunden hatten, die Vitrinen bargen Überreste von Menschen, die, wie man mir erzählt hatte, von japanischen Soldaten teilweise auf unglaublich grausame Weise ermordet wurden. Auch wenn die Zahl der Gebeine diejenige eines gewöhnlichen Ossariums um ein Vielfaches überstieg, musste man sie im Vergleich zu den insgesamt während des Massakers ermordeten Chinesen, man sprach von dreihunderttausend, gering nennen. Dreihunderttausend in weniger als fünf Monaten, beginnend mit dem 13. Dezember 1937, hauptsächlich Kriegsgefangene und Menschen aus der Zivilbevölkerung.

Yao Fang kannte die Gedenkstätte genauso wenig wie ich, beklommen ging sie neben mir her, die Knochen der Toten schienen ihr unheimlich zu sein, ich wagte nicht, sie darauf anzusprechen. Wir wandten uns den ausgestellten Dokumenten zu. Als sie Fotos betrachtete, die von Ausländern gemacht wurden, mussten wir uns setzen, zu stark wühlten die Bilder sie auf. Hört man von aufgeschlitzten Körpern vergewaltigter Frauen und Mädchen, von verstümmelten Leichen, abgesäbelten Köpfen, ist das unerträglich. Sieht man Bilder, geht das Grauen weitaus tiefer, selbst wenn sie von schlechter technischer Qualität sind.

Nach dem Verlassen des Museums begann Yao Fang zu erzählen, was sie über das Massaker wusste, kam auf die unmenschlichsten Grausamkeiten zu sprechen, von denen sie gehört hatte. Um das Morden für sich abwechslungsreicher und amüsanter zu gestalten, hätten die japanischen Soldaten »Tötungsspiele« ersonnen. Kleine Kinder seien in die Luft geworfen worden, um sie im Hinunterfallen mit Bajonetten aufzuspießen. Mit großen Nägeln hätten Japaner gefangenen Chinesen die Hände durchlöchert, Drähte durch die Löcher gezogen und damit die Männer zu Gruppen zusammengebunden. Anschließend hätten sich die Soldaten im geschickten Umgang mit ihren Bajonetten geübt, indem sie den Männern Ohren, Nasen, Augenlider abschnitten, bevor sie ihre Opfer vollends umbrachten. In vielen tausend Fällen habe man sich gar nicht erst die Mühe des Tötens gemacht, sondern lebendige Menschen in Massengräber geworfen und sie mit Erde zugeschüttet.

Schätzungen zufolge seien mehr als sechzigtausend Frauen und junge Mädchen — Kinder ab zwölf Jahren hätten die japanischen Kommandeure ihren Soldaten für den Missbrauch als »Trostfrauen« freigegeben — vergewaltigt worden, japanische Soldaten hätten viele ihrer Opfer nach mehrfachen Vergewaltigungen brutal umgebracht, andere in japanische Kriegsbordelle verschleppt.

Stimmte das, was Yao Fang erzählte? Für mich gab es keine Möglichkeit, ein eigenes auf Fakten beruhendes Urteil zu bilden.

Wir fuhren zur Universität zurück. Wieso nahm die westliche Welt kaum Notiz von den Kriegsverbrechen der Japaner? Hätten sich nach der japanischen Niederlage andere Krieg führende Nationen gegen die Amerikaner durchsetzen können und den japanischen Kaiser Hirohito als Oberkommandierenden der japanischen Streitkräfte wegen der Kriegsverbrechen unter Anklage gestellt, wäre es den Japanern nicht so leicht gefallen, dieses für sie lästige Thema durch simples Leugnen oder Herunterspielen zu unbedeutenden Zwischenfällen auszusitzen, bisher hatte sich diese Taktik als erfolgreich erwiesen. Was für ein Aufschrei würde durch die Welt gehen, falls ein hoher deutscher Politiker — welch unvorstellbarer, aberwitziger Gedanke — zum Grab eines deutschen Kriegsverbrechers pilgern würde! Wenn ein japanischer Ministerpräsident zum Yasukunischrein geht, nimmt das außer Chinesen und Koreanern so gut wie niemand zur Kenntnis.

Ein Beispiel für japanischen Umgang mit Verbrechen der Vergangenheit hatte ich selbst erlebt. Vor Jahren lud mich ein japanisches Ehepaar in Deutschland zum Abendessen ein, nach dem Essen begann der Hausherr über den europäischen Kolonialismus zu sprechen, wurde schnell emotional und sparte nicht mit schweren Beschuldigungen. Er mochte recht haben, doch warum erzählte er das mir, einem Deutschen, Deutschland hatte als Kolonialmacht im Hinblick auf Größe der Kolonien und Dauer der Kolonialzeit zu den »kleinen Lichtern« gezählt? Trotz meines Ärgers versuchte ich höflich zu bleiben, wies aber darauf hin, dass Japan 1932 begonnen habe, sich große Teile Ostasiens als Kolonien einzuverleiben. Da herrschte er mich an, mir als einem Europäer stünde nicht das Recht zu, darüber zu sprechen, da es sich seinerzeit um einen internen ostasiatischen Familienstreit gehandelt habe. Bei soviel Chuzpe war mir die Spucke weggeblieben, mehr als zehn Millionen tote Menschen allein in China — durch Zankereien unter Familienmitgliedern!

Am Abend klopfte jemand an meine Tür, der über mir wohnende Singapurianer holte mich zum Essen ab. In der Mensa erzählte er, seine Eltern seien 1949 aus China nach Singapur, zu jener Zeit noch britische Kronkolonie, ausgewandert. Er hieß Yang Dawei, meine Frage, ob er Christ sei, bejahte er verwundert, wollte wissen, wie ich zu der Vermutung kam. Yangs Vertrag als Englischlehrer galt bis zum Frühjahr des kommenden Jahres. Im engeren Sinn war er kein »native speaker«, bei einem Universitätsabsolventen aus dem Stadtstaat Singapur, in dem Englisch (neben Chinesisch, Malayisch und Tamil) die erste Amtssprache ist, hatte man englische Sprachkenntnisse wie bei einem Muttersprachler unterstellt. Allzu leichtfertig, sein Englisch klang für mich erbärmlich, schlimmer als das von Chen, dem Englischprof »meiner« Hochschule in Shanghai, den man seinerzeit vom Russisch- zum Englischlehrer umgetopft hatte. Mich wunderte es nicht, dass Yang Lehrverbot erteilt worden war: Er bekam weiterhin sein Gehalt, »brauchte« aber nicht mehr zum Unterricht zu erscheinen.

Es ging aufs Wochenende zu. Am Freitagnachmittag hielt ich eine Vorlesung vor großem Auditorium. Ein Kollege spielte den Dolmetscher, da er vermutete, nicht alle Studenten seien in der Lage, meinem Vortrag ohne Übersetzung zu folgen. Nach Abarbeitung des fachlichen Teils ermunterte mein Kollege die Studenten, allgemeine Fragen zu stellen. Zu Beginn lief meine Befragung zäh, als sich Mutige vorwagten, ohne dass ihnen Schlimmes widerfuhr, war der Bann gebrochen. Zunächst kamen Fragen, wie ich sie aus ähnlichen Situationen kannte, die Lebensverhältnisse deutscher Studenten, welche Vorstellungen ich von der deutschen Wiedervereinigung habe. Dann wurde ein neuer und heikler Fragenkomplex angeschnitten, wie es junge Menschen in Deutschland, namentlich Studentinnen und Studenten, mit der Sexualität hielten, wollte ein Student von mir wissen. Mein chinesischer Kollege wurde sichtlich nervös ob dieser Ungeheuerlichkeit, mir wäre ein weniger verfängliches Thema auch lieber gewesen, aber ich gab mir Mühe, unbefangen zu erscheinen und fing an zu erzählen, anfangs ohne rechtes Konzept. Nach kurzer Zeit kam der Mechanismus zur »allmählichen Verfertigung der Gedanken beim Reden« in Schwung und ich war mit mir zufrieden. Die Studenten gleichfalls: Nach meinem viertelstündigen Vortrag über das brisante Thema bekam ich anhaltenden Beifall. Nun kam mein Kollege dran, seine Übersetzung dauerte weniger als eine halbe Minute. Unternehmern und Geschäftsleuten kann nur geraten werden, bei wichtigen Angelegenheiten eigene Übersetzer mitzunehmen, Dolmetscher sind meistens Partei.

Den Samstagvormittag nutzte ich für eine Reihe kleiner Besorgungen, bei meiner Rückkehr fand ich auf meinem Schreibtisch die Fahrkarte für den Nachtzug nach Beijing am Sonntag, daneben lag eine Einladung der Präsidentin zum Abendessen um sechs Uhr. Das passte mir überhaupt nicht, um diese Zeit erwartete ich Xiao Lin, der Pförtnerin am Eingangstor zum Campus hatte ich meine Telefonnummer mit der Bitte gegeben, mich von Xiao Lins Ankunft zu benachrichtigen. Aber der Einladung der Frau Präsidentin musste ich folgen.

Das Essen fand in kleiner Runde statt, neben der Präsidentin und mir nahmen ein Dekan sowie derjenige chinesische Kollege teil, der mich im Jahr zuvor zum Zhongshan-Mausoleum begleitet hatte. Den Hintergrund unserer Gespräche bildeten die Kooperationsverhandlungen, die ich in der kommenden Woche in Beijing führen würde. Die Präsidentin äußerte ihre feste Überzeugung, China befinde sich am Vorabend einer gewaltigen Umbruchsphase, die große Veränderungen auch für die Universitäten bringen werde. Und wenn sich China weiter gegenüber dem Westen öffne, sei es für die Universitäten gut, ihre Kontakte in diese Richtung zu verstärken. Zukunftsgedanken der Präsidentin einer Universität und der Mutter eines vierzehnjährigen Sohnes.

Verstohlen sah ich auf meine Uhr, Xiao Lin musste jetzt in Nanjing sein. Mit etwas Glück konnte noch alles nach Plan ablaufen, das Essen neigte sich dem Ende zu. Nur hin und wieder langten wir nach der chinesischen Sitte mit unseren Stäbchen zu, um uns kleine Leckerbissen in den Mund zu schieben. Ich wartete eine Weile, bedankte mich für die Einladung, lobte das Essen gebührend, danach wurde die Tafel aufgehoben, die Präsidentin begleitete mich zum Gästehaus. Beim Hineingehen traute ich meinen Augen nicht: Xiao Lin verhandelte gerade mit dem Verwalter des Hauses, ob sie ein Zimmer für zwei Nächte bekommen könne. Sie bekam es ohne Schwierigkeiten, nun brauchten wir uns nicht mehr um ein Hotel zu kümmern und die damit verbundenen Unbequemlichkeiten in Kauf zu nehmen. Der Verwalter beobachtete uns argwöhnisch: Wieso kannten sich die Chinesin aus Shanghai und der Ausländer so gut? Wir beschlossen, übervorsichtig zu sein.

Früh um sieben verließen wir anderntags den Campus, gingen zum nahe gelegenen Hongqiao Hotel, um zu frühstücken. Mit einem »Arme-Leute-Taxi«, einer Art dreirädrigem Mofa mit einer schmalen Sitzbank hinten, fuhren wir anschließend zum Xuanwu See. Ursprünglich hatten wir uns einen längeren Spaziergang in der schönen Umgebung des Sees vorgestellt, er ließ sich auch gut an, hier liefen wir nicht Gefahr, erkannt zu werden. Doch bald störte es uns, ständig von den Entgegenkommenden angestarrt zu werden. In Nanjing bekam man seltener Ausländer zu sehen, die Bewohner der Stadt schienen weniger kosmopolitisch eingestellt zu sein als die Menschen in Shanghai und, das musste man zugeben, wir waren reichlich auffallend. Um der lästigen Neugier zu entgehen, brachen wir kurzerhand den Spaziergang ab, mieteten ein Boot für zwei Stunden und ruderten zur Mitte des Sees.

Um die Mittagszeit gingen wir gemächlich zum Xuanwu Hotel, setzten uns in die klimatisierte Lounge, erholten uns von der Hitze. In zahlreichen Vitrinen war schönes Porzellan ausgestellt, eine Teekanne stach mir in die Augen, 118000 Yuan sollte sie kosten, was rund 40000 Mark entsprach. Welche Chinesen konnten derart horrende Preise bezahlen? Bei einem Monatseinkommen von hundert Yuan, schon über dem Durchschnitt liegend, hätte man 98 Jahre lang den gesamten Betrag sparen müssen, um diese Teekanne kaufen zu können. Xiao Lin meinte, als Kunden für die teuren Kostbarkeiten aus Porzellan kämen hauptsächlich reiche Auslandschinesen in Frage.

Der Nachmittag verging schnell, viel zu schnell. Nach unserem Abendessen wollten wir gern im Schutz der Dunkelheit spazieren gehen, ergiebiger Regen machte den Plan zunichte. So blieb uns nichts anderes übrig, als nach dem mäßigen Essen im Restaurant sitzen zu bleiben. Bei einer Flasche Weißwein, Marke Great Wall, produziert von einem chinesisch–französischen Joint Venture.

Um halb elf würde mich ein Auto vom Gästehaus zum Bahnhof bringen, mein Koffer musste noch gepackt werden, wir brachen frühzeitig in der Hoffnung auf, eine Stunde ungestört im Gästehaus verbringen zu können, woraus aber nichts wurde. Zuerst kam der Verwalter des Hauses, um mir drei Päckchen grünen Tees zu bringen, die der Sohn der Präsidentin für mich abgegeben hatte. Ich bedankte mich und dachte, er würde sofort verschwinden. Weit gefehlt, die Gelegenheit, Xiao Lin neugierige Fragen zu stellen, wollte er sich nicht entgehen lassen. Mir gefiel die schmierige Art des Mannes nicht und ich riet Xiao Lin, die erst am nächsten Morgen nach Shanghai zurückfahren wollte, ihre Tür gut zuzusperren und nach Möglichkeit ein Möbelstück vor die Tür zu schieben. Dann erschien Yao Fang. Durch sie wurden wir von dem penetranten Verwalter befreit, ungestört konnten wir trotzdem nicht miteinander sprechen. Yao Fang zeigte sich verwundert, eine Chinesin aus Shanghai bei mir zu treffen, stellte jedoch keine bohrenden Fragen. Xiao Lin und ich schlugen einen eher formellen Ton an, redeten uns mit Miss Lin und Professor an, glaubten aber wohl nicht, Yao Fang damit hinters Licht führen zu können. Ich bat sie, am nächsten Tag meine Gesprächspartner in Beijing anzurufen und ihnen die Nummer meines Zugs mitzuteilen, damit sie mich am Bahnhof abholen könnten. Zu allem Überfluss fragte Yao Fang noch, ob sie weiterhin in meinem Zimmer bleiben könne, sie wolle gern den Film »Bus Stop« mit Marilyn Monroe sehen, zuhause habe sie kein Farbfernsehgerät.

Unser Abschied geriet unter diesen Umständen reichlich steif, zum Glück würden wir nach meiner Mission in Beijing noch zwei Tage in Shanghai für uns haben.

Mein Schlafwagenabteil teilte ich mit einem dicken Chinesen, der sechzig Jahre alt sein mochte. Wir lächelten uns freundlich zu, trafen Vorbereitungen für die Nacht und kurze Zeit darauf signalisierte lautes Schnarchen, dass der Chinese eingeschlafen war. Bei mir dauerte es länger, zu viele Gedanken wurden in meinem Kopf hin und her geschaufelt, daneben machte sich ein merkwürdiges Ziehen in der linken Wade störend bemerkbar. Später brachte mich das monotone »clicke–de–clack« der Schienenstöße — so nannte Johnny Cash das charakteristische Geräusch in einem Lied — zum Einschlafen. Vorher wunderte ich mich noch, warum auf dieser Hauptstrecke die Schienen miteinander verschraubt und nicht zusammengeschweißt waren, das gab es bei uns seit Jahrzehnten nicht mehr.

Im Morgengrauen wurde ich wach, der Zug hielt gerade im Bahnhof von Xuzhou, einer Industriestadt im nördlichen Zipfel der Provinz Jiangsu, rund vierhundert Kilometer von Nanjing entfernt. Für einen befreundeten Dampflokfan fotografierte ich eine schöne, liebevoll herausgeputzte schwarze Lokomotive mit knallroten Rädern. Gerade mal ein Drittel der Strecke von Nanjing bis Beijing lag nach rund acht Stunden hinter mir. Ein Schnupfen, der sich am Abend zuvor ankündigte, verdarb mir zusätzlich meine ohnehin gedrückte Stimmung, ich beschloss, weiterzuschlafen. Als ich am Nachmittag aufwachte, fühlte ich mich besser. Ein junges Ehepaar war in der Zwischenzeit zugestiegen, aß gerade, ich bekam ein hart gekochtes Ei geschenkt.

Die Zeit verging quälend langsam. Zum Lesen oder Schreiben

fehlte mir der Antrieb, die eintönige Aussicht aus dem Fenster vermochte mich nicht abzulenken. Ich begann nachzurechnen, wie lange Zhu und ich im letzten Jahr für die Fahrt von Nanjing nach Beijing gebraucht hatten und wurde unruhig, jetzt saß ich eine Stunde länger im Zug. Zwei Stunden später waren wir noch nicht in Beijing und mich erschreckte der Gedanke, mein Reiseziel eventuell verschlafen zu haben. In ungelenken chinesischen Schriftzeichen kritzelte ich *běi jīng* auf ein Stück Papier und zeigte mein Kunstwerk mit fragendem Gesichtsausdruck dem jungen Ehepaar. Die beiden machten strahlende Gesichter und nickten heftig mit den Köpfen, was ich als Bestätigung interpretierte, dass alles seine Richtigkeit habe. In Beijing erfuhr ich am nächsten Tag, ich sei mit einem »Bummelzug« gefahren, der zehn Stunden länger als der Expresszug Nr. 66 brauchte.

Eine Stunde nach Mitternacht kam ich nach fünfundzwanzigstündiger Fahrt in Beijing an, hoffentlich stand jemand auf dem Bahnsteig, um mich abzuholen. Die Unsicherheit währte nicht lange, beim Aussteigen kam ein jüngerer Chinese auf mich zu und fragte auf Deutsch nach meinem Namen.

Das Zimmer im Gästehaus auf dem Universitätscampus machte einen frisch renovierten und neu möblierten Eindruck, die Toilette und alle Wasserhähne funktionierten. Im Kühlschrank fand ich Obst und zwei Stücke Kuchen, auf dem Schreibtisch lagen ein Begrüßungsbrief und ein Umschlag mit sechzig Yuan für mein Essen in der Mensa. Wir verabredeten uns auf neun Uhr am nächsten Morgen, ich hängte meinen dunklen Anzug zum Entknittern ins Bad, stellte den Wecker auf sieben Uhr und legte mich schlafen.

Zur verabredeten Zeit holte mich Dolmetscher Wang Jia ab und führte mich zum Besprechungsraum, in dem die übrigen Gesprächsteilnehmer warteten, unter ihnen zwei Frauen. Ich wurde ausgesprochen herzlich begrüßt, der Unifotograf machte ein Gruppenbild für die Universitätszeitung. Nachdem ich die Grüße meines Rektors überbracht und kleine Höflichkeitsgeschenke überreicht hatte, entschuldigten sich der Präsident und zwei Vizepräsidenten, sie könnten an den weiteren Gesprächen leider nicht teilnehmen, da sie sehr beschäftigt seien. Ich ahnte das vor der Übersetzung, weil ich das Wörtchen *máng* verstanden hatte.

Wir übrigen stellten unsere Institutionen vor, die Chinesen hatten viele Fragen an mich, ich zeigte mich weniger wissbegierig. Nach zwei Stunden kamen wir überein, eine Pause einzulegen und uns um drei Uhr in demselben Raum zur Fortsetzung der Gespräche einzufinden. Ich war mit dem bisherigen Gesprächsverlauf zufrieden, nicht nur im Hinlick auf die Inhalte, auch die angenehme Atmosphäre gefiel mir.

Eine der beiden Gesprächsteilnehmerinnen, Frau Huang, kam zu mir, stellte sich als Englischlehrerin vor und fragte, ob sie mir in irgendeiner Weise behilflich sein könne. Sie sprach bedeutend besser englisch als Wang deutsch, doch seinen Stolz durfte ich nicht verletzen. Ein Problem gab es, bei dem mir Frau Huang helfen konnte: Seit zwei Tagen schlug ich mich mit einer Verstopfung herum und mein Schnupfen plagte mich weiterhin, ich fragte sie, ob in der Nähe eine Apotheke sei, wo ich mir entsprechende Mittelchen kaufen könne. Als Frau Huang, eine Mittfünfzigerin, hörte, es handele sich um ein — aus meiner Sicht geringfügiges — medizinisches Problem, begannen ihre Augen zu leuchten, jetzt fühlte sie sich in ihrem Element. Wir müssten sofort in das zur Universität gehörende Hospital gehen und einen Arzt aufsuchen! Mein erster Gedanke war, die Angelegenheit tiefer zu hängen, Frau Huang schien allerdings nicht der Typ zu sein, dem man die Aussicht auf einen Arztbesuch ausreden konnte, zusätzlich kam mir der Gedanke, dies könne für mich eine interessante neue Erfahrung werden. Frau Huang, Wang und ich begaben uns spornstreichs zum Hospital.

Während Wang die erforderliche Anmeldung vorbereitete, setzten Frau Huang und ich uns auf eine Holzbank und warteten. Ohne Bezug auf unser vorheriges Gespräch fragte sie mich, ob ich Christ sei. Überrascht hob ich die Augenbrauen, die unerwartete Frage wollte ich nicht mit einem platten Ja oder Nein beantworten, am liebsten hätte ich erwidert: »Die Worte hör' ich wohl, allein mir fehlt der Glaube«. Den religiösen Übungen meiner Kirche stand ich seit Jahren distanziert gegenüber, die Banalisierung der Gottesdienstliturgie nach dem Zweiten Vatikanischen Konzil hatte mir den Besuch der Messe verleidet. Aggiornamento hatte Papst Johannes XXIII. das genannt, »Anpassen an den Tag«. Preisgabe von zweitausend Jahren Kultur, um Fortschrittlichkeit zu demonstrieren, um modisch zu sein? Warum hatte man stattdessen nicht die Dogmen auf den Kehrichthaufen der Kirchengeschichte geworfen? Warum wurde Frauen nach wie vor der Zugang zum Priesteramt verweigert? »Do you believe in God?«, riss mich Frau Huang aus meinen Gedanken. Das sei für mich eine noch schwerer zu beantwortende Frage, entgegnete ich, ich sei katholisch getauft, gleichwohl wisse ich nicht, ob das reiche, um mich als Christen bezeichnen zu können. Und ob ich an den christlichen Gott glaube, das wisse ich noch weniger. Also sei ich Atheist. Nein, ich würde mich eher als Agnostiker bezeichnen. Kurze Pause, ehe sie mir empfahl, an Gott zu glauben, damit mich nicht seine Strafe treffe. Erschrocken nahm sie die letzte Aussage sogleich zurück, nein, Gott würde mich nicht bestrafen. Stellte dieses unmittelbare Dementi den Ausfluss einer blitzschnellen theologischen Überlegung dar oder erschien ihr das Aussprechen der Drohung als unhöflich?

Wang kam zurück, wir konnten sofort zu einer Ärztin gehen. Das Behandlungszimmer sah wie ein gewöhnliches chinesisches Büro aus, weiter nichts als ein mit braunem Leder bezogenes Kanapee deutete auf die Bestimmung des Raums. Die Ärztin sah mich mit strengem Blick durch ihre dunkel umrandete Brille an, sie verstand ausschließlich chinesisch, Wang musste dolmetschen. Zuerst kam meine Erkältung dran: Nur Schnupfen oder auch Husten? Aha, Schnupfen, sie notierte etwas auf dem Rezeptzettel. Dann kam die Obstipation an die Reihe, jetzt hieß es aufpassen, meine Worte musste ich sorgfältig wählen. Hat man als Europäer in China Schwierigkeiten mit der Verdauung, macht einem in den allermeisten Fällen ein Durchfall zu schaffen, ich musste Acht geben, dass Wang alles richtig verstand. Beim ersten Versuch merkte ich schnell an seinem Gesichtsausdruck, er begriff nicht, worin mein medizinisches Problem bestand. Ich versuchte, die Sache von einer anderen Seite anzugehen und hatte Erfolg, mit unschuldigem Gesicht sagte er spontan: »Ach, sie meinen ›nicht scheißen‹.« Ich bestätigte ihm, genau das gemeint zu haben und die Ärztin konnte das Rezept vervollständigen. In der Apotheke bekam ich einen Tee gegen meine Erkältung und Kugeln mit einer

knetgummiartigen braunen Füllung gegen die Verstopfung.
Für die ärztliche Untersuchung musste ich einen, für die Medikamente acht Yuan bezahlen, was beide teuer fanden. Besorgt fragten sie, ob ich das Geld von meiner Krankenkasse erstattet bekäme, worauf ich leichtfertig erklärte, für umgerechnet weniger als drei Mark würde ich nicht die Krankenkasse bemühen. Hätte ich doch mit ja geantwortet, dann wäre mir die Peinlichkeit erspart geblieben, am nächsten Tag den kleinen Betrag von der Universitätskasse entgegennehmen zu müssen!
Die Kooperationsgespräche am Nachmittag liefen anfangs zügig, fuhren sich aber später fest, als regelmäßige Vorlesungen von Professoren meiner Universität in Beijing festgeschrieben werden sollten. Ich machte meinen Gesprächspartnern klar, derartige Vorlesungen ließen sich von niemand anordnen, man müsse im Einzelfall mit den in Frage kommenden Professoren Kontakt aufnehmen, meine Universität verfüge darüber hinaus nicht über Mittel zur Finanzierung solcher Vorlesungsreisen, zur Deckung der Kosten müssten individuelle Anträge bei entsprechenden Institutionen gestellt werden. Um in der Sache weiterzukommen, schlug ich vor, einen Vertragsentwurf aufzusetzen, den Wang Jia ins Chinesische übersetzen solle und der in der nächsten Sitzung Grundlage für die Fortführung des Gesprächs sein könne.
In Nanjing hatte ich mit Xiao Lin verabredet, sie an diesem Nachmittag anzurufen, um ihr meine Ankunftszeit in Shanghai mitzuteilen. Wangs Angebot, den Kauf des Flugtickets von Beijing nach Shanghai zu besorgen, hatte ich am Vormittag gern angenommen, das Ticket lag zwar noch nicht vor, meinem Wunsch entsprechend würde es ein Flug am frühen Nachmittag sein, das hatte er telefonisch erfahren. Wang ging mit mir in ein Büro, von dem aus ich nach Shanghai telefonieren konnte. Xiao Lin und ich machten ein Treffen am Donnerstag im Coffee Shop des Huaqiao Fandian an der Nanjing Lu gegen fünf Uhr nachmittags aus. Auf ein längeres Telefongespräch verzichteten wir, da Wang möglicherweise ein bisschen Englisch verstand.
Als wir das Büro verließen, brachte ein Bote mein Ticket, entgegen der mündlichen Zusage würde der Abflug am späten Abend sein. Umgehend versuchte ich, Xiao Lin erneut zu sprechen, am

anderen Ende der Telefonleitung meldete sich niemand mehr.

Abends war ich bei einem Professor für Marxistische Philosophie eingeladen, dem Schwiegervater meines chinesischen Doktoranden, der mir Geschenke für seine Schwiegereltern mitgegeben hatte, für die ihm der Postweg zu heikel erschienen war. Schwiegermutter und Schwiegervater stammten aus der südchinesischen Provinz Guizhou, wo der Moutai hergestellt wird. Sie wohnten in beengten Verhältnissen, Zhus Wohnung in Shanghai konnte dagegen luxuriös genannt werden. Der Sohn, ein Informatikstudent, wohnte zuhause, über ihn lief meine Kommunikation mit den Eltern, die nur chinesisch sprachen.

Ich war nicht der einzige Gast, eine Nichte und ihr Mann saßen bereits in dem kleinen Wohnzimmer. Der sechsunddreißigjährige Ehemann überragte uns alle gewaltig an Körpergröße, sprach gut englisch und durch ihn wurde der Abend für mich sogar interessant. Seine Familie stammte aus der Provinz Heilongjiang, seinerzeit Teil des Marionettenstaats Mandschukuo, den die Japaner zwischen 1932 und 1945 in China etablierten. Zu dieser Zeit absolvierte sein Vater eine Ausbildung zum Uhrmacher in einem japanischen Betrieb, spezialisierte sich später auf fotografische Geräte und beschäftigte sich nach der Kapitulation Japans über dreißig Jahre lang bei der Nachrichtenagentur Xinhua mit der Wartung und Instandsetzung von Fotokameras. Der Sohn war zunächst in die Fußstapfen des Vaters getreten, um später eine Weile als Fotograf zu arbeiten. Er besaß zwei alte Leicas, eine vom Typ IIIf sowie eine noch ältere, mit Stolz sprach er von diesen deutschen Kameras, die einst weltweit den Maßstab für Kameraqualität gelegt hatten. Nach einem Studium der Schiffselektrotechnik in Shanghai und einer anschließenden Tätigkeit in einem staatlichen Chemieunternehmen war er nun seit einem Jahr bei einem großen deutschen, international tätigen Speditionsunternehmen beschäftigt, den Monat März hatte er in Deutschland zugebracht. Tatkraft und Initiative dieses Mannes beeindruckten mich außerordentlich, solche Menschen konnte China für den Wirtschaftsaufschwung brauchen.

Am nächsten Vormittag stand für mich ein kleines Besichtigungsprogramm auf dem Plan. Wie andere vor ihnen zeigten sich meine Gastgeber enttäuscht, dass ich die meisten touristischen Orte kannte und »nur« zum Himmelstempel wollte. Auf dem Weg von der Universität zum Tiantan fuhren wir an dem Hotel vorbei, in dem ich auf meiner ersten Chinareise gewohnt hatte und in dem die chinesische Fluglinie CAAC seinerzeit eine Agentur unterhielt. Ich bat kurz zu halten, um hier eventuell meinen Flug nach Shanghai auf einen früheren Termin umzubuchen. Die CAAC-Agentur gab es noch, aber man verhielt sich abweisend meinem Wunsch gegenüber, Wang Jia ließ wenig Kooperationsbereitschaft erkennen. Da ich nicht locker ließ, wollte man mich mit zusätzlichen Kosten abschrecken, als auch das nicht fruchtete, konnte ich meinen Willen durchsetzen und bekam ein Ticket für die Maschine um elf Uhr vormittags.

Wang bemühte sich redlich, mir die Entstehungsgeschichte und Funktion des Haupttempels sowie der diversen Nebentempel zu erläutern, pflichtschuldig hörte ich mit ernstem Gesicht zu. Meine noch nicht abgeklungene Erkältung und das nicht beseitigte Verdauungsproblem machten es mir schwer, den Vormittag zu genießen.

Beim Mittagessen kamen nostalgische Gefühle in mir auf, wir aßen Pekingente in dem Restaurant, das Eckler und ich vor drei Jahren auf unserer Erkundungstour mit dem Fahrrad gewählt hatten. Vieles hatte sich seitdem gewandelt, die Veränderungen der Stadt ließen sich nicht übersehen. Auch ich hatte mich verändert, mit stillem Vergnügen erinnerte ich mich, dass ich zu jener Zeit kaum zwei Chinesen auseinanderhalten konnte.

Nachmittags diskutierten wir über meinen bisher letzten Entwurf eines Kooperationsvertrags. Ohne ernsthafte Widerstände gelang es mir, eine schwache Formulierung für das Abhalten von Vorlesungen in Beijing bei den chinesischen Gesprächspartnern durchzusetzen. Damit war aus meiner Sicht die Kuh vom Eis und ich konnte mich gelassen zurücklehnen.

Meinem Wunsch gemäß beschlossen wir den Tag mit dem Besuch einer Pekingoper, ich hoffte, in der Hauptstadt eine noch bessere Aufführung als in Shanghai sehen zu können. Die Hoffnung wurde enttäuscht, das Stück enthielt wenige pantomimische Elemente, erwies sich vielmehr als erzählend mit dem Ergebnis, dass ich nicht viel verstand und gegen das Einschlafen ankämpfen musste. In der Pause bat ich meine chinesischen Kollegen, auf den zweiten Teil zu verzichten, sie erklärten sich sofort bereit.

Im Gästehaus machte ich meinen Koffer reisefertig, nahm eine »Überdosis« der braunen Knetmasse zu mir und fiel wie erschlagen in mein Bett. Die braunen Kugeln zeitigten anderntags die erhoffte Wirkung. Nach dem Frühstück bestätigte ich telefonisch bei Cathay Pacific meinen Rückflug von Hongkong nach Frankfurt.

Zum Flughafen fuhren wir in strömendem Regen, unterwegs stieß Frau Huang zu uns. Mütterlich fürsorglich hatte sie eine zusätzliche Tüte mit Erkältungstee für mich in einer Apotheke besorgt. Wegen der Kosten solle ich mir keine Gedanken machen, sie habe den Tee »auf Krankenschein« besorgt.

Mit einer Stunde Verspätung landete ich in Shanghai, froh und beklommen zugleich, weil mir nur noch zwei Tage blieben. Das Warten am Gepäckband nervte, ich wollte schnell zum Hotel, eine Stunde schlafen, die Gedanken an Verträge, Pflichtübungen in Höflichkeit, wohlmeinende Fremdbestimmung abstreifen. Doch zunächst musste ich in einer lärmenden und qualmenden Menge auf mein Gepäck warten. Ein Verbotsschild drohte Rauchern ein Strafgeld von einem Yuan an, es musste aus einer vergangenen Zeit stammen, als die Höhe der Strafe noch als schmerzhaft empfunden wurde. Endlich kam mein Koffer, ich verließ das Flughafengebäude, reihte mich in die Schlange der auf ein Taxi Wartenden ein und nach überraschend kurzer Zeit saß ich in einem Minibus, der mich zum Huaqiao Fandian brachte.

In Shanghai fühlte ich mich mittlerweile nicht mehr fremd, das tägliche Leben auf den Straßen oder in den Geschäften empfand ich als Normalität, trotz meiner eingeschränkten Kommunikationsmöglichkeiten kam ich gut zurecht. Ich merkte kaum noch, dass Chinesen chinesisch aussahen.

Umgekehrt war ich für Chinesen weiterhin auffällig. An einem Morgen wollte ich im Parkhotel chinesisch frühstücken, ungläubig wurde ich zwei Mal gefragt, ob ich das ernst meine. Störend empfand ich meine Auffälligkeit, wenn mich Geschäftemacher ansprachen, in den meisten Fällen jüngere Leute, die Renminbi gegen FECs oder Dollars tauschen wollten. Gingen Xiao Lin und ich gemeinsam durch die Straßen, geschah es häufig, dass diejenigen, die etwas von mir wollten, wortreich auf sie einredeten. Anfangs erstaunte mich die Heftigkeit, mit der sie die Leute zurückwies. Eines Abends versuchte eine ältere, zerlumpt aussehende Frau, mir Maiglöckchen zu verkaufen, Xiao Lin schüttelte sie brüsk ab, ihre Stimme klang noch erregter als in ähnlichen früheren Stituationen. Die Frau hatte sie gedrängt, den Ausländer zu bearbeiten, alle Blumen überteuert zu erstehen, als Landsleute müssten sie doch zusammenhalten. Dass die Frau aus derselben Provinz wie sie stammte, unschwer am Dialekt erkennbar, hatte Xiao Lin noch wütender gemacht.

Anders als an den beiden vorangegangenen Tagen, an denen wir wegen Xiao Lins beruflicher Verpflichtungen nur die Abende gemeinsam verbracht hatten, trafen wir uns an meinem letzten Tag schon zum Mittagessen und machten anschließend einen letzten Rundgang durch den kleinen Volkspark an der Nanjing Lu, bevor wir zum Flughafen Hongqiao fuhren.

Zhao Ming stand wartend mit ihrem Vater vor dem Eingang des Flughafengebäudes, wir begrüßten uns kurz, ich empfahl Zhao Ming, in der Halle auf mich zu warten, damit wir gemeinsam durch die Passkontrolle gehen konnten. »Bekomme ich einen Abschiedskuss?«, fragte Xiao Lin, die zudringlichen Blicke der Umstehenden ignorierten wir. »Schau dich nicht um, wenn du weggehst, warte nicht, fahr gleich mit dem Taxi zurück«, hörte ich mich mit belegter Stimme sagen. Noch eine kurze Umarmung, wir drehten uns um und gingen in entgegengesetzte Richtungen.

Bei der Passkontrolle musste Zhao Ming ein paar Fragen beantworten, Schwierigkeiten gab es nicht. Während wir anschließend in der Lounge saßen, war mir nicht zum Reden zumute, Zhao Ming verstand das. Aus ungenannten Gründen verzögerte sich unser Abflug um nahezu eine Stunde, in Hongkong würden wir uns beeilen müssen, um rechtzeitig an Bord unseres Flugzeugs nach Frankfurt zu kommen.

Nach dem Start unsere Maschine musste ich endlich aus meiner

Schweigsamkeit heraus, ich entschuldigte mich bei Zhao Ming, ihr bisher nicht zum dreißigsten Geburtstag gratuliert zu haben, den sie neben mir im Flugzeug verbringen müsse. Überrascht hob sie die Augenbrauen, ich verwies auf ihre persönlichen Daten im Schreiben des Rektors, das wir vorsorglich mitgenommen hatten.

Dies war der erste Besuch ihrer Heimatstadt nach drei Jahren Aufenthalt in Deutschland gewesen, ich fragte sie nach ihren besonderen Eindrücken. Ohne Zögern kam ihre Antwort: »Die unglaublich schlechte Luft.« Zhao Ming wunderte sich, früher nicht einmal andeutungsweise die starke Luftverschmutzung in Shanghai bemerkt zu haben. Ich äußerte die Befürchtung, wegen der sich abzeichnenden wirtschaftlichen Aufwärtsentwicklung würden Umweltprobleme noch zunehmen.

Wir näherten uns Hongkong, ich fragte meine Begleiterin, ob sie ihren Rückflug bei Cathay Pacific bestätigt habe. Sie sah mich verständnislos an, wusste nicht, was ich meinte. Also erklärte ich ihr kurz, was Bestätigung in diesem Fall bedeutete und empfahl ihr, mich reden zu lassen, sollte es zu Schwierigkeiten kommen.

Und was es für Schwierigkeiten gab! Unsere Verspätung hatte sich derart vergrößert, dass für den Übergang nurmehr zehn Minuten zur Verfügung standen. Vorsorglich von der Fluggesellschaft vorbereitete Boarding Cards für die Transitpassagiere wurden an einem eilends aufgestellten Tisch im Vorbeigehen ausgegeben. Unsere Namen fand man nicht.

Am Schalter mussten ich mich in eine Schlange einreihen und in Geduld üben bis ich meine Frage bezüglich unseres Weiterflugs vorbringen konnte. Nach dem Eintippen unserer Daten behauptete das Computerterminal, wir hätten den Rückflug nicht bestätigt, folglich seien für uns keine Boarding Cards vorbereitet worden. Die freundliche junge Dame zuckte bedauernd die Achseln und sagte, es sei nichts mehr zu machen, die Maschine stehe auf dem Rollfeld, bereit zum Start. Mir platzte der Kragen, wütend wies ich auf meine telefonische Bestätigung hin, man habe mir versichert, alles sei in Ordnung, dass bei Cathay Pacific offenbar schludrig gearbeitet werde, könne man mir nicht anlasten. Insgeheim wunderte ich mich über meine Fähigkeit, so schön auf Englisch schimpfen zu können. Zhao Ming erwähnte ich nicht gesondert. Die junge Dame verschwand, um sich Anweisungen zu holen, wie sie weiter mit uns verfahren solle. Als Ergebnis verkündete sie, wir würden auf den entsprechenden Flug am kommenden Tag, also vierundzwanzig Stunden später, umgebucht und man biete uns an, auf Kosten der Fluggesellschaft im Sheraton Hotel zu übernachten.

Über die Verzögerung war ich nicht glücklich, unter den obwaltenden Umständen konnten wir mit der Lösung zufrieden sein, mein Gesicht wurde freundlicher. Was für einen Pass meine Begleiterin habe, wollte die junge Dame wissen. Auf die Antwort, es sei ein chinesischer, kam die Frage nach einem Visum für die britische Kronkolonie Hongkong. Natürlich hatte Zhao Ming keins, wir wollten ja nur von einem Flugzeug in ein anderes klettern. Ohne Visum keine Einreise nach Hongkong, lautete die lapidare Antwort. So schnell wollte ich nicht aufgeben und bohrte weiter, bis jemand beauftragt wurde, mit den Einreisebeamten über eine Ausnahmegenehmigung zu reden. Sie machten keine Ausnahme. Eine junge Frau allein in einer Flughafenwartehalle übernachten lassen? Ich verzichtete auf mein Bett im Hotel, Zhao Ming machte Einwände — leicht erkennbare höfliche Pflichtübungen. Beide bekamen wir Gutscheine für drei Mahlzeiten in der Cafeteria.

Ohne Eile schlenderten wir zur Wartehalle, uns blieben ja noch vierundzwanzig Stunden bis zum Abflug. Verrückte Welt, eine Chinesin durfte nicht ohne Visum in eine Stadt vor der Haustür ihres Heimatlandes, weil die Engländer sie vor mehr als hundert Jahren den Chinesen weggenommen hatten, ich als Bürger der Europäischen Union durfte es, obwohl die Stadt viele tausend Kilometer von Europa entfernt lag. Relikte des Imperialismus.

In der Cafeteria, sie werde bald geschlossen, hatte man uns vorsorglich informiert, bestand das Angebot zu dieser späten Stunde aus kümmerlichen Kuchenresten und liegen gebliebenen Sandwiches, wir entschieden uns für Letztere. Für drei Stück und einen kleinen Pappbecher Orangensaft musste ich meinen ganzen Vorrat an Gutscheinen hinblättern.

Die letzten Flüge waren abgefertigt, die Halle nahezu leer, außer uns blieb ein Chinese übrig, dem ein ähnliches Missgeschick widerfahren sein mochte. Platzmangel gab es nicht, ohne die Qual einer Wahl ließen wir uns in einer der identischen Reihen mit unbequemen roten Plastiksitzschalen nieder. Aus Angst vor Diebstahl kamen Zhao Ming und ich überein, uns mit Schlafen und Wacheschieben abzuwechseln. Ich hatte die erste Wache bis drei Uhr, nutzte den Anfang für Einträge in mein Tagebuch, in den letzten Tagen war ich kaum zum Schreiben gekommen. Danach setzte bei mir ein lang andauernder Kampf gegen die Müdigkeit ein. Während Zhao Mings Wache wurde ich gegen Morgen unplanmäßig aus dem Schlaf gerissen, ein Polizeibeamter Ihrer Königlichen Majestät forderte uns in barschem Ton auf, ihm die Pässe auszuhändigen, damit er unsere persönlichen Daten in ein Formular eintragen konnte. Nun durften wir mit Stolz darauf verweisen, als Flughafenpenner in den Polizeiakten von Hongkong verewigt zu sein.

Die Stunden quälenden Wartens vergingen aufreizend langsam. Endlich flogen wir am Sonntagabend nach Deutschland, Hongkong versuchte ich in der Folgezeit zu meiden.

In den ersten Tagen nach meiner Rückkehr aus China fiel es mir schwerer als beim letzten Mal, mich in meinen deutschen Alltag einzufinden. Da war mir eine kurzfristige Einladung willkommen, in Wien einen Vortrag über Möglichkeiten zur Nutzung moderner Kommunikationsmedien für die universitäre Lehre zu halten. Ich sagte zu, obwohl ich eine Menge Zeit in die Vorbereitung des Vortrags stecken musste, da mich dieses Thema noch nicht lange beschäftigte.

Nach meiner Zusage besorgte ich mir den Spielplan des Burgtheaters und stellte erfreut fest, dass am Abend des Vortragstermins eine Aufführung des Stückes »Heldenplatz« von Thomas Bernhard stattfinden werde. Claus Peymann hatte mit der Inszenierung dieses Theaterstücks in Wien, kurz nach seinem Weggang vom Bochumer Schauspielhaus, für große Unruhe an seiner neuen Wirkungsstätte und für Aufregung in den Feuilletons gesorgt. Diese Theateraufführung wollte ich sehen und ließ mir vorsorglich eine Eintrittskarte reservieren.

Wenig später machte mich Zhao Ming mit Professor Huang Xudong von der Xidian Universität in Xian bekannt, der großes Interesse zeigte, eine Kooperation mit meiner Universität anzubahnen. Wegen der Unlust meiner Hochschulleitung, weitere Kooperationen mit chinesischen Universitäten einzugehen, machte ich ihm keine Hoffnung. So schnell wollte er sich allerdings nicht geschlagen geben und nach längerer Diskussion sagte ich ihm zu, auf meiner nächsten Chinareise in der zweiten Augusthälfte einen Abstecher nach Xian zu machen. Vielleicht würde Xiao Lin mitkommen können, im Gegensatz zu mir kannte sie die Terrakotta–Armee des Kaisers Qin Shi Huang nicht.

Von größerem Interesse war für mich der Besuch von Professor Hu Daoxin, der an einem Institut der Academia Sinica in Beijing arbeitete. Er kannte meinen Namen durch einen Freund, den Professor für Marxistische Philosophie, bei dem ich unlängst zu Besuch gewesen war. Hu arbeitete auf ähnlichen Gebieten wie ich, sein Wunsch bestand nicht in einer formalen Kooperation, ihm ging es um einen konkreten Doktorandenaustausch. Hinsichtlich des Grundsätzlichen erzielten wir schnell Einigkeit, Mitte August würden wir in Beijing über Einzelheiten sprechen, wozu nicht zuletzt Finanzierungsfragen gehörten.

Mein Vortrag in Wien rief bei den Zuhörern ein geteiltes Echo hervor, das Grundmuster der Reaktionen kannte ich von Veranstaltungen zu einem ähnlichen Thema. Diejenigen Kollegen, denen der erste Fingerdruck auf die Eingabetaste eines Computers noch bevorstand, argumentierten fundamentalistisch, emotional: Keine Veränderungen! Ihre Angst vor dem ersten Tastendruck fixierte sie auf ein Entweder – Oder, dass sich die traditionellen Vermittlungsformen der Lehre durch die gewaltigen Möglichkeiten der modernen Informationstechnik vorteilhaft erweitern ließen, wollten oder konnten sie nicht erkennen. Der größere Teil der Zuhörer zeigte sich zumindest aufgeschlossen, einer bot mir nach dem Vortrag eine einmonatige Gastprofessur an seinem Institut an.

Der Theaterabend endete für mich enttäuschend, ich fand die Inszenierung lahm. Für den Aufruhr und die Schlagzeilen hatten wohl spezifisch österreichische Empfindlichkeiten gesorgt, die ich verstand, die mich aber nicht berührten.

Wenige Tage nach meiner Rückkehr aus Wien meldete sich ein

Mann aus Malaysia telefonisch bei mir und bat mich um einen Gesprächstermin. Konkrete Angaben wollte er am Telefon nicht machen, in dem Gespräch solle es um China und um Solarenergie gehen, ließ er mich wissen. Der Mann war mir unsympathisch und von Solarenergie verstand ich nichts, mit gemischten Gefühlen ging ich auf seinen Wunsch ein.

Der ungünstige Eindruck, den ich beim Telefonieren gewonnen hatte, verstärkte sich bei seinem Besuch. Sein Habitus, seine Kleidung, sein klotziger Goldschmuck ließen ihn in meinen Augen schillernd und wenig Vertrauen erweckend erscheinen. Die Frage, wie er auf mich gestoßen sei, beantwortete er ausweichend.

Sein Interesse hatte nichts mit Wissenschaft zu tun, meine fehlende Kompetenz in Sachen Solarenergie störte ihn daher nicht. Er wollte Geschäfte machen und brauchte einen Türöffner, ein deutscher Professor schien in seinen Augen für diese Aufgabe geeignet zu sein. Ohne Skrupel ließ er durchblicken, auch für mich würde etwas bei der Transaktion herausspringen, mit Speck fängt man Mäuse. Dann kam der heikelste Punkt aufs Tapet. Die für ihn hauptsächlich interessanten Aggregate, mit deren Hilfe sich der durch Solarzellen erzeugte Gleichstrom in Wechselstrom umformen lässt, enthielten in den USA hergestellte Leistungshalbleiter, die von den entsprechenden amerikanischen Behörden mit einem Ausfuhrverbot in bestimmte Länder belegt waren, China gehörte zu ihnen. Worin mein Part bei der Überwindung des Embargos konkret bestehen sollte, ließ mein Besucher in der Schwebe.

War mir der Typ mit dem Versuch, mich zu instrumentalisieren, schon zuwider, reichte es mir jetzt vollends, ich brach das Gespräch ab. Mit illegalen Geschäften hatte ich nichts zu tun, darüber hinaus wünschte ich diesen Kerl umgehend loszuwerden. Höflich erklärte ich, mir das Ganze gut überlegen zu wollen und ihn zu gegebener Zeit über das Ergebnis zu informieren.

Berichte über China wurden im deutschen Fernsehen nur sporadisch gesendet. Auch wenn mich Themen wie »Verbotene Prostitution in Peking« nicht sonderlich ansprachen, sah ich China betreffende Sendungen mit Interesse. An einem Abend, lange nach Mitternacht berichtete man über Verhältnisse in chinesischen Gefangenenlagern, Arbeitslagern. Dieser als Dokumentarfilm angekündigte Bericht wurde ein Schlüsselerlebnis für mich. Das zur Untermalung eingesetzte Bildmaterial hätte man ebenso gut weglassen können, alle Aufnahmen waren in einem unscharfen Grau in Grau, verständlich, sie mussten vermutlich mit versteckter Kamera gedreht werden. Wohl aus demselben Grund ruckelten die Bilder ständig, zusätzlich störte mich ihre häufige Schieflage. Dann kam eine Szene, die mich gleich zu Anfang stutzen ließ, ebenfalls in starker Schräglage aufgenommen. Gezeigt wurde die Umfriedung eines Arbeitslagers, eine Ziegelsteinmauer, auf die eine sechsstellige Zahl mit weißer Farbe gemalt war. Die ersten drei Ziffern lauteten »200« und kamen mir in Form und Anordnung sofort bekannt vor. Ich drehte meinen Kopf zur Kompensation der Schräglage und wusste augenblicklich, um was für eine Zahl es sich handelte. Bei meinen Wanderungen durch Shanghai hatte ich solche aufgepinselten Zahlen auf Backsteinmauern gesehen, sie begannen immer mit »200« und da ich auf meine Briefe an Xiao Lin die Postleitzahl 200333 schrieb, erkannte ich sie schnell als Kennzeichnung der Postzustellbezirke. Unschärfe und Schieflage der Filmsequenzen betrachtete ich jetzt mit anderen Augen und behielt meine durch diesen Film geschärfte Sichtweise bei späteren Berichten über China bei.

Anfang August erhielt ich aus Beijing und Xian die offiziellen Einladungsschreiben, um die ich die Kollegen Hu und Huang gebeten hatte, damit konnte ich mein Visum vom Typ F beantragen. Ursprünglich wollte ich die beiden letzten Wochen vor meiner Abreise nach China dazu verwenden, ein Kapitel des Lehrbuchs, an dem ich seit längerem arbeitete, in Ruhe fertigzustellen. Die Bitte meines Rektors, ihn bei einer Repräsentationsaufgabe in Cardiff zu vertreten, kam mir ungelegen. Zu einem anderen Zeitpunkt hätte ich gern die Gelegenheit genutzt, die Hauptstadt von Wales etwas eingehender kennenzulernen, wegen des Zeitdrucks beschränkte ich mich auf die Wahrnehmung meiner Aufgabe und versuchte ansonsten, auf der Reise mit meinem Manuskript weiterzukommen. Zu der Veranstaltung in der St David's Hall fanden sich Vertreter von dreißig europäischen Universitäten ein, außer mir trugen alle lange, schwarze Talare. Bei uns war diese Jahrhunderte alte Tradition Ende der 1960er Jahre abgeschafft worden, als die neuen Heilsbringer in Deutschland mit Inbrunst von der »Mao–Bibel« schwärmten, den Urheber der »Großen Proletarischen Kulturrevolution« euphorisch bewunderten und priesen, derweil das Objekt ihrer Bewunderung in China Hunderttausende in den Tod trieb. Jahre später, als nicht wenige von ihnen in Amt und Würden ihre Pfründe genossen, gaben sie auf Fragen nach ihrer Verehrung eines Massenmörders in der Regel dieselbe Antwort wie die ehedem von ihnen ach so moralisch Gegeißelten: »Wir haben von diesen Verbrechen nichts gewusst.«

Ein walisisches Jubiläum bildete den Anlass für die feierliche Veranstaltung, an der ich teilnahm, der Hauptredner, ein würdiger, in eine samtene Robe gehüllter Herr mit einem ebensolchen Barett auf dem Haupt, begann seine Rede auf Kymrisch. Dann wechselte er mit verschmitztem Lächeln die Sprache und erklärte, den Rest seiner Rede aus Gründen der Höflichkeit auf Englisch halten zu wollen, da von den ausländischen Gästen sicherlich keiner die alte keltische Landessprache verstehe. Mein englischer Nachbar raunte mir zu, der Redner habe diejenigen drei Sätze auf Kymrisch gesprochen, die zum Standardrepertoire eines jeden gebildeten Walisers gehörten, weitere Sätze würde der Redner in dieser Sprache kaum formulieren können.

Zwei Tage vor meinem Abflug nach China rief mich ein alter Bekannter aus der ehemaligen DDR an, er sei gerade in meiner Nähe und würde mich gern besuchen. Ich konnte nicht gut ablehnen und zwei Stunden später saß er mir gegenüber. Wir hatten uns zum ersten Mal im Sommer 1968 in Prag getroffen, zur Zeit des »Prager Frühlings«, kurz vor der Invasion von Truppen aus Ländern des Warschauer Pakts, in den Folgejahren waren wir uns hin und wieder bei Tagungen im Ostblock begegnet. Meinen Bekannten erlebte ich stets als ideologisch einwandfrei, wenn er argumentierte, glaubte ich Karl Eduard von Schnitzler vor mir zu sehen. Unsere letzte Begegnung hatte Mitte der 1980er Jahre in Prag stattgefunden. Abends beim Bier eröffnete er mir mit feierlichem Pathos, nun werde die Überlegenheit des Sozialismus gegenüber dem Kapitalismus für jeden sichtbar. Während in der »BRD« die Verelendung der Massen unaufhaltsam voranschreite, entwickele sich die DDR wirtschaftlich und gesellschaftlich kontinuierlich weiter nach oben. Dass ich eine entgegengesetzte Sicht der Dinge hatte, tat er als natürliche Folge kapitalistischer Verblendung ab.

Nun saßen wir uns als Bürger ein- und desselben Staates gegenüber, mit derselben Währung im Portemonnaie. Nach den Begrüßungsfloskeln erging sich mein Bekannter in Lobesworten über die Wiedervereinigung, aus unseren früheren Gesprächen wisse ich bestimmt noch, wie sehr er gegen das SED-Regime eingestellt gewesen sei.

Das »Sozialistische Lager« war geschrumpft, nur Kuba, Nordkorea und China blieben noch.

Es gelang mir, das letzte Kapitel des Lehrbuchs zumindest in einer Rohfassung fertigzustellen, ich musste die Arbeit nicht nach China mitnehmen, saß jetzt entspannt im Flugzeug nach London, aus Kostengründen hatte ich einen Flug mit British Airways von London nach Beijing gebucht. Zwischen meiner Ankunft in Heathrow und dem Abflug am Abend würde ich acht Stunden Zeit haben, die ich am liebsten für ein Treffen mit Rose Wyland genutzt hätte, von der ich wusste, dass sie wieder in England lebte, leider kannte ich ihre Adresse nicht. In London hoffte ich ihren Namen im Telefonbuch zu finden, doch mein Bemühen war ohne Erfolg, ich nahm mir vor, ihre Adresse mit Xiao Lins Hilfe in Shanghai in Erfahrung zu bringen. Die Zeit bis zum Abflug füllte ich ersatzweise mit einem Besuch der Tate Gallery, bummelte durch die Innenstadt und aß zwei fade, teure Sandwiches.

Anderthalb Stunden vor dem Abflug fand ich mich in Heathrow ein, Risiken wollte ich möglichst ausschließen, Hongkong hatte ich noch in unguter Erinnerung. Ich mochte nicht an die Möglichkeit denken, etwas könne schiefgehen, so dass Xiao Lin und ich uns nicht zur verabredeten Zeit am Flughafen in Beijing treffen würden. Sie lag jetzt seit einigen Stunden im Schlafwagen auf dem Weg von Shanghai in die rund tausendfünfhundert Kilometer entfernte Hauptstadt, ich schickte mich an, nach einem Flug von zehntausend Kilometern dieselbe Stadt zu erreichen und wir gingen beide davon aus, zu einem festgelegten Zeitpunkt an einer bestimmten Stelle in Beijing zu sein. Ich machte mir Vorwürfe, keine Absprache mit Xiao Lin getroffen zu haben für den Fall, dass wir uns verfehlen würden. Konnte man in Beijing eine Person über Lautsprecher ausrufen lassen? Was tun, wenn nicht? In unserem letzten Telefonat hatte ich vorgeschlagen, im Youyi Fandian, dem Freundschaftshotel, zu übernachten. Ich hoffte, Xiao Lin würde dort auf mich warten, falls nicht alles planmäßig laufen würde, weiter wollte ich nicht denken.

Beim Einsteigen gehörte ich zu den Ersten, die das Flugzeug betraten, fand meinen Platz im »Obergeschoss«, einen Fensterplatz mit einem Kasten zum Verstauen des Handgepäcks zwischen Sitz und Flugzeugwand, dessen Deckel eine ideale Ablagefläche abgab. In der Nacht schlief ich gut, die kleinen gelben Ohrstöpsel zur Geräuschdämpfung aus der Apotheke hatten daran nicht unwesentlichen Anteil.

Zwischenlandung in Hongkong, wir blieben während des Saubermachens in der Maschine, jetzt dauerte es noch drei Stunden bis zur Ankunft am Zielort. Ein junger Mann nahm schüchtern Kontakt zu mir auf. Er sei Student der Betriebswirtschaftslehre in Hamburg, dies sei nicht nur sein erster Flug nach China, sondern sein erster Flug überhaupt. Wegen seiner Unerfahrenheit wolle er sich mir beim Verlassen des Flugzeugs und bei der Abfertigung an der Passkontrolle gern anschließen. Verlegen gestand er mit rotem Gesicht, seine chinesische Brieffreundin aus Dalian erwarte ihn am Flughafen. Bisher habe er sie nur auf Fotos gesehen und er befürchte, sie nicht zu erkennen, da für ihn alle Chinesinnen mehr oder weniger gleich aussähen. Ich sagte ihm meine Hilfe für den »Notfall« zu.

Die Landung in Beijing lief planmäßig ab, am Band brauchten wir nicht lange auf unser Gepäck zu warten, mein Schützling und ich brachten die Kontrollen schnell hinter uns. Jenseits des Absperrgitters stand eine dicht gedrängte Menschenmenge, Xiao Lin erkannte mich schneller als ich sie und winkte heftig mit einem großen Blumenstrauß. Wir halfen dem Studenten aus Hamburg, seine Brieffreundin zu finden, stiegen in ein Taxi und fuhren zum Freundschaftshotel.

Wegen schwacher Belegung bekamen wir ohne Schwierigkeiten zwei nicht weit auseinander liegende Zimmer. Für Xiao Lin mussten wir im Voraus bezahlen, mir werde man die Rechnung beim Check-out vorlegen, vertraute man eigenen Landsleuten weniger als Ausländern? Der ganze Nachmittag lag vor uns, ich stellte mich schnell unter die Dusche, zog frische und weniger warme Kleidung an, in bester Stimmung fuhren wir zum Tiananmenplatz. Xiao Lin war bisher zweimal in Beijing gewesen, das erste Mal bei einer Klassenfahrt in der Schulzeit, ein paar Jahre später war sie mit einer Studentengruppe hierher gekommen. Teilweise kannte ich die Hauptstadt ihres Landes besser als sie.

Auf dem riesigen Platz hielten sich wenige Menschen auf, wir fühlten uns frei, niemand rempelte uns an. Eine angenehme Brise machte das wunderbare, heiße Sommerwetter noch wunderbarer. Bereits am Flughafen war mir Xiao Lins neue Frisur aufgefallen, sie trug ihre Haare in der augenblicklich von jungen Chinesinnen bevorzugten Form, an den Seiten kurz geschnitten, die Ohren lagen frei. Ich sagte ihr nicht, dass mir die frühere Frisur besser gefallen hatte, lobte vielmehr ihr modisches Aussehen. Auch ihrem rosa Minirock zollte ich gebührende Anerkennung, er sah nicht so extrem »mini« aus wie die Röcke bei uns in den 1960er Jahren, aber auf ältere Chinesinnen musste er schockierend wirken, das konnte ich den Gesichtern entgegenkommender Frauen entnehmen.

Wir hatten keine Eile, dafür einen großen Vorrat an Erzählstoff. In unseren Telefongesprächen, die mich drei Mark je Minute kosteten, verhielten wir uns diszipliniert, hier mussten wir zum Glück keine Rücksicht auf Kostenaspekte nehmen. Mit dem herrlichen Gefühl völliger Unbeschwertheit flanierten wir langsam herum, verweilten bei den Männern, die ihre formvollendeten Drachen sorgfältig auf dem Platz gegenüber dem Tor des Himmlischen Friedens auslegten, bevor sie ihre Kunstwerke elegant gen Himmel aufsteigen ließen.

Über die Changan Jie schlenderten wir zu den Geschäften in der Wangfujing Dajie. Mir fiel auf, dass in Shanghai das Wort *lù* für Straße verwendet wurde, in Beijing bevorzugte man *jiē*. Xiao Lin meinte, der Grund liege in unterschiedlichen lokalen Dialekten. Putonghua, die chinesische Hochsprache, kenne beide Wörter, regional würden sie unterschiedlich verwendet. Also wie bei uns, wo die Menschen im Norden *Brötchen* essen und im Süden *Semmeln*. Dass die breite zwischen dem Platz und dem Tor des

Himmlischen Friedens verlaufende Straße bescheiden *jiē* hieß, die im Vergleich zu ihr kleine Geschäftsstraße *dàjiē* — wörtlich: Große Straße —, mochte historische Gründe haben.

Im »Kaufhaus für Kunst und Handwerk«, aus dem mein Specksteinstempel stammte, erstanden wir nach langem »Die oder die?« eine Jadekette, wechselten auf die gegenüberliegende Straßenseite und brachten geraume Zeit in dem zweigeschossigen Buchladen zu. Den Rest des Nachmittags verbrachten wir frei von einengenden Plänen, ließen unsere Augenblickseingebungen munteren Lauf, ohne die Zeit wahrzunehmen, erst der Hunger erinnerte uns daran, dass sie nicht stehengeblieben war.

Nach dem Abendessen fuhren wir zum Freundschaftshotel zurück. Bis zum Schlafengehen blieb uns ausreichend Zeit, die Erledigung verschiedener Aufgaben in den kommenden Tagen vorzubereiten. Den Geldbetrag meines chinesischen Doktoranden für seine Schwiegereltern wollte ich schnell loswerden. Ich griff zum Telefon, um einen Termin zu vereinbaren, erkannte am anderen Ende die Stimme der Schwiegermutter, von der ich wusste, dass sie nur chinesisch sprach, drückte rasch Xiao Lin den Telefonhörer in die Hand. Die Angelegenheit ließ sich rasch erledigen, der Sohn würde das Geld am nächsten Abend abholen. Irritiert berichtete Xiao Lin, sie sei von der Schwiegermutter mehrere Male mit »Genossin Lin« angeredet worden, daran sei sie nicht gewöhnt, sie sei doch kein Parteimitglied, was die gute Schwiegermutter freilich nicht wissen konnte. Sollte Xiao Lin durch die Anrede an patriotische Pflichten gemahnt werden, zur Vorsicht gegenüber dem Ausländer?

Wenige Minuten später klingelte das Telefon. Niemand wusste von meiner Anwesenheit im Freundschaftshotel, kam der Anruf von der Rezeption? Die Telefonvermittlung meldete sich, verband mich mit einem Anrufer von außerhalb. Der Mann nannte meinen Namen und fragte in einfachem Englisch, ob ich so hieße. Verblüfft bejahte ich die Frage, ehe ich weitersprechen konnte, wollte er wissen, ob ich eventuell eine Dolmetscherin hätte, er spreche nur ganz wenig englisch. Ich reichte den Hörer an Xiao Lin weiter. Die Geschichte kam mir mysteriös vor und ließ gleichzeitig ein unangenehmes Gefühl aufsteigen. Als Xiao Lin nach dem Telefongespräch berichtete, was sie soeben erfahren hatte, fand die Angelegenheit eine harmlose Erklärung.

Der Mann aus Malaysia steckte dahinter. Mein Abwimmelungsmanöver hatte er durchschaut und wie alle zwielichtigen Geschäftemacher litt er nicht unter Empfindsamkeit: Warf man ihn zur Vordertür hinaus, kam er zur Hintertür wieder herein. Verständlicherweise wollte er nicht bis in alle Ewigkeit auf meine in Aussicht gestellte Antwort warten, war lieber selbst initiativ geworden, hatte durch meine Sekretärin erfahren, dass ich mich augenblicklich in Beijing befand und flugs seinen chinesischen Spezi auf meine Fährte gesetzt. Der wiederum hatte am Nachmittag in einer Reihe von Hotels nach meinem Namen gefragt — ein ausländischer Professor war hier in jenen Tagen auffällig wie ein bunter Hund — und im Freunschaftshotel eine positive Antwort bekommen. Er stellte sich als Professor Wen vor und wollte einen Termin für meinen Besuch in seiner Hochschule mit mir ausmachen. Zunächst versuchte ich ihn mit dem Hinweis abzuspeisen, ich sei kein Solarenergiespezialist, er schien dies für eine unter Chinesen übliche Bescheidenheitsformel zu halten und ließ nicht locker. Ich willigte am Ende ein.

Das Datum meines Treffens mit Professor Hu in der Academia Sinica stand seit längerem fest, mein Besuch sollte am nächsten Morgen stattfinden, die genaue Uhrzeit mussten wir noch abstimmen. An diesem Abend konnte ich ihn telefonisch nicht erreichen, hinterließ die Nachricht, er möge mich bitte im Youyi Fandian anrufen.

Xiao Lin und ich hatten in unseren Briefen Vorschläge hin und her geschickt, was wir in der Zeit bis zu meinem Termin in Xian unternehmen könnten. Vorsorglich hatte ich mir vom chinesischen Reisebüro in Frankfurt ein Büchlein mit allen chinesischen Eisenbahnfernverbindungen schicken lassen sowie einen Hotelführer mit über vierhundert Seiten. Streckenkarten und Fahrpläne der chinesischen Eisenbahnen waren »für alle Fälle« gedacht, nach Möglichkeit wollten wir die großen Entfernungen innerhalb Chinas lieber mit dem Flugzeug als mit der zeitraubenden Eisenbahn zurücklegen. Doch die Flugzeugbenutzung konnte schwierig werden, Chinesen durften nur fliegen, falls sie über entsprechende Berechtigungsscheine verfügten, die ausschließlich für Geschäfts- oder Dienstreisen ausgestellt wurden. Bei unseren brieflichen Vorbereitungen wussten wir noch nicht, ob Xiao Lin solche Berechtigungsscheine bekommen konnte und falls es ihr gelingen würde, blieb offen, wie viele. Nun zeigte sie mir triumphierend fünf Fluggenehmigungen, ordentlich und offiziell rot gestempelt.

Xiao Lin wollte gern in den Süden und hatte Xiamen als Zielort vorgeschlagen, eine Millionenstadt in der Provinz Fujian, mehr als tausend Eisenbahnkilometer von Shanghai entfernt. Kurz vor der Abfahrt nach Beijing kam ihr die Idee, mit dem Schiff dorthin zu fahren, umgehend hatte sie jemanden beauftragt, Kabinenplätze für uns buchen. Dieser Plan gefiel mir ausgesprochen gut, er versprach eine abwechslungsreiche Reise. Wir kamen überein, von Beijing zunächst nach Shanghai zu fliegen, von da aus das Schiff nach Xiamen zu nehmen und später im Flugzeug zuerst nach Guilin und anschließend nach Xian zu reisen. Nach Beendigung meiner Aufgaben in Xian würden wir noch ein paar Tage in Hangzhou verbringen.

Morgens wurde ich durch das Klingeln des Telefons geweckt. Professor Hu rief wegen des Termins an, wir einigten uns auf zehn Uhr. Bis dahin blieben zwei Stunden, ich weckte Xiao Lin schnell telefonisch, um halb neun gingen wir gemeinsam frühstücken. Sie verspürte keine Lust, mitzukommen, scheute neugierige Fragen, stattdessen wollte sie lieber in den großen Buchladen in der Wangfujing Dajie gehen und anschließend durch Bekleidungsgeschäfte, um eventuell einen neuen Rock zu kaufen.

Hu empfing mich am Institutseingang und führte mich auf direktem Weg zum Besucherraum, in dem drei Männer und zwei Frauen warteten. Nach dem Begrüßungszeremoniell wurden wir rasch von einem Fotografen für die Hauszeitschrift abgelichtet, bevor wir uns auf die Sofas mit den obligaten Häkeldeckchen setzten, um beim grünen Tee ein erstes Aufwärmgespräch zu führen. Dass ich so gut über ihre Hauptstadt Bescheid wusste, trug mir bei meinen Gesprächspartnern Lob und Sympathie ein. Wie meine Reise in China weitergehe, wollte man wissen, bei der Erwähnung des Fluges nach Shanghai bot man mir die Besorgung der Flugkarten an. Das Angebot kam mir sehr gelegen, ich fragte vorsichtig, ob sie einen Berechtigungsschein meiner chinesischen Dolmetscherin benötigten, doch sie meinten, es würde ohne gehen, man habe Beziehungen.

Ein einstündiger Rundgang durch das Institut schloss sich an. Auf den ersten Blick wurde sichtbar, dass die Academia Sinica im Gegensatz zu den mir bekannten chinesischen Universitätsinstituten über umfangreiche finanzielle Ressourcen verfügte, die Ausstattung mit Computern befand sich auf dem neuesten Stand.

Zum Mittagessen fuhren wir in den Sommerpalast. Bei meinem ersten Beijingbesuch war ich hier gewesen, aber nicht unter solch sachkundiger Führung wie dieses Mal.

Spricht man vom Sommerpalast, muss man, genaugenommen, zwischen dem alten und dem neuen unterscheiden. Der Baubeginn des alten lag in der Jin Dynastie (1115 – 1234), die nachfolgenden Kaiser erweiterten ihn ständig. Die Kaiserlichen Gärten, so die ursprüngliche Bezeichnung (chinesisch: Yuyuan), wurden von den Herrschern der Qing Dynastie im achtzehnten und im frühen neunzehnten Jahrhundert zu einem gewaltigen Komplex ausgebaut. Hier, nordwestlich außerhalb von Beijing und etwa acht Kilometer von der Stadtmauer entfernt, residierten sie, von hier aus führten sie ihre Regierungsgeschäfte, der Kaiserpalast in der Verbotenen Stadt wurde noch für formelle Zeremonien benutzt. Während des Zweiten Opiumkriegs plünderten britische und französische Truppen Yuyuan im Jahr 1860. Wenig später, am 18. Oktober 1860 brannten dreitausendfünfhundert britische Soldaten auf ausdrücklichen Befehl ihres Generals Lord Elgin die Kaiserlichen Gärten nieder. Der Protest der Franzosen konnte die Verwüstung des Gartens des Vollendeten Glanzes durch die Engländer nicht verhindern.

Bei seiner Schilderung der Zerstörung wurde Professor Hu erregt, woraus ich schloss, sie werde von Chinesen auch nach so langer Zeit noch als Symbol ausländischer Aggression und Demütigung empfunden. Ruinen seien noch vorhanden, antwortete er auf meine Frage und ich nahm mir vor, bei nächster Gelegenheit den Überbleibseln des alten Yuyuan einen Besuch abzustatten.

Im Jahr 1888 veranlasste Cixi, die Witwe des Kaisers, den Neubau des Gartens einige Kilometer vom ursprünglichen Gelände entfernt. Das notwendige Kapital beschaffte sie sich durch Veruntreuung von Staatsgeldern, die in die Modernisierung von Heer und Marine fließen sollten. Diesem Garten gab sie den Namen Sommerpalast, hier hielt sie sich in ihren späteren Jahren vorzugsweise auf. Nach der Niederschlagung des »Boxeraufstandes« plünderten im Jahr 1900 Soldaten der Alliierten diesen neuen Sommerpalast. Die Revolution von 1911 beendete das Kaisertum und der Sommerpalast war fortan allgemein zugänglich.

Nach zehn Minuten Fußweg erreichten wir das Restaurant, in dem wir zu einem reservierten Raum für besondere Gäste geführt wurden, erkennbar an der gehobenen Ausstattung. Nach dem vorzüglichen Essen bat Hu um Verständnis, dass wir keinen längeren Spaziergang durch den Sommerpalast machen könnten, die Zeit dränge.

Im Institut hielt ich einen zweistündigen Vortrag, ohne Pause, anschließend fühlte ich mich ausgepumpt. Doch man ließ mir keine Zeit zum Verschnaufen, wir eilten nach dem Vortrag sogleich zu Hus eigenem Institut. Ich war beeindruckt, wohin ich auch sah, überall standen neue Hochleistungscomputer, die international führenden Marken. Das hatte ich in China nicht erwartet.

Die letzte Runde wurde eingeläutet, wir gingen zum Besprechungsraum zurück. Endlich kam Hu auf seinen Wunsch zu sprechen, einen Doktoranden nach Deutschland zu schicken. Er stellte mir drei junge Wissenschaftler vor, die seiner Meinung nach in die engere Wahl gezogen werden sollten, schilderte kurz ihre bisherigen Tätigkeiten, aus meiner Sicht kam grundsätzlich jeder von ihnen in Frage. Hu bat mich, einen »Letter of Intent« zu schicken, den er für die Antragsstellung in seinem Ministerium benötige.

Die Unterredung war beendet wir gingen zum Ausgang, eine Sekretärin übergab mir meine Flugkarten. Ein letztes Foto vor dem Institutsgebäude, Händeschütteln, mit einem Institutsauto wurde ich zum Hotel gebracht.

Xiao Lin war noch nicht von ihrem Einkaufsbummel zurück, ich konnte mich ohne Gewissensbisse auf mein Bett legen und eine Stunde schlafen. Anschließend stellte ich mich schnell unter die Dusche und fühlte mich danach wieder frisch. Mein Telefon klingelte, Xiao Lin meldete sich, wenig später kam sie zu mir, brachte Weintrauben, Pfirsiche und frische Datteln mit, das Abendessen konnte ausfallen.

Am nächsten Morgen überprüfte ich nach dem Frühstück die Flugscheine und stellte fest, dass auf Xiao Lins Ticket nicht ihr eigener Name stand, man hatte ihr unbekümmert meinen Nachnamen »gegeben«. Das konnte problematisch werden, bei der Kontrolle meiner Flugscheine auf chinesischen Flughäfen wurde stets der darauf eingetragene Name sorgfältig mit dem in meinem Pass verglichen.

Xiao Lins Flugschein musste umgeschrieben werden und zwar bei derjenigen CAAC-Agentur, die ihn ausgestellt hatte, in diesem Fall war es das Büro in der Halle meines Hotels von 1987. Die Taxifahrt dorthin dauerte eine Viertelstunde. Wir baten die nette junge Dame am Schalter um eine Korrektur des Tickets. Sie warf einen kurzen Blick auf den Flugschein, sah Xiao Lin an und erklärte mit bedauerndem Gesichtsausdruck, der ausländische Name auf dem Flugschein könne nicht ohne Weiteres durch einen chinesischen ersetzt werden, Chinesen benötigten einen amtlichen Berechtigungsschein für die Benutzung von Flugzeugen. Das war uns nicht neu, unsere Dummheit, dass wir keinen von Xiao Lins gestempelten Zetteln mitgenommen hatten. Nach einer Dreiviertelstunde standen wir erneut in der Agentur und dieses Mal klappte es ohne Schwierigkeiten, wir bekamen überdies hundert Yuan zurückbezahlt, weil Ausländer für Bahn- und Flugtickets zwanzig Prozent mehr bezahlen mussten als Chinesen.

Durch das Hin und Her blieb uns noch eine Stunde bis zum Besuch bei den Solarenergie-Leuten, ich konnte Xiao Lin überreden, als meine Dolmetscherin mitzukommen. Sie drängte mich, sofort aufzubrechen, damit wir nicht zu spät kämen. Chinesen seien so gut wie nie pünktlich, von Ausländern, namentlich den Deutschen, wisse man, sie seien überpünktlich und wenn ich jetzt verspätet käme, sähe es wie eine Missachtung meiner Gesprächspartner aus. Das leuchtete mir ein, sie ließ sich aber überzeugen, dass noch Zeit für eine Tasse Kaffee blieb, die wir dort tranken, wo ich vor drei Jahren abends zusammen mit meinen damaligen Spießgesellen beim Bier gesessen hatte.

Das Solarenergie-Institut lag in einem kleinen Park es machte einen gepflegten Eindruck. Wir wurden vom Leiter am Eingang begrüßt und, wie üblich, in den Besprechungsraum geführt, in dem die chinesischen Gesprächsteilnehmer warteten, Xiao Lin zog noch größere Aufmerksamkeit auf sich als ich. Die Gruppe bestand aus drei Männern und zwei Frauen, während des Gesprächs bildeten die Frauen den rechten und den linken Flügel, allerdings blieben sie stumm, wie ich es von anderen Gesprächen kannte.

Unser Treffen war durch die Initiative des windigen Typen aus Malaysia zustande gekommen, es stellte sich schnell heraus, dass hier alles seriös zuging. Dass ich mich für das Gebiet der Solarenergie nicht kompetent fühlte, spielte keine Rolle, wie ich bald merkte. Hauptthema unseres Gesprächs bildete eine geplante Europareise von zehn chinesischen Wissenschaftlern aus verschiedenen Städten, dieses Institut durfte zwei Teilnehmer benennen. Für alle würde es die erste Auslandsreise sein, da kam ich den Leuten gelegen, um ihnen mit dieser Reise zusammenhängende Fragen zu beantworten. Ich sagte zu, Kontakte in Deutschland herzustellen und ihnen organisatorische Hilfe zukommen zu lassen, falls notwendig. Xiao Lins anfängliche Besorgnis, sie könne der Aufgabe, unbekannte technische Sachverhalte übersetzen zu müssen, nicht gewachsen sein, schwand rasch dahin, da es nur um Alltagssprache ging.

Nach dem Gespräch standen wir eine Weile beisammen, man war furchtbar neugierig. Wie es komme, dass mich in Beijing eine Dolmetscherin unterstütze, die in Shanghai wohne? Wo wir uns kennengelernt hätten? Ich antwortete geduldig, glaubte aber nicht, die Frager mit meinen Antworten zufriedenzustellen.

Mein Pflichtprogramm in Beijing war damit erledigt, ich schlug vor, am nächsten Tag zum Himmelstempel zu fahren, für Xiao Lin würde es der erste Besuch dieser ehedem religiösen Stätte sein.

Nach dem Frühstück machten wir uns am folgenden Morgen auf den Weg, nahmen aus Kostengründen einen Bus, was wir bald bereuten, da die Fahrt kein Ende zu nehmen schien, am Ziel vergaßen wir unseren Unmut schnell. Der Himmel strahlte in wolkenlosem Blau, mit dem die Farben des großen runden Tempels wunderbar harmonierten. Wir nahmen uns Zeit, alle Tempel- und Nebengebäude anzusehen, eine kleine chinesische Broschüre half,

Einzelheiten über ihre ursprüngliche Bedeutung und Funktion zu erfahren.

Seit der Errichtung des imposanten und wunderschönen Rundbaus der Halle des Gebets für gute Ernte im Jahr 1420 auf einer rechteckigen Fläche — nach uralter chinesischer Vorstellung war der Himmel rund und die Erde viereckig — begab sich der jeweilige Sohn des Himmels jedes Jahr hierher, um den Himmel durch sein Gebet für eine gute Ernte im gesamten Reich günstig zu beeinflussen. Damit wäre an sich nach Beendigung der Monarchie im Jahr 1911 Schluss gewesen. Yuan Shikai, seit 1912 Präsident der neu errichteten Republik China, träumte jedoch davon, Kaiser zu werden und Begründer einer neuen Dynastie. Folgerichtig besuchte er im Jahr 1914 den Himmelstempel und betete dort wie seine »Vorgänger«. Yuans Rücktritt im Jahr 1916 bewirkte den endgültigen Abschied von der alljährlichen religiösen Zeremonie.

Geduldig übersetzte Xiao Lin die Inschriften auf den Tafeln an den Gebäuden. Durch meine bisherige Beschäftigung mit chinesischen Schriftzeichen kannte ich wenig mehr als hundert Zeichen, was manchmal zum Lesen eines Städte- oder Straßennamens ausreichte, von der Fähigkeit zur Entzifferung ganzer Sätze ohne Wörterbuch war ich weit entfernt. Daneben konnte ich chinesische Schriftzeichen von anderen asiatischen Schriften sicher unterscheiden. Deshalb fielen mir die zweisprachigen Schrifttafeln über den Eingängen der Tempel auf. Nach der alten Art, von oben nach unten unter Verwendung der Langzeichen geschrieben, stand jeweils auf der linken Seite einer Tafel eine chinesische Inschrift, rechts daneben bemerkte ich andere Schriftzeichen. Xiao Lin kannte diese Schrift auch nicht, sie meinte, es handele sich um Mandschurisch.

China war über viele Jahrhunderte von fremden Völkern beherrscht worden, sie hatten die Kaiser des Reichs der Mitte gestellt. Die mongolische Fremdherrschaft (Yuan-Dynastie) dauerte von 1271 bis 1368, chinesische Volksaufstände zwangen den letzten Yuan-Kaiser, in die Mongolei zu fliehen. Es folgte eine Periode der Eigenbestimmung in der Ming-Dynastie, deren Name uns besonders durch das in dieser Periode hergestellte hauchdünne Porzellan bekannt ist. Das Ende der Mingzeit bahnte sich an, als vereinte Mandschurenstämme einen Eroberungskrieg gegen China begannen, während das Land im Innern durch Bauernaufstände erschüttert wurde. Der Verrat des Ming-Generals Wu Sangui, der mit seinen Truppen zur Mandschu-Armee überlief, trug wesentlich dazu bei, dass die Mandschus 1644 Beijing erobern und die mandschurische Qing-Dynastie errichten konnten. Der letzte Ming-Kaiser beging Selbstmord. Die mandschurische Fremdherrschaft ging erst im Jahr 1912 mit Gründung der Republik China zu Ende. Während der langen Mandschuherrschaft erlangten mandschurische Sprache und Schrift neben dem Chinesischen offiziellen Status, das sprach für Xiao Lins Annahme.

Langsam stellte sich Hunger bei uns ein, ich schlug vor, das Restaurant aufzusuchen, in dem Eckler und ich auf unserer Radtour vor drei Jahren Pekingente gegessen hatten. Bei ihren beiden früheren Beijingbesuchen konnte sich Xiao Lin das vergleichsweise teure Essen nicht leisten, nun gab es für sie eine gute Gelegenheit, dieses neben Frühlingsrollen wohl bekannteste chinesische Gericht zu probieren.

Wegen der geringen Entfernung vom Himmelstempel zu dem an der Chongwenmenwai Dajie gelegenen Restaurant entschieden wir uns für eine Fahrradriksha. Sechs Yuan bezahlten wir dem Fahrer, was zwei Mark — der Yuan hatte sich für Deutsche spürbar verbilligt — entsprach, gemessen an deutschen Verhältnissen nicht viel. Andererseits, wenn der Mann die Strecke fünfzehnmal für diesen Preis fuhr, lag seine Einnahme gut über Xiao Lins Monatsgehalt. Auch im Vergleich zu einer Busfahrt, für die wir fünfzig Fen bezahlt hätten, konnte der Preis nicht gerade niedrig genannt werden.

Auf der Speisekarte wurden drei verschiedene Arten der Zubereitung angeboten, die sich Xiao Lin von der Bedienung erklären ließ, um diejenige zu wählen, die ich kannte, zu der kleine, dünne Pfannkuchen gehörten, in die man fein geschnittene Lauchstreifen wickelte.

Xiao Lin fragte mich, ob ich mich erinnern könne, wo in diesem Restaurant die Toiletten seien. Ich konnte es und beschrieb ihr den komplizierten Weg dahin. Als sie zurückkam, sah sie mich mit ungläubigen Augen an. Wegen ihres notorisch schlechten Orientierungsvermögens mit dem fatalen Hang, die Gegenrichtung immer für die Richtige zu halten, fiel es ihr schwer, zu verstehen, wie jemand nach drei Jahren noch eine genaue Wegbeschreibung geben konnte.

Nach dem Essen nahmen wir eine Fahrradriksha zum nicht weit entfernten Tiananmenplatz. Xiao Lin verhandelte mit dem Fahrer über den Preis, ihre Stimme verriet Verärgerung. Der Fahrer verlangte acht Yuan, sie sah nicht ein, warum wir bei ihm für eine kürzere Strecke mehr bezahlen sollten als bei dem anderen für die Fahrt vom Himmelstempel zum Restaurant. Es gelang mir, sie zu besänftigen und wir fuhren zum Tor des Himmlischen Friedens. Hier wurde Xiao Lin richtig laut, weil der Fahrer behauptete, er habe acht Yuan für jeden von uns gesagt. Erst die Drohung, einen Polizisten zu rufen, brachte den Mann dazu, sich unter wütendem Schimpfen davon zu machen.

Wir gingen zum Heldendenkmal, ich erinnerte mich an den denkwürdigen Abend Ende April 1989, als Bilder von Hu Yaobang, Blumen und Kränze das Ehrenmal schmückten. Hier saß ich 1987 auf den Stufen und schrieb Ansichtskarten. Das wäre jetzt nicht mehr möglich gewesen, ein dickes rotes Seil, das in den Ösen metallener Haltepfosten hing, verhinderte das Betreten des Denkmals. Zwei entschlossen dreinblickende Soldaten standen Wache, damit das rote Tau respektiert wurde. Einen von ihnen sahen wir in einen lautstarken Disput mit dem Vater eines vielleicht dreijährigen Jungen verwickelt, weil der Bengel ohne Respekt vor der Obrigkeit versuchte, in gebückter Haltung unter dem Seil hindurch in die verbotene Zone zu schleichen.

Xiao Lin stand schweigend vor dem Denkmal, die Erinnerung an die Wochen der Studentendemonstrationen war noch frisch. Ich hatte Kopien von Fotos vor Augen, die aus den Tagen der eskalierenden Gewalt stammten, die »Fotos von Fotos« waren auf verschlungenen Wegen in meinen Besitz gelangt. Insgesamt besaß ich sechzehn Bilder, trotz ihrer weniger guten technischen Qualität empfand ich sie in bedrückender Weise beeindruckend. Einige zeigten Situationen aus einer insgesamt friedlich wirkenden Phase, eine große Menschenmenge etwa rund um das mit Spruchbändern dekorierte Denkmal, vor dem wir in diesem Augenblick standen, links ragte eine einzige rote Fahne mit großen weißen Schriftzeichen hoch aus der Menge. Dann ein Foto mit Blickrichtung schräg auf den Eingang des Kaiserpalastes, Maos Bild durch irgendetwas halb verdeckt. Im Hintergrund ein weißes Transparent mit schwarzer Schrift, die beiden ersten Schriftzeichen lauteten *běi jīng* (北京) die beiden letzten *dà xué* (大学) (Universität), die dazwischen konnte man nicht sehen. Im Vordergrund stand erhöht ein junger Mann mit einem Megaphon in der Hand, eine junge Frau klatschte in die Hände, andere zogen schweigend vorüber, viele schoben Fahrräder, der Fotograf stand wahrscheinlich auf der Straße zwischen dem Tiananmenplatz und der Großen Halle des Volkes.

Die schlimmeren Bilder. Vier Panzer auf einer verwüsteten Straße, ohne Besatzung, drei vorbeifahrende Radfahrer guckten neugierig ohne Anzeichen von Furcht. Zwei weitere Bilder zeigten brennende Panzer und gepanzerte Fahrzeuge, schwarze Rauchwolken verdunkelten den Himmel. In einer Straße stand ein einzelner Panzer mit einer Abdeckung über der Austrittsöffnung der Kanone, er wurde von mehreren Menschen mit Steinen beworfen. Auf einem weiteren Foto bildeten zahlreiche Soldaten und Zivilisten den Hintergrund, im Vordergrund zwei Soldaten mit Stahlhelmen, dazu ein Mann, schnellen Schrittes an ihnen vorbeieilend, das Gesicht und das weiße Hemd blutverschmiert, beide Hände zu Fäusten geballt, eine Faust drohend gegen die Soldaten erhoben. Schließlich die drei schlimmsten Fotos von Leichen, in blutverschmierte weiße Tücher gewickelt und irgendwo abgelegt, mit teilweise sichtbaren Armen und Beinen, bei einem Toten gab das locker gewickelte Tuch auch den Kopf frei. Auf einem weiteren Bild schienen die Toten auf dem Fußboden eines Abstellraums zu liegen, Pappkartons türmten sich auf einer Seite, ein Ausgussbecken war an der hinteren Wand zu sehen.

Von diesen Fotos erzählte ich Xiao Lin nichts, vermutlich wäre es ihr nicht recht gewesen, derartige Bilder, die ihr Heimatland von einer weiß Gott nicht sympathischen Seite zeigten, im Besitz eines Nichtchinesen zu wissen. Zu gut erinnerte ich mich an meine eigenen Gefühle beim Lesen einer bebilderten Heftserie mit dem Titel »Den Store Krigen« (Der Große Krieg) in Nordnorwegen, sechzehn Jahre nach Kriegsende.

Wir gingen weiter in Richtung Kaiserpalast. Am Ende des Platzes, gegenüber dem Maoporträt, gab es jetzt drei neue Fahnenmasten. Auch hier hielten zwei Soldaten Wache. Wenig später kamen drei weitere Angehörige der Volksbefreiungsarmee, holten die Fahne mit einem steifen Zeremoniell ein, trugen sie im Stechschritt über die Changan Jie und verschwanden in Richtung Kaiserpalast.

Um elf Uhr ging am nächsten Tag unser Flug nach Shanghai, kaum hatten wir uns vom Frühstückstisch erhoben, drängte ich zum Aufbruch. Xiao Lin machte sich über meine Unruhe lustig, fand meine Appelle zur Eile übertrieben. Zugegeben, manchmal empfand ich mich selbst als provinziell wegen meines Drangs, möglichst eine Stunde vor Abfahrt eines Zugs auf dem Bahnsteig zu sein. Meine Unruhe wuchs, als sich unerwartete Schwierigkeiten mit Xiao Lins Kleidungsstücken ergaben, die sie am Vortag beim Etagenservice zur Expressreinigung — »zurück in vier Stunden« — abgegeben hatte. Die Kleidung war nicht zurückgebracht worden und schien im Augenblick unauffindbar zu sein. Der Etagenservice machte sich die Sache bequem und behauptete, die Kleidungsstücke seien gar nicht abgegeben worden. Ich schaltete mich ein in der Hoffnung, ein Ausländer könne größeren Druck machen. Das funktionierte wider Erwarten zügig, nach zehn Minuten bekam Xiao Lin ihre nicht abgelieferte Kleidung sauber und gebügelt zurück.

Vor dem Hotel mussten wir eine geschlagene Viertelstunde warten, bevor wir in ein Taxi steigen konnten, zu allem Überdruss kamen wir wegen des dichten Verkehrs nur schleichend in Richtung Flughafen vorwärts. Erwartungsgemäß wurden bei der Abfertigung die Namen auf den Flugtickets sorgfältig mit denen in unseren Ausweispapieren verglichen. Da alles als in Ordnung befunden wurde, ergab sich keine weitere unliebsame Überraschung und wir fanden am Ende noch Zeit für eine Tasse Kaffee.

Wenig später saßen wir in einem neuen Airbus, was mir gut gefiel. Auf verschiedenen Flügen in China musste ich früher mit alten russischen Tupulews vorliebnehmen und obwohl ich jedes Mal heil herunter gekommen war, behagte mir dieser Flugzeugtyp wenig, er erinnerte mich stark an die Boeing 707, die ich auf westlichen Flughäfen seit über zehn Jahren nicht mehr gesehen hatte. Auch irritierte mich in den Tupulews, dass es während des Flugs aus den Ritzen der Gepäckboxen über den Sitzen ständig dampfte, so, als würde man an einem kalten Wintermorgen das Badfenster nach dem Duschen einen Spaltbreit öffnen. Bei meinem ersten Tupulewflug befürchtete ich in meiner laienhaften Vorstellung, die Außenhaut des Flugzeugs könne ein Loch haben. Da das Phänomen bei der nächsten Maschine desselben Typs in gleicher Weise auftrat, musste ich mir eine neue Erklärung zurechtlegen. Vielleicht lag das Dampfen an einer technisch verbesserungsfähigen Art der Frischluftzufuhr, beruhigte ich mich.

In Shanghai mussten wir ein zentral gelegenes Hotel mit moderaten Zimmerpreisen für mich finden, steuerten als Erstes das Hua Shan an, »ausgebucht« hieß es an der Rezeption. Xiao Lin fiel der Name eines neuen Hotels in der Innenstadt ein, freie Zimmer gab es dort zwar, trotzdem konnte ich keins bekommen: Für eine Aufnahme von Ausländern fehlte die Lizenz. Schließlich fanden wir eine Bleibe für mich in der Donghu Lu, aßen noch gemeinsam im Restaurant des Hotels, bevor Xiao Lin zu ihrer Hochschule fuhr.

Bei unserer Reiseplanung in Beijing stand noch nicht fest, ob wir kurzfristig Kabinenplätze auf einem Schiff nach Xiamen bekommen würden, gegen Abend rief mich Xiao Lin an, alles sei in Ordnung, die Schiffskarten habe sie inzwischen, es könne wie besprochen weitergehen, unsere Abfahrt sei am folgenden Abend um acht Uhr. Sie schlug vor, gegen Mittag zu mir zu kommen, uns bliebe dann noch Zeit, ein paar Sachen für die Reise zu kaufen.

Die Hafengegend kannten wir beide nicht, vorsichtshalber begaben wir uns am nächsten Abend frühzeitig zum Kai, Xiao Lin gelang es leicht, sich zur Ablegestelle unseres Schiffs durchzufragen. In einem kleinen Abfertigungsgebäude wurden unsere Fahrkarten geprüft, zusätzlich mussten wir unsere Ausweisdokumente vorlegen, ich war auf eine Beanstandung gefasst. Streng nach Vorschrift hätte mein Pass beim Kauf der Schiffskarte vorliegen müssen, dank guter Beziehungen war Xiao Lins Mittelsmann eine Umgehung der Bestimmung gelungen mit dem Nebeneffekt, dass er für mich nur den niedrigeren Fahrpreis, den Chinesen zahlten, entrichten musste. Ich fürchtete, die Sache könne nachträglichen Anstoß erregen und erwartete zumindest eine Aufforderung zum Nachzahlen des Differenzbetrags, sie blieb aber aus, zuvorkommend führte man uns zu einem Warteraum für besondere Personen.

Außer Ostseefähren und Kanalfähren kannte ich keine größeren Schiffe, dies würde meine erste längere Reise auf dem offenen Meer sein. Als wir an Bord gingen, sah ich mich kritisch um, hörte man doch verhältnismäßig häufig von Schiffsunglücken in Ostasien. In Europa gab es ebenfalls keine absolute Sicherheit, die »Herald of Free Enterprise« war vor nicht allzu langer Zeit im Hafen von Zeebrugge untergegangen, zwei Jahre nachdem ich auf ihr den Ärmelkanal überquert hatte. Das Schiff, das uns nach Xiamen bringen sollte, machte wahrlich keinen guten Eindruck, es sah uralt aus, grob zusammengeschweißt und von starkem Rostfraß gezeichnet.

Unsere Kabinen lagen direkt nebeneinander, beruhigend für uns beide. Über besonderen Komfort verfügten sie nicht, zur Ausstattung gehörten jeweils zwei einfache Betten und ein altes Sofa, Klimaanlagen gab es, allerdings laute und nicht gerade wirkungsvolle, die heruntergekommen Bäder sahen wenig einladend aus.

Das Schiff verkehrte zwischen Shanghai und Guangzhou, als ersten Hafen würden wir Fuzhou anlaufen, danach unseren Bestimmungsort Xiamen. Einen Fahrplan besaßen wir nicht, nach unserer Berechnung würde die Seereise rund einundvierzig Stunden dauern, das bedeutete eine Ankunft am frühen Nachmittag des übernächsten Tages. Aus dem Koffer holten wir nur das Nötigste heraus, wozu Bücher gehörten. Es klopfte, ein Polizist kam herein, um unsere Schiffskarten zu kontrollieren, würde er Schwierigkeiten machen, weil wir uns gemeinsam in Xiao Lins Kabine befanden? Er sah uns mit prüfendem Blick an, weiter geschah nichts, er grüßte und verschwand. Wenig später kam ein zweiter Polizist, ermahnte uns, die Kabinentüren wegen möglicher Diebe fest verriegelt zu halten. Der letzte Besucher brachte uns zwei Rollen Klopapier.

Draußen herrschte mittlerweile tiefe Dunkelheit. Am liebsten wären wir an Deck gegangen, doch die beiden Polizisten hatten uns verunsichert. Einerseits gab uns ihre Präsenz ein Gefühl der Sicherheit, sie waren aber gewiss nicht grundlos an Bord, ich erinnerte mich an die Bewachung des Schlafwagens bei der gemeinsamen Eisenbahnfahrt mit Zhu nach Beijing.

Am Morgen des ersten Tages auf See gingen wir hungrig zum Schiffsrestaurant, wurden schon am Eingang durch den äußeren Eindruck des Raums abgestoßen, alles sah entsetzlich schmuddelig aus, der abgestandene Küchengeruch verhieß auch nichts Gutes. Restaurant war eine irreführende Bezeichnung, das Lokal glich eher einem Schnellimbiss mit Tischen und Bänken ähnlich denen in deutschen Bierzelten. Die angebotenen Speisen sahen wenig appetitlich aus, wir nahmen beide eine Schüssel mit einer öligen Nudelsuppe, von der wir so viel aßen, bis das ärgste Hungergefühl aufhörte. Dann begaben wir uns schleunigst an die frische Luft und genossen bei herrlichem Sommerwetter die Fahrt durch das ruhige Ostchinesische Meer. Den Rest des Tages füllten wir mit Lesen, Schlafen, ab und an gingen wir an Deck, ließen uns den Fahrtwind um die Nase wehen. Den schmierigen Imbissraum betraten wir kein zweites Mal.

Gegen Abend wurde die See unruhig, Xiao Lin vertrug das nicht gut und wünschte sehnlichst das Ende der Schiffsreise herbei, doch nach unserer Rechnung mussten wir darauf noch fast zwanzig Stunden warten. Nach kurzer Zeit wurde sie richtig seekrank und übergab sich mehrmals, ich empfahl ihr, sich hinzulegen und mit Schlafen gegen die Übelkeit anzugehen, was ihr erstaunlich schnell gelang. Mir machte die raue See nichts aus, ich las mein Buch zu Ende und legte mich gleichfalls schlafen.

Nachts wachte ich durch laute Geräusche auf, guckte durchs Bullauge und sah hohe Wellen mit weißen Schaumkämmen, in denen unser Schiff mächtig schaukelte und schlingerte. Hoffentlich würde der alte Kahn diesem Seegang gewachsen sein, dachte ich beunruhigt und brauchte geraume Zeit, um erneut einzuschlafen.

Gegen halb sieben, die See hatte sich beruhigt, stand ich auf, stellte mich unter die Dusche und machte mich für den Tag fertig, Xiao Lin ließ ich weiter schlafen, uns blieb ja reichlich Zeit bis zur Ankunft im Zielhafen. Als ich eher beiläufig durch das

Bullauge schaute, wunderte ich mich, wie dicht wir an der Küste entlangfuhren, eine größere Stadt schien in der Nähe zu sein. In geringer Entfernung gewahrte ich am Ufer eine große weiße Tafel mit zwei schwarzen (traditionellen[20]) chinesischen Schriftzeichen (厦門), von denen ich das erste nicht kannte, wohl aber das zweite. Ich assoziierte es stets mit der Flügeltür des Westernsaloons, durch die Gary Cooper in »High Noon« ständig hin und her hastete bei seiner wenig erfolgreichen Suche nach mutigen Mitkämpfern. Es war das Langzeichen für *mén*, was auf Deutsch »Tür« bedeutet. Ob es sich bei diesem Zeichen um das *mén* von »Xiamen« handelte? Das konnte meiner Meinung nach nicht sein, vorsichtshalber weckte ich Xiao Lin. Ja, wir näherten uns tatsächlich Xiamen, es blieb gerade ausreichend Zeit, unsere Sachen in den Koffer zu stopfen, dann legten wir an.

Kurz darauf standen wir im Hafen auf der Straße und beratschlagten, wie es weitergehen sollte. Zunächst brauchten wir ein öffentliches Telefon, das wir bald fanden. Mein Hotelführer half uns zwar, mit vier Hotels Kontakt aufzunehmen, doch die hohen Preise schreckten uns ab. Xiao Lin schlug vor, es zunächst mit einem einfachen Hotel zu versuchen, wie es üblicherweise von Chinesen genommen werde, um dann, nachdem wir die Stadt näher kennengelernt hätten, in Ruhe ein besseres zu finden. Ein vernünftiger Vorschlag, wir nahmen ein Taxi und Xiao Lin erklärte dem Fahrer, was wir wollten.

Als wir das »Hotel«, vor dem uns der Taxifahrer ablud, aus der Nähe besahen, hätten wir am liebsten sofort kehrtgemacht, aber würde das nächste besser sein? Also entschieden wir, es mit dieser nicht gerade sauberen Herberge zu versuchen. Eine Frau mittleren Alters mit einem großen Drahtring in der Hand, an dem alle Schlüssel baumelten, schlurfte vor uns her und schloss die Türen zu zwei verhältnismäßig weit auseinanderliegenden Zimmern auf. Schlüssel wurden uns nicht ausgehändigt, wir mussten im Voraus bezahlen.

Unsere Zimmer nahmen wir flüchtig in Augenschein, fuhren dann umgehend in die Hafengegend zurück, zur Lujiang Dao, der teilweise zu einer Promenade ausgebauten Uferstraße. Wir fühl-

---

[20] Langzeichen

ten uns in ein anderes China versetzt, das war nicht Shanghai und schon gar nicht Beijing, das war der Süden. Ich übertrug in Gedanken die Breitengraddifferenz zwischen Shanghai und Xiamen nach Europa und kam auf die Entfernung zwischen Köln und Genua, tausend Kilometer Luftlinie, wie ich noch aus dem Erdkundeunterricht wusste. Über die begrenzte Aussagekraft eines reinen Nord–Süd–Entfernungsvergleichs war ich mir schon im Klaren, schließlich liegt Shanghai über zweitausend Kilometer südlicher als Köln, um nur einen Schwachpunkt zu nennen. Trotzdem erschien mir der Köln–Genua–Vergleich gar nicht so unpassend. Fröhlich und unbeschwert machten wir einen Spaziergang am Ufer entlang.

Sah man von der schmalen Festlandsverbindung ab, ließ sich dieser Teil Xiamens als Insel bezeichnen, von der Uferpromenade aus sahen wir in geringer Entfernung ein Eiland mit dem Namen Gulangyu, zwischen beiden Ufern herrschte reger Personenfährverkehr.

Seit zwei Tagen hatten wir nichts Ordentliches gegessen, am Mittag suchten wir das Restaurant des nahegelegenen Lujiang Hotels auf. Schon von außen machte es einen guten Eindruck, der im Innern noch eine Steigerung erfuhr. In dem geschmackvoll eingerichteten Restaurant herrschte angenehme Kühle, mit feuchtheißen Frotteetüchern konnten wir uns vor dem Essen von der Verschwitztheit der Gesichter und der Klebrigkeit der Hände befreien. Hunger ist nach dem Sprichwort ohnehin der beste Koch, nach dem Essen waren wir uns einig, derart köstlich zubereitete Jakobsmuscheln und Riesengarnelen nie vorher gegessen zu haben. Eine angenehme Überraschung erlebten wir beim Bezahlen, da uns zwanzig Prozent vom Rechnungsbetrag abgezogen wurden, weil wir mit FECs, dem Ausländergeld, bezahlten.

Gut gelaunt fuhren wir mit der Fähre nach Gulangyu, bei der Hinfahrt brauchte man nicht zu bezahlen, erst bei der Rückfahrt, eine praktische Regelung. An dem Xiamen zugewandten Ufer gab es eine schön ausgebaute Promenade mit Pavillons und kleinen Brücken, dazu eine üppige Vegetation. Xiao Lin zeigte sich hellauf begeistert, eine Landschaft wie diese hatte sie bislang nicht kennengelernt. Wir flanierten gemütlich über die Uferpromenade, überqueren dann die Insel zur gegenüberliegenden Seite, die Entfernung betrug wenig mehr als einen Kilometer. Vor uns taten sich zwei schöne Sandstrände auf, fast menschenleer, hauptsächlich Kinder gingen ihren kleinen Strandvergnügungen nach, wir wateten eine Weile mit hochgekrempelten Hosenbeinen genüsslich durch das warme Wasser.

Gäbe es hier ein Hotel, so unsere einhellige Meinung, würden wir dort gern wohnen, erwartungsvoll machten wir uns auf die Suche. Nach kurzer Zeit stießen wir auf einen Informationsschaukasten mit einer Inselkarte, zwar arg von der Sonne gebleicht, trotzdem entdeckten wir das Gulangyu Hotel auf ihr, nicht weit von unserem Standort entfernt gelegen. Nach ein paar Minuten standen wir vor dem Hotel, einem im europäischen Stil errichteten Gebäude mit klassizistischem Einschlag, der mir bei unserem Spaziergang über die Insel bereits an mehreren Stellen aufgefallen war. Nicht verwunderlich, Gulangyu hatte sich seit Mitte des neunzehnten Jahrhunderts fest in den Händen verschiedener Kolonialmächte befunden. Im Hotel gab es freie Zimmer, die Preise erschienen uns annehmbar und wir beschlossen, gleich am nächsten Tag umzuziehen, machten vorsichtshalber eine entsprechende Buchung.

Bei Anbruch der Dämmerung begaben wir uns zur Fähre, im Abendrot sah Gulangyu noch romantischer aus. Nach dem Anlegen der Fähre mussten wir nicht lange überlegen, wo wir essen wollten, wir sahen uns kurz an und überquerten die Straße zum Lujiang Hotel. Der livrierte Türsteher erkannte uns sofort wieder — auch hier sahen wir auffällig aus — und wies uns auf ein weiteres Restaurant im sechsten Stock hin. Wir hatten das Glück, einen freien Tisch am Fenster zu bekommen, so dass wir beim Essen auf das Meer und die langsam im Dunkel verschwindende Insel Gulangyu blicken konnten.

Der ernüchternde Anblick unserer schäbigen Herberge störte uns bei der Rückkehr nicht mehr, würden wir doch ab dem nächsten Morgen ungleich besser wohnen. Die Schlüsselgewaltige sperrte unsere Zimmer auf, zum Glück waren sie mit Klimaanlagen ausgestattet, wenn auch schrecklich lauten. Die Moskitonetze über den Betten ließen sich dicht schließen, beruhigend im Hinblick auf eine ungestörte Nachtruhe.

Ohne zu frühstücken fuhren wir anderntags mit einem Taxi zur Anlegestelle der Fähre und eine halbe Stunde später bezogen wir froh gestimmt unser neues Domizil.

Das Gulangyu Hotel bestand aus fünf Gebäuden, unsere Zimmer lagen im ersten Stock des Haupthauses, eine breit ausladende Marmortreppe führte hinauf, stolz erzählte man uns, Stufen und Geländer seien in den 1920er Jahren in Frankreich gefertigt worden. Die Zimmer waren groß, ihre letzte Renovierung lag sicherlich über zwanzig Jahre zurück, die heruntergekommene Einrichtung passte dazu.

Nachdem wir ein unseren Wünschen entsprechendes Hotel gefunden hatten, wollten wir uns vorsorglich um die Flugtickets nach Guilin kümmern. Im Lujiang Hotel gab es eine Agentur des staatlichen Reisebüros »China International Travel Service«, Flugkarten konnten wir hier nicht buchen, man verwies uns auf das Chinese Overseas Hotel, es sei leicht mit dem Bus erreichbar, wir machten uns sofort auf den Weg. Nach ein oder zwei Haltestellen verließen wir den Bus, tauchten in die Menschenmenge ein. Plötzlich wurde ich unsanft angerempelt, fasste reflexartig nach meiner Umhängetasche und merkte, dass jemand sie aufgeschlitzt und meine Brieftasche gestohlen hatte. Die Reiseschecks, ein nicht unbeträchtlicher Teil des Bargelds, Pass, Führerschein und die Tickets für meinen Rückflug nach Deutschland befanden sich nun im Besitz des Diebes.

Noch nie war ich auf offener Straße bestohlen worden, im ersten Augenblick stand ich fassungslos da, berichtete Xiao Lin verstört und mechanisch von dem Geschehen. Sie sah mich verständnislos an, wollte nicht glauben, was sie von mir hörte. Erstaunlich schnell gewannen wir unsere Fassung zurück und überlegten, welche Schritte umgehend eingeleitet werden müssten. Das Sicherheitsbüro, in Teilen einem deutschen Polizeipräsidium vergleichbar, befand sich in unmittelbarer Nähe, dorthin begaben wir uns auf der Stelle. Die Mittagspause hatte schon begonnen, lediglich die Anzeige des Diebstahls wurde aufgenommen, danach forderte man uns auf, nachmittags gegen vier Uhr wiederzukommen.

Als Nächstes galt es, den Verlust der Reiseschecks anzuzeigen und herauszufinden, wie ich an Ersatz kommen konnte. Nicht weit vom Sicherheitsbüro entfernt gab es ein Postamt, von wo aus wir telefonieren konnten. Die Prozedur, um in China ein Ferngespräch von einem öffentlichen Telefon aus zu führen, kannte ich bereits. Für einen Fen kaufte ich ein Formular, trug meinen Namen und die Telefonnummer des gewünschten Teilnehmers ein, zahlte einen Vorschuss von fünfzig Yuan und bekam den Schlüssel zu einer Telefonzelle ausgehändigt. Den Kaufbeleg, die Liste mit den Nummern der Reiseschecks sowie die kleine Karte mit den Notfallrufnummern hatte ich gemäß der Anweisung getrennt aufbewahrt, alle erforderlichen Unterlagen standen uns wenigstens zur Verfügung.

Die für die Volksrepublik China angegebene Telefonnummer begann mit den Ziffern 500, dies konnte meines Erachtens nicht die vollständige Rufnummer sein, trotzdem versuchte ich es mit ihr, was hätte ich sonst tun sollen? Erwartungsgemäß ertönte kein Freizeichen nach dem Wählen. Wahrscheinlich, so überlegten wir, befand sich das für uns zuständige Büro in Beijing, beim nächsten Wählversuch setzte ich »01« vor die Nummer und siehe da, es meldete sich jemand, schnell gab ich Xiao Lin den Hörer. Die Person am anderen Ende hatte mit Reiseschecks nichts zu tun, sie verhalf uns aber unter Zuhilfenahme des Telefonbuchs zu einer neuen Nummer. Xiao Lin erreichte eine Dame, die sich ihr Begehr anhörte und dann die Bank of China in Xiamen als örtliche Repräsentantin nannte, die Leute dort würden uns weiterhelfen.

In der Bank galt die gleiche Mittagspausenregelung wie im Sicherheitsbüro, wir fuhren unverrichteter Dinge mit der Fähre zu unserem Inselchen, legten uns im Hotel aufs Bett und spürten erst jetzt richtig die psychischen Folgen des Diebstahls.

Um vier Uhr standen wir im Schalterraum der Bank of China und Xiao Lin erläuterte einem etwa dreißigjährigen Angestellten unser Problem. Er forderte mich auf, alle Reisescheknummern auf ein Stück Papier zu schreiben und es mit meinem Namen zu unterzeichnen. Ich tat wie geheißen, er nahm meinen Zettel, betrachtete ihn eingehend, um uns dann zu eröffnen, die Bank of China könne in dieser Angelegenheit nichts tun, ich solle mich an diejenige Bank in Deutschland wenden, von der ich die Reiseschecks erworben habe. Drehte sich auf seinem Schemel um und sprach kein Wort mehr mit uns. Hatte er überhaupt eine Ahnung, wie Reiseschecks aussahen? Das Ausfüllen des Zettels war vermutlich nichts weiter als eine Farce zu seiner Gesichtswahrung gewesen.

Xiao Lin kannte sich natürlich nicht mit Travellerschecks aus, ich erläuterte kurz ihren Zweck und wies auf die Versicherung hin, die man beim Kauf von Reiseschecks abschloss, um im Falle eines Verlusts an Ort und Stelle Ersatz zu bekommen. Mit diesem Wissen wandte sie sich an eine Angestellte, redete mit großer Hartnäckigkeit auf sie ein, jedoch gleichfalls ohne Erfolg. Wir gaben ihr die Telefonnummer und baten sie, in Beijing anzurufen, um sich zu informieren, wie in unserem Fall zu verfahren sei. Missgelaunt sagte sie zu, dies am folgenden Morgen zu tun, wir sollten um zehn Uhr wiederkommen. Ich war skeptisch und dachte mit Wehmut an die Fernsehwerbung in Deutschland, die die Wiederbeschaffung verlorener oder gestohlener Reiseschecks so herrlich problemlos darstellte, aber vielleicht war ja die Bank of China in Xiamen der einzige Ort auf der großen, weiten Welt, auf den die flotten Reklamesprüche der bunten Werbespots nicht zutrafen.

Nach diesem deprimierenden Fehlschlag fuhren wir zum Sicherheitsbüro, wurden dort in einen Besucherraum geführt und ein gut aussehender Beamter bat mich, auf einem Formular den Hergang niederzuschreiben, Xiao Lin fertigte anschließend eine chinesische Übersetzung an, am Ende mussten wir beide die Niederschriften unterzeichnen. Der nächste Akt fand in dem Gebäude statt, in dem wir am Vormittag den Diebstahl angezeigt hatten. Xiao Lin sah sich um und meinte, wir hätten es hier wohl mit der Militärpolizei zu tun, wahrscheinlich, weil ich Ausländer sei und der Fall deshalb besonders ernst genommen werde. Ich konnte mir schwerlich vorstellen, dass sich die Militärpolizei um einen Zivilisten wie mich kümmern würde, aber in diesem Augenblick hatte ich anderes im Kopf als über Zuständigkeitsfragen nachzudenken. Der Chef der mit unserem Fall betrauten Abteilung kam freundlich lächelnd auf uns zu, schüttelte unsere Hände, fing an, Details aufzuschreiben. Danach löste ihn ein anderer, ebenfalls ausgesprochen liebenswürdiger Beamter ab, der mit Xiao Lins Hilfe das bisher von uns Vorgebrachte in ein Protokoll umsetzte, auf Chinesisch. Bevor ich unterschrieb sah ich kurz zu Xiao Lin auf, die mir signalisierte, ich könne meinen Namen unbesorgt unter das Protokoll setzen. Das reichte aber nicht, der Beamte nahm meinen rechten Daumen, versah die Kuppe mit roter Stempelfarbe und drückte ihn mit leichtem Wälzen auf das Protokoll, neben meinen Namenszug. Damit entließ er uns für diesen Tag mit dem Hinweis, doch bitte am nächsten Vormittag nochmals im Sicherheitsbüro vorzusprechen.

Beim Abendessen überlegten wir, welche Veränderungen unserer bisherigen Planung wir aufgrund des Diebstahls vornehmen sollten. Den Abstecher nach Guilin strichen wir sofort, an meiner Xianreise ließ sich nichts verändern, da ich mich der Xidian-Universität gegenüber verpflichtet fühlte. Weitere Überlegungen mussten wir aufschieben bis Gewissheit über den Ersatz der gestohlenen Reiseschecks bestehen würde. Auf meine Kreditkarte konnte ich nur eingeschränkt setzen, dieses Zahlungsmittel besaß in China erst geringe Popularität.

Am anderen Morgen betraten wir gleich bei Geschäftsbeginn die Bank of China. Ich war angenehm überrascht, man hatte in Beijing angerufen, eine neue Telefonnummer erhalten und den Namen einer Ansprechpartnerin, an die ich mich wenden solle. Mein Wunsch, von der Bank aus anzurufen, wurde abschlägig beschieden trotz meines Angebots, die Telefongebühren zu erstatten. Also machten wir uns zum Postamt auf, doch hier ging wegen eines totalen Stromausfalls eine Stunde lang gar nichts. Dann endlich konnte die übliche Ferngesprächsprozedur beginnen. Xiao Lin sprach mit der neuen Nummer in Beijing, bekam von ihr eine noch neuere Beijinger Telefonnummer genannt, die sie umgehend wählte. Nach kurzem Wortwechsel übergab sie mir den Hörer. Die Person am anderen Ende stellte sich als Lucy vor, der Stimme nach eine junge Dame, die perfekt englisch sprach. Sie wollte erst einmal wissen, was die bisherigen Verhandlungen in der Bank of China ergeben hätten, ich erzählte ihr von der absurden Idee, die gestohlenen Reiseschecks solle ich mir in Deutschland ersetzen lassen. Mir schien, sie erfasste schnell, dass von den Bankleuten in Xiamen wenig Kooperation zu erwarten war, denn sie schlug vor, das Antragsformular mit meiner Hilfe selbst auszufüllen und es der Bank als Fax zu schicken. Mein Geburtsdatum wollte sie zuerst wissen, die Adresse der Bank in Deutschland, bei der ich die Reiseschecks gekauft hatte, meine Kontonummer bei dieser Bank, Kreditkartennummer, meine Telefonnummer in der Universität, ob ich schon einmal einen Reisescheckersatz beantragt hätte und so weiter. Lucy gab sich angenehm freundlich, formulierte alles gut verständlich, mit einem Wort, Lucy machte einen rundum kompetenten Eindruck auf mich. Nach Abschluss meiner Befragung sagte sie, die Ostasienzentrale in Hongkong würde meine Angaben überprüfen, ich solle sie am kommenden Vormittag anrufen, sie sei zuversichtlich, dass alles in Ordnung gehen werde. Dann wollte sie nochmal mit dem »girl« reden, mit dem sie zu Anfang gesprochen habe.

Ich lobte Lucy wegen ihrer hervorragenden Englischkenntnisse und äußerte die Vermutung, sie sei möglicherweise keine Chinesin, doch Xiao Lin versicherte mir, auch Lucys Chinesisch habe perfekt geklungen, sogar ein leichter Anflug von Beijingdialekt sei hörbar gewesen.

Im Sicherheitsbüro gingen wir gleich in das Gebäude der Militärpolizei. Die erste Amtshandlung bestand an diesem Tag darin, dass ein Fotograf auf dem Fußboden des Laubengangs vor den Büros ein Tuch ausbreitete, meine Umhängetasche darauf legte und sie mit einer ältlichen Minolta Spiegelreflexkamera aus verschiedenen Blickwinkeln fotografierte. Danach nahm mich der Chef des gut aussehenden Beamten vom Vortage ins Verhör, höflich zwar, aber mit Pokerface. Vorsorglich hatte ich alle offiziellen chinesischen Einladungen mitgenommen, die er sorgfältig studierte. Dann kam seine wiederholte Frage nach der Nummer meines Passes, er sah mich misstrauisch an, weil ich sie auswendig hersagen konnte. Meine Erklärung, man brauche seine Passnummer in China ständig bei Anmeldungen in Hotels, beim Einwechseln von Reiseschecks sowie beim Ausfüllen zahlreicher anderer Formulare und ich habe sie aus Gründen der Bequemlichkeit auswendig gelernt, überzeugte ihn wohl nicht, aber sie stimmte. Überdies schien ihm nicht zu gefallen, dass mich eine junge Chinesin begleitete, im Rahmen der laufenden Ermittlung hatte er sich im Gulangyu Hotel nach mir erkundigt und gleichzeitig erfahren, die Chinesin wohne im selben Hotel.

Er verschwand, kam nach verhältnismäßig kurzer Zeit mit einem neuen Protokoll zurück, das Xiao Lin und ich unterschreiben mussten. Daraufhin bekam ich ein Papier ausgehändigt, auf dem in einem Satz der Verlust meines Passes mit der Nummer F 0001375 bestätigt wurde, Polizeibehörde Xiamen, Datum, roter Stempel. Ich war gespannt, ob dieses nichts sagende Stückchen Papier überall in China anstelle eines Passes akzeptiert werden würde.

Damit konnten wir die Aufnahme des Diebstahls durch die Polizei als abgeschlossen betrachten und machten uns auf den Weg zum Overseas Chinese Hotel in der Hoffnung, dort Flüge nach Xian buchen zu können und die Telefonnummer von British Airways in Beijing in Erfahrung zu bringen. Unterwegs sprachen wir über unsere Eindrücke im Sicherheitsbüro. Xiao Lin wiederholte ihre Einschätzung, die Polizei nehme die Angelegenheit überaus ernst. Ich sah das auch so, ein wichtiger Grund schien mir die Absicht zu sein, sich einem ausländischen Touristen gegenüber in ein gutes Licht zu setzen, hatte doch die Zahl ausländischer Besucher nach der Niederschlagung der Studentendemonstrationen im Juni 1989 deutlich abgenommen und außerdem standen die XI. Asienspiele vor der Tür, die in Beijing stattfinden würden. Ob Xiao Lins Vermutung, der Dieb könnte gar zum Tode verurteilt werden, wenn man ihn denn fassen würde, realistisch war, vermochte ich natürlich nicht einzuschätzen. Allein der Gedanke daran machte mich schon unsicher, ob ich die Ergreifung des Diebes wünschen sollte.

Im Overseas Chinese Hotel wurden keine Flugtickets verkauft, als kleinen Erfolg konnten wir die Nennung einer neuen Adresse verbuchen. Vor dem Hotel raunten mir herumlungernde junge Chinesen »change money?« zu, was mir nach dem Erlebten jetzt wie Hohn in den Ohren klang.

Mit dem Ziel, uns von den unerfreulichen Folgeerscheinungen des Diebstahls abzulenken, durchstreiften wir eine Reihe von Bekleidungsgeschäften ohne augenblickliche Kaufabsicht, da nicht feststand, ob ich wirklich Ersatzreisechecks bekommen würde.

Xiamen besaß den Status einer Wirtschaftssonderzone, das Warenangebot sah auf den ersten Blick üppig aus, bei näherem Hinsehen stellte sich das meiste als wenig interessant für uns heraus. Einen leichten Sommerrock fassten wir für den Fall ins Auge, dass wir finanziell wieder großzügiger planen konnten.

Am ersten Tag waren uns an der Uferpromenade Ananasverkäufer aufgefallen, die auf Bambusstiele gespießte halbe Früchte anboten. Wegen der zeitraubenden »Aufräumarbeiten« nach dem Diebstahl hatte es uns bisher an Zeit gemangelt, die in Xiamen beliebte Ananasspezialität zu probieren, jetzt wollten wir Versäumtes nachholen. Unter Hygienegesichtspunkten suchten wir einen Verkäufer aus. Er nahm eine Ananas in seine linke Hand, die in einem derben Arbeitshandschuh aus schwarzem Plastikmaterial steckte, in der rechten hielt er ein kleines Beil, das »Universalmesser« der chinesischen Küche. Behände wie ein Specht hackte er die holzigen Stellen heraus, so dass keilförmige Rillen entstanden, die sich wie Schraubenlinien um die Frucht legten. Ein weiterer Hieb, um die Ananas zu teilen sowie zwei Hiebe für jede Hälfte zur Entfernung der holzigen Innenkerne, unser fliegender Händler steckte zwei Bambusstiele hinein und zum Schluss tauchte er beide Ananashälften in Salzwasser. Unsere Erwartungen wurden nicht enttäuscht, der herrlich intensive Geschmack rührte sicherlich daher, dass die Früchte in Xiamens direkter Umgebung reif geerntet wurden und auf kurzen Wegen frisch zu den Händlern gelangten, zusätzlich wirkte das Salz als Geschmacksverstärker.

Nach dem Abendessen im Restaurant des Dong Hai Hotels fuhren wir in wesentlich besserer Stimmung zur Insel zurück als beim morgendlichen Verlassen.

Gegen neun erreichten wir unser Hotel, tranken Saft auf meinem Zimmer und besprachen, was wir am folgenden Tag erledigen wollten. Das Telefon klingelte, ich dachte, es könne der Dieb sein, um mir einen »deal« anzubieten und bat Xiao Lin, den Hörer abzunehmen. Sie tat es, legte wenige Sekunden später mit der Bemerkung auf, jemand habe sich verwählt. Das Telefon klingelte erneut, ich nahm den Hörer. Mein Gesprächspartner, falls man ihn als solchen bezeichnen konnte, gab keine Antwort auf meine Fragen, sondern redete ohne Pause auf Chinesisch, so dass ich

Xiao Lin den Telefonhörer notgedrungen übergab. Sie hörte dem Anrufer eine Weile zu, ein gezwungenes Lächeln lag währenddessen auf ihrem Gesicht, sie selbst sprach wenige Worte. Nach dem Telefonat wirkte sie beunruhigt: Der Anrufer hatte behauptet, sie zu kennen und wolle sie gern treffen, um mit ihr zu plaudern. Wenn er sie kenne, solle er ihren Namen nennen, hatte Xiao Lin ihn aufgefordert, worauf verlegenes Schweigen erfolgt sei. Als sie von ihm wissen wollte, von wo aus er anriefe, hatte seine nichts sagende Antwort »von der Straße« gelautet.

Wer kannte meine Telefonnummer? Natürlich die Leute im Sicherheitsbüro — wollte sich einer von ihnen an Xiao Lin heranmachen? Mir kam der Gedanke, ein Anruf von außen hätte über die Telefonzentrale zu meinem Apparat durchgestellt werden müssen. Eilig liefen wir zum Empfang und fragten von dort in der Zentrale nach, ob ein Gespräch zu meinem Telefonapparat vermittelt worden sei, was verneint wurde. Folglich kam der Anruf von einem Telefon innerhalb des Hotels und zwar von jemandem, der meine Telefonnummer kannte und von Xiao Lins Aufenthalt in meinem Zimmer wusste. Den jungen Mann an der Rezeption schloss Xiao Lin aus, weil er ihrer Meinung nach zu ehrlich aussah und außerdem dürftiges Hochchinesisch sprach, während der Anrufer in ordentlichem Putonghua geredet habe. Was aber, wenn die Frau in der Telefonzentrale mit jemandem außerhalb unter einer Decke steckte und aus diesem Grund log?

Der genaue Sachverhalt ließ sich nicht aufdröseln, uns blieb nur übrig, vorsichtig zu sein und meine Kamera sowie andere für Diebe eventuell interessante Gegenstände nachts in den verschließbaren Hartschalenkoffer zu packen und den in Xiao Lins Zimmer zu stellen, da man Wertsachen eher bei einem Ausländer vermuten würde.

Die Nacht verlief ohne Zwischenfall, am anderen Morgen machten wir uns frühzeitig auf den Weg, um Lucy anzurufen. Ein erneuter Stromausfall im Postamt bescherte uns wieder eine lange Wartezeit, bevor ich mit Lucy sprechen konnte. Sie habe bislang keine Gelegenheit gehabt, mit Hongkong Kontakt aufzunehmen, erklärte sie mir, versicherte gleichzeitig, es umgehend zu tun, ich solle sie in einer Viertelstunde noch einmal anrufen.

Wir nutzten die Zeit für einen Versuch, die Telefonnummer von British Airways in Beijing in Erfahrung zu bringen. Eine Anfrage bei der Telefonauskunft blieb erfolglos, aber wir bekamen die Nummer der chinesischen Fluggesellschaft CAAC in Beijing. Dort riefen wir an, man zeigte sich zum Glück hilfsbereit, fand nach kurzem Blättern die von uns gesuchte Telefonnummer, vermutlich eine alte, unser Anruf ging nämlich ins Leere.

Lucy hatte zwischenzeitlich mit den Leuten in Hongkong gesprochen und machte mir die überaus erfreuliche Mitteilung, alles sei in Ordnung, der Ausstellung meiner Ersatzreiseschecks stehe nichts mehr im Wege, wir sollten jetzt zur Bank of China gehen. Da die Telefonverbindungen von Beijing nach Xiamen ständig blockiert seien, solle die Bank bei ihr anrufen, von Xiamen aus bekäme man wahrscheinlich schneller eine freie Leitung. Ich bedankte mich für die Hilfe, Lucy sagte liebenswürdig, es sei ja schließlich ihre Aufgabe gewesen. Wir machten uns voller frischer Hoffnung auf den Weg.

In der Bank sahen wir lauter fremde Gesichter, Xiao Lin musste unser ganzes Sprüchlein erneut aufsagen, bevor sie die Weisung weitergab, man möge Lucy in Beijing anrufen. Aber von Xiamen aus waren die Leitungen gleichfalls überlastet und wir warteten Stunde um Stunde. Kurz vor zwölf eröffnete man uns, es fehle ein Formblatt, man müsse es sich aus Beijing faxen lassen, wir sollten nach der Mittagspause wiederkommen.

Punkt vier betraten wir die Bank, sahen keins der uns bekannten Gesichter und wandten uns an eine junge Frau von etwa zwanzig Jahren. Sie sprach gut englisch, stellte nach der Schilderung des bisherigen Vorgangs ein paar zusätzliche Fragen, ging dann zu einem Schrank, entnahm ihm ein Originalformular, das sie mich auszufüllen bat — und nach einer Viertelstunde bekam ich meine neuen Reiseschecks.

Für den sich anbahnenden wirtschaftlichen Aufschwung würde China intelligente und kompetente Menschen wie Lucy und diese junge Frau gut brauchen können.

Frohgemut nahmen wir ein Taxi zur CAAC–Agentur, um dort Flugtickets nach Xian zu besorgen. Die erste Angestellte, an die wir uns wandten, erklärte lakonisch, wir könnten keine Tickets bekommen. Da wir stur blieben und Gründe wissen wollten, verwies sie uns an eine Holzklappe in der Tür neben ihr. Hinter der geöffneten Klappe wurde das Gesicht einer ältlichen Frau sichtbar, die Xiao Lin ein Formular aushändigte, das wir brav ausfüllten und zusammen mit einem von Xiao Lins Berechtigungsscheinen durch die Klappe reichten. Die Frau überflog das ausgefüllte Formular und entschied, ich könne ein Ticket bekommen, Xiao Lin hingegen nicht, da sie nicht dienstlich unterwegs sei und der Berechtigungsschein somit keine Gültigkeit habe. Dass er in Beijing akzeptiert worden sei, möge ja stimmen, hier habe er jedenfalls keine Bedeutung. Ich bestand darauf, mit ihrem Chef zu reden, der kam umgehend, fauchte Xiao Lin aber nur ruppig an und bestätigte am Ende die Entscheidung seiner Mitarbeiterin.

Der wartende Taxifahrer hatte unsere Verhandlungen teils interessiert, teils amüsiert beobachtet, auf der Rückfahrt gab er Xiao Lin die Namen und Telefonnummern zweier Männer, die uns gegen ein Aufgeld mit Sicherheit Tickets besorgen würden. Beide Männer arbeiteten im Lujiang Hotel, hatten es aber kurz vor unserem Eintreffen verlassen. Langsam wurde es zeitlich eng, in vier Tagen sollten meine Vorlesungen in Xian beginnen.

Nach dem Abendessen fuhren wir zurück zur Insel, gingen eine Weile am Strand spazieren und besprachen das Problem mit den Flugkarten nach Xian. Für den Fall, dass uns die von dem Taxifahrer gewiesene »Hintertür« nicht helfen würde, mussten wir einen Alternativplan haben. Xiao Lin schlug vor, ich solle fliegen, sie würde mit der Eisenbahn nachkommen. Schließlich müsse ich ausgeruht sein, um meine Vorlesungen vernünftig halten zu können, sie würde in Xian genügend Zeit zum Ausruhen haben. Meiner Meinung nach sollten wir entweder beide fliegen oder gemeinsam mit dem Zug fahren. Doch wie am Ende unsere Entscheidung auch ausfallen würde, wir mussten zunächst die kürzesten Zugverbindungen zwischen Xiamen und Xian herausfinden. Wozu besaß ich das Kursbuch der Chinesischen Eisenbahn?

Im Hotel begaben wir uns in Xiao Lins Zimmer, auf ihrem Nachttisch stand eine hellere Lampe, die Deckenbeleuchtung in unseren Zimmern eignete sich nicht zum Lesen. Mein Kursbuch war wenig größer als ein Oktavheft, das Streckennetz des riesigen

China auf sechs kleine Einzelkarten verteilt, alle Angaben in winziger Schrift gedruckt. Eine Stunde brauchten wir für die Zusammenstellung der ersten Fahrtroute mit Zeitangaben und Umsteigebahnhöfen, bei der Suche nach einer alternativen Reiseroute kamen wir schneller voran.

Gegen elf Uhr hörten wir Stimmengewirr vor dem Zimmer, kurz darauf wurde gegen die Tür gepocht. Erschrocken sahen wir uns gegenseitig an, wussten im ersten Moment nicht, was wir tun sollten, vielleicht seien es die Sicherheitsleute des Hotels, versuchte mich Xiao Lin zu beruhigen. Jemand hämmerte mit seinen Fäusten erneut gegen die Tür, diesmal um einiges lauter. Xiao Lin öffnete und vier Polizisten stürmten herein, einer mit einem Sprechfunkgerät in der Hand. Der Anführer wollte Xiao Lins Ausweis und meinen Pass sehen, ich konnte ihm nur meinen armseligen amtlichen Zettel zeigen, Xiao Lin gab eine Erklärung ab und flüsterte mir anschließend zu, ich solle besser in mein Zimmer gehen, sie werde mich anrufen, sobald alles vorbei sei.

Meine Zimmertür ließ ich einen Spaltbreit offen, um zu hören, was draußen vor sich ging, auch wenn ich nicht verstehen konnte, worüber die Polizisten sprachen. Die Tür zu Xiao Lins Zimmer wurde geschlossen, das Stimmengewirr verebbte. Nach einer halben Stunde des Lauerns wagte ich mich auf den Gang hinaus, legte ein Ohr an Xiao Lins Zimmertür. Drinnen herrschte Grabesstille, vorsichtig versuchte ich, den Türknauf zu drehen, es ging aber nicht. Die Polizei war also weg und hatte Xiao Lin mitgenommen!

Der Ernst unserer Lage kam mir erst jetzt richtig zum Bewusstsein und ich machte mir heftige Vorwürfe, zu leichtsinnig gewesen zu sein. Hatte mich mein Freund Zhu im Frühjahr nicht zur äußersten Vorsicht ermahnt, wenn Xiao Lin und ich zusammen wären? Gewiss, anfangs war ich mir seiner mahnenden Worte bewusst gewesen, doch dann verlief alles so herrlich problemlos. Jetzt kam mir die bittere Erkenntnis, wir hätten nie und nimmer zusammen in einem Zimmer sein dürfen, schon gar nicht eine Stunde vor Mitternacht.

Wütend über mich selbst warf ich mich auf mein Bett. Die Polizei würde versuchen, Xiao Lin Prostitution anzuhängen, ziemlich das Schlimmste, was uns passieren konnte. Nicht auszudenken, was geschehen würde, falls ihre Hochschule und ihre Eltern erführen, dass man sie in Xiamen nachts aus einem Hotel abgeführt hatte.

Wichtiger als die Rückschau war jedoch das Ausdenken eines Konzepts, mit dem sich der Schaden möglichst klein halten ließ. Befand sich irgendetwas in Xiao Lins Zimmer, was der Polizei verdächtig vorkommen konnte? Wenn ja, musste ich es schnell beseitigen. Sorge bereitete mir mein Koffer, den wir am Abend vorher aus Sicherheitsgründen in ihr Zimmer gebracht und auf den Kleiderschrank gelegt hatten. Eventuell gab es Sachen im Koffer, die von einem misstrauischen Dritten als belastend angesehen werden konnten. Ich musste heimlich in das Zimmer, aber wie?

Nachts um halb drei hörte ich Stimmen, öffnete die Tür und sah zwei Polizisten auf der Marmortreppe, vielleicht konnten sie mir etwas über Xiao Lins Verbleib sagen. Ich ging auf sie zu und fragte, ob einer von ihnen englisch spreche, sie gaben mir in barschem Ton zu verstehen, ich solle verschwinden. Dann schlossen sie Xiao Lins Tür auf und gingen ins Zimmer. Immerhin, versuchte ich mich zu beruhigen, wenn sie zum Suchen zurückkamen, war ihnen vorher wohl nichts Belastendes in die Hände gefallen. Kurz darauf zogen sie wieder ab.

Nach einer weiteren halben Stunde schlich ich auf Socken zu Xiao Lins Zimmertür. In meiner Studentenzeit hatte ich mich nachts einmal ausgesperrt, als ich im Scheinwerfer meiner Horex Regina[21] die Glühlampe auswechseln wollte. Um niemand im Haus aufwecken zu müssen, versuchte ich seinerzeit mit einer Ansichtspostkarte durch den verwinkelten Schlitz zwischen Tür und Rahmen hindurch auf die Schräge des Schließbolzens zu drücken, um so die nur ins Schloss gefallene Haustür zu öffnen. Mit Erfolg. Vielleicht hatten die Polizisten Xiao Lins Zimmertür auch nur zugezogen und nicht verschlossen, dann konnte ich sie eventuell auf ähnliche Weise öffnen. Zu meiner großen Erleichterung ließ sich die Tür mit Hilfe einer entladenen Telefonkarte nach wenigen Sekunden aufsperren.

Das Zimmer machte einen aufgeräumten Eindruck, mein nächster Blick galt dem Koffer, er schien unberührt zu sein. Ich nahm

---

[21] ein für damalige Verhältnisse schweres Motorrad

Xiao Lins Unterwäsche heraus und legte sie ins Bad, sonst kam mir nichts potentiell verdächtig vor. Unter dem Kopfkissen entdeckte ich meine Armbanduhr und meine Brille. Beide hatte ich schon vermisst, wollte sie, dem ersten Impuls folgend, an mich nehmen. Doch der zweite Gedanke warnte mich, dies könne eine bewusst aufgestellte Falle sein.

Zurück in meinem Zimmer dachte ich darüber nach, wie der weitere Ablauf aussehen könnte. Die Polizei würde wahrscheinlich am Morgen gleich bei Dienstbeginn anfangen, Xiao Lin zu verhören. Spätestens um elf Uhr hätte ich wohl mit meinem eigenen Verhör zu rechnen. Ich musste mir umgehend eine Strategie für mein Verhalten während des ersten polizeilichen Verhörs in meinem Leben ausdenken. Gewissermaßen als Obersatz legte ich fest, kein Wort, keine Redewendung zu benutzen, die im Entferntesten mit Prostitution in Verbindung gebracht werden könnten. Notwendig war vor allem eine hohe Glaubwürdigkeit, unsere Angaben mussten möglichst deckungsgleich ausfallen, was sich am ehesten erreichen ließ, wenn wir uns an die Wahrheit hielten. Ich wurde an eine samstägliche Radiosendung in meiner Kindheit erinnert, mit dem Titel »Das ideale Brautpaar«. Der Moderator Jaques Königstein stellte damals Bräuten und Bräutigamen — getrennt natürlich — dieselben persönlichen Fragen. Das Brautpaar mit der größten Übereinstimmung bei den Antworten bekam eine Armbanduhr und ein Päckchen Matetee zusammen mit einem Silberröhrchen. In unserem Fall ging es um mehr.

Eine Sache würde ich am besten sofort zur Sprache bringen. Da für mich eine größere Gefahr bestand, ein zweites Mal bestohlen zu werden, trug Xiao Lin das gesamte restliche Bargeld bei sich. Mein Hinweis darauf konnte die Polizei zwar nicht hindern, das Vorhandensein des Geldes bei ihr als Indiz für Prostitution anzusehen, mein direktes Ansprechen würde eventuell einen besseren Eindruck hinterlassen als die Antwort auf eine von der Polizei gestellte Frage.

Bei dieser Überlegung schoss mir ein unangenehmer Gedanke durch den Kopf: Ich verfügte nicht über einen Fen Bargeld und da man beim Übersetzen mit der Fähre von Gulangyu nach Xiamen bezahlen musste, konnte ich keine Reiseschecks einwechseln. Mir fiel Xiao Lins kleines Plastikportemonnaie ein, in dem sie Kleingeld aufbewahrte, ich hatte es auf ihrem Bett liegen sehen. Ein zweites Mal stahl ich mich in ihr Zimmer und nahm einen Yuan aus der Geldbörse, mehr wagte ich nicht zu »entwenden«, vielleicht hatte die Polizei das Geld gezählt.

Zu weiteren strategischen Überlegungen kam ich nicht, meine Müdigkeit übermannte mich. Erst um halb acht wachte ich auf und verspürte großen Hunger. Für das Frühstück hätte ich am Eingang des Restaurants fünf Yuan bezahlen müssen, die ich nicht besaß, ich musste mich mit ein paar salzigen Keksen begnügen. In meinem Zimmer hielt ich es nicht lange aus, holte die neueste Ausgabe von »China Daily« aus der Hotelhalle und setzte mich in den kleinen Park, der das Hotel umgab, und begann trotz fehlender Brille zu lesen. Die in der Zeitung behandelten Themen — Korruption in einer nördlichen Provinz, Maßnahmen der Regierung zur Qualitätssteigerung industrieller Produkte und dergleichen — interessierten mich wenig, aber das Lesen verscheuchte für kurze Zeit die Grübeleien.

Der Gedanke, es könne ein wichtiger Telefonanruf kommen, trieb mich auf mein Zimmer. Doch es kam kein Anruf. Bald fiel mir die Decke von neuem auf den Kopf, ich flüchtete nach draußen, setzte mich auf eine Mauer und wartete. Kurz vor elf sah ich einen Polizisten kommen, begleitet von einem Mann ohne Uniform. Ich ging ihnen entgegen, fragte den Mann in Zivilkleidung, ob er englisch spreche, was er bejahte. Auf meine Bemerkung, ich sei in Sorge wegen Miss Lin, erwiderte er, ihretwegen seien sie gekommen, wir sollten auf mein Zimmer gehen.

Dort bat ich die beiden auf zwei Stühlen neben einem Tischchen Platz zu nehmen, ich setzte mich ihnen gegenüber auf die Bettkante. Er sei Lehrer, begann der Begleiter des Polizisten, am Morgen habe die Polizei lange nach jemandem gesucht, den sie als Dolmetscher einsetzen konnte, schließlich sei er angesprochen worden. Zu meiner Verwunderung ließ der Lehrer durchblicken, gefühlsmäßig auf meiner Seite zu stehen, aber er sei zu objektiver Übersetzung verpflichtet. Der Polizist legte Füllhalter und Papier auf dem Tischchen bereit.

Zuerst wurden meine Personalien aufgenommen. Ich bot an,

sie eigenhändig einzutragen, hätte mir aber im nächsten Augenblick am liebsten die Zunge abgebissen, zu meinem Glück winkte der Lehrer ab und schrieb Namen, Wohnort, Straße mit denjenigen chinesischen Schriftzeichen, die er subjektiv für passend hielt. Tat er das, weil der Polizist keine lateinischen Buchstaben lesen konnte oder steckte die Absicht dahinter, meine persönlichen Daten derart zu codieren, dass die »Originalwörter« hinterher nicht rekonstruierbar sein würden?

Dann wurde es ernst. Der Lehrer übersetzte die Frage des Polizisten, in welchem Verhältnis Xiao Lin und ich zueinander stünden, ins Englische. Als Professor war ich es gewohnt, von den Grundlagen auszugehen, was zugegebenermaßen oft schrecklich langatmig wirkt. So kam ich zuerst auf den Zweck meiner Reise zu sprechen, holte die offiziellen Einladungen, erläuterte meine in Beijing geführten Gespräche, untermauerte meine Worte mit Visitenkarten meiner Gesprächspartner, auf denen neben den Namen auch wohlklingende Titel standen. Mein nächstes Ziel sei Xidian Daxue in Xian, wo ich vor ausgewählten Studenten Vorlesungen halten werde, zum Beleg zeigte ich ihnen das Einladungsschreiben des Präsidenten. Die Zeit zwischen meinen Aktivitäten in Beijing und Xian habe ich genutzt, um mehr von China kennenzulernen. Was Miss Lin anbeträfe, so hätte ich sie gebeten, als Dolmetscherin für mich tätig zu sein, da sie nicht nur perfekt englisch spreche, sondern durch ihre naturwissenschaftlich–technischen Studienfächer zusätzliche Kenntnisse erworben habe, die bei meinen Gesprächen von großem Nutzen seien und über die Dolmetscherinnen üblicherweise nicht verfügten. Außerdem, fuhr ich fort, habe ich sie gebeten, mich nach Xiamen zu begleiten und selbstverständlich würden ihre gesamten Reisekosten von mir getragen.

Beide begannen die vorgelegten Unterlagen zu studieren. Dem dicklichen Polizisten wurde beim Lesen warm, er nahm seine Mütze ab und knöpfte die Uniformjacke auf. Danach ließ er fragen, wann ich Miss Lin kennengelernt habe und ob ich wisse, wo sie arbeite. Ich nannte ihm den Namen der Hochschule in Shanghai, erklärte, ich habe sie 1989 dort zum ersten Mal getroffen. Im Übrigen, fügte ich hinzu, sei ich *gùwèn jiàoshòu* — Beratender Professor — dieser Hochschule und Miss Lin habe mich bei früheren

Gelegenheiten als Dolmetscherin begleitet. Dann kam ich auf den Diebstahl zu sprechen und dass ich wegen der Sorge, ein zweites Mal bestohlen zu werden, Xiao Lin das Bargeld zur Aufbewahrung gegeben habe. Ich erwähnte die mysteriösen Anrufe und dass wir ihretwegen den Koffer in Xiao Lins Zimmer gebracht hätten.

Der Polizist ließ übersetzen, bisher habe ich mein Verhältnis zu Miss Lin auf der dienstlichen Ebene erläutert, wie wir denn menschlich zueinander ständen? Ich fände Miss Lin sympathisch, antwortete ich und es sei mein Eindruck, auch sie hege Sympathie für mich. Ob ich mir vorstellen könne, sie zu heiraten, wollte er wissen. Dies sei für mich eine eher hypothetische Frage, erwiderte ich lächelnd, die Frage nach einer Heirat müsse er Miss Lin stellen, ich sei schließlich bedeutend älter als sie. Was wir am Abend in Miss Lins Zimmer getan hätten? Ich berichtete von den Schwierigkeiten, Flugtickets nach Xian zu bekommen und dass wir herausfinden wollten, ob die Eisenbahn als Alternative in Betracht gezogen werden sollte. Aber beim Eintritt der Polizisten habe kein Licht gebrannt? Nur die Lampe auf dem Nachttisch sei eingeschaltet gewesen, gab ich zurück, die Deckenbeleuchtung habe beim Lesen nicht geholfen, durch sie wären allenfalls Mücken angelockt worden. Wie es denn zu erklären sei, dass meine Brille und meine Uhr auf Miss Lins Bett gelegen hätten, so die vorerst letzte Frage. Nun, beim Studium der Fahrpläne hätten wir auf den Rändern der durch den Nachttisch getrennten Betten gesessen, natürlich in der Nähe der Tischlampe. Meine Uhr sei mir später lästig geworden, zudem habe mein Arm unter dem ledernen Armband geschwitzt, die Brille benötige ich ausschließlich zum Lesen und habe sie beim Eintreten der Polizisten abgenommen.

Polizist und Lehrer diskutierten eine Weile miteinander, das Thema schien heikel zu sein, der Polizist entledigte sich seiner Sandalen und saß nun mit ständig wippenden nackten Füßen vor mir.

Meine Befragung ging weiter. Der Polizist sei überaus zufrieden mit mir, eröffnete der Lehrer die neue Fragerunde, er lobe ausdrücklich meine Kooperation. Aber ein Punkt sei in meinen Ausführungen bisher nicht deutlich genug angesprochen worden. Er frage mich jetzt direkt, ob es sexuelle Kontakte zwischen uns gegeben habe. Ich verwies auf die chinesischen Moralvorstellungen, die dies vor der Heirat und außerhalb der Ehe nicht zuließen und es habe daher keine derartigen Kontakte zwischen uns gegeben. Mir war klar, das bisherige Gespräch musste ich eher als Vorgeplänkel ansehen, nun ging es richtig zur Sache und auch mir wurde warm. Andererseits hatte die Szene etwas entschärfend Komisches, saß doch da der mich verhörende Polizist hemdsärmlig und wippte andauernd mit seinen bloßen Füßen. Ob ich Miss Lin schon einmal gebeten habe, mit mir zu schlafen, das unglückliche Gesicht des Lehrers verriet, wie schwer ihm die Frage fiel. Bei meinem »Nein« schien er aufzuatmen, damit war dieser heikle Komplex offensichtlich abgearbeitet. Der Polizist wolle sein Bestes tun, wechselte der Lehrer das Thema, den Vorgang zügig zum Abschluss zu bringen. Ich nutzte die Gelegenheit, darauf hinzuweisen, ich müsse schnell mit Miss Lins Hilfe Flugtickets beschaffen, damit ich rechtzeitig in Xian ankäme.

Der Polizist reichte das Protokoll dem Lehrer, der mir den Inhalt auf Englisch wiedergab. Besonders der letzte Satz ließ mich hoffen: Man werde sich bemühen, die Angelegenheit schnell zu klären, damit mir Miss Lin bei der Beschaffung der Tickets helfen könne, denn in Xian würden viele Menschen warten, um meine Vorlesungen zu hören. Das hatte der Polizist schön positiv ausgedrückt. Ich unterschrieb das Protokoll und ließ die Prozedur mit meinem Daumen und roter Stempelfarbe zum zweiten Mal über mich ergehen.

Meine Frage, ob ich den Polizisten begleiten könne, verneinte der Lehrer, der Polizist werde mir rechtzeitig Bescheid geben. Telefonisch? Nein, er werde zum Hotel kommen.

Das Warten begann aufs Neue. Nach der Mittagspause, also frühestens ab vier Uhr, würde man sich bei der Polizei weiter mit der Sache beschäftigen. Ich nahm Lesestoff mit nach draußen, setzte mich unter einen großen Baum, aß die letzten verbliebenen Kekse. Der strahlend blaue Himmel des Vormittags war jetzt mit einer dichten Wolkendecke zugehängt, gegen drei Uhr setzte ergiebiger Regen ein. Anfangs bot mir der Baum Schutz, immer häufiger fielen jedoch merkwürdige Früchte herunter, die braune Flecken auf meinem Hemd hinterließen.

Nach einer Stunde kam der freundliche junge Mann von der Rezeption, berichtete mir in gebrochenem, aber verständlichem Englisch von einem Telefonanruf der Polizei: Die Angelegenheit mit meinem »girlfriend« werde sich noch länger hinziehen. Ihm fiel es nicht leicht, die schlechte Nachricht zu überbringen, er schien Mitleid mit mir zu haben. Ich beschloss, zur Polizeistation zu gehen und bat den jungen Mann, die Lage auf einem Stück Papier zu skizzieren. Die Station befand sich in der Zhongshan Lu, unweit des Lujiang Hotels.

Ich zog mir ein sauberes Hemd an, steckte den einen Yuan in die Tasche und begab mich zur Fähre. In Xiamen ging ich erst einmal ins Lujiang Hotel und wechselte einen Reisescheck ein, um mir endlich etwas Essbares kaufen zu können, anschließend machte ich mich auf den Weg zur Polizei. Während ich mich in der Zhongshan Lu langsam im Menschengewühl vorwärts treiben ließ, kamen mir Zweifel wegen meines Vorhabens. Was würde ich, bei Licht besehen, in der Polizeidienststelle erreichen können? Verstand überhaupt jemand Englisch? Mein Auftauchen konnte nicht kalkulierbare negative Folgen haben. Der aus der Emotion heraus gefasste Entschluss erschien mir immer fragwürdiger, ich kehrte auf halbem Weg um, fuhr auf die Insel zurück, um dort zu warten.

In gedrückter Stimmung verließ ich die Fähre, ging müde auf unser »Dorf« zu, bog um die erste Straßenecke und rieb mir die Augen: Xiao Lin kam mir entgegen, sie sah müde aus, es dauerte ein Weilchen, bis sie mich sah.

Wortlos und ohne Körperkontakt — vielleicht wurden wir beobachtet — begaben wir uns zur Fähre, setzten uns auf dem leeren Oberdeck auf eine Bank, um dort ungestört miteinander zu reden. »Ist alles vorbei?« Xiao Lin nickte. »Endgültig?« Sie nickte erneut, sagte dann: »Du hast sicher den ganzen Tag nichts gegessen, du hattest ja kein Geld.« Das Sprechen schien ihr schwer zu fallen, deshalb begann ich über die Vorkommnisse der letzten Nacht zu berichten.

Beim Abendessen im Dong Hai Hotel schilderte Xiao Lin ihre unangenehmen Erlebnisse. Die Polizisten hatten sie in der Nacht sofort zur Polizeiwache mitgenommen, die zu ihrem und nun auch zu meinem Erstaunen nur etwa hundert Meter von unserem Hotel entfernt lag und zwar so, dass man die kleine zum Hotel führende Straße gut einsehen konnte. Wahrscheinlich standen wir längere Zeit unter polizeilicher Beobachtung und mit einem Mal erschienen die mysteriösen Telefonanrufe in einem neuen Licht. Vier Polizisten und eine Polizistin verhörten Xiao Lin noch in der Nacht zwei Stunden lang mit dem Ziel, sie zu dem Geständnis zu bringen, mit mir geschlafen zu haben. Auf die Frau war sie wegen ihres rigorosen Vorgehens besonders wütend. Nach dem Verhör wurde sie in einem winzigen Raum mit einem Tisch und einem Stuhl eingesperrt. Eine Lampe gab es nicht und nur infolge eines schwachen Lichtscheins aus dem Nachbarraum musste sie die Nacht nicht in völliger Finsternis zubringen.

Am Morgen sei ein freundlicher jüngerer Polizist gekommen, um ihr Wasser und Brot zu bringen, das er für sie gekauft hatte und das sie bezahlen musste. Dann folgte ein weiteres Verhör. Ihre Bitte, kurz mit mir telefonieren zu dürfen, wurde ohne Begründung abschlägig beschieden. Bei der Vernehmung habe die Polizistin den Inhalt ihrer Handtasche auf einen Tisch geschüttet, ihre Kamera geöffnet und den Film herausgenommen, einen Brief — nicht von mir — las sie gegen Xiao Lins Willen. Xiao Lin musste Angaben zu ihren Eltern machen, die hohe Position ihres Vaters hatte die Polizisten wohl beeindruckt. Richtig wütend sei sie bei der Frage geworden, ob ihre Eltern benachrichtigt werden sollten. Sie sei kein Kind mehr, hatte sie trotzig geantwortet und ihre Eltern wüssten über mich und unsere Reise Bescheid. Diese Antwort rief harsche Kritik der Polizisten hervor, es sei nicht gut, mit einem Ausländer zusammen zu reisen, weder für sie noch für China.

Im Anschluss an das Verhör wurde Xiao Lin erneut eingesperrt, dieses Mal in einem Raum mit vergittertem Fenster zur Straße. Als sie mich auf meinem Weg zur Fähre vorbeigehen sah, zwei Meter vom Fenster entfernt, wollte sie mich ansprechen, ließ den Gedanken aber aus Angst fallen. Wenig später forderten zwei Polizisten sie auf, schriftlich Selbstkritik zu üben, dies sei für ihre Freilassung erforderlich. Sie wusste, eine Weigerung würde zwecklos sein und bemühte sich, eine möglichst nichts sagende Phrase zu finden, durch die sie sich nicht noch mehr gedemütigt fühlen würde. So quälte sie sich den Satz »Mein Verhalten mit einem Ausländer hat zu einer missverständlichen Situation geführt, ich werde mich in Zukunft korrekt verhalten« ab. Das reichte den Polizisten nicht, deshalb schrieb sie zusätzlich meinen Namen hinter »Ausländer«. Einer der Polizisten wollte sich damit noch nicht zufriedengeben, doch dem anderen, ranghöheren, genügte es und so war sie mit der Ermahnung entlassen worden, die Tür offen stehen zu lassen, wenn sie mit dem Ausländer in einem Zimmer sei.

Ich sah sie an, fragte, ob sie sich jetzt besser fühle. Die Furcht sei weg, die Erniedrigungen spüre sie weiterhin, wie eine Prostituierte habe man sie behandelt, obwohl alle von Anfang an um die Absurdität der Unterstellung gewusst hätten.

Nach dem ausgezeichneten Essen fragte Xiao Lin, ob uns Xiamen als Albtraum in Erinnerung bleiben werde oder als Episode, über die wir später witzeln könnten. Ich gestand, bei mir säße der Schrecken zu tief, um mir die zweite Option überhaupt vorstellen zu können.

Im Menschengewühl auf der Straße fühlten wir uns wohler, hier brauchten wir keine Beobachtung zu fürchten. Ohne besonderes Ziel schwammen wir in dem Menschenstrom mit, in einem kleinen Laden erstand ich weiße Shorts und für Xiao Lin fanden wir eine schwarze Hose aus weichem Stoff, der sich angenehm anfühlte.

Um neun Uhr fuhren wir hundemüde nach Gulangyu zurück, Xiao Lin bestand darauf, dass wir gemeinsam in ihr Zimmer gingen. Mit entschlossenem Gesicht schlug sie die Tür laut hinter uns zu, eine Aktion zu ihrer inneren Befreiung. Sie wollte sogar abschließen, ließ sich zum Glück von dieser unheilträchtigen Idee abbringen, nach einer halben Stunde suchte ich mein Zimmer auf. Nachts klingelte gegen drei Uhr mein Telefon. Eine chinesische Männerstimme brummelte sich etwas in den Bart, dann wurde am anderen Ende der Hörer aufgelegt, die Polizei schien beruhigt zu sein, dass ich in meinem eigenen Bett lag. Am nächsten Morgen sprach ich mit Xiao Lin darüber, sie hatte in der Nacht keinen Kontrollanruf erhalten.

Nach dem Frühstück brachen wir zu einem kleinen Spaziergang zum höchsten Punkt der Insel auf, um zumindest einen Tag unbeschwert zu verbringen und endlich auch etwas mehr von der Schönheit der Insel zu sehen. Das Wetter konnte nicht herrlicher sein, von einer Aussichtsplattform hatten wir eine gute Rundumsicht. Ein Großteil der Bebauung schien aus der Kolonialzeit zu stammen, helle Häuser mit roten Ziegeldächern prägten das Bild. Bei genauerem Hinsehen stellte sich heraus, auch zahlreiche neue Häuser wurden in diesem Stil errichtet.

Am Horizont, in östlicher Richtung, sahen wir eine weitere Insel, die wesentlich größer als Gulangyu zu sein schien. Sie hieß Jinmen, wie ein Blick auf die Karte ergab. Durch die Ortsbeschreibung in meinem Reiseführer wusste ich, dass Xiamen im lokalen Dialekt Amoy hieß, entsprechend trug die östlich gelegene Insel einen zweiten Namen, den ich gut kannte: Quemoy. Xiao Lin wunderte sich, dass mir der Name dieses Eilands etwas sagte, während sie zum ersten Mal von der Insel hörte. Der Grund lag darin, dass ich die Nachkriegszeit miterlebt hatte, in erster Linie die deutsche, doch unsere Tageszeitung berichtete auch über Vorgänge in anderen Teilen der Welt. Meine Beschäftigung mit der chinesischen Geschichte hatte Erinnerungsfetzen aus jener Zeit hochgespült und mit dem in der Zwischenzeit erweiterten Wissen erst richtig verständlich gemacht. So wusste ich jetzt zumindest in Umrissen, welche Rolle Quemoy in der chinesischen Nachkriegsgeschichte spielte, präziser ausgedrückt, in einem mit der Insel Taiwan verknüpften Teil, der noch nicht als abgehakt gelten konnte.

An der Schwelle zum sechzehnten Jahrhundert wurde die rund hundertfünfzig Kilometer vom chinesischen Festland entfernte Insel Taiwan durch portugiesische Seefahrer den Europäern bekannt, die Portugiesen gaben ihr den Namen Ilha Formosa, Schöne Insel. Später besetzten nacheinander Spanier und Holländer Teile der Insel, konnten sich aber nicht lange halten, denn gegen Ende der Ming–Dynastie wurde Formosa von General Zheng Chenggong besetzt. Damit begann ein sprunghafter Anstieg der chinesischen Bevölkerung auf der Insel, der sich verstärkte, als die Mandschus 1644 in China an die Macht gelangten und viele Chinesen aus den südlichen Provinzen vor den fremden Herrschern dorthin flüchteten. Was ihnen wenig half, da die Insel 1683 von den Mandschus eingenommen wurde, sie gaben ihr den Namen Taiwan und machten sie verwaltungsmäßig zu einem Teil der auf dem Festland gegenüberliegenden Provinz Fujian. Bald darauf erhielt Taiwan den Status einer chinesischen Provinz.

Nach zweihundert Jahren Zugehörigkeit zum Reich der Mitte kam Taiwan infolge der Niederlage Chinas im ersten Japanisch-Chinesischen Krieg durch den Vertrag von Shimonoseki im Jahr 1895 an Japan. Die Herrschaft der Japaner währte fünfzig Jahre, nach der Kapitulation Japans wurde Taiwan 1945 aufgrund eines internationalen Abkommens an China zurückgegeben und von Guomindangtruppen besetzt. Während sich auf dem Festland Mao Zedongs kommunistische Armee mit Jiang Jieshis Guomindangarmee im Bürgerkrieg befand, versuchte ein Teil der Bevölkerung Taiwans im Jahr 1948 durch einen Aufstand eine Abkopplung von China zu erreichen, er wurde von Jiangs Truppen niedergeschlagen.

Als sich ein endgültiger Sieg der Truppen Maos über die zahlen- und ausrüstungsmäßig hoch überlegene Guomindangarmee abzeichnete, flüchtete Jiang Jieshi Ende 1949 mit rund zwei Millionen Anhängern nach Taiwan, wertvolle Teile des kulturellen Erbes Chinas ließ er mitgehen. Seine Frau Song Meiling (»liebt die Macht«) folgte ihm, deren Schwester Song Qingling (»liebt ihr Land«), die Witwe Sun Zhongshans, ging einen anderen Weg. Nach dem Tod ihres Mannes im Jahr 1925 war sie Mitglied im Zentralen Exekutivkomitee des Guomindang geworden, ging aber 1927 ins Exil nach Moskau, währenddem ihr Schwager die Partei von Kommunisten »säuberte«. Ohne der Kommunistischen Partei Chinas beigetreten zu sein, stand sie im Bürgerkrieg auf Seiten der Kommunisten. Im Jahr 1949 wurde sie Vizepräsidentin der Volksrepublik China, von 1968 bis 1972 war sie amtierendes Staatsoberhaupt, zusammen mit Dong Biwu. Kurz vor ihrem Tod im Jahr 1981 wurde sie — inzwischen Parteimitglied — zur Ehrenpräsidentin der Volksrepublik ernannt.

Ein halbes Jahr nach Maos Ausrufung der Volksrepublik China proklamierte Jiang Jieshi am 1. März 1950 in der Insel-Provinz Taiwan die Nationale Republik China mit dem Guomindang als

Staatspartei, nun gab es zwei Regierungen, die den Anspruch erhoben, für ganz China zu sprechen. Und damit geriet langsam die vor uns liegende Insel Quemoy ins internationale Rampenlicht. Jiang verfolgte den Plan, Maos Volksrepublik von seinem Refugium Taiwan aus zu erobern und ließ zu diesem Zweck die Insel Quemoy zur Festung ausbauen, sechzigtausend Soldaten wurden stationiert. Im Jahre 1954 begannen Truppen der Volksbefreiungsarmee mit dem Beschuss Quemoys vom Festland aus und dadurch kam die Insel bei uns in die Schlagzeilen.

Wären nicht die Vereinigten Staaten auf der Seite Jiangs gewesen, hätte es in Deutschland kaum jemand interessiert, dass Mao vom Festland aus Quemoy beschoss und Jiang zurückballerte. In der damaligen durch den Ost-West-Konflikt geprägten Zeit herrschte aber wegen der labilen internationalen politischen Lage große Furcht vor einem neuen Weltkrieg. Besondere Ereignisse jener Jahre stellten die Berliner Blockade (1948/49), der Koreakrieg (1950/53), der Aufstand in Ost-Berlin (1953) und, nicht zu vergessen, der Tod Josef Stalins im Jahr 1953 dar. Die Amerikaner sahen in Jiang Jieshi den Verhandlungspartner für ganz China, er erhielt üppige Wirtschafts- und Militärhilfen aus Amerika. Rotchina wurde von den USA als Teil des kommunistischen Machtblocks betrachtet, mit der Regierung in Beijing sprach man lange nicht. Erst 1971 verlor die Regierung in Taipeh als Vertreterin Chinas ihren Sitz in der Generalversammlung und im Sicherheitsrat der Vereinten Nationen an die Regierung in Beijing, Präsident Richard Nixon leitete 1972 mit seiner Reise in die rotchinesische Hauptstadt eine Normalisierung der US-amerikanischen Beziehungen zur Volksrepublik China ein.

Eingebettet in dieses Umfeld war die sogenannte erste Krise um die Taiwan-Straße (1954-1955), die USA zogen ernsthaft den Einsatz von Kernwaffen gegen das chinesische Festland in Erwägung. In der vierundvierzig Tage dauernden zweiten Krise um die Taiwan-Straße im Jahr 1958 spielte Quemoy ebenfalls eine zentrale Rolle. Die vor Jahrzehnten militärisch bedeutsame Insel sahen wir jetzt vor uns liegen, derart nah am chinesischen Festland hatte ich sie nicht vermutet.

Neben der Aussichtsplattform, auf der wir immer noch standen, bemerkte ich einen Bunker, der sicherlich aus den 1950er Jahren stammte und in das damalige Verteidigungskonzept der Volksrepublik für den Fall einer Invasion durch Jiang Jieshis Truppen gehört hatte. Verglichen mit den alten Bunkern an der dänischen Nordseeküste oder an der französischen Atlantikküste erschien mir das vor uns liegende Verteidigungsbauwerk aber eher wie ein Splitterschutz.

Auf dem Rückweg zum Hotel besuchten wir einen kleinen buddhistischen Tempel, zündeten Räucherstäbchen an und dachten erleichtert an unsere am Ende glimpflich ausgegangene Bekanntschaft mit der Polizei.

Auf unserem Spaziergang sprachen wir über die Vorbereitungen für die nächste Etappe unserer Reise. Unseren ursprünglichen Plan, nach dem Xiao Lin und ich gemeinsam nach Xian fliegen wollten, ließen wir fallen. Die unerfreulichen Ereignisse in Xiamen hatten sie stärker mitgenommen als mich, sie brauchte meiner Meinung nach Ruhe. Außerdem könnten wir, bei genauem Hinsehen, in Xian wenig gemeinsam unternehmen, die Universitätsleute hatten sicher schon ein dicht gepacktes Programm für mich vorbereitet. Xiao Lin würde unserer neuen Planung zufolge nach Shanghai fliegen, dort in gewohnter Umgebung ausspannen, nach Erledigung meiner Aufgaben in Xian beabsichtigten wir, uns in Hangzhou zu treffen. Xiamen war uns gründlich verleidet, wir wollten versuchen, möglichst am folgenden Tag abzureisen.

Morgens hatte Xiao Lin den Mann, der uns die Flugtickets besorgen sollte, telefonisch erreichen und ein Treffen im Lujiang Hotel mit ihm vereinbaren können. Dorthin begaben wir uns nach dem Mittagessen, unser Mittelsmann wartete bereits in der Hotelhalle, erkannte uns unschwer. Für seine Dienste wollte er fünfzig Yuan haben, was uns angemessen erschien, wir gaben ihm Geld, Xiao Lins Ausweis, einen ihrer Flugberechtigungsscheine sowie meinen »Passersatz«. Er versicherte, rasch wieder zurück zu sein, wir sollten im Hotel auf ihn warten. Das taten wir bei einer Tasse Kaffee und nach einer knappen Stunde tauchte er mit den gewünschten Tickets auf, dank Houmen, der Hintertür. Nachdem meine Flugnummer und meine Ankunftszeit feststanden, schickten wir vom Postamt aus ein Telegramm an meinen Kollegen in

Xian.

Nach den vermasselten Tagen wollten wir den Abschluss in angenehmer Erinnerung behalten, im Lujiang Hotel stellten wir voller freudiger Erwartung ein besonderes Abendessen zusammen, vergaßen nicht die Riesengarnelen in brauner Knoblauchsauce, die uns kurz nach unserer Ankunft so verheißungsvoll geschmeckt hatten. Auf der Dachterrasse genossen wir bei einer Flasche »Great Wall« zum letzten Mal den südlichen Sternenhimmel.

Im Gulangyu–Hotel konnte ich Xiao Lin nur schwer davon überzeugen, dass ich auf mein Zimmer gehen müsse, bekämen wir es ein weiteres Mal mit der Polizei zu tun, würde das unweigerlich in eine mittlere Katastrophe einmünden, den Telefonanruf in der vergangenen Nacht mussten wir ernst nehmen.

Ich hatte eine Weile geschlafen, als mich das Klingeln des Telefons weckte, im ersten Augenblick dachte ich an einen nochmaligen Kontrollanruf, doch Xiao Lin meldete sich, ihre Stimme klang seltsam verstört. Beim Durchlesen ihres Flugtickets nach Shanghai und des zugehörigen Versicherungsscheins sei eine unbestimmte Angst in ihr aufgestiegen, die sie sich nicht erklären könne. Vorsichtig kam sie zu mir und blieb bis zum Morgengrauen.

In aller Herrgottsfrühe bezahlten wir die Hotelrechnung, fuhren nach Xiamen und frühstückten in unserem Lieblingshotel. Die Bedienung kam mit einem großen Wagen zu unserem Tisch und wir stellten uns ein opulentes Frühstück zusammen, wussten wir doch nicht, wann wir wieder ein ordentliches Essen bekommen würden. Wir hatten noch nicht festgelegt, wo wir uns in Hangzhou treffen sollten. Meinem Hotelführer entnahmen wir die Information, das von uns bevorzugte Huaqiao Fandian liege in Bahnhofsnähe, als Treffpunkt bestens geeignet.

Xiao Lin kam auf ihre nächtliche Angst zu sprechen, sie schämte sich und schien besorgt zu sein, ich könne sie für hysterisch halten. Was wir zu diesem Zeitpunkt nicht einmal ahnen konnten: Wenige Wochen später, am dritten Oktober, erfuhr ich in Deutschland aus der Zeitung, am Vortage sei in China ein Flugzeug auf dem Flug von Xiamen nach Shanghai entführt worden und kurz darauf bei der erzwungenen Landung in Guangdong in

Flammen aufgegangen.

Wir mussten uns auf den Weg zum Flughafen machen, baten an der Rezeption, man möge uns ein Taxi besorgen, was umgehend geschah. In dem Taxifahrer erkannten wir den Mann, dem wir indirekt unsere Flugtickets verdankten, auch hier wusch eine Hand die andere.

Da ihr Flugzeug erst zwei Stunden später startete, begleitete Xiao Lin mich bis zur Sicherheitskontrolle, zu meinem Glück, denn die dort Dienst tuende Polizistin machte zunächst Schwierigkeiten wegen meines »Passersatzes«. Xiao Lin konnte sie mit beschwörenden Worten und unter Zuhilfenahme meines Personalausweises dazu bewegen, mich passieren zu lassen.

Auf den Gesichtern der vier Chinesen, die mich in Xian vom Flughafen abholten, sah ich Enttäuschung, weil ich allein kam. Professor Huang Xudong, den ich aus Deutschland kannte, machte mich mit seinem Assistenten Dong Zheng bekannt, der mir in Xian zur Seite sein werde. Auf der Fahrt zur Universität bat mich Huang im Vorhinein um Entschuldigung wegen der wenig komfortablen Einrichtung des Gästehauses. Beruhigend erklärte ich meinen Gastgebern, bereits mehrere Gästehäuser chinesischer Universitäten kennengelernt zu haben und fügte hinzu: »Gleich werden sie mir sicher sagen, dass es nur zu bestimmten Zeiten warmes Wasser gibt.« Alle lachten.

Meine Bleibe für die kommenden Tage sah besser aus, als ich nach den warnenden Worten befürchtet hatte, es gab ein Wohnzimmer, ein Schlafzimmer, nebenan eine Dusche. Professor Huang erwähnte beiläufig, die Dusche sei nicht an die Warmwasserversorgung angeschlossen, man habe nachträglich ein elektrisches Gerät zur Erwärmung des Wassers installiert. Er zeigte auf den Wasserauslass der Duscharmatur, von dem ein elektrisches Kabel abging, das in der Decke endete. Kleinlaut fügte er hinzu, im Augenblick funktioniere die Wassererwärmung noch nicht, morgen käme auf jeden Fall ein Handwerker, um das Gerät in Ordnung zu bringen. Also stellte ich mich für die Zeit meines Aufenthalts auf morgendliches Duschen mit kaltem Wasser ein.

Wir besprachen ein paar organisatorische Einzelheiten und gingen dann zur Mensa. Die Provinz Shanxi, deren Hauptstadt Xian ist, genoss in China bezüglich des Essens keinen guten Ruf, Shanxi war eine arme Provinz, doch das Abendessen schmeckte mir gut. Gegenüber der ursprünglichen Planung war ich einen Tag früher angekommen, beim Essen schlug ich Huang vor, im Gegenzug einen Tag früher abzureisen, was sofort seine Zustimmung fand.

Am nächsten Morgen empfing mich der Präsident zu einem kurzen Begrüßungsgespräch, ein großer, sympathischer Mann, der trotz seiner zurückhaltenden Art einen außerordentlich selbstsicheren Eindruck auf mich machte. Schnell kam er auf das zu sprechen, was den augenblicklichen Kern seiner Arbeit ausmachte, die Führung der Universität in eine neue Zeit und die damit verbundenen Veränderungsprozesse. Ich wurde an das Gespräch mit Professor Jiang, dem politischen Leiter »meiner« Hochschule in Shanghai erinnert. Die Probleme sahen für mich ähnlich aus, hier kam wahrscheinlich erschwerend hinzu, dass die Universität in der Vergangenheit nicht über viele Kontakte zur Außenwelt verfügte, wegen ihrer Zusammenarbeit mit der Volksbefreiungsarmee nicht verfügen durfte. Davon hatte ich in Deutschland gehört, der Präsident vermied es, diese besondere Situation seiner Hochschule zu erwähnen. Auf dem Weg, neue Verbindungen zu knüpfen, auch und gerade mit Institutionen außerhalb Chinas, kam ich ihm gelegen. Er entschuldigte sich, nicht an Gesprächen über eine eventuelle Kooperation teilnehmen zu können, ein Vizepräsident werde ihn vertreten.

Der wartete bereits zusammen mit Professor Huang und dessen Assistenten Dong Zheng auf mich, um in meinem Wohnzimmer ein erstes Gespräch über Möglichkeiten der Zusammenarbeit zu führen. Mir gefiel nicht, wie mich der Vizepräsident Zhu Meng unter Druck zu setzen versuchte, eine formale Kooperation auf Universitätsebene vorzubereiten. Hatte ihm Huang Xudong meine in Deutschland erteilte Absage verschwiegen? Ich verbarg meinen Ärger, bog unser Gespräch in Richtung einer eventuellen projektbezogenen Zusammenarbeit ab und schlug vor, mich an einem der nächsten Tage über die Schwerpunkte der Universität zu informieren und anschließend einen Rundgang zum Kennenlernen der interessant erscheinenden Bereiche zu machen.

Zwei mit dem Diebstahl zusammenhängende »Restarbeiten« warteten noch auf Erledigung, meine Hoffnung, in Xian Unterstützung zu finden, wurde nicht enttäuscht, die Telefonzentrale stellte umgehend Verbindungen zu British Airways in Beijing und zum Deutschen Generalkonsulat in Shanghai her. In Beijing meldete sich eine entgegenkommende Dame am Telefon, die nach meiner Diebstahlsanzeige zuerst den Rückflugstermin und meinen Namen wissen wollte: Aha, Flug von Beijing über London nach Düsseldorf. Zu meiner Legitimierung musste ich noch den Ausstellungsort des Tickets nennen, dann kam die einfache Antwort, man werde mir gegen eine Gebühr von fünfzehn Pfund ein neues Ticket ausstellen. Bei der Bestätigung meines Rückflugs solle ich mich in dieser Angelegenheit nochmals melden, mein Ersatzticket werde im Flughafen Beijing bereitliegen. Ähnlich unkompliziert würde ich Ersatz für meinen gestohlenen Pass erhalten. Ein ebenfalls freundlicher Herr im Deutschen Generalkonsulat sagte, ich solle ihn besuchen, sobald ich in Shanghai sei, die Ausstellung eines Ersatzpasses sei unproblematisch, da ich noch über einen gültigen Personalausweis verfüge.

Am frühen Nachmittag holte mich Huangs Assistent zu einer Besichtigung der Großen Wildganspagode ab, höflich verschwieg ich, dass ich sie kannte. Der Bau der Pagode geht auf Xuanzang, einen berühmten buddhistischen Gelehrten der Tangzeit, zurück, der ein Gebäude für die Aufbewahrung der buddhistischen Schriften in Sanskrit haben wollte, die er aus Indien mitgebracht hatte. Die im Jahr 652 n. Chr. erbaute Pagode stürzte wegen schlechter baulicher Qualität nach wenigen Jahren ein. Unter der Kaiserin Wu Ze Tian, eine Ausnahme in der Riege der männlichen Kaiser und eine außerordentlich interessante Persönlichkeit, wurde sie in ihrer heutigen Gestalt zwischen 701 und 704 neu errichtet. Seitdem steht sie solide im Süden Xians mit ihren sechs Geschossen, deren quadratische Grundflächen von Stockwerk zu Stockwerk abnehmen.

Beim Abendessen lernte ich Don Farrow kennen, einen Amerikaner mit einem Einjahresvertrag als Englischlehrer. Don wohnte seit drei Tagen auf dem Campus. Sein Alter schätzte ich auf Mitte dreißig, er machte auf mich einen offenen, jungenhaften Eindruck, gab sich während unserer ersten Unterhaltung angenehm unkompliziert. Aus Texas gebürtig, lebte er seit langem in Bloomington im Staat Wisconsin. Wir kamen schnell auf unser derzeitiges Gastland zu sprechen. Für Don war es der erste Aufenthalt in China, er zeigte sich an meinen bisherigen Erfahrungen interessiert, ich freute mich im Gegenzug, einen geduldigen Zuhörer gefunden zu haben. »Your English is perfect«, lobte er mich, was ich aus sachlichen Gründen und mit geheuchelter Bescheidenheit zurechtzurücken versuchte, er schnitt mir kurzerhand das Wort ab: »We Americans are easy–going in languages, we call this perfect.«

Don scheute sich nicht, sofort über persönliche Dinge zu reden und ich erfuhr, dass er in Amerika mit einer Frau zusammenlebe, die er jetzt vielleicht heiraten müsse, obwohl sie es beide nicht wollten. Er plane, sie hierher nachkommen zu lassen, da man ihn gleich zu Anfang auf das Verbot von Damenbesuchen im Gästehaus hingewiesen habe, müssten sie wohl im Hotel wohnen und das ginge möglicherweise nur mit Trauschein. Ich erzählte ihm von unserer unliebsamen Bekanntschaft mit der Polizei in Xiamen. Don wusste zu berichten, der Begriff Pornographie werde in China weit ausgelegt, wahrscheinlich gelte Ähnliches in Bezug auf Prostitution, wir könnten uns vermutlich glücklich schätzen, dass wir derart glimpflich davongekommen seien.

Einen Teil seines monatlichen Gehalts werde er in Renmimbi bekommen, ließ er mich wissen, den anderen in amerikanischen Dollars. Die Renmimbi müsse er wegen fehlender Konvertibilität in China ausgeben, die Dollars wolle er sparen und mit nach Amerika nehmen, nach einem Jahr des Sparens würde es ein Betrag von eintausendfünfhundert Dollar sein. Reichtümer ließen sich auf diese Weise nicht anhäufen, ich wunderte mich, für wie wenig Geld er hier als »native speaker« zu arbeiten bereit war, wagte ihn aber nicht zu fragen, ob es keine besseren Verdienstmöglichkeiten für ihn gebe. Als habe er meine Gedanken erraten, erklärte Don, an dieses Leben gewöhnt zu sein, das letzte Jahr habe er auf ähnliche Art in Kamerun verbracht. Die Deutschen lobte er, weil sie dort zu Zeiten ihrer Kolonialherrschaft von 1884 bis 1916 viel in die Infrastruktur investiert hätten, was heute teilweise noch sichtbar sei, anschließend hätten die Franzosen das Land seiner Meinung nach nur ausgebeutet. Ob ich schon die Japanerin getroffen habe, wollte er wissen, sie sei am gleichen Tag wie er angekommen.

Die Japanerin lernte ich am nächsten Morgen kennen. Ich war mit meinem Frühstück fast fertig, da betrat sie den kleinen Speisesaal, blickte wie hilfesuchend umher und kam an meinen Tisch. Den fragenden Ausdruck in ihrem Gesicht deutete ich richtig, auf meine einladende Handbewegung hin setzte sie sich. Wir stellten uns kurz vor, sie schrieb ihren Namen auf die Rückseite einer japanischen Ansichtskarte, ich gab ihr meine Visitenkarte. Sachiko Mikuzaki hieß sie, ihr Alter schätzte ich auf etwas über fünfzig Jahre. Rasch wurde deutlich, dass wir auf eine Unterhaltung, die den Namen verdiente, verzichten mussten, auf Englisch konnte sie einfache Substantive und Verben aneinanderreihen, ich verstand kein Wort Japanisch. Chinesisch konnte sie auch nicht, wie ich später merkte.

Beim Frühstücken wirkte Sachiko auf mich wie ein Gesamtkunstwerk zur Symbolisierung der Rücksichtnahme und Bescheidenheit, der anmutigen wohlgemerkt, nicht der unangenehm unterwürfigen. Ihr Reisschälchen nahm sie mit unglaublicher Behutsamkeit in die Hand, ihre Bewegungen beim Essen schienen sorgfältig eingeübt zu sein, die wenigen Worte sprach sie mit leiser, sanfter Stimme. Xiao Lin bezeichnete Japanerinnen einmal als ideale Ehefrauen, meinte sie Frauen wie Sachiko?

Für den Vormittag stand eine Vorstellung unserer Universitäten auf dem Programm. Außer dem Vizepräsidenten fanden sich mehrere Dekane ein, aus Höflichkeit, zusätzlich sollte mir signalisiert werden, welches Gewicht man meinem Besuch beimaß. Ein Rundgang durch verschiedene Bereiche der Universität schloss sich an. Wie in den anderen chinesischen Universitäten, die ich bis dahin kennengelernt hatte, mussten hier ebenfalls große Investitionen getätigt werden, wenn der Präsident seine Modernisierungspläne verwirklichen wollte. Ein neuer Ansatz der Universität, an Geld zu kommen, wurde mir zum Abschluss des Rundgangs präsentiert. Eine Gruppe innerhalb der Fakultät für Elektrotechnik beschäftigte sich mit Entwicklung und Herstellung von Überwachungssystemen für die Strom- und Wasserversorgung. Hunderttausend Yuan erhielt die Universität für jedes verkaufte System.

Hier in Xian sah ich erstmalig eine junge Frau, die anstelle einer unhandlichen chinesischen Schreibmaschine, wie ich sie anlässlich meiner Gastprofessur in Shanghai gesehen hatte, einen Computer zum Schreiben chinesischer Schriftzeichen benutzte. Sie führte mir zwei verschiedene Methoden vor, mittels einer normalen Tastatur die von mir gewünschten Zeichen auf den Bildschirm zu zaubern.

Beim ersten Verfahren schrieb sie jede Silbe in Pinyin und fügte eine Zahl zur Kennzeichnung des Tons hinzu, wodurch ein Menü aufgerufen wurde, das sämtliche zu dieser Silbe und ihrer Betonung gehörigen Zeichen enthielt, aus denen sie das gewünschte auswählte.

Die zweite Methode war für mich frappierend: Sie tippte einen aus vier Ziffern bestehenden Zahlencode ein, drückte auf die Eingabetaste und augenblicklich stand das Zeichen da. Wahrscheinlich bekam ich 1989 in Shanghai eine der letzten mechanischen Schreibmaschinen für chinesische Schriftzeichen zu sehen.

Am nächsten Vormittag hatte Dong Zheng den Auftrag, mit mir zum Provinzialmuseum zu fahren, um mir Zeugnisse der mehrere tausend Jahre umfassenden Stadtgeschichte zu zeigen. In der Zhou Dynastie (1066 – 256 v. Chr.) und in der Qin Dynastie (221 – 206 v. Chr.) war Xian Chinas Hauptstadt. Als Hauptstadt der Westlichen Han Dynastie (206 v. Chr. – 8 n. Chr.) trug die Stadt den Namen Changan (Ewigwährender Friede), in der Tang Dynastie (618 – 906) hieß sie Xijing (Westliche Hauptstadt). Die Mandschus gaben der Stadt den Namen Xian. Im zwanzigsten Jahrhundert kam es zu einer Reihe kurzlebiger Umbenennungen, seit 1943 trug die Stadt ihren heutigen Namen.

In der Hanzeit kam multinationaler Handel auf, chinesische Seide als ein geschätztes und begehrtes Handelsgut gelangte bis nach Rom. Teilweise erlebte ich den Gang durch das Provinzialmuseum wie ein Wandeln durch die vom Handel entlang der Seidenstraße geprägte Ära. Während wir vor der Marmorstatue einer berühmten Kaiserkonkubine stehen blieben, erläuterte mir

Dong das klassisch–chinesische weibliche Schönheitsideal: Rundes Gesicht, große Augen, schmale und lange Augenbrauen sowie schmale Lippen.

Wir verließen das Hauptgebäude, gingen zum sogenannten Stelenwald, wo wir auf eine größere Touristengruppe trafen, die von einer chinesischen Reiseleiterin belehrt wurde. Dong Zheng meinte, es seien Deutsche, ich tippte auf Amerikaner, ging näher zu ihnen, um zu hören, wer von uns beiden recht hatte. Die Reiseführerin gab ihren angespannt lauschenden Zuhörern Erklärungen in einer seltsamen Sprache, die für mich überraschend vertraut klang. Und tatsächlich, nach längerem Zuhören erkannte ich, sie sprach Deutsch.

Ich übersetzte Dong, was sie über die Rolle der Lehren des Kong Fuzi[22] in und nach der Kulturrevolution erzählte, währenddessen gesellte sich eine junge Chinesin aus dem Touristenknäuel zu uns und empfahl, wir sollten uns der Gruppe anschließen. Sie verstand mich sofort, als ich vorsichtig formulierte, froh darüber zu sein, zusammen mit Dong Zheng eine eigene Gruppe zu bilden.

Einzelne Steinplatten oder –säulen mit eingemeißelten Texten kannte ich von anderen Besichtigungen, hier im »Stelenwald« beeindruckte mich die große Zahl steinerner Zeugnisse mit kunstvollen Zeichen. Museumsangestellte oder Kunststudenten waren damit beschäftigt, Stelentexte zu kopieren, indem sie die Oberflächen der Steinplatten mittels einer Rakel mit Druckerschwärze benetzten, dann große Papierbögen auflegten, deren Rückseiten sie mit ledernen Stempeln klopften und rieben.

Auf dem Weg vom Museum zum Auto kam Dong Zheng unvermittelt auf den Hass junger Chinesen auf Japaner wegen der Kriegsverbrechen an Chinesen zu sprechen. Die Deutschen hätten sich nach dem Krieg zu ihrer Schuld bekannt, Japaner würden ihre brutalen Verbrechen in Schulbüchern meistens nicht einmal erwähnen und falls doch, würden die Gräueltaten zu legitimen Handlungen zurechtgebogen.

Vor der Rückfahrt zur Universität machten wir einen Abstecher zur Stadtmauer, nie vorher hatte ich eine von derartigen Ausmaßen gesehen. Oben hätten zwei Lastwagen bequem nebenein-

---
[22] Meister Kong, Konfuzius

ander fahren können und das in einer Höhe, die ich als schwindelerregend empfand. Überall wurden die für die Provinz Shanxi typischen folkloristischen Textilien verkauft, mit den vorherrschenden Farben rot, blau und weiß. Ich kaufte eine einfache Tasche, die ich aber nicht selbst bezahlen durfte, Dong Zheng war vom Präsidenten ausdrücklich angewiesen worden, derartige Einkäufe zu begleichen, das Geld kam aus dem Extratopf für ausländische Experten.

In Xiamen hatten wir ausgemacht, ich würde Xiao Lin an diesem Nachmittag anrufen, wahrscheinlich wartete sie bereits im Fakultätsbüro. Dong Zheng füllte einen Antrag mit Xiao Lins Namen, Adresse und Telefonnummer aus und brachte ihn zur Telefonzentrale, damit ich bequem von meinem Zimmertelefon aus nach Shanghai telefonieren konnte. Das Telefon stand in meinem Schlafzimmer, Dong nahm Kontakt mit der Zentrale auf, um die Verbindung nach Shanghai herzustellen. Nach kurzer Zeit kam die Rückmeldung, die Telefonnummer existiere in Shanghai nicht. Ich versicherte ihm, unter dieser Nummer wer weiß wie oft aus Deutschland angerufen zu haben und bat ihn, die Telefonistin zu einem zweiten Versuch zu bewegen. Er tat es sichtlich schweren Herzens, die Verbindung kam wieder nicht zustande. Um einen dritten Vorstoß durchzusetzen brauchte es ziemliche Überredungskunst von meiner Seite, die Telefonistin musste ihn beim zweiten Mal fürchterlich angeranzt haben. Mit Schweißperlen auf der Stirn griff er zum Hörer und diesmal gelang es, die Verbindung herzustellen. Ich bat Dong Zheng, während des Gesprächs ins Wohnzimmer zu gehen und schloss die Tür hinter ihm, was ihn zu irritieren schien. Aus dem Klang ihrer Stimme konnte ich erkennen, dass sich Xiao Lin von den turbulenten Erlebnissen in Xiamen erholt hatte. Ich berichtete kurz über meinen bisherigen Aufenthalt in Xian und erwähnte, es werde keine Probleme hinsichtlich neuer Flugtickets geben, ebenso werde die Ausstellung des Ersatzpasses problemlos vonstatten gehen. Wir vereinbarten, uns am darauffolgenden Mittwoch gegen sechs Uhr abends im Huaqiao Fandian in Hangzhou zu treffen. Nach dem Gespräch sah mich Dong Zheng mit einem seltsamen Gesichtsausdruck an.

Beim Abendessen traf ich Don Farrow und Sachiko Mikuzaki. Sie stocherten beide lustlos in ihrem Essen herum, das auch mir an diesem Abend schlecht schmeckte. Ich bekam Mitleid mit ihnen, weil sie hier noch ein ganzes Jahr ausharren mussten. Mich störte die wenig kultivierte Umgebung, in der wir aßen, noch mehr als das mäßige Essen. Jedes Mal, wenn ich mir mit der angegrauten Aluminiumkelle Reis aus der zerbeulten und unansehnlich grauen Aluminiumschüssel nahm, die auf einem abgeschabten Tisch neben der Tür stand, überkam mich ein Schaudern.

Am nächsten Morgen wurde ich um sechs Uhr durch ständig wiederholtes »yī, èr, sān, sì« geweckt, das vom Sportplatz, den ich von meinem Zimmer aus sehen konnte, herüberhallte. Studenten und Studentinnen in Uniformen der Volksbefreiungsarmee machten ihre Frühsportübungen zu dem »eins, zwei, drei, vier«, das aus dem Megaphon einer Führungsperson schallte. Offenbar hatte ich an den Vortagen um diese Zeit fester geschlafen.

Dong Zheng und ich frühstückten an diesem Morgen gemeinsam, da wir zeitig zur Besichtigung der Terrakotta-Armee aufbrechen wollten, die Autofahrt dorthin würde über eine Stunde dauern. In Wirklichkeit war ich an einer nochmaligen Besichtigung der Ausstellung nicht sonderlich interessiert, doch meine Gastgeber hätten schon die Andeutung einer ablehnenden Haltung als Beleidigung empfunden.

Auf der Fahrt fing Dong an, über die Liebe zu sprechen. Er litt unter der Trennung von seiner Freundin, die in Wuhan arbeitete, der Hauptstadt der Provinz Hubei. Beide stammten sie aus der Stadt Anqing in der Provinz Anhui und kannten sich seit ihrer Schulzeit. Sie hätten gern geheiratet, doch ihr gemeinsames Einkommen reichte nicht und sie hatten derzeit keine Chance, in Xian eine Wohnung zu bekommen. Dann wurde er geradezu philosophisch: »Der Mann muss in der Liebe den Anfang machen!« »Und die Frau muss ihn ermutigen«, fügte ich augenzwinkernd hinzu.

Das Ausstellungsgebäude war seit meinem ersten Besuch vor drei Jahren verändert worden, alles sah viel professioneller aus. Man kam jetzt nicht mehr nah an die in Reih' und Glied in der Grube aufgestellten grauen Soldaten heran, mit Blick auf den originalen Erhalt der Figuren eine vernünftige Maßnahme. Natürlich beeindruckten mich die Terrakottakrieger aufs Neue, aber nicht mehr in gleicher Weise wie beim ersten Mal.

Auf dem Rückweg hielten wir an den warmen Huaqing Quellen, die ich auch schon besucht hatte, inzwischen wusste ich aber um die Bedeutung, die dem Ort in der jüngsten chinesischen Geschichte zukam und zwar im Zusammenhang mit dem sogenannten Zwischenfall von Xian im Jahr 1936.

In den dreißiger Jahren und der ersten Hälfte der vierziger Jahre wurden Chinas Geschicke entscheidend durch eine »Dreiecksbeziehung« zwischen dem Guomindang, den chinesischen Kommunisten und den Japanern beeinflusst.

Nach dem Tod Sun Zhongshans im Jahr 1925 kam es zu einer Spaltung des Guomindang in einen linken und einen rechten Flügel. Am Ende setzte sich Jiang Jieshi als neuer Führer durch, der einen deutlich antikommunistischen Kurs verfolgte. Er etablierte 1927 in der neuen Hauptstadt Nanjing (Südliche Hauptstadt) — Beijing (Nördliche Hauptstadt) hieß von da ab bis 1949 Beiping (Nördlicher Friede) — seine sogenannte Nationalregierung, 1928 ließ er sich zum Präsidenten der »Chinesischen Republik« wählen und war damit zum starken Mann Chinas aufgestiegen, daneben galt er als der schönste Mann des Landes. Dies war eine Ecke des Dreiecks.

Die zweite Ecke bildeten die Kommunisten. Sie wurden bald nach Suns Tod vom Guomindang blutig verfolgt, als besonders brutale Ereignisse sind die Massaker von Shanghai und Nanjing des Jahres 1927 in Erinnerung. Guomindang und Kommunisten machten noch gemeinsam Front gegen die »Warlords« im Norden — »Provinzfürsten« mit eigenen Armeen —, nach dem Nordfeldzug entflammte offener Bürgerkrieg zwischen Guomindang-Anhängern und Mitgliedern der Kommunistischen Partei Chinas.

Während die Kommunisten ihren Einfluss in großen Städten durch Initiierung von Aufständen zu vergrößern suchten, nahm die gewissermaßen zweite Fraktion unter Mao Zedongs Führung die politische Arbeit auf dem Lande auf. In Maos Heimatprovinz Hunan wurde 1928 die aus Bauerntruppen bestehende Chinesische Rote Armee ins Leben gerufen, im Jahr 1931 proklamierte der erste Nationale Sowjetkongress Chinas in der Provinz Jiangxi die »Chinesische Sowjetrepublik«. In diesen Jahren konnten die Kommunisten im Süden beträchtlich an Macht gewinnen, die Jiang Jieshi für sich zurückerobern wollte. Seine militärisch deutlich überlegenen Truppen trieben die kommunistischen Verbände in der Folgezeit immer stärker in die Enge. Am 27. Oktober 1934 brach daraufhin die Rote Armee zu ihrem legendären Langen Marsch von über zwölftausend Kilometern auf, der sie ein Jahr später nach Yanan in der Provinz Shaanxi (nicht zu verwechseln mit Shanxi!) brachte, wo das neue Hauptquartier der Kommunistischen Partei Chinas errichtet wurde. Nach dem Langen Marsch hatte sich Mao Zedong seinen Platz an der Führungsspitze der Kommunistischen Partei gesichert.

Japan überfiel 1931 mit seinen Truppen die Mandschurei, etablierte dort den Marionettenstaat Mandschukuo und machte den letzten Qing-Kaiser Pu Yi, durch den Bertolucci-Film wurde er auch außerhalb Chinas bekannt, zum Statthalter. Nach Einnahme der Mandschurei richtete sich das Bestreben der Japaner auf eine Kolonisierung des gesamten chinesischen Territoriums.

Sollte Präsident Jiang Jieshi mit seinen Guomindang-Truppen zuerst gegen die revolutionären Landsleute oder gegen die japanischen Aggressoren vorgehen? Auch unter seinen Generälen gab es unterschiedliche Meinungen. Über die Hintergründe des »Zwischenfalls von Xian« besteht keine vollständige Klarheit, am 3. Dezember 1936 jedenfalls flog Jiang Jieshi nach Xian und wurde dort nach neun Tagen von seinem aus der Mandschurei stammenden General Zhang Xueliang unter Arrest gestellt. Der Zwischenfall führte am Ende zu einer Beendigung der kriegerischen Handlungen zwischen Guomindang und Kommunisten und zu einem gemeinsamen Vorgehen gegen die Japaner. General Zhang Xueliang wurde in Nanjing zu langjährigem Hausarrest verurteilt.

Jiang Jieshi war nicht direkt in Xian eingesperrt worden, sondern in dem Ort Lintong, in dem wir uns augenblicklich befanden. Dong Zheng zeigte mir das Innere des Hauses, in dem man Jiang gefangen gehalten hatte. Während dieser Zeit gab es einen Versuch, den Präsidenten durch eine Gewehrkugel ins Jenseits zu befördern, das Loch in der Fensterscheibe — wirklich das Originalloch? — konnte man noch »bewundern«.

Am Abend folgte ich einer Einladung Professor Huangs, den ich in den vergangenen Tagen nur sporadisch zu sehen bekam. Er holte mich vom Gästehaus ab, bereitete mich unterwegs darauf vor, dass er in beengten Verhältnissen wohne. Die gesamte Wohnfläche betrug wenig über zwanzig Quadratmeter, wie ich bei meiner Ankunft mit einem Blick registrierte, so klein hatte ich mir die Wohnung nicht vorgestellt. Seine Frau stand in der winzigen Küche und bereitete das Abendessen vor, sie unterbrach kurz, wischte sich die rechte Hand an der Schürze ab und begrüßte mich herzlich.

Am Wohnzimmertisch, der nahezu den gesamten Raum einnahm, saßen der Sohn und seine Freundin, beide Anfang zwanzig, da sie ganz passabel englisch sprachen, kam trotz ihrer anfänglichen Schüchternheit eine Unterhaltung in Gang. Wie ich erfuhr, lernten sie sich beim Studium kennen, das beide mit dem Bachelorgrad in Betriebswirtschaft abgeschlossen hatten, beruflich konnten sie bisher nicht richtig Fuß fassen. Die Freundin hatte einen Job als Sekretärin in Guangzhou gefunden, über zweitausend Eisenbahnkilometer südlich von Xian, im Augenblick verbrachte sie hier ihren Urlaub. Huang wollte seinen Sohn gern zur weiteren Qualifizierung nach Deutschland schicken, damit sich für ihn anschließend bessere Berufschancen in China ergäben. Er sah sich nicht in der Lage, einen Auslandsaufenthalt seines Sohns zu finanzieren und bat mich, ihm Informationsmaterial über Stipendien in Deutschland zu schicken. Das versprach ich ihm gern, wagte aber nicht, nach den Noten seines Sohns zu fragen, im Falle nicht so guter Ergebnisse hätte das Gespräch für uns beide leicht peinlich werden können.

Das Essen wurde aufgetragen, für mich das bis dahin beste in Xian, mein Lob musste erst übersetzt werden, bevor es die Hausfrau bescheiden ablehnen konnte. Nach dem Abendessen öffnete Huang eine Zweiliterflasche mit lauwarmem Sekt, zweifellos ein Geschenk, das er für einen wichtigen Anlass aufbewahrt hatte.

Am Samstagmorgen hielt ich den dritten Teil meiner Vorlesungsreihe und stand früh auf. Gerade als ich mein Frühstück beenden wollte, kam Sachiko Mikuzaki in den Speisesaal, ängstlich und hilfesuchend umherblickend. Sie sah mich, und der Anflug eines Lächelns huschte über ihr Gesicht, nun musste sie ihr Frühstück nicht allein in dem wenig anheimelnden Raum einnehmen. Dann bemerkte sie, dass ich beinahe fertig war und gab mir zu verstehen, ich solle ruhig aufstehen und gehen, was ich natürlich nicht tat. Ich empfing einen dankbaren Blick als Belohnung.

Abends fuhren Dong Zheng und ich zum Essen in die Innenstadt. Die Universität lag nur wenige Schritte von der Endhaltestelle zweier Buslinien entfernt, mehrere Busse standen nebeneinander, ihre Fahrerinnen gönnten sich gerade kurze Erholungspausen. Alle Fahrzeuge befanden sich in jämmerlichem Zustand, sahen aus, als habe man die in Shanghai aus Altersgründen ausgemusterten Transportmittel hierher gebracht.

Dong Zheng konnte mir bei der Suche nach einem Restaurant keine Ratschläge geben, in der Kategorie, die ich mir als Dankeschön für seine vorzügliche Betreuung vorstellte, kannte er sich nicht aus. Zwei Restaurants wurden in meinem Reiseführer empfohlen, das erste machte einen wenig einladenden Eindruck, also gingen wir weiter zum zweiten. Ich bat ihn, auf der Speisekarte Gerichte auszuwählen, die er gern äße, womit ich ihm keine Freude machte, er überschlug wohl schnell, dass ein entsprechendes Essen pro Person mehr als sein halbes monatliches Salair verschlingen würde. Da er sich zu keiner Entscheidung durchringen konnte, bat ich ihn, die Speisekarte durchzugehen und mir die Namen der Gerichte zu übersetzen, damit ich auswählen konnte. Meine Wahl fiel auf gelbe Aale, Xiao Lin schwärmte davon und auf Rindfleisch in Austernsauce, dazu bestellte ich verschiedene Gemüse, die Auswahl war gering. Das Essen schmeckte mir nicht, alles schwamm regelrecht in Öl, ich aß gerade so viel, wie ich meinte, aus Höflichkeit essen zu müssen. Doch sämtliche Schüsseln gingen leer zurück.

Nach dem Essen schlenderten wir ein Weilchen durch die Innenstadt. Vor einem Buchladen standen mehrere Drehgestelle mit Büchern, von denen eins meine besondere Aufmerksamkeit auf sich zog, da mich die Karikatur auf seinem Umschlag an die Bilderserie »Vater und Sohn« erinnerte. Tatsächlich, da stand ein Sammelband mit dem Titel »e. o. plauen«, in Sütterlinschrift. Er enthielt Bildergeschichten, die ich teilweise kannte, doch auch zahlreiche für mich neue, zum Beispiel eine, die einen Mann zeigte, der ein Hakenkreuz in den Schnee pinkelt. Die Bildunterschrift »Wohin rollst Du, Goebbelchen?« zu einer Karikatur des kleinen Mannes aus Rheydt verstand ich erst später, als mir Xiao Lin den zugehörigen chinesischen Text übersetzte. Erich Ohser hatte eine Anleihe für die Bildunterschrift beim Titel eines Buchs von Leo Perutz gemacht, was ich damals nicht wusste. Für sechs Yuan sechzig kaufte ich den Sammelband.

Die Universität hatte für uns Ausländer einen Sonntagsausflug zur Pagode in Famen arrangiert. Wir trafen uns zeitig beim Frühstück, zu meiner Überraschung sah ich eine weitere Ausländerin, Ms O'Hara, eine irische Endsechzigerin. Für den Ausflug stand ein universitätseigener Kleinbus bereit, begleitet wurden wir von Song Yuanming vom Auslandsbüro, den Don und ich wegen seiner Schleimigkeit und Undurchsichtigkeit nicht gut leiden konnten.

Die Fahrt ging in westliche Richtung zu dem Ort Chongzheng, nördlich der Stadt Fufeng. Unser klappriger Minibus ratterte mit niedriger Geschwindigkeit über enge, kurvenreiche Landstraßen, drei Stunden brauchten wir für die hundertzwanzig Kilometer lange Strecke. Je weiter wir uns vom Einzugsgebiet Xians entfernten, desto stärker veränderte sich das Erscheinungsbild. Dörfer der Art, wie ich sie bisher in China gesehen hatte, schien es hier nicht zu geben. Hin und wieder sah ich in der menschenleeren Gegend Mauern entlang der Straße, mit Türöffnungen versehen, dahinter befanden sich wohl menschliche Behausungen, ungläubig nahm ich Erdhöhlen zur Kenntnis, die Menschen als Wohnungen dienten. Es regnete unaufhörlich, kaum ein menschliches Wesen hielt sich draußen auf, die leblose, archaische Region war mir unheimlich.

Wie ich wusste, stellte der Bergbau in Shanxi einen wichtigen Industriezweig dar, in dieser Gegend sah ich keine Zechen. Kalkgewinnung und Ziegelherstellung mit den gleichen in die Erde eingelassenen Brennöfen, die ich aus Anhui kannte, schienen neben der Landwirtschaft die hauptsächlichen Erwerbszweige in dieser Gegend zu sein.

»Westliche« Touristen durften Famen erst seit einem Jahr besuchen, Ausländern gestattete man nämlich nur Reisen in bestimmte Bezirke oder Städte, es hieß, man wolle ihnen nicht die Unbequemlichkeiten touristisch schlecht entwickelter Gebiete zumuten. Den Listen mit erlaubten Regionen hatte ich bislang keine Beachtung geschenkt, ohne dadurch in Schwierigkeiten geraten zu sein.

Die ursprüngliche Pagode in Famen wurde während der östlichen Han-Dynastie (25 – 220 n. Chr.) mit dem besonderen Ziel errichtet, den Buddhismus in China stärker zu verankern. Der hölzerne Bau brach in der zweiten Hälfte des sechzehnten Jahrhunderts zusammen und wurde umgehend durch den Neubau eines vierzehnstöckigen Backsteinturms ersetzt. Dessen Fundamente waren bei den großen Überschwemmungen des Jahres 1982 unterspült worden, wodurch eine Hälfte der Pagode einstürzte. Der Wiederaufbau konnte erst vor drei Jahren abgeschlossen werden.

Famen sei lange ein wichtiger Ort für den Buddhismus und für chinesische Buddhisten gewesen, erklärte uns die Museumsführerin, den Kaisern der Sui- und der Tang-Dynastie diente der zur Pagode gehörige Tempel als Opferstätte. Nach der Überlieferung befand sich ein Finger Buddhas in der Pagode, dessen Echtheit sich seinerzeit dadurch offenbarte, dass er als einer von drei gefundenen Fingern in die Höhe sprang. Zwei Vitrinen zeigten Gold- und Silberarbeiten, die bei der Restaurierung entdeckt wurden. Ihre handwerklich-künstlerische Qualität schien mir aber nicht derart hoch zu sein, wie von der jungen Dame, die uns die historische Bedeutung des Ortes nahebrachte, gerühmt.

Am Montag herrschte reger Betrieb in meinem Wohnzimmer. Den Auftakt machten Professor Huang und Vizepräsident Zhu Meng, die einen neuen Kooperationsvertrag brachten. Ich machte gute Miene zum bösen Spiel und beschloss, die Geschichte auszusitzen, anstatt zum wiederholten Male auf das hinzuweisen, was ich Huang schon in Deutschland gesagt hatte.

Später kamen zwei nette Studenten des vorletzten Semesters, um sich nach den Bedingungen für ein Studium in Deutschland zu erkundigen. Ein Professor aus der Fremdsprachenfakultät wollte wissen, wie er mit deutschen Institutionen wegen der Herausgabe eines neuen technischen Wörterbuchs in Verbindung kommen könne. Am Nachmittag besuchten mich Vizepräsidentin Gong Jia Ming und ihr Mann, ich erfreute mich ihrer besonderen Sympathie, weil ich das komplizierte Schriftzeichen 龚 für ihren Nachnamen Gong auf Anhieb lesen konnte. Beide sprachen ausgezeichnet englisch, zeigten sich am deutschen Alltagsleben und an kulturellen Fragen interessiert. Ein guter Ausklang der Gespräche dieses Tages, die am Morgen so verdrießlich begonnen hatten.

Mein vorerst letzter Abend in Xian. Nach dem Essen gingen wir Ausländer in den kleinen Laden auf dem Campus, kauften Getränke und Kleinigkeiten zum Knabbern, um den Rest des Abends mit Plaudern in meinem Wohnzimmer zu verbringen.

Sachiko Mikuzaki hatte Jeans und karierte Hemdbluse gegen ein helles Sommerkleid ausgetauscht und saß schweigend in der Runde, aber fröhlich. Von Ms O'Hara erfuhren wir jetzt, weshalb sie erst einige Tage nach Semesterbeginn eintraf. Mit neunundsechzig Jahren war sie genau genommen ein Jahr zu alt, um einen Vertrag als »native speaker« in China zu erhalten. Wie es offenbar viele in vergleichbaren Situationen taten, hatte sie zwei Wochen vorher in Hongkong Warteposition bezogen. Erfahrungsgemäß traten in letzter Minute einige ausländische Lehrer ihren Dienst nicht an, was eine Chance für die eigentlich zu alten eröffnete. Sie gehörte zu dem Frauentyp, den meine Großmutter als Dragoner zu bezeichnen pflegte, es musste schon einiges passieren, um sie aus dem Gleichgewicht zu bringen. Sie sei deutsch-irischer Abstammung und mit dem Anflug eines Lächelns auf ihrem strengen Gesicht ergänzte sie, der deutsche Anteil überwiege. Der Vorname Winifred passte zu ihr.

Winifred, Don und ich tranken Bier, Sachiko bevorzugte Cola. Der Abend verlief angenehm, wir sprachen hauptsächlich über unsere bisherigen Xian-Erfahrungen. Dann kam Winifred auf den Umstand zu sprechen, dass man in China Liebesbeziehungen zwischen einer Chinesin und einem Ausländer nicht gern sehe, ganz zu schweigen von einer Heirat. Don äußerte die Ansicht, die Heirat einer Frau mit einem Ausländer werde in vielen Ländern mit scheelen Augen betrachtet, seiner Meinung nach ein Relikt aus der Zeit der Stammesgesellschaften. Wurde eine Frau durch Heirat Mitglied eines anderen Stammes, stärkte sie durch ihre Söhne einen potentiellen Feind, konnte man hingegen eine Frau eines anderen Stammes für sich gewinnen, bedeutete das Schwächung ebendieses Stammes.

Am nächsten Morgen überreichte mir der Präsident in kleiner Runde eine Urkunde, mit der ich zum Gastprofessor der Xidian Universität ernannt wurde. Freundliche Worte, meine Dankesrede, Händeklatschen. Aus dem Begleitschreiben in englischer Sprache erfuhr ich, meinem Rektor werde eine Kopie der Ernennungsurkunde zugeschickt, man legte Wert auf Formen.

Zum Mittagessen lud der Präsident in ein weit über Xians Grenzen hinaus bekanntes Restaurant ein, auf dessen Speisekarte hundert verschiedene Arten Jiaozi standen.

In Shanghai durfte ich bei einem meiner Besuche Zhus Frau in der Küche über die Schulter schauen und wusste, wie die besonders in Nordchina beliebten gefüllten Teigtaschen hergestellt wurden. Aus Mehl und Wasser knetete man einen Teig, formte daraus eine Wurst von zwei Zentimetern Durchmesser und schnitt sie anschließend in zentimeterdicke Scheiben. Jede Scheibe drückte Zhus Frau mit der Handwurzel auf der Arbeitsfläche platt, walzte sie dann mit einer nach beiden Seiten konisch verlaufenden hölzernen Rolle kunstvoll kreisförmig aus, ich hatte es ebenfalls versucht, war aber kläglich gescheitert. Mit zwei Ess–Stäbchen wurde die aus Fleisch, Gemüse oder einer Mischung aus beidem bestehende Füllung auf die Teigscheibe gelegt, anschließend wurde sie geschlossen. Zhus Frau klappte jede mit Füllung versehene Scheibe an zwei Seiten hoch und drückte die Ränder der bündig übereinander liegenden Halbkreisflächen zwischen Daumen und Zeigefinger fest zusammen, um das halbmondförmige Kunstwerk dann in sprudelndes Wasser zu werfen. Hier in Xian wendete man eine andere Verschlusstechnik der Teigtaschen an, die Jiaozi sahen nicht wie dickbauchige Halbmonde aus, sondern wie kleine, oben zugezogene Säckchen. Sie wurden in traditionellen, aus Bambus hergestellten mehrstöckigen Dämpfkörben serviert, ich nahm daher an, dass man sie nicht gekocht, sondern im Wasserdampf gegart hatte.

Das Restaurant genoss seinen guten Ruf zu recht. Jede Runde, ich glaube, wir schafften zwischen zwanzig und dreißig, war von anderem Geschmack und geschmacklich bestens auf den jeweils vorhergehenden Durchgang abgestimmt. Zum Abschluss des Essens wurde eine delikate Suppe in einem Kupferkessel serviert. Schließlich kam noch der Chef des Restaurants, schüttelte mir kräftig und langanhaltend die Hand, ich wurde auch für würdig erachtet, mich in das Gästebuch einzutragen.

Damit war das Essen beendet, nach einem warmen und herzlichen Abschied wurde ich zum Flughafen gefahren.

Mein Flug nach dem rund zwölfhundert Kilometer südöstlich gelegenen Hangzhou verlief ohne besondere Vorkommnisse. Vor dem Flughafengebäude hielten Fahrer der Minibusse verschiedener Hotels Schilder mit Hotelnamen in ihren Händen, schnell entdeckte ich eins mit der Aufschrift »Huaqiao«.

Die Touristensaison war vorbei, ohne Schwierigkeiten bekam ich ein Zimmer, vorsorglich ließ ich eins für Xiao Lin auf demselben Flur reservieren, es sei »for a friend«. Mein Hotelzimmer sah frisch renoviert aus, die rauschende Klospülung brachte ich mit geübtem Handgriff in Ordnung. Endlich stand mir wieder eine Dusche zur Verfügung, aus der warmes Wasser kam.

Das Hotel lag an der Westseepromenade, nach Überqueren der Westlichen Huancheng Straße stand ich am Ufer des Xihu, hier wollte ich auf Xiao Lin warten. Bei meiner Ankunft in Hangzhou schien noch kräftig die Sonne, langsam änderte sich das Wetter, Wolken zogen auf. Trotz des bewölkten Himmels herrschte weiterhin eine angenehme Temperatur, gerade richtig für einen Spaziergang. Unter den ohnehin wenigen Menschen auf der Promenade sah ich, wie üblich, auffällig aus. Sofort bedrängten mich die unvermeidlichen jungen Männer mit ihrem »change money?«, ansehnliche junge Frauen näherten sich mir gleichfalls und murmelten schüchtern chinesische Sätze, die ich nicht verstand. Vorsichtshalber antwortete ich stereotyp mit *bù xièxie* — nein, danke —, aus meiner Sicht eine unverfängliche Antwort, unabhängig davon, was sie mich gefragt haben mochten. Einen Augenblick lang kam mir der aberwitzige Gedanke, diese jungen Damen könnten vielleicht, nein, das war undenkbar.

Ich setzte mich auf eine Bank und sah auf den See, über dem

ein frühherbstlicher Dunst lag, in den Hügeln der anderen Seite erkannte ich die Pagode der sechs Harmonien. Erinnerungen an den ersten Abend am Westsee vor drei Jahren kamen auf, abgesehen von der veränderten Stimmung infolge einer anderen Jahreszeit bemerkte ich keine wesentlichen Unterschiede. Ich hatte mich verändert. Die Menschen, die an mir vorübergingen, mochten in mir ruhig einen Ausländer, einen Fremden sehen, ich fühlte mich überhaupt nicht fremd.

Damals hielt ich mich hier als Pauschaltourist auf, ging abends wie die meisten unserer Gruppe zum Ufer des idyllischen Sees. Zu dritt mieteten wir eins der kleinen Boote, um die Romantik und die Kühle des Westsees zu genießen. Ein Mann und eine Frau, ihrem Verhalten nach ein Ehepaar, bildeten die »Besatzung« des Bootes. Der Mann bediente am Heck mit der einen Hand das Ruder, Zeige- und Mittelfinger seiner anderen Hand hielten die für die meisten chinesischen Männer unvermeidliche Zigarette eingeklemmt. Seiner Frau oblag die Aufgabe, das Boot mittels Riemen auf den See hinaus zu bewegen, was sie mit kräftigen Schlägen tat. Uns gefiel das nicht, nein, von einer Frau wollten wir uns nicht auf den See hinaus rudern zu lassen. Wir bedeuteten ihr, einer von uns solle ihren Platz einnehmen, was ein ablehnendes Lächeln auf ihrem braunen, sonnengegerbten Gesicht hervorrief, wir konnten sie mit Gesten zumindest veranlassen, es langsamer gehen zu lassen, hin und wieder die Riemen nicht ins Wasser zu tauchen.

Eckler und ich unternahmen anschließend einen Spaziergang durch die Geschäftsstraßen. Später, als wir uns auf den Rückweg zum Hotel machen wollten, mussten wir wohl die Gegenrichtung eingeschlagen haben und da wir nur den Hotelprospekt mit einem groben Übersichtsplan besaßen, verliefen wir uns mehr und mehr. Anfangs nahmen wir es mit Humor, je weiter die Zeit voranschritt, desto mulmiger wurde uns zumute in den spärlich beleuchteten und menschenleeren Straßen, wir ahnten nicht einmal, wo Norden war. Sehnlichst wünschten wir ein Taxi zu sehen, vergebens, in unserer verlassenen Gegend fuhren weder Taxis noch andere Autos. Irgendwann kam uns eine Fahrradriksha entgegen, wir schöpften neue Hoffnung. Der Fahrer, begreiflicherweise müde von den Anstrengungen des langen Tages, lehnte ab, wollte in sein Bett, was wir gut verstehen konnten, doch erst sollte er uns — so unsere egoistische Meinung — zu unseren Betten bringen. Mit zehn Yuan, in FECs, ließ er sich von unserer Ansicht überzeugen, Eckler und ich setzten uns in sein Fahrzeug, der müde Chinese trat nochmals kräftig in die Pedalen. Wir fühlten uns weiterhin unwohl, jetzt, weil wir dem Fahrer blindlings vertrauen mussten, dass er uns dahin bringen würde, wohin wir wollten. Kurz vor Mitternacht erreichten wir erleichtert unser Hotel.

Das Wetter verschlechterte sich weiter, ich stand auf, weil es mir auf der Bank am Seeufer kalt wurde. In einer nahe gelegenen Straße mit kleinen Geschäften vertrieb ich mir die Zeit mit der Beobachtung von Menschen, die ihre letzten Besorgungen machten, ab sechs Uhr nahm ich meinen Beobachtungsposten gegenüber dem Hotel ein und wartete auf Xiao Lin, vergeblich. Denkt man lange genug über etwas nach, dessen man sich bis zu diesem Zeitpunkt absolut sicher war, tauchen Zweifel auf. Hatten wir uns wirklich für Mittwochabend verabredet? In der Eingangshalle des Hotels hing ein Eisenbahnfahrplan, die chinesischen Schriftzeichen für Shanghai und Hangzhou waren mir geläufig, die Zeiten in arabischen Ziffern angegeben. Um kurz nach sieben würde der nächste Zug aus Shanghai ankommen. Ich ging auf mein Zimmer, stellte vorsichtshalber den Wecker und legte mich aufs Bett.

Später setzte ich mich in die Hotelhalle, las in Ermangelung der aktuellen Ausgabe von »China Daily« die vom Vortage. Sie enthielt einen für mich interessanten Artikel, der auf Veränderungen der politischen Verhältnisse in Deutschland nach der Wiedervereinigung einging, aus meiner Sicht objektiv und mit freundlichem Unterton.

Der Zeitpunkt, zu dem Xiao Lin eintreffen konnte, rückte näher, vorsorglich begab ich mich vor das Hotel, ihr würde es angenehmer sein, mich dort zu treffen. Dieses Mal musste ich nicht lange warten, sie kam eine Stunde später als verabredet, entschuldigte sich, den Zug vorher verpasst zu haben. Wegen der deutlich höheren Temperatur in Shanghai war sie sommerlich gekleidet losgefahren, hier in Hangzhou machte sie das empfindlich kühle Wetter frösteln.

Die Formalitäten am Empfang ließen sich schnell erledigen, eine leichte Verwunderung über den »friend« nahm ich wahr, mehr nicht, doch uns war klar, während des Aufenthalts im Hotel würden wir unter Beobachtung stehen.

Beim Essen sprachen wir über Erlebnisse in der zurückliegenden Woche, Xiao Lin berichtete mit großer Erleichterung, die Xiamener Polizei habe ihre Hochschule nicht benachrichtigt. Davon war ich im Stillen ausgegangen, die Angelegenheit war aus Sicht der Polizei ergebnislos verlaufen, warum sollte sie sich weitere Arbeit machen und eventuell unangenehme Fragen von höherer Stelle einhandeln?

Wir verließen das Restaurant zeitig, damit uns vor Einbruch der Dunkelheit Zeit für einen Spaziergang entlang des Seeufers blieb. Xiao Lin hatte in ihrer Unbekümmertheit keine warme Kleidung mitgenommen, ich gab ihr meine weiße Jeansjacke, dem in Deutschland nördlich der Mainlinie lebenden Menschen machte die Kälte weniger zu schaffen. Kaum befanden wir uns auf der anderen Straßenseite, sprach uns eine junge Frau an, jetzt war ich der chinesischen Sprache nicht mehr hilflos ausgeliefert. »Longjing Cha — Drachenbrunnen-Tee« bot sie uns zum Kauf an, wir nahmen ein kleines Päckchen. Xiao Lin wollte sich vor Lachen ausschütten, als ich ihr meine Vermutung vom Nachmittag gestand.

Den Namen Drachenbrunnen-Tee kannte ich, bei meinem ersten Besuch in Hangzhou gehörte die Besichtigung der großen Plantage im Südwesten des Xihu, in der dieser Tee angebaut wird, zu unserem Programm. Eine hübsche Chinesin, die sich ihres guten Aussehens bewusst war, weihte uns in die Geheimnisse des Teeanbaus und in die chinesische Art der Teeverarbeitung ein, während ihre überhaupt nicht gut aussehenden männlichen Kollegen die geernteten Teeblätter mit den Händen in beheizten halbkugelförmigen Metallbehältern hin und her bewegten, um ihnen den richtigen Grad an Trocknung zukommen zu lassen.

Beim Frühstück am nächsten Morgen wurden wir von den anderen Hotelgästen ungeniert gemustert, niemand gab sich die geringste Mühe, seine Neugier zu verbergen, wenig angenehm für uns, wir zogen in Erwägung, das Hotel nach zwei Tagen zu wechseln.

Das Wetter hatte sich in der Nacht nicht zum Besseren gewendet, es regnete in Strömen, pausenlos, trotzdem wollten wir den Tag nicht im Hotelzimmer verbringen. Ich hatte Xiao Lin von der Bootsfahrt vor drei Jahren erzählt, sie meinte, ungeachtet des schlechten Wetters sollten wir versuchen, ein Boot zu mieten, den Westsee kenne sie zwar, eine Bootsfahrt habe sie sich in der Vergangenheit nicht leisten können.

Boote gab es genug, aufgrund des schlechten Wetters bekamen wir jedoch lange niemand zu Gesicht, dessen Dienste wir in Anspruch nehmen konnten, bis wir auf eine junge Frau stießen, die sich erbot, uns über den See zu rudern. Nach kurzem Feilschen wurden wir handelseins. Xiao Lin und ich fühlten uns hinreichend durch das Sonnendach des Boots gegen Regen von oben geschützt, den Rest besorgten zwei Schirme, unsere Gondoliera musste ihre Arbeit schutzlos verrichten, sie nahm es gelassen. Neugierig, Einzelheiten über ihre Passagiere herauszubringen, begann sie eine Unterhaltung mit Xiao Lin, die — ähnlich wie ich in vergleichbaren Situationen — ausschließlich das preisgab, was auf den ersten Blick sichtbar war. Wir erfuhren im Gegenzug, dass sie an der Universität in Hangzhou Textildesign studiere und das Boot gemietet habe, um ihrer Studentenkasse frisches Geld zuzuführen, was sich an Tagen wie diesem eher deprimierend gestaltete. Xiao Lin gab der Studentin zu verstehen, wir legten keinen Wert auf Geschwindigkeit, sie solle uns gemächlich in Richtung der zwei Inselchen rudern.

Als wir das Boot nach einer Stunde verließen, hatte der Regen aufgehört und wir konnten uns ohne Regenschirm zu Besorgungen in der Innenstadt aufmachen. Hangzhou war in der Südlichen Song Dynastie (1127 – 1297) die Hauptstadt Chinas gewesen, Marco Polo, der die Stadt im 13. Jahrhundert besuchte, erschien sie als die schönste ihm bekannte Stadt. Zu seiner Zeit lag Hangzhou noch am Meer, in der damals größten Hafenstadt der Welt lebten sechshunderttausend Familien. Später verlandete die Bucht, nur der Westsee blieb von ihr übrig. Die einstige Pracht Hangzhous ließ sich jetzt nicht einmal mehr erahnen, der Taipingaufstand in der Mitte des 19. Jahrhunderts hatte die alte Stadt zerstört hinterlassen.

Wir verspürten wenig Lust, ein Restaurant aufzusuchen, versorgten uns kurzerhand mit Apfelsinen, frischen Datteln, Birnen, gesalzenem Gemüse sowie einem Weißbrot, gingen zum Hotel zurück und aßen dort. Zum Nachtisch schälte ich mir eine Birne und bot Xiao Lin eine Hälfte an, die sie mit erschrockenem Gesicht abwehrte, nein, nein, das bringe großes Unglück, wenn man eine Birne mit jemand teile.

An diesem Nachmittag wollte Xiao Lin gern eine »westliche« Gesichtscreme kaufen, chinesische Produkte enthielten nach ihrer Überzeugung mehr und gleichzeitig problematischere Schadstoffe. Für meinen Kollegen Zhu hatte ich aus dem gleichen Grund drei Packungen deutscher Haarfärbemittel nach Shanghai mitbringen müssen, damit konnte er ruhigeren Gewissens weiterhin schwarzes Haar haben. In einem Freundschaftsladen fanden wir eine Reihe der in Deutschland üblichen Kosmetikmarken, allerdings zu gesalzenen Preisen, auf importierten Waren lagen hohe Zölle. Ein umfangreiches Angebot an Damenbekleidung setzte mich in Erstaunen, auf den eingenähten Etiketten stand »Yessica«, eine der C & A–Hausmarken. Die Entdeckung eines Kartons mit der Aufschrift »Original Erzgebirge« und den bekannten geschnitzten Weihnachtspyramiden darin, hinterließ Ratlosigkeit bei mir: Wo kamen sie her, wer kaufte sie hier?

Hangzhou sollte Ersatz für das danebengegangene Xiamen sein, wir wollten uns hier, soweit es ging, von den bösen Erinnerungen befreien. Trotz des schlechten Wetters gelang das, ausgedehnte Fußmärsche zu touristischen Sehenswürdigkeiten brachten uns auf neue Gedanken, abends taten uns die Füße weh. Am letzten Nachmittag vor unserer Abreise nach Shanghai machten wir uns zu einem Rundgang um den See auf, der zunächst enttäuschend verlief, erst am westlichen Ende wurden wir bei der Überquerung des Su–Damms für den öden Anfang entschädigt. Hingerissen von den prächtigen Lotusblüten erzählte Xiao Lin mir mit großer Begeisterung, was sie über diese Seerosenart wusste, angefangen von den botanischen Eigenschaften über die Eignung der Wurzeln für den Kochtopf bis hin zu den spirituellen Bedeutungen des Lotus.

Wir sahen uns nach einem Restaurant um und entdeckten in der Nähe das Shangri La Hotel. Xiao Lin zögerte anfangs hineinzugehen, es sähe teuer aus, vielleicht zu teuer, ich konnte ihre Bedenken zerstreuen. Im Hotel gab es neben dem Restaurant ein Café und, tatsächlich, in der Kühlvitrine standen wieder Sachertorte, Schwarzwälder Kirschtorte und andere typische Kuchen aus dem deutschsprachigen Raum. Wir setzten uns und ich erklärte Xiao Lin, wieso ich dieses Café kannte.

An der Reise vor drei Jahren im Anschluss an den Kongress nahmen zahlreiche Ehefrauen teil, die ihre Männer nach Beijing begleitet hatten. Anfangs gefiel ihnen alles, nach einer Woche wurden sie ständig nörgeliger, zugegeben, nicht nur sie. Dieses China mit den ewig gleichen Tempeln ging ihnen von Tag zu Tag mehr auf die Nerven. In Hangzhou fanden wir das für unsere Gruppe vorgesehene Hotel besetzt vor und mussten in ein anderes, weniger angenehmes ausweichen, die Stimmung erreichte einen neuen Tiefpunkt.

Der deutsche Reiseleiter übte bis zu diesem Tag keine für mich sichtbare Funktion aus, der eigentliche Reiseveranstalter war eine chinesische Agentur. Dem zweiten Reiseleiter, einem Angestellten ebendieser Reiseagentur, kam die bedeutsame Aufgabe zu, Kontakte zu den lokalen Reiseleiterinnen herzustellen.

Wegen der Übellaunigkeit eines Teils unserer Gruppe musste sich der deutsche Reiseleiter eine Ablenkung einfallen lassen und nach telefonischer Rücksprache mit der Zentrale in Deutschland lud er die Gruppe zu Kaffee und Kuchen in das Café des Shangri La Hotels ein. Die Mehrzahl der Damen hatte sich beinahe hysterisch gebärdet, endlich ein Stück Schwarzwälder Kirschtorte und das in dieser Diaspora der Deutschen Küche!

Xiao Lin brauchte meine Hilfe bei der Auswahl des Kuchens, ich empfahl ihr die Sachertorte, doch beim Essen zeigte sie keine Begeisterung, der Kuchen schmeckte ihr zu süß.

Am späten Sonntagnachmittag trafen wir in Shanghai ein, fuhren zum Donghu Hotel. Xiao Lins letzter Ferientag, ab Montagmorgen um zehn Uhr würde sie wieder als Englischlehrerin in einem Klassenraum stehen. Uns blieb noch genügend Zeit für ein gutes Abendessen, dann begleitete ich sie zur nahegelegenen Bushaltestelle, eine Fahrt mit dem Taxi hatte sie abgelehnt.

Gleich am nächsten Vormittag begann ich mit der Beschaffung neuer »Papiere«. Um China verlassen zu können, brauchte ich zuerst einen Ersatz für meinen gestohlenen Pass. Die Adresse des Deutschen Generalkonsulats fand ich schnell, es befand sich in der Yongfu Lu 181, den Straßennamen fand ich in meinem Stadtplan nicht, an der Rezeption des Hotels half man mir weiter. Wegen der geringen Entfernung zum Konsulat machte ich mich zu Fuß auf.

Schräg gegenüber dem deutschen Konsulat lag das englische. Vor dem von zwei Soldaten bewachten Toreingang zur deutschen Vertretung sah ich eine große Menschentraube, bei den Engländern begehrte niemand Einlass. Ein Deutscher mit einer hübschen Chinesin an seiner Seite befand sich gerade in einem Disput mit den Soldaten, er redete englisch, sie chinesisch auf die beiden jungen Uniformierten ein, es half nichts, nur er durfte hinein.

Dann kam ich an die Reihe, auch in meinem Fall ging es nicht problemlos, mit meinem Personalausweis wussten die Soldaten nichts anzufangen und anstelle eines Passes konnte ich lediglich das nichts sagende Papierchen aus Xiamen vorweisen. Über das Haustelefon wurde ein chinesischer Konsulatsmitarbeiter herbeigerufen, der fließend deutsch sprach und den beiden erklärte, alles habe seine Richtigkeit. Das eiserne Tor wurde geöffnet, und er führte mich zu dem freundlichen Herrn, mit dem ich von Xian aus telefoniert hatte.

Ich gab ihm meinen Personalausweis und zwei Passbilder, der Rest ging erfreulich unbürokratisch vonstatten. Während ich den Antrag ausfüllte, trug er parallel meine Daten in das Ersatzpapier ein, sicherheitshalber fügte er zu meinem Abflugsdatum eine Woche hinzu. Zum Abschluss gab er dem Dokument durch ein sorgfältig hergestelltes Prägesiegel die erforderliche amtliche Kraft. Mit diesem »Travel Permit« müsse ich zum chinesischen Sicherheitsbüro in der Hankou Lu gehen, um mir dort ein Ausreisevisum austellen zu lassen.

Er verspürte Lust, sich mit mir zu unterhalten, ich sprach ihn auf die zahlreichen Chinesen vor dem Eingang an und auf den Umstand, dass Deutschland offensichtlich viel attraktiver für sie sei als England. Ja, so sei es im Augenblick, dieses große Interesse an Deutschland werfe aber Probleme auf. In der Vergangenheit seien viele Chinesinnen und Chinesen ohne ein Stipendium und damit ohne ausreichende finanzielle Ausstattung zum Studium nach Deutschland gegangen und in Schwierigkeiten geraten. Jetzt müssten hohe finanzielle Eigenmittel nachgewiesen werden, bevor ein Visum erteilt werde. Auf diese Weise könnten im Übrigen diejenigen besser ausgefiltert werden, die vorgäben, an einer deutschen Hochschule studieren zu wollen, tatsächlich aber das Geldverdienen in Deutschland im Auge hätten. Ein zusätzliches Problem stellten gefälschte Zeugnisse dar. Das wusste ich, vor Kurzem warnte das Auswärtige Amt die Universitäten eindringlich vor falschen chinesischen Diplomen und Zeugnissen. Dazu erzählte er mir zum Abschluss ein persönliches Erlebnis.

In der Nähe seiner Wohnung gebe es ein Restaurant, in das er seit Beginn seiner Tätigkeit in Shanghai häufig zum Abendessen gehe. Man kenne ihn dort gut und er kenne das Personal. Vor zwei Monaten sei eine Servierin dieses Restaurants hier in seinem Büro erschienen, um ihr Visum für ein Studium in Deutschland abzuholen. Bei den Unterlagen, die sie vorher eingereicht hatte, sei eine Bachelorurkunde der Tongji–Universität gewesen, in der man ihr ein erfolgreich absolviertes vierjähriges Physikstudium bescheinigte. Die Servierin hatte einen großen Schrecken bekommen, weil sie mit ihren gefälschten Papieren ausgerechnet an ihn geraten war und für sie beide sei es eine peinliche Angelegenheit gewesen.

Auf dem Rückweg zum Hotel gönnte ich mir Zeit, nahm nicht den verhältnismäßig direkten Weg über Wulumuqi Lu zur Huaihai Lu, sondern ging gemächlich durch kleinere Straßen, studierte eingehend die Angebote eines Marktes, die von zig verschiedenen Gemüsesorten bis hin zu lebenden Hühnern reichten.

Seit der Mitte des neunzehnten Jahrhunderts hatte diese Gegend Shanghais rund hundert Jahre lang zur sogenannten Französischen Konzession gehört, einem von Frankreich kontrollierten Teil der Stadt. Das noch größere unter fremder Verwaltung stehende Gebiet Shanghais war das »International Settlement« gewesen, hervorgegangen aus dem Zusammenschluss der »British

Concession« und der »American Concession«.

Das heimelig klingende deutsche Wort »Siedlung« für »Settlement« könnte in den allerersten Anfängen zutreffend gewesen sein, später wäre es eine euphemistische Umschreibung der tatsächlichen Gegebenheiten gewesen, wie das heute noch in anderen Gegenden der Welt der Fall ist.

Am Anfang stand der »Treaty of Nanking« von 1842, den die Chinesen als den ersten der »Ungleichen Verträge von Nanjing« bezeichnen, er besiegelte das Ende des Ersten Opiumkriegs. In Artikel II des Vertrags hieß es, Seine Majestät der Kaiser von China sei damit einverstanden, dass sich britische Staatsbürger mit ihren Familien und Unternehmen in den Küstenstädten Guangzhou (Canton), Xiamen (Amoy), Fuzhou (Foochow–fu), Ningbo (Ningpo) und Shanghai zum Zwecke des Treibens von Handel niederlassen dürften und zwar ohne Belästigungen oder Restriktionen, »and Her Majesty the Queen of Great Britain, etc., will appoint Superintendents or Consular Officers, to reside at each of the above–named Cities or Towns, to be the medium of communication between the Chinese Authorities and the said Merchants, and to see that the just Duties and other Dues of the Chinese Government is hereafter provided for, are duly discharged by Her Britannic Majesty's Subjects«.

Amerikaner und Franzosen wollten nicht tatenlos zusehen, wie die Briten das große Geld in China machten und im Juli beziehungsweise Oktober 1844 schlossen sie entsprechende Verträge mit dem Kaiser des Reichs der Mitte. Auf diesen Grundlagen ließen sich westliche Händler in den chinesischen Hafenstädten nieder, wie üblich, mit christlichem Klerus, Missionaren und weiteren Helfern im Schlepptau.

Nach der Ratifizierung des Vertrags von Nanjing wurde Shanghai am 17. November 1843 zum sogenannten Vertragshafen erklärt und für den ausländischen Handel geöffnet, die Briten steckten als Erste ihr Gebiet ab, die Grenzen wurden zunächst grob festgelegt. Im Osten begrenzte der Huang Pu britisches Territorium, den Südrand bildete die heutige Yanan Dong Lu, die Westgrenze ließ man offen und im Norden reichte das Gebiet bis dahin, wo heute die Beijing Lu verläuft. Auch wenn der Vertrag von

Nanjing keine explizite Formulierung dazu enthielt, die Briten betrachteten ihre Konzession als exterritoriales Gebiet, das der britischen Rechtssprechung unterlag. Die in der Konzession lebenden Chinesen durften bleiben, aber anderen Chinesen keinen Grund und Boden verkaufen oder ihnen Wohnungen vermieten. Vier große Ost–West–Straßen wurden angelegt, sie tragen heute die Namen Hankou Lu, Jiujiang Lu, Nanjing Lu, Beijing Lu. Bis auf die 7,60 m breite Jiujiang Lu wiesen alle die Breite 6 m auf.

Die Französische Konzession wurde am 6. April 1849 errichtet, sie schloss sich an die südliche Grenze der britischen Fremdenstadt an, die heutige Yanan Lu bildete also die Nordgrenze. Anders als bei den Briten reichte von der Französischen Konzession nur ein verhältnismäßig schmaler Korridor bis an den Huang Pu, eingebettet zwischen das französische Gebiet und das Flussufer lag die »Chinesenstadt«.

Was das American Settlement betraf, schrieb F. L. Hawks Pott in seiner 1928 erschienenen »Short History of Shanghai«, nachdem er vierzig Jahre lang die Entwicklung des International Settlement miterlebt hatte: »As Mr. H. B. Morse points out in *The International Relations of the Chinese Empire*, ›the American Settlement was not created, but just growed‹. The merchants lived in the English Settlement, but some of the missionaries, seeking cheaper land for residences, purchased property in the outskirts.«

Am 21. September 1863 vereinigten Briten und Amerikaner ihre Gebiete und fortan gab es das International Settlement und die French Concession, La Concession Française, Englisch war die Verkehrssprache.

Die Verwaltung des International Settlement wurde den neuen Gegebenheiten angepasst. Aus dem ursprünglich vom ersten britischen Konsul Captain George Balfour eingesetzten, aus drei Kaufleuten bestehenden »Komitee für Straßen– und Uferbauten«, wurde ein autonomer Munizipalrat, das »Council for the Foreign Community of Shanghai North of the Yangkingpang (Yanan Lu)«. Gewählt wurde alljährlich im Januar, Wahlrecht besaßen diejenigen, die entweder Grund und Boden im Wert von mindestens 500 Tael (alte chinesische Gewichtseinheit, in Shanghai ungefähr 34 g, hier sind 500 Tael Silber gemeint) ihr Eigen nennen konnten oder eine diesem Besitz entsprechende Miete bezahlten. Der Munizipalrat bestand aus neun Mitgliedern verschiedener Nationalitäten, die aus ihrer Mitte den Präsidenten und seinen Stellvertreter wählten. Im Laufe der Zeit wurden die Restriktionen für Chinesen aufgehoben, aber erst zu Beginn des 20. Jahrhunderts durften sie Mitglieder des Municipal Council werden.

Für die Französische Konzession gab es ein ähnliches Reglement, de facto bestimmte der vom Staat bestellte Konsul. Die weniger demokratische Verwaltung und die als unangenehm empfundene Nachbarschaft zur Chinesenstadt veranlasste zahlreiche Franzosen, sich innerhalb des International Settlement niederzulassen.

Die Zahl der Chinesen in den Ausländergebieten wuchs, 1930 lebten im International Settlement rund sechsunddreißigtausend Ausländer sowie rund eine Million Chinesen, die entsprechenden Zahlen für die Französische Konzession lauteten zwölftausend und vierhundertsechzigtausend. Nach dem Überfall Japans auf China im Jahr 1937 — die Mandschurei war schon 1931 eingenommen worden — flüchteten weitere vierhunderttausend Chinesen in das neutrale International Settlement.

Am 13. August 1937 begannen die Japaner den Kampf zur Eroberung Shanghais, am 12. November verließen die letzten chinesischen Soldaten die Stadt. Diejenigen Bereiche des International Settlement nördlich des Suzhou He, in denen vorher japanische Truppen stationiert waren — dazu gehörte der Stadtteil Hongkou —, wurden nun von den siegreichen Japanern vollständig kontrolliert.

Südlich der Einmündung des Suzhou He in den Huang Pu, am Waitan, gab es einen kleinen Park, von den Engländern Bund Garden genannt, an dessen Eingang das berüchtigte Schild angebracht war, das »Hunden und Chinesen« den Zutritt verbot. Eine Brücke über den Suzhou He verband Waitan mit den von Japan kontrollierten nördlichen Teilen des International Settlement. Zwei japanische Soldaten hielten ständig mit aufgepflanzten Bajonetten Wache auf dieser Brücke. Wollten Chinesen — Mann, Frau oder Kind — über diese Brücke gehen, mussten sie sich ab November 1937 im Winkel von neunzig Grad vor diesen Soldaten verbeugen und durften erst wieder eine aufrechte Haltung annehmen, wenn die Japaner einen bestimmten kehligen Laut ausstießen.

Nach dem japanischen Angriff auf amerikanische Flottenteile im Hafen von Pearl Harbour am 7. Dezember 1941 wurde das gesamte International Settlement von japanischen Soldaten besetzt. Die French Concession unterstand direkt der mit den Nationalsozialisten zusammenarbeitenden Vichy-Regierung unter Marschall Pétain und wurde zu dieser Zeit von den Japanern in Ruhe gelassen.

Im Januar 1943 verzichteten die Alliierten auf sämtliche Sonderrechte in Shanghai, mit ihrem Verzicht kamen sie den Absichten der Japaner zuvor und damit hörten das International Settlement und die French Concession auf zu existieren.

Wegen des restriktiven Aufnahmeverhaltens, vorsichtig ausgedrückt, aller anderen Länder war Shanghai für viele Juden, die ihr Leben vor den Nationalsozialisten und deren Helfern in Sicherheit bringen mussten, in jenen Jahren die einzige offenstehende Zufluchtsmöglichkeit. Genaue Zahlen sind nicht bekannt, man geht von etwa achtzehntausend jüdischen Flüchtlingen aus, die vorübergehend in den Ausländergebieten lebten. Als ich diese Zahl zum ersten Mal las, kam ich ins Grübeln. Achtzehntausend Menschen, gerade mal die Einwohnerzahl einer Kleinstadt, und nirgendwo auf der Welt gab es offene Türen, außer eben in Shanghai?

Wie mir Li Anwen erzählt hatte, gab es im Shanghai jener Jahre mit dreißigtausend Juden die größte jüdische Gemeinde in Ostasien. Sephardische Juden aus Bagdad hätten nach 1843 zu den ersten ausländischen Händlern gehört, Baumwollhandel sei zunächst ihre bevorzugte Sparte gewesen, in der zweiten Hälfte des neunzehnten Jahrhunderts sei der Opiumhandel hinzugekommen und zu Beginn des zwanzigsten Jahrhunderts hätten Immobilienspekulation und Börsenhandel die bedeutendsten Plätze eingenommen. Zahlreiche jüdische Familien in Shanghai hätten zu den angesehensten und einflussreichsten gezählt. Einer der bekanntesten und reichsten Einwanderer, Silas Aaron Hardoon, sei 1874 als mittelloser Achtundzwanzigjähriger über Bombay nach Shanghai gekommen. Sein Vermögen habe man bei seinem Tod im Jahr 1931 auf einhundertundfünfzig Millionen US-Dollar geschätzt, der größte Teil davon in Nanjing Lu Immobilien angelegt.

Die Mehrheit der zumeist mittellosen Neuankömmlinge aus Europa ließ sich im Stadtteil Hongkou im Nordosten des International Settlement nieder, bald wurden die Bezeichnungen »Klein-Berlin« und »Klein-Wien« populär. Dieses durch die Kämpfe des Jahres 1937 stark zerstörte Gebiet zeichnete sich durch niedrige Wohnungsmieten aus, ab 1939 wurde der Zuzug von Flüchtlingen nach Hongkou durch die Japaner verboten.

Juden waren nicht die Einzigen und auch nicht die Ersten gewesen, die nach Shanghai flüchteten, weil sie um ihr Leben fürchten mussten. Als Folge der Oktoberrevolution entbrannte in Russland ein erbitterter Bürgerkrieg, nach dem Sieg der Roten Armee im Jahr 1921 flüchteten Reste der unterlegenen Weißgardisten und andere, die ihr Leben bedroht fühlten, nach China und dort insbesondere nach Shanghai in die Französische Konzession. Hier machten sie fast ein Drittel der ausländischen Bewohner aus, betrieben Cafés, Schneidereien entlang Huaihai Lu, verdingten sich als Leibwächter. Den wichtigsten Geschäftszweig bildete wohl die Prostitution, immer wenn ich nach so vielen Jahren mit Chinesen über diese Zeit sprach, wurden Russinnen und Rotlichtmilieu in einem Atemzug genannt. Chinesen sprachen dann meistens von Weißrussinnen, meinten jedoch Angehörige von Weißgardisten.

Im Jahre 1934 wurde eine russisch-orthodoxe Kirche an der Ecke Xiangyang Lu und Xinle Lu errichtet, damals trugen die Straßen natürlich französische Namen. Wenn ich zu Fuß ging, kam ich gelegentlich an dieser ehemaligen Kirche mit ihren charakteristischen blauen Zwiebeltürmen vorbei.

Durch das Ende des International Settlement und der French Concession ergaben sich weitreichende Konsequenzen für dort lebende Ausländer, die Japaner richteten in Hongkou ein Ghetto für alle »staatenlosen Flüchtlinge in Shanghai« ein, nach dem 18. Mai 1943 durften sie nur hier leben.

In Europa beendete die bedingungslose Kapitulation des Deutschen Reichs Anfang Mai 1945 den Zweiten Weltkrieg, in Ostasien dauerte der Krieg fast weitere fünf Monate an. Nach dem Abwurf der amerikanischen Atombomben auf Hiroshima und Nagasaki sowie der unmittelbar danach erfolgten Kriegserklärung der Sowjetunion kapitulierte Japan am 2. September 1945, dieses Datum markiert gleichzeitig das Ende der »Kolonialzeit« Shanghais. Fünfundvierzig Jahre waren seitdem ins Land gegangen, in meinem täglichen Leben in Shanghai erinnerte mich wenig an die Zeit, da fremde Mächte hier das Sagen hatten. Nur die Architektur jener hundert Jahre der Fremdbestimmung überlebte in Teilen als deutlich sichtbares Zeichen, vielleicht am deutlichsten entlang Waitan.

Auch in der Gegend, durch die ich auf dem Rückweg vom Deutschen Generalkonsulat ging, ließ sich französischer Einfluss auf das Straßenbild vielerorts noch erkennen. Wenn hier Geld investiert würde, ging es mir durch den Kopf, dann könnten schmucke Villen auferstehen. Kleinere Hinweise auf frühere Zeiten blieben mir auch nicht verborgen, Einschusslöcher in den Außenwänden von Häusern, die zeigten, dass hier vor langer Zeit Kämpfe stattfanden. Kämpfe mit Japanern, Kämpfe zwischen Guomindang-Anhängern und Kommunisten?

Ich hatte wenig Lust verspürt, ständig im Stadtplan die Namen mit denen auf den Straßenschildern zu vergleichen, wanderte vielmehr sorglos nach Gefühl durch die Straßen, ich stand nicht unter Zeitdruck. Unversehens befand ich mich auf der Huaihai Lu, der Avenue Joffre der Franzosenzeit, damals eine Art Ost-West-Mittelachse der French Concession.

An der Ecke Huaihai Lu und Donghu Lu ging ich in den kleinen Lebensmittelladen, um zwei Flaschen Mineralwasser zu kaufen. Zur Unterstreichung meines Wunsches nach zwei Flaschen hielt ich meine rechte Hand mit ausgestrecktem Daumen und Zeigefinger hoch. Die Verkäuferin stellte mir acht Flaschen auf die Theke und machte ein ratloses Gesicht, weil ich nur zwei nahm.

Kurz vor fünf setzte ich mich in die Eingangshalle des Hotels, um auf Xiao Lin zu warten. Wollte sie mich in meinen Zimmer besuchen, musste sie sich vorher ausweisen, außerdem ihren sowie meinen Namen in ein Formular eintragen. Diese wenig angenehme Prozedur wollte ich ihr ersparen, meine Geduld wurde allerdings auf eine harte Probe gestellt, erst gegen halb sechs sah ich sie durch die Pendeltür kommen. Sie sah gut aus, die schwarze Hose, die wir in Xiamen kurz nach ihrer Entlassung aus dem Polizeigewahrsam gekauft hatten, stand ihr zusammen mit einer weißen Bluse ausgezeichnet. Wir verspürten großen Hunger, Xiao Lin schlug vor, zum nicht weit entfernten Datong Restaurant zu gehen, um dort eine Spezialität zu essen, mehr wollte sie mir nicht verraten.

Langsam gingen wir die Donghu Lu hinunter, am Qian Jing College zog Xiao Lin den Kopf ein, zu dieser Stunde hätte sie in einem Klassenraum der Abendschule sitzen müssen, im Deutschunterricht, an dem sie seit einiger Zeit teilnahm. Nach wenigen Schritten erreichten wir Huaihai Lu und bogen nach Osten ab. Die niedrigen Platanen auf beiden Seiten der Straße waren von farbigen Lichterketten durchzogen, die der südlichen Ost-West-Magistrale ein bisschen romantisches Flair verliehen. Xiao Lin sah mein fragendes Gesicht und klärte mich auf, die Straße sei wegen der gerade stattfindenden Shanghaier kulinarischen Festwoche geschmückt. Wir genossen den warmen Herbstabend und spazierten ohne Eile — die stark belebten Gehwege hätten eine andere Gangart auch kaum erlaubt — in Richtung Datong Restaurant.

In dem gut besuchten Lokal taten wir, als bemerkten wir die neugierig auf uns gerichteten Blicke nicht. Hierher kamen wohl selten Ausländer, es gab nur chinesisch beschriftete Speisekarten. Wie immer in solchen Fällen oblag Xiao Lin die Zusammenstellung des Menüs, womit ich nie schlecht gefahren war, an diesem Abend schwärmte sie von gebratenen Entenfüßen. Meine gerunzelte Stirn zeigte deutlich meine Skepsis und sie legte sich gewaltig ins Zeug, um mich von dieser Delikatesse zu überzeugen, wunderte sich, weshalb Europäer einer solchen Köstlichkeit keinen Geschmack abgewinnen konnten oder wollten. Trotz ihrer schönen Worte mochte die große Begeisterung bei mir nicht aufkommen, aber ich wollte ihr auf keinen Fall die Freude verderben und willigte ein.

Während wir auf das Essen warteten, berichtete ich von dem kleinen Erlebnis, dass mir die Verkäuferin acht Flaschen Mineralwasser verkaufen wollte, obwohl ich mit meinen Fingern deutlich die Zahl zwei gezeigt hatte. »Wie hast du deine Finger gehalten?«, wollte Xiao Lin wissen und als ich Daumen und Zeigefinger in der gleichen Weise wie im Geschäft hochhielt, erfuhr ich, in China werde so die Zahl acht angegeben. Sie zeigte mir noch, wie man die Zahlen von eins bis zehn mit den Fingern symbolisiert und ich beschloss, in Zukunft auf die Hilfe meiner Finger bei der Angabe von Zahlen zu verzichten, da ich fürchtete, die in meinen Augen komplizierte chinesische Methode nie fehlerfrei zu beherrschen.

Wenig später kam eine riesige Portion der von Xiao Lin erwarteten Spezialität. Ich klemmte einen Entenfuß zwischen meine Stäbchen und probierte die Delikatesse, zugegebenermaßen mit innerer Ablehnung. Lustlos kaute ich auf einem geschmacklosen Stückchen Radiergummi herum und fürchtete mich vor dem zweiten Fuß. Doch die Götter zeigten sich an diesem Abend gnädig, Xiao Lins Gesicht verriet nach ihrem ersten Bissen wenig Begeisterung und in stummer Übereinstimmung schoben wir die restlichen Entenfüße beiseite.

Nach dem misslungenen Abendessen schlug Xiao Lin vor, ins Kino zu gehen, nicht weit vom Datong-Restaurant gebe es ein kleines und wir könnten gucken, ob ein für uns interessanter Film liefe. Als wir vor dem Schaukasten des Kinos standen, konnte ich es kaum glauben: »Die Weiße Rose« stand auf dem deutschen Filmplakat, ohne zusätzliche Informationen auf Chinesisch. Wie konnte bloß jemand auf die Idee kommen, diesen Film in einem normalen Kino in der Innenstadt von Shanghai zu zeigen? Gut, der staatliche Betrieb musste sich nicht durch Einnahmen tragen, trotzdem, wer würde hier den Film sehen wollen? Meine Verblüffung wuchs noch, als mich Xiao Lin darüber aufklärte, der Film werde in der Originalsprache Deutsch gezeigt, ohne jedwede Untertitel. Ich konnte es nicht fassen. Vor rund zehn Jahren war der Film in die deutschen Kinos gekommen und der Regisseur Michael Verhoeven sorgte damit für beträchtliche Aufregung, besonders wegen des anklagenden Abspanntextes. Das Goethe-Institut untersagte sogleich seinen Auslandsfilialen die Vorführung, der Bundesgerichtshof beschäftigte sich später mit der fortdauernden Gültigkeit der Urteile des »Volksgerichtshofs« und stellte die Rechtssprechung auf eine neue Basis. Wurde der Film wegen des seinerzeitigen Goethe-Instituts-Verbots in China gezeigt, handelte es sich bei der Aufführung eventuell um eine Spätfolge der ehemaligen Zusammenarbeit mit DDR-Stellen?

Selbstverständlich kauften wir zwei Eintrittskarten, außer uns verspürte noch eine junge Chinesin den Wunsch, den Film zu sehen. Während des uninteressanten Vorfilms stellte ich mir die Frage, warum die chinesische Zensur den Film nicht verhindert hatte. Immerhin konnte dem einen oder anderen Zuschauer die Idee kommen, Ähnlichkeiten zwischen dem damaligen Deutschland und dem heutigen China zu konstruieren. Ich beschloss, auf etwaige Eingriffe der Zensur zu achten.

Xiao Lin hörte die Namen der Geschwister Sophie und Hans Scholl zum ersten Mal, wie ich viel später vermutete, prägten sich die Vornamen aber gut bei ihr ein. Auch ohne meine englischen Kommentare verstand sie die in dem Film erzählte Geschichte, ich konnte mich auf wenige komplexe Stellen beschränken, die andere Chinesin war eine dankbare Mithörerin. Den Film hatte ich in Deutschland gesehen, erinnerte mich nicht mehr an jede Einzelheit, doch zumindest an den eventuell kritischen Stellen war nichts herausgeschnitten.

Am nächsten Tag fuhren wir nachmittags mit dem Bus zum Sicherheitsbüro in der Hankou Lu, um mein Ausreisevisum zu beantragen, Xiao Lin kam mit, da ich Komplikationen befürchtete. In der Visaabteilung des Sicherheitsbüros trug sie mein Anliegen einem mürrischen uniformierten Beamten vor, der schob mir ein Formular zu und verlangte ein Passbild. Meine beiden letzten Bilder musste ich tags zuvor für die Ausstellung des Ersatzpasses hergeben, aber Xiao Lin fand eins in ihrem Ausweismäppchen, das sie dem Beamten widerwillig aushändigte. Danach wollte er mein Flugticket von Shanghai nach Beijing sehen. Ich fand das merkwürdig, wieso brauchte ich ein innerchinesisches Flugticket für die Ausstellung eines Ausreisevisums nach Deutschland, das war dummes Zeug. Xiao Lin fragte ihn höflich, ob wir das Ticket nicht bei der Abholung des Visums vorweisen könnten. Nein, ohne Flugticket keine Bearbeitung des Antrags, das Passbild bekamen wir zurück.

Wir machten uns umgehend auf den Weg zur CAAC-Agentur in der Yanan Lu, um den erforderlichen Flugschein zu kaufen, fanden aber geschlossene Türen vor. Die Dämmerung setzte ein, Hungergefühle machten sich bemerkbar, wir setzten uns in einen Bus, fuhren bis zur Xizang Lu und gingen zu Fuß weiter zum Park Hotel, gegenüber dem Volkspark. Unterwegs entdeckte ich neben der St.-Pauls-Kirche, in der Nähe von Nanjing Lu, einen Fotoladen, in dem ich einen Satz neuer Passbilder machen ließ, Xiao Lin konnte das »schöne« behalten.

Wie gewöhnlich setzten wir uns im Park Hotel in das Restaurant mit westlicher Küche, hier konnten wir ungestörter miteinander sprechen. Xiao Lin meinte, der Beamte im Sicherheitsbüro habe uns schikaniert, weil sie ein Passbild von mir bei sich trug, was ihm nicht gefallen hatte. Am besten würde ich beim nächsten Mal ohne sie dorthin gehen.

Nach dem Abendessen nahm Xiao Lin aus ihrer Handtasche das Tagebuch mit den Huang-Shan-Aufzeichnungen und freute sich kindlich über mein verdutztes Gesicht. Zwar konnte ich die Einträge nicht lesen, aber mir gegenüber saß die in diesem Falle kompetenteste Übersetzerin. Ich bat sie, mit dem Tag zu beginnen, an dem sie verschlafen hatte, um zu erfahren, was an jenem Morgen falsch gelaufen war.

Ursprünglich wollte Xiao Lin das Wochenende, an dem unser Ausflug begann, mit einigen jüngeren Kolleginnen und Kollegen in Hangzhou verbringen, kurzfristig bat ihr Chef sie, an unserem Ausflug teilzunehmen. Ihm war die Idee gekommen, Rose Wyland könne mit uns fahren. Für mich als sogenannten ausländischen Experten verfügte die Hochschule über ein besonderes Budget zur Deckung der Kosten derartiger Lustbarkeiten, sie als angestellte Englischlehrerin gehörte nicht in die Ausländerkategorie mit Vorzugsbehandlung, die für Rose zusätzlich anfallenden Kosten hatte man aber für tragbar gehalten. Wegen Roses zeitweiliger Gesundheitsprobleme sollte Xiao Lin ebenfalls mitkommen.

Um auf keinen Fall zu verschlafen, kaufte sie am Tag vor der Abreise einen neuen Wecker, nicht hinreichend mit der Technik der Neuanschaffung vertraut, musste sie ihn abends falsch eingestellt haben. Als sie am Samstagmorgen nach dem Aufwachen das Malheur bemerkte, sprang sie aus dem Bett, zog sich in Windeseile an und rannte zum Campuseingang, um dort vom Pförtner die betrübliche Mitteilung entgegennehmen zu müssen, wir seien längst wegfahren. Zurück auf ihrem Zimmer setzte sie sich enttäuscht aufs Bett und ließ erst einmal den Tränen freien Lauf. Eine der beiden jungen Lehrerinnen, mit denen sie das Zimmer teilte, riet ihr, uns umgehend nachzufahren.

Auf dieses kleine Abenteuer hatte sie sich eingelassen. Um mit wenig Geld ans Ziel zu gelangen, mit Bahn und Bus natürlich, übernachtete sie in Nanjing bei einer Freundin, kam am Sonntagnachmittag am Ziel an und fragte in verschiedenen Hotels nach uns, ohne Konkretes in Erfahrung bringen zu können. Die Nacht verbrachte sie in einer schäbigen, dafür billigen Herberge. Auf jeden Fall konnte sie davon ausgehen, dass wir zum Tian Du Feng aufsteigen würden, er war unser Hauptziel und so machte sie sich dorthin auf. Der Tagebucheintrag beschrieb rührend ihr Glück, uns am Yu Ping Lou gefunden zu haben, auch die pragmatische Chinesin kam zum Vorschein: Endlich hatte sie etwas anderes als trockene Kekse zwischen die Zähne bekommen.

Die Bedienung ließ uns auf dezente Weise wissen, man wolle Feierabend machen. Wir verließen das Restaurant, nahmen die menschenleere Nanjing Lu in westlicher Richtung bis zu einer Straßenkreuzung, an der dicht beieinander Bushaltestellen für unsere jeweiligen Ziele lagen. Xiao Lin bestand darauf, ich solle zuerst fahren, damit sie achtgeben konnte, dass ich in den richtigen Bus stieg. Kurz nach meiner Ankunft im Hotelzimmer läutete das Telefon. Auf ihrem Rückweg war sie schnell ins Fakultätsbüro gelaufen, um mich wegen ihrer Sorge anzurufen, mir könne auf dem Weg von der Bushaltestelle zum Hotel etwas zugestoßen sein.

Am nächsten Morgen ging ich zeitig zu meinem Lebensmittelgeschäft Ecke Donghu Lu und Huaihai Lu um zwei Mondkuchen zum Frühstück zu kaufen, frisch gebacken gab es sie in der Zeit des Mittherbstfestes. Für diese im Chinesischen Yuebing geheißenen Küchlein hatte ich eine besondere Vorliebe entwickelt und mir vorgenommen, sie in Deutschland selbst zu backen. Bei meiner Suche nach einem Backrezept ließ mir Xiao Lin bislang keinerlei Unterstützung zukommen, sie argumentierte, niemand in China würde Yuebing zuhause backen, man kaufe sie fertig und im Übrigen hielte sie mich wegen meiner Idee für verrückt. Einen aus Holz gefertigten Model zur äußeren Formgebung besaß ich bereits, hatte ihn in einem kleinen Laden in einer Seitenstraße von Nanjing Lu gekauft, gegen Xiao Lins heftigen Protest, da ich damit ihrer Meinung nach meinen Koffer unnötig schwer machte. Der Model erinnerte an eine hölzerne Spekulatiusform und an die Model für Springerle, die man im Schwäbischen kennt. Die chinesische Pressform wies allerdings eine viel größere und tiefere Aushöhlung auf — zweieinhalb Zentimeter tief, kreisförmig, sieben Zentimeter im Durchmesser — mit einem in den Boden geschnitzten Muster, dessen Mitte die vier Schriftzeichen für *dòushā yuèbǐng* bildeten, in Spiegelschrift. Nahm ich das Wissen, das ich aus dem Verspeisen der Mondkuchen und dem Betrachten des Models gewonnen hatte, zusammen, so musste das Rezept etwa folgendermaßen lauten. Man rollt den Teig dünn aus, legt eine Teigscheibe auf den Boden des Models und kleidet dessen Rand anschließend mit einem entsprechenden Teigrechteck aus, drückt alles fest an, bevor man die Füllung hineingibt. Ich mochte nur mit süßer Bohnenpaste gefüllte *yuèbǐng*, obwohl das die billigste Sorte war, für fünfzig Fen das Stück. Die Verkäuferinnen meinten gewöhnlich, ein reicher Ausländer müsse sich doch die teuren mit Speck gefüllten leisten können, ich blieb bei meiner Sparversion. Deshalb hatte ich einen Model gekauft, in dem *dòushā* stand, *dòu* bedeutet Bohne und *dòushā* ist die süße Bohnenpaste. Hat man sie in das Teigtöpfchen gegeben, muss man es noch mit einem Teigdeckel fest verschließen und danach den ungebackenen Mondkuchen aus der Form schlagen. Zu diesem Zweck gab es zwei kleine Bohrungen im Boden, durch die beim Herausschlagen Luft nachströmen konnte. Ich vermutete, mit meinen Überlegungen nah am richtigen Rezept zu sein, nur, wie machte man den Teig in China? Er musste so beschaffen sein, dass die Reliefstrukturen beim Backen erhalten blieben. Der mürbe Spekulatiusteig oder der Springerleteig mit seiner zahnarztfreundlichen Härte kamen nicht infrage, irgendwann würde ich an ein chinesisches Rezept kommen, trotz Xiao Lins obstruktiven Verhaltens, ich war zuversichtlich.

Der Einfachheit halber aß ich mein Frühstück auf dem Rückweg zum Hotel, ging in das Hauptgebäude, wo man Englisch verstand. Ja, selbstverständlich könne man mir ein Flugticket nach

Beijing besorgen, am Nachmittag werde man es auf mein Zimmer bringen.

An diesem Tag fiel Xiao Lins Unterricht aus, um die freie Zeit gut auzufüllen, wollten wir uns um neun Uhr vor dem Hotel treffen. Die wöchentliche politische Diskussionsstunde für das Lehrpersonal der Fakultät am Nachmittag — das »Meeting« — würde sie schwänzen. Wegen meiner Sorge, sie könne Schwierigkeiten bekommen, beruhigte sie mich, bei gelegentlichem Fehlen werde ein Auge zugedrückt, auch wenn man kein Parteimitglied sei.

Während ich noch wartend auf dem Gehweg vor dem Hotel stand, bekam ich einen kleinen Schubs von hinten. Xiao Lin, ganz in Weiß, hatte sich unbemerkt heranschleichen können. Sie war ohne Frühstück losgefahren, wir gingen erneut zum Laden an der Ecke, kauften Bananen und Jogurt.

Der Vormittag sollte auf Xiao Lins Vorschlag hin dem Dichter Lu Xun gewidmet sein, dem Vater der modernen chinesischen Literatur. Wie Essen und Trinken gehörte Lesen für sie zum täglichen Leben, ständig trug sie ein Buch bei sich, um Leerlaufzeiten füllen zu können. Wir fuhren zum Grab des Dichters in einem nach ihm benannten Park im Stadtteil Hongkou.

Lu Xun war das Pseudonym des Schriftstellers gewesen, geboren wurde er 1881 als Zhou Zhangshou in Shaoxing, einem Ort in der Shanghai benachbarten Provinz Zhejiang, später änderte er seinen Namen in Zhou Shuren. Nach Abschluss seines Bergbaustudiums in Nanjing ging er 1902 nach Japan, um Medizin zu studieren. Doch das Medizinstudium vermochte ihn nicht lange zu fesseln, stattdessen widmete er sich intensiv der Philosophie und ausländischer Literatur, was ihn zu der Einsicht brachte, nur eine Veränderung des Bewusstseins der Chinesen könne zu einem Weg Chinas aus der für die Mehrheit seiner Menschen deprimierenden Lage führen.

Wie er später schrieb, beeinflusste ihn entscheidend ein japanischer Film, in dem mehrere Chinesen gezeigt wurden, einer von ihnen gefesselt, die anderen um ihn herumstehend, lauter kräftige Männer in apathischer Haltung. Der gefesselte Chinese, so der Kommentar, habe für die Russen spioniert, weshalb ihm die japanischen Soldaten nun den Kopf abschlagen würden, um auf diese Weise die umherstehenden und tatenlos zusehenden Chinesen zu warnen. Noch vor Semesterende habe er sein Medizinstudium in Japan abgebrochen, schrieb Lu Xun, weil ihm bewusst wurde, dass Menschen eines schwachen und rückständigen Landes, wie stark und gesund sie als Individuen auch sein mochten, nur fähig waren, stumpfsinnige Zuschauer oder willenlose Objekte derartiger öffentlicher Spektakel abzugeben. In seinen Augen war das schlimmer, als an einer Krankheit zu sterben, und er entschloss sich, eine literarische Bewegung ins Leben zu rufen, um das Denken seiner Landsleute zu verändern.

Er wandte sich von der traditionellen Literatursprache ab und schrieb von nun an in der modernen chinesischen Umgangssprache, wurde so zum Begründer der »Baihua–Literatur«, eben der Literatur in moderner Alltagssprache. Was Lyrik anbetraf, war er der Auffassung, alle großen Gedichte seien schon gegen Ende der Tang–Dynastie[23] geschrieben worden, Lyrik verfasste er nur »nebenbei«.

Seine Erzählungen und Essays der 1920er Jahre, in denen er gegen die körperliche und psychische Knechtschaft des chinesischen Volks schrieb, galten in Bezug auf Stil und Sprache als vorbildlich. Sie vereinten Elemente der klassischen chinesischen Literatur mit einem vorher unbekannten Realismus der Darstellung. Später geriet Lu Xun wegen seines Humanismus in literaturpolitische Auseinandersetzungen mit der Kommunistischen Partei Chinas. Er starb 1936 in Shanghai, fand seine letzte Ruhestätte zunächst auf dem Wanguo Friedhof im Westen der Stadt, im Jahr 1956 bekam er ein neues Grab an der jetzigen Stelle, nicht weit von dem Ort entfernt, an dem Lu Xun seine letzten Lebensjahre verbrachte.

Wir standen vor seinem aus Granit gefertigten Grabmal, mit einem quaderförmigen Sockel darauf, den eine kalligrafische Inschrift Mao Zedongs zierte. Auf dem Sockel eine aus Kupfer gefertigte Plastik, die einen nachdenklichen Lu Xun in sitzender Haltung zeigte.

Das Wetter ließ nichts zu wünschen übrig, wir setzten uns auf eine Bank, sahen den fröhlich spielenden Kindern zu und den alten Leuten, die ernst und konzentriert ihre täglichen Taijiübun-

---

[23] 617/18 – 907 n. Chr.

gen machten. Xiao Lin erzählte mir, welch wichtigen Platz Lu Xun im Unterricht ihrer Schulzeit und später in ihrem Universitätsstudium einnahm. Wegen seiner Offenheit für europäische Literatur übersetzte er zahlreiche Bücher ins Chinesische, durch die sie eine Reihe von Namen und Begriffen aus Europa kannte, ohne damit eine aus der Realität gespeiste Vorstellung verbinden zu können. So las sie bei ihm von Himbeeren und wusste, sie schmeckten süß, allerdings ohne eine Idee zu haben, wie ihre Form und Farbe beschaffen waren. Bevor wir in die Innenstadt zurückfuhren, machten wir einen kurzen Rundgang durch das ebenfalls 1956 erbaute Lu Xun Museum, ein Gebäude im Stil der Häuser seiner Heimatstadt Shaoxing.

Nach dem Besuch des Grabmals des Giganten der modernen chinesischen Literatur erschien uns ein Besuch der »Buchladenstraße« Fuzhou Lu angemessen. Ich wollte Xiao Lin helfen, geeignete Lehrbücher zur Ergänzung ihres Deutschunterrichts zu finden. Das Angebot war erstaunlich groß und die Buchpreise, auf deutsche Einkommensverhältnisse bezogen, niedrig. Wir kauften gleich mehrere Bücher für einen Gesamtbetrag, der in Deutschland nicht mal für ein Buch gereicht hätte.

Den schweren Bücherstapel wollten wir nicht ständig mit uns herumschleppen, fuhren zum Donghu Hotel und deponierten die Bücher in meinem Zimmer. Auf dem Schreibtisch lag mein Flugticket nach Beijing, den Gedanken, gleich an diesem Nachmittag zum Sicherheitsbüro zu fahren, verwarfen wir schnell. Die Zeit drängte nicht und den Rest des Tages teilweise für einen langweiligen Behördengang zu opfern, erschien uns zu schade, wir wollten lieber ins Kino gehen.

Diesmal hatte ich Lust, einen chinesischen Durchschnittsfilm zu sehen, einen Film, wie ihn »die Leute« gern sahen. In dem Kino an der Nanjing Lu, gegenüber dem Volkspark, wurde ein Kriegsfilm gezeigt, ein beliebtes Genre, wie mir Xiao Lin versicherte. Das Kino war riesig, ein Filmtheater alten Stils, nicht zu vergleichen mit den in Deutschland modern gewordenen Schuhkartons. In dem Film ging es um Kämpfe kommunistischer chinesischer Soldaten gegen die japanischen Aggressoren im Zweiten Weltkrieg. Dass ich die Sprache nicht verstand, bedeutete nichts, das Strickmuster des Films war simpel. In immer neuen Szenen wurden die japanischen Soldaten als tumbe Deppen dargestellt, die den intelligenten und tapferen chinesischen Soldaten nicht im Entferntesten das Wasser reichen konnten. Fragte sich niemand, warum die Japaner dann nicht aus eigener Kraft aus dem Land gejagt werden konnten? Später sah ich in Deutschland preisgekrönte chinesische Filme, unter anderem »Das rote Kornfeld« und »Die rote Laterne«, beide von dem Regisseur Zhang Yimou, beide Male mit Gong Li in der Hauptrolle, und dachte mit gemischten Gefühlen an diesen Film zurück, aber er hatte mir immerhin eine weitere Facette chinesischen Alltagslebens sichtbar gemacht.

Nach dem Abendessen schlug ich vor, der Weinstube einen Besuch abzustatten, die ich durch Li Anwen kannte, den kurzen Fußweg dorthin brachten wir schnell hinter uns. Beim Betreten des Lokals genoss ich Xiao Lins Erstaunen über die in ihren Augen sehr westliche Einrichtung, an der sie aber schnell Gefallen fand.

Während ich am nächsten Morgen an der Bushaltestelle wartete, sprach mich ein etwa siebzigjähriger Chinese an. Ich lobte sein gutes Englisch, was ihm sichtlich schmeichelte, und er erzählte mir, früher sei er Lehrer in einer Handelsschule gewesen. Auf die Frage, ob er mir beim Busfahren behilflich sein könne, da ich die Ansage der Haltestellen nicht verstehen könne, antwortete ich ihm, ich wolle zum Sicherheitsbüro und wisse, wo ich aussteigen müsse. Die Erwähnung des Sicherheitsbüros weckte seine Neugier und ich schilderte ihm den Diebstahl meiner Brieftasche in Xiamen. Ja, er sei auch vor langer Zeit bestohlen worden. Einen Tag vor dem Einmarsch der Japaner in Guilin habe er die Stadt verlassen. In einem Krankenhaus, das er zur Behandlung einer Brandwunde aufsuchen musste, seien ihm damals fünfzig Dollar gestohlen worden.

Im Sicherheitsbüro musste ich mein Anliegen erneut vorbringen, der unangenehme Beamte, mit dem wir beim ersten Mal gesprochen hatten, war nicht da. Niemand verstand Englisch, man bedeutete mir, zu warten. Kurz darauf kam eine junge Dame, die auch nicht englisch sprach, aber deutsch. Ich füllte brav das Formular aus, das sie mir zuschob, gab ihr bereitwillig weitere Auskünfte in der Hoffnung, sie werde mir das Ausreisevisum auf der Stelle geben. Der Wunsch erfüllte sich nicht, das Mädchen drückte mir statt des ungeduldig erwarteten Visums lediglich eine Quittung in die Hand und forderte mich auf, am folgenden Tag wiederzukommen.

Missmutig verließ ich das Sicherheitsbüro, überlegte, was ich zur Aufhellung meiner üblen Laune tun könne und kam zum Ergebnis, zu Fuß zum Hotel zu gehen, durch das Laufen würde ich meine aggressiven Gefühle, teilweise zumindest, abbauen können. Auf der Hankou Lu ging ich gemütlich in westlicher Richtung bis zur Xizang Lu, einer der großen Nord–Süd–Straßen Shanghais. An diesem frühen Vormittag verfügte ich über viel Zeit, unterbrach meinen Rückweg zum Hotel und machte nach Zahlung von zwanzig Fen Eintrittsgeld einen Rundgang durch den angrenzenden Volkspark. Zum ersten Mal ging ich allein durch Renmin Gongyuan und erst jetzt kam mir richtig zum Bewusstsein, wie erschreckend klein der Park war, wenn er die Bezeichnung überhaupt verdiente. Noch gegen Ende des Zweiten Weltkriegs war er fast genauso groß wie in der Mitte des neunzehnten Jahrhunderts gewesen, seitdem hatten ihn die jeweils aktuellen Flächennutzungspläne ständig schrumpfen lassen.

Auf einer Parkbank ohne Rückenlehne nahm ich mein Tagebuch aus der Umhängetasche und begann mit den ausstehenden Einträgen. Weit kam ich nicht, nach kurzer Zeit umringte mich eine Schar Kinder, Erst- oder Zweitklässler, alle mit weißen Blusen oder Hemden sowie den roten Halstüchern der Jungen Pioniere. Ich schien eine große Attraktion für sie zu sein, es gab ein Gerangel um die freien Plätze neben mir. Neugierig guckten sie auf das Geschreibsel in meinem Tagebuch und freuten sich riesig, weil ich, ein erwachsener Mann, nicht verstehen konnte, was sie zu mir sagten. Immerhin bekam ich mit, dass sie rätselten, woher ich käme. Als mich einer der Jungen mit fragendem Gesicht ansprach, sagte ich auf gut Glück *déguó rén* — Deutscher —, was bei einem der Mädchen einen Freudenschrei auslöste, sie hatte wohl richtig geraten. Zwei Frauen erschienen, ich nahm an, die Lehrerinnen. Mich würdigten sie keines Blickes, die Kinder mussten einen gewaltigen Wortschwall über sich ergehen lassen, dem Ton nach eine Schimpfkanonade. Vermutlich wurde den Kindern eingebläut, es zieme sich nicht für Junge Pioniere, Kontakt mit dem Klassenfeind aufzunehmen. Gesenkten Hauptes stellten sie sich in drei Zweierreihen auf und schritten von dannen. Nur eins der Mädchen schien durch die Philippika nicht beeindruckt worden zu sein, es wandte seinen Kopf in meine Richtung, kniff mir ein Auge zu und machte eine kleine Lebewohl–Handbewegung hinter seinem Rücken. Der Charme vieler chinesischer Frauen war mir nicht verborgen geblieben, dass aber ein kleines chinesisches Schulmädchen derart charmant sein konnte! Ich begann meinen Ärger über das Sicherheitsbüro zu vergessen.

Wenn ich durch die Straßen ging, sah ich mir die Gesichter der Menschen an, neugierig, ob ich Chinesinnen oder Chinesen mit teilweise europäischen Gesichtszügen sehen würde, die vielen Europäer, die hier ein Jahrhundert hindurch lebten, sollten doch genetische Spuren hinterlassen haben. Bisher hatte ich keine entdecken können.

Auf meinem Rückweg zum Hotel sah ich an einer Straßenkreuzung eine Chinesin mit roten Haaren, richtig schönen brandroten, wie sie Mädchen und Jungen zu meiner Schulzeit gehabt hatten. Wenn sich im damaligen China Frauen oder Männer, zum Beispiel mein Freund Zhu, ihre Haare färbten, war das eine Methode zum Vertuschen des Ergrauens, ich musste ihm den Farbton »Tiefschwarz« mitbringen. Nein, diese junge Frau hatte keine rot gefärbten Haare und wenn es eines Beweises bedurft hätte: Das kleine Mädchen auf ihrem Arm war auch rothaarig. Deutete diese in China ungewöhnliche Haarfarbe auf europäische Vorfahren hin, vielleicht auf irische, oder gab es sie »einfach so«?

Xiao Lin verspätete sich, wir aßen der Einfachheit halber im Restaurant meines Hotels. Sie wirkte gereizt, das Essen schmeckte ihr nicht, die Bedienung ging ihr auf die Nerven. Zunächst wollte sie nicht mit der Sprache heraus, auf mein Drängen hin gestand sie mir, sie fühle sich beobachtet. Nicht die Erinnerung an den Albtraum Xiamen erzeugte ihre Unruhe, wie ich zuerst dachte. Eine der beiden Kolleginnen, mit denen sie ein Zimmer bewohnte, erzählte ihr an diesem Morgen von einem Gerücht, das derzeit die Runde auf dem Campus mache. Man habe eine Lehrerin der

Hochschule zusammen mit einem westlichen Ausländer in der Innenstadt gesehen, man habe sie nicht erkannt, es sei eine Frau mit großen Augen gewesen, die Mehrheit tippte auf die Japanischlehrerin. Xiao Lin wusste es besser und fühlte sich zu recht unbehaglich. Mir fiel Zhus Satz »Nein, Shanghai ist nicht groß, wenn man beobachtet wird« ein, doch sagte ich ihr nichts davon, um sie nicht zusätzlich zu beunruhigen.

Ich überlegte, wie ich sie auf andere Gedanken bringen könnte und schlug vor, zum Shanghai Hilton zu gehen. Dort gab es ein teilweise überdachtes Gartencafé, das man durch die Hotelhalle betreten konnte. Auf einem meiner Streifzüge durch die »Französische Konzession« hatte ich es entdeckt, dort schmeckte mir der Kaffee gut, gleichzeitig war es ein angenehmer Ort zum Tagebuchschreiben. Bis zum Hilton an der Huashan Lu war es nicht weit, auf dem kleinen Spaziergang nahm Xiao Lin durch mich zum ersten Mal wahr, dass wir durch einen bis vor fünfzig Jahren von Frankreich beherrschten Stadtteil Shanghais gingen, nein, für die Stadtgeschichte habe sie sich bisher nicht interessiert. Die architektonischen Zeugnisse aus jener Zeit sah sie jetzt mit anderen Augen.

Beim Betreten der Hotelhalle war es an mir, überrascht zu sein. Bilder von Löwen sowie bronzene oder steinerne Abbilder dieser Großkatzen sind in China nicht eben eine Seltenheit, hier wimmelte es von bayerischen Löwen. Die Erklärung lieferten zahlreiche Plakate: An diesem Tag begannen die diesjährigen »Bayerischen Wochen« im Shanghai Hilton. Xiao Lin fand die vielen kleinen Fahnen mit den blauweißen Rautenmustern ungemein dekorativ, ich machte sie darauf aufmerksam, es seien weißblaue Fähnchen. Sie sah mich mit einem merkwürdigen Blick schräg von der Seite an, manchmal konnten diese Deutschen arg komisch sein.

Xiao Lin nahm die Atmosphäre des Cafés begeistert auf, besonders beeindruckte sie die Ruhe, in der alles vor sich ging. Mehrheitlich saßen Chinesen an den runden Tischchen, mit ziemlicher Sicherheit Kaufleute. Hier wurden wir nicht aufdringlich–neugierig gemustert, in dieser Umgebung verfügte man über subtilere Methoden, andere Menschen zu taxieren. Wir bestellten zwei Eisbecher, Xiao Lin einen mit Fürst Pückler Eis, ich einen Schwarzwaldbecher, auf halber Strecke tauschten wir, da sie mein Eis weniger süß fand.

Dass sie nicht gern süßes Eis aß, weckte eine frühe Erinnerung in mir und ich erzählte von meinem ersten Speiseeis, an das ich mich erinnern konnte, im Sommer nach der Währungsreform hatte ich es gegessen. Mein halbstündiger Schulweg ging durch Straßen, die rechts und links von Ruinen und Trümmerbergen gesäumt wurden, an denen kein einziges von Bomben verschontes Haus stand. Hier und da kleine Verkaufshütten aus Backsteinen im Trümmerlook. Im Erdgeschoss seines zerbombten Hauses hatte ein Bäcker notdürftig einen Eisverkaufsstand eingerichtet: Zwei Ziegelsteinstapel, darüber ein dickes Brett, mehr nicht. Eine Eissorte verkaufte der Mann, Wassereis, das wenig süß schmeckte, denn Zucker war rationiert und für dieses Eis brauchte man keinen Lebensmittelmarkenabschnitt zu opfern. Das Eis schmeckte nicht nur wenig süß, sondern, genau genommen, nach nichts, dass es Erdbeereis sein sollte, ließ sich aus der Farbe rosa erahnen. Eine halbkugelförmige Eisportion kostete fünf Pfennige, Münzen gab es noch nicht wieder, man bezahlte mit einem grünen Fünf-Pfennig-Schein, ungefähr in der Größe eines chinesischen Zehn-Fen-Scheins. Für zehn Pfennige bekam man selbstverständlich zwei Halbkugeln. Aber: Während das Fünf-Pfennig-Eis auf ein Blättchen aus zurechtgeschnittenem Packpapier geklatscht wurde, bekam man die Zehn-Pfennig-Luxusausführung in einer wannenförmigen Waffel ausgehändigt. Ich konnte mir höchstens alle zwei Wochen eine Halbkugel leisten, mein Klassenkamerad Harald kaufte dreimal in der Woche ein »Eis zu zehn«, seine Eltern betrieben ein gut florierendes Obst- und Gemüsegeschäft.

Xiao Lin sagte, sie könne sich meine damaligen Gefühle gut vorstellen, wenn ich zusehen musste, wie mein Klassenkamerad seine für mich unerschwinglichen Eisportionen genüsslich schleckte. Als kleines Mädchen habe sie Bilderbücher über alles geliebt und davon geträumt, eigene zu besitzen. Der Preis von einem Fen für ein Bilderbuch sei zwar niedrig gewesen, doch den einen Fen habe sie nicht besessen.

Wir bestellten Kaffee. Eine Pianistin setzte sich an den Flügel, ich wurde an Zhus Schwester erinnert, und begann uns mit leiser Musik zu unterhalten. Sie spielte gefühlvoll in China beliebte Stücke, wie »Für Elise«, Beethovens Vertonung von Schillers »Ode an die Freude« und, das durfte auf keinen Fall fehlen, alles, was Richard Clayderman populär gemacht hatte. Ich gestand Xiao Lin, es bereite mir nach wie vor Schwierigkeiten, Luxus und armselige Existenz dicht beieinander hinzunehmen, wie dieses Fünf-Sterne-Hotel inmitten dürftiger Wohnquartiere, in dem wir Kaffee trinkend saßen. Klar, ich freute mich, auf Louis Armstrongs »sunny side of the street« zu sein, wohl fühlte ich mich jedoch nicht. Für derartige Gedanken ging ihr das Verständnis ab, wer ein besseres Leben führen wolle, müsse sich anstrengen. Ein ähnlich einfaches und eindeutiges »Hilf dir selbst, so hilft dir Gott!« hatte ich seit Jahren, seit Jahrzehnten nicht mehr gehört. »Sind Chinesen nicht neidisch?«, fragte ich erstaunt, worauf Xiao Lin nicht minder erstaunt antwortete: »Selbstverständlich sind sie es, der Neid spornt sie ja gerade an, es den Beneideten gleich zu tun oder sie noch zu übertreffen.« War das bei uns auch so?

Mein dritter Besuch im Sicherheitsbüro bescherte mir endlich die amtliche Ausreiseerlaubnis. Der unsympathische Knabe vom ersten Mal tat Dienst, erkannte mich sofort und holte das Papier aus einer Schublade. Dreißig Yuan musste ich bezahlen, meine Bescheinigung der Polizei in Xiamen, mit der ich bisher verhältnismäßig problemlos durch China gereist war und die ich gern als Erinnerungsstück mit nach Deutschland genommen hätte, bekam ich trotz eindringlichen Insistierens nicht zurück.

Ich spazierte gemütlich zum Waitan, beobachtete die Schiffe auf dem Huang Pu, machte Fotos. In der Bank of China, schräg gegenüber Waitan, wechselte ich zwei Reiseschecks in FECs um, niemand nahm an meinen neuen Ersatzpapieren Anstoß. Beim anschließenden Einbiegen in die Nanjing Lu beschlich mich ein unangenehmes Gefühl wegen des bevorstehenden Rückflugs nach Deutschland. Von einem meiner Lehrer, der direkt nach seinem Abitur Soldat in Russland wurde und der durch die ungeschminkte Schilderung seiner Erlebnisse meine Haltung gegenüber Kriegen nachhaltig beeinflusst hatte, kannte ich den Landserspruch »in kritischen Situationen entweder essen oder schlafen«. Essen mochte ich nicht, wählte die andere Option und fuhr mit dem Bus zu meinem Hotel zurück. Xiao Lin musste an diesem Nachmittag an einem Fakultätsmeeting teilnehmen, zum Schlafen blieb mir viel Zeit.

Abends trafen wir uns am Waitan, beide hatten wir aufs Mittagessen verzichtet und freuten uns auf das Abendessen, unsere Wahl fiel auf ein nahegelegenes Restaurant mit Sichuan-Küche in einer Nebenstraße von Nanjing Lu, an diesem Abend verspürten wir besonderen Appetit auf scharfes Essen. Xiao Lin übersetzte die chinesische Speisekarte, was wenig half, bei den meisten Bezeichnungen konnten wir uns beide keine Vorstellung davon machen, welche Gerichte sich hinter ihnen verbergen. Am Ende einigten wir uns auf »In Wasser gekochter Fisch«, obschon der Name kaum Aussagekraft besaß, schließlich ist es nichts Besonderes, Fisch in Wasser zu kochen. Bei der Bestellung wurden wir darauf hingewiesen, es handele sich um ein äußerst scharfes Gericht, ja, das sei uns gerade recht, wegen der scharfen Gerichte hätten wir bewusst dieses Restaurant gewählt.

Nach kurzer Zeit wurde ein dickwandiger gusseiserner Topf auf den Tisch gestellt, mit der Ermahnung zu besonderer Vorsicht, Topf und Inhalt seien heiß. So heiß, dass das Wasser im Topf noch sprudelte und aus der Art des Sprudelns erkannten wir unschwer, das Wasser war in Wirklichkeit Öl. Die Serviererin fuhr mit einem Sieblöffel durch die siedend heiße Flüssigkeit und fischte ein halbes Pfund Sichuanpfeffer heraus, dann ließ sie uns mit dem in »Wasser« gekochten Fisch allein. Wir sahen einander mit fragenden Gesichtern an, Xiao Lin schaute nochmal auf die Speisekarte und versicherte, da stehe Wasser. Der Fisch schmeckte köstlich, trotz der extremen Schärfe wurden die Geschmacksnerven nicht betäubt und der frische Koriander passte wunderbar dazu.

Nach dem Essen blieben wir noch sitzen, tranken Qingdao-Bier. Ich betrachtete die Bilder an den Wänden und fragte Xiao Lin, weshalb die chinesischen Männer in früheren Zeiten Zöpfe gehabt hätten, mir käme die zusammen mit der ausrasierten Stirn merkwürdige Männerfrisur drollig vor. Wolle man sich im Übrigen in Deutschland als Chinesen verkleiden, müsse man sich nur einen strohfarbenen, flachkegeligen Hut aufsetzen und hinten einen langen schwarzen Zopf befestigen, es gebe nichts Typischeres, um einen Chinesen darzustellen.

Dem zum Beispiel im Karneval beliebten Chinesenzopf hatte ursprünglich überhaupt nichts Lustiges angehaftet, auch stellte die sonderbare Haartracht keine chinesische »Erfindung« dar, bei ihr handelte es sich vielmehr um die traditionelle Frisur der mandschurischen Männer, die den Chinesen ein Jahr nach ihrer Unterwerfung durch die Mandschus im Jahr 1645 aufgezwungen wurde und zwar unter Androhung der Todesstrafe für den Fall der Nichtbefolgung des Zopf–Ukas. In erster Linie sollte der erzwungene Zopf ein Symbol der Unterwerfung sein, zum anderen machte er Mandschus und Chinesen äußerlich nicht unterscheidbar, die neuen Herren gingen sicherlich von einer ewig währenden Herrschaft aus.

Wie das nicht selten bei erzwungenen Attributen mit zunächst negativ gemeinter Bedeutung der Fall ist — wir kennen das beispielsweise vom »Made in Germany« —, sie verlieren mit der Zeit ihren pejorativen Charakter. So auch die oktroyierten Zöpfe, bald wurden sie zu Selbstverständlichkeiten, später standen sie gar für Vornehmheit und Kultiviertheit. Bis das Pendel wieder in die Gegenrichtung ausschlug.

Gegen Ende des 19. Jahrhunderts, die Qing–Dynastie hatte weitgehend abgewirtschaftet und nationale, hanchinesische Reformideen gewannen zunehmend an Bedeutung, begann man den Zopf erneut als Symbol der Fremdherrschaft anzusehen. Schließlich wurde das auch bei uns sprichwörtlich gewordene »Abschneiden der alten Zöpfe« zum Zeichen des Eintretens für die Republik und gegen den Weiterbestand der Monarchie.

Obwohl uns nicht danach war, einen Plan für den vorerst letzten gemeinsamen Tag zu machen, es musste sein. Ich schlug Xiao Lin vor, sie solle am nächsten Tag, einem unterrichtsfreien Samstag, gut ausschlafen und könne am späten Vormittag zum Donghu Hotel kommen. Da ich am Sonntagmorgen um halb acht von Shanghai nach Beijing fliegen würde, hielt ich es für zweckmäßig, dass Xiao Lin von Samstag auf Sonntag im Donghu Hotel übernachtete, andernfalls würde sie mich schwerlich zum Flughafen begleiten können. Nach anfänglichem Sträuben wegen der zusätzlichen Kosten ließ sie sich für den Vorschlag erwärmen.

Wir befanden uns in bester Stimmung, das Essen hatte vorzüglich geschmeckt, draußen begann es dunkel zu werden, wir mussten uns nicht sorgen, erkannt zu werden. Ohne festes Ziel bummelten wir gemütlich durch Nanjing Lu in Richtung Park Hotel, sahen uns die Auslagen der Geschäfte an, freilich gab es wenige, die uns interessant erschienen. Den kleinen Laden, in dem ich vor drei Jahren ein rohseidenes Hemd gekauft hatte, gab es nicht mehr, ein Schmuckgeschäft mit schwarzer marmorner Fassade nahm seinen Platz ein. Wir blieben vor dem Schaufenster stehen, hauptsächlich goldene Ringe sah ich hinter der vergitterten Fensterscheibe. Man schien in China wenig Wert auf kunstvolle Formgebung zu legen, so mein Eindruck, der Materialwert wurde wohl als entscheidend angesehen, alle Schmuckstücke bestanden aus nahezu reinem Gold, der Goldpreis war ähnlich hoch wie in Deutschland.

Mir fiel die Altherren–Jazzband im Heping, dem Peace Hotel, ein, Xiao Lin wunderte sich, dass eine solche Kuriosität in Shanghai existierte, mit dem Begriff Jazz wusste sie nicht viel anzufangen. Wieso ich mich für diese in ihren Augen alte Musik begeistere, wollte sie wissen. Ich begann zu erzählen, Jazz sei die Musik gewesen, die mich auf dem Weg vom Kind zum jungen Erwachsenen begleitet habe, eine Musik, die mich nicht nur emotional angesprochen habe, daneben sei sie ein Mittel zur Abgrenzung gegen »die Alten« gewesen.

Den Jazz entdeckte ich früh selbst, niemand in meiner familiären Umgebung hatte etwas für die »Negermusik« übrig und in meinem Musikunterricht in der Schule war das Wort Jazz ein Mal vorgekommen, als wir uns mit dem Begriff der Synkope beschäftigten. »Meine« Musik lernte ich durch das Radio kennen, mit unserem Mittelwellenempfänger konnte ich zwei Sender hören. Die lokale Rundfunkstation brachte die von mir favorisierte Musik in der Regel spät abends für eine interessierte Hörergemeinde, zu spät für mich. Neben Sendungen mit klassischer Musik, die mir auch gefiel, zu der mir aber ein einfacher innerer Zugang fehlte, plärrte der Lautsprecher tagsüber Schnulzen vom Typ »Die Fischerin vom Bodensee ist eine schöne Maid, juch–he …«. Damit vermochte ich nichts anzufangen.

Zu meinem Glück konnte ich einen zweiten Sender hören, den englischen Soldatensender BFN, die Abkürzung für British Forces Network. Er öffnete mir eine andere, neue Radiowelt. Hier nahmen Jazz und Jazzverwandtes großen Raum ein, sowohl in den speziell für die Besatzungssoldaten produzierten Sendungen, als auch in den von der BBC London übernommenen Programmen, die stets mit »may we remind you that all time-checks, given by the announcers, are one hour behind local time« eingeleitet wurden, damit die englischen Soldaten nicht eine Stunde zu spät zum Appell auf ihren Kasernenhöfen in Deutschland erschienen. Der BFN, warum wir »der« sagten, weiß ich nicht, stillte nicht nur meinen Jazzhunger, er half mir zusätzlich, mich in die englische Sprache einzuhören.

Diese Zeiten lagen weit hinter mir, ich war älter, viel älter geworden, meine Liebe zum Jazz der ersten Hälfte des zwanzigsten Jahrhunderts hatte sich kaum verändert.

Xiao Lin und ich machten kehrt, gingen in östliche Richtung zum Heping, wo wir erfreut feststellten, dass die Band an diesem Abend spielte. In dem spärlich beleuchteten Saal mussten sich unsere Augen erst an das Halbdunkel gewöhnen, bevor wir Einzelheiten erkennen konnten. Das Publikum bestand hauptsächlich aus Touristen, vermutlich bildeten sie an diesem Abend die größte Ansammlung von Ausländern in Shanghai. Der einfache, schmucklose Saal hatte möglicherweise seit den Tagen des International Settlement, als dies das Cathay Hotel gewesen war, keine Veränderung erfahren.

Die Band bestand aus sieben betagten Herren, die populäre Swingmelodien der dreißiger und vierziger Jahre des zwanzigsten Jahrhunderts neben anderen frühen Jazzrhythmen munter und offensichtlich auch zu ihrer eigenen Freude spielten. Selbstverständlich kamen sie ohne jeglichen Elektronikschnickschnack aus. Während wir uns zu den Anwesenden gesellten, wurde gerade ein Stück von Jelly Roll Morton (was für ein unanständiger Künstlername!) gespielt. Wir setzten uns und hörten zu, nach kurzer Zeit meinte Xiao Lin, wir könnten doch auch ein Tänzchen auf der kleinen Tanzfläche direkt vor den Musikern versuchen. Ich bin ein miserabler Tänzer, wir beschränkten uns schnell wieder aufs

Zuhören.

Anders als gewöhnlich sah ich Xiao Lin am nächsten Morgen pünktlich zur verabredeten Zeit die Donghu Lu herunter kommen. Wir gingen gleich weiter, um letzte Besorgungen zu machen, kauften getrockneten Fisch, ebensolche Seegurken, eine Blechdose mit kleinen bezopften chinesischen Mädchen auf dem Deckel und Mondkuchen als Inhalt. Zwei seidene Hemden.

Es war ein heißer Tag, nach zwei Stunden begannen unsere Füße zu schmerzen, unsere Kehlen schienen ausgetrocknet. Wir hielten uns gerade in der Nähe des Volksparks auf, wenige Schritte vom Huaqiao Fandian entfernt, wo es neben der Eingangshalle einen kleinen Coffee Shop gab, in dem wir uns in klimatisierter Umgebung ausruhen konnten. Gegen den Durst bestellten wir gekühlte Getränke, mein Laoshan–Mineralwasser schmeckte ähnlich wie das Wasser des Aachener Elisenbrunnens. »Wie bist du Professor geworden?«, fragte mich Xiao Lin unvermittelt, nachdem wir eine Weile wortlos dagesessen und unseren ersten Durst gestillt hatten. Ich begann mit meiner hervorragenden vierklassigen Dorfschule, zwei Jahrgänge in jeder Klasse. Später passten Dorfschulen nicht mehr in die Ideologie (oder steckte die Lobby der Busunternehmer dahinter?), sie bekamen den Lächerlichkeitsstempel »Zwergschulen« aufgedrückt und wurden zugunsten von Mammutschulzentren in Plattenbauweise aufgelöst. Auf die dreitägige Aufnahmeprüfung fürs Gymnasium kam ich zu sprechen, auf Abitur, Industriepraktikum, Studium, Arbeit in einem Industrieunternehmen, Promotion, Habilitation, Veröffentlichungen in internationalen Zeitschriften und was sonst noch erforderlich gewesen war, um in Berufungsverfahren zum Zuge zu kommen. Xiao Lin hörte aufmerksam zu, stellte eine Menge Fragen, da sich das deutsche Bildungssystem in Vielem vom chinesischen unterschied, insbesondere staunte sie, dass es an deutschen Universitäten keine festen Studienzeiten gab, dass man so lange studieren konnte, wie man wollte, mit Abschluss oder ohne und das alles, ohne einen Pfennig Studiengebühren zu bezahlen. Dieses Deutschland schien ein seltsames Land zu sein.

Sie war erst spät, mit fast sieben Jahren, in die Grundschule gekommen. Nach sechs Jahren und bestandener Aufnahmeprüfung für die weiterführende Schule hatte sie drei Jahre lang die Junior-Mittelschule besucht, um nach einer weiteren, schwierigen Prüfung in die dreijährige Oberstufe der Mittelschule überzuwechseln. Nach der Abschlussprüfung, dem Abitur vergleichbar, musste sie an einer dreitägigen Universitätsaufnahmeprüfung teilnehmen, die jedes Jahr landesweit mit zentral gestellten Aufgaben durchgeführt wurde. Wie ich wusste, galt es, diese schwierige Prüfung ebenfalls zu bestehen, um die Zulassung zum Universitätsstudium zu bekommen. Wer nur eine geringe Punktzahl erzielte, musste mit einer unbekannten Provinzuni vorliebnehmen, die crème de la crème bekam die Möglichkeit zum Studium an einer der Schlüssel-Universitäten. Auf diese Prüfung waren alle Arbeit und Anstrengungen seit Xiao Lins Einschulung ausgerichtet gewesen und als eine der Glücklichen durfte sie in Shanghai studieren.

Gemessen an einem Universitätsstudium in Deutschland hatte sie ein stark verschultes Studium absolviert mit täglichen Hausaufgaben und mit Jahresabschlussprüfungen. Auf diesen Punkt angesprochen, erwiderte sie, das habe sie als angenehm empfunden, so habe sie ein sicheres Gefühl gehabt, den Anforderungen des Studiums gewachsen zu sein. Nach vier Jahren wurde ihr nach bestandenem Examen der Bachelorgrad verliehen.

Wie sie mir vor einem Jahr erzählt hatte, wäre sie verpflichtet gewesen, Shanghai nach ihrem Studium zu verlassen, da sie nicht aus dieser Stadt stammte. Die Möglichkeit zum Bleiben wurde ihr mit der Maßgabe eingeräumt, die Stelle einer Englischlehrerin an einer Hochschule anzutreten. Für das Bleiberecht hatte sie die nicht sonderlich geliebte Tätigkeit aufgenommen, ihr bis dahin sicher geglaubter Traumjob in einem deutsch-chinesischen Joint Venture war einer gebürtigen Shanghaierin zugewiesen worden.

Wir fühlten uns ausgeruht und verließen das Huaqiao Fandian. Im Wesentlichen hatte ich alles eingekauft, was ich kaufen wollte, wir schlenderten ohne weitere Kaufabsichten zu einem privaten Markt, um ein bisschen herumzugucken. Mein Interesse wurde schnell auf einen Stand gelenkt, an dem eine Frau alte Propagandaplakate anbot. Xiao Lin sah mich erstaunt an, wieso interessierten mich diese Zeugnisse längst vergangener Zeiten, warum schien ich fasziniert zu sein?

Ihr fragender Blick veranlasste mich, eine plausibel klingende Erklärung zu basteln: Ich triebe mich gern auf Flohmärkten herum, in meiner Studentenzeit hätte mich die naive Malerei von Grandma Moses und Henri Rousseau begeistert. Ich merkte, wie ich über Nebensächliches sprach, brach ab. Die bunte Ästhetik dieser in den Dienst politischer Indoktrination eingebundenen Gebrauchskunst war es, die einen großen Reiz auf mich ausübte. In Gedanken zog ich Vergleiche.

Auf einem Flohmarkt hatte ich vor mehreren Jahren eine Kinderfibel aus dem Jahre 1940 erstanden, ein Lesebuch für das erste und zweite Schuljahr, durchsetzt mit ideologischer Propaganda, die den Kindern sicherlich nicht als solche aufgefallen war, vermutlich nicht einmal den meisten Eltern. Was ist schon dabei, wenn neben einem Schifferklavier spielenden Jungen im weißen Sporthemd ein mit Braunhemd und Halstuch bekleideter Pimpf die Saiten einer Klampfe zupft? Oder wenn man den Anfang des Kinderliedes »Wer will fleißige Handwerker seh'n, der muss zu uns Kindern geh'n ...« umtextet in »Wer will lustige Soldaten seh'n, der muss zu uns Kindern geh'n ...« mit einem Bild darüber, auf dem ein Junge mit kaiserzeitlicher Pickelhaube abgebildet ist, das einen zweiten mit einem aus Zeitungspapier gefalteten Helm zeigt und einen dritten in der Uniform des Deutschen Jungvolks, der einen Wimpel mit der Aufschrift »Kinderspiele« trägt, Kinderspiele mit Holzgewehren, Holzdolchen und Holzschwertern. Wer ohne Vater aufwachsen musste, weil der irgendwo in Russland begraben lag, fand die »lustigen Soldaten« nachträglich weniger lustig.

Aus den vor mir liegenden Plakaten lernte ich, die Kommunistische Partei Chinas sorgte für ein Leben der Menschen, das aus Glück und Freude bestand. Freude der Kinder bei der Hausarbeit, Freude über die Beseitigung der Viererbande, Freude junger Menschen darüber, dass sie zur Umerziehung aufs Land geschickt wurden, Freude kleiner stämmiger Kerlchen, weil sie dem Vorsitzenden Mao ein Geschenk bringen durften, Freude bei einer Gruppe von Kindern, weil eins von ihnen in chinesischer Schönschrift den Satz Maos an eine Wand schreibt: »Warum sagt Lenin, man müsse der Frage der Diktatur des Kapitalismus auf den Grund gehen? Weil die Umwandlung in den Revisionismus stattfinden würde, wenn man dieser Frage nicht nachginge. Das ganze Land muss sich mit dieser Frage befassen.« Glückliche Kinder pflanzen Baumwollsetzlinge, glückliche Kinder bitten den Onkel Arbeiter, sie zu unterrichten, strahlende Gesichter junger Frauen vom Lande beim Studium von Marx und Lenin, die zum Verlieben schöne Soldatin, mit glücklichem Gesicht, das Gewehr im Anschlag, ach ja, glückliche Soldaten mit Gewehren, glückliche Kinder mit Gewehren und glückliche Eltern, die über diese glücklichen Kinder glücklich sind.

Welcher Gesinnungslump würde es da wagen, bei soviel Glück und Freude im Vierfarbendruck das kalte Mondlicht des Verstandes einzuschalten und kleinlich über die Verlogenheit der Scheinwelt mäkeln?

Mehrere Plakate zeigten Lei Feng, den, wie mir Xiao Lin erläuterte, die Partei nach seinem Tod zur Symbolfigur für uneigennütziges, selbstverleugnerisches Handeln und Verhalten aufbaute. Lei Feng wurde 1940 in eine arme Bauernfamilie in der Provinz Hunan, Mao Zedongs Heimatprovinz, geboren. Sein Vater starb an Hunger, als Lei ein kleines Kind war, seine Mutter beging nach einer Vergewaltigung durch den Großgrundbesitzer, bei dem sie arbeitete, Selbstmord. Mit sechs Jahren musste Lei Feng durch Betteln für seinen Lebensunterhalt sorgen. Er gehörte fraglos zu denjenigen, für die das Jahr 1949 eine wirkliche Befreiung brachte, von nun an kümmerten sich die kommunalen Behörden um ihn, er bekam eine Schulausbildung. Mit sechzehn Jahren trat er in die Volksbefreiungsarmee ein, tat dort Dienst als Soldat, Koch, Lastwagenfahrer. Für ihn waren alle Menschen Familienangehörige, selbstlos übernahm er gern jede ihm übertragene Aufgabe, um sie zum Wohle des Vaterlandes auszuführen.

Im Jahr 1961 starb er infolge eines Arbeitsunfalls, man fand ein umfangreiches Tagebuch, das von der Armee veröffentlicht wurde. Seine Grundhaltung »Das Volk und die Regierung haben mir ein zweites Leben gegeben, dieses Leben will ich in den Dienst des Volks stellen« beeindruckte und beeinflusste die damalige junge Generation zutiefst. Mao Zedong gab wenig später die Losung

»Lernen vom Genossen Lei Feng« aus, die im ganzen Land eine Bewegung auslöste, dem Beispiel Lei Fengs nachzueifern.

Die Partei versuche eine Neuauflage der Lei-Feng-Bewegung, erklärte mir Xiao Lin, indem sie auf ein neueres Plakat zeigte, sie sei skeptisch hinsichtlich des Erfolgs. Die zwischenmenschlichen Beziehungen hätten sich in den letzten Jahrzehnten gewandelt, nicht zuletzt als Folge der grauenvollen Kulturrevolution. In jener Zeit habe der bittere Spruch »Lei Feng hat China verlassen« die Runde gemacht.

Die Propagandaplakate, von denen ich hier einen kleinen Ausschnitt sah, seien früher in teilweise riesigen Auflagen gedruckt und für wenige Fen verkauft worden. Sie hätten in allen Wohnungen gehangen, in Xiao Lins Erinnerung waren die Propagandaplakate nicht nur die einzigen Bilder in den Familien gewesen, sie halfen, wenigstens etwas Farbe in die häusliche Umgebung zu bringen. Ich konnte mir gut vorstellen, wie stark diese Art von Bildern damals die Menschen bei der Wahrnehmung ihrer Lebensumgebung beeinflusste.

Gegen sechs machten wir uns abends auf den Weg zu unserem großen Abschiedsessen im Hilton-Hotel. Xiao Lin trug ein dunkles Seidenkleid, das wir vor Kurzem gekauft hatten, sie sah elegant aus und freute sich über mein Kompliment. Auch an diesem Abend gingen wir wegen der geringen Entfernung zu Fuß, die wenigen Menschen, denen wir unterwegs begegneten, musterten uns mit verwunderten Blicken.

Mit dem gläsernen Außenaufzug des Hilton Hotels entschwebten wir in schwindelnde Höhe, mir wurde flau im Magen, den Gedanken an Huang Shan unterdrückte ich schon im Aufkeimen, konzentrierte mich zur Ablenkung auf das in rötlicher Abenddämmerung versinkende Shanghai.

Auf Xiao Lins Wunsch hin ließen wir uns von der mit einem Qipao bekleideten Dame, die uns am Eingang des noch leeren Restaurants begrüßte, zu einem Tisch in einer weniger hell beleuchteten Ecke führen. Englisch bildete selbstredend die Hauptsprache auf der zweisprachigen Speisekarte des Nobelrestaurants, doch die englischen Bezeichnungen der Gerichte sagten uns wenig, zum Glück gab es die chinesischen Untertitel. Xiao Lin oblag wie gewöhnlich die Zusammenstellung des Essens, mit gewaltigen Skrupeln kam sie ihrer Aufgabe nach: Unser Abendessen würde mehr als das Zweieinhalbfache ihres Monatseinkommens kosten, wie eine erste Überschlagsrechnung ergab.

Während des Essens sprachen wir über Deutschland und Xiao Lin erinnerte sich an eine kleine Begebenheit aus ihrer Schulzeit, die sie beeindruckt hatte. Wenige Jahre nach Beendigung der Kulturrevolution, sie meinte, es müsse 1980 gewesen sein, schickte die örtliche Parteileitung ihrer Heimatstadt eine Funktionärin nach Westdeutschland. Auf eine Lernreise, wie es seinerzeit hieß, denn Öffnung nach außen erforderte, dass man zunächst in Erfahrung brachte, wie es draußen überhaupt aussah. Ironisch warf ich die Frage ein, warum man die Genossin nicht in das Bruderland DDR geschickt habe. Xiao Lin überhörte die Ironie und entgegnete: »Mit der DDR hatten wir nie viel am Hut, Deutschland, das bedeutete immer Westdeutschland. Als Vasall der Sowjetunion, von der sich China seit Mitte der 1950er Jahre mehr und mehr distanzierte, konnte die DDR sowieso keine Sympathie bei uns erringen und was die Lernreise der Genossin aus meiner Stadt anbetraf, was hätte China 1980 von der maroden DDR lernen können? In sozialistischem Schlendrian und ideologischer Sprücheklopferei brauchten wir wahrlich keine Nachhilfestunden.« Ich entschuldigte mich, sie mit meiner boshaften Frage von dem abgebracht zu haben, was sie ursprünglich erzählen wollte. Xiao Lin fuhr fort, zu der Parteifunktionärin habe man nach ihrer Rückkehr ehrfürchtig aufgeblickt, schon den Leuten aus Shanghai oder Beijing sei in der Provinz großer Respekt entgegengebracht worden, wie viel größere Achtung musste man dieser Frau erweisen, die sich in einer Hochburg des kapitalistischen Auslands aufgehalten hatte! Was sie dort zu sehen bekam, musste weiteste Verbreitung finden, und so versammelten sich an einem Vormittag alle Schülerinnen und Schüler ihrer Schule auf dem Schulhof, tausend an der Zahl, um den Worten der Weitgereisten zu lauschen. Xiao Lin konnte sich nicht mehr entsinnen, welche politischen Botschaften die Dame zu verkünden wusste, nur an die Aussage, in Deutschland sei alles unglaublich sauber gewesen und niemand habe auf die Straße gespuckt, erinnerte sie sich genau.

Ich fand es bemerkenswert, dass ihr gerade diese Einzelheit im Gedächtnis geblieben war, auch ich hatte meine Spuckerinnerung. Anfang der 1960er Jahre fiel mir in der Eingangshalle des Kopenhagener Hauptbahnhofs ein in die Wand eingelassenes Schild auf, welches das Spucken auf den Boden untersagte. Deutlich erinnerte ich mich, wie ich vor Jahrzehnten dieses anachronistische Verbotsschild aus dem Beginn des zwanzigsten Jahrhunderts belächelte: Auf den Boden spucken, in Deutschland wusste niemand mehr, wie man das machte und in Dänemark würde es kaum anders sein. Das lag lange zurück, fleißige Importeure hatten zwischenzeitlich auch Deutschland als Markt für die eklige Unart erschlossen.

Zwei Ausländer setzten sich an einen der Nebentische. Wir hatten unser Essen beendet und tranken noch eine Flasche Wein. Die beiden schlecht erzogenen Deutschen unternahmen nicht einmal den Versuch, ihre plumpe Neugierde zu kaschieren. Ich verstand Wortfetzen, wie vermutet drehte sich ihr Gespräch um das auffallend ungleiche Paar.

Auf dem Rückweg zum Donghu Hotel kaufte ich einen Strauß Rosen.

Wegen der Frühe war es am folgenden Morgen schwierig, ein Taxi zum Flughafen zu bekommen, nach zehn Minuten wurde ich unruhig, Xiao Lin bat den Mann an der Hotelrezeption, nachzuhaken und wenig später kam das ungeduldig erwartete Taxi. Als der Fahrer den Kofferraumdeckel schloss, hielt ein zweites Taxi, dessen Fahrer uns fürchterliche Flüche nachschickte.

Die Fahrt zum Flughafen Hongqiao erschien mir dieses Mal erschreckend kurz, gut, dass die Zeit drängte, so blieb uns nichts anderes übrig, als uns in die äußeren Zwänge zu fügen. Ohne große Worte küssten wir uns zum Abschied.

In Beijing begab ich mich nach der Landung sofort zu British Airways, mein Ersatzticket lag abholbereit in einer Schublade, ich zahlte die fünfzehn Pfund Bearbeitungsgebühr und konnte nach Deutschland fliegen.

Bei der Passkontrolle gab es die von mir erwartete Komplikation. Man wollte mich nicht ausreisen lassen, da ich keine gültigen Papiere vorweisen könne. Ich bestand darauf, meine Papiere sorgfältig zu prüfen, dann würde man feststellen, dass alles in Ordnung sei. Telefonisch wurde ein uniformierter Mensch herbeigerufen, der wahrscheinlich eine höhere Position bekleidete. Er musterte mich kurz, nahm meinen Passersatz sowie das vom Sicherheitsbüro ausgestellte Ausreisevisum und verschwand damit. Nach einer Viertelstunde erschien er wieder, gab seiner Kollegin grünes Licht, ich durfte ausreisen. Zu meinem Bedauern nahm sie mir das Ausreisevisum ab, das ich gern zur Erinnerung behalten hätte, war mir doch schon der Zettel aus Xiamen von dem unangenehmen Typen in der Hankou Lu vorenthalten worden.

Obwohl die allgemeine Ferienzeit noch nicht zu Ende war, fand ich auf meinem Schreibtisch eine Liste mit Terminen, die ich in den kommenden Tagen und Wochen wahrnehmen musste. Der erste betraf das unmittelbar bevorstehende Treffen einer europäischen Gruppe aus Industrie- und Universitätsleuten in Paris, die Möglichkeiten zur Nutzung eines europäischen Satelliten für Bildungszwecke prüfen sollte.

Bis zum Treffen blieben mir noch drei Tage, umgehend begann ich mit den Vorbereitungen. Wie häufig, schaffte ich es auch dieses Mal nicht, fertig zu werden, noch auf dem Flug nach Paris musste ich an der Präsentation meines Beitrags feilen. Um viertel vor acht landete die Maschine auf dem Flughafen Roissy – Charles de Gaulle. Die Benutzung eines Taxis wurde nicht erstattet, ich musste das RER benutzen, hastete zum Bahnsteig und brauchte zum Glück nicht lange zu warten. Vorbei an der charakteristischen Pinie ging es stadteinwärts, um mich herum ausnahmslos Menschen mit schwarzer Hautfarbe. An der Gare du Nord stieg ich vom RER in die Métro um, wechselte am Knotenpunkt Les Halles die Linie und erblickte an der Station George V auf der Avenue des Champs Elisées wieder das Tageslicht. Durch die zahlreichen Treffen unserer Gruppe waren mir die Fahrten zur Routine geworden. Ein paar Minuten Fußweg durch zwei kleine Straßen und ich befand mich am Ziel, dem Boulevard Haussmann.

Unsere Gruppe von zehn Leuten war noch nicht vollzählig, wir standen ein Weilchen herum, machten Smalltalk, erzählten von den Ferien. Eine spanische Kollegin zeigte sich ungewöhnlich interessiert, als sie hörte, ich sei in China gewesen. Ob ich nach dem Ende unserer Sitzung vom Flughafen Charles de Gaulle abfliege, fragte sie mich, wir hätten dann bestimmt mehr Zeit für ein Gespräch. Ich bejahte ihre Frage, wir verschoben unsere Unterhaltung auf den Abend.

Nach kurzen Vorträgen zu den Themen, die beim letzten Treffen vergeben wurden, beschäftigten wir uns in der verbeibenden Zeit hauptsächlich mit Konsequenzen, die sich aus der dreimonatigen Verschiebung eines wichtigen Termins durch die Satellitenagentur für unsere Arbeit ergeben würden. Wie gewöhnlich beendeten wir unsere Sitzung gegen sechs Uhr, damit alle am gleichen Abend ihre Heimatorte erreichen konnten. Die Spanierin und ich verließen gemeinsam das Gebäude, fuhren zum Flughafen und setzten uns dort in ein Restaurant.

Sie hatte im letzten Jahr einen Monat in Shanghai verbracht, es war ihr erster Aufenthalt in China gewesen. Über die äußeren Eindrücke kamen wir rasch darauf zu sprechen, was es uns bedeutet hatte, eine Weile in einer uns fremden Welt zu leben, in der wir nicht unsere eingeübten Verhaltensmuster abspulen konnten, sondern selbst alltägliche Dinge bewusster als gewohnt angehen mussten. Erstaunlich, dass eine Frau aus Spanien und ein Mann aus Deutschland Erfahrungen gemacht hatten, die bemerkenswerte Ähnlichkeiten aufwiesen. Oder nicht erstaunlich? Ich erzählte ihr von einem guten Bekannten, der Anfang der 1980er Jahre ein Jahr in Shanghai verbrachte und der in einem Zeitungsartikel seine wichtigsten Erfahrungen in dem Satz »In China findet man zu sich selbst« zusammengefasst hatte. »Ja«, sagte sie begeistert, »genau das war's.« Wir mussten aufbrechen.

Meine Fortschritte bei der Beschäftigung mit der chinesischen Sprache blieben bescheiden, was nicht nur an dem bisweilen erfolglosen Kampf gegen den inneren Schweinehund lag. Ich konnte inzwischen die Adresse — Name, Abteilung für Fremdsprachen, Hochschulname, Straßenname, Zhongguo (China) — auf meine Briefe an Xiao Lin auswendig und korrekt mit chinesischen Schriftzeichen schreiben. Die Ästhetik meiner Schriftzeichen ließ sich offensichtlich noch steigern, Xiao Lin bezeichnete sie als grauenhaft. Aus praktischen Erwägungen schrieb ich weiterhin mit ungelenker Ausländerhandschrift, damit die Adresse nicht erst in einem Shanghaier Postamt ins Chinesische umgesetzt werden musste, wodurch die Briefe zwei oder drei Tage früher bei der Adressatin ankamen.

Im Oktober lernte ich auf einer Tagung einen Chinesen namens Cui Meng kennen. Nach meinem Vortrag kam er zu mir, sagte, das Thema interessiere ihn, er würde gern mit mir zum Mittagessen gehen, wogegen ich nichts einzuwenden hatte. »Sind Sie schon mal in China gewesen?« Meine Antwort auf seine als höfliche Einstiegsfloskel gedachte Frage erstaunte ihn, derart umfangreiche Chinaerfahrungen hatte er nicht erwartet. Mein Interesse an China erleichterte ihm die zweite Frage, ob ich bereit sei, in seiner Universität in Beijing ein zweitägiges Tutorium über das Gebiet abzuhalten, das Thema meines Vortrags gewesen sei. Die Kosten am Ort und eventuelle Flugkosten in China würden von seiner Universität getragen, allerdings, fügte er verlegen hinzu, hätten sie keine Mittel zur Deckung der Kosten für Flüge zwischen Deutschland und China. Die mit der Frage verbundene Einladung kam mir nicht ungelegen, die Universität meines Gesprächspartners besaß einen guten Ruf, für sie lohnte sich der nicht unerhebliche Aufwand für die Vorbereitung eines zweitägigen Tutoriums und die Erstellung entsprechender Unterlagen. Er freute sich über meine positive Reaktion und regte einen baldigen Termin an, die Woche vor dem nächsten Frühlingsfest sei beispielsweise gut geeignet. »Auf welchen Tag fällt das Frühlingsfest im kommenden Jahr?«, fragte ich ihn und er vermutete, das Datum müsse zwischen dem dreizehnten und zwanzigsten Februar liegen. Das passte gut in meinen Terminkalender, ich gab eine Fastzusage und versprach, ihm von Deutschland aus schnell eine endgültige Antwort zukommen zu lassen, damit genügend Zeit für die Erledigung der notwendigen Formalitäten bliebe.

Beim nächsten Telefonat berichtete ich Xiao Lin von der Einladung, dass ich sie zwischenzeitlich angenommen habe und fragte sie, ob wir uns in Beijing oder Shanghai treffen könnten. Der Vorschlag gefiel ihr, da sie ab dem Frühlingsfest bis zum Beginn des neuen Semesters Anfang März keine Unterrichtsverpflichtungen haben würde. Dann könnten wir noch ein paar Tage dranhängen und eine kleine Reise machen, erweiterte ich meinen Vorschlag und erntete freudiges Einverständnis. Ich versprach, einen ersten Plan vorzubereiten und ihn mit der Post zu schicken.

Rose Wyland hatte mir seinerzeit empfohlen, unbedingt Qingdao zu besuchen, es gebe dort zahlreiche gut erhaltene Bauwerke aus der deutschen Kolonialzeit, später gab mein Zufallsbekannter Li in Shanghai die gleiche Empfehlung ab. Jetzt bestand eine gute Gelegenheit, die Stadt kennenzulernen. Ferner würde es lohnenswert sein, die südliche Metropole Guangzhou[24] zu besuchen und wenn wir uns derart tief im Süden aufhielten, lag es nahe, einen Abstecher nach Guilin zu machen, die Stadt befand sich wegen der unliebsamen Vorfälle in Xiamen noch auf unserer Agenda. Das Chinesische Reisebüro in Frankfurt schickte mir anstandslos und schnell die neuesten Flugpläne und Eisenbahnfahrpläne zu, so dass ich mir Gedanken über zeitliche Abläufe machen konnte, wozu ich als Erstes das genaue Datum des Frühlingsfests in Erfahrung bringen musste.

Wie das traditionelle chinesische Neujahrsfest gefeiert wurde, hatte mir Xiao Lin nach dem letzten Fest in einem Brief geschildert. Der Neujahrsvorabend bildete den Höhepunkt, Chinesen in Deutschland nennen ihn gern Silvesterabend, da sie in der Regel nicht wissen, dass die Bezeichnung vom Namenstag eines Heiligen namens Silvester herrührt, der unverrückbar auf dem 31. Dezember liegt.

Die Vorarbeiten beanspruchten nach Xiao Lins Schilderung viel Zeit und Mühe. Sie begannen mehrere Tage vorher mit umfangreichen Einkäufen, um alles, was für die Feier des Frühlingsfests als unentbehrlich angesehen wurde, im Hause zu haben, Reis, Weizenmehl, Speiseöl, Fisch, Fleisch, Geflügel, Obst, Bonbons, Nüsse, Dekorationsmaterial, Geschenke für Familienangehörige, Verwandte und Freunde. Neben den Einkäufen erforderte das obligate Großreinemachen im Vorfeld beträchtliche Zeit und Kraft.

Zusätzlich musste die Wohnung geschmückt werden, ein an der Eingangstür auf einen langen Papierstreifen senkrecht geschriebener Neujahrswunsch durfte auf keinen Fall fehlen. Auf die Tür wurde ferner das chinesische Zeichen für Glück geheftet, das *fú* ausgesprochen wird, auf dem Kopf stehend. Dahinter steckt ein

---
[24] Kanton

kleines Wortspiel. Verbalisieren lässt sich das kopfstehende Zeichen durch »das Glück umgekehrt«, chinesisch gesprochen *fú dào*. Das gesprochene *fú dào* kann auch »das Glück ist angekommen« bedeuten und so ist es am Vorabend des neuen Jahres gemeint. Das Wortspiel funktioniert nur in der gesprochenen Form, das chinesische Zeichen für *dào* (umkehren) hat gegenüber *dào* (ankommen) ein zusätzliches »Mensch-Radikal« am Anfang.

Ein Großteil der Zutaten musste geputzt, mit dem Küchenbeil zerkleinert werden, um anschließend im Wok die Verwandlung in einen der fünfzehn Gänge des Abendessens zu erfahren und das auf einem einflammigen Gaskocher. Von morgens früh bis in den späten Nachmittag hinein waren Xiao Lin und ihre Mutter mit den direkten Arbeiten für das Abendessen beschäftigt gewesen.

Wie man das Frühlingsfest feierte, konnte ich mir nach den Schilderungen halbwegs vorstellen, für meine Planungen war es im Augenblick wichtiger zu wissen, an welchem Datum das nächste gefeiert wurde. Mich hatte stutzig gemacht, dass Cui den exakten Termin nicht kannte, als er mich einlud. Ich fragte Zhao Ming nach dem Datum des nächsten Frühlingsfests, sie gab mir »Mitte Februar« zur Antwort, bei zwei weiteren chinesischen Doktoranden bekam ich ähnlich ungenau lautende Antworten. Das genaue Datum brauchte ich aus einem praktischen Grund, darüber hinaus wollte ich meine inzwischen erwachte Neugier befriedigen, welche geheimnisvollen Regeln hinter der Festlegung des Frühlingsfestdatums steckten. Ich nahm mir vor, mich umgehend kundig zu machen.

Als ich mich an die Arbeit machte ahnte ich nicht, in was für eine farbige Welt ich eintauchen würde, Kalender gehörten für mich in erster Linie zur Grundausstattung von Büros, wie früher noch Stehpulte und Ärmelschoner, wahrhaftig keine aufregenden Insignien. Mehrmals musste ich mir bei meinen Recherchen eindringlich Tucholskys Lexikonbenutzer in Erinnerung rufen, um in vertretbarer Zeit herauszufinden, wie das Datum des chinesischen Frühlingsfests bestimmt wird. Für die vielen interessanten Geschichten rund um den jüdischen, den gregorianischen, den islamischen und den chinesischen Kalender würde mir hinreichend

Zeit nach meiner Emeritierung bleiben.

Das Frühlingsfest ist das traditionelle chinesische Neujahrsfest, die Notwendigkeit, einen anderen Namen einzuführen, entstand bei der Gründung der Republik China im Jahr 1912. Nach dem alten chinesischen Kalender fiel und fällt der Neujahrstag — diese numerische Bestimmung des Termins ist mit einer gewissen Vorsicht anzuwenden, davon später — auf den zweiten Neumond nach der Wintersonnenwende. Bei der Republikgründung wurde im Zuge der Hinwendung zum Westen der gregorianische Kalender offiziell eingeführt und von da ab war in China am 1. Januar Neujahr. Es konnte nicht angehen, für zwei verschiedene Tage gleich lautende Benennungen zu verwenden, fortan bezeichnete man den ersten Tag des Jahres nach dem traditionellen chinesischen Kalender als den Beginn des Frühlingsfests.

In meiner Naivität dachte ich zunächst, es ließe sich vielleicht eine einfache Beziehung zwischen dem Datum des Osterfests nach dem gregorianischen Kalender und dem traditionellen chinesischen Neujahrstag herstellen, da beide Feste an Mondphasen gekoppelt sind: Beim Frühlingsfest spielt der Neumond eine Rolle, Ostersonntag ist der erste Sonntag nach Frühlingsvollmond. So wurde es auf dem Konzil von Nizäa im Jahr 325 n. Chr. beschlossen. Zu dieser Zeit galt der julianische Kalender, dessen Name auf C. Iulius Caesar verweist, der ihn im Jahr 46 v. Chr. einführte. Das Jahr wurde nach seiner Reform in 365 Tage eingeteilt, alle vier Jahre gab es ein Schaltjahr mit einem zusätzlichen Tag, so dass die durchschnittliche Jahreslänge von 365,25 Tagen eine gute Annäherung an das Sonnenjahr (Tropisches Jahr) darstellte, das von einem Frühlingsäquinoktium bis zum nächsten dauert und durchschnittlich 365,2422 Tage lang ist. Ursprünglich begann das römische Jahr im März, wovon die Monatsnamen September bis Dezember zeugen, bei Einführung des julianischen Kalenders wurde der Jahresanfang auf den ersten Januar verlegt, dieser Monatsname ist vom doppelgesichtigen Ianus abgeleitet, dem römischen Gott des Torbogens. Für den Beginn der Zeitrechnung wurde das Jahr der Gründung Roms (»sieben fünf drei, Rom kroch aus dem Ei«) herangezogen, die Monate hatten nichts mehr mit dem Mond zu tun, sie teilten das Jahr in zwölf einigermaßen gleiche Teile. Als später die Monate sieben und acht nach C. Iulius Caesar und Kaiser Augustus umbenannt wurden, wurmte es letzteren, dass sein Monat nicht gleich viele Tage haben sollte wie der Juli und er klaute kurzerhand dem Februar einen von seinen neunundzwanzig regulären Tagen. Dann passierte lange nichts mehr, bis der Mönch Dionysus Exiguus um 530 n. Chr. die Geburt Christi als den Beginn der Zeitrechnung verwendete, was sich in der christlichen Welt allgemein durchsetzte.

Mehrere Jahrhunderte kam man mit der jährlichen Differenz von elf Minuten und vierzehn Sekunden gegenüber dem Sonnenjahr gut zurecht, dummerweise wurde jedoch in Nizäa das Frühlingsäquinoktium für die Berechnung des Osterdatums auf den 21. März festgeschrieben. Durch die Differenz von elf Minuten und ein paar Sekunden zwischen dem julianischen Jahr und dem Sonnenjahr driftete der 21. März in der Folge unaufhaltsam in Richtung Sommer und damit tat der Ostersonntag dasselbe. Papst Paul III. beauftragte eine Reihe von Astronomen mit der Erarbeitung von Lösungsvorschlägen zur Beseitigung des Ärgernisses, Papst Gregor VIII. wählte daraus den ihm am geeignetsten erscheinenden und seit 1582 gilt in der römisch-katholischen Kirche (mit der Betonung auf »römisch«) der reformierte julianische Kalender, den wir den gregorianischen nennen. Die beiden wesentlichen Veränderungen bestanden darin, einmalig zehn Tage unter den Tisch fallen zu lassen (auf Donnerstag, den 14. 10. 1582 folgte Freitag, der 25. 10. 1582) und die Schaltjahresregelung zu verfeinern, wodurch für einen Tag Abweichung vom Sonnenjahr nunmehr an die dreitausend Jahre ins Land gehen müssen.

Der gregorianische Kalender erwies sich nicht gerade als ein Erfolgsmodell. Selbst in den katholischen Ländern Europas ging die Einführung teilweise schleppend vor sich, aber rasch gegenüber den protestantischen, die ja nicht widerspruchslos einer Weisung der »großen babylonischen Hure« folgen konnten. So wurde der gregorianische Kalender in den protestantischen Ländern Deutschlands erst im Jahr 1700 verbindlich.

Und wieso heißt das Ereignis, das am 7. November 1917 in Russland stattfand, Oktoberrevolution? In Russland galt nach wie vor der julianische Kalender und nach dem war es erst der 25. Oktober, die zehn Tage Abstand von 1582 hatten sich zwischenzeitlich auf dreizehn erhöht.

Die Berechnung des Osterdatums war zunächst eine undurchsichtige Angelegenheit, damit aber auch der katholische Dorfpfarrer in Hinterpfuiteufel die Ostermesse am richtigen Tag zelebrierte, befand sich in seinem Messbuch eine Jahrestabelle mit den Daten der beweglichen Festtage. In meinem Missale Romanum (römisch–katholisches Messbuch) aus dem Jahre 1690 reichte diese Tabelle von 1691 bis 1735.

Gegen Ende des achtzehnten Jahrhunderts trat der geniale Mathematiker Carl Friedrich Gauß auf den Plan, er ist uns zumeist als derjenige bekannt, der seinem Mathematiklehrer die Aussicht auf eine gemütliche Schulstunde gründlich versaute, indem er sich einen blitzschnellen Algorithmus zur Addition der Zahlen von eins bis hundert ausdachte, ehe sich das Schulmeisterlein auf seinem Stuhl zurechtträkeln konnte. Die nach ihm benannte Gaußsche Osterformel erfordert die Kenntnis der vier Grundrechenarten und eine Vertrautheit im Umgang mit Klammern, um das Datum des Ostersonntags mathematisch zu bestimmen.

Hat man keine unüberwindliche Abneigung gegen die Mathematik und ein wenig Ahnung vom Programmieren, kann man sich schnell einen kleinen dienstbaren Geist schaffen, der einem per Mausklick das Osterdatum auf den Bildschirm zaubert. Im Jahr 1691 fiel danach Ostern auf den 15. April, mein Missale Romanum war derselben Meinung, die Karnevalszeit des Jahres 2020 wird am 25. Februar vorbei sein.

Nachdem ich mir die Grundlagen des gregorianischen Kalenders sowie das Verfahren zur Berechnung des Osterdatums zusammengestellt hatte, wollte ich zumindest die groben Zusammenhänge verstehen, die hinter dem Aufbau des traditionellen chinesischen Kalenders standen.

Während der gregorianische Kalender auf dem Sonnenjahr basiert, das durch die Distanz zweier aufeinanderfolgender Frühlingsäquinoktia bestimmt wird, bildet der Monat, genauer, der synodische Monat, die Grundlage des chinesischen Kalenders. Ein synodischer Monat, auch Lunation genannt, ist die Zeitspanne zwischen zwei aufeinanderfolgenden Neumonden, seine mittlere

Länge beträgt 29,5306 Tage. Das aus zwölf (synodischen) Monaten bestehende Mondjahr ist somit fast elf Tage kürzer als das Sonnenjahr. Will man ein Jahr aus synodischen Monaten bilden und nicht wie beim gregorianischen Kalender aus Monaten, die lediglich eine Aufteilungsfunktion erfüllen, erscheinen zwei Varianten sinnvoll.

Bei der ersten, simplen, ignoriert man die Sonne und lässt das Jahr aus zwölf synodischen Monaten bestehen, wie das zum Beispiel der islamische Kalender tut, dessen Jahr 354 Tage (bisweilen 353 oder 355) aufweist. Man muss bei dieser Variante in Kauf nehmen, dass Feiertage keinen festen oder auch nur annähernd festen Platz im Sonnenjahr haben. So wandert der Fastenmonat Ramadan, der neunte Monat des islamischen Mondjahres, im Laufe der Zeit wiederholt durch alle Monate des gregorianischen Kalenderjahres.

Die Chinesen liebten es komplizierter. Sie wollten zum einen an die Mondphasen gekoppelte Monate haben, andererseits sollte ihr Jahr gegenüber dem Sonnenjahr nicht völlig aus dem Ruder laufen. Deshalb ist der chinesische Kalender kein Mondkalender, sondern ein sogenannter lunisolarer Kalender, der Mond und Sonne einbezieht. Was taten die Chinesen, damit ihr Neujahrstag, auf einen bestimmten Sonnenstand bezogen, nicht zu großen Abweichungen unterlag? Da das Mondjahr gegenüber dem Sonnenjahr knapp elf Tage zu kurz ist, fügten sie nach wenig mehr als drei Jahren jeweils einen Schaltmonat ein, das Jahr bestand dann eben aus dreizehn synodischen Monaten. In frühester Zeit leitete man die Fälligkeit eines Schaltmonats aus sorgfältigen Naturbeobachtungen ab.

Um das Jahr 600 v. Chr. fanden chinesische Astronomen die interessante Gesetzmäßigkeit, dass neunzehn Sonnenjahre fast genauso lang sind wie 235 synodische Monate, der Unterschied beträgt rund zwei Stunden. Daraus ließ sich Honig saugen. Neunzehn Jahre mit jeweils zwölf synodischen Monaten wiesen gegenüber neunzehn Sonnenjahren einen Fehlbetrag von sieben Monaten aus, folglich wurden in jeden Neunzehn-Jahre-Zyklus sieben Schaltmonate eingebaut, um Konformität mit dem Sonnenjahr herzustellen.

Dieser Zyklus von neunzehn Jahren ist im chinesischen Kalender leicht wiederzuerkennen. Das Frühlingsfest des Jahres 1970 fiel nach dem gregorianischen Kalender auf den sechsten Februar, neunzehn Jahre später lag das Fest erneut auf dem entsprechenden Tag, nach dem nächsten Zyklus erschien statt der sechs eine sieben, aber im Jahr 2027 lautet das Datum für das chinesische Neujahrsfest wieder sechster Februar. Der Ausreißer des Jahres 2008 kam durch eine Reihe kleiner Ungenauigkeiten zustande, zum Beispiel durch die erwähnte Differenz von zwei Stunden.

Die chinesische Gesellschaft war von alters her eine bäuerliche, in der dem Kalender besondere Bedeutung für die Feldbestellung zukam, namentlich für die Getreideaussaat. Bei einem Kalender, dessen Monate an die Mondphasen gebunden sind, fallen Ungenauigkeiten schnell auf, man braucht am ersten Tag eines Monats nur zu prüfen, ob der Mond die richtige Form hat. Den chinesischen Kaisern war es ein besonderes Anliegen, das sich mit der Zeit ständig erweiternde Wissen auch zur Steigerung der Genauigkeit des Kalenders auszunutzen. Sie zeigten bei ihren Bemühungen keinerlei Berührungsängste gegenüber ausländischen Ratgebern, Buddhisten aus Indien und moslemische Astronomen befanden sich unter den Beratern.

Vier Jahre vor dem Ende des Dreißigjährigen Kriegs in Europa, begann 1644 die über zweihundertfünfzig Jahre währende Fremdherrschaft der Mandschus, die Qing–Dynastie. Gleich zu Beginn wandte sich der deutsche Jesuitenpater Adam Schall an den neuen Herrscher, um ihm seine Berechnungen im Hinblick auf eine bevorstehende Sonnenfinsternis vorzutragen. Auch die kaiserlichen Astronomen stellten entsprechende Rechnungen an, Adam Schalls Ergebnisse erwiesen sich eindeutig als die genaueren, weshalb er zum Chefastronomen am Kaiserhof ernannt wurde und dadurch Gelegenheit erhielt, den chinesischen Kalender zu reformieren mit dem Ergebnis einer erhöhten Genauigkeit. Schall umgab sich mit weiteren Jesuitenpatres.

Erfolge rufen Neider auf den Plan. Yang Guangxian, ein Beamter am Kaiserlichen Astronomischen Institut, intrigierte gegen Tang Ruowang, so der chinesische Name Adam Schalls, indem er die Losung verbreitete: »Lieber einen schlechten Kalender als

Ausländer in China.« Dank seiner Beziehungen schaffte es Yang, dass die Jesuiten im Jahr 1664 ins Gefängnis geworfen wurden. Von dort sagten sie den exakten Zeitpunkt der nächsten, kurz bevorstehenden Sonnenfinsternis voraus, Yang und sein mohammedanischer Kollege Wu Mingxuan lagen mit ihren Berechnungen um eine dreiviertel bzw. eine halbe Stunde daneben. Das ließ aber die Obrigkeit kalt, die Jesuiten wurden zum Tode verurteilt.

Da kam der Himmel den Patres zur Hilfe, ein heftiges Erdbeben erschütterte am darauffolgenden Tag Beijing. Erdbeben galten und gelten in China nicht nur als Naturereignisse mit schlimmen Folgen für Leib und Leben sowie für materielle Güter, sondern stets als Zeichen des Himmels. Dem Kaiser schwante, eine Hinrichtung seiner ausländischen Experten könne unangenehme Konsequenzen für ihn haben, er begnadigte die Sterngucker der Gesellschaft Jesu, wandelte die Todesstrafe zuerst in eine Prügelstrafe um, später in Hausarrest.

Neues Spiel — neues Glück. 1668 bestieg Kaiser Kangxi den chinesischen Thron, Adam Schall war zwei Jahre zuvor gestorben. Der neue Sohn des Himmels ließ Ferdinand Verbiest, einen Jesuitenpater aus dem Gebiet des heutigen Belgien, mit Yang Guangxian und Wu Mingxuan um den Posten des Oberastronomen wetteifern. Sie mussten den Stand der Sonne für einen bestimmten Zeitpunkt sowie die Länge des Schattens, den ein Stab in des Kaisers Garten werfen würde, zwei Wochen im Voraus berechnen. Verbiest gewann, wurde Leiter des Kaiserlichen Astronomischen Instituts, die beiden anderen wanderten nun ihrerseits ins Kittchen.

Verbiest avancierte im Laufe der Zeit zum persönlichen Berater des Kaisers Kangxi, bei Hofe schrieb man guten Astronomen gleichzeitig besondere astrologische Fähigkeiten zu. Hatte nicht auch der große Johannes Kepler rund vierzig Jahre zuvor — pecunia non olet — dem Feldherrn Wallenstein Horoskope gestellt? Adam Schalls Schicksal wiederholte sich nicht, die Leitung des Kaiserlichen Astronomischen Instituts blieb bis 1746 in Händen von Mitgliedern der Societas Jesu.

Nachdem ich die Grundlagen des traditionellen chinesischen und des gregorianischen Kalenders einigermaßen verstand, suchte ich herauszufinden, auf welchen Anfangspunkt sich der chinesische Kalender bezog und erst jetzt fiel mir auf, bislang nirgendwo auf eine fortlaufende Zählung gestoßen zu sein. Im ersten Augenblick erschien es mir undenkbar, eine frühzeitig hoch entwickelte Gesellschaft wie die chinesische habe ohne kontinuierliche Jahreszählung auskommen können. Doch es war so, bei jeder neuen Thronbesteigung wurde der Jahreszähler auf Null gestellt und die Zählung begann von Neuem. Nun erinnerte ich mich, dass Xiao Lin nie Jahreszahlen nannte, wenn sie über Ereignisse der frühen und mittleren chinesischen Geschichte sprach, sie verknüpfte sie immer mit Dynastien und Kaisernamen.

Die an Regentschaften gekoppelten Zählungen hingen jedoch nicht isoliert »in der Luft«, wie ich bei weiterem Nachgraben feststellte. Auf der Basis zwölf verschiedener Erdzweige gibt es einen Zwölf-Jahre-Zyklus, in dem die Jahre mit Tiernamen belegt sind, Jahr des Drachen, Jahr der Schlange und so weiter, das wusste ich seit langem. Neu war für mich die Einbettung der Zwölf-Jahre-Zyklen in ein System von Sechzig-Jahre-Zyklen, die durch eine komplizierte Kombination der zwölf Erdzweige mit den zehn Himmelsstämmen zustande kamen.

Der erste Sechzig-Jahre-Zyklus begann mit der Regentschaft des legendären Gelben Kaisers im Jahr 2697 v. Chr., bisweilen nimmt man das einundsechzigste Jahr seiner Regierung als Anfangspunkt. Bei Anwendung dieses Zählsystems wäre beispielsweise 2009 das 26. Jahr im 78. Sechzig-Jahre-Zyklus gewesen.

Ich befand mich auf dem besten Weg, in dieselbe Falle wie Tucholskys Lexikonbenutzer zu tappen und entsann mich meines ursprünglichen Ziels, fasste das bisher Zusammengetragene in Form eines Kochrezepts für mich zusammen: Das Frühlingsfest ist am Tag des zweiten Neumonds nach der Wintersonnenwende, es liegt zwischen dem 21. Januar und dem 21. Februar; ergibt die Rechnung einen Termin vor dem 21. Januar, muss ein synodischer Monat hinzugefügt werden.

Für eine Variante zur Ermittlung des Frühlingsfestdatums muss kurz auf etwas eingangen werden, was bisher unerwähnt blieb, um die ohnehin verworrene Angelegenheit nicht noch unübersichtlicher zu machen. Wir Gregorianer verwenden vier Begriffe, die mit Sonnenständen zu haben: Frühlingsäquinoktium, Sommersonnenwende, Herbstäquinoktium und Wintersonnenwende. Neben diesen Bezeichnungen enthält der traditionelle chinesische Kalender zwanzig weitere Tagesfestlegungen, die alle zusammen als die 24 *jiéqi* bezeichnet werden. Die Nummer eins in der Liste heißt *lìchūn*, das bedeutet »Beginn des Frühlings«, was auf keinen Fall mit dem Frühlingsfest verwechselt werden darf. *Lìchūn* ist jedes Jahr am 4. Februar. Unter Verwendung der *jiéqi*–Terminologie lässt sich eine einfache Formel herleiten: Das Frühlingsfest ist an dem Neumond, der *lìchūn* am nächsten ist, etwa alle dreißig Jahre stimmt diese Regel nicht.

Vorsicht ist geboten, falls man das chinesische Frühlingsfest nach dieser Regel auf der Basis eines deutschen Kalenders bestimmen will, da man zur deutschen Uhrzeit sieben Stunden addieren muss, um die chinesische zu erhalten und tritt der Neumond in Deutschland nach fünf Uhr nachmittags ein, so ist der Zeitpunkt für dieses Ereignis in China um einen Tag weitergerückt.

Das von mir gesuchte Datum war der 15. Februar. Ich buchte schnell einen preiswerten Flug für den 9. Februar, denn vor dem Frühlingsfest machten sich nicht nur Millionen Chinesen im eigenen Land auf die Reise, auch aus dem Ausland setzte in jedem Jahr um diese Zeit eine wahre Völkerwanderung ein, wobei das Wandern durch eine modernere Art der Fortbewegung ersetzt wurde. Mein Gesprächspartner Cui in Beijing arbeitete bemerkenswert zügig. Höflich verklausuliert ließ er mich wissen, man hätte zusätzlich zu dem zweitägigen Tutorium gern einen Vortrag über das Hochschulsystem in Deutschland, die Vergabe von Stipendien solle ich darin nicht vergessen. Das bedeutete noch mehr Arbeit, über die ich mich nicht gerade freute, ich wollte deswegen aber keine Diskussion in Gang setzen. Zufrieden nahm ich zur Kenntnis, dass er den Antrag bezüglich meiner offiziellen Einladung schon an das zuständige Ministerium gestellt hatte. Die Termine für meine Lehrveranstaltung hatte er gleichfalls festgelegt, sie würde am Montag und Dienstag vor dem Frühlingsfest stattfinden.

In meinem nächsten Brief schlug ich Xiao Lin vor, das Frühlingsfest gemeinsam in Beijing zu verbringen, falls sie frei über diesen Tag zu verfügen könne. Für Qingdao, Guangzhou und Guilin schlug ich jeweils drei Tage vor, die Anreisen eingeschlossen. Ich erinnerte sie daran, früh zu versuchen, Berechtigungsscheine für Flüge nach unseren Zielorten zu bekommen.

Die Ausarbeitung der schriftlichen Unterlagen für das Tutorium kostete mich mehr Zeit als ich ursprünglich eingeplant hatte, erst in den Tagen zwischen den Jahren gelang es mir, sie komplett fertigzustellen. Einen Satz Druckvorlagen schickte ich nach Beijing, damit das Skript dort rechtzeitig vervielfältigt werden konnte.

Ende Januar traf meine offizielle Einladung ein. Beim Ausfüllen des Visumsantrags in der chinesischen Botschaft in Bonn zögerte ich an der Stelle »Personen, die in China besucht werden sollen«. Musste ich Xiao Lin nennen? An sich sollte es reichen, wenn ich die Universitätsleute in Beijing eintrug, aber dieses verdammte Xiamen lag mir nach wie vor schwer im Magen, ich trug ihren Namen ein, als Adresse gab ich lediglich Shanghai an. Anstandslos bekam ich das Visum vom Typ F.

Über das Fakultätsbüro der Fremdsprachenabteilung war es für Xiao Lin ein Leichtes gewesen, Rose Wylands Londoner Adresse in Erfahrung zu bringen. Ich hatte Rose einen Brief geschrieben und schnell Antwort von ihr erhalten, wenige Zeilen nur, denn sie verwendete kein Briefpapier, das anschließend in einen Umschlag gesteckt wurde, ich bekam ein gefaltetes und an drei Seiten zugeklebtes Stück Papier. Adresse und Absender waren auf vorgedruckte Linien geschrieben, es schien sich um eine in England nicht unübliche Form zu handeln, kurze Nachrichten zu verschicken, sie erinnerte mich an die Feldpostbriefe meines Vaters aus Norwegen und später aus Russland. Warum hatte mir Rose eine solche Kurzmitteilung geschickt?

Zwei Wochen vor dem Flug nach China besuchte ich Rose, den Besuch konnte ich mit einer Sitzung der Kommission verbinden, die gewöhnlich in Paris tagte, dieses Mal wollten wir uns ausnahmsweise in Milton Keynes, unweit von London, treffen.

Rose holte mich von der U-Bahn ab, den Bus mussten wir zwei Mal wechseln, ehe wir in einem Londoner Außenbezirk die Gegend erreichten, in der sie lebte. Sie bewohnte ein altes, extrem schmales Reihenhaus, allerdings nur zwei kleine Räume im Erdgeschoss, die obere Etage hatte sie vermietet. Schlagartig wurde mir klar, warum mir Rose den merkwürdigen Kurzbrief geschrieben hatte: Sie lebte in Armut und zwar nicht in relativer.

Wir setzten uns in ihr winziges Wohnzimmer, tranken Tee. Ich gab Rose ein gerahmtes Foto, das sie zusammen mit den vier chinesischen Mitgliedern unserer Gruppe auf der Huang Shan Wanderung zeigte. Sie trug jetzt dieselbe grüne Strickjacke wie auf dem Bild. Auch wenn sie es nicht zeigte, wahrscheinlich nicht zeigen konnte, sie freute sich riesig über meinen Besuch. Hatte ich mich auf unserer gemeinsamen Reise hauptsächlich über sie geärgert, empfand ich jetzt Mitleid für sie: Eine Frau von bald achtzig Jahren, die vermutlich ein schweres, freudloses Leben hinter sich hatte und es mit Anstand zu Ende zu bringen versuchte. So hätte man wohl nüchtern ihre Situation beschreiben müssen.

Abends lud ich Rose zum Essen in ein nahe gelegenes Chinarestaurant ein, da erschien sie mir so, wie ich sie von unserem Ausflug kannte, sie bevormundete mich, weil ich aus ihrer Sicht zu teure Gerichte bestellen wollte. Beim Essen taute sie auf, ich erfuhr, sie sei im Norden Englands geboren, ihr Vater habe dort eine Rechtsanwaltskanzlei gehabt.

Auf dem Rückweg zu ihrem Haus bat sie mich, langsamer zu gehen, sie habe Schmerzen, sie brauche ein künstliches Hüftgelenk. Ich erschrak, waren wir doch vor nicht allzu langer Zeit noch gemeinsam in China durchs Gebirge gewandert.

Wir tranken wieder Tee, sprachen über China und Rose offenbarte mir, seit Jahrzehnten Kommunistin zu sein. Sie stamme aus einer jüdischen Familie, bereits in jungen Jahren habe sie sich von der Religion abgewandt, Gründe nannte sie nicht. Ich konnte mir die Abkehr gut als eine gegen ihre Familie gerichtete Aktion vorstellen, bestimmt hatte sie schon in ihrer Kindheit gegen Gott und die Welt rebelliert.

Rose wunderte sich über meine Kenntnisse in Bezug auf Juden und Judentum, sie habe das bei einem Deutschen nicht erwartet, eine Bemerkung, die mich an die seinerzeitige Verblüffung meiner chinesischen Studenten darüber erinnerte, dass ich Karl Marx gelesen hatte, obwohl ich aus einem kapitalistischen Land kam. Ob mein Wissen über Juden daher käme, dass ich mich früh für Geschichte interessiert hätte, wollte sie gern wissen, ich musste ihr gestehen, in meiner Schulzeit wenig Begeisterung für dieses Fach aufgebracht zu haben. Nein, an meinen Lehrern habe das nicht gelegen, diese Begründung sei zu vordergründig, trotz nicht immer exzellenter Lehrer sei beispielsweise Physik eins meiner Lieblingsfächer gewesen.

»Erst während meines Studiums habe ich langsam angefangen, mich eingehender mit Geschichte zu beschäftigen, mit der Zeit des Nationalsozialismus zuerst«, begann ich mit dem Versuch, meine später erwachte Zuneigung zu begründen, »vielleicht, weil ich mich durch frühe Kindheitserlebnisse in dieser Epoche mit ihr verbunden fühlte und sie mir deshalb nicht wie ein weit entferntes, scheinbar abgeschlossenes Kapitel vorkam.« »Die Auseinandersetzung mit dem Nationalsozialismus brachte zwangsläufig eine Beschäftigung mit der Verfolgung und Ermordung von Juden mit sich, die ein weitergehendes Interesse am Leben und Wirken deutscher Juden nach sich zog.«

»William L. Shirers ›Aufstieg und Fall des Dritten Reiches‹, ein zweibändiger Wälzer von zusammen über zwölfhundert Seiten gehörte zu den ersten Büchern, die ich über die unmenschlichste Periode deutscher Geschichte las. Heute ist es leicht, die Nase über das Werk zu rümpfen, aber bei Erscheinen der Originalausgabe in den USA lag das Ende des Zweiten Weltkriegs gerade mal fünfzehn Jahre zurück. Durfte man zu dieser Zeit eine ›abgeklärte‹ historische Beurteilung erwarten?«

»Ohne Frage vermittelte mir Shirers Buch ein umfassenderes Bild als es die Schule gekonnt hatte, dazu möchte ich allerdings eine Anmerkung machen. Wenn ich Berichten und Äußerungen in deutschen Medien Glauben schenken darf, in denen landauf, landab verkündet wird, die Zeit des Nationalsozialismus sei in den 1950er Jahren im Geschichtsunterricht ausgeblendet worden, dann waren meine Klassenkameraden und ich womöglich die einzigen Schüler in der Bundesrepublik Deutschland, die mit dieser Epoche in Berührung kamen und zwar nicht nur flüchtig. Warum ausgerechnet ich, ein eher geschichtsmuffeliger Schüler, Erinnerungen daran habe? In diesem Fall lag es am Lehrer.«

»Sei mir nicht böse«, bat ich Rose, »dass ich vom Thema abschweife, doch von diesem Lehrer muss ich dir erzählen. Er kam gegen Ende seiner Referendarzeit in meine Klasse, unterrichtete uns in ›Englisch‹, begeisterte uns von Anfang an, bei seiner Abschlusslehrprobe trugen wir freudig zu einer guten Vorstellung bei. Noch heute sehe ich ihn vor mir und höre ihn die Verse ›And then my heart with pleasure fills, / And dances with the daffodils.‹ vortragen, die beiden letzten Zeilen eines Gedichts von William Wordsworth.«

»Nach seinem Referendarexamen wurde er für zwei Jahre mein Klassenlehrer, im ersten Jahr ›hatten‹ wir Englisch und Geschichte bei ihm, im zweiten Französisch und Geschichte. Ob damals, zehn Jahre nach Kriegsende, der Nationalsozialismus in unserem Geschichtsbuch behandelt wurde, weiß ich nicht, irgendwelcher Einzelheiten in Schulbüchern würde ich mich ohnehin kaum entsinnen. Bei meinen Erinnerungen sehe ich ausschließlich den nicht sehr großen und nicht sehr schlanken dreißigjährigen Lehrer vor mir.«

»Wie konnte er uns bei der Behandlung des ›Münchener Abkommens‹ die Demütigungen des tschechoslowakischen Staatspräsidenten Edvard Beneš durch Adolf Hitler so plastisch schildern? Jahrzehnte später fand ich in einem Antiquariat das Buch ›Statist auf diplomatischer Bühne‹, Verfasser war Hitlers ehemaliger Chefdolmetscher Paul Schmidt, seine Erinnerungen erschienen 1949, vier Jahre nach Kriegsende. Das war das ›Geschichtsbuch‹ meines Lehrers gewesen, als Quelle nicht unproblematisch, aber nach einem holländischen Sprichwort muss man mit den Rudern rudern, die man hat.«

»Ich glaube kaum, dass zu jener Zeit der Begriff ›oral history‹ in Deutschland gebräuchlich war, gleichwohl spielte Selbsterlebtes in unserem Geschichtsunterricht über die Jahre 1933 bis 1945 eine wichtige Rolle. Eine Episode ist mir in besonderer Erinnerung. Mein protestantischer Geschichtslehrer, dessen siegerländisches ›r‹ seine landsmannschaftliche Zugehörigkeit verriet, sprach über sonntäglichen Kirchgang. Von einem Sonntag auf den nächsten sei ›plötzlich‹ alles anders gewesen, die Schüler hätten sich vor der Kirche in Uniform aufstellen müssen und seien dann vom Fähnleinführer ›gebündelt in die Kirche geführt worden‹. Ob das mit der üblen Rolle der ›Deutschen Christen‹ zu tun hatte oder mit der ›Gleichschaltung‹ der Jugendverbände, weiß ich nicht mehr.«

Zu meiner Überraschung hörte Rose ohne die geringste Unterbrechung zu, was ich erzählt hatte, musste interessant für sie gewesen sein. Ich lenkte das Thema Geschichte in eine andere Richtung. »Jedes Land, jedes Volk trägt seine Geschichte mit sich herum, das ist keine originelle Feststellung meinerseits, das ist sattsam bekannt. Aber ich bin überzeugt, dass dies auf China in besonderem Maße zutrifft, was ich indes erst nach meiner Beschäftigung mit chinesischer Geschichte begriffen habe. Seitdem verstehe ich, warum jüngere Chinesen in Gesprächen mit mir oft leidenschaftlich äußern, China dürfe nie wieder ein schwaches Land werden, um für alle Zeiten nochmalige Fremdbestimmung und nationale Erniedrigung zu verhindern.«

Rose kam auf die gemeinsamen Erlebnisse in China zu sprechen: »Auf unserem Huang Shan Ausflug habe ich dich beneidet, du kamst mit den Chinesen viel besser zurecht als ich. Nach dem Auftauchen der jungen Chinesin dauerte es nur kurze Zeit und ihr gingt miteinander um, als ob ihr euch seit langem gekannt hättet. Zwischen ihr und mir blieb während der ganzen Zeit eine Distanz, obwohl sie mich lange im Englischunterricht unterstützte.« Das leidige Thema gefiel mir nicht, ich konnte ihr doch nicht von meinem damaligen Ärger über sie erzählen! Überhaupt wollte ich alles vermeiden, was diese unglückliche alte Frau hätte kränken können. Aber nur die Achseln zucken, nein, das wollte ich auch nicht.

»Wir sind zwei unterschiedliche Menschen«, begann ich mit einem banalen Gemeinplatz, um Zeit für das Ordnen meiner Gedanken zu gewinnen. »Beide kamen wir nicht ohne Voreingenommenheiten nach China, doch unsere Vorurteile, Ressentiments, unterschieden sich voneinander. Du hattest 1938 dein Universitätsstudium hinter dir, da war ich noch nicht geboren, zu dieser Zeit befand sich England auf der Höhe seiner kolonialen Macht. Im »International Settlement« in Shanghai wurden beispielsweise chinesische Kulis durch die Obrigkeit deines Landes in Schach gehalten, damit sie nicht aufbegehren konnten und zwar von den

›Kettenhunde des Kolonialkapitals‹, wie die mit Repetiergewehren bewaffneten Sikhs genannt wurden. Ich kann mir nicht vorstellen — Kommunistin hin, Kommunistin her —, dass du, eine Angehörige des Herrschaftsvolks, dagegen gefeit warst, auf Chinesen als ›coolies‹ hinabzusehen. Und ich glaube, ein solches Vorurteil gräbt sich tief ein. Was mich betrifft, so bin ich nicht frei von deutscher Überheblichkeit, allerdings haben zwei verlorene Weltkriege, von denen einer mein Leben in hohem Maße mitbestimmt hat, dämpfend gewirkt. Und wegen der von Deutschen zwischen 1933 und 1945 begangenen Verbrechen hat sich bei mir allenfalls ein verkümmerter Nationalstolz entwickeln können.« Die von mir erwartete heftige Reaktion blieb überraschenderweise aus, ich fuhr fort: »Da ist ein Punkt, der mir gleichfalls heikel erscheint, er betrifft unsere unterschiedliche Sicht auf Chinesen in Bezug auf die Kommunistische Partei Chinas. Du bist auf die Chinesen sauer, weil sie es nicht fertigbringen, der kommunistischen Heilslehre zum endgültigen Durchbruch zu verhelfen, was sie in deinen Augen zu einem Volk von Unfähigen macht. Ich sehe den Sozialismus als dasjenige Übel an, das die Chinesen an der Entfaltung ihrer Fähigkeiten hindert.«

Es war spät geworden, ich stand auf, um zu meinem nahegelegenen Hotel zu gehen. Rose hielt beim Abschied meine Hand lange fest, bat mich, unsere gemeinsamen Bekannten in China zu grüßen, sie würde ja nicht mehr nach Shanghai kommen.

Kurze Zeit darauf machte ich mich nach China auf, dieses Mal konnte ich zum Glück preiswert von Frankfurt aus fliegen, ohne Umweg über London, Zürich oder Helsinki. Dafür verzögerte das Wetter den Abflug um eine Stunde. Starkes Schneetreiben brachte den regulären Zeitplan ordentlich durcheinander, dann mussten die Tragflächen vor dem Start enteist werden, was eine halbe Stunde in Anspruch nahm. Die Prozedur des Enteisens beobachtete ich zum ersten Mal und da ich im Jahr des Hasen geboren bin, machte ich mir meine Gedanken, beim anschließenden Start bemerkte ich aber nichts Ungewöhnliches. Meine Hoffnung, die Verspätung beim Abflug könnte zumindest teilweise abgebaut werden, erfüllte sich nicht, in der Gegenrichtung wäre es eher möglich gewesen, vielmehr verspäteten wir uns um eine weitere halbe Stunde.

Der Sinkflug begann, wir näherten uns Beijing, ich fing an, meine Sachen einzupacken, die üblichen Formulare wurden verteilt. Dann kam die Meldung, der Flughafen liege in dichtem Nebel, für eine Umleitung des Flugs nach Shanghai reiche der Treibstoff nicht. Kurze Zeit später brach der Funkverkehr mit dem Flughafen ab. In dieser ungemütlichen Situation versuchte ich mich mit der weiterhin geringen Anzahl an Flugbewegungen über der Hauptstadt zu beruhigen.

Mittlerweile sah ich die Große Mauer unter mir, es blieben drei, vier Minuten, dann erfolgte die Landung, die Maschine setzte sanft auf, wenig später erreichte sie ihre Parkposition. Vermutlich atmeten die übrigen Passagiere genauso tief durch wie ich.

Da ich nichts zu verzollen hatte, ging ich nach der Passkontrolle gleich zum Ausgang und fand schnell unter den hoch gehaltenen Schildern eins mit meinem Namen. Die Fahrt zum Universitätscampus dauerte nicht lange, wir mussten nicht durch die Innenstadt, der Fahrer nahm einen der großen Ringe in Ost–West-Richtung. Nach dem Durchfahren des Eingangstors tat sich vor mir eine großzügig entworfene und gut gepflegte Anlage auf, auch das Gästehaus machte einen einladenden Eindruck, in dieser Universität war man an internationalen Besuch gewöhnt.

Auf meinem Zimmer machten Cui und ich uns gleich an die Arbeit, besprachen die zeitliche Aufteilung der beiden folgenden Tage. Er hatte alles gut vorbereitet, das Tutorium auf insgesamt vier Blöcke von jeweils drei Stunden verteilt, jeder Block enthielt eine halbstündige Pause. Dreißig Studentinnen und Studenten würden teilnehmen, alle hatten mindestens acht Semester Studium hinter sich, in Kürze würden sie ihren »Master« bekommen. Die gedruckten Unterlagen lagen in der erforderlichen Anzahl abholbereit im Fakultätsbüro.

Auch um die Abende brauchte ich mir keine Sorgen zu machen, für den Montag hatte Cui ein Abendessen bei sich zuhause vorgesehen und am Dienstagabend würde es ein Bankett mit einigen wichtigen Figuren aus der Universität geben. Ich bedankte mich für die gute Organisation, dann gingen wir zum Mittagessen in das Restaurant der Universität.

Was ich nach dem Tutorium vorhabe, fragte mich Cui beim Essen. Ich erzählte von meinem Plan, zunächst ein paar Tage in Beijing zu verbringen und anschließend eine kleine Rundreise zu machen. Seine anerkennende Bemerkung, ich sei ganz schön mutig, allein eine Reise durch China zu unternehmen, brachte mich in Verlegenheit: Sollte ich oder sollte ich nicht? Ich erklärte ihm, eine Dolmetscherin werde mich begleiten, Sprach- und Organisationsprobleme müsse ich nicht befürchten. Bei dieser Gelegenheit fragte ich ihn, ob man mir durch die Universität zwei Flugtickets nach Qingdao besorgen könne, für den kommenden Samstag. Das wolle er gern veranlassen, ich solle ihm unsere Namen aufschreiben. Auf die Rückseite einer Visitenkarte schrieb ich Xiao Lins Namen, mit chinesischen Schriftzeichen, dabei konnte ich ihm ansehen, wie er seine Neugier zu unterdrücken suchte, was ihm aber nicht gelang. Ohne besondere Regungen in der Stimme ließ ich ihn wissen, ich kenne Miss Lin seit längerem, sie habe mir in der Vergangenheit bei mehreren Verhandlungen geholfen, die Sprachbarriere zu überwinden.

Mit dem Verlauf des Tutoriums war ich vollauf zufrieden, es bestand ein deutlicher Unterschied zu meiner Vorlesungsreihe vor zwei Jahren in Shanghai. Das lag an der wesentlich höheren Reputation dieser Universität, sie konnte entsprechende Anforderungen an ihre »handverlesenen« Studentinnen und Studenten stellen, ohne dass sie murrten, wegen des hohen Niveaus waren sie hier, gewöhnt an jahrelange Anstrengungen, um überhaupt die Chance zu erhalten. Wer nach oben wollte, musste sich ins Zeug legen.

Am späten Dienstagnachmittag hielt ich im Anschluss an das Tutorium meinen Vortrag über das deutsche Hochschulsystem, vor einer erweiterten Zuhörerschaft. Zu meiner Überraschung befand sich darunter eine junge Europäerin oder Amerikanerin, die genaue Herkunft klärte sich in der anschließenden Diskussion, ihr Englisch wies einen starken schwäbischen Einschlag auf. Nach dem Vortrag konnten wir nur kurz miteinander reden, da ich von anderen Zuhörern in Anspruch genommen wurde. Wir verabredeten uns zum gemeinsamen Mittagessen am nächsten Tag.

Das Bankett am Abend fand in kleinem Kreis statt. Ein Vizepräsident schüttelte mir in Vertretung des Präsidenten die Hand, dazu kamen ausgesuchte Personen aus Wissenschaft und Partei, zwei Frauen darunter. Nach dem erwartungsgemäß erstklassigen Essen lief das vertraute Zeremoniell ab, in einer ausgesprochen angenehmen Atmosphäre. Rede des Vizepräsidenten, höfliche Erwiderungsrede meinerseits, *gānbēi* nach links, *gānbēi* nach rechts, dann der übliche schnelle Aufbruch.

Am nächsten Vormittag brachte mir Cui die beiden Flugtickets. Auf meine Frage nach dem Preis winkte er ab, er habe mir doch bei der Einladung gesagt, seine Universität würde meine Flugkosten in China übernehmen. Ein schlechtes Gewissen brauchte ich nicht zu haben, zwei anstrengende Tage zum Vorteil seiner Universität lagen hinter mir, also sagte ich *xièxie*, worauf er das übliche *bù kèqi*[25] erwiderte. Nachmittags wollte ich vom Gästehaus in ein Hotel umziehen und fragte ihn, ob er mir eins empfehlen könne, nicht zu weit vom Tiananmenplatz entfernt und nicht zu teuer. Er versprach, sich darum zu kümmern.

Beim Mittagessen traf ich verabredungsgemäß die schwäbische Zuhörerin vom Vortag. In jenen Jahren gab es in China deutsche Pauschaltouristen in durchaus größerer Zahl, doch Deutsche, die auf sich gestellt im Land lebten oder herumreisten, hatte ich bis dahin nicht getroffen. Die junge Frau hieß Simone Leutze, stammte aus Esslingen, nach ihrem deutschen Magisterabschluss in Geschichte und Sinologie war sie mit einem Stipendium nach Beijing gegangen, um zu promovieren. Die Promotion in Geschichte konnte sie im letzten Jahr abschließen, nach einer erfolgreichen Bewerbung um ein Postdoc-Stipendium war sie damit beschäftigt, weitere, in der Promotionsphase begonnene Arbeiten veröffentlichungsreif zu machen.

Durch meinen Vortrag wusste Frau Leutze, dass ich aus einer anderen Ecke der Wissenschaft kam als sie. Woher mein Interesse für China rühre, wollte sie gern wissen und wie ich zu meinen Kenntnissen über das Land gekommen sei. Ich erzählte ihr von meiner ersten Chinareise, von meinem Aufenthalt in Shanghai vor zwei Jahren und den damaligen Erlebnissen, die meinen Wunsch nach mehr Wissen über China begründet hätten. So sei

---

[25] »nicht höflich (sein)«, unser »bitte« als Antwort auf »danke«

nach und nach neben der Entwicklung eines subjektiven Chinabildes meine Sympathie für Land und Leute gewachsen. Mittlerweile käme ich mir nicht mehr wie ein Fremder vor.

Um das Thema auf Frau Leutzes Arbeitsgebiet zu lenken, kam ich auf das einzige chinesische Buch über die Geschichte Chinas zu sprechen, das ich bisher in deutscher Übersetzung gelesen hatte. Trotz meiner im Vergleich mit Historikern zweifellos geringeren Ansprüche hätte mir dieses Buch wenig zugesagt, weil zu häufig Meinungen als Tatsachen »verkauft« wurden, so jedenfalls mein Eindruck. Wie Geschichtswissenschaft ihrer Erfahrung nach heute in China betrieben werde, wollte ich gern wissen, wie stark der parteiideologische Einfluss sei.

Nach wie vor gebe es eine Geschichtsbetrachtung durch die Parteibrille, auch bei deren Bewertung müsse man vorsichtig sein, nicht alles sei falsch. Daneben entwickele sich mehr und mehr, namentlich bei jüngeren Historikern, ein Arbeiten nach westlichen Standards. China sei kein abgekapseltes Land mehr, Wissenschaftler könnten ins Ausland gehen, ausländische Literatur sei verfügbar, die von chinesischen Wissenschaftlern im Original gelesen werde. Hier kam sie auf einen Umstand zu sprechen, der ihr offensichtlich am Herzen lag. Ihrer Meinung nach würden Arbeiten chinesischer Wissenschaftler über China von deutschen Historikern nach wie vor wenig zur Kenntnis genommen, man orientiere sich noch zu sehr an der äußeren Sicht auf das Land. In den USA beispielsweise habe längst ein Umdenken begonnen. Einen Teil ihrer augenblicklichen Arbeiten wolle sie für die Habilitation in Deutschland verwerten, sie befürchte Schwierigkeiten. Fast zornig fügte sie hinzu, man solle sich endlich daran gewöhnen, dass Chinesen keine Kinder seien, die man von außen bevormunden könne.

Wir verabschiedeten uns, ich ging ich zum Gästehaus und stellte mein Gepäck für die Abreise bereit. Kurz darauf kam Cui mit einem Fahrer, der mich zum Hotel bringen sollte. Er schlug das Hademen Hotel vor, man habe ihm versichert, es sei ein Hotel mit einem annehmbaren Standard zu vernünftigen Preisen, an der Chongwenmenwai Dajie gelegen, von wo aus man zu Fuß zehn

Minuten bis zum Tiananmenplatz brauche.

Mein Zimmer buchte ich für eine Nacht, vielleicht würde Xiao Lin ein anderes Hotel bevorzugen. Genügend freie Zimmer gab es, mein Wunsch, ein Zimmer auf der ruhigeren Rückseite zu bekommen, ließ sich ohne Schwierigkeit erfüllen.

Ich schlief eine Stunde, brachte mein Tagebuch auf den aktuellen Stand und warf überflüssig gewordene Papiere fort, um sie auf der anschließenden Reise nicht mitschleppen zu müssen. Meine eigenen Tutoriumsunterlagen hatte ich Cui überlassen, die entsprechenden Dateien waren auf meinem Computer gespeichert. Dann zog ich mich warm an und machte mich zur Wangfujing Dajie auf.

Draußen herrschte bittere Kälte, auf den Straßen begegnete ich wenigen Menschen, wer nicht dringend etwas besorgen musste, blieb lieber daheim. Ohne Kaufabsichten wollte ich gern unter Menschen und außerdem an der »frischen Luft« sein, seit meiner Ankunft in Beijing hatte sich dazu keine Gelegenheit ergeben. Von vielen eilig Vorbeihastenden wurde ich freundlich angelächelt, an diesem Spätnachmittag schien ich mal wieder der einzige Ausländer auf der Straße zu sein.

In dem besonders für Touristen interessanten Kaufhaus ging ich in aller Ruhe durch die vier Etagen, es roch genauso, wie bei meinem ersten Besuch. Eine Verkäuferin ermunterte mich in gutem Englisch, einen Specksteinstempel mit meinem Namen anfertigen zu lassen. Ich lehnte mit der Begründung ab, bereits drei Stempel zu besitzen, sie entgegnete lächelnd, dann könne ich mir ja noch einen vierten gravieren lassen. Kein schlechter Vorschlag, zwei überflüssige Stempel oder drei, wo war das Problem?

Ein Stückchen weiter, auf der anderen Straßenseite, ging ich in den großen Buchladen, das Literaturangebot in deutscher Sprache ließ sich nach wie vor leicht überschauen, ein ansprechend aufgemachtes Kochbuch, hervorragend illustriert, gefiel mir. Da ich Xiao Lin als ausgesprochene Leseratte kannte, wusste ich, sie würde mehr als ein Mal in dieses Buchgeschäft gehen, mit dem Kauf hatte es keine Eile.

Ich fühlte mich nicht in der Stimmung, allein in einem ordentlichen Restaurant zu sitzen, sah mich nach einem Schnellimbiss um, aß dort eine Portion Jiaozi zusammen mit neutral schmeckendem Kohl. Mittlerweile hatte die Dunkelheit eingesetzt, ich kaufte eine Dose Qingdao-Bier und machte mich ohne Hast auf den Rückweg zum Hademen Hotel.

Um halb neun stand ich anderntags am Hauptbahnhof, eine halbe Stunde später sollte der Expresszug Nr. 14 aus Shanghai eintreffen, siebzehn Stunden Fahrtzeit benötigte er für die 1460 km lange Strecke. Unruhe wegen Xiao Lins fatalen Hangs zu minutengenauer Planung kam in mir auf. Von ihrer Hochschule in Shanghai bis zum Hauptbahnhof brauchte man eine Stunde, also musste sie mittags um eins aufbrechen, um den Zug um zwei Uhr zu erreichen, mögliche Zwischenfälle gab es in ihrer Welt des scharfen Kalkulierens nicht. Bisweilen hegte ich den Verdacht, ihr Vertrauen in exakte Planungen sei durch ihr Aufwachsen in einem Land mit Planwirtschaft bedingt, doch hätte sie dann nicht eher skeptisch sein müssen? Letztes Jahr in Hangzhou war es nicht schlimm gewesen, dass sie ihren Zug verpasst hatte, heute könnte es unangenehmere Folgen haben, falls sie den Nachmittagsexpresszug in Shanghai nicht erreicht hätte. Täglich gab es zwei durchgehende Expresszüge, der andere fuhr abends gegen acht. Eine fünfstündige Verspätung, der Express Nr. 22 braucht eine Stunde weniger, wäre noch erträglich gewesen, doch wegen fehlender Reservierung hätte sie gar nicht erst einsteigen können.

Ich mochte nicht darüber nachdenken, was ich machen sollte, würde sie in zwanzig Minuten nicht unter den aussteigenden Fahrgästen sein und ging auf den Bahnsteig. Die Leute musterten mich verwundert: Was machte ein Ausländer ohne Gepäck am Tag vor dem Frühlingsfest auf einem Bahnsteig des Beijinger Hauptbahnhofs? Wenig später fuhr der Express Nr. 14 pünktlich ein und Xiao Lin stieg als eine der Ersten aus.

Im Hotel machte sie sich frisch, anschließend begaben wir uns zum Tiananmenplatz, das war eine Selbstverständlichkeit. Draußen war es nasskalt und diesig, Xiao Lin trug eine neue dreiviertellange, gesteppte und mit Daunen gefüllte Jacke, die sie gut gegen Kälte schützte. Wegen der höheren Temperatur in Shanghai hatte sie keine Kopfbedeckung mitgenommen, ich schlug vor, in dem großen Kaufhaus in der Wangfujing Dajie eine Mütze zu kaufen. Nach langem Ausprobieren des nahezu gesamten Sortiments erstanden wir eine Schirmmütze aus weichem, weißen Stoff, als Kinder nannten wir diesen Typ Ballonmütze, sie sah nicht nur chic aus, sie wärmte auch den Kopf.

Für unser Mittagessen schlug ich das Restaurant des Beijing Hotels vor, Xiao Lin äußerte zuerst Bedenken wegen der hohen Preise im Vergleich mit einem einfachen Restaurant, mein Argument, dafür säßen wir im Warmen, überzeugte sie. Wie alle Chinesinnen und Chinesen, die ich bis dahin kennengelernt hatte, war sie derart kälteempfindlich, dass mir ihre Sorge, nicht warm genug angezogen zu sein, manchmal an Hypochondrie zu grenzen schien. Wir aßen köstliche mit Hirtentäschelkraut gefüllte Jiaozi.

Während des Essens schilderte ich kurz, was ich seit meiner Ankunft erlebt hatte, bei der Erwähnung meiner Unterhaltung mit Simone Leutze fühlte ich einen kritisch–fragenden Blick auf mich gerichtet. Freudige Überraschung löste meine Mitteilung über die Flugtickets nach Qingdao aus, nun brauchten wir uns darum nicht mehr zu kümmern und hatten obendrein Geld gespart.

Bevor wir das Hotel verließen, statteten wir dem kleinen Bücherverkaufsstand einen Besuch ab, um nach interessantem Lesestoff zu schauen. Xiao Lin war plötzlich wie elektrisiert. In einem Drehgestell standen unter anderem die amerikanischen Originalausgaben von Büchern, deren Titel sie kannte, die in normalen chinesischen Buchläden aber nicht erhältlich waren. Als sie »The Joy Luck Club« von Amy Tan entdeckte, geriet geradezu aus dem Häuschen.

Mir sagte der Name Amy Tan nichts und den Titel des 1989 herausgekommenen Buchs hörte ich zum ersten Mal, doch nach Xiao Lin würde ich das Buch ebenfalls lesen und anschließend klüger sein.

Nach unserer Rückkehr stürzte sich Xiao Lin im Hademen Hotel erwartungsgemäß sofort auf die neue Lektüre. Sie las Bücher mindestens zweimal, der erste Durchgang bestand in einer »Diagonallesung«, beim zweiten Lesen vergrub sie sich regelrecht in ihr Buch. Meine Vermutung, sie wolle die erste Lesung noch an diesem Nachmittag beenden, sollte sich bestätigen.

Für den Vorabend des Frühlingsfests hatten wir keine Planung gemacht, setzten keine besonderen Erwartungen in den Abend, dass er aber derart kläglich verlaufen würde, hatten wir allerdings auch nicht erwartet. Es fing mit der Schwierigkeit an, ein geöffnetes Restaurant zu finden, das unseren nach und nach gesenkten Ansprüchen gerecht werden konnte. Schließlich entschieden wir uns für eins, das von außen einen guten Eindruck machte, in dem außer uns noch vier, fünf weitere Gäste saßen. Über das Essen konnten wir nicht klagen, aber den »Silvesterabend« in einem nahezu leeren Restaurant verbringen zu müssen, das drückte gewaltig auf unsere Stimmung. Den Fehlschlag hatten wir uns selbst zuzuschreiben, die Menschen feierten zuhause im Familienkreis, das war uns nicht unbekannt gewesen.

Früher als ursprünglich gedacht verließen wir das Restaurant, draußen nieselte es nach wie vor und in der leicht nebligen Luft hing schwer der Abgasgeruch von hunderttausenden Kohleöfen.

Im Hotel klemmte sich Xiao Lin gleich hinter ihr Buch, ich sah mir das Fernsehprogramm an, es erfüllte ähnliche Ansprüche wie deutsche Silvesterprogramme, hier freilich mit dem Vorteil, dass ich die Sprache nicht verstand. Eine Flasche Weißwein der Marke Dynasty hatten wir auf der Fensterbank kalt gestellt, zumindest saßen wir nicht auf dem Trockenen.

Der Morgen des Frühlingsfests bot sich wie aus dem Bilderbuch dar: Strahlend blauer Himmel, klirrende Kälte, zehn Grad unter Null zeigte das Thermometer an. Nach dem Frühstück machten wir uns zum Tiananmenplatz auf, in unseren Augen der angemessene Ort zur Einstimmung auf das Jahr der Ziege. Ausgelassen liefen wir über den riesigen Platz gegenüber dem Kaiserpalast, handelten uns den einen oder anderen irritierten Blick wegen unserer Unbekümmertheit ein, was uns aber nicht anfocht. Wir sahen einem Vater zu, der zusammen mit seinem kleinen Sohn versuchte, einen prachtvollen Drachen steigen zu lassen, mit mäßigem Erfolg, der nötige Wind fehlte. Mao Zedong blickte wie eh und je vom Eingang zur Verbotenen Stadt zu uns herüber, nahm ihn außer mir jemand wahr? Ein junges Paar drückte mir seine Kamera in die Hand und bat mich, ein Foto zu machen, mit Maos Konterfei im Hintergrund. Zwar gab es auch Uniformierte, doch sie verhielten sich dezent, an diesem Morgen trug der Platz vor dem Tor des Himmlischen Friedens seinen Namen zu recht.

Die Große Halle des Volkes war für die Allgemeinheit geöffnet, wir reihten uns in die Kette der Besucher ein. Xiao Lin fühlte sich vom Innern des gewaltigen Bauwerks erschlagen, ein Bankettsaal für fünftausend Menschen und das Auditorium gar für zehntausend. Erstaunt nahm sie zur Kenntnis, dass ich in diesen heiligen Hallen schon einmal an einem Bankett teilgenommen hatte.

Das Revolutionsmuseum auf der gegenüberliegenden Seite des Platzes erschien uns wenig attraktiv, stattdessen besuchten wir die Kunstgalerie, nordöstlich der Verbotenen Stadt. Bunter Sozialistischer Realismus auf Chinesisch mit fahnengeschmückten Landschaften, rauchenden Schloten, knallroten Traktoren und — wie hätte es anders sein können? — glücklichen, lachenden Menschen. Worin bestand der Unterschied zu den alten Propagandaplakaten?

Nach dem Mittagessen schlug ich einen Besuch des Lamatempels im Nordosten der Stadt vor, den ich bei meiner ersten Chinareise besichtigt hatte, Xiao Lin kannte ihn nicht. Ursprünglich als Palast für den vierten Sohn des Kaisers Kangxi — zweiter Herrscher der Qing-Dynastie — gebaut, wurde der Palast um die Mitte des 18. Jahrhunderts in einen Tempel und ein Kloster des Lama-Buddhismus umgewandelt. Zeitweise lebten hier über tausend buddhistische Mönche, tibetische, mongolische und mandschurische. In der prachtvollen Tempelanlage herrschte wohltuende Stille. Welch ein Unterschied zwischen dem Tempel aus der Feudalzeit und der schrecklichen Architektur nach der Befreiung! Aber gehörten bei uns die gesichtslosen Kästen aus den 1960er und 1970er Jahren nicht auch abgerissen?

Am Abend vor unserem Abflug nach Qingdao suchten wir nach einem besonderen Restaurant, wenn der Abend zuvor derart jämmerlich danebengegangen war, dann sollte wenigstens der erste Abend des neuen Chinesischen Jahres in guter Erinnerung bleiben. Wir stießen auf ein japanisches Restaurant, dessen Eröffnung wohl nicht lange zurücklag. Beide kannten wir die Japanische Küche nicht, entschieden uns spontan, hier zu essen, auch wenn uns

die Preise auf der ausgehängten Speisekarte hoch vorkamen.
Das Bedienungspersonal sprach chinesisch, Xiao Lin atmete erleichtert auf, nicht ihr Japanisch bemühen zu müssen, in dieser Sprache besaß sie keine Übung. Auf gute Verständigung waren wir angewiesen, da wir nicht die leiseste Ahnung hatten, was sich hinter den Bezeichnungen auf der Speisekarte verbarg. Ich ließ Xiao Lin freie Hand, bat sie, eine breite Skala unterschiedlicher Geschmacksvarianten abzudecken.
Als das Essen serviert wurde, konnte ich keinerlei Verwandtschaft zur chinesischen Küche erkennen, lediglich die Stäbchen bildeten eine Art ostasiatisches Bindeglied und selbst die sahen anders aus, viel spitzer als die chinesischen. Das Essen schmeckte ausgezeichnet, der Sake wärmte uns, machte gleichzeitig die Köpfe leicht, zufrieden gingen wir ohne Eile zum Hotel zurück.
Gegen Abend flogen wir am darauffolgenden Tag zu unserem nächsten Ziel.

Qingdaos Flughafen lag weit außerhalb des Stadtgebiets, wir brauchten mit dem Taxi über eine halbe Stunde und da die Fahrt durch unbebautes, menschenleeres Gebiet ging, fühlten wir uns beide unbehaglich: War das wirklich der Weg in die Stadt? Endlich tauchten erste Häuser auf, die Umgebung wurde städtischer, unsere Sorgen schwanden. Wunschgemäß fuhr uns der Taxifahrer zum Huaqiao Fandian, wir baten ihn, kurz vor dem Hotel zu warten, während sich Xiao Lin an der Rezeption nach freien Zimmern erkundigte. Sie gab mir durch die Glastür ein Zeichen, ich bezahlte das Taxi, ein Hotelpage nahm derweil das Gepäck aus dem Kofferraum des Autos.
Das Frühstück am nächsten Morgen kam mir noch chinesischer vor als sonst. Zum ersten Mal aß ich Furu, fermentierten Doufu, ein neuer Geschmack für mich, extrem salzig. Seegurken hatte ich noch nie zum Frühstück gegessen, vor allem nicht in derartiger Vielfalt und Qualität. Qingdao genieße einen guten Ruf wegen seiner hervorragenden Seegurken, erläuterte Xiao Lin, wir sollten zugreifen.
Sie war im Sommer vor zwei Jahren mit Freundinnen und Freunden hier gewesen, kurz nach unserer ersten Begegnung. Damals schickte sie mir zwei Fotos, die sie in einem geblümtem Sommer-

kleid am Strand zeigten, Bilder im Badeanzug waren ihr zu gewagt erschienen. Von der einwöchigen Reise war ihr vor allem ein Erlebnis in Erinnerung. Am ersten Morgen hatten sie auf einem Markt Muscheln gekauft ohne zu wissen, wie man die Schalentiere zubereitete. Entsprechend fade hätten sie geschmeckt, das Unangenehmste aber sei der Durchfall am nächsten Tag gewesen.

In Qingdao war es noch kälter als in Beijing, jeder Zweite auf der Straße trug einen weißen Mundschutz als Maßnahme gegen Erkältung. So eine Gesichtsmaske wollte ich unbedingt ausprobieren, in einem nahe gelegenen Kaufhaus erstanden wir für wenige Fen die aus mehreren Mullschichten bestehenden Masken. Draußen banden wir die Luftfilter vor unsere Gesichter, angenehmer als die Gasmasken in Kindertagen fühlten sie sich zwar an, wurden uns aber doch bald unbequem und wanderten in einen Abfallbehälter.

Auf unserem Weg in Richtung Hafen wunderte sich Xiao Lin, dass ich den Straßennamen »Taiping Lu« lesen konnte und noch mehr darüber, wie viele Einzelheiten ich über den Aufstand und den Anführer Hong Xiuquan wusste. »Woher kennst du all' diese Details?«, fragte sie, ich verwies auf Bücher, die ich gelesen hatte.

Trotz der Kälte war es ein schöner Morgen, die helle, fahle Wintersonne ließ die Welt und ihre Bewohner freundlich erscheinen. Xiao Lin zeigte auf eine rund zwei Kilometer entfernte kleine Insel, die im Morgendunst schemenhaft erkennbar war. Dorthin hatte sie vor zwei Jahren einen Ausflug gemacht, wegen der winterlichen Temperatur verzichteten wir auf eine Wiederholung.

Anfangs gingen wir am Ufer entlang, gerieten zufällig auf eine Straße, leider wenig geeignet zum Spazierengehen, aber unversehens befanden wir uns gegenüber einem Gebäude aus der deutschen Kolonialzeit. Ich war platt, da stand ein Haus wie aus dem Deutschland des Übergangs vom neunzehnten zum zwanzigsten Jahrhundert, es wies keinerlei Zugeständnisse an die orientalische Umgebung auf. Aus regelmäßig behauenen Bruchsteinen für die Ewigkeit gebaut, mit großen Rundbogenfenstern, der breite Treppenaufgang zu dem höher gelegenen Gebäude mündete in ein repräsentatives Portal. So konnte ein Rathaus in einer deutschen Kleinstadt ausgesehen haben oder ein Gymnasium.

Unser Interesse war geweckt, wir machten uns auf die Suche nach weiteren Überbleibseln aus der Wilhelm-Zwei-Ära, wurden rasch fündig, neben ähnlichen Gebäuden sichteten wir auch eine Kirche. Erbaut in einem an die norddeutsche Backsteingotik erinnernden Stil, stammte sie mit hoher Wahrscheinlichkeit auch aus der Kolonialzeit. Das Kreuz über dem Eingang fiel wegen der unterschiedlichen Ziegelsteinfärbung ins Auge. Xiao Lin war überzeugt, es sei in der Kulturrevolution von Roten Garden herausgehauen und später durch ein neues ersetzt worden. Wahrscheinlich war es so gewesen, obwohl die kulturrevolutionären Bilderstürmer in diesem Fall überaus schonend mit der christlichen Kirche umgegangen wären. Liebend gern hätte ich einen Blick in das Innere der Kirche geworfen, leider war sie verschlossen, ein Pfarrhaus nebenan, wo man hätte anklopfen können, gab es nicht.
Ich fragte Xiao Lin, ob sie kein komisches Gefühl habe, mit mir, einem Nachfahren der ehemaligen Kolonialherren, durch die Stadt zu gehen. Einen Moment lang sah sie mich verständnislos an, offensichtlich war ihr nicht einmal ein Gedanke in diese Richtung gekommen. Das, was vor bald hundert Jahren geschehen sei, habe mit uns nichts zu tun, meinte sie und die Deutschen hätten wohl nichts Schlimmes in Qingdao getan, andernfalls wäre in ihrem Geschichtsunterricht darüber gesprochen worden. »Nein, ich weiß nicht mal, wie es dazu kam, dass ein Teil der Halbinsel Shandong deutsche Kolonie wurde«, entgegnete sie auf meine Frage, was sie über die Ära wisse, als dieses Gebiet militärisch und zivil von Deutschen verwaltet wurde. »Erzähl mir, was du darüber weißt, du brennst sicherlich darauf!«
Durch Rose Wylands und Li Anwens Schilderungen neugierig gemacht, hatte ich mich mit der deutschen Kolonialzeit auf der Halbinsel Shandong befasst. Meine »Vorlesung« begann ich mit dem Hinweis, Deutschlands Beteiligung am Kolonialismus habe erst begonnen, nachdem sich die europäischen Nachbarn die aus ihrer Sicht herrenlosen Teile der Welt nahezu vollständig unter den Nagel gerissen und somit kaum etwas für den deutschen Kaiser übrig gelassen hatten. Doch wie sollten kaiserliche Seemachtgelüste ohne Stützpunkte auf fernen Kontinenten befriedigt wer-

den?

Das Deutsche Reich besaß zu dieser Zeit zwei kleine von China erworbene Konzessionen, eine in Hankou[26] am Yangtze, im Innern des Landes. Auch die Niederlassung in Tianjin am Haihe[27] eignete sich nicht für die Gründung eines Seehafens, der nach dem Wunsch des Hohenzollernkaisers in seiner Bedeutung für den deutschen Handel das werden sollte, wozu sich Hongkong für Englands wirtschaftliche und militärische Interessen in Ostasien im Lauf eines halben Jahrhunderts entwickelt hatte.

Ferdinand Freiherr von Richthofen, deutscher Geograph und Chinaforscher, empfahl die Bucht von Jiaozhou[28] in der Provinz Shandong[29]. Die Hafenstadt Qingdao bot gute Voraussetzungen für eine Entwicklung, die den deutschen Vorstellungen entsprach. Der Ort besaß den nördlichsten eisfreien Hafen Chinas, gleichzeitig lag Qingdao nördlich genug, um von Taifunen verschont zu bleiben. Das Klima genoss den Ruf des gesündesten an der ganzen chinesischen Küste. Darüber hinaus eignete sich Qingdao bestens für einen neu anzulegenden sicheren Hafen, den die größten Ozeandampfer anlaufen konnten. Das Hinterland der Stadt mit reichen Kohle- und Eisenerzvorkommen berechtigte zu den schönsten Hoffnungen für eine gute wirtschaftliche Entwicklung, sobald es durch eine noch zu erbauende Eisenbahn erschlossen sein würde.

Die mit dem chinesischen Kaiserhof eingeleiteten Verhandlungen, einen Teil Shandongs für deutsche Interessen zu nutzen, zogen sich in die Länge und drohten im Sande zu verlaufen. Da wurden zwei katholische Missionare im Süden der Provinz Shandong ermordet, was dem deutschen Kaiser zum Vorwand diente, im November 1897 ein Kreuzergeschwader in die Bucht von Jiaozhou zu entsenden. Deutsche Diplomaten setzten in der Folgezeit die chinesische Regierung unter Druck, um deren Zustimmung zur pachtweisen Abtretung der Bucht von Jiaozhou zu erhalten und im März 1898 wurde in Beijing ein »ungleicher« deutsch-chinesischer Pachtvertrag auf 99 Jahre unterzeichnet. Das Gebiet

---

[26] heute Teil von Wuhan
[27] Tientsin am Peiho
[28] Kiautschou
[29] Schantung

um die Jiaozhoubucht wurde als sogenanntes Schutzgebiet dem Reichsmarineamt unterstellt und von Gouverneuren geleitet, deren Zuständigkeit sich auf die militärische und die zivile Verwaltung bezog.

Vom Konzept her war das Schutzgebiet keine Siedlerkolonie, die deutsche Bevölkerung an der Jiaozhoubucht bestand vor allem aus Kaufleuten, Verwaltungsbeamten, Lehrern, Missionaren und Soldaten. Man wohnte überwiegend im Europäerviertel Qingdaos und in den Kasernen, die Hauptaufgabe der deutschen Bewohner bestand darin, die Region zu einem autarken Wirtschaftsstandort für den Kaiser zu entwickeln.

Kurz nach Inbesitznahme der Jiaozhoubucht durch das Deutsche Reich zwang Russland China zur Abtretung der Liaodonghalbinsel am Gelben Meer mit der Hafenstadt Lüshunkou[30], die von den Russen in Port Arthur umbenannt wurde. Großbritannien sicherte sich die an Hongkong bzw. an die Halbinsel Kowloon grenzenden »New Territories« und zusätzlich wurde Weihaiwei[31] an der Nordküste der Halbinsel Shandong britisches Pachtgebiet, Queen Victoria wollte ihren Enkel Wilhelm II unter Kontrolle haben. Die Franzosen mochten nicht leer ausgehen und trotzten der chinesischen Regierung Guangzhouwan ab, eine Enklave im Süden der Provinz Guangdong an der Ostküste der Halbinsel Leizhou. China musste ferner die japanischen Interessen an der Taiwan gegenüberliegenden Küstenprovinz Fujian anerkennen.

Nein, das waren keine guten Jahre für das politisch und militärisch schwache China und seine Menschen.

Die deutsche Anwesenheit währte nicht lange. Bei Ausbruch des Ersten Weltkriegs nutzte Japan die Gunst der Stunde und besetzte das deutsche Pachtgebiet. Im August 1917 trat die Republik China an der Seite der Alliierten in den Krieg gegen Deutschland und seine Verbündeten ein. Die Hoffnung der Chinesen, bei den Alliierten Unterstützung gegen die japanischen Eindringlinge zu finden, erfüllte sich nicht, im Gegenteil. Der Friedensvertrag von Versailles legte in den Artikeln 156 bis 158 — sie betrafen die deutsche Kolonie Shandong — fest, alle Bergwerke, Eisen-

---

[30] heute Teil der Stadt Dalian
[31] heute Weihai

bahnen, unterseeischen Kabel, alles weitere bewegliche und unbewegliche deutsche Eigentum sowie alle zugehörigen schriftlichen Dokumente seien an Japan zu übergeben. Als die schändliche Behandlung des chinesischen Kriegsverbündeten am 4. Mai 1919 bekannt wurde, entfaltete sich in China eine von der revolutionären Intelligenz getragene Protestwelle, die Vierte-Mai-Bewegung. China verweigerte die Unterschrift unter den Versailler Vertrag.

Ein »Plakatmaler« zog unser Interesse auf sich. An der Huaihai Lu in Shanghai hatte ich verschiedentlich vor riesengroßen, handgemalten Werbeschildern gestanden, es wurde für Nivea (mit Cremedose), für Triumph (ohne BH), für Fernsehgeräte aus Korea und dergleichen mehr geworben. Bei Nivea mochte es noch angehen, wenn ein Maler ein oder zwei Tage lang auf einem Gerüst sitzend die riesige Blechplatte mit blauem und weißem Lack fein säuberlich bepinselte und in fünf oder zehn Jahren wiederkam, um die verblassten Farben aufzufrischen. Nach meiner Beobachtung hatte sich der Niveaschriftzug auf der dunkelblauen Dose während meiner bisherigen Lebenszeit ein Mal geändert, aber die anderen Produkte, für die geworben wurde? Da wechselten die Modelle, ehe die Farbe auf dem Blech trocken war.

Ich mochte die im Grunde unangemessene Form der Werbung, suggerierte sie doch, das Leben sei »ein langer, ruhiger Fluss«. Auch die Fahrpläne der Busse wurden mit schwarzer Farbe auf weiß lackierte Blechschilder gepinselt, hier herrschte keine nervöse Hektik.

Der Maler auf dem drei Meter hohen Gerüst füllte gerade eine Zeile mit chinesischen Schriftzeichen, ihm gefiel sichtlich, dass endlich mal zwei Menschen seine Kunst zu würdigen wussten, freundlich lächelnd sah er zu uns herab.

Unsere Hoffnung, das Hotel würde uns Flugtickets nach Guangzhou besorgen, erfüllte sich nicht, aber man nannte uns die Adresse des Verkaufsbüros der Fluggesellschaft. Dorthin machten wir uns auf. Die Agentur befand sich in einem kleinen Raum, ringsherum mit Spanplattenwänden ausgekleidet, die bis zur Decke reichten. In Abständen von zwei Metern hatte man desserttellergroße Öffnungen in die Spanplatten gesägt, hinter einigen dieser Gucklöcher gewahrten wir menschliche Gesichter. Während Xiao Lin in Verhandlungen mit einer Angestellten trat, versuchte ich herauszufinden, ob diese seltsamen Stellwände eventuell eine Übergangslösung wegen irgendwelcher Baumaßnahmen darstellten, doch das äußere Erscheinungsbild der Spanplatten deutete eher auf jahrelangen Verkauf von Flugkarten in diesem wunderlichen Rahmen.

Xiao Lin konnte die erste Verhandlungsrunde erfolgreich für sich verbuchen. Zunächst wollte man ihren Berechtigungsschein für die Benutzung eines Flugzeugs nicht akzeptieren, durch ihren Hinweis auf den ausländischen Experten, den sie als Dolmetscherin begleite, ließ sich ihr Gegenüber gnädig stimmen. Wir mussten zwei Formulare ausfüllen, meinen Pass vorzeigen und eine Anzahlung von hundert Yuan leisten, dann entließ man uns mit dem Hinweis, unsere Flugtickets könnten wir am nächsten Morgen abholen.

In einem kleinen Geschäft kauften wir drei verschiedene Sorten kandierten Ingwers, in einem anderen Äpfel aus Japan, gingen zum Hotel zurück, um eine kleine Ruhepause einzulegen.

Xiao Lin hatte den »Joy Luck Club« in Beijing ausgelesen, ich war auf den letzten Seiten angelangt.

Anfangs verstand ich nicht, weshalb sich Xiao Lin durch den Inhalt des Buchs mehrmals stark betroffen gezeigt hatte. Amy Tan schilderte anhand zahlreicher Rückblenden die Schicksale von vier im vorsozialistischen China aufgewachsenen Frauen, beschrieb, wie deren nach 1949 in den USA geborene Töchter durch Erforschung dieser Schicksale ihre eigenen schwierigen Tochter-Mutter-Beziehungen zu verstehen suchten. Warum berührte es Xiao Lin so tief, dass die vier chinesischen Mütter zwar amerikanische Töchter haben wollten, die aber, bittschön, chinesisch denken sollten? Das Einfachste wäre gewesen, sie ohne Umschweife zu fragen, doch mochte ich sie nicht in die Verlegenheit bringen, preiszugeben, was sie mir vielleicht nicht gern offenbaren wollte. Ich versuchte es durch eigenes Nachdenken herauszufinden.

Ihre Betroffenheit kam womöglich weniger durch das Leitmotiv des Buchs zustande, als durch Einzelthemen der verschiedenen Erzählebenen. Da waren zuallererst, für mich der bewegend-

ste Teil des Buchs, die Schilderungen wichtiger Lebensabschnitte der Frauen unterschiedlicher sozialer Herkunft vor ihrer Emigration. Nein, die vier hatten keine »gute, alte Zeit« erlebt. Demütigung, Erniedrigung, Verrat, Betrug, Vertreibung, Existenznot, Ausbeutung, Verlust jeglichen Selbstwertgefühls bestimmten, in unterschiedlichen Ausprägungen, ihre Leben. Die Geschichten erschienen mir glaubwürdig, sie waren nicht von einem Parteifunktionär mit durchsichtiger Intention verfasst worden, sondern von einer Amerikanerin, kurz vor Beginn der McCarthy–Ära geboren und — so jedenfalls hörte ich es aus der Schilderung ihrer ersten Chinareise mit ihren »Tanten« heraus — eher durch eine solide antikommunistische Erziehung geprägt.
Während der ersten Lebensjahre hatte Xiao Lin bei einer Großmutter gelebt, hatte die Mutter ihrer Mutter ähnliche Erfahrungen machen müssen, sie entstammte derselben Generation wie die Mütter im Roman? Schmerzten ihre Füße infolge des Bindens bis an ihr Lebensende? Zwar gab es seit 1911 ein gesetzliches Verbot dieser unmenschlichen Tortur, erst nach der Befreiung im Jahr 1949 wurde der Quälerei von Mädchen und Frauen durch Fußbinden endgültig ein Riegel vorgeschoben — Ingrid Bergman als »Fußinspektorin« in dem Film »The Inn of The Sixth Happiness« kam mir in Erinnerung.
Dann das Thema der Suche nach der eigenen Identität, fürwahr keine neue Fragestellung in der Literatur, aber hier unter spezifisch chinesisch–amerikanischen Aspekten. Ein amerikanischer Kollege erzählte mir vor Jahren von einem Schulkameraden chinesischer Abstammung, den er wegen seiner Fähigkeit, chinesisch sprechen und schreiben zu können, unglaublich bewundert habe. Dieser Schulkamerad litt unter seinem Chinesentum, unverständlich für meinen Kollegen, obwohl es nicht schwer zu verstehen war.
Beim Thema Rassendiskriminierung in den USA denkt jeder unwillkürlich an schwarze Hautfarbe. Das überrascht nicht, hat es doch für keine andere »eingewanderte« Ethnie in den Vereinigten Staaten der Sklaverei, dem Kampf Martin Luther Kings oder der Blackpower–Bewegung Vergleichbares gegeben. Aber nicht nur die heute Afroamerikaner genannten Menschen mussten in der

Vergangenheit Diskriminierungen erdulden.

Chinesen waren seit Mitte des neunzehnten Jahrhunderts in großer Zahl in die USA eingewandert, häufig durch Armut infolge des Taipingaufstands gedrängt, teilweise angezogen vom Goldrausch in Kalifornien. Anfangs willkommen, wurden sie später von den Goldminen vertrieben, ließen sich in Städten wie San Francisco nieder, verdienten ihr Geld mit harter Arbeit beim Bau des Schienennetzes für die Pazifische Eisenbahn. Politiker machten zunehmend Stimmung gegen sie, Chinesen wurden als Sündenböcke für alles Mögliche abgestempelt.

Durch den »Chinese Exclusion Act«, dem ab 1882 Gesetzeskraft zukam, wurde die Einwanderung aus China de facto unterbunden, zwei Jahre später erfuhr das Gesetz eine Verschärfung und bezog sich von da an auf alle ethnischen Chinesen, unabhängig von ihrem Herkunftsland. Die ursprünglich auf zehn Jahre begrenzte gesetzliche Bestimmung wurde 1892 um zehn Jahre verlängert und 1902 hob man die zeitliche Befristung auf.

Im Zweiten Weltkrieg war China den Amerikanern ein willkommener Verbündeter im Kampf gegen die japanischen Aggressoren, der »Chinese Exclusion Act« stellte eine Belastung dar, die beseitigt werden musste. So kam es zum »Chinese Exclusion Repeal Act« von 1943, nach seinem Initiator auch »Magnuson–Act« genannt. Die Aufhebung des Rassengesetzes von 1882 legte fest »…that the following Acts or parts of Acts relating to the exclusion or deportation of the Chinese race (sic!) are hereby repealed …«. Zum ersten Mal seit über sechzig Jahren konnten Chinesen legal in die USA einwandern, die Quote lag bei 105 Immigranten pro Jahr.

Es existierten andere diskriminierende Gesetze. In Stetson Kennedys Buch »Jim Crow Guide to the USA«, das mehr als ein Jahrzehnt nach dem Zweiten Weltkrieg im Jahr 1956 erschien, gibt es ein Kapitel »Wer darf wen heiraten?«. Danach verbot der amerikanische Bundesstaat Oregon die Heirat »…between whites and anyone having 1/4th or more Negro blood, 1/4th or more Chinese blood …« und stellte nicht nur für ungehorsame Heiratswillige Strafen in Aussicht, auch diejenigen, die als Amtspersonen solche verbotenen Trauungen vornahmen, mussten mit Bestrafung rechnen.

Ich versuchte mir vorzustellen, wie der Gesetzestext in die Praxis umgesetzt wurde. Waren alle Vorfahren bis auf einen chinesischen Großelternteil hundertprozentig »rasserein« nach Maßgabe des im Bundesstaat Oregon gültigen Rassengesetzes, erschien mir die Sache klar, was aber, wenn in einer weiter zurück liegenden Generation noch »1/8th of Negro blood« hinzu kam? Rechnete man in diesem Fall ähnlich wie bei den Alkoholmischungsaufgaben, mit denen uns der Mathematiklerer in Sexta (oder Quinta?) quälte? Ein Angehöriger der Generation meiner Eltern hätte die Antwort unter Umständen eher gewusst. Die Gerichte in Oregon hatten mit Sicherheit Ausführungsbestimmungen und Kommentare zum Rassengesetz zur Verfügung gehabt.

In Georgia reichte ein genealogischer Nachweis anfangs nicht als Beleg dafür, dass die »unreinen« Blutanteile unterhalb des zulässigen Grenzwerts lagen. Hier verbot die Verfassung des Staates ausdrücklich die »…marriage between whites and: anyone having any ›ascertainable trace of either Negro, African, West Indian, Asiatic Indian, Mongolian, Japanese, or Chinese blood in their veins‹«. Wer zwei Menschen traute, von denen einer nur einen Tropfen »minderwertigen« Bluts in den Adern hatte, musste mit einer Strafe von 500 Dollar oder bis zu zehn Jahren Gefängnis rechnen. Die »parties to an interracial marriage«, eine gelungene Umschreibung des Begriffs Ehepaar, kamen mit ein bis zwei Jahren Gefängnis davon.

Vielleicht erwiesen sich die »irgendwie feststellbaren Spuren« verbotenen Blutes als ein unhandliches Kriterium, im Jahr 1927 wurde in Georgia eine Rechtsverordnung erlassen, nach der alle Personen ihre Rasse registrieren lassen mussten. Ach ja, wenn den Behörden die Geburt eines ehelichen Kindes gemeldet wurde, dessen einer Elternteil weiß und der andere farbig war, mussten die Behörden den Generalstaatsanwalt informieren, der daraufhin ein Strafverfahren gegen die Eltern einzuleiten hatte.

Stetson Kennedys Buch konnte nur mit Jean Paul Sartres Hilfe in Paris herausgebracht werden, ein amerikanischer Verleger hatte sich aus leicht vorstellbaren Gründen nicht finden lassen.

Erst unter Lyndon B. Johnson, dem nach der Ermordung John

F. Kennedys die Präsidentschaft in den USA zufiel, wurden die Einwanderungsquoten generell erhöht, ab 1965 durften auch Chinesen in nennenswerter Zahl einwandern.

Die chinesische Bevölkerungsminorität im Amerika nach dem Zweiten Weltkrieg war alles andere als ein geachteter Teil der Gesellschaft gewesen und lebte, wie Amy Tan beschrieb, großenteils in einer Nebengesellschaft. Man ging zum Beispiel in die »First *Chinese* Baptist Church« und als die amerikanische Icherzählerin ihrer Mutter verkündete, sie wolle sich mit einem Kommilitonen treffen — die älteren Schwestern hatten sich ausschließlich mit Jungen chinesischer Eltern aus der chinesischen Baptistengemeinde verabredet — da wurde sie von ihrer Mutter gewarnt, dieser Kommilitone sei ein Amerikaner, ein *wàiguórén*, ein Ausländer. An der Trennfläche zwischen beiden Gesellschaften gespiegelt die Reaktion der Mutter des Kommilitonen bei ihrem ersten Zusammentreffen mit der Erzählerin. Darüber, dass ihr Sohn und seine chinesische Freundin so viel Spaß miteinander hätten, sei sie überglücklich. Sie verfüge nämlich über eine außergewöhnlich liberale Einstellung, kenne nicht nur Orientalen und Spanier, sondern sogar Neger! Aber ihr Sohn sei Medizinstudent und würde später als Arzt in einer weit weniger liberal eingestellten sozialen Schicht leben.

Bezeichnend fand ich, was den Kommilitonen für die Erzählerin anziehend machte: Seine Selbstsicherheit, seine dicken Arme und nicht zuletzt die Tatsache, dass seine Eltern von Tarrytown im Staat New York nach San Francisco »emigriert« waren und nicht aus dem chinesischen Tsientsin[32].

Xiao Lin hatte ihren alten Plan, in die USA zu gehen, um sich dort an einer Universität weiter zu qualifizieren, vielleicht noch nicht aufgegeben. Die Gebühr von fünfzig Dollar für die Teilnahme am obligaten TOEFL-Test[33], der dem Nachweis einer hinreichend hohen Sprachkompetenz im Englischen dient, hatte sie sich seinerzeit zusammengeborgt. »The Joy Luck Club« war nicht zuletzt ein Gemälde chinesischen Lebens in den Vereinigten Staaten von Amerika während einer Zeit, die Jahre zurücklag, die aber

---

[32]Alte Schreibweise für die Stadt Tianjin
[33]Test of English as a Foreign Language

noch nicht als abgehakte Vergangenheit gelten konnte.

Über das spezifisch Amerikanische hinaus fühlte sie sich durch Amy Tans Schilderungen eventuell an einer empfindlichen Stelle getroffen. Sie empfand es als Kränkung, dass man in der Welt auf Chinesen herabsah, teilweise unverhohlene Verachtung zeigte. Äußere Anlässe gab es genug, um dies zum Vorschein kommen zu lassen. Für mich stand fest, Chinesen würden in ihrer Gesamtheit erst dann in den Club der Geachteten aufsteigen, wenn ihr Land als Wirtschaftsmacht wahrgenommen würde, die Krankheit, Geld als einziges Maß aller Dinge zu nehmen, überzog mittlerweile die ganze Welt mit ihren Metastasen. Xiao Lin teilte meine für sie nicht angenehme Einschätzung, vor einem Jahr sprachen wir einen ganzen Abend über dieses Thema, sie war ungleich skeptischer als ich gewesen, ob China bereits in naher Zukunft den für eine solche Anerkennung erforderlichen Wirtschaftsaufschwung schaffen würde. Auf sie sähe man im Übrigen doppelt herab, hatte sie bitter bemerkt, die Shanghaier täten es, weil sie aus einer armen Provinz stamme, Amerikaner und Europäer, weil sie Chinesin sei. Das hatte mich an meine frühe Jugend erinnert, als ich mich wegen der unter den Nationalsozialisten begangenen Verbrechen oftmals als Stigmatisierter fühlte. Und wenn ich seinerzeit gegenüber Menschen aus anderen Gegenden Deutschlands erwähnte, ich stamme aus dem Kohlenpott, dann rümpften sie die Nase.

Ich schreckte auf, Xiao Lin hatte mich geweckt, das aufgeschlagene Buch hielt ich brav in der Hand, war aber keine Seite weitergekommen. Es wurde Zeit fürs Abendessen, das Mittagessen hatten wir ausfallen lassen und waren entsprechend hungrig.

Am nächsten Morgen holten wir unsere Flugtickets ab, seltsamerweise ging alles ohne Schwierigkeiten vonstatten, versahen uns anschließend mit Proviant und wanderten mehrere Stunden am menschenleeren Strand entlang. Einige Kilometer lagen hinter uns, als wir einen Schwimmbegeisterten über den Strand rennen sahen, der ohne Zögern mit einem Hechtsprung in die Wellen eintauchte. Der über sechzig Jahre alte Mann entfernte sich mit weit ausholenden Zügen vom Ufer in Richtung des offenen Meeres.

»Weißt du, dass Konfuzius etwa dreihundert Kilometer von hier in Qufu geboren wurde?«, riss mich Xiao Lin aus meinen Gedanken über den trotz seines Alters gut trainierten Schwimmer. Ich wusste es, war bei den Vorbereitungen dieser Reise auf die Information gestoßen und zuerst der Meinung gewesen, wir sollten seinem Geburtsort einen Besuch abstatten, später ließ ich den Plan fallen, weil ein Abstecher nach Qufu in der für Qingdao vorgesehenen Zeit schlecht durchführbar war.

Nach meiner ersten Chinareise hatte ich das Buch »Kungfutse: Gespräche — Lun Yu«, eine Übersetzung von Altmeister Richard Wilhelm, gekauft und darin zu lesen begonnen, nicht intensiv, eine ernsthafte Beschäftigung mit Konfuzius verschob ich »auf später« und besaß jetzt nur oberflächliches Wissen über den großen Chinesen und seine Lehre, die China und mehrere Nachbarländer zweieinhalb Jahrtausende lang entscheidend beeinflusste, länger als das Christentum seinen Einfluss in Europa geltend machen konnte.

Kong Fuzi, die uns geläufige latinisierte Form des Namens wurde von Jesuiten geprägt, kam im Jahr 551 v. Chr. in Qufu zur Welt, südwestlich von Qingdao. Die von ihm entwickelten Moralvorschriften und Verhaltensgrundsätze richteten sich auf das praktische Leben der Menschen. Menschenliebe, Rechtschaffenheit, Anstand, Weisheit und Loyalität sind die zentralen Tugenden, nach denen der Mensch streben muss. »Was du selbst nicht wünschst, tu nicht anderen an« ist der Leitgedanke, der uns nicht fremd ist, wir kennen ihn aus den Zehn Geboten und im Kategorischen Imperativ Kants findet er eine prägnante Formulierung.

Das Glück des Einzelnen ist von geringerer Bedeutung, Gemeinwesen und Staatsinteresse stehen im Vordergrund. Die kleinste wichtige Einheit ist die Familie, denn: leben die Familien in Harmonie, gilt dies auch für das Dorf, leben die Dörfer in Harmonie, gilt dies auch für die Provinz und leben schließlich die Provinzen in Harmonie, so herrscht Harmonie im ganzen Reich.

Für das Zusammenleben der Menschen sind im Konfuzianismus fünf elementare Beziehungen festgelegt, die zwischen Herrscher und Untertan, Vater und Sohn, Ehemann und Ehefrau, älterem Bruder und jüngerem Bruder — es gibt im Chinesischen unterschiedliche Wörter: *gēge* – älterer Bruder, *dìdi* – jüngerer Bruder — sowie die zwischen Freunden. Dem Individuum wird geringer Spielraum zugestanden, wodurch ein auf derart vorgegebenen Normen basierendes Gesellschaftssystem wenig Dynamik erwarten lässt. Max Weber zum Beispiel, der zu Beginn des 20. Jahrhunderts die auf wirtschaftlichen Erfolg gerichtete »protestantische Ethik[34]« als Grundlage der industriellen Leistungsgesellschaft ansah, betrachtete die konfuzianische Ethik als Hauptgrund für Chinas Rückständigkeit im 19. Jahrhundert.

Aus den Tugenden sind im Konfuzianismus soziale Pflichten abgeleitet, wie Treue der Untertanen zu ihren Herrschern, Verehrung der Eltern und Ahnen durch die Kinder, auch der übersinnlichen Welt gegenüber bestehen Pflichten zur Durchführung von Zeremonien und Opferriten.

Konfuzius beschäftigte sich nicht mit Metaphysik. Aufschlussreich fand ich im sechsten Buch der »Gespräche — Lun Yu« seine Antwort auf die Frage, was Weisheit sei: »Seine Pflichten gegen die Menschen erfüllen, Geister und Götter ehren und ihnen fernbleiben, das mag man Weisheit nennen.«

Xiao Lin und ich sprachen eine Weile über die Abkehr der Intellektuellen vom Konfuzianismus seit Beginn des 20. Jahrhunderts, dann lenkte sie zur Stellung der Frau im konfuzianischen System über. Die musste zuerst ihrem Vater gehorchen, nach der Heirat ihrem Ehemann und wenn sie den überlebte, schuldete sie dem ältesten Sohn Gehorsam. Junge Frauen in China seien nicht mehr bereit, in dieser Weise über sich gebieten zu lassen, sie wollten im Erwachsenenalter ein selbstbestimmtes Leben führen. Das setze unter anderem finanzielle Unabhängigkeit voraus, wofür glücklicherweise die in China übliche Berufstätigkeit von Frauen eine gute Basis biete. Ausbildung auf hohem Niveau erweitere die beruflichen Möglichkeiten für Frauen, dessen seien sie sich bewusst, selbst bei meinen technisch–mathematischen Vorlesungen habe ich ja den großen Anteil junger Frauen mit eigenen Augen gesehen.

Bildung ihrer Kinder, fuhr Xiao Lin fort, werde von chinesischen Eltern traditionell als ein wertvolles Gut angesehen, wofür sie bereit seien, beträchtliche finanzielle Opfer zu bringen. Bis

---

[34] Die protestantische Ethik und der Geist des Kapitalismus

zum Ende der Monarchie im Jahr 1912 habe es in China ein Aufstiegssystem durch Prüfungen als Element des konfuzianischen Systems gegeben. Jungen aus einfachsten sozialen Schichten konnten durch Bestehen entsprechender Prüfungen in höchste Staatsämter aufrücken. Dieses Prüfungssystem gebe es zwar seit langem nicht mehr, die breite Wertschätzung von Bildung sei erhalten geblieben.

Mich überraschte, dass die hohen chinesischen Staatsbeamten, in Europa Mandarine genannt, für ihre Karriere besondere Fähigkeiten in der Dichtkunst nachweisen mussten. Andererseits, gab es da nicht Ähnlichkeiten zum deutschen »Bildungsbürgertum«? Hier wie dort der Ansatz, idealiter, durch Bildung aufzusteigen, durch eigene Anstrengungen die soziale Klasse zu verlassen, in die man hineingeboren war. Durch Bildung, nicht durch enge berufsbezogene Ausbildung. Konfuzianisches Prüfungssystem und Bildungsbürgertum, bei beiden handelte es sich um nicht mehr existente Strukturen. Nach meinem Empfinden wurde der Begriff »Bildungsbürgertum« in Deutschland vorwiegend als abwertendes Schlagwort missbraucht, von eigener Anstrengung hielt man in weiten Kreisen nichts. Xiao Lin sagte, der Gedanke, sich durch Bildung und eigenes Bemühen »nach oben zu arbeiten«, sei nach wie vor fest in den Köpfen der Chinesen verwurzelt. Auch Eltern in unteren sozialen Schichten legten sich unglaublich krumm für ihre Kinder, um ihnen durch den Besuch bester Bildungseinrichtungen einen sozialen Aufstieg zu ermöglichen.

Xiao Lin kam zu meiner Verwunderung auf den norwegischen Dramatiker Henrik Ibsen zu sprechen und seinen starken Einfluss auf die Emanzipationsbewegung der Frauen in China, Ibsen in gewisser Weise als Gegenspieler von Konfuzius.

Im Jahre 1907, ein Jahr nach Ibsens Tod, brachte Lu Xun literarisch interessierte Kreise in China durch Aufsätze in einer Litaraturzeitschrift mit den radikalen, gesellschaftskritischen Dramen des Norwegers in Berührung. Ibsens Gedanken lagen auf der Linie derer, die eine Veränderung der chinesischen Gesellschaft herbeiführen wollten, wozu die Befreiung von Frauen aus männlicher Fremdbestimmung gehörte.

Ab den 1920er Jahren wurde Nora, Urbild für Unabhängigkeit,

Freiheit und Mut zum Idol chinesischer Frauen auf ihrem Weg zur Emanzipation. In Beijing schritt die Polizei 1926 bei einer Theateraufführung von »Nora oder Ein Puppenheim« ein, da das Stück der Obrigkeit zu unkonventionell und zu radikal erschien, nicht zuletzt deshalb, weil Männer und Frauen gemeinsam auftraten. Das Jahr 1935 wurde als »Nora–Jahr« bezeichnet, Ibsens international wohl bekanntestes Stück stand an sechs chinesischen Bühnen auf dem Spielplan.

Die Sonne war fast untergegangen, als wir zum Hotel zurückkamen. Am nächsten Tag wollten wir nach Guangzhou fliegen, gingen zur Rezeption, um ein Taxi für die Fahrt zum Flughafen zu bestellen. Der Dienst tuende junge Mann machte den Vorschlag, kein reguläres Taxi zu nehmen, stattdessen mit dem Auto eines guten Bekannten zu fahren, der nur die Hälfte des Taxipreises für die Fahrt nehmen würde. Mir kam die Sache nicht geheuer vor, Xiao Lin war der Ansicht, der junge Mann mache einen vertrauenerweckenden Eindruck, wir sollten den Vorschlag annehmen.

Der tags zuvor gekaufte kandierte Ingwer war der beste, den ich je gegessen hatte, wir gingen noch einmal zu dem kleinen Geschäft und kauften vorsorglich ein Pfund für den Rest unserer Reise.

Am frühen Nachmittag standen wir anderntags zur verabredeten Zeit reisefertig vor dem Hotel und warteten auf unser »Privattaxi«. Nach einer halben Stunde vergeblichen Wartens wollte sich Xiao Lin bei unserem Mittelsmann an der Rezeption nach dem Verbleib erkundigen, doch der hatte dienstfrei und sein Kollege wusste von nichts. Wir wurden unruhig, beschlossen, eine weitere Viertelstunde zu warten und dann notfalls zu versuchen, in letzter Minute ein »richtiges« Taxi zu bekommen. Kurz darauf hielt unsere »Airport Limousine« vor dem Hotel, unser Mittelsmann und sein Bekannter stiegen aus.

Was für ein Auto! Der ursprüngliche Typ erblickte Mitte der 1960er Jahre als Fiat 124 das Licht der motorisierten Welt. Zur gleichen Zeit sah die Sowjetunion nach Automodellen wie »Moskwitch« und »Wolga« ein, dass sie aus eigener Kraft kein vernünftiges Serienauto herstellen konnte und schrieb einen Wettbewerb zur Errichtung eines neuen Automobilwerks durch ausländische

Firmen aus, vor anderen europäischen Mitbewerbern machte Fiat das Rennen. Zwischen Moskau und dem Ural wurde eine neue Stadt rund um das Automobilwerk gebaut, nach dem langjährigen Führer der Partita Communista Italiana erhielt sie den Namen Togliatti. Hier wurde der Fiat 124 in abgespeckter und vereinfachter Form weitergebaut, hieß im eigenen Lande Shiguli, wurde unter dem Namen Lada exportiert und strahlte äußerlich den Charme eines westsibirischen Kolchosbauern aus.

Wir nahmen in dem vorgefahrenen Lada Platz, nein, die Türen sollten wir nicht selbst schließen, dazu benötige man Insiderkenntnisse. Die Türverkleidungen und sonstiger überflüssiger kapitalistischer Firlefanz waren herausgerissen, nicht so schlimm, wir wollten ja nur zum Flughafen. Dann geschah etwas, was ich bis zu diesem Augenblick nur aus mittelmäßigen Krimifilmen kannte: Anstatt den Zündschlüssel zu drehen, nahm der Fahrer zwei abisolierte Drahtenden, stellte bis zum Anspringen des Motors einen elektrischen Kontakt her und ließ die Drähte danach wieder baumeln.

Unser Mittelsmann bemerkte meine gefurchte Stirn und sagte beschwichtigend zu Xiao Lin, der Bekannte habe zwar erst vor Kurzem seinen Führerschein bekommen, doch er beherrsche das Auto gut, wir müssten keine Angst haben. Wir taten, als hätten wir keine Angst, was blieb uns anderes übrig?

Bald stellte sich heraus, beide Personen auf den Vordersitzen wurden gebraucht, um uns zum Flughafen zu bringen, hoffentlich. Der eine, unser Mittelsmann, kannte grob die Fahrtroute, er verfügte über einen Zettel, auf den ihm jemand die Wegbeschreibung gemalt hatte, mit einigen zusätzlichen Erläuterungen. Der zweite, unser Fahrer, wusste ungefähr, wie man ein Auto steuert.

Erfüllte uns wenige Tage zuvor die Fahrt vom Flughafen nach Qingdao mit ziemlichem Misstrauen, so ergriff uns jetzt tiefe Sorge. Der Fahrer hielt bei jeder Weggabelung an, um sich wortreich mit seinem Navigator über den einzuschlagenden Kurs zu beraten, sie hätten ebenso gut würfeln können, mehrmals wendete der Fahrer und fuhr lange Strecken zurück. Der Zeiger der Benzinanzeige war noch ein Stück vom roten Bereich entfernt, aber warum sollte man diesem Instrument in dem fahrenden Schrotthaufen

Vertrauen schenken?

Dann wurde der Tower des Flughafens sichtbar und wir atmeten erleichtert auf, eine Totalkatastrophe brauchten wir nicht mehr zu befürchten. Dass wir zu spät am Abfertigungsschalter erschienen, machte nichts, die Maschine würde erst mit zweistündiger Verspätung abfliegen.

Draußen herrschte weiterhin lausige Kälte, die heruntergekommene Wartehalle war allenfalls schwach beheizt. Wie es aussah, würde der Flieger voll werden, wir suchten uns zwei freie Plätze zwischen den Wartenden. Die lästige Neugier der gelangweilten Mitreisenden versuchten wir zu ignorieren, zumindest unter den Passagieren in unserer Nähe schien niemand Englisch zu verstehen, wir konnten unbefangen miteinander reden.

»Hast du mal darüber nachgedacht, wie ähnlich wir uns in vielerlei Hinsicht sind, obwohl du im kapitalistischen Deutschland aufgewachsen bist, ich hingegen im sozialistischen China? Du bist außerdem fast eine Generation älter, trotzdem scheinen wir ähnlich durch unsere äußerlich höchst unterschiedlichen Kindheitsjahre geprägt worden zu sein.« Darüber hatte ich mir mehrfach Gedanken gemacht und mich anfangs über die Ähnlichkeiten gewundert. »Wieso wunderte es dich nur kurz?«, wollte Xiao Lin wissen. Ich erzählte ihr, wie bekannt mir viele äußere Lebensumstände bei meinem ersten Chinabesuch vorkamen, wie stark ich mich in meine Kindheit und frühe Jugend zurückversetzt fühlte. Selbstverständlich gab es keine eins–zu–eins–Entsprechungen, ein Hotel wie das, in dem ich in Beijing eine Woche lang wohnte, war mir in meiner Kindheit nicht einmal unter die Augen gekommen. Aber das tägliche Leben der Menschen, soweit ich es beobachten konnte, kam mir von Anfang an trotz unübersehbarer äußerer Unterschiede sonderbar vertraut vor. »Wenn du von deiner Kindheit auf dem Lande erzählst, kann ich dich besser verstehen als ein chinesisches Mädchen, das zehn Jahre nach dir geboren wurde. Nicht nur, weil ich erfahrener bin als eine junge Chinesin, ich kann das, wovon du sprichst, aus eigenem Erleben heraus nachempfinden. Neben äußeren Lebensumständen betrifft dies auch andere Bereiche, moralische Ansichten zum Beispiel.«

»Kulturelle Unterschiede werden doch gern als Verständigungsbarriere bemüht«, fuhr Xiao Lin nach einer Weile des Nachdenkens fort, »wie kommt es, dass sie für uns keine Rolle spielen, noch nie zu Missverständnissen geführt haben?« Sie sah mich fragend an. »Kultur verstehe ich als die von Menschen geschaffenen materiellen und geistigen Werke, außerdem damit verbundene Lebensformen. Da gibt es natürlich Unterschiede zwischen China und Deutschland, aber was ist davon für unser gegenseitiges Verstehen wichtig? Auf die Grundfrage der Ethik ›Was sollen wir tun? Wie sollen wir uns verhalten?‹, lautet die Antwort in China wie in Deutschland, man könnte auch Europa sagen: ›Was du selbst nicht wünschst, tu nicht anderen an.‹ Für mich liegt der Unterschied in den Kulturen der beiden Länder hinsichtlich dieser Maxime nicht im Inhalt der Aussage, sondern in ihrem Zustandekommen. In China geht die Verhaltensvorschrift auf Konfuzius zurück, er hatte sie mit Mitteln der menschlichen Vernunft abgeleitet, wie alle Regeln seiner Ethik. Anders in Deutschland und anderen christlich geprägten Ländern, in denen ethische Regeln mit einem von Gott erlassenen Gesetzeswerk begründet wurden.« »Ist es nicht gleichgültig, wie es zu Aussagen der Ethik gekommen ist, Hauptsache, die Menschen halten sich daran?« »Prinzipiell bin ich auch dieser Auffassung, aber wozu einen Gott für etwas bemühen, worauf man durch eigenes Nachdenken kommen kann? Das führt schnell dazu, dass sich Verkünder der durch diesen Gott angeblich erlassenen Regeln zu Autoritäten aufplustern, die — selbstverständlich religiös verbrämt — lediglich Macht über Menschen ausüben wollen, nach ihrem eigenen Gutdünken. So kam es in Europa zu der viele Jahrhunderte andauernden unheilvollen Verquickung von Kirche und Staat, Inquisition und Hexenverbrennung bildeten besonders schlimme Auswüchse. Erst die Aufklärung hat uns aus dieser unseligen religiösen Umklammerung befreit.« »Und was hat das mit uns zu tun?«, wollte Xiao Lin wissen. »Grob formuliert, sehe ich bezüglich der uns betreffenden ethischen Regeln kaum kulturelle Unterschiede, wir stehen auch beide nicht unter ominösen religiös–kulturellen Zwängen, die eine Barriere bilden könnten, du sowieso nicht und ich habe mich aus ihnen befreit.«

»Hast du weitere kulturelle Gemeinsamkeiten anstelle von kulturellen Unterschieden entdecken können?« Xiao Lin machte ein Gesicht, als ob sie sich über mich lustig mache, weil ich wieder mal ins trockene Dozieren verfallen war. »Die habe ich in der Tat gefunden«, fuhr ich fort, »zuerst möchte ich unsere Schulbildungen nennen. Ohne Frage gab es Unterschiede, du hattest keinen Religionsunterricht, ich musste mich nicht mit der von Dir wenig geliebten ›Geschichte der Kommunistischen Partei Chinas‹ herumschlagen. Bei mir haben Lesen– und Schreibenlernen nicht einmal das erste halbe Jahr in der Volksschule eingenommen, dein Unterricht in chinesischen Schriftzeichen dauerte zwölf Jahre bis zum Ende der Mittelschule. Englisch, Mathematik, Physik, Chemie, Biologie haben wir beide gelernt, mit ähnlichem Stoffumfang in diesen Fächern.« Augenzwinkernd fügte ich hinzu: »Du hast ›Die Leiden des jungen Werther‹ gelesen, auf Chinesisch, ich habe zwei Jahre vor meinem Abitur ein Referat über den ›Werther‹ gehalten, das meinen Deutschlehrer derart begeisterte, dass er mir fortan eine bessere Deutschnote auf dem Zeugnis verpasste.«

»Schließlich sind wir nicht unwesentlich durch die Universität geprägt worden, wurden dort zu selbständigem und kritischem Denken angehalten. Das bezog sich primär auf unsere jeweiligen Studienfächer, aber der Geist weht bekanntlich, wo er will.«

Xiao Lin stimmte mir zu, aufgeregt, wie ich verwundert wahrnahm. Bis zum Ende ihrer Schulzeit sei sie ein »gläubiges« Mädchen gewesen, den Vorsitzenden Mao beispielsweise habe sie gesehen, wie es die Schule gelehrt hatte, in der Universität habe sie sich umstellen müssen. Unversehens befand sie sich in einem Kreis von Menschen, die bis dahin für Wahrheit Gehaltenes in Frage stellten, eigene Gedanken zu Problemen und deren möglichen Lösungen aussprachen, wodurch ihr altes Glaubensgebäude brüchig wurde. Das Studium zweier fremder Sprachen erweiterte ihren Denkhorizont, es beschränkte sich ja nicht auf das Lernen fremder Wörter und grammatischer Regeln, es brachte ihr zusätzlich die Länder näher, in denen diese Sprachen gesprochen wurden.

Ich merkte, dass sie noch mehr sagen wollte, anscheinend aber nicht den Mut fand und ermunterte sie, frank und frei über ihre Gedanken zu sprechen. »Als Schulmädchen hielt ich den Imperialismus für bittere Realität, später für eine Erfindung der Parteipropaganda. Jetzt höre ich das Wort häufiger von dir, was soll ich glauben?«

Die Zeit verging betont langsam, die Kälte machte uns zu schaffen, hätten wir wenigstens heißen Tee bekommen können! Xiao Lin versuchte zu schlafen, die niedrigen Lehnen der Sitzschalen ermöglichten keine erträgliche Position. An mich lehnen mochte sie sich nicht, weil uns die Zurschaustellung derartiger Vertrautheit noch mehr Aufmerksamkeit beschert hätte. Wegen der spärlichen Beleuchtung schied Lesen aus, wir mussten uns in Geduld zu üben — bis das Signal zum Einsteigen gegeben wurde.

Für Guangzhou hatten wir nichts vorbereitet, wir würden dem Taxifahrer am Flughafen sagen, er solle uns zum Huaqiao Fandian bringen, das Hotel für Auslandschinesen würde auch in dieser Stadt zentral gelegen sein.

Ein Schwall warmer Luft schlug uns entgegen, als wir in Guangzhou das Flughafengebäude verließen. Dass es wärmer als in Qingdao sein würde, darauf waren wir vorbereitet gewesen, nicht aber auf eine abendliche Temperatur von über zwanzig Grad, eine angenehme Überraschung nach den Tagen mit Temperaturen unter dem Gefrierpunkt.

Wir befanden uns im Süden — die quirlige Millionenstadt liegt ziemlich genau auf dem Wendekreis des Krebses —, das bekamen wir während der Taxifahrt zu spüren, hier herrschte nicht die Behäbigkeit des Nordens, aus dem wir kamen, in Guangzhou ging es laut und hektisch zu, selbst in Shanghai gab es keinen derart überbordenden Autoverkehr.

Im Hotel passten wir schnell unsere Kleidung den veränderten klimatischen Verhältnissen an, aßen eine Kleinigkeit, machten uns auf, den Rest des lauen Abends zu genießen und die Betriebsamkeit der uns bislang unbekannten Metropole des Südens aus der Nähe zu erleben. Wir mussten nicht weit laufen, befanden uns nach wenigen hundert Metern mitten im spätabendlichen Verkehrsgetümmel, von einer weit geschwungenen Brücke sahen wir lange dem Treiben auf den unter uns liegenden Straßen zu. Xiao Lin war begeistert von der unglaublichen und ungewohnten Lebendigkeit, in Shanghai sah man um diese Zeit kaum noch

Menschen auf den Straßen, zwei Stunden vor Mitternacht. Hier glaubte man mit Händen greifen zu können, wie es in China wirtschaftlich aufwärts ging und das berührte sie innerlich stärker als mich.

Aus einer Seitenstraße bewegte sich eine größere Menschenmenge in unsere Richtung, als sie näher kam, erkannten wir Männer in abgerissener Kleidung. Polizisten an der Spitze und am Ende der stumm dahin trottenden Kolonne sorgten für eine Fortbewegung des Zugs in die von ihnen gewünschte Richtung. Xiao Lin beobachtete die Situation mit sichtlichem Unbehagen, dass ich alles mitansah, gefiel ihr wohl am allerwenigsten. Auch sie wusste nicht, was hier vor sich ging, sie vermutete, es handele sich bei den Männern um Wanderarbeiter, die sich ohne Wohnsitz in Guangzhou aufhielten, im Freien nächtigten und von der Polizei aufgegriffen worden waren.

Erst am anderen Morgen fiel uns die Größe des Hotels auf, unter den angebotenen Frühstücksvarianten entschieden wir uns für die kantonesische Art, natürlich wollten wir gern lokale Spezialitäten kennenlernen. Wir wussten nicht, wie das, was wir auf unsere Teller luden, schmecken würde, alles sah anders aus als das, was wir kannten. Beim Essen zeigte sich Xiao Lin dann nicht so zufrieden wie ich, ihr schmeckte Vieles zu süß, sie erwartete ein salziges Frühstück. Ich bevorzugte in Deutschland Müsli oder Marmeladenbrötchen am Morgen, mir kam die Geschmacksrichtung des kantonesischen Frühstücks entgegen.

Bevor wir uns zu einem Stadtbummel aufmachten, wollte ich schnell ein paar Stückchen des köstlichen kandierten Ingwers aus Qingdao für unterwegs einpacken. Ein braunes Insekt, das in der nicht fest verschlossenen Plastiktüte herumkrabbelte, ließ mich erschrocken innehalten. Xiao Lin klärte mich auf, es handele sich um eine Kakerlake, die, offenbar typisch für diese ekligen Viecher, bei ihrem nächtlichen Streifzug durch den delikaten Geruch angelockt worden war. Den Namen dieses Insekts kannte ich, hatte aber nie vorher ein Exemplar zu Gesicht bekommen, in meiner Vorstellung sahen Kakerlaken eher wie Kellerasseln aus. Mein neues Wissen um das tatsächliche Aussehen musste ich mit der Ungenießbarkeit meines Ingwers bezahlen, Xiao Lin tröstete mich, wir würden in Guangzhou leicht Ersatz kaufen können, was sich leider nicht bewahrheitete.

Wir hatten uns vorgenommen, an diesem Tag viel zu laufen und machten uns in südliche Richtung zum Perlfluss auf. Schon bald bereuten wir, kein Taxi genommen zu haben, die Straßen zum Fluss führten nur durch hässliche und uninteressante Bezirke.

Am Flussufer angelangt, mussten wir noch eine Enttäuschung hinnehmen, an diesem grauen, regenverhangenen Vormittag bot der Perlfluss keinen attraktiven Anblick. Wir malten uns aus, wie es hier an einem warmen Sommerabend mit bunter Beleuchtung sein würde, im Augenblick war das eine Illusion, von der wir nichts hatten. Wir entschieden, zum Stadtzentrum zu gehen, ein Gang durch die Geschäftsstraßen könnte helfen, unsere Laune aufzubessern.

Und tatsächlich fühlten wir uns wohler, als wir in eine geschäftige Menschenmenge eintauchen und im Strom mitschwimmen konnten. Wir streiften durch mehrere Kaufhäuser, Xiao Lin probierte modische schwarze Lederjacken an, die sich in China großer Beliebtheit erfreuen, zu einer Kaufentscheidung konnte sie sich nicht durchringen.

Allmählich stellte sich Hunger ein und mutig fassten wir den Entschluss, ein Restaurant zu suchen, in dem man Schlangen essen konnte. Dass ich bislang nie Schlangenfleisch gegessen hatte, war nicht weiter verwunderlich, aber auch Xiao Lin stand der erste Biss in ein Stück gebratener oder gekochter Schlange noch bevor. In den nördlicheren Provinzen Chinas waren Schlangengerichte nicht populär, ich hatte bisher keins auf einer Speisekarte gesehen. Trotzdem erstaunte mich Xiao Lins Offenbarung, ein so typisch chinesisches Gericht bisher nicht gegessen zu haben, noch mehr überraschte sie mich mit dem Geständnis, sie teile meine Vorbehalte. Jetzt taten wir erst einmal so, als seien wir mutig und machten uns auf die Suche nach einem Restaurant.

Das gestaltete sich unerwartet schwierig, wir fanden kein einziges Restaurant mit Schlangengerichten auf der Speisekarte. Xiao Lin begann Leute auf der Straße zu fragen, was zunächst auch nicht zum Erfolg führte, die Menschen verstanden sie nicht und umgekehrt, da sie keine gemeinsame Sprache hatten. Ich wusste, die chinesische Standardsprache Putonghua und das Kantonesische waren verschieden, ich hatte mir aber doch eine Ähnlichkeit wie zwischen Hochdeutsch und Schwäbisch–zum–Quadrat vorgestellt, hier merkte ich, beide Sprachen erlaubten in gesprochener Form keinerlei Verständigung. Wurde das Gesprochene in schriftliche Form gegossen, gab es keine Unterschiede mehr und auf diese Weise wurde eine Kommunikation möglich.

Aber Xiao Lin musste nicht zum Hilfsmittel der schriftlichen Verständigung greifen, viele Leute konnten auch die chinesische Amtssprache sprechen und bald beschrieb uns eine junge Frau den Weg zu einem für seine Spezialitäten bekannten Restaurant. Auf dem Weg dahin, wir befanden uns gerade auf einer verhältnismäßig schmalen Brücke, stieß Xiao Lin plötzlich einen Schrei aus und schubste einen jungen Mann zur Seite. Er hatte etwas aus ihrer Hosentasche genommen, glücklicherweise bestand seine gesamte Beute aus einem Papiertaschentuch. Xiamen erstand sofort vor unseren Augen und wir brauchten eine Weile zum Abschütteln der bösen Erinnerungen.

Dann standen wir vor dem von der jungen Frau empfohlenen Restaurant und studierten die am Eingang ausgehängte Speisekarte. Eine verwirrend große Anzahl verschiedener Zubereitungsarten wurde offeriert, unser Hauptproblem bestand jedoch in der Beantwortung der übergeordneten Frage, ob wir überhaupt hineingehen sollten oder nicht. Keiner mochte sich aus der Deckung hervorwagen, wodurch sofort klar wurde, dass wir beide nicht wollten. Also machten wir kehrt und suchten ein aus unserer Sicht weniger exotisches Restaurant. Eine tiefere Grübelei darüber, was wir dort zwischen die Stäbchen klemmten, vermieden wir, sagte man den Bewohnern von Guangzhou doch nach, sie äßen alles, was vier Beine hat, Tische und Stühle ausgenommen.

Wir mussten uns um Flugtickets kümmern, am folgenden Tag wollten wir nach Guilin weiterfliegen, falls es möglich sein würde. Es war möglich, hier in Guangzhou ging alles überraschend unproblematisch.

Ein Brillengeschäft zog Xiao Lins Aufmerksamkeit auf sich, sie wollte gern eine neue Brille kaufen. Alle Exemplare waren entsetzlich schwer, die Preise kamen mir im Vergleich zu denen in

Deutschland lächerlich vor, die Entscheidung fiel auf das teuerste Modell, weil es noch am wenigsten wog. Mit der dunkel berandeten Brille sah Xiao Lin sehr intellektuell aus, in der Kulturrevolution hätte sie sich so nicht auf die Straße trauen dürfen.

Guilin kam mir bedeutend hässlicher vor, als es in meiner Erinnerung ausgesehen hatte, keine Frage, die gesichtslosen Plattenbauten wirkten abscheulich wie überall, die vom blauen Hochsommerhimmel strahlende Sonne ließ die Stadt bei meinem ersten Besuch in einem freundlicheren Licht erscheinen. Seinerzeit hatte das Li Jiang Hotel einen guten Eindruck auf mich gemacht, wir beauftragten den Taxifahrer, uns dorthin zu bringen.

Das Hotel wirkte menschenleer, wer kommt im Winter als Tourist nach Guilin? Bei meinem letzten Telefonat von Deutschland aus bemerkte Zhao Ming vielsagend, Guilin gelte in dieser Jahreszeit als Ort für Verliebte, eine Erklärung war sie mir schuldig geblieben. Lag der Grund in der romantischen Landschaft ohne störende Touristen? Xiao Lin gestand mir kleinlaut ihre Angst vor dem Übernachten in einem derart leeren Hotel, ohne unser Zutun bekamen wir zwei nebeneinander liegende Zimmer, sie konnte heimlich aufatmen.

Im Lauf des Nachmittags hörte der Regen auf. Wir fuhren zuerst zum CAAC-Reisebüro, um Flugtickets nach Shanghai zu kaufen, gerieten am Ziel in einen heftigen Streit mit dem Taxifahrer, da er einen schamlos hohen Preis von uns forderte, erst die Drohung mit der Polizei ließ ihn einlenken, wir zahlten ihm die Hälfte, immer noch zu viel. In Guilin gab es keine Probleme, Tickets zu bekommen und als wir später im halb leeren Flieger nach Shanghai saßen, erkannten wir auch den Grund.

Unbeschwert genossen wir den Rest des Nachmittags, erkundigten uns zunächst, ob am nächsten Morgen ein Schiff nach Yangshuo fahren würde und wanderten anschließend durch die Stadt. Xiao Lin erklärte mir, wir befänden uns in der Region Guangxi Zhuang, einem der fünf Gebiete Chinas mit Autonomiestatus. Neben Han-Chinesen, dem chinesischen Mehrheitsvolk, lebten hier Zhuang, Miao, Yao, Hui sowie weitere Völker und Stämme mit Minderheitenstatus. Ich wusste, dass es in China zahlreiche »Minderheiten« gab, hatte mich aber bislang nicht mit Einzelheiten beschäftigt. Der Anteil von knapp zehn Prozent an der Bevölkerung Chinas kam mir hoch vor, in absoluten Zahlen waren das weit mehr Menschen als die Einwohnerzahl Deutschlands nach der Wiedervereinigung.

Als kleines Mädchen habe sie bedauert, nicht zu einer Minderheit zu gehören, erzählte Xiao Lin. Besonders die Uiguren aus Xinjiang[35] hatten es ihr angetan, sie seien herrlich farbenprächtig gekleidet gewesen, während die Menschen um sie herum die einfallslose dunkelblaue Arbeitskleidung getragen hätten. Die Minderheiten seien in jener Zeit bei den Lebensmittelzuteilungen privilegiert behandelt worden, was für Xiao Lin wegen ihres dauernd knurrenden Magens ungeheuer verlockend geklungen hatte.

Gegenüber dem Sommer 1987 wirkte der Ort jetzt leblos, eine Stadt im Winterschlaf. In den Straßen reihte sich damals ein Verkaufsstand an den nächsten. Anders als die Händler im nördlichen Beijing, die sich darauf beschränkten, uns mit Hellorufen auf ihre Stände aufmerksam zu machen, gingen in Guilin mehrheitlich junge Händlerinnen auf uns zu, zogen uns mit sanfter Gewalt zu ihren Ständen, sparten nicht mit gewinnendem Lächeln und charmanten Augenaufschlägen, um unsere Kauflust zu stimulieren.

Im Xishan Park trafen wir auf eine Gruppe blinder Männer, die auf Erhus spielten, den zweisaitigen chinesischen Kniegeigen. Neben einer aufgestellten Sammelbüchse saßen sie mit weit geöffneten Augen auf Klappstühlen, ihre starren Augen sahen alle merkwürdig einheitlich aus.

Am Abend fanden sich außer uns wenige Gäste in dem für diese Jahreszeit überdimensionierten Restaurant unseres Hotels ein, drei Tische hätten ausgereicht. Wegen der ungemütlichen Atmosphäre fühlten wir uns unbehaglich, die Speisekarte gab nicht viel her, dieses Restaurant würden wir kein zweites Mal mit unserer Anwesenheit beehren. Auf dem Weg zu unseren Zimmern beschlich uns das unliebsame Gefühl, beobachtet zu werden, ausmachen konnten wir indes niemand. Litten wir mittlerweile unter Verfolgungswahn?

Kurz vor Mitternacht weckte mich das schrille Klingeln mei-

---

[35] Sinkiang, Ost–Turkestan

nes Telefons. Xiao Lin meldete sich, aufgeregt berichtete sie von einem merkwürdigen Anruf vor wenigen Minuten, fragte mit zaghafter Stimme, ob ich zu ihr kommen könne, sie habe Angst. Der ominöse Telefonanruf jagte mir einen gehörigen Schrecken ein, sollten wir in eine Falle gelockt werden? Meine Stimme schien Xiao Lin zu beruhigen, schnell ließ sie sich überzeugen, dass wir uns jetzt auf keinen Fall im selben Zimmer aufhalten dürften. Eindringlich bat ich sie, die Zimmertür verschlossen zu halten und mich sofort anzurufen, sobald ihr irgendetwas nicht geheuer erscheine, auf keinen Fall solle sie aus falscher Rücksichtnahme zögern, mich zu wecken. Der Rest der Nacht verlief ungestört.

Zwischen dem Li Jiang Hotel und der Schiffsanlegestelle lagen wenige Schritte. Anders als bei meiner ersten Fahrt auf dem Li Fluss herrschte am nächsten Morgen kein Gedränge beim Besteigen des Schiffs. Bis auf wenige Ausnahmen verkrochen sich die Chinesen sofort in den warmen Salon des Schiffes, ich war der einzige Ausländer.

Auch wenn die Landschaft wegen der fehlenden Sonne weniger plastisch aussah, Xiao Lin begeisterten die »Zuckerhüte«, die den gewundenen Lauf des Li Jiang säumten. Sie trugen blumige Namen, wie »Frosch, der aus der Höhle kommt«, »Berg der glücklichen Heirat«, »Auf einen Berg kletternde Schildkröte«.

Wenige Schiffe fuhren auf dem Fluss, wir überholten eine Reihe motorgetriebener Lastkähne, die in Flussnähe wohnende Menschen mit Waren versorgten. Interessanter fanden wir Fischer, die trotz der Kälte mit nackten Beinen auf langen, schmalen Flößen standen, die aus wenigen Bambusstämmen mit nach oben gebogenen Enden zusammengefügt waren. Auf jedem Floß stand ein Korb, um die gefangenen Fische aufzunehmen. Die Fischer hatten gefiederte Gehilfen, Kormorane mit beringten Hälsen. Xiao Lin lächelte und fragte: »Erinnerst du dich an die Fahrt von Huang Shan nach Hangzhou?« Und ob ich mich erinnerte! An manchen Stellen standen Kinder am Ufer und winkten uns fröhlich zu, ich fragte Xiao Lin, ob es hier ihrer Meinung nach einen geregelten Schulunterricht gebe. Sie war sich nicht so sicher wie der chinesische Reiseleiter, dem ich bei meiner ersten Fahrt auf dem Li Jiang dieselbe Frage gestellt hatte.

Der Koch kam und fragte, was wir essen wollten, es seien nur wenige Menschen auf dem Schiff, da könne er nicht aufs Geratewohl kochen. Wir hatten die Wahl zwischen zwei Gerichten und entschieden uns für Reis mit Gemüse.

Der landschaftlich attraktivste Teil des Flusses lag hinter uns, auf beiden Seiten wurde es flacher. Seit über einer Stunde hielten wir uns allein an Deck auf, allen anderen war es draußen zu kalt geworden. Freiwillig standen auch wir nicht unter freiem Himmel an der Reling, der unerträgliche Zigarettenqualm im Salon zwang uns zur Entscheidung für die Kälte. Für die kurze Zeit des Mittagessens begaben wir uns in den verqualmten Salon unter Deck.

Steifbeinig und durchfroren verließen wir das Schiff in Yangshuo. Ein Junge kam auf uns zu mit einer über beide Schultern hinausragenden Bambusstange, auf deren Enden zwei Kormorane saßen und uns böse ansahen. Für einen kleinen Geldbetrag ließ sich der Junge mit seinen gefiederten Statisten fotografieren, das Geschäft lief an jenem Tag schlecht.

Für die Rückfahrt nach Guilin zogen wir den Bus vor, in dem es nicht bequem, aber warm war.

Der letzte Abend unserer kurzen Frühlingsfestreise, am folgenden Tag würden wir nach Shanghai zurückfliegen. Xiao Lin hatte sich wahrscheinlich mehr von Guilin versprochen, bei Regen und winterlicher Kälte konnte der Ort seinem berühmten Namen nicht gerecht werden. Im Anschluss an einen kurzen Spaziergang entlang des Flussufers hielten wir Ausschau nach einem Restaurant, um den kleinen Trip mit einem besonderen Essen zu beschließen. Unsere Wahl fiel auf ein gut besuchtes Lokal, das mehrere für Guilin typische Gerichte auf der Speisekarte hatte. Xiao Lin bestellte geschmorte Ente mit Bambusblättern, gekochtes Huhn mit Muscheln, Mandarinfisch aus dem Li Jiang, dazu Reisnudeln und verschiedene Gemüse. Zufrieden und gut gelaunt gingen wir zum Hotel zurück.

Shanghai empfing uns gleichfalls mit Kälte und Regen. Eine knappe Woche blieb noch bis zu meinem Rückflug nach Deutschland, dann würde der Unterricht in Xiao Lins Hochschule wieder beginnen. Die Vorbereitungen für das neue Semester nahmen sie stark in Anspruch, an den meisten Tagen konnten wir nur wenige

Abendstunden gemeinsam verbringen.

An einem der Vormittage, ich verließ gerade die Bank of China und ging über die Zhongshan Zhonglu zum Ufer des Huang Pu, sprach mich unerwartet jemand von der Seite an, es war Li Anwen, den ich seit über einem Jahr nicht gesehen hatte. Meine Einladung zum Essen nahm er dankend an, nachdem er sich zuerst höflich geziert hatte.

Im Restaurant berichtete ich ihm von meiner kurzen Reise nach Qingdao, er freute sich, dass ich seinem vor längerer Zeit gegebenen Ratschlag gefolgt war. Auch von den anderen Stationen erzählte ich ihm, er hörte aufmerksam zu. »Haben Sie die Reise allein gemacht?«, wollte er wissen. Wie andere vor ihm brachte er mich mit der Frage in Verlegenheit und im ersten Moment wollte ich ihm eine ausweichende Antwort geben. Dann sagte ich ihm, eine Chinesin habe mich begleitet, was seine Neugier weckte. Er konnte sich das kaum vorstellen, ein Ausländer sollte zusammen mit einer Chinesin ohne Schwierigkeiten durch China gereist sein? Noch vor wenigen Jahren wäre das seiner Ansicht nach undenkbar gewesen. Woher ich die Chinesin kenne, wollte er wissen und ich sagte ihm, wir seien seit zwei Jahren miteinander befreundet, auf Einzelheiten ging ich nicht ein. »Wissen Sie«, erwiderte er mit ernstem Gesicht, »wir verstehen in China unter Freund oder Freundin etwas anderes als Sie in den westlichen Ländern. Mit dem chinesischen Wort *péngyou* bezeichnen wir einen Menschen, zu dem wir ein persönliches Vertrauensverhältnis haben, der in einer schwierigen Situation bereit ist, uns uneigennützig zu helfen. Im Westen versteht man unter Freund oder Freundin Partner in einer Liebesbeziehung oder sexuellen Beziehung.« Diese Argumentation hatte ich mehrere Male von Chinesen gehört und wusste, was er damit andeuten wollte, doch blieb ich mit meiner Entgegnung, die Begriffe hätten bei uns nicht ausschließlich die von ihm angesprochene Bedeutung, auf der semantischen Ebene. Da bohrte er nicht weiter, sagte noch ermahnend: »Seien Sie vorsichtig, Sie werden wissen, was ich meine.«

Ich lenkte zu einem weniger verfänglichen Thema über und kam auf die enorm gestiegene Bautätigkeit in Shanghai zu sprechen. »Meiner Meinung nach ist sie ein deutliches Signal für den kräftiger werdenden wirtschaftlichen Aufschwung Chinas. Im Übrigen«, fügte ich hinzu, »ist China nach meiner Beobachtung in den letzten Jahren kapitalistischer geworden.«

Meine Einschätzung gefiel ihm. »Wissen sie«, begann er, »für Seminare und Dissertationen ist der Sozialismus eine dankbare Angelegenheit. Die frühen Ideen von Babeuf, Proudhon, Fourier, später die von Marx, Engels, Lenin, Trotzki, Mao und wem sonst noch, daraus kann man bis in alle Ewigkeit schöpfen. Doch was wird aus dem Sozialismus in der Praxis? Ein kostspieliges, bürokratisches Monstrum zur Belohnung von Faulheit, Verschwendungssucht und Korruption. Der Sozialismus ist eine Art Anti-Mephisto.« Ich verstand nicht, was er meinte. »Euer Goethe lässt doch den Mephisto im Faust sagen, er sei ›ein Teil von jener Kraft, die stets das Böse will und stets das Gute schafft‹. Beim Sozialismus ist es umgekehrt.« Und er fuhr fort: »Sie sind doch Ingenieur und wissen, dass viele wunderbare Ideen in der Praxis am Ende an unvermeidlichen Dreckeffekten scheitern, die man nicht in den Griff bekommen kann.«

Selbstverständlich kannte ich zahllose Beispiele, den Wankelmotor etwa. Eine fantastische Idee, einen Verbrennungsmotor zu bauen, der direkt eine Rotationsbewegung erzeugt und nicht zuerst eine Auf- und Abbewegung, die mühsam mittels Pleuel und Kurbelwelle in eine Drehbewegung umgewandelt werden muss. Ich erläuterte ihm dieses Beispiel, unterschlug auch nicht die über zwanzig Jahre zurückliegende Entwicklung eines Serienautos mit einem solchen Motor, die zu keinem positiven Resultat geführt hatte, um es freundlich zu formulieren. »Die Idee muss trotzdem nicht praxisuntauglich sein«, gab ich zu bedenken, »neue Werkstoffe und fortschrittlichere Bearbeitungstechniken könnten in einigen Jahrzehnten der Idee des Wankelmotors zum erfolgreichen praktischen Einsatz verhelfen.«

Er lächelte. »Sie liefern mir das Stichwort. Vielleicht ist es möglich, mit anderen oder ›neuen Menschen‹, wie Mao Zedong sie nannte, ein funktionierendes sozialistisches System aufzubauen. Als Mao nach wenigen Jahren sozialistischer Herrschaft behauptete, diesen neuen Menschen geschaffen zu haben, redete er Blödsinn, legte es gar auf bewusste Volksverdummung an. Nehmen sie die christliche Lehre, ich wähle sie als Beispiel, da sie im Hinblick auf ihre fast zweitausendjährige Kontinuität, zumindest im Kern, sowie ihre gleichzeitige weltweite Verbreitung einzigartig ist. Seit Anbeginn versuchte das Christentum, seine Anhänger zur Einhaltung der vom Judentum übernommenen Zehn Gebote zu erziehen. Der Menschentyp, dem das Einhalten der Zehn Gebote, die ersten drei sind hier von geringerer Bedeutung, nicht mehr schwer fallen würde, wäre auch sozialismustauglicher. Hat sich der Mensch durch bald zweitausend Jahre Christentum in Bezug auf die Forderungen der Zehn Gebote verändert? Wenn überhaupt in eine positive Richtung, dann allenfalls marginal. Sollte es jemals einen für den Sozialismus geeigneten ›neuen Menschen‹ geben, braucht man weit mehr als zehntausend Jahre für seine Entwicklung.« »Bei uns ging es sogar schlimmer zu«, setzte er seine Argumentation mit sichtlicher Erregung fort, »der Sozialismus schuf in Windeseile einen neuen Menschentyp mit Sklavenmentalität, der sich schnell an die Alimentation durch den Staat gewöhnte, was zu Katastrophen führte, als der Staat seine Versorgungszusagen nicht einhielt, nicht einhalten konnte.«

»Nein, nein, mein Lieber«, er senkte seine Stimme und rückte näher zu mir, »wenn wir in China zu den entwickelten Industrienationen aufschließen wollen, brauchen wir ein politisches System, in dem jeder Einzelne merkt, dass es für ihn lohnend ist, sich anzustrengen. Ebenso müssen die Folgen für ihn spürbar werden, wenn er sich nicht anstrengt. Unter diesen Bedingungen bestünde Hoffnung, die Zahl der Leistungsbereiten zu vergrößern und viele kluge Köpfe davon zu überzeugen, China nicht resigniert den Rücken zu kehren.«

»Im Grunde sind wir Chinesen von der Tradition her keine Individualisten«, fügte er nachdenklich hinzu, »in den Anfangsjahren nach der Befreiung herrschten im Volk enthusiastische Stimmung sowie eine große Bereitschaft, am Aufbau einer neuen, besseren Gesellschaft mitzuarbeiten. Die damalige Aufbruchsstimmung ist längst verpufft, niemand glaubt mehr an die Parteiphrasen, möglicherweise nicht einmal die *gànbù*[36]. Der Staat soll den Menschen nicht länger vormachen, alles müsse durch ihn gelenkt,

---
[36] Parteikader

reglementiert und verteilt werden, er soll für ordentliche Rahmenbedingungen sorgen. Selbstverständlich muss die Gesellschaft durch den Staat denjenigen helfen, die ihre Existenz nicht aus eigener Kraft sichern können, aber es müssen äußerst strenge Maßstäbe an die Feststellung der Bedürftigkeit gelegt werden.«

Xiao Lin kam gegen Abend, nach dem Essen schlug sie vor, in eine Disco zu gehen, nein, keine für Ausländer, sondern eine, in der sich vorzugsweise Studentinnen und Studenten träfen. Der Vorschlag gefiel mir, hatte ich doch bislang erst eine Disco in China kennengelernt. Wir fuhren weit, mussten zweimal den Bus wechseln, ich wusste nicht einmal, in welchem Stadtteil wir am Ende ausstiegen. Nichts wies hier auf eine Disco hin, wir gingen in eins der unansehnlichen Gebäude, mussten an einem alten Bürotisch einen lächerlich geringen Betrag für den Eintritt entrichten und kauften zwei ebenfalls spottbillige Dosen Cola.

Dann befanden wir uns unversehens in einem kahlen Raum, in dessen einer Hälfte mehrere Reihen fest montierter Klappsitze standen, vermutlich wurde der Raum früher als Kino genutzt. Vor den Klappsitzreihen gab es eine Fläche zum Tanzen, der Boden bestand aus gerissenem Estrich. Bunte Lampen zuckten im Rhythmus der üblichen amerikanischen Plastikmusik, ein bisschen Untergrundatmosphäre, vielleicht war das hier gar nicht von der Obrigkeit abgesegnet, danach fragen mochte ich nicht.

Im Halbdunkel des Raums fielen wir nicht auf, erst auf der Tanzfläche, wenn man den rissigen Fußboden so nennen wollte, zog ich überraschte und interessierte Blicke auf mich: Wie kam dieser bunte Hund bloß hierher? Nachdem ich mich in den allgemeinen Bewegungsablauf eingefügt hatte, wurden ständig Neugierige in meine Nähe gespült, die mir die üblichen Fragen stellten, woher ich käme, ob ich häufiger in Shanghai gewesen sei, wie mir China gefiele. Vor Annäherungen der besonderen Art musste ich nicht auf der Hut sein, hier ging es züchtig zu. Xiao Lins anfängliche Befürchtung, sie könne eventuell in der Disco Bekannte treffen, die unbequeme Fragen stellen würden, bewahrheitete sich zum Glück nicht, der Abend verlief ganz nach Wunsch.

Am nächsten Vormittag fuhr ich zur Fuzhou Lu, um dort in

den Buchläden nach weiteren deutschsprachigen Büchern zu suchen, die für Xiao Lin bei ihren Bemühungen, Deutsch zu lernen, hilfreich sein konnten. Bisher hatten wir keinen einzigen Satz auf Deutsch miteinander gesprochen, sei es aus Befangenheit, sei es aus dem Gefühl heraus, der im Sprachniveau sofort erkennbare riesige Unterschied könne sich ungünstig auswirken. Bei Englisch gab es einen solchen Unterschied nicht und außerdem waren wir seit unserer ersten Begegnung an diese Sprache gewöhnt, sie gehörte zu uns.

Während ich gerade ein neues Lehrbuch durchblätterte, wurde ich auf Deutsch angesprochen, von einem Deutschen. Seine direkte Art, mich zu duzen behagte mir nicht, durch seine neugierige Frage, was ich in China mache, fühlte ich mich überrumpelt, antwortete ihm mit einer nichts sagenden Phrase, womit er sich zufrieden gab. Ob wir zusammen zum Essen gehen könnten, kam die nächste Frage, ich willigte ein, obgleich ich erst seit einer halben Stunde in dem Buchladen herumstöberte, aber nach dem Essen konnte ich leicht zurückkommen. Er sei Vegetarier und würde ein Restaurant bevorzugen, in dem man fleischlos essen könne, ließ er mich wissen, als wir den Laden verließen. Die Möglichkeit dazu bestand in nahezu jedem Restaurant, da man sich das Menü aus Einzelgerichten zusammenstellte und auf jeder Speisekarte gab es verschiedene Gemüse oder Doufu. Allerdings kannte ich ein spezielles Vegetarier-Restaurant in einer kleinen Nebenstraße nahe dem Park Hotel, da er es gern kennenlernen wollte, machten wir uns auf den Weg dorthin. Durch einen langen, spärlich beleuchteten Eingangsflur betraten wir eine Viertelstunde später das Restaurant, mein Begleiter stellte verwundert fest, hier sei alles anders als sonst, die ungewohnte Ruhe gefiel ihm. Meines Wissens sei es ein vorzugsweise von Buddhisten besuchtes Restaurant, warf ich ein, vielleicht sei das ein Grund für die Andersartigkeit.

Nach der Bestellung des Essens begann mein neuer Bekannter von sich zu erzählen. Er sei aus Bremen, arbeite dort als Chemielaborant. Aufgrund seiner Sprachfärbung hatte ich ihn gleich als Norddeutschen eingeordnet, umso befremdlicher hatte seine aufdringliche Art auf mich gewirkt. Vor einem Jahr habe sich seine Frau von ihm scheiden lassen, erfuhr ich, was ein schwerer Schlag für ihn gewesen sei. Um aus seiner depressiven Gemütslage herauszukommen, hatte er ursprünglich eine Weltreise geplant, aus finanziellen Gründen aber eine kleinere Lösung finden müssen und hatte deshalb nach einer fremden Umgebung Ausschau gehalten, wo er auf jeden Fall nichts mit Frauen zu tun haben würde. So hatte es ihn nach China verschlagen, wo er sich prompt in eine Chinesin verliebte. Augenblicklich befand er sich auf dem Weg in die Provinz Hunan, um sie dort zu heiraten. Ungeniert fragte er, ob auch ich eine Chinesin näher kennengelernt habe. Da ihn das nichts anging, speiste ich ihn mit einer billigen Floskel ab.

Ich verspürte wenig Lust, zurück in den Buchladen zu gehen, begab mich stattdessen zu meinem Hotel. Auf der Xizang Lu wurde ich Zeuge einer brutalen Szene, wie ich sie bis dahin nicht gesehen hatte. Ein Mann prügelte mit derben Schlägen auf eine Frau ein, die vor ihm wegzurennen versuchte, aber der Mann ließ erst von ihr ab, als es der Frau gelang, vom Gehweg zwischen die fahrenden Autos zu flüchten. Einige wenige Passanten blieben kurz stehen, die Mehrzahl ging weiter, ohne die beiden zu beachten, niemand griff ein.

Am Abend erzählte ich Xiao Lin von der Begebenheit, sie meinte, der Mann habe wahrscheinlich seine Frau mit ihrem Liebhaber erwischt und sie gleich an Ort und Stelle verprügelt, das könne man häufiger beobachten. Warum keiner der Frau beigestanden habe, wollte ich wissen, ich selbst hatte allerdings auch mit schlechtem Gewissen nur da gestanden, froh, dass die Frau schnell ausreißen konnte. Um solche Vorfälle würde sich niemand kümmern, gab Xiao Lin nach kurzem Nachdenken zur Antwort, man mische sich nicht gern in andrer Leute Angelegenheiten, es sei denn, ein Familienmitglied sei involviert. Ich erinnerte mich, in Beijing mitangesehen zu haben, wie ein Radfahrer auf einer Kreuzung von einem Auto angefahren wurde, stürzte und verletzt am Boden liegen blieb. Außer den beiden Beteiligten nahm seinerzeit niemand Notiz von dem Vorfall.

In der Huaihai Lu hatte ich vor Kurzem einen kleinen Laden entdeckt, dessen Angebot eisgekühlten Jogurt enthielt und in den ich seitdem häufiger ging, um eine kleine Flasche für mein Frühstück zu kaufen. Beim Verlassen des Geschäfts am nächsten Morgen sprach mich ein junger Mann an. Zuerst antwortete ich zurückhaltend, meine Vorsicht war jedoch überflüssig, er hatte keine bösen Hintergedanken. Nach den üblichen Einleitungsfragen konnte er nicht länger an sich halten und erzählte mir voller Stolz, man könne jetzt in Shanghai Aktien kaufen und an der Börse spekulieren. Mit seinen gesamten Ersparnissen habe er sich in dieses neue, aufregende Gesellschaftsspiel gestürzt und Gewinne erzielt. Er äußerte die feste Überzeugung, in wenigen Jahren reich zu sein. Ich war skeptischer als er, wünschte ihm gleichwohl eine glückliche Hand bei seinen Transaktionen.

Für diesen Vormittag hatte ich mir nichts vorgenommen, die Zeit nutzte ich zu einem Morgenspaziergang durch »mein« Viertel. Im nahe gelegenen Xiangyang Park — eher ein »Pärkchen«, wie häufig in Shanghai, ein Fleckchen mit ein paar Bäumen und einem bisschen Grün — setzte ich mich auf eine Bank und sah den alten Leuten bei ihren Taijiübungen zu, die sie einzeln oder in kleinen Gruppen lautlos, mit konzentrierten Gesichtern und in bewusst großer Langsamkeit ausführten. Ein junger Mann gesellte sich dazu, tauschte seine Bürokleidung gegen einen wallenden, schwarzen Umhang, bevor er sein Taijischwert aus der Scheide zog und mit seinen kunstvollen Übungen begann, zwar anders als die alten Leute, aber mit ebensolcher Konzentration und wunderbaren, harmonischen Bewegungssequenzen. Sicherlich fiel allen auf, dass da jemand auf einer Bank saß, der nicht dazu gehörte, aber niemand ließ sich etwas anmerken.

Ich setzte meine kleine Wanderung fort, an der Shaanxi Nanlu bog ich in nördliche Richtung ab. Nach wenigen hundert Metern entdeckte ich einen winzigen Blumenladen, versteckt zwischen niedrigen, unansehnlichen Häusern. Neugierig ging ich hinein, um mir das Blumenangebot anzusehen. Nicht die Blumen erregten beim Eintreten meine besondere Aufmerksamkeit, sondern ein riesiger roter Luftballon in Herzform mit der Aufschrift »Ich liebe Dich«. Wie kam diese deutsche Kirmestrophäe hierher? Meine erste Reaktion, der Blumenverkäuferin den Satz ins Chinesische zu übersetzen — wǒ ài nǐ —, verwarf ich auf der Stelle. Die junge Chinesin hätte mich vermutlich noch entsetzter angesehen als seinerzeit die Französin in Audierne, von der ich mit Unschuldsmiene einen Baiser erbeten hatte. So machte ich dem Blumenmädchen meinen Wunsch deutlich, einen solchen Luftballon kaufen zu wollen. Draußen auf der Straße musste ich laut auflachen, weil mir der Gedanke durch den Kopf ging, dass ich das aufblasbare rote Plastikherz vermutlich der Dengschen Öffnungspolitik verdankte.

Auf dem Rückweg zu meinem Hotel sah ich in einer Nebenstraße zwei junge Frauen vor einem Haus stehen, die sich angeregt unterhielten. Jede der beiden hielt ein Baby unter den linken Arm geklemmt, die Hände waren eifrig mit dem Stricken von Kinderpullovern beschäftigt. Die Stricknadeln waren nicht aus Metall oder Kunststoff, ein Bambusrohr hatte das Material geliefert und schlagartig wurde mir klar, warum meine Oma früher das Wort »Strickstöcke« verwendete.

Zurück in meinem Hotelzimmer, machte ich aus dem Dachgaubenfenster heraus neue Fotos. Man sah von hier aus hauptsächlich die Dächer relativ niedriger Häuser, ab und an ragten höhere Gebäude heraus, weit im Hintergrund viele hohe Baukräne. Die Zahl der Hochhäuser am Horizont nahm nach meiner Beobachtung zu, auch dies ein Zeichen für die fortschreitende Veränderung Shanghais. In Deutschland würde ich die neuen Fotos mit den älteren vergleichen.

Am frühen Nachmittag gingen wir in den Freundschaftsladen hinter dem Heping Hotel, um Schuhe für Xiao Lin zu kaufen. Vorher hatten wir mehrere Kaufhäuser durchstreift, die Qualität der Schuhe hatte nicht annähernd meinen Vorstellungen entsprochen, da wir hier mit »Ausländergeld« bezahlen mussten, erhoffte ich einen höheren Qualitätsstandard. Xiao Lin fand zwei Paar Schuhe nach ihrem Geschmack, aber aus hartem, unbequemem Material. Ich versprach, im Sommer Schuhe aus Deutschland mitzubringen, was sie unangenehm daran erinnerte, dass die gemeinsamen Tage zu Ende gingen, am nächsten Nachmittag würde ich nach Beijing fliegen, um China am übernächsten Morgen in Richtung Europa zu verlassen.

Xiao Lin schlug vor, zum Zhongshan Park zu fahren und dort den Rest des Nachmittags zu verbringen. Der Park liegt im Westen Shanghais, unweit der Universität, an der Xiao Lin vier Jahre lang studiert hatte, der Suzhou He floss in der Nähe vorbei.

Die kleine Straße zwischen Bushaltestelle und Parkeingang wartete mit einer bunten Vielfalt von Verkaufsständen auf. In erster Linie musste ein Verhungern der Parkbesucher verhindert werden, Bandnudelmachern, wahren Künstlern ihres Fachs, sah ich lange zu, sie waren sogar ihren Kollegen in Xian überlegen, die ich auf meiner ersten Chinareise mit besonderer Bewunderung bedacht hatte. Bäuerinnen mit wettergebräunten, rotwangigen Gesichtern verkauften Gemüse, Xiao Lin bedauerte, dass es nicht die richtige Jahreszeit für Erdbeeren war, die sie aus der Zeit ihres Studiums in guter Erinnerung hatte. Ferner gab es ein riesiges Angebot an kleinen Mitbringseln, einem jungen Mann kaufte ich ein halbes Dutzend selbst gefertigter Schächtelchen aus gefärbtem Stroh mit dekorativen Mustern ab.

Die fahle Vorfrühlingssonne hatte viele Menschen in den Park gelockt, es herrschte eine ins Chinesische übertragene Osterspaziergangs–Stimmung. Wir schlenderten ohne Eile an einem Teich entlang, sahen zu, wie Kinder von Vätern oder Opas in der Kunst unterwiesen wurden, mit jollenähnlichen Booten einigermaßen geradeaus zu rudern.

»Erinnerst du dich an meine Kollegin, die mich im letzten Jahr begleitete, als ich dich vom Flughafen abholte?«, fragte mich Xiao Lin, »sie hat vor Kurzem einen Nebenjob in einer Bank angenommen und drängt mich ständig, es ihr gleichzutun. Sie ist ein typisches Shanghaimädchen und kann nicht verstehen, dass ich keine Lust habe, neben meiner normalen Arbeit einen weiteren Job anzunehmen, nur um teure Kleidung kaufen und in Restaurants essen zu können.« Die Bezeichnung »Shanghaimädchen« hatte ich mehrmals gehört und wusste um ihre negative Bedeutung. Auch das allgemeine Vorurteil, das Menschen aus Shanghai entgegengebracht wurde, kannte ich. Dong Zheng, mein Cicerone in Xian, äußerte einmal, für ihn sei es unvorstellbar, mit einem Shanghaier befreundet zu sein. Ich wollte es nun genauer wissen und fragte Xiao Lin, was ihrer Meinung nach ein »Shanghaimädchen« ausmache. »Shanghaimädchen sind oberflächlich, legen übergroßen Wert auf ihr Aussehen und andere Äußerlichkeiten, sie sind egozentrisch und nicht verlässlich«, so Xiao Lins Beschreibung, »natürlich passt die Typisierung nicht auf jedes Mädchen aus Shanghai, es ist wie meistens bei solchen Vorurteilen: Statistisch betrachtet stimmen sie ganz gut, treffen aber nicht auf jedes Individuum zu.«

Wir verließen den Park und fuhren zu unserem vorerst letzten gemeinsamen Abendessen zum Heping Hotel.

Als ich anderntags gegen Abend in Beijing das Flughafengebäude verließ, stürzte sich gleich ein Rudel junger Leute auf mich, in der Mehrzahl gut aussehende junge Frauen, die mich zu verschiedenen Hotels bringen wollten, unter wortreicher Preisung des jeweiligen Angebots. Ich fragte nach Einzelheiten der Offerten, ob der Transfer zwischen Flughafen und Hotel im Preis inbegriffen sei und so weiter. Die Chinesin, der ich den Zuschlag gab, brachte mich zu einem wartenden Kleinbus und ging eilig zurück auf weiteren Kundenfang. Es dauerte nicht lange, bis der Bus voll war, dann setzte sie sich zu uns und wir fuhren los.

Das Hotel lag in Flughafennähe, isoliert auf dem platten Land, für Transferreisende wie mich gut geeignet. Obwohl erst wenig mehr als zehn Jahre alt, hatte das Hotel seine besten Jahre seit längerem hinter sich, das Äußere machte einen heruntergekommenen Eindruck. Gemessen am Preis sah mein Zimmer akzeptabel aus.

Der junge Mann, der mich vom Kleinbus zum Zimmer begleitete, wollte von mir die am Flughafen ausgehandelte Summe haben, um damit meine Hotelrechnung zu begleichen. Ich stutzte und sagte, finanzielle Dinge sei ich gewohnt, an der Rezeption selbst zu regeln. Das ginge hier nicht, gab er verlegen zurück, wegen meiner Unnachgiebigkeit zog er ab, um den Manager zu holen. Der kam kurz darauf mit ärgerlichem Gesicht, auch ihm gab ich das verlangte Geld nicht, sondern schlug vor, gemeinsam mit ihm zum Kassierer zu gehen, worauf er sich einließ. Zu meiner Verwunderung begaben wir uns nicht in die Eingangshalle des Hotels, er führte mich vielmehr zu einer Art Behelfskasse in der dritten Etage, murmelte eine Erklärung vor sich hin, von der ich nur Bruchstücke verstand. Vorsichtshalber bezahlte ich bar, in dieser dubiosen Umgebung wollte ich meine Kreditkarte nicht aus der Hand

geben.
   Essen mochte ich an diesem Abend nichts mehr, aber ein Bier wollte ich vor dem Schlafengehen noch trinken. In der Bar setzte ich mich zu zwei jungen Deutschen, die am frühen Nachmittag hierher gelockt wurden und die sich ursprünglich die Zeit bis zum Abend in Beijing vertreiben wollten. Da sie kein Chinesisch verstanden und im Hotel niemand mit Englischkenntnissen finden konnten, machten sie sich zu einer nahegelegenen Bushaltestelle auf, wo sie in den erstbesten Bus stiegen. Der Fahrer hatte auf ihre Frage freundlich genickt und ihnen damit das Gefühl vermittelt, in den richtigen Bus gestiegen zu sein. Nach einer halben Stunde sahen sie noch immer keine menschlichen Behausungen, zunehmend kamen ihnen Zweifel an der Richtigkeit ihrer Entscheidung und sie stiegen an einer Haltestelle inmitten der menschenleeren Gegend aus. Ich wurde an die Szene aus einem alten Hollywoodstreifen erinnert, in der Cary Grant nach dem Verlassen des Busses auf einer Straße inmitten öder Felder von einem tief fliegenden Flugzeug aus erschossen werden sollte. Bei den beiden Landsleuten war die Angelegenheit weit weniger dramatisch verlaufen, aber sie brauchten über zwei Stunden, um zu ihrem Ausgangspunkt zurückzufinden.
   Am anderen Morgen suchte ich vergebens den Kleinbus, der mich verabredungsgemäß zum Flughafen bringen sollte. An der Behelfskasse im dritten Stock erklärte man mir, ausschließlich der Transfer zum Hotel sei im Preis inbegriffen gewesen, jetzt müsse ich ein Taxi nehmen. Ich war sauer auf mich, weil ich mich trotz meines auf Misstrauen aufgebauten Verhaltens hatte hereinlegen lassen.
   Als ich vor dem Hoteleingang nach einem Taxi Ausschau hielt, verließ gleichzeitig die junge Dame, die mich tags zuvor eingefangen hatte, das Hotel. Ihr schien es peinlich zu sein, mich hier zu treffen und ohne ein Wort der Beschwerde meinerseits lud sie mich ein, mit ihr zusammen in dem Kleinbus zum Flughafen zu fahren. Sie erläuterte mir auf meine Frage bereitwillig das Geschäftsprinzip, nach dem hier gearbeitet wurde. Zuammen mit einigen anderen Studentinnen und Studenten hatte sie in dem Hotel ein größeres Zimmerkontingent zu einem günstigen Preis

gemietet und nun versuchte die Gruppe zwecks Gewinnmaximierung jeden Tag eine hohe Belegung zu erreichen.

Mein Rückflug ging dieses Mal über Helsinki, es war der billigste Flug gewesen, den ich buchen konnte, jetzt stand ich erst mal an der Abfertigung und wartete. Durch die verspätete Landung der Maschine verzögerte sich unser Abflug, trotz der ungemütlich langen Wartezeit wollte ich meinen Standort in der Schlange nicht aufgeben, um einen guten Platz im Flugzeug zu bekommen und so stand ich hier und übte mich in Geduld.

Hinter mir wartete ein Chinese, etwas über vierzig Jahre alt, mit dem ich schnell ins Gespräch kam, da er gut deutsch sprach. Wie ich befand er sich auf dem Weg nach Deutschland. Er machte einen nervösen Eindruck, vielleicht wegen seiner vierjährigen Tochter, die er ständig ermahnte, in seiner Nähe zu bleiben. Mir war peinlich, sie wegen ihrer Wildheit und ihrer kurz geschnittenen Haare anfangs für einen Jungen gehalten zu haben, doch er erklärte lächelnd, mir sei das nicht als Erstem passiert.

Nachdem wir endlich mit dem Einchecken fertig waren und uns zur Passkontrolle begeben konnten, ließ ich dem Vater des schwer zu bändigenden Mädchens den Vortritt. Die Prüfung seiner Reisedokumente dauerte auffallend lange, mein Pass wurde lediglich mit einem Ausreisestempel versehen, dann konnte ich weitergehen.

Das Flugzeug füllte sich langsam bis auf den letzten Platz, nicht gerade angenehm. Nach dem Start folgten die üblichen Instruktionen für Notfälle, danach gab es die erste Runde mit Getränken. Ich schlief ein. Die Stimme aus dem Lautsprecher über meinem Sitz weckte mich, ich sah auf die Uhr und wunderte mich, dass bereits zwei Stunden vergangen waren. Der Flugkapitän informierte uns, von der Grenze, die wir jetzt überfliegen müssten, würden kriegerische Vorkommnisse gemeldet, er sei von der Flugsicherung angewiesen worden, eine andere Route zu nehmen. Wir würden zuerst ein Stück zurückfliegen, verkündete der Pilot, dann Kurs auf Ulan-Bator, die Hauptstadt der Mongolischen Volksrepublik, nehmen und dort zwischenlanden, um nachzutanken, da der Treibstoffvorrat wegen des unvorhergesehenen Umwegs nicht bis Helsinki reichen werde.

Kurz vor der Grenze zur Äußeren Mongolei kam eine erneute Ansage des Flugkapitäns: Er habe keine Erlaubnis zum Überfliegen der Mongolischen Volksrepublik erhalten und somit könne nicht in Ulan-Bator getankt werden, er werde jetzt zwischen Kasachstan und der Mongolei die sowjetische Grenze überfliegen. Es begann aufregend zu werden, irgendwo in Sibirien würden wir auf jeden Fall zwischenlanden müssen, um Kerosin nachzufüllen. So geschah es und zwar in Novosibirsk. Neugierig blickte ich beim Aufsetzen des Flugzeugs aus dem Fenster, doch außer der Landebahn gab es nichts zu sehen, nicht einmal ein Flughafengebäude.

Kaum war die Maschine zum Stillstand gekommen, wurde die vordere Tür geöffnet und zwei Soldaten mit Pelzmützen auf dem Kopf und Kalaschnikows im Anschlag betraten die Kabine. Ich glaube, niemand von uns ängstigte sich, ungemütlich fühlte ich mich schon. Hätte ich zu diesem Zeitpunkt gewusst, dass wir auf dem Militärflugplatz der Stadt gelandet waren, zudem als erstes westliches Flugzeug, wäre ich besorgter gewesen. Die beiden Soldaten konnten sich leicht von unserer Friedfertigkeit überzeugen und zogen sich zurück.

Der Flugkapitän teilte mit, wir müssten uns auf einen längeren Aufenthalt gefasst machen, die Beschaffung von Flugbenzin gestalte sich schwierig, da man hier verständlicherweise nicht auf eine derartige Situation eingestellt sei. Nach einer halben Stunde kam der erste kleine Lastwagen mit einem nicht sonderlich großen Kerosinbehälter auf der Ladefläche. So ging es eine Weile weiter, bis genügend Treibstoff für die Strecke nach Helsinki in den Flugzeugtanks war.

Vor dem Start beschlich mich kurz ein ungutes Gefühl: Wie würden die Triebwerke unserer McDonnell Douglas Maschine mit sowjetischem Kerosin zurechtkommen? Alles klappte reibungslos, allerdings wurde ich während des restlichen Flugs das Gefühl nicht los, der Kapitän trete das Gaspedal nicht voll durch, in der Sprache des Autofahrers ausgedrückt.

Nach Mitternacht landeten wir auf finnischem Boden, einen Anschlussflug gab es natürlich nicht mehr, Finnair brachte uns in einem Hotel unter.

Beim Frühstück am nächsten Morgen saß ich mit dem Chinesen und seinem Töchterchen am selben Tisch. Er gestand mir, tags zuvor keine ordnungsgemäßen Ausreisepapiere für seine Tochter vorgezeigt zu haben — ich nahm an, es waren gefälschte, das Gespräch mit dem Konsulatsbeamten in Shanghai kam mir in Erinnerung. Die chinesische Beamtin habe bei der Passkontrolle Verdacht geschöpft, zum Glück jedoch keine Unregelmäßigkeit gefunden und ihn nach der ungewöhnlich langen Prüfung der Papiere ausreisen lassen. Währenddessen habe er Wasser und Blut geschwitzt, was ich mir gut vorstellen konnte, eine tiefer gehende Frage vermied ich.

Auf meinem Schreibtisch fand ich einen Brief von Wang Jia vor, meinem Dolmetscher an unserer zukünftigen Partneruniversität in Beijing. Er schrieb, der Präsident seiner Universität wolle eine dreiköpfige Delegation, bestehend aus Wang und zwei Professoren, zur Unterzeichnung des Kooperationsabkommens nach Deutschland schicken. Ihre Reisekosten würden sie selbst tragen, wir brauchten nur die Kosten für den Aufenthalt zu übernehmen. Mein Rektor zeigte sich verschnupft, dass man nicht wenigstens einen Vizepräsidenten zu schicken gedachte. Ich solle bitte den Leuten in Beijing einen höflichen Brief schreiben, gleichzeitig versuchen, sie hinzuhalten. Ich tat mein Bestes und da mehrere Wochen hindurch nichts passierte, dachte ich, mit dem Hinhalten erfolgreich gewesen zu sein.

Eines Morgens bekam ich einen Anruf von Wang Jia, der mir für einen Moment die Sprache verschlug. Wang verkündete fröhlich und unbekümmert, er und die beiden Professoren seien auf dem Weg zu uns, die Reise mit der Transsibirischen Eisenbahn hätten sie hinter sich, derzeit befänden sie sich in Moskau. Gegen Mittag würden sie am nächsten Tag ankommen und ich möge sie bitte am Bahnhof abholen. Ich holte tief Luft und wünschte eine gute Weiterreise.

Den unangemeldeten »Verwandtenbesuch« empfand ich als Zumutung, doch da er sich nicht mehr abwenden ließ, musste ich mich schnellstens um die Unterbringung der chinesischen Delegation kümmern. Sie gingen, das musste ich ihnen zugute halten, von den ihnen vertrauten Gegebenheiten aus, nach denen jede Universität ein Gästehaus besaß, in dem man schnell zwei, drei

Besucher bei vernachlässigbaren Kosten und ohne Organisationsaufwand unterbringen konnte, das wusste ich aus eigener Erfahrung. Bei uns ließ sich das nicht so mühelos bewerkstelligen, am Ende kam eine aus meiner Sicht akzeptable Lösung heraus, ich würde ihnen allerdings klar machen müssen, dass wir statt der gewünschten sechs nur vier Übernachtungen finanzieren konnten.

Der Leiter der dreiköpfigen Delegation, Wu Zhong, war Professor für Industrieproduktion, Wang Jia, sein Mitarbeiter, kam als Dolmetscher mit. Yao Sheng, Professor für Marxistische Philosophie, war der dritte Teinehmer. Sie trafen pünktlich ein, nach der Begrüßung am Bahnhof fuhr ich sie zum Hotel und da sie eine anstrengende Reise hinter sich hatten, schlug ich ihnen vor, den Rest des Tages zum Ausruhen und zur ersten Eingewöhnung zu nutzen. Die beiderseitige Unterzeichnung des Kooperationsabkommens, der Anlass ihrer Reise, sollte am übernächsten Tag stattfinden.

Wu Zhong gab mir die chinesische Fassung des Kooperationsabkommens, die ich noch nicht kannte. Ich ließ sie von Zhao Ming übersetzen und stellte zufrieden fest, dass der chinesische Text gut mit der von mir ausgearbeiteten deutschen Version übereinstimmte.

Wie bei solchen Anlässen üblich, fand sich zur Vertragsunterzeichnung viel Volk ein, neben Universitätsleuten zahlreiche Vertreter anderer Institutionen. Nach der Unterzeichnung übergab Wu meinem Rektor eine Einladung des Präsidenten seiner Universität zu einem Besuch. Da ich mir denken konnte, was jetzt im Kopf meines Kollegen vor sich ging, nahm ich schnell das Wort, um die Situation zu entspannen. Im Sommer würde ich auf eigene Kosten in China sein, ich sei gern bereit, ihn bei dem Herrn Präsidenten zu vertreten, falls er den Besuch aus Termingründen nicht wahrnehmen könne. Wang Jia übersetzte meinen Vorschlag simultan, Wu Zhong nickte, mein Rektor warf mir einen dankbaren Blick zu und gab seine Zustimmung zu erkennen.

Den nächsten Vormittag nutzten die drei Chinesen für einen Stadtrundgang, bei dem sie gleichzeitig Mitbringsel für ihre Ehefrauen kaufen wollten. Auf mein Angebot, ihnen bei den Einkäufen behilflich zu sein, verzichteten sie dankend, weil ich wohl nicht sehen sollte, wie wenig Geld ihnen zur Verfügung stand. Nachmittags zeigten sie mir stolz ihre Erwerbungen, Yao Sheng hatte eine hellgrüne Bluse gekauft, erwartete Lob von mir, stattdessen sah er hochgezogene Augenbrauen. Nicht die Farbe irritierte mich, wie er zuerst meinte, sondern die Größe, ein Blick auf das eingenähte Etikett bestätigte meine Vermutung. Bei der Vorstellung, wie die vermutlich zierliche chinesische Ehefrau in einer Bluse der Größe vierundvierzig aussehen würde, musste ich herzhaft lachen und empfahl ihm, die Bluse umzutauschen, die Größe achtunddreißig könnte nach meinem Gefühl richtig sein.

Der letzte Tag vor ihrer Rückreise war ein Sonntag, meinem Vorschlag, nach Köln zu fahren, stimmten die Chinesen zu. Möglicherweise wäre ihnen Trier lieber gewesen, um später stolz vom Besuch des Hauses berichten zu können, in dem Karl Marx geboren wurde, aber mir hatte nicht der Sinn nach einer mehrstündigen Autofahrt gestanden.

Aus einer Nebenstraße kommend befanden wir uns unversehens vor dem Dom, meine Begleiter blieben für mehrere Minuten sprachlos. Überwältigte sie der Anblick des gigantischen Bauwerks, weil sie auf technische Leistungen in Deutschland vorbereitet waren, nicht jedoch auf kulturelle Meisterwerke?

Am darauffolgenden Tag verabschiedete ich mich von den chinesischen Kollegen am Bahnhof, froh über den reibungslosen Verlauf ihres Besuchs, meine anfängliche Verärgerung über ihr ungeplantes Auftauchen hatte sich verflüchtigt. Sie machten sich nicht auf den direkten Heimweg, in Leipzig wollten sie einen Zwischenaufenthalt zum Besuch eines marxistischen Philosophen einlegen, mit dem sie zu DDR-Zeiten in Verbindung standen. Beim Abschied verwies Wu Zhong darauf, dass wir uns in Kürze in Beijing wiedersähen, ich könne dann im Gästehaus der Universität wohnen.

Nach seiner Rückkehr schrieb mir Wu Zhong einen freundlichen Brief, in dem er sich nochmals bedankte und mich gleichzeitig informierte, der Präsident seiner Universität habe die erste Augustwoche für meinen Besuch vorgeschlagen. Das passte gut in meine Pläne, Xiao Lin und ich hatten die Woche davor für meinen nächsten Chinabesuch ins Auge gefasst.

Ende Juli landete ich in Beijing, Xiao Lin holte mich am Flughafen ab, es überraschte mich, wie normal mir das vorkam. Sie war erst am späten Vormittag eingetroffen und hatte noch keine Zeit gefunden, sich um ein Hotel zu kümmern. Wir nahmen meinen Hotelführer zu Hilfe, entschieden uns für das Hua Du Hotel. Bei unserer Ankunft wurden wir nicht enttäuscht, das Hotel schien gut zehn Jahre alt zu sein und befand sich in einem ordentlichen Zustand, gegen das nahegelegene neue Kunlun Hotel nahm es sich freilich bescheiden aus.

Auf der Fahrt zum Hotel im Nordosten der Stadt registrierten wir eine große Zahl ausländischer Botschaften, in der Umgebung des Hotels herrschte rege Bautätigkeit, nicht weit von unserem Hotel wurden das neue Lufthansa Center und ein Kempinski-Hotel errichtet.

Am nächsten Morgen überredete mich Xiao Lin, nicht im Hotel zu frühstücken, sie hatte am Vortag mehrere Imbiss-Stände in der Umgebung gesehen, die, wie ich wusste, eine große Anziehungskraft auf sie ausübten. An einem Stand gab es Crêpes, die Zubereitung stellte eine chinesische Variante der von den Bretonen erfundenen Edelpfannkuchen dar: Auf den fertig gebackenen Teig kamen zwei Eier, viel klein geschnittener Lauch sowie eine gehörige Portion einer extrem scharfen Chilipaste. Von den großen Crêpes reichten uns zwei zum Frühstück.

Das Hotel verfügte über einen eigenen Fahrradverleih, alle Räder waren neu, gelb lackiert, leicht und von moderner Bauart mit Nabenschaltung, sie sahen deutsch aus, die Marke »Sprick« deutete auch in diese Richtung. Mit den gemieteten Fahrrädern gewannen wir neue Beweglichkeit, die wir sogleich ausnutzen wollten, unsere Entscheidung fiel auf einen Besuch des Beihai Parks, der sich im Norden an den Kaiserpalast anschließt und den wir beide nicht kannten.

Eine Weile fuhren wir an einem schmalen Fluss entlang, an dessen Ufern Angler ihr Glück versuchten, Männer in fortgeschrittenem Alter, ich nahm an, sie warteten hier jeden Tag Stunde um Stunde geduldig auf das Straffen der Angelschnuren. Dagegen hoffte ich, die Angler würden in ihrem Sinne nicht erfolgreich sein, die Fische aus der trüben, bewegungslosen Brühe konnten nach meinem Dafürhalten nicht gesund sein.

Die Fahrräder ließen wir am Eingang des Parks stehen und gingen am Ostufer des kleinen Sees spazieren. Vor Jahrhunderten war er künstlich angelegt worden, den Erdaushub hatte man zur Aufschüttung eines Inselchens im südlichen Drittel verwendet. Wegen ihrer auffälligen Kleidung zog Xiao Lin manchen verstohlenen Blick auf sich. Offene Sommerschuhe aus schwarzem Wildleder, weiße Bermudashorts, eine bedruckte Baumwollbluse — alles aus Deutschland — erkannten die modebewussten jungen Chinesinnen sofort als Waren, die nicht heimischer Produktion entstammten.

Endlich sah ich die Weiße Dagoba aus der Nähe. Das über dreißig Meter hohe turmartige buddhistische Bauwerk, errichtet in der Mitte des siebzehnten Jahrhunderts, das mir aus der Ferne bisher wie ein überdimensionales Popartgebilde erschienen war.

Zum Mittagessen fuhren wir in den Ritan Park, im Gartenrestaurant gab es freie Tische, während sich die Menschen im Innern drängten. Chinesen schienen lieber in geschlossenen Räumen zu essen, anfangs zögerte auch Xiao Lin, im Freien Platz zu nehmen, ließ sich aber von der angenehmen Atmosphäre unter einem Sonnenschirm überzeugen, zumal eine leichte Brise wehte. An einem der Nachbartische versuchte eine resolute, europäisch aussehende Frau dem Kellner ihre Wünsche bezüglich des Essens mitzuteilen und da sie es mit lauter Stimme tat, wurden wir aufmerksam. Sie wiederholte ständig zwei Wörter, die der Kellner regungslos über sich ergehen ließ, mir klang es, als sagte sie »ohne Säous«. Vorsichtig fragte ich auf Englisch, ob ich ihr helfen könne, was sie nicht verstand, ich versuchte es in meiner Muttersprache und hatte mehr Erfolg. In einer Mischung aus Deutsch und Russisch erklärte sie mir, sie wolle auf keinen Fall Soße haben, ein Gericht, das sie wegen der unglaublich scharfen Soße nicht essen mochte, habe sie zurückgehen lassen. Mit Xiao Lins Hilfe ließ sich das Problem rasch lösen.

Die Russin erzählte, sie kaufe in China Lederbekleidung und Pelzsachen zu einem für russische Verhältnisse niedrigen Preis und verkaufe die Waren in Moskau mit beträchtlichem Gewinn.

Als ich fragte, warum sie dem Kellner ihren Wunsch auf Deutsch mitzuteilen versucht habe, antwortete sie verlegen, sie könne nur wenige Brocken Englisch, da aber englische und deutsche Wörter manchmal ähnlich klängen, habe sie versucht, sich auf diese Weise verständlich zu machen, doch das englische Wort für »ohne« habe anscheinend keine Ähnlichkeit mit dem deutschen.

Am folgenden Tag machten wir einen Ausflug zur Großen Mauer nach Badaling. Zuerst wollten wir an einer durch unser Hotel organisierten Fahrt teilnehmen, Xiao Lin fand später ein bedeutend billigeres Angebot eines Busunternehmens an der Chongwenmenwai Dajie in der Nähe des Fahrradladens, in dem Eckler und ich seinerzeit Räder gemietet hatten. Die Fahrt ging über Landstraßen, sie dauerte mehrere Stunden, dank einer gut funktionierenden Klimaanlage empfanden wir sie nicht als beschwerlich. Obwohl ich sie nicht verstand, hörte ich der pausenlos redenden Reiseleiterin andächtig zu, wie sie mit angenehmer Stimme und scheinbar ohne ein Mal Luft zu holen meine chinesischen Mitreisenden mit Informationen zuschüttete.

Für uns beide war es der zweite Besuch des monumentalen Bauwerks, Xiao Lin kannte es von einer Fahrt ihrer Schulklasse nach Beijing, ich hatte bei meiner ersten Chinareise an einem Ausflug zu der weltbekannten Sehenswürdigkeit teilgenommen. Die Sonne schien heiß vom wolkenlosen blauen Himmel, wir entschieden uns für die Richtung, in der die Mauer weniger steil anstieg.

Xiao Lin kam darauf zu sprechen, die Große Mauer sei das einzige von Menschen errichtete Bauwerk, das man vom Mond aus mit bloßem Auge erkennen könne, die amerikanischen Apollo-Astronauten hätten das nach ihrer Rückkehr vom Mond gesagt. Um deren Mondlandung zu sehen, harrte ich seinerzeit bis in die frühen Morgenstunden vor dem Fernsehgerät aus. Später stand die Geschichte von der Erkennbarkeit der Großen Mauer in der Zeitung und ich hielt sie für glaubwürdig, da ich annahm, die rund sechstausend Kilometer lange Mauer gebe es noch als halbwegs intaktes Ganzes. Bei meinem ersten Besuch sah ich, dass sie großenteils aus Resten bestand, das Stück in Badaling war erst in jüngster Zeit mit riesigem Kostenaufwand restauriert worden. Ich rechnete Xiao Lin vor, weshalb die Bruchstücke der Mauer meiner

Meinung nicht ausreichen, um sie aus vierhunderttausend Kilometern Entfernung als von Menschenhand geschaffenes Bauwerk zu erkennen.

Auf den Besuch der Ming–Gräber auf dem Rückweg hätte ich gern verzichtet, auch Xiao Lin, die sie im Gegensatz zu mir noch nicht gesehen hatte, zeigte sich von den Atrappen enttäuscht.

Vor unserem Umzug ins Gästehaus der Universität gingen wir abends gern zum neuen, nicht weit entfernten Great Wall Hotel, in dessen rückwärtig gelegenem Garten man bei einer Flasche Wein sitzen konnte. Der nicht sonderlich große, hübsch angelegte Garten mit einem Teich in der Mitte, erfreute sich beachtlicher Beliebtheit, zwischen den Tischen gab es hinreichenden Abstand, so dass die Gäste ungestört miteinander reden konnten. Für Xiao Lin war das eine neue Welt, die sie mit Vergnügen akzeptierte.

Eines Abends, wir hatten eine Weile still da gesessen, kam sie auf die christliche Religion zu sprechen. Zum ersten Mal, bei unserem Gespräch im Flughafen von Qingdao hatten wir das Thema eher beiläufig gestreift. Während ihres Studiums übte die Bibel auf viele ihrer Kommilitoninnen und Kommilitonen eine große Anziehungskraft aus, jetzt wollte Xiao Lin gern meine Einstellung zum Christentum kennenlernen. Ich seufzte tief, wo und wie sollte ich anfangen, was sollte ich ihr alles erzählen?

»Fang doch damit an, wie du Religion in deiner Kindheit erlebt hast, dann wird es schon weitergehen.« Also gut. Bevor ich mit der Schilderung der eigenen religiösen Erziehung begann, ging ich kurz auf die religiösen Wurzeln ein: Meine Mutter stammte aus einer katholischen Familie, mein Vater war nicht einmal getauft. Der bischöfliche Dispens, erforderlich für eine kirchliche Eheschließung mit einem »Heiden«, auf der die Eltern meiner Mutter bestanden hatten, wurde mit der Auflage verbunden, spätere Kinder katholisch taufen zu lassen und sie katholisch zu erziehen. Mein Vater hatte in der Bedingung kein Problem gesehen.

Abgesehen von Gebeten vor den Mahlzeiten und vor dem Schlafengehen hatte ich in meinen ersten Lebensjahren nichts mit religiösen Übungen zu tun, in der Schule lernte ich, dass ich katholisch war und welche Konsequenzen das hatte. In meiner Kindheit gab es die Volksschule als Schule für alle, aus der sich einige Schüler nach dem vierten Schuljahr ausklinkten und, falls sie die dreitägige Aufnahmeprüfung bestanden, zum Gymnasium wechselten, manche gingen diesen Weg erst nach dem fünften Schuljahr. Ich besuchte eine katholische Volksschule, in meinem Dorf in einer katholischen Gegend mussten zwei, drei evangelisch getaufte Kinder notgedrungen auch diese Schule besuchen. Xiao Lin machte große Augen, dass innerhalb der christlichen Religion streng zwischen katholisch und evangelisch unterschieden wurde und dass der Staat Rücksicht darauf nahm. In meiner Volksschulzeit waren religiöse Gepflogenheiten für mich eine Selbstverständlichkeit, katholische Kirche und Schule bildeten in unserem Dorf eine enge Allianz.

Wie die meisten Gymnasien war auch meins nicht konfessionell ausgerichtet, lediglich der Religionsunterricht wurde unterschiedlich für beide großen Konfessionen erteilt. Während in der Volksschule eine Trennungslinie zwischen Katholiken und Protestanten verlief, wurden wir im Gymnasium getrennt nach Mädchen und Jungen unterrichtet. Was den Religionsunterricht anbetraf, hatte ich großes Glück, mein Religionslehrer gehörte zur »ersten Garnitur«, seine Ausbildung zum Priester hatte er am Collegium Germanicum in Rom absolviert, an meinem Gymnasium sprach er als einziger Lehrer fließend Latein. Noch nach Jahrzehnten erinnerten sich selbst nichtkatholische Mitschüler und Lehrer mit großer Achtung dieses Mannes. Er war gleichzeitig Studienrat an meiner Schule und Kaplan an einer Kirchengemeinde. Xiao Lin wunderte sich, dass ein Priester zusätzlich Lehrer im Staatsdienst sein konnte, ob da nicht die Gefahr der religiösen Indoktrination gegen Staat und Gesellschaft bestanden habe. Damit schnitt sie das nicht unwichtige Problem an, wie der Missbrauch eines religiösen Amtes zu ideologischer Agitation verhindert werden kann.

Ich bestätigte ihr, sie habe meiner Meinung nach die Frage zu recht gestellt, erklärte aber gleichzeitig, von meinem Religionslehrer sei in dieser Hinsicht keine Gefahr ausgegangen, da er, so meine Überzeugung, die Gedanken der Aufklärung verinnerlicht und sein Handeln weitgehend nach ihnen ausgerichtet hatte. Was ich damit meine, wollte sie wissen. »Nach der Definition des deutschen Philosophen Immanuel Kant ist Aufklärung der Ausgang des Menschen aus seiner selbstverschuldeten Unmündigkeit«, erläuterte ich »und ich habe unter der selbstverschuldeten Unmündigkeit in besonderer Weise die Bevormundung durch den Klerus verstanden. Den Pfarrer meiner Kirchengemeinde nahm ich früh als schlimmen Bevormunder wahr, für meinen Religionslehrer waren wir Jugendlichen mündige Menschen.« »Lief dein Religionslehrer durch seine liberale Haltung nicht Gefahr, dass ihr euch von eurer Kirche und dem durch sie verkündeten Glauben entferntet, wenn er euch eigenes Denken erlaubte?« Ich gab ihr recht, gleichzeitig gab ich zu bedenken, Aufklärung und Säkularisierung seien in Europa Fakten und er habe sicherlich keinen Sinn darin gesehen, junge Menschen, die zu kritischem Denken erzogen wurden, mit ständigem »du musst, du darfst nicht ...« gängeln zu wollen. »Ein Infragestellen grundlegender Positionen der christlichen Religion, wie der Zehn Gebote, konnte er selbstverständlich nicht erlauben.«

Sollte ich ihr von den aus meiner Sicht überflüssigen Dogmen erzählen? Von der zum Glaubenssatz erhobenen leiblichen Aufnahme Mariens in den Himmel, in meinen Augen ein besonders schwerer Fall von Anthropomorphismus, vor dem mein Religionslehrer gewarnt hatte, wodurch Papst Pius XII. meiner Meinung nach zugleich das Dogma von der Unfehlbarkeit des Papstes ad absurdum führte. (Warum war der Marmorstatue dieses Mannes mit den unangenehmen Augen eine derart dunkle Ecke im Petersdom zugewiesen worden?) Nein, über Dogmen wollte ich jetzt nichts sagen, den Papst konnte ich nicht aussparen.

»Was den Papst, das Oberhaupt der katholischen Kirche, anbetrifft«, fuhr ich fort, »gibt es in China eine besondere Situation im Hinblick auf den Katholizismus. Bald nach Gründung der Volksrepublik sahen sich chinesische Katholiken Verfolgungen durch den Staat ausgesetzt, besonders spektakulär waren die Verhaftung des Bischofs von Shanghai, Gong Pinmei, im September 1955 und seine spätere Verurteilung zu lebenslanger Haft. Im Jahre 1957 wurde die Chinesische Vereinigung Patriotischer Katholiken ins Leben gerufen. Diese staatliche Organisation erkennt den Papst nicht als kirchliches Oberhaupt an, der Papst darf keine Bischöfe in China einsetzen, dies geschieht von staatlicher chinesischer Seite. Daneben gibt es eine im Untergrund existierende katholische Kirche Chinas, die loyal zum Vatikan steht.« Vom Schicksal des Bischofs Gong hatte Xiao Lin gehört, sie wusste, dass er vor einigen Jahren nach dreißigjähriger Haft aus dem Gefängnis entlassen wurde, aber noch unter Hausarrest stand. Sie fragte mich, ob ich wisse, inwieweit religiöse Handlungen der Patriotischen Katholiken von Rom anerkannt würden. »Nach allem, was ich gelesen habe«, erläuterte ich, »scheint sie der Papst als gültig anzusehen. Der Vatikan vermeidet das Wort Kirchenspaltung, umgekehrt erkennen mehrere Bischöfe der Patriotischen Katholiken insgeheim den Papst an. Ich habe den Eindruck, keine Seite möchte die Tür endgültig zuschlagen, beide hoffen auf günstigere Zeiten.« In meinen Augen besaß die Angelegenheit eine auffallende Ähnlichkeit zur englischen Variante des Investiturstreits im ausgehenden elften Jahrhundert zwischen König William Rufus und Erzbischof Anselm von Canterbury, was aber sicherlich nicht nur mir aufgefallen war.

»Und wie stehst du heute zur Religion deiner Kindheit?«, bohrte Xiao Lin weiter, warum stellte sie mir keine angenehmere Frage? Nach einigem Überlegen antwortete ich: »Den Glauben meiner Kindheit habe ich nicht mehr. Aber ich bin in einer Welt aufgewachsen, die durch die christliche Religion geprägt ist, lebe weiterhin in ihr und insofern hat die Kirche noch Bedeutung für mich. Dazu kommt meine Sorge, das durch ein Verschwinden der christlichen Religion entstehende Loch könnte durch Glaubenslehren gefüllt werden, die uns um Jahrhunderte hinter die Aufklärung zurückwerfen würden.« »Kann man ohne zu glauben Mitglied der katholischen Kirche sein«, fragte Xiao Lin ungläubig. »Darauf vermag ich dir keine endgültige Antwort zu geben«, erwiderte ich »mein Bischof ist liberal und nimmt Monat für Monat klaglos meine Kirchensteuer entgegen, ohne mir peinliche Fragen nach meinem Glauben zu stellen.«

Es war spät geworden, wir gingen zum Hua Du Hotel zurück. Unterwegs kam uns der Gedanke, am nächsten Morgen die katholische Kirche in der Wangfujing Dajie aufzusuchen.

Gleich nach dem Frühstück setzten wir andertags den Plan

vom Vorabend in die Tat um, fuhren mit dem Bus bis zur Ecke Changan Jie und Wangfujing Dajie. Wir mussten nicht weit laufen, nach wenigen hundert Metern in nördlicher Richtung veränderte sich das Aussehen der Hauptgeschäftsstraße und kurz darauf sahen wir rechts die katholische Ostkirche, auch Wangfujingkirche genannt. Kirche und Vorplatz machten einen großzügigen, gepflegten Eindruck, sie prägten das Bild dieses Straßenabschnitts.

Im Jahre 1655, elf Jahre nach der Machtergreifung der Mandschus, wurde hier die zweite katholische Kirche in Beijing errichtet, die St.-Josef-Kathedrale. Das Kirchengebäude vor uns war 1904 auf den Ruinen der durch einen Großbrand zerstörten Kirche wiedererstanden, vor einigen Jahren ließ die chinesische Regierung erforderliche Sanierungen durchführen. Die Kirche blickte auf eine wechselvolle Geschichte zurück, kurz nach ihrer Errichtung wurde sie 1720 durch ein Erdbeben zerstört, im Jahr 1812 brannte sie aus und wegen der wachsenden Xenophobie der chinesischen Regierung wurde sie in den Folgejahren eingeebnet. Erst nachdem ausländische Mächte in China an Einfluss gewannen, wurde sie 1860 wieder aufgebaut. Zur Zeit des Boxeraufstandes war sie 1900 geschleift worden, gleichzeitig ermordeten die Aufständischen mehrere hundert katholische Chinesen.

Vor der im gotischen Stil erbauten Kirche erstreckte sich ein großzügiger, schön gestalteter Platz an dessen linkem Rand eine Josefsstatue mit dem Jesuskind auf dem Arm errichtet war. Unter einem von vier Säulen getragenen Baldachin, umrandet von einem schmiedeeisernen Gitter. Wir gingen durch eine vorgebaute Arkade mit drei Bögen zum Eingang der Kirche. Die weißen Wände des Vorbaus zierten süßliche Heiligenbilder, die gleiche Art — auf Glanzpapier gedruckt — hatten wir zu Schulzeiten in unsere Gesangbücher gelegt: Jesus, mit europäischen Gesichtszügen, als Guter Hirt, Jesus wird im Jordan von Johannes getauft, ein Herz-Jesu-Bild mit einem sehnsuchtsvoll gen Himmel gewendeten Blick, ein ähnliches Muttergottesbild. In den Schaukästen hingen Fotos von besonderen kirchlichen Anlässen, Bischof und Priester in prachtvollen Prunkgewändern.

Ohne mein Wissen, dass alle katholischen Kirchen in Beijing

Einrichtungen der »Patrioten« waren, hätte ich dieser Kirche keine Besonderheit angemerkt. Leider war sie geschlossen und ich bedauerte, keine Gelegenheit mehr zum Besuch einer Messe in diesem Gotteshaus zu haben.

Gegen Mittag verließen wir unser Hotel und fuhren zum Gästehaus der Universität im Nordwesten Beijings. Im Vergleich zu »unserer« Hochschule in Shanghai musste man diese Universität bezüglich des Niveaus beträchtlich höher einstufen. Sie wurde 1937 in Yanan, dem Hauptquartier der Kommunisten nach dem Langen Marsch, gegründet und nahm noch immer eine bevorzugte Stellung ein.

Bei unserer Ankunft wurden wir herzlich begrüßt, ein Vizepräsident, die drei Deutschlandfahrer und Frau Huang, die mir bei meinem ersten Besuch an Gott zu glauben empfahl, warteten vor dem Gästehaus und nachdem man uns die Zimmer gezeigt hatte, gingen wir zum gemeinsamen Mittagessen. Zu meiner Überraschung behandelten die üblicherweise neugierigen Chinesen Xiao Lin wie eine alte Bekannte.

Am nächsten Morgen fand das Treffen mit dem Präsidenten statt, endlich wurde mein dunkelblauer Anzug gebraucht, den ich bislang nutzlos mit mir herumschleppen musste, Frau Huang hatte ihn freundlicherweise am Vortag bügeln lassen.

Xiao Lin dolmetschte für mich, was meinem bisherigen örtlichen Übersetzer Wang Jia nicht gefiel. Doch sie war der Aufgabe besser gewachsen, Wang Jias Deutsch konnte sich nicht mit ihrem Englisch messen, sie kannte mich und wusste meistens im Voraus, was ich sagen würde. Darüber hinaus wollte ich nicht, dass sie sich als Mauerblümchen fühlte.

Eine höfliche Zeremonie folgte, schmeichelhafte Worte des Präsidenten, gespielte Bescheidenheit meinerseits, dann wurde ich durch eine entsprechende Urkunde zum Gastprofessor ernannt. Damit besaß ich drei mit roter Stempelfarbe gesiegelte Schriftstücke, die mich als Ehrenmitglied chinesischer Universitäten auswiesen. Ich überschätzte die Ehrentitel nicht, stolz war ich trotzdem.

Nachmittags unternahmen wir eine kleine Besichtigungstour, die beiden Professoren Wu Zhong und Yao Sheng sowie Wang

Jia begleiteten uns. Als erstes Ziel steuerten wir das Asienspiele-Dorf an, errichtet für die XI. Asienspiele, die ein Jahr zuvor in Beijing stattgefunden hatten. Unsere Gastgeber verhehlten nicht ihren Stolz, es waren die ersten internationalen Sportwettkämpfe großen Stils in der Volksrepublik China gewesen. Das »Dorf« konnte als eine kleine Stadt bezeichnet werden. Wahrscheinlich hatten namhafte Architekten die Entwürfe geliefert, die Anlage zeichnete sich durch großzügige Gestaltung aus, ohne protzig zu wirken. Yao Sheng sagte enthusiastisch, China habe seine Fähigkeit unter Beweis gestellt, als gutes Gastgeberland für Sportereignisse größten Ausmaßes fungieren zu können, er würde sich als Nächstes Olympische Sommerspiele in Beijing wünschen.

Auf meinen Wunsch hin fuhren wir weiter zum Gelände des alten Sommerpalastes, ich wollte gern die Ruinen des Yu Yuan sehen, auch Xiao Lin kannte sie nicht. Die brandschatzenden englischen Horden hatten 1860 ganze Arbeit geleistet, die einstige kaiserliche Pracht konnte man nicht mehr erahnen.

Gegen Abend verwandelte sich die Straße vor der Universität in eine Fressmeile, ähnlich derjenigen, die ich bei meinem ersten Besuch in Xian kennengelernt hatte. Xiao Lin begeisterte die Aussicht auf die bevorstehenden Genüsse, ich bewunderte den Aufbau der Stände, alles wurde mit Fahrrädern transportiert, die hoch beladene Anhänger hinter sich herzogen. Bei Einbruch der Dunkelheit waren die Vorbereitungen abgeschlossen, die Veranstaltung nahm ihren Lauf, chaotisches Durcheinander herrschte auf der Straße, mühsam mussten wir unseren Weg durch das Menschengewühl bahnen, laut schreiend suchten die Händler unsere Aufmerksamkeit auf ihre Stände zu zu lenken.

Ich tat mich schwer, die ausdrücklichen Warnungen der Reiseführer vor Garküchen in den Wind zu schlagen. Xiao Lin hielt meine Besorgnis für übertrieben, mein Hinweis auf ihre eigenen Probleme nach einem früheren Imbiss an der Straße beeindruckte sie nicht. Später gab ich meinen Widerstand auf, ließ mich zu einer Portion Bandnudeln überreden. Wenn man sich überwunden hat und ins kalte Meer eingetaucht ist, spürt man anschließend die Kälte des Wassers nicht mehr. Ich aß Lammfleisch, in kleinen Stücken auf Fahrradspeichen gefädelt und über einem

Holzkohlenfeuer gegrillt, eine Spezialität moslemischer Uiguren aus Xinjiang, wie Xiao Lin mich aufklärte. Mutig geworden aß ich gekochte kleine Schnecken, die man mit einer Stecknadel aus den Schneckenhäusern puhlte. Unangenehme Folgen hatte mein »Leichtsinn« nicht.

Für den darauffolgenden Abend luden wir unsere Gastgeber zum Abendessen in ein nahes Restaurant ein. Sechzehn Personen würden es insgesamt sein, beim vorbereitenden Gespräch mit dem Küchenchef am Nachmittag mussten wir auf die Preise achten ohne den Eindruck von Knauserigkeit zu erwecken.

Kurz vor sieben Uhr trafen die ersten Ehepaare ein, mir gegenüber verhielten sich die Frauen zurückhaltend, teilweise schüchtern, die meisten von ihnen aßen zum ersten Mal zusammen mit einem Ausländer, nicht zu reden davon, dass ein Ausländer sie eingeladen hatte. Anders Yao Shengs Frau, sie kam unbekümmert auf mich zu, um endlich den ersten Mann kennenzulernen, der nach ihrer Erfahrung die erforderliche Größe einer Damenbluse richtig einschätzen konnte.

Zu Beginn des Banketts, so nannte es der Küchenchef, musste ich eine kurze Rede halten, von Xiao Lin unter den anerkennenden Blicken der Gäste abschnittsweise übersetzt. Wegen des Essens mussten wir uns nicht schämen, es hätte aber nicht weniger sein dürfen. Nach dem letzten Gang sprachen wir ein paar Worte mit den einzelnen Paaren, bald darauf erfolgte der allgemeine Aufbruch. Wang Jia und seine Frau bedankten sich mit einer Gegeneinladung für den folgenden Abend.

Wir hatten uns vorgenommen, ein paar Tage in Beidaihe zu verbringen, dem Urlaubs- und Erholungsort hoher Parteifunktionäre und verdienter Genossen, an einer Bucht (Bohai-Bucht) des Gelben Meers gelegen. Mao Zedongs Ehefrau Jiang Qing hatte hier eine Villa besessen und man munkelte, Deng Xiaoping habe in Beidaihe eine streng bewachte Residenz. Auf Wu Zhongs Angebot, ein Universitätsauto mit Fahrer für die dreihundert Kilometer lange Fahrt zur Verfügung zu stellen, verzichteten wir, um uns nicht in unnötige Abhängigkeit zu begeben, mir war ferner an einer Eisenbahnfahrt in einem gewöhnlichen Zug gelegen.

Am Bahnhof erkundigten wir uns nach den Abfahrtszeiten, hätten am liebsten gleich Fahrkarten gekauft, doch wir wurden belehrt, es sei noch zu früh. Den Rest des Vormittags verbrachten wir in Geschäften in der Wangfujing Dajie, den großen Buchladen beehrten wir zum wiederholten Male mit einem langen Besuch. Für das Mittagessen erschien uns an diesem schrecklich heißen Tag das kühle Restaurant des Beijing Hotels verlockend — im Winter hatten wir die Wärme geschätzt.

Nach der Rückkehr blieb im Gästehaus reichlich Zeit, um uns ein zweites Mal von der Hitze zu erholen. Abends mussten wir nicht weit laufen, Wang Jia wohnte auf dem Universitätscampus. Das Haus machte einen verwahrlosten Eindruck, die Wohnung sah ungepflegt aus. Wir übergaben unser kleines Geschenk an die Frau des Hauses, der fünfjährige Sohn ging auch nicht leer aus. Im kleinen Wohnzimmer nahmen wir auf einer zerschlissenen Couch Platz, wenig später kamen Wu Zhong und Yao Sheng in Begleitung ihrer Ehefrauen.

Das Abendessen stufte ich als mäßig ein, mir schien es in der Ehe zu kriseln und da wir der Partei des Ehemanns zugerechnet wurden, hatte sich seine Frau nicht viel Mühe gegeben. Nur die Pidan, die »Tausendjährigen Eier«, schmeckten hervorragend, wir erfuhren, Wang Jias Vater in Tianjin habe sie hergestellt. Sofort regte sich meine Neugier, Näheres über den Herstellungsprozess zu erfahren und da Wang seinem Vater oft zugesehen hatte, konnte er mir das Verfahren in allen Einzelheiten beschreiben.

Zuerst löste der Vater eine größere Menge Kalk in kochendem Wasser oder starkem schwarzen Tee auf, anschließend fügte er pulverisierte Holzkohle hinzu, danach, in geringer Dosierung, Ätznatron und Kochsalz. Die Masse wurde zu einem cremigen Brei gerührt, mit dem der Vater die rohen Enteneier ummantelte und sie dann in Reisschalen wälzte. Die derart vorbereiteten Eier legte er sorgfältig in ein irdenes Gefäß, deckte sie dicht mit Matsch ab, stellte alles an einen trockenen Ort mit konstanter Temperatur und nach zwei Wochen konnten die Eier gegessen werden. Dies sei eine moderne Methode, fügte Wang Jia hinzu, vor rund fünfhundert Jahren habe man die Eier mindestens fünf Monate ruhen lassen, wodurch die Bezeichnung »Tausendjährige« Eier verständlicher würde. Wären die Tausend Jahre bei uns doch auch nach fünf Monaten zu Ende gewesen!

Am folgenden Tag wollten wir die Fahrkarten nach Beidaihe kaufen, Yao und Wang erklärten sich bereit, uns ihre Fahrräder zu leihen. Zuerst sahen sie mich verwundert an, es sei doch viel bequemer, ein Taxi zu nehmen, für meinen Wunsch, den Weg von der Universität zum Stadtzentrum diesmal aus der Radfahrerperspektive kennenzulernen, zeigten sie Verständnis. Ich erkundigte mich bei ihnen, ob es ratsam sei, eine Hotelreservierung vorzunehmen, was sie für überflüssig hielten, die Hochsaison sei vorüber und Beidaihe verfüge über eine große Hotelkapazität.

Bei strahlendem Sonnenschein fuhren wir am nächsten Nachmittag los, zuerst zum Bahnhof. Für den Kauf der gewöhnlichen Fahrkarten mussten wir uns in eine schier endlos erscheinende Schlange einreihen, nach einer Stunde standen wir endlich am Schalter, bekamen Fahrkarten für den kommenden Tag, Sitzplätze konnten wir nicht reservieren lassen. Während wir in der Warteschlange geduldig Fuß um Fuß zum Fahrkartenschalter vorgerückt waren, hatte sich der Himmel mit einer geschlossenen Wolkendecke bezogen.

Zum Tiananmenplatz, unserem nächsten Ziel, kamen wir nicht durch, alle Zufahrtsstraßen waren abgeriegelt, die Changan Jie konnten wir wegen der aufgestellten Absperrgitter nicht überqueren. Xiao Lin erfuhr, ein hoher ausländischer Staatsgast werde erwartet, da es kein deutscher war, mischten wir uns nicht unter die an den Straßenrändern gelangweilt Wartenden.

Kräftiger Regen setzte ein, hastig suchten wir Zuflucht im Beijing Hotel, tranken eine Tasse Kaffee und hofften auf ein baldiges Ende des Regens. Anstatt aufzuhören wurde der Regen heftiger und als es dunkel zu werden begann, zog zusätzlich ein Gewitter von apokalyptischer Erscheinungsform auf, in rascher Folge zuckten pausenlos Blitze zwischen den Wolken oder schlugen krachend in der Nähe unseres Zufluchtsorts ein. Xiao Lin bekam Angst und rückte ihren Stuhl so nah, wie es ging, an meinen heran.

Das Gewitter verzog sich nach geraumer Zeit, erst gegen neun Uhr, das Abendessen lag längst hinter uns, hörte auch der Regen endlich auf. Was tun? Wir hatten eine längere Diskussion geführt, ich wollte mit den Rädern zur Universität zurückfahren, Xiao Lin weigerte sich strikt, diesen Vorschlag in Erwägung zu ziehen. Ich sei weithin als Ausländer erkennbar, alle Ausländer würden als reich angesehen und sie befürchtete einen Überfall. Mehr noch, und dafür gab es offenbar Beispiele, um die Spuren eines solchen Überfalls zu beseitigen, könne man mich anschließend aus dem Weg räumen. Ich schätzte die Wahrscheinlichkeit eines Überfalls nicht hoch ein, mir lag aber fern, den Helden spielen zu wollen.

Unser Problem bestand darin, dass wir die Fahrräder am nächsten Morgen vor der Abfahrt nach Beidaihe zurückgeben mussten. Xiao Lin schlug vor, die Räder am Hotel stehen zu lassen, Yao und Wang könnten zwei Studenten zum Abholen schicken, das ging mir gegen den Strich. Gab es eine Möglichkeit, die Räder mit einem Taxi zu transportieren? Wir verließen das Hotel, um unser Glück zu versuchen, doch alle Taxifahrer, die wir ansprachen, schüttelten die Köpfe.

Nach längerem Hin und Her ließ sich Xiao Lin überreden, mit den Rädern zurückzufahren. Mein Argument, wir hätten auf dem Hinweg ausschließlich Hauptstraßen benutzt und könnten dieselben Straßen auf dem Rückweg in Gegenrichtung nehmen, überzeugte sie wegen ihres schlechten Orientierungsvermögens nicht. Sie gab ehrlich zu, zur Universität nicht ohne Hilfe zurückzufinden. Auch für mich sah auf dem Rückweg Manches fremd aus, als wir nach einiger Zeit am Xi Yuan Hotel vorbeifuhren, wusste ich, es konnte nichts mehr schiefgehen.

Der Zug nach Beidaihe war brechend voll, wir konnten froh sein, zwei unbequeme Stehplätze gefunden zu haben, die Leute hatten die Gänge mit allem Möglichen vollgestellt. Von Kartons mit Elektrogeräten, die es auf dem Land nicht zu kaufen gab, bis hin zu Pappkäfigen mit lebenden Hühnern. Trotz der geöffneten Fenster drangen ständig unangenehme Gerüche in meine Nase. Nach über einer Stunde konnten wir endlich sitzen, ermüdet durch das lange Stehen schlief Xiao Lin sofort ein. Ich passte auf, dass nichts abhanden kam.

Acht Stunden dauerte die Bahnfahrt, der Bahnhof in Beidaihe sah unbedeutend und schäbig aus. Zum Glück es gab ein öffentliches Telefon, Xiao Lin machte sich daran, die beiden in meinem Hotelführer angegebenen Hotels anzurufen, nirgends gab es freie Zimmer. Nach kurzem Überlegen entschieden wir, ein Taxi zu nehmen, der Fahrer würde genügend Hotels kennen, in denen wir nach Zimmern fragen könnten. In Bahnhofsnähe war kein Taxi zu bekommen, eine Weile liefen wir in Richtung Innenstadt bis zu einem Taxistand, wegen der holprigen Straße musste ich meinen schweren Koffer tragen. Wunschgemäß fuhr uns der Fahrer zu verschiedenen Hotels, erst nach einer Stunde wurden wir fündig.

Das »Hotel«, eine alte Villa im europäischen Stil der Wende vom neunzehnten zum zwanzigsten Jahrhundert, machte keinen guten Eindruck, doch die Situation erlaubte uns nicht, wählerisch zu sein, notgedrungen buchten wir für zwei Nächte in der Hoffnung, danach in einer besseren Herberge schlafen zu können. Xiao Lin bekam ein Zimmer im ersten Obergeschoss, mein Zimmer lag zu ebener Erde. Wir stellten rasch unser Gepäck ab, machten uns frisch und verließen das Hotel zu einem Spaziergang, um vor Einbruch der Dunkelheit einen ersten Eindruck von der Umgebung zu bekommen.

Das Hotel lag in unmittelbarer Nachbarschaft des nördlichsten von drei Stränden, ein gutes Stück vom Stadtzentrum entfernt. Verstreut liegende alte Villen erinnerten an die Zeit des ausgehenden neunzehnten Jahrhunderts, als das damalige Fischerdorf von westlichen Ausländern — Geschäftsleuten, Diplomaten, Missionaren aus Tianjin und Beijing — zu einem bekannten Badeort entwickelt wurde. Auch große Gebäudekomplexe aus neuerer Zeit fielen ins Auge, Erholungsheime und Sanatorien, errichtet für die Erhaltung oder Wiederherstellung der Gesundheit privilegierter Bevölkerungsschichten.

Beidaihe war der Ort gewesen, an dem das Zentralkomitee der Kommunistischen Partei Chinas im Spätsommer 1958 die für China schicksalhafte Resolution zur Einführung der Volkskommunen verabschiedete, die wenig später in Beijing veröffentlicht wurde.

Ich hatte einiges darüber gelesen, meiner Einschätzung nach verfolgte Mao mit den Volkskommunen kein geringeres Ziel, als den Sowjets den Hegemonialanspruch in der kommunistischen

Welt streitig und China zur Speerspitze des Weltkommunismus zu machen. Das ganz und gar nicht geschwisterliche Verhältnis der beiden sozialistischen Reiche trat damit in eine neue Phase.

Schon die Aufforderung Moskaus im Jahr 1921 an die neu gegründete kommunistische Schwesterpartei, sich eng an den Guomindang anzuschließen und wenig später die Direktive, die chinesischen Kommunisten sollten gleichzeitig Mitglieder in der zunächst von Sun Zhongshan und nach dessen Tod von Jiang Jieshi geführten Partei werden, hatte für die chinesischen Kommunisten katastrophale Folgen gehabt. Nach Ausschaltung des größten Teils ihrer Mitglieder in den Großstädten durch den Guomindang mussten sich die Reste aufs Land zurückziehen und neu formieren.

Während des Langen Marsches und der darauf folgenden Jahre in Yanan stieg der anfangs noch nicht so bedeutende Mao Zedong zum Führer der kommunistischen Bewegung in China auf. Stalin nahm ihm gegenüber eine distanzierte Haltung ein, Moskau ließ den chinesischen Kommunisten wenig Unterstützung zukommen. Nach dem Überfall der Japaner auf Pearl Harbour im Dezember 1941 erhielt Jiang Jieshi umfangreiche Waffenlieferungen und Flugzeuge aus Amerika für den Kampf gegen Japan, die amerikanische Unterstützung des Guomindang dauerte im chinesischen Bürgerkrieg nach 1945 an. Die Kommunisten waren den Truppen Jiangs ausrüstungsmäßig weit unterlegen, sie besaßen beispielsweise keine Flugzeuge, militärische Unterstützung aus Moskau wäre ihnen hochwillkommen gewesen. Doch Stalin dachte über das Ende des Bürgerkriegs hinaus. Sein imperialistisches Ziel, die Mandschurei in das Territorium der Sowjetunion einzugliedern, konnte er nur erreichen, wenn Jiang an der Macht blieb. Wie hätte er es gegenüber seinen Gesinnungsgenossen rechtfertigen sollen, wenn er einem sozialistischen Bruderland ein riesiges und dazu hoch industrialisiertes Territorium stahl? Dass am Ende Maos Kommunisten ohne Stalins Hilfe und gegen dessen Erwartung als Sieger aus dem Bürgerkrieg hervorgingen, vereitelte seine Pläne, er musste Mao die Mandschurei überlassen. Vorher ließ er die dortigen Industrieanlagen im großen Stil demontieren und nach Sibirien schaffen.

Die Sowjetunion gewährte China nach 1949 Aufbauhilfen — gegen sofortige Bezahlung. Sowjetische Experten halfen beim Aufbau Chinas — im Vergleich zur eigenen Bevölkerung von China fürstlich entlohnt. Waffen aus der Sowjetunion für den Koreakrieg — China musste sie bezahlen. Zhou Enlai soll die Frage eines amerikanischen Journalisten nach kostenloser Hilfe der Sowjetunion für China mit einem klaren »Nein« beantwortet haben.

Musste man das Verhältnis zwischen Stalin und Mao als distanziert bezeichnen, wurde Nikita Chruschtschow, Stalins Nachfolger, in China gar zur Unperson abgestempelt, das Klima zwischen den beiden kommunistischen Mächten geriet zunehmend frostiger. Die Chinesen wurden als Dogmatiker beschimpft, die Sowjets im Gegenzug als Revisionisten gebrandmarkt, in China nannte man Chruschtschow offen einen Verräter des Kommunismus.

Das Verhältnis zwischen den beiden sozialistischen Großmächten war also bereits zerrüttet, als in Beidaihe das Konzept für den »Großen Sprung nach vorn« formuliert wurde. Im Kern bestand es darin, dass China im Gegensatz zur Sowjetunion nicht mehr zuerst in jahrzehntelanger Arbeit den Sozialismus aufzubauen gedachte, sondern sofort in die Phase des Kommunismus springen wollte. Dabei peilte man hoch gesteckte Ziele an, was die Überholung wirtschaftlich gut entwickelter westlicher Industrienationen betraf, vornehmlich Großbritannien und die USA galt es zu überrunden.

Den Sowjets missfielen die Pläne des ideologischen Rivalen und das ließen sie die Chinesen wissen. Sie warnten vor den Gefahren, die durch das in ihren Augen übereilte chinesische Handeln heraufbeschworen wurden, hatten sie kurz nach der Oktoberrevolution mit einem ähnlichen Vorgehen doch fürchterlich Schiffbruch erlitten und eilends zurück rudern müssen. Was sie nicht offen aussprechen konnten: Die Sowjets fürchteten um ihren Führungsanspruch im Weltkommunismus, wenn Mao schon die ideologische Endphase für sein Land einläutete, während sie noch im Stadium des Sozialismus weiterdümpelten. Ohnehin betrachteten zahlreiche dem Sozialismus zugeneigte Entwicklungsländer Moskau als viel zu behäbig und sahen in Beijing den Ort, von dem aus das wahre Heil zu erwarten war.

Die Einrichtung der Volkskommunen, Kernstück des Großen Sprungs, brachte tief greifende Veränderungen für die Menschen in China. Gleich auf den ersten Blick wurde die Veränderung der Zahlenverhältnisse in Bezug auf die Kollektivierung deutlich sichtbar. Im Jahr 1958 gab es 740000 Kolchosen, die im Durchschnitt aus jeweils 160 Familien bestanden, infolge des Großen Sprungs wurden sie auf einen Schlag umgewandelt in 26000 Volkskommunen mit durchschnittlich 4600 Familien.

Der Begriff Familie müsste genau genommen in Anführungszeichen gesetzt werden, da die bestehenden Lebensgemeinschaften gleichzeitig zerschlagen wurden. Die Alten kamen in separate Altersheime, Ehepartner wurden verschiedenen Arbeitseinheiten zugeordnet, wohnten nicht mehr zusammen und bekamen sich oft wochenlang nicht zu sehen, ihre Kinder kamen in rasch errichtete Krippen oder Kindergärten, falls sie zu klein für die Feldarbeit waren. Nicht nur die Lebenden wurden aus ihrer bisherigen Umgebung gerissen und unter dem Gesichtspunkt der Zweckmäßigkeit in Kollektive eingeordnet, auch den Ahnen wollte man nicht ihre Ruhe lassen, der Plan sah vielmehr vor, Einzelgräber zwecks Gewinnung von Ackerland zu beseitigen und die sterblichen Überreste der Ahnen in Massengräbern zu deponieren, der Plan wurde vielerorts umgesetzt. Gegessen wurde in Speisehallen, weshalb neue Wohnungen ohne Küchen gebaut wurden und konsequenterweise verzichtete man zugunsten von Gemeinschaftslatrinen auf Einzeltoiletten.

Die Mitglieder der Kommunen waren gleichzeitig Milizangehörige, zu den Feldern marschierten sie in militärischen Formationen, während der Arbeit auf dem Feld wurden die Gewehre wie Getreidegarben zusammengestellt. Der Lohn für die Arbeit wurde fortan nicht mehr vollständig in Geld ausbezahlt, sondern teilweise in Naturalien, den Bedürfnissen entsprechend. Bestanden beispielsweise die Stoffschlappen nur noch aus Fetzen, bekam man neue zugeteilt.

Damit nicht genug, industrielle Produktionen wurden zusätzlich in die Volkskommunen integriert, im Westen erregten die »Volkshochöfchen« besonderes Aufsehen, mannshohe Puddelöfen zur Stahlgewinnung, wie man sie vor Jahrhunderten auch bei uns kannte. Die Erzeugung landwirtschaftlicher Produkte ging stark zurück, der erzeugte Stahl war unbrauchbar.

Durch den Großen Sprung stürzte China in ein unsägliches Chaos, die dramatisch absinkende Produktion von Nahrungsmitteln traf die Menschen am härtesten, da sie, verstärkt durch drei witterungsbedingte Missernten, auf ein derart niedriges Niveau fiel, dass Hungersnöte ungekannten Ausmaßes auftraten, die viele Millionen Menschen das Leben kosteten, inzwischen geht man offiziell von zwanzig Millionen Toten aus, manche Quellen sprechen von über vierzig Millionen.

Sah man sich die Bevölkerungsstatistik Chinas an, wurde die Katastrophe auch dort sichtbar: Die Einwohnerzahl von rund fünfhundert Millionen Chinesen im Jahr 1948 stieg bis 1987 stetig auf über eine Milliarde an, nur zwischen 1960 und 1961 gab es einen Bevölkerungsrückgang von rund zwanzig Millionen Menschen — Verhungern und Tod infolge von Unterernährung gehörten zu den wesentlichen Ursachen.

Auf unserem kleinen Abendbummel kamen Xiao Lin und ich an einer Ansammlung von Gebäuden vorbei, die vor langer Zeit von den Sowjets im Rahmen der Aufbauhilfe errichtet wurden, Inschriften in kyrillischer Schrift ließen dies erkennen. Während ich versuchte, einzelne Wörter zu entziffern, klagte Xiao Lin die Sowjets mit ungewöhnlich heftigen Worten an, China nach der Befreiung nicht wirklich unterstützt zu haben und führte als flagrantes Beispiel den Koreakrieg an. Nicht zuletzt sei es Stalins Anliegen gewesen, Nordkorea zur Hilfe zu eilen, als das Land von Südkorea angegriffen wurde — diese korrekturbedürftige Lesart über Angreifer und Angegriffene hatte sie sicherlich in der Schule gelernt — und die Abmachung sei gewesen, China solle Soldaten stellen, die Sowjets würden Waffen liefern. Am Ende habe Chinas Beteiligung am Koreakrieg eine ungeheuer große Zahl gefallener chinesischer Soldaten zur Folge gehabt, die von den Sowjets gelieferten Waffen habe China obendrein bezahlen müssen.

Am nächsten Morgen frühstückten wir zeitig, um früh zum Strand gehen zu können, endlich würden die beiden neuen Badeanzüge aus Deutschland zur Geltung kommen. Auf keinen Fall solle ich Bikinis kaufen, hatte mir Xiao Lin geschrieben, die seien in China verpönt. Wir packten rasch unsere Sachen für den Strand zusammen, als ich meine Wertsachen mitnehmen wollte — einen Safe gab es im Hotel nicht —, erhob sich Protest: Dann könnten wir nicht gemeinsam schwimmen, weil einer am Strand bleiben und auf die Sachen aufpassen müsse. Mein Bedenken unter Hinweis auf den Vorfall in Xiamen entkräftete Xiao Lin mit der Begründung, die Situation sei eine andere, am Tage werde niemand wagen, in ein Hotelzimmer einzudringen. In meinen Augen ein schwaches Argument, aber ich wollte sie nicht verletzen, indem ich ihre Landsleute unter Generalverdacht stellte.

Der saubere, gelbliche Sand unter den Füßen fühlte sich trotz der frühen Stunde sehr warm an, gegen Mittag könnte er heiß werden wie der schwarze Sand an einigen Stränden Teneriffas. Sonnenschirmverleiher und Eisverkäufer waren damit beschäftigt, ihre Stände aufzubauen, an Kunden mangelte es noch. Wir sprangen gleich ins angenehm temperierte Wasser, es war das erste Mal, dass wir gemeinsam schwammen. Xiao Lin hatte mir von ihrer tief eingebrannten Angst vor dem Schwimmen im Meer erzählt, in ihrer Kindheit wäre sie beinahe in einem Fluss ertrunken. Das Schwimmen machte uns Spaß, vielleicht konnte ich Xiao Lin helfen, das Angstgefühl zu überwinden, ich ermutigte sie, neben mir bis zur Absperrung zum offenen Meer zu schwimmen.

Die Barriere bestand aus geschälten Baumstämmen, die aneinandergekettet auf dem Wasser schwammen. Grenzen reizen zum Überschreiten, ich versuchte unter den Baumstämmen hindurchzuschwimmen, was mir nicht gelang, straff nach unten gespannte Netze verhinderten es. Xiao Lin meinte, sie seien als Schutz gegen Haie gedacht, ich zweifelte, ob man die Netze ausschließlich mit dieser Absicht angebracht hatte.

Beidaihe liegt an einer gut geschützten Bucht, mir erschien sie fast wie ein Binnenmeer mit einem breiten Durchgang zum Gelben Meer. Das Wasser war ruhig, warm, ideale Bedingungen für ein sportliches Ausdauertraining.

Gegen Mittag gingen wir zum Hotel zurück, hungrig und müde. An einer kleinen Brücke kurz vor dem Hotel beobachtete uns ein junger Mann interessiert, zu interessiert, wie es mir vorkam. Er pfiff laut und grinste uns an, was mich ärgerte.

Wir wollten schnell die Badesachen auf unsere Zimmer bringen und dann zum Essen gehen. Meine Zimmertür ließ sich nicht öffnen, der Versuch, den Schlüssel ein zweites Mal im Schloss zu drehen, brachte nichts, aufgeschlossen war die Tür, klemmte sie eventuell? Ich wandte mehr Kraft auf, ohne Wirkung, erst als ich mich mit meiner Schulter gegen sie stemmte, gab die Tür nach. Der Grund für das »Klemmen« wurde augenblicklich sichtbar: Eine Kommode stand innen vor der Tür und im nächsten Moment sah ich den Grund für diese Maßnahme, mein Koffer lag geöffnet auf dem Bett, im Durchzug flatterte das zerschnittene Moskitonetz vor dem offenen Schiebefenster.

Xiao Lin war schnurstracks zu ihrem Zimmer gegangen, ich rannte, mehrere Stufen auf einmal nehmend, die Treppe hinauf, um ihr von dem Einbruch zu berichten. Sie wandte sich umgehend an den Hotelmanager und forderte ihn auf, die Polizei anzurufen, was er zögernd und widerwillig tat. Eine Stunde dauerte es, bis zwei Polizisten in einem Fiat 600 polnischer Bauart aus dem Nachbarort Qinhuangdao kamen.

Als routinierter Krimizuschauer hatte ich vermieden, Gegenstände zu verändern oder zu berühren, erst nach dem Eintreffen der Polizei stellte sich heraus, dass ich glimpflich davongekommen war. Der Dieb schien kurz vor unserer Rückkehr durch das Fenster gestiegen zu sein, hatte wenig Zeit zum Suchen gehabt und nur mein Bargeld gefunden. Es befand sich in einem Faltkalender mit lederner Hülle, der Monat Dezember des Kalenders steckte wie üblich hinter einer durchsichtigen Kunststofffolie, darauf fand der spurensichernde Polizist einen »schönen«, nicht von mir stammenden Fingerabdruck. Mit meinem Einverständnis schnitt er das Stück Folie mit dem Fingerabdruck heraus, um ihn zur daktyloskopischen Untersuchung mitzunehmen. Nach der Aufnahme eines kurzen Protokolls verließen die Polizisten den Tatort.

Im Nachhinein ist man klüger. Vermuteten wir anfangs, man habe uns aus »moralischen Erwägungen« weit auseinander liegende Zimmer gegeben, fragten wir uns jetzt, warum gerade mir das Zimmer im Erdgeschoss zugewiesen wurde. Auch das laute Pfeifen des jungen Mannes auf der Brücke erschien post festum in einem neuen Licht.

Xiao Lin machte sich Vorwürfe, mich überredet zu haben, meine Wertsachen im Hotel zu lassen, ich brachte sie schnell davon ab. Wichtig war jetzt, ein anderes Hotel zu finden, das unliebsame Ereignis verleidete uns den Aufenthalt in der von Anfang an unsympathischen Herberge endgültig. Xiao Lin setzte sich umgehend ans Telefon, rief ein zweites Mal die in meinem Führer aufgelisteten Hotels an, im Jinshan Hotel gab es jetzt zwei freie Zimmer, die wir sofort für uns reservieren ließen. Wir bezahlten die eine Nacht in unserem Hotel, bestellten ein Taxi und zogen um — der Manager wagte nicht, uns daran zu erinnern, dass wir ursprünglich zwei Nächte bleiben wollten.

Wir buchten für drei Nächte und ließen uns durch das Hotel gleich Fahrkarten für die Rückfahrt nach Beijing besorgen, mit einem Schnellzug, die Unbequemlichkeiten der Hinfahrt wollten wir vermeiden. Unsere Zimmer fanden wir akzeptabel, der übliche Standard chinesischer Drei-Sterne-Hotels. Die Polizeistation in Qinhuangdao unterrichteten wir unverzüglich, damit sie uns über etwaige Erfolge informieren konnte. Um das Ergebnis vorwegzunehmen, es gab keinen Anruf, von dem Geld sah ich keinen Pfennig wieder.

In dem neuen Hotel gab es einen Safe, die Prozedur, um Wertsachen einzulagern, war umständlich, der Zugriff auf die Zeit zwischen neun Uhr morgens und sieben Uhr abends beschränkt. Immerhin konnten wir von nun an sorglos den Strandfreuden frönen, was wir ausgiebig taten, mit der Folge, dass Xiao Lins Hautfarbe trotz eines Sonnenschirms mit jedem Tag dunkler wurde. In China galt helle Hautfarbe als schön, die Begründung war dieselbe wie die meiner Oma in Kindheitstagen: Dunkle Hautfarbe war eine Folge körperlicher Arbeit unter freiem Himmel, blasses Aussehen wies einen als Angehörigen einer vornehmeren Gesellschaftsschicht aus.

Das Restaurant unseres Hotels zeichnete sich durch eine vorzügliche Küche aus. Gleich am ersten Tag fielen uns die vielen Gäste auf, die Krebse bestellten, wir reihten uns erwartungsvoll in die Riege der Krebsesser ein. Diese Schalentiere hatte ich nie vorher gegessen und wusste demzufolge nicht, wie man sie aß und, noch wichtiger, welche Teile essbar waren. Xiao Lin weihte mich schnell in die Kunst des Krebsessens ein und die Liste meiner Lieblingsgerichte bekam einen neuen Eintrag.

Die Tage in Beidaihe gingen ohne weitere unliebsame Ereignisse zu Ende, wir fuhren zunächst nach Beijing zurück, um dort eine Nacht zu bleiben und einen Tag später die Weiterreise nach Shanghai anzutreten. Auf meinen Vorschlag hin hatten wir Zimmer im Xi Yuan Hotel genommen, in dem ich auf meiner ersten Chinareise gewohnt hatte. Nach wie vor machte es einen hervorragenden Eindruck, doch was für ein Unterschied im Hinblick auf die Hotelgäste! Vor drei Jahren ging es hier emsig wie in einem Bienenhaus zu, die automatisch arbeitenden Eingangstüren kamen tagsüber nicht zur Ruhe. Jetzt hielten sich wenige Menschen in der wunderschönen Hotelhalle auf, zwischenzeitlich erbaute, noch modernere Hotels lenkten die Ströme von Geschäftsreisenden und Touristen in andere Richtungen.

Abends wollten wir der denkwürdigen Disco — ich hatte Xiao Lin von der kleinen Begebenheit erzählt — einen Besuch abstatten, nach dem Verlassen des Aufzugs standen wir vor verschlossenen Türen, die Disco gab es nicht mehr. Ein Hotelpage machte uns auf den Dachgarten aufmerksam, der in diesem Jahr eröffnet worden sei. Enttäuscht fuhren wir mit dem Lift ein paar Stockwerke tiefer, setzten uns an einen der reichlich vorhandenen freien Tische und vergaßen nach wenigen Minuten die nicht mehr existierende Disco, der Dachgarten war ein wunderbarer Ort, um unter freiem Himmel den warmen Abend zu genießen.

Das Interesse der Gäste galt einem jungen Mann, der vor einem Mikrofon stand und fürchterlich schlecht sang, begleitet von einer Orchestermusik, die vom Band abgespielt wurde. Das sei jetzt in China unglaublich populär, ließ mich Xiao Lin wissen, es heiße Karaoke und sei vor zwei Jahren von Japan nach China herübergeschwappt, das Wort bedeute »leeres Orchester«. Ich wunderte mich, dass ich in Deutschland das Wort Karaoke noch nicht gehört hatte. Auf unserem Tisch lag eine Liste mit den verfügbaren Melodiekonserven, zu denen man für einen geringen Betrag singen konnte. Xiao Lin drängte mich, es zu versuchen, doch ich brauchte zu lange, um den mutigen Entschluss zu fassen, just in dem Augenblick, als ich zum Mikrofon gehen wollte, wurde die Anlage abgeschaltet.

Tags darauf flogen wir nach Shanghai, bei der Ankunft überkam mich seltsamerweise das Gefühl, zuhause zu sein, alles sah trotz der nicht zu übersehenden Veränderungen immer noch so vertraut aus.

Gleich nach dem Frühstück machte ich mich am nächsten Morgen zum Deutschen Generalkonsulat in der Yong Fu Lu auf, um nachzuhören, ob ich wegen des Diebstahls in Beidaihe irgendetwas tun könne, traf dort auf denselben Beamten, der mir seinerzeit nach dem Diebstahl in Xiamen meine Ersatzpapiere ausgestellt hatte. Nein, wie vermutet, ich konnte nichts tun, auch solle ich mir keine Hoffnung machen, mein Geld je wiederzusehen.

Zu unserer beider Überraschung traf ich beim Verlassen des Büros einen Chinesen, den ich aus Deutschland kannte. Der etwas über vierzig Jahre alte Zhao Hai hatte in China Germanistik studiert und wollte in Deutschland promovieren. Über ein linguistisches Thema, irgendein Vergleich zwischen Irgendwas im Chinesischen und Irgendwas im Deutschen. Solche Themen waren im Schwange, aber mir, einem Nichtphilologen, drängte sich der Verdacht auf, dieser Teich müsse längst abgefischt sein. Lag es am Thema, dass es mit seiner Promotion nicht vorwärts ging oder hatte er kein seriöses Studium in China absolviert? Seine Studentenzeit war in die Periode der Kulturrevolution gefallen, bisweilen dachte ich, er könne Mitglied der Roten Garden gewesen sein.

Zhao war in Eile, wollte schnell in das Büro, aus dem ich soeben kam, ich schrieb ihm rasch meine Hoteladresse auf und bat ihn, später Kontakt mit mir aufzunehmen.

Nachmittags machten Xiao Lin und ich einen Bummel durch Nanjing Lu und staunten über die Veränderungen. An der Ecke Nanjing Lu und Xizang Lu, gegenüber dem Kaufhaus Nummer Eins, gab es jetzt neue, moderne Geschäftsgebäude. Die Angebote einiger Boutiquen im Erdgeschoss unterschieden sich deutlich von denen der lange ansässigen Kaufhäuser, natürlich auch im Preis.

Zwei Stunden brachten wir mit dem Anprobieren von Röcken,

Kleidern und Jacken zu, was für ein Unterschied zu unserem ersten gemeinsamen Kleiderkauf! Damals willigte die Verkäuferin erst nach langem Zureden ein, dass Xiao Lin in Ermangelung einer Umkleidekabine hinter einem nicht für diesen Zweck gedachten Vorhang überhaupt ein Kleid anprobieren durfte. Einen Spiegel gab es nicht, sie musste sich auf mein Urteil verlassen, ob ihr ein Kleid gut stand. In den neuen Boutiquen gab es lichtdurchflutete Kabinen und an großen Spiegeln herrschte kein Mangel. Waren wirklich erst eineinhalb Jahre vergangen?

Abends rief mich Zhao Hai an, ich schlug ein Treffen um die Mittagszeit im Huaqiao Fandian in der Nanjing Lu vor. Dort trafen wir uns am darauffolgenden Tag, Zhao wurde von seiner Frau begleitet, die ich nicht kannte, da sie mit den beiden kleinen Söhnen in Nanjing, dem Familienwohnort, lebte. Sie war eine gut aussehende Frau, zurückhaltend, ohne schüchtern zu wirken, augenblicklich besuchte sie mit ihrem Mann Verwandte in Shanghai. Einen Neffen hatte Zhao zu unserem Treffen mitgenommen.

Ich machte die drei mit Xiao Lin bekannt. Zhao erhob zunächst Einwände gegen meinen Vorschlag, zum Essen das chinesische Restaurant des Park Hotels aufzusuchen, er benutzte dieselben Argumente, die mein Kollege Zhu früher anführte und ich entkräftete sie dementsprechend ähnlich. Dem Gesichtsausdruck des siebzehnjährigen Neffen entnahm ich, dass ihm mein Vorschlag zusagte.

Zhao Hai stand in Deutschland mit einem Kleiderfabrikanten in Verbindung und versuchte im Augenblick, Möglichkeiten für eine Produktion in Shanghai oder Umgebung auszuloten. Für diese Aufgabe benötigte er die Unterstützung des Deutschen Generalkonsulats. Zhao schien mit den Ergebnissen seiner bisherigen Bemühungen nicht zufrieden zu sein, er klagte, vor fünf Jahren seien die Chancen besser gewesen. Chinesische Unternehmen, die dem von seinem Auftraggeber geforderten Qualitätsstandard gerecht werden könnten, lägen nicht auf der Straße herum, sie seien mittlerweile in feste Geschäftsbeziehungen eingebunden, vor der Gründung eines Joint Ventures scheute sein Auftraggeber zurück. Ich vermutete, Zhao sei nicht die richtige Person für das Einfädeln wirtschaftlicher Kontakte, gut, er sprach neben seiner Muttersprache Chinesisch fließend und fast fehlerfrei deutsch, doch das konnte — in der Sprache der Mathematik — als notwendige, aber nicht als hinreichende Bedingung für das Knüpfen von Geschäftsverbindungen angesehen werden. Hätte er zusätzlich betriebswirtschaftliche und ingenieurwissenschaftliche Kenntnisse gehabt, wären seine bisherigen Gespräche vielleicht erfolgreicher verlaufen.

Nach dem Mittagessen mussten wir uns verabschieden, Xiao Lin und ich waren für den Nachmittag mit einem Bekannten aus ihrer Heimatprovinz verabredet. Er hieß Wen Zhihua, kam nicht aus dem Universitätsmilieu, hatte nicht studiert. Auf eigene Faust war er siebzehnjährig vom Land in die Traumstadt Shanghai gekommen, um hier zu versuchen, sich nach oben zu arbeiten. Beruflich hatte er immer mit Autos zu tun gehabt und konnte, wie Xiao Lin bewundernd erzählte, jeden fahrbaren Untersatz reparieren, auch wenn er fehlende Ersatzteile erst aus Schrottautos ausbauen musste.

Wir trafen Wen am Waitan, einen großen, stämmigen Kerl, meine Hand verschwand bei der Begrüßung in seiner Pranke. An diesem Nachmittag wollte er uns die Lastwagen-Reparaturwerkstatt zeigen, die er zusammen mit einem Partner im Süden Shanghais betrieb. Fast eine Stunde dauerte die Taxifahrt bis wir unser Ziel erreichten. Auf einem alten, ungepflegten Firmengelände gab es ein langes ebenerdiges Gebäude und mehrere nach vorn offene Schuppen, der bauliche Zustand harmonierte mit dem des Geländes. Fünf Lastwagen verschiedener Marken, allesamt aus chinesischer Produktion, standen in den Schuppen und harrten der Fertigstellung. Bei einem wurde an der Bremstrommel des linken Hinterrades gearbeitet, das Rad lag abgeschraubt auf dem Boden, ein Stapel Ziegelsteine unter der Hinterachse trug statt seiner das Gewicht der Ladefläche. Ein Lastwagen stand ohne Motor da, der war ausgebaut und auf zwei Holzböcke gestellt worden. Überall lagen alte Reifen, Felgen, Auspuffteile herum, dazwischen Werkzeug.

Wir gingen in ein kleines Büro. Mit Xiao Lins Hilfe erläuterte mir Wen, er befasse sich nicht mit der Ausführung von Reparaturen, vielmehr bestehe seine Aufgabe darin, Aufträge hereinzuholen. Im Augenblick führe er Gespräche, um einen größeren Auftrag einer nahe gelegenen Militäreinheit an Land zu ziehen, es seien zähe Verhandlungen, doch wegen des großen Auftragsvolumens lohne sich der Aufwand, den er treiben müsse. Er gestand mir seinen Traum, Vertragswerkstatt eines ausländischen Lastwagenherstellers zu werden, dachte an Renault oder Mercedes Benz. Vorsichtig warf ich ein, dazu bedürfe es wohl größerer Investitionen, er nickte zustimmend und machte ein trauriges Gesicht.

Der letzte Tag vor meiner Abreise. Wir hatten uns nichts Besonderes vorgenommen, versuchten den Tag normal anzugehen, um die melancholische Stimmung nicht zu üppig ins Kraut schießen zu lassen. Im Lu Xun Park sahen wir noch einmal spielenden Kindern zu und alten Leuten, die mit weltabgewandten Gesichtern ihre Taijiübungen machten. Xiao Lin hatte sich bei mir eingehängt, die verwunderten Blicke der Entgegenkommenden schien sie nicht zu bemerken.

Ohne Eile gingen wir zu Fuß zum Waitan, über die Brücke, die in den Jahren der japanischen Okkupation ein besonderes Zeichen chinesischer Ohnmacht gewesen war.

Am gegenüberliegenden Ufer des träge fließenden Huang Pu befanden sich nach wie vor die verwitterten Reklametafeln. Dahinter wurde eifrig geschafft, das wussten wir, sichtbare Veränderungen ließen noch auf sich warten. Wie würde in einigen Jahren die neue Silhouette aussehen?

Nach dem Mittagessen schien Xiao Lin plötzlich von der Angst befallen zu sein, ich könne auf dem Rückflug nach Deutschland verhungern. Sie kaufte eine Blechdose mit Gebäck, verschiedene konservierte Salzgemüse, getrocknete Seegurken, Pidan, salzige Dörrpflaumen und weitere chinesische Spezialitäten. Ich ließ sie gewähren, achtete nur auf das Gewicht. Im Freundschaftsladen erstand ich anschließend zwei Taijischwerter. Als ich in einem kleinen Spezialladen für Küchengeräte ein beidseitig konisch gedrechseltes Rundholz zum Ausrollen von Jiaoziteig kaufte, fragte Xiao Lin verwundert: »Wozu willst du die Rolle nach Deutschland mitnehmen?« »Um vorbereitet zu sein, wenn sie benötigt werden sollte«, gab ich sibyllinisch zur Antwort.

Xiao Lin wollte am nächsten Morgen zusammen mit mir zum

Flughafen Hongqiao fahren, meine Maschine flog um sieben Uhr ab. Wie bei früherer Gelegenheit buchten wir für sie ein Zimmer im Donghu Hotel mit dem angenehmen Nebeneffekt, dass wir den Abend gemütlicher verbringen konnten.

Mittlerweile wurde es Zeit für mich, den Koffer zu packen. Xiao Lin saß derweilen auf dem Bett und sah mir zu, wie ich so lange umdisponierte, bis alles untergebracht war und sich die Kofferschlösser trotzdem zusperren ließen.

Nach dem Abendessen machten wir einen letzten Spaziergang durch das Viertel rund um das Donghu Hotel in der ehemals Französischen Konzession, das uns mittlerweile sehr vertraut war. Als wir an Xiao Lins Abendschule vorbeikamen, versprach sie, nach meiner Abreise regelmäßig den Deutschkurs zu besuchen und, fuhr sie fort, bald sollten wir anfangen, deutsch miteinander zu sprechen.

Tags darauf ging in der Frühe alles schnell. Im Taxi gaben wir uns gegenseitig letzte Ratschläge für die kommenden Monate, in Wirklichkeit überflüssig, doch half uns das Reden über vermeintlich Wichtiges, nicht daran zu denken, dass nur noch wenige Minuten bis zur abermaligen Trennung blieben.

Wir küssten uns zum Abschied, sie strich noch einmal mit der Hand über mein Gesicht, bevor ich den Bereich betrat, der Flugpassagieren vorbehalten war. Xiao Lin musste hinter der eisernen Absperrung stehen bleiben, eingeklemmt in eine drängelnde Menschenmenge. Als ich auf meinem Weg zur Passkontrolle an ihr vorbeiging, rief sie mir leise über das Eisengitter zu: »Komm schnell wieder!« »Könntest du dir vorstellen, mich zu heiraten, wenn ich das nächste Mal nach Shanghai komme?«, fragte ich zurück. Einen Augenblick sah sie mich — nein, nicht überrascht — an, warf ihren Kopf in den Nacken und gab mit strahlendem Gesicht zur Antwort: »Ich werd's mir gründlich überlegen.«

♠ ♠ ♠

»There are places I remember, all my life...« John Lennon's und Paul McCartney's Song hatte ich häufig vor mich hin gesummt, wenn ich stundenlang durch Shanghai gelaufen war. Sieben Jahre später — 1998 — spazierte ich an einem regnerischen Nachmittag durch Nanjing Lu, alles hatte sich verändert, die Straße, die Gebäude, die Geschäfte, die Menschen, Ausländer bevölkerten die Geschäftsstraße in ähnlicher Zahl wie Chinesen.

Ich zog noch größere Aufmerksamkeit auf mich als in »alten Tagen«, nahezu alle Chinesen sahen interessiert zu mir herüber. Ihre Aufmerksamkeit galt nicht meiner Person, vielmehr unserem zweieinhalbjährigen Töchterchen, das artig und ständig plappernd an meiner Hand neben mir ging und das für die Entgegenkommenden wohl irgendwie chinesisch aussah, obgleich es keine Chinesin zu sein schien.

Meine Frau hatte uns zu einem Spaziergang weggeschickt, um ungestört chinesische Literatur in der Fuzhou Lu kaufen zu können, die sie nach Hause mitnehmen wollte. »Geh bitte in das Kaufhaus Nummer Eins, Ecke Nanjing Lu und Xizang Lu und kauf dort einen Koffer für den Transport der Bücher«, hatte sie mir im Weggehen zugerufen.

Hoffentlich würde es beim Rückflug nach Deutschland keine Gewichtsprobleme geben.

Nachwort Mit der Arbeit am Manuskript hatte ich in der ersten Hälfte der 1990er Jahre begonnen, der Fortgang war schleppend, in mehrfacher Hinsicht waren es turbulente Jahre für mich, was einen unstetigen und zähen Verlauf der Arbeit zur Folge hatte. Beim Schreiben habe mich eng an meine Tagebücher von 1989 bis 1992 gehalten, zwölf schwarz–rote Chinakladden.

Um die Jahrtausendwende war ich endlich mit dem Manuskript fertig und bemühte mich ohne Erfolg, einen Verlag für die Veröffentlichung zu interessieren. Danach lag das Manuskript lange »auf Eis«. Im Frühjahr 2019 nahm ich es wieder in die Hand und begann — neben sprachlichen Überarbeitungen und der Wahl eines neuen Titels — mit der Anpassung des Textes an die zwischenzeitlich erfolgte Orthographiereform.